한솔문학

The Global Korean Literature Magazine

제9호

2023.06

■ **권두덕담 / 권두시**

기획특집

■ **〈초대시〉**

＊ 국내 초대 작가

＊ 해외 초대 작가

■ **〈소설〉**

＊ 국내 초대 작가

〈한솔문학〉 정기구독 안내

〈한솔문학〉을 보시는 독자 제현께

　타향과 본향을 잇는 징검다리 글로벌 종합문예지 〈한솔문학〉에서 정기구독을 원하는 독자들을 모집합니다. 〈한솔문학〉은 미국 텍사스 달라스에서 기획되어 현재 매년 6월과 12월 연 2회로 한국의 도서출판 〈도훈〉에서 발간됩니다. 배포 지역은 국내 및 해외 각 지역(북미주 전역, 유럽 지역, 호주, 멕시코, 일본, 홍콩, 일본, 베트남, 연변 지역 등)이며, 해당 지역의 한인 디아스포라 작가들을 위주로 배포됩니다.

　또한 〈한솔문학〉은 2023년 봄에 〈세계 한인디아스포라 작가대회〉를 개최하여 해외 한인 작가들의 위상을 명실공히 세계화하는 데 기여하고자 이미 관계자들과 협의하여 준비 중에 있음도 밝혀드립니다. 따라서 향후 창간 10호 이후 시점부터는 〈한솔문학〉을 연 4회 계간지로 확대 발간함으로써 국내의 유수 문예지들과 함께 어깨를 나란히 하는 변신을 시도하고 있습니다.

　〈한솔문학〉의 이러한 시도는 우리 한글문학의 세계화와 글로벌한 발전에 함께 동참해 주시기를 바라기 때문입니다. 만약 국내외 독자 제현이 〈한솔문학〉의 정기구독에 동참해 주시면 다음과 같은 응답으로 고마움을 표할 예정입니다. (해외 독자분들은 아래 이멜로 연락바랍니다.)

　정기구독을 해주시면 현재 연 2회 발행의 본지(한솔문학)와 함께 저희와 힘을 합치는 도서출판 〈도훈〉에서 발간하는 시 전문지 〈시마詩魔〉도 함께 보내드립니다. 그럴 경우 구독자께서는 연 6권의 순수 문예지를 받아보실 수 있고, 연 5만 원 한 구좌에 정서가 안정되는 '마음의 양식'을 얻게 되시리라고 믿어마지 않습니다. 참고로 〈시마詩魔〉는 새로운 시작법을 시도함으로써 시, 시조, 동시, 디카시, 디카에세이, 시화, 캘리그라피시 등 시의 다양한 형태의 작품과 문학 예술인들의 에세이를 담고 있는 컬러 문예지입니다.

〈한솔문학〉 정기구독 신청서

■ 정기구독을 원하시는 분(정확히 기입해 주세요)

　_ 성명, 주소, 전화번호 및 이메일 :

■ 구독료 보내주실 은행계좌번호 :

　_ 농협은행 302-1663-0691-1(예금주 : 이양훈)

■ 책 주문은 이메일 접수도 가능합니다.

　_ 보내실 곳 :

1. hansolmunhak@gmail.com / ysson0609@gmail.com

　전화번호 : 1-214-564-7784(손용상, 달라스) / 010-6722-4621(이도훈, 서울)

2. flyhun9@naver.com 혹은 카톡 ID(dreamcs9)로 연결 가능함.

　** 혹 문의 사항 있으시면 1번 또는 2번으로 연락 부탁합니다. 감사합니다.

〈한솔문학〉 대표 손 용 상

〈2023년 한솔 9호 봄·여름호 주요 화보〉

한국문인협회
(김호운金浩運, 소설가 / 한국문인협회 및 한국소설가협회 이사장)

2023년 미주한국문인협회 신임 회장단 취임식 및 신년 하례식
(오연희 시인 / 미주한국문인협회 회장)

미주시인협회 신년하례식

미주문협 주최 홍용희 교수 문학강연회

뉴욕동부한국문인협회
소속 문인들 카네기 홀 시낭송 콘서트 참석

달라스 한솔문학 주최 김종회 교수 신년맞이 문학강연회
‘문학에서의 첫사랑’과 디카시문학

워싱턴 윤동주문학회 신·구 회장 바통 터치 후 단합모임
(미주윤동주문학회 회장 김은영 시인)

워싱턴문인회 제2회 최연홍문학상 시상식

TRADITION
전통(傳統)

PRIDE
긍지(矜持)

VALUE
가치(價値)

제1회 Community Award Fest 행사 기념 촬영
(2023.2.28. 한인 문화회관에서)

북텍사스 韓人元老會
N.TX COUNCIL OF K-ELDERS

(501.C.3 Org) Founded August 2022

www.councilofkelders.org

그림이 있는 短歌

이 해 미 (시인, 화가)

조금 특별한 날이었지
빛 속으로 떨어지는 물방울
물 냄새 가득한 바람
그 바람에 흩어지는 나뭇잎 하나까지
모든 것들의 의미가
사랑으로 빛나는 날이었어

(한솔문학 제1회 추천작가 / 일본 교토 거주)

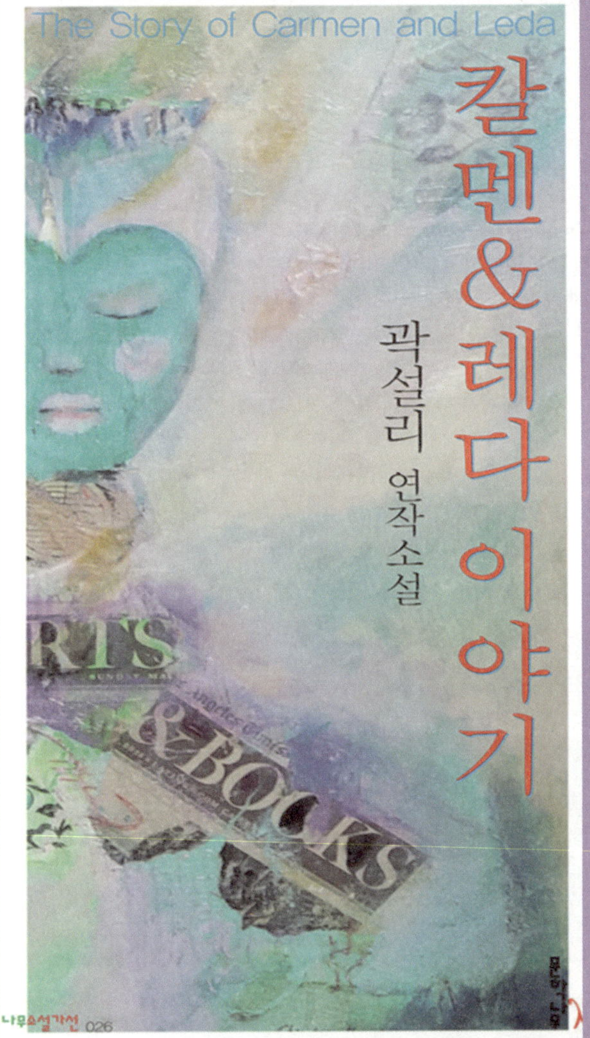

〈작가소개〉

'시문학' 시 당선, '문학나무' 소설 당선
시집 『물들여 가기』『갈릴레오호를 타
다』『꿈』 시 모음집 『시화』 외 다수 출
간 소설집 『오도사』, 『움직이는 풍경』,
『여기 있어』, 『칼멘 & 레다 이야기』
글벗 동인지 『다섯 나무 숲』『사람사는
세상』『아마도 어쩌면 아마도』 출간.
재미시인협회, 미주한국소설가협회
회장 역임.
미주한국문인협회 소설분과 위원장

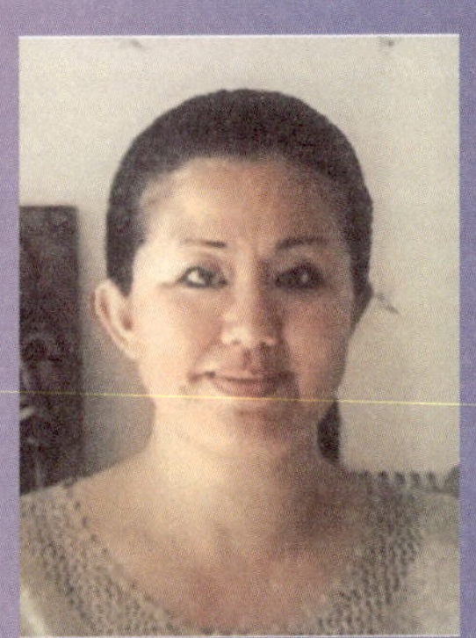

곽 설 리

곽설리는 지적 호기심이 무척 강한 작가다.
그저 호기심이 강한데 그치지 않고 흥미를 갖는 일에는 직접 도전하는 용기도 대단
하다. 예술가에게는 매우 바람직한 장점이다. 호기심이 많다는 것은 새로운 것을 찾
으려는 태도이고, 그러기 위해서는 세상을 되도록 넓게 보려고 두리번거려야 한다.
그런 결과로, 곽설리의 작품세계에서는 각 분야가 잘 어우러지고, 서로 좋은 영향을
주고받으며 기대어 있다. 글에서 그림과 음악이 보이고, 그림에서 글과 음악의 특성
이 나타난다.

-평설 중에서 / 장소현 시인, 극작가

창연
기획
시선
004

모든 길이 꽃길이었네

김호길 시조집

김호길(金虎吉) 시인의 새 시조집 『모든 길이 꽃길이었네』(창연출판사, 2022)는 60년 가까이 시조를 써온 우리 시조시단의 한 원로급 거장(巨匠)이 우리에게 건네는 삶과 기억의 오래고도 따뜻한 축도(縮圖)라고 할 수 있다. 산수(傘壽)를 눈앞에 둔 시인은 「시인의 말」에서 "치열하게 시조를 짓는다는 일"이 운명적으로 자신에게 다가왔고 또 스스로는 "시조 삼장육구에 홀려 참 치열하게" 살아왔노라고 고백하고 있다. 살아온 날들에 대한 충일한 그리움과 다시 신발 끈을 조이면서 미학적 진경(進境)을 열어가려는 남다른 의지가 시조집 안에서 온통 수런거린다. 그렇게 시인은 지나온 시간 속에 머물러 있는 어떤 순간들, 사람들, 사물들, 장면들을 불러내어, 시간의 풍화를 견디면서 선명하게 인화된 기억들을 우리에게 정성껏 보여준다.

−유성호(문학평론가 · 한양대학교 교수)

신문고양장
창연출판사
104면
12,000원

창연출판사: 경남 창원시의창구 읍성로39, 2층
Tel. 055)296−2030, Fax. 055)246−2030
E-Mail: 7calltaxi@hanmail.net

김호길 시조시인은 경남 사천에서 태어났다. 율 시조 동인으로 활동을 하였으며 《시조문학》으로 3회 천료하였다. 시조집으로 『하늘 환상곡』 『수정 목마름』 『절정의 꽃』 『사막시편』 『모든 길이 꽃길이었네』, 홑시조집 『그리운 나라』, 영문시조집 『Desert Poems』, 시집 『지상의 커피 한 잔』, 수필집 『바하사막 밀밭에 서서』 가 있다. 현대시조문학상, 미주문학상, 한국펜클럽시조문학상, 시조시학상, 동서문학상, 유심작품상, 팔봉문학상 등을 수상 했다.

북국독립서신

문 창 길 시 집

문창길 시인의 시(노래)를 읽으면… 저 식민의 세월 속에서도 끝끝내 뿌리 뽑히지 않고 맥박을 치며 살아온 백두에서 한라까지의 남부여대男負女戴의 사람들과… 지금껏 우리들 몸속으로까지 불어 닥친 모질고 모진 검붉은 바람을 뚫으면서 성장을 거듭해온 이 땅 한반도의 질기고 질긴 쑥풀과 엉겅퀴꽃들이 궁극으로 '향기'를 잃지 않고 굳세고 굳센 살과 피와 뼈로 일어서왔음을 가슴 벅차게 감지하게 한다.

- 김준태 시인

문창길 시집 | 160면 | 값 8,000원

문창길 시인의 두 번째 시집을 한마디로 요약하면 시로 쓰는 대한민국의 근현대사라고 말할 수 있다. 그의 시가 깊이 있게 탐구하고 있는 주제나 대상은 일본군 성노예할머니, 금정굴 학살사건, 외국인노동자, 분단과 통일, 광화문촛불, 고 노무현 대통령, 노숙자, 원양어선 어부, 에어컨 수리기사, 태백광부 등 다양하다. 그의 시는 우리의 뇌리에서 이미 잊혀졌거나 쉽게 잊혀질 근현대사의 주제들을 시인의 서사적 의지로 생생하게 되살려내고 있다는 점에서 커다란 의미를 지닌다. 이러한 시정신은 그의 시가 간과하고 있는 것처럼 보이는 문학적 기교를 훌쩍 뛰어넘어 진정성 있는 문학사적 가치를 지향하고 있다고 생각된다.

- 박남희 시인

왜 이런 시를 나에게 보내 괴롭게 만드는가. 정치학을 공부하는 터라 우리나라의 모진 역사를 좀 읽지 않을 수 없었다. "꽃보다 아름다운 조선 누이"들의 검정치마와 무명저고리가 벗겨지는 처절한 사연이나, 고양과 광주에서 어린 소녀들이 무고하게 학살당하는 참혹한 모습 등을 시를 통해 접하게 되니 왠지 모르게 견디기 어려운 고통을 맛보게 된다. 둘째, 잔인하다는 생각이 든다. 문 시인의 작품을 읽으며 시인들도 사진기자들 못지않게 잔인해야겠다는 생각을 품게 된다. 영혼 없는 서정시인이 아니라 민초와 더불어 사는 민중시인이라면.

- 이재봉 원광대 정외과 교수

들꽃세상 서울 중구 서애로 27(필동3가 28-1) 서울캐피탈빌딩 B202호. 전화:02_2273_1506, 팩스:02_2268_7067

손용상 중 · 단편 소설 제8집

파도야 어쩌란 말이냐

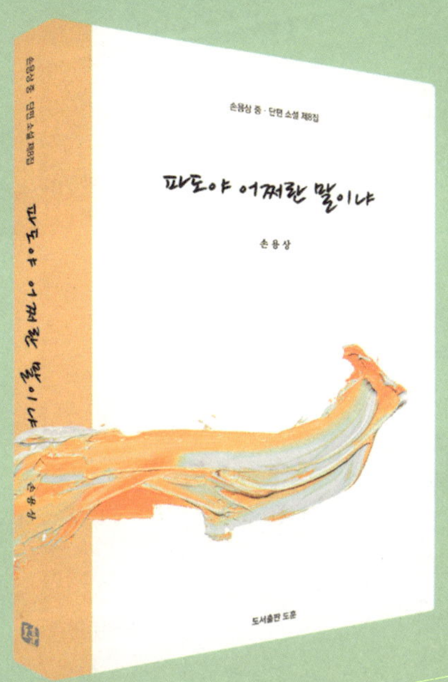

좋은 책 만드는 **도서출판 도훈**

그는 소설은 서사적 이야기로 구성되어야 하고 그 이야기는 뜻이 깊거나 재미있어야 하며 그로써 문학의 본분을 지킨다는 생각을 확고하게 반영한다. 동시에 그의 소설에는, 아니 그를 면대해보면 자연히 느껴지는 바이지만, 인간으로서 또는 문인으로서의 향기가 있다. 미세한 부분에 까다롭지 않으며 직관적이고 종합적으로 사람을 응대하는 기질이 있다. 필자는 이를 그가 가진 '천생(天生)의 작가'로서의 품성이라 이해했다.

-김종회 (문학평론가, 한국디지털문인협회 회장)

계산적이지 못한 성격이어서 계산 없이 따뜻하고, 아팠겠구나 싶으면 쓰다듬고야 마는, 남을 아프게 하지 못하는 성격, 좀 손해를 보아도 뒤끝을 품지 않는, 그래서 미워할 수 없는 존재의 그 캐릭터, 정리해야 할 순간에도 단호히 하지 못하는 성격의 정 많은 캐릭터… 그가 곧 손용상이다.

-김외숙 (소설가, 해외한국소설문학상 수상자)

페루에서 캐나다의 한 가정으로 입양된

어린 여자아이의 성장과 사랑과

자신의 뿌리를 찾는 이야기

한하운문학상, 재외동포문학상
천강문학상, 직지문학상
해외한국소설문학상

석 정 희

책 소개

문학이 외면 받는 시대라는 말은 시인 석정희 와는 무관함을 알게 하는 시집이다.시간이 흐르고 세월이 흘러도 현실을 보는 마음은 그대로임을 알았다.세속적 물욕에 대한 저항,평생의 시간을 이웃 사랑과 가족에 대한 헌신으로 살아온 시인,신앙의 힘으로 써내려간 행간 행간에서 시인의 기억들이 회상으로 남았다.시문학의 큰 별로 자리할 그녀의 문운을 기원한다. (새한일보 논설위원, 현대시인협회 시인 이현수 추천사)

〈작가소개〉

Skokie Creative Writer Association 영시 등단. '창조문학' 시 등단, 미주시문학 백일장에서 장원.
대한민국문학대상 수상,한국농촌문학 특별대상, 세계시인대회 고려문학 본상,유관순문학대상, 독도문화제 문학대상, 글로벌최강문학명인대상, 탐미문학 본상, 대한민국예술문학세계대상, 제18회 대한민국통일 예술제 문학대상 외
시집 『문앞에서』『강』 The River영문 『나그리고너』『엄마 되어 엄마에게』『아버지 집은 따뜻했네』『내 사랑은』

혹등고래의 노래

이 해 우 시집

이 해 우

서울 태생
2020년 모산 문학상(시) 대상
2018년 〈나래 시조〉 등단
2006 〈미주 중앙〉 신인문학상 (소설)
현재 Los Angeles 거주
jasonlee777@gmail.com

이해우 시인을 안 지 5년쯤 되었다. 원로 시인으로부터 천재 시인이라는 소개를 받고 나서 눈여겨 관찰했다.

매일 새벽 한 편의 자작시를 쓰고, 한 편 이상의 다른 시인의 시도 선하여 평하고 있다. 자신과의 약속을 한치의 변함없이 지키고 끊임없이 공부하는 시인.

미주 문단에서 이런 보배로운 시인을 만난 것을 어찌 행운이라 아니할 수 있을까?

『혹등고래의 노래』 축하해 마지않는다.

- 수필가 이정아

좋은 책 만드는 도서출판 도훈
서울시 서초구 법원로3길 19, 2층 W109호 / 02) 595-4621, 010-6722-4621
홈페이지 : http://www.dohun.kr / flyhun9@naver.com / Fax : 050-4227-4621

이월란 시인

[시인의 말]

많은 말이 필요했던 때가 있었다. 이제설명하지 않아도 될 것 같다.

[추천글]

이월란의 신작시집인 바늘을 잃어버렸다 에서는 기존의 작업을 확장하면서 새로운 주제들을 들여오고 있다. 이는 1988년 이월란이 도미하여 유타에서 시적 작업을 이어 온 이래 시인을 둘러싸고 있는 세계의 변화와도 깊은 연관이 있다고 판단된다. 우선 그녀가 사는 미국에서 그 어느 때보다 이주의 문제에 대해 민감하게 생각하고 그에 대한 갈등이 첨예화되어 왔기 때문이다. 그의 시집 '오래된 단서'가 2016년에 발간된 것을 감안해 보면, 2017년 이후 미국 내에서 첨예화된 외국인 혐오문화 등이 시기적으로 신작시집의 시편들에 영향을 주었음을 충분히 유추할 수 있다. 더불어 전대미문의 코로나 팬데믹 이후 아시아인 혐오범죄로 인해 아시아인 들이 폭행을 당하거나 심하면 목숨을 잃는 사건들이 발생 했다. 그와 더불어 2016년 전 세계적 미투 운동 이후 페미니즘의 확장을 통해 이주민 여성이 겪어왔던 차별과 고통에 대한 조망이 나타났다. 아시안 여성 디아스포라를 다룬 파친코 나 미나리 가 미국에서 주목을 받았던 것은 이를 반증한다. 이러한 변화들은 이월란의 시적 여정에서 우리의 이미지 속에 각인된 다양한 경계들을 주목하게 만든 것으로 보인다.

― 김학중(시인)

〈디카시 -1〉

너, 어디서 왔음?

손 용 상

민들레 꽃 한 쌍

잡초밭에서 몸을 섞었다

남몰래 날아와 씨까지 받았네

너들, 어디서 왔음?

낼 달님 오면

누구 짓인지 다부지게 따져봐.

_2022년 가을 어느 날 동네 아파트 풀섶에서 휴대폰 촬영

......

거리의 하모니카 연주자 / 이대현

삶의 속도를 줄여 하모니카 소리를 듣자.

연일 100도가 넘는 텍사스 여름 뙤약볕이 무섭다. 그 땡볕 아래 한 사
내가 하모니카 불고 있다. 비가 오나 눈이 오나 한결 같다. 마치 거인처
럼 수많은 인파 속에도 확연하게 돋보이는 존재다.
그가 힘을 주어 48개의 하모니카 구멍에 들숨과 날숨을 불어넣는다.

벌써 10년째다. 그 자리에 서 있던 수많은 사람 중 아직도 서 있는 사람은 대현 씨뿐이다. 매일 5시간씩 자신의 자리에서 하모니카를 불고 교회 전단을 건넨다. 그의 몸짓과 마음엔 가식이 없다. 하나도 보태지 않고 하나님이 빚은 그대로다. 오가는 발걸음을 세우지 않고 오직 자기 일에만 최선을 다할 뿐이다.

경주마처럼 앞만 보며 달리던 그를 멈추게 한 것은 아내였다. 2011년 추수감사절 아침에 이학신 여사가 갑자기 쓰러진 것이다. 희로애락을 함께하며 같은 곳을 바라보던 그의 아내가 멈추자, 그의 주변 모든 것이 멈춰 섰다. 아내의 병시중을 들며 고단한 삶은 '아메리칸드림'이 아닌 '삶의 무상함'으로 변했다.

아내는 1년 동안 대현 씨의 간절한 소망과 지극정성의 보살핌을 받고 기적적으로 그의 곁으로 돌아왔다. 아내를 간호하며 자연스럽게 잊고 있었던 하모니카를 다시 들게 되었다. 하모니카는 병상의 아내에게 해줄 수 있었던 유일한 마음의 표현이었다. 정성을 다한 들숨과 날숨 소리는 치유의 소리고 회복의 소리가 되어주었다. 그 어떤 악기로도 못했던 것을 그의 들숨과 날숨을 받아 치유의 기적을 낳았다.

대현 씨의 하모니카 연주를 들을 기회가 있다면 단 몇 분이라도 멈춰 서서 듣기 바란다. 그의 연주를 들을 수 있는 속도가 우리가 지양해야 할 정상 속도다.

우리는 안다. 멈춤이 우리의 일상을 회복시키는 유일한 방법이라는 것을. 그러나 속도의 노예가 되어버린 우리는 멈추는 것을 애써 외면한다.

세상을 보는 것도, 소통하는 것도, 가족이 보이는 것도, 다 그놈의 속도 때문이다. 삶을 위해 속도를 조금 더 늦추면 우리 삶도 꿈도 회복되는 기적을 볼 수 있을 것이다.

사진 · 글 : 김선하 (사진작가, 한솔문학 주간)

〈디카시 -2〉

독방

김미희

그녀의 가난은

똑, 똑,

반짇고리에 떨구던 보석이었어

.

〈2023. 5월 직장에서 휴대폰 촬영〉

| 권두덕담 |

문학의 향기로 본향과 타향을 잇는
징검다리『한솔문학』
김호운 (소설가)

〈한솔문학〉의 큰 발전을 기원하며
오연희 (시인)

| 권두덕담 |

문학의 향기로 본향과 타향을 잇는 징검다리 〈한솔문학〉

김 호 운
〈소설가·한국문인협회 및 한국소설가협회 이사장〉

『한솔문학』 제9호 출간을 축하드립니다. 『한솔문학』 창간호 출판기념회에 참석하기 위해 달라스를 방문한 일이 엊그제 같은데 어느덧 제9호를 출간하는 쾌거를 이루었습니다. 매우 반갑고 기쁩니다. 모든 조건이 열악한 해외 현지에서 우리글로 우리 문학을 하고 문예지까지 펴내는 일은 여간 벅차고 어려운 일이 아닙니다. 그러함에도 『한솔문학』이 오늘에 이른 건 발행인 손용상 소설가님의 헌신적인 봉사와 여러 문우님의 단합된 마음이 모인 결과라 그 성과가 더욱 빛납니다.

저는 올해 2월에 있은 사단법인 한국문인협회 임원선거에서 제28대 한국문인협회 이사장에 당선하여 취임하였습니다. 한국문인협회의 이번 임원선거는 단순히 후보자의 승리가 아니라 우리 문학의 승리요, 15,700여 명의 문협 회원 문인 모두의 승리라고 생각합니다. 이는 우리 한국문학이 좀 더 올곧게 발전하여 '문학을 존중하고 문인을 존경하는 사회'를 이루고자 하는 모든 문인의 열망을 보여준 것이기에 그렇습니다.

우리 문학은 단순히 창작하는 문인들의 것만이 아닙니다. 문인들이 공들여 창작한 작품들은 독자에게 전해져야 하며, 독자들이 그 문학의 향기를 향수(享受)하여 행복하고 평화로운 사회가 이루어졌을 때 그 사명을 다하는 것입니다. 문학은 마치 한 그루 나무와 같습니다. 나무가 없으면 우리가 사는 이 지구는 사막으로 변합니다. 문학 작품 하나하나는 이렇듯 사람과 사람 사이에 인정의 다리를 놓고 삶의 향기를 전합니다.

이 같은 우리 문학은 『한솔문학』이 추구하는 '본향과 타향을 문학으로 잇는' 징검다리 역할을 하는 것과 같습니다. 『한솔문학』이 제9호까지 이어오는 과정을 낱낱이 지켜본 저는 『한솔문학』이야말로 우리 문학이 나아가야 할 올곧은 그 길이라는 생각으로 마음속으로 깊이 감사하며 손용상 선생님을 비롯한 여러 문우님의 노고에 존경의 박수를 보냈습니다. 참 고맙고 감사합니다.

저는 앞으로도 해외에 계시는 문인들의 활동에 어떤 형태로든 도움을 드리고자 노력하겠습니다. 열악한 환경에서 묵묵히 우리 문학을 사랑하는 문우님들의 활동을 돕는 일이기도 하지만, 무엇보다 우리 문학이 세계 속에 자리매김하는 데 있어서 해외 현지에서 열심히 창작활동을 하시는 문우님들의 역할이 그 무엇보다 크기 때문이기도 합니다.

제28대 한국문인협회가 추구하는 슬로건은 '문학이 존중받고 문인이 존경받는 사회'를 만드는 일입니다. 또 하나는 한국문학이 통섭(統攝,consilience)하며 나아가는 일입니다. 지금 우리 한국 문단은 장르의 벽이 너무 높게 쌓아졌습니다. 마치 문학이라는 큰 틀에서 벗어나 장르의 벽 안에 가두고 문학을 분절하는 현상이 두드러집니다. 전 장르를 두루 창작할 수는 없지만 여러 장르 문학을 즐겨 읽고 이해하면서 자기 장르의 창작활동을 문학이라는 총론에 모아야 온전한 문학이 완성됩니다.

우리 선배 문인들께서는 그렇게 문학을 하셨으며 그 결과가 오늘의 한국문학을 이루었습니다. 시인이 동시를 쓰기도 하고, 수필도 쓰며 소설을 즐겨 읽기도 했습니다. 소설가가 시를 쓰기도 하고 희곡도 즐겨 읽었습니다. 물론 다 그런 건 아닙니다만, 지금은 자기 장르에서도 동료 문인들의 작품을 잘 읽지 않는 경우가 있습니다. 독자들은 문학을 총화로 즐기는데 창작자들은 한 장르에만 함몰하며 각론에 머문다면 우리 문학은 올바로 나아가지 못합니다. 장르를 넘어 문학으로 통섭할 때 우리 문학은 온전하게 발전할 것입니다.

아름다운 사회를 만드는 데 우리 문학의 역할이 매우 중요합니다. 우리 문인들이 제 결을 지니고 올바른 창작활동을 할 때 그러한 사회가 반드시 이루어질 것입니다. 종합문예지인 『한솔문학』이 바로 그러한 역할을 하고 있습니다. 『한솔문학』의 더욱 큰 발전과 달라스 문우님들의 문운이 창대하게 빛나길 기원합니다.

김호운金浩運 소설가 / 한국문인협회 및 한국소설가협회이사장
1978년 〈월간문학〉 신인작품상에 단편소설 『유리벽 저편』이 당선. 장편소설 『표해록(漂海錄)』 『바이칼, 단군의 태양을 품다』 등, 소설집 『그림 속에서 튀어나온 청소부』 『사라예보의 장미』 등, 콩트집 『궁합이 맞습니다』(전2권) 등, 에세이집 『연꽃, 미소』, 인문학 저서 『소설학림』 등 작품집 30여 권 출간.
〈한국소설문학상〉, 〈한국문학백년상〉, 〈녹색문학상〉, 〈PEN문학상〉 외 다수. 문화체육관광부 문학진흥정책위원 역임. 현재 한국소설가협회 이사장. 한국문인협회 이사장

| 권두덕담 |
〈한솔문학〉의 큰 발전을 기원하며

오 연 희
〈제24대 미주한국문인협회 회장〉

제24대 미주한국문인협회 회장으로 선출되었습니다.

혹자는 뜨는 별이라며 선망의 눈길을 보내고 혹자는 팔짱을 낀 채 어디 볼까 눈빛 서늘합니다. 앞으로 두 해 동안의 책임이 주어졌으니 정성을 다하고, 그리고 스스로 내려와야 하는 자리임을 일찍이 알았기에 선망도 서늘함도 발전의 계기로 삼을 것입니다.

아울러 타향과 본향을 잇는 징검다리 글로벌 종합문예지 〈한솔문학〉의 무궁한 발전도 함께 기원하며. 한인 디아스포라 문학과 그 저변 확대를 위해 지금까지 소리 없이 멍석을 깔아 주신 〈한솔문학〉 대표 손용상 작가께 감사를 드리며, 시 한 편으로 축하 마음을 대신합니다

| 권두시 |

뜨는 별

띄우는 혀 위에 올라타지 않을 테다

스스로 뜰 수 있는 만큼만 혹여 떨어져도

가뿐하게 착지할 만큼만 올라갈 테다

우리 호흡 이 땅에서 백 년을 채운대도

억겁의 세월 속 찰라

찰나를 부순 겨우 두 해

그래서 더욱 촘촘해지는 하루

뜨는 별의 욕망과 쓸쓸함

그런 반짝임은

바람 속을 떠다니는 풍선 같은 것

나의 별은

뜨지도 가라앉지도 쓸려 가지도 않는

일상의 사소한 파문

기복과 부침이 둘러쳐도

따뜻하고 정성스럽고 유쾌함으로 빛나는

소박한 꿈을

설렘으로 띄울 테다

오연희 시인 / 미주한국문인협회 회장

2002부터 만 5년간 미주중앙일보 통신원 및 교육칼럼 집필 '현장엿보기' '학무모칼럼'
2003 미주중앙일보 신춘문예 신인문학상 〈넌픽션〉 2004심상 〈시〉 등단. 에피포도예술
상 시 부문본상,시와정신 해외시인상, 해외문학상 대상. 시집 『호흡하는 것들은 모두 빛이
다』 『꽃』 『오늘도 소풍』 산문집 『시차 속으로』 『길치 인생을 위한 우회로』
현)미주한국문인협회회장

기획특집

1.원로작가 대표작 다시 읽기 _3회

화장(火葬) _김 훈(金薰)

2. 다시 읽는 김훈(金薰)의 삶과 인생

「칼의 노래」「화장」의 작가 金薰의 〈인간 탐험〉

_오 효 진

(출처/뉴스와이어 '우리시대의 멘토')

김 훈(金薰)

1948년 5월 서울 태생인 김훈은 언론인이자 소설가인 김광주 선생의 차남으로 태어났다. 가톨릭 신자로 세례명은 아우그스티노. 서울 돈암초등학교와 휘문중·고교를 거쳐 1966년 고려대 정치외교학과 입학했다가 2년 만에 영문과로 전과했다가 가정 사정으로 중퇴했다. 1973년 한국일보에 입사 사회부 기자로서 활동하다가 국민일보, 한겨레신문, 시사저널 등의 언론사를 거치면서 기자로 활동해 왔다. 김훈은 그 이후 소설가가 되기 전까지 언론사에 사표를 쓴 것만 무려 열일곱 번이었다고 전한다. 1986년 3년 동안『한국일보』에 매주 연재한 여행 에세이를 묶어 낸『문학기행』(박래부 공저)을 첫 책으로 출간하고, 1994년『빗살무늬토기의 추억』을 시작으로 소설가로 변신했다. 2001년 출간하여 현재까지 스테디셀러인 〈칼의 노래〉로 동인문학상 수상했고, 대중적으로 많은 사랑을 받으면서부터 유명세를 타면서 이후 출간하는 작품마다 대중의 관심을 받으며 베스트셀러 작가로서 꾸준히 새로운 작품들을 집필했다.

* 작품의 평가

김훈은 작품에서 늘어뜨린 문장이나 형이상학적인 표현을 거의 쓰지 않는다. 매우 일상적인 단어들과 단문 형식의 문장만 사용해서 문장 전체가 한 번에 읽힌다. 이러한 특징은 유난히 칼의 노래에서 두드러진다는 평이 있다. 아무래도 칼의 노래라는 소설이 가진 주제의식이나 주제인 이순신이 무인이기 때문으로 보인다. 중요한 것은 그 단순한 문장만으로 형용의 정수를 보여준다는 점. 어휘를 쓰는 것만큼이나 어휘를 아끼는 것이 중요하다는 것을 보여준다. 묘사하지 않음으로써 더 정확하게 묘사하는 능력이 타의 추종을 불허한다. 김훈은 등장인물의 성격을 절대 직접적으로 묘사하지 않는다. 이는 김훈의 인간관과 관련된 것으로 보인다. 착하다, 나쁘다, 따뜻하다, 냉철하다, 교활하다, 정직하다 같은 단편적이고 분명한 껍데기를 씌우는 순간 그 인물은 현실성을 상실한다고 생각하는 듯. 오로지 인물의 외양과 행동, 말투만을 묘사해서 독자로 하여금 인물의 성격을 정확하게 파악할 수 있게 한다. 다만 이 점에서 독자마다 호불호가 매우 갈린다.

특히 문장 표현의 심미성이나 등장인물에 대한 섬세한 심리 묘사에 감정 포인트를 두는 독자들은 김훈의 작품을 매우 낯설어한다. 그러나 김훈은 한국어를 다루는 능력에서만큼은 그 누구와도 차원을 달리하는 수준이다. 이어령 박사로부터 어휘의 달인이라는 평가를 받은 바 있다. 거의 김훈만이 고유하게 쓰는 어휘가 있다. 문투 역시 김훈의 문투가 있는 편이다. 글의 흐름이나 소설의 플롯도 대중적인 스타일로 정해져 있다. 앞서 말한 서술 방식이 독자에게 불친절해 읽기 힘든 편인 것으로 유명하지만, 이 불편한 서술이 작품의 재미를 배가시키고 있어서 한번 재미있게 읽은 사람은 신작을 계속 사서 보게 되는 마력을 지닌 작가라는 평가가 있기도 하다. 문학평론가 남진우는 그를 일러 문장가라는 예스러운 명칭이 어색하지 않은 우리 세대의 몇 안 되는 글쟁이 중의 하나라고 호평했다.

그는 역사를 소재로 한 글을 주로 쓴다. 이것은 그의 문체와 연관이 있는데 문체의 특성상 말하고자 하는 내용을 잘 전달할 수 있기보다는 한 단어 한 단어의 파급력을 높이는 데 주력하는 스타일 때문에 김훈은 누구나 알만한 사람의 글을 소재로 자주 써먹는 편이다. 『칼의 노래』의 이순신이나 『남한산성』의 인조, 『현의 노래』의 우륵이 대표적이고 그 밖의 현대소설이라도 적어도 그의 글이나 산문에서 한두 번씩은 소재로 등장했던 것들이라 그의 글을 여러 번 읽은 사람이라면 친숙한 소재들을 주로 사용한다. 김훈의 역사 소설화는 그의 문체와도 상관이 있다.

　　김훈은 역사를 소재로 한 소설을 쓸 때는 역사적 사실보다는 소설의 주제를 위한 재해석이 많이 들어간다. 항상 들어가기 전에 이 소설은 오직 소설로서 읽히기를 바란다고 쓰여 있곤 하다.

　　또한 사극 소설에서 대체로 높으신 분들의 명분 논리와 무능에 고통받으면서 질박하게 살아가는 민초와 소수파의 삶, 그래도 역사는 '흘러간다'가 단골 테마다. 말하자면 세속주의와 허무주의가 함께 언급되었는데, 사건의 흐름을 보면 갈등의 요인이 된 사건은 결국 개인 혹은 국가의 파국을 불러오나(허무), 사건이 끝난 뒤 살아남은 자들의 삶(굴레)은 그래도 이어진다(세속)는 얼개를 취하고 있어 이런 해석이 가능하다.

　　(출처 : 나무위키에서 발췌 요약함)

김훈 주요작품 / 장편

빗살무늬토기의 추억 (1995) : 첫 장편소설
칼의 노래(2001) : 동인문학상수상작
현의 노래 (2004) :가야멸망기의 우륵의 이야기
남한산성(2007) : 대산문학상 수상작
흑산(2011) :정약전과 신유박해를 다룬 소설
하얼빈 (2022) : 영웅이 아닌 인간 안중근의 가장 치열했던 일주일을 다
　　　　　　룬 소설 외 다수

〈단편소설 및 에세이〉

화장(2004) 이상문학상 수상작
언니의 폐경 (2005) : 황순원문학상수상작
강산무진 (2006) : 단편소설집 외 다수

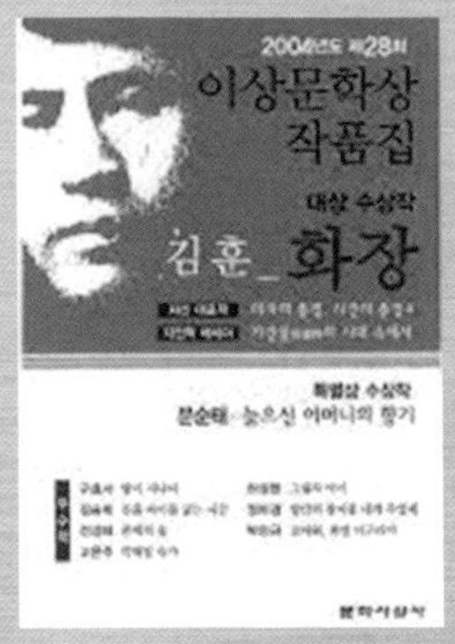

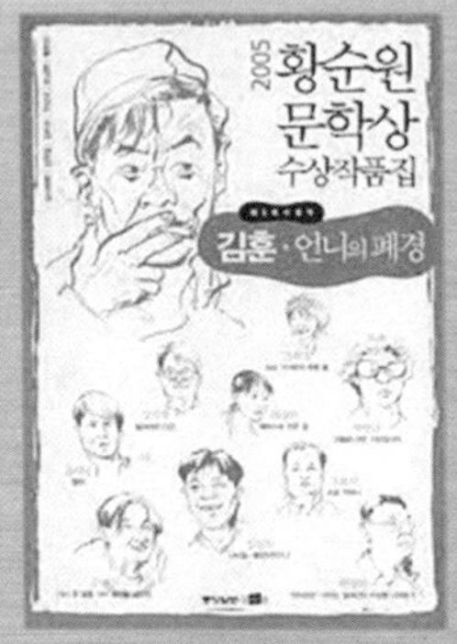

〈에세이〉

저만치 혼자서 (2014)
김훈·박래부 기자의 문학기행 (1987, 1997)
선택과 옹호 (1991)[19]
풍경과 상처 (1994, 2009)
자전거 여행 (2000)
바다의 기별 (2008)
라면을 끓이며(2015)
연필로 쓰기 (2019)외 다수

김훈 팬 사인회

원로작가 대표작 다시 읽기 / 시리즈 3회
_제28회 李相문학상 수상작품

화장(火葬)

김 훈金薰

"운명하셨습니다."

당직 수련의가 시트를 끌어당겨 아내의 얼굴을 덮었다. 시트 위로 머리카락 몇 올이 삐져나와 늘어져 있었다. 심전도 계기판의 눈금이 0으로 떨어지자 램프에 빨간불이 깜박거리면서 삐삐 소리를 냈다. 환자가 이미 숨이 끊어져서 아무런 처치도 남아 있지 않았지만 삐삐 소리는 날카롭고도 다급했다. 옆 침대의 환자가 얼굴을 찡그리면서 저편으로 돌아누웠다.

이 년에 걸친 투병의 고통과 가족들을 들볶던 짜증에 비하면, 아내의 임종은 편안했다. 숨이 끊어지는 자취가 없이 스스로 잦아들 듯 멈추었고, 얼굴에는 고통의 표정이 없었다. 아내는 죽음을 향해 온순히 투항했다. 벌어진 입술 사이로 메말라 보이는 침이 한 줄기 흘러나왔다. 죽은 아내의 몸은 뼈와 가죽뿐이었다. 엉덩이 살이 모두 말라버려서 골반뼈 위로 헐렁한 피부가 늘어져서 매트리스 위에서 접혔다. 간병인이 아내를 목욕시킬 때 보니까, 성기 주변에도 살이 빠져서 치골이 가파르게 드러났고 대음순은 까맣게 타들어가듯 말라붙어 있었다. 나와 아내가 그 메마른 곳으로부터 딸을 낳았다는 사실은 믿을 수 없었다. 간병인이 사타구니의 물기를 수건으로 닦을 때마다 항암제 부작용으로 들뜬 음모가 부

......

스러지듯이 빠져나왔다. 그때마다 간병인은 수건을 욕조 바닥에 탁탁 털어냈다.

"시신은 병실에 두지 못합니다. 곧 냉동실로 옮기겠습니다."
수련의가 전화로 직원을 불렀다. 직원 두 명이 병실로 들어와 아내의 침대 주변과 쓰레기통, 변기에 분무소독액을 뿌렸다. 직원들은 아내의 시신을 벨트로 고정시켜서 침대를 밀고 나갔다. 아침 일곱 시였다. 십오 층 병실 창문 밖에는 빌딩 사이로 날이 밝아왔다. 봄 안개가 거리에 낮게 깔렸다. 청소부들이 거리를 쓸었고 음식점 앞 쓰레기통에 비둘기들이 모여 있었다.

딸에게 전화를 걸까 하다가 좀 더 재우기로 했다. 아내의 임종을 지키며 새운 간밤에도 나는 오줌을 눌 수가 없었다. 아내의 심전도 그래프가 어느 정도 안정될 때마다 병실을 빠져나와 화장실에 다녀왔지만 오줌도 나오지 않았다. 여자처럼, 좌변기에 앉아서 오줌을 눈 지가 여섯 달이 넘었다. 남자의 방식대로 서서 오줌이 나오기를 기다리기 힘들었다. 변기에 앉아서 방광에 힘을 주었더니, 고환과 항문 사이로 날카로운 통증이 방사선으로 퍼져나갔다. 성기 끝에서 오줌도 고드름 녹듯 겨우 몇 방울 떨어졌다. 붉은 오줌방울들이었다. 요도 속에서 오줌방울들은 고체처럼 딱딱하게 느껴졌고. 오줌이 빠져나올 때 요도는 불로 지지듯이 뜨겁고 쓰라렸다. 몸속에 오줌만 남고 사지가 모두 떨어져 나가는 느낌이었다. 밤새 다섯 차례나 화장실을 들락거렸지만, 오줌은 성기 끝에서 이슬처럼 맺혔다가 떨어졌다. 죽은 아내의 시신이 침대에 실려 나갈 때도 나는 방광의 무게에 짓눌려 침대 뒤를 따라가지 못했다.

회사에서는 일주일 동안의 휴가를 줄 것이다. 장사를 치르려면 우선 비뇨기과에 가서 오줌을 빼고 몸을 추슬러야 했다. 비뇨기과가 문을 열려면 두 시간쯤 남아 있었다. 그 두 시간은 난감했다. 혼자서 아내의 병실 앞을 지키고 있을 만한 근력이 남아 있지 않았다. 병원 근처 사우나에 가서 잠을 청해보기로 했다. 사우나 프런트에서 딸에게 전화를 걸었다.

"아침에 엄마 돌아가셨다."

딸아이는 흑, 숨을 몰아쉬더니 한동안 대답이 없었다.

"너도 회사에 알리고 준비해서 병원으로 와라. 파출부 아줌마한테 연락해서 집 잘 봐달라고 하고, 오기 전에 개밥 줘라."

"아빠, 고생하셨어요. 소변은 보셨나요?"

딸아이의 목소리가 울음으로 변해가고 있었다.

"그래 조금. 올 때, 영정에 쓸 사진하고, 아빠 갈아입을 속옷도 챙겨와라."

거기까지 말했을 때, 휴대폰 배터리가 끊어졌다. 휴대폰은 꼬르륵 꼬르륵…… 소리를 내면서 죽었다. 휴대폰이 죽자 나는 아내의 죽음이나, 오늘부터 치러야 할 장례절차와도 단절되는 것 같았다. 휴대폰이 죽는 소리는 사소했다. 새벽에, 맥박이 0으로 떨어지면서 아내가 숨을 거둘 때도 심전도 계기판에서 그런 하찮은 소리가 났었다.

사우나 프런트에는 휴대폰 급속 충전기가 설치되어 있었다. 나는 종업원에게 충전을 부탁하고 탕 안으로 들어갔다. 밤을 새운 사내들 몇 명이 물속에 몸을 담그고 늘어져 있었다. 충전기에 물려 넣은 휴대폰으로 전화가 걸려 올 때마다 종업원이 탕 안으로 들어와서 사내들을 호명했고, 벌거벗은 사내들은 고환을 덜렁거리며 탕 밖으로 불려 나갔다.

뜨거운 물속에서 오줌에 찬 방광은 더욱 부풀어 오르는 듯했고, 나는 내 몸속의 오줌에 빠져 허우적거리는 꼴이었다. 몸속으로 스미는 더운

증기가 오줌과 삼투되는 느낌이었다. 아내와 살아온 세월들, 잡지사 여기자인 젊은 아내가 벌어온 돈으로 대학원을 마치고, 결혼해서 딸을 낳고, 단칸 전세방에서 시작해서 십억짜리 단독주택을 장만하고 재벌급 화장품회사 말단사원에서부터 상무로까지 승진한 세월들이 애초부터 존재하지 않았던 것처럼 종잡을 수 없이 사우나탕 증기 속에서 풀어졌다.

아내의 병은 뇌종양이었다. 발병 초기에는 편두통인 줄 알았다. 아내는 이 년 동안 세 번 수술을 받았다. 그때마다 증세는 더욱 악화되었다. 아내는 발작적인 두통을 호소하며 먹던 것을 뱉어냈고, 시퍼런 위액까지 토해놓고 정신을 잃곤 했다. 아내의 수술을 집도한 의사는 내 대학 동기였다. 학번은 같았지만 전공이 달라서 안면은 없었다. 아내가 병실에 누워 있는 동안 그는 주치의 방으로 나를 불러서 뇌종양 판정을 내렸다. 그때 그는 설명했다.

······뇌종양은 암의 계통이다. 인간의 두개골 안에서 발생할 수 있는 종양은 백삼십여 종류다. 조직 내의 모든 신생물이 종양이다. 종양은 어떤 신체조직 안에서도 발생할 수 있다. 종양이 발생하게 되는 환경과 조건은 알 수 없다. 종양은 생명 속에서만 발생하는 또 다른 생명이다. 죽은 조직 안에서 종양은 발생하지 않는다. 종양의 발생과 팽창은 생명현상이다. 생명 안에는 생명을 부정하는 신생물이 발생하고 서식하면서 영역을 넓혀나간다. 이 현상은 생명현상의 일부인 것이다. 종양과 생명을 분리시킬 수는 없다. 그래서 치료는 어렵다. 고생할 각오를 하고 환자의 마음을 준비시켜라.

그때, 나는 의사의 설명을 알아들을 수가 없었다. 그의 말은 비어 있었다. 그의 말은, 죽은 자는 종양에 걸리지 않고, 살아 있는 자만이 종양에

······

걸리는 것인데 종양 또한 삶의 증거이기 때문에 이도 저도 아니라는 말처럼 들렸다. 나의 이해가 아마도 옳았을 것이다. 뻔한 소리였고, 하나 마나 한 소리였지만. 나는 그때 그의 뻔한 소리의 그 뻔함이 무서웠다. 그리고 그 무서움은 그저 무덤덤했다. 그의 설명은 뻔할수록 속수무책이었다. 새벽에 아내가 죽고 나서, 팔목에 꽂힌 링거 주사관을 걷어내면서 병원 창밖으로 안개 낀 시가지의 아침을 내려다볼 때, 나는 그 뻔한 소리에 대한 나의 이해가 그다지 틀리지 않았음을 알았다.

주치의가 뇌종양 판정을 내리던 날, 나는 의사의 판정을 아내에게 전했다. '생명현상'을 강조하던 의사의 설명은 전하지 않았다. 환자를 상대로 하나 마나 한 얘기를 하고 싶지 않았다.

"여보, 당신 뇌종양이래. 엠알아이 사진에 그렇게 나왔대."

울음의 꼬리를 길게 끌어가며 아내는 질기게 울었다. 울음이 잦아들 때 아내는 말했다.

"여보, 미안해…… 여보, 미안해."

"만땅꼬입니다."

사우나를 나올 때 종업원은 충전된 휴대폰을 내밀며 그렇게 말했다. 폴더를 열어보니, 배터리 눈금 네 개가 돋아나 있었다. 비뇨기과가 문을 열 시간이었다. 늘 다니던, 회사 근처의 비뇨기과는 거리가 멀었다. 사우나 옆 골목, 교회와 정육점이 들어선 건물 삼층에 비뇨기과 간판이 붙어 있었다. 간호사가 물걸레질을 하고 있었고 늙은 의사는 조간신문을 들여다보고 있었다.

"전립선염인데…… 오줌을 좀…….", "저리 누우시오."

나는 의사가 가리킨 침대에 누워서 허리띠를 풀었다. 의사는 옷 위로 내 아랫배를 더듬었다.

"아이고, 어찌 이리 고이도록…….", "어젯밤에 잠을 못 잤소……."

"신경 쓰면 더 안 나옵니다. 연세가 얼마나 되시오?"

"쉰다섯이오.", "전립선염은 나이 먹으면 저절로 생기기도 합니다. 병이라고 할 수도 없는 노화현상이지요. 옛날에 늙으면 오줌 줄기가 약해진다는 게 바로 이겁니다. 선생은 증세가 좀 심한 편입니다만."

의사는 물걸레질을 하는 간호사에게 지시했다.

"이봐 최 양, 이분 배뇨해드려. 양이 많다. 시간 좀 걸릴 거야. 오줌통 두 개 준비하고."

간호사가 다가왔다. 간호사는 머리에 흰 두건을 뒤집어쓰고 두 눈만 내놓고 있었다. 나는 누워서 두건 쓴 간호사를 올려다보았다. 밍밍한 향수 냄새와 융기한 젖가슴이 아니라면, 그가 여자라는 것을 알아볼 수 없었다. 간호사는 내 성기를 주무르게 될 자신의 얼굴을 내가 혹시라도 기억하게 될까 봐 흰 두건을 뒤집어쓴 모양이었다.

"허리를 좀 드세요."

나는 허리를 들었다. 간호사가 바지와 팬티를 한꺼번에 끌어내렸다. 간호사는 고무장갑 낀 손으로 애무를 해주듯 손을 움직여 내 성기를 키웠다. 고무장갑 낀 간호사의 손안에서 내 성기는 부풀었다. 성기는 내 몸의 일부가 아닌 것처럼 낯설었지만, 내 몸이 아닌 내 성기가 나는 참담하게도 수치스러웠다. 간호사가 그 구멍 안으로 긴 도뇨관을 밀어 넣었다. 도뇨관은 한없이 몸 안으로 들어갔다. 요도가 쓰라렸고 방광 안에 갇혀 있던 오줌이 아우성을 쳤다.

"움직이시면 안 됩니다. 시간이 좀 걸릴 거예요.

요도에 통증이 심하시면 벨을 누르세요." 간호사가 물러갔다. 도뇨

……

관을 따라서 오줌은 장난감 물총을 쏘듯 간헐적으로 흘러나왔다. 쪼르
륵…… 쪼르륵…… 오줌 떨어지는 소리가 들렸다. 소리는 멀고도 선명했다.
그 분홍의 바다 저쪽 끝으로 죽은 아내의 상여가 흘러가고 있었다. 방광
의 통증이 수그러드는 어느 순간에 나는 깜박 잠이 들었다.

기
획
특
집
·
김
훈
金
薰

2

아침 열 시가 좀 지나서 나는 다시 병원으로 돌아왔다. 원무과에서 지
정해준 영안실은 3호실이었다. 아내의 시체는 냉동실로 들어갔고 빈소에
는 시체도 문상객도 아직은 없었다. 아내의 영정 앞에서 딸이 엎드려 울
었고 까만 양복을 차려입은 딸의 약혼자 김민수가 우는 딸의 어깨를 쓰
다듬었다. 딸은 이 년 전에 대학을 졸업하고 무역회사에 취직했다. 두 달
후에 결혼해서 유학 가는 신랑과 함께 뉴욕으로 옮겨 살 계획이었다. 딸
의 얼굴과 몸매는 죽은 아내를 빼다 박은 듯이 닮아 있었다. 눈이 둥그렇
고 귀가 작았고 볼이 도톰했다. 쓰러져서 우는 딸은 어깨의 둥근 곡선과
힘없어 보이는 잔등이까지도 죽은 아내를 닮아 있었다. 나는 영정 속의
아내의 얼굴과 쓰러져서 우는 딸의 얼굴을 번갈아 바라보았다. 죽은 사
람의 얼굴 표정이 아직 죽지 않은 사람의 얼굴 위에서, 살아서 어른거리
고 있었다.

어쩌다가 저녁 식탁에 세 식구가 마주 앉아 있을 때면, 나는 아내와 딸
의 닮은 모습에 난감해했다. 그때, 살아서 마주 앉아 밥을 먹는다는 일은
무겁고 또 질겨서 헤어날 수 없을 듯했다. 그러나 죽은 아내의 영정과 죽
지 않은 딸의 얼굴이 닮아 있다는 사태는 더욱 헤어나기 어려울 듯싶었
다. 오래고 또 가망 없는 병수발의 피로감에 불과한, 쓸데없는 생각이었
다. 아침에 아내의 임종을 관리하던 당직 수련의가 "운명하셨습니다."라

고 말하던 순간, 터질듯한 방광의 무게에 짓눌려서 그 자리에 주저앉아 버리고 싶었던 그 무거움 같은 느낌이었을 것이다.

　문상객들은 저녁 일곱 시가 지나서야 하나둘씩 나타날 것이고 부산이나 광주에 사는 친척들은 다음 날에나 도착할 것이었다. 친척이라야 내 남동생 부부와 조카들, 그리고 미혼으로 늙어가는, 죽은 아내의 여동생이 전부였다. 친척들에게 초상을 알리는 일은 딸이 알아서 할 것이고, 신문에 부음을 내거나 내 고등학교 대학교 동창회, 학군단전우회, 향우회, 거래은행 임직원, 지역 대리점 사장, 감독관청공무원, 동종업계 임원, 광고매체 간부, 광고제작대행사, 광고모델. 원료납품업체 사장, 용기제작사 사장, 어음할인거래처, 미용 전문 잡지기자, 일간신문 미용 담당 기자들에게 알리는 일은 회사 비서실에서 오전 중에 처리할 것이었다.

　장례용품과 상복, 육개장을 국물로 주는 접대용 식사와 음료수까지 모두 병원 영안실에 준비되어 있었고, 영안실 직원은 진단서를 첨부해서 사망신고를 제출하는 일과 시립 화장장에 연락해서 화장 순번을 받아내는 일을 맡아주었다. 운구용 버스를 예약하고 납골함을 구입하고 납골당의 자리를 교섭하는 일까지도 영안실 직원은 전화 몇 번으로 끝냈다. 아내의 죽음을 몸으로 감당해야 할 사람은 나였지만, 아내의 장례 일정 속에서 나는 아무 할 일이 없었다.

　빈소에 설치된 전화기가 울렸다. 병원 경리직원이었다. 경리직원은 고인의 명복을 빈다고 말하고 나서, 아내가 죽기 전 일주일 동안의 치료비와 병실료를 납부해달라고 요구했다. 아내가 발병한 후 병원비는 삼천만 원쯤 들어갔다. 수술을 여러 번 했고, 의료보험이 적용되지 않는 정밀검사와 고액처치가 많았다. 나와 딸이 병수발하느라고 쓴 돈을 합치면 사천만 원쯤 들어간 셈이었다. 환자가 이미 죽었는데, 살아 있던 동안의 마

지막 치료비를 내놓으라는 요구는 공정한 거래가 아닌 것도 같았지만,
죽음은 죽은 자 그 자신의 사업일 뿐 병원이 거기에 대해서 책임을 질 수
는 없을 것이었다. 나는 지갑에서 신용카드를 꺼내 딸의 약혼자 김민수
에게 건네주고 경리창구에 가서 계산을 하도록 시켰다.

마무리를 추스르는 동안의 긴 울음까지도 딸은 아내를 닮아 있었다.
딸이 내게 물었다.

"새벽에 엄마 많이 아파하셨나요?"

"아니, 아주 고요했어. 난 네 어머니 숨넘어가는 것도 몰랐다. 자는 줄
알았어."

"그동안, 그렇게도 아파하시더니……." 라면서 딸은 또 울먹였다. 아내
는 두통 발작이 도지면 머리카락을 쥐어뜯고 시퍼런 위액까지 토해냈다.
검불처럼 늘어져 있던 아내는 아직도 저런 힘이 남아 있을까 싶게 뼈만
남은 육신으로 몸부림을 치다가 실신했다. 실신하면 바로 똥을 쌌다. 항
문 괄약근이 열려서, 아내의 똥은 오랫동안 비실비실 흘러나왔다. 마스크
를 쓴 간병인이 기저귀로 아내의 사타구니를 막았다. 아내의 똥은 멀건
액즙이었다. 김 조각과 미음 속의 낱알과 달걀 흰자위까지도 소화되지
않은 채로 쏟아져 나왔다. 삭다 만 배설물의 악취는 찌를 듯이 날카로웠
다. 그 악취 속에서 아내가 매일 넘겨야 하는 다섯 종류의 약들의 냄새가
섞여서 겉돌았다. 주로 액즙에 불과했던 그 배설물은 흘러나오자마자 바
로 기저귀에 스몄고, 양이래 봐야 한 공기도 못 되었지만 똥 냄새와 약 냄
새가 섞이지 않고 제가끔 날뛰었다. 계통이 없는 냄새였다. 아내가 똥을
흘릴 때마다 나는 병실 밖 복도로 나와 담배를 피웠다.

"엄마, 이제는 안 아프지? 다 끝났지?"

딸은 아내의 영정을 바라보며 혼잣말로 중얼거리면서 또 울먹였다. 숨

이 끝나는 순간, 아내의 몸속에 통증이 있었다 해도 이미 기진한 아내가 아픔을 느낄 수 없었고 아픔에 반응할 수 없었다면 아내의 마지막이 편안했는지 어땠는지는 알 수 없는 일이었다. 아내가 두통 발작으로 시트를 차내고 머리카락을 쥐어뜯을 때도 나는 아내의 고통을 알 수 없었다. 나는 다만 아내의 머리카락을 바라보는 나 자신의 고통만을 확인할 수 있었다. 밤새 뒤채는 아내의 병실 밖으로 겨울의 날들과 봄의 날들은 훤히 밝아왔고 병실을 지키는 날 아침에 나는 병원에서 회사로 출근했다. 뇌종양이 '생명현상'의 일부라고 강조하던 주치의에게 아내의 고통과 나의 고통 사이의 상관관계에 대하여 묻는다면, 그는 뻔하고도 명석한 답변을 준비하고 있을 것이었다.

　-생명현상은 그 개별적 생명체 내부의 현상이다. 생명은 뒤섞이지 않는다. 생명에서 생명으로 건너갈 수 없고, 이 건너갈 수 없음은 생명현상이다, 라고. 김민수가 계산을 마치고 빈소로 돌아왔다. 김민수는 신용카드와 영수증을 나에게 내밀었다.

"빈소 사용료까지 합쳐서 백오십만 원이 나왔습니다. 아버님. 어젯밤에도 못 주무셨을 텐데 좀 쉬시지요."

약혼 뒤부터 김민수는 나를 '아버님'이라고 불렀다. 듣기에 쑥스러웠으나 다른 호칭을 일러줄 수도 없었다. 문상객이 몰려오기 시작할 저녁 일곱 시 무렵까지는 긴 하루가 고스란히 남아 있었다. 딸과 김민수를 데리고 사체도 문상객도 없는 빈 빈소를 지켜야 하는 일은 감당하기 어려웠다. 자꾸만 아내의 영정과 겹쳐지는 딸의 얼굴도 견디기 힘들었다.

"너희는 집에 가서 엄마 물건 정리해놓고 일곱 시께 오너라. 그전에는 할 일이 없을 거다. 엄마 옷을 골라서 양로원으로 보내라. 동사무소에서 물어보면 마땅한 양로원을 소개해줄 거야. 라면 박스에 넣어서 택배로 보내라."

나는 그렇게 딸과 김민수를 빈소에서 내보냈다.

빈소의 한구석에는 작은 부속실이 딸려 있었다. 문상객이 없는 시간에 상주들이 틈틈이 눈을 붙일 수 있는 방이었다. 부속실은 전기 온돌방이었고 창문이 없었다. 나는 부속실로 들어가 누웠다. 출입문을 닫자 방 안은 캄캄했다. 어제, 그제 사이에 병원에서 죽은 사람이 아내 이외에는 없었는지, 영안실 전체가 조용했다. 오줌이 빠져나간 방광이 빈 들판처럼 느껴졌다. 눈이 쓰라렸고 입이 말라왔다. 아내의 영정 하나가 지키고 있는 빈소 옆 부속실의 어둠 속에서 나는 잠들었다.

휴대폰 울리는 소리에 잠이 깼다. 눈을 떴을 때, 내가 어디에 와서 누워 있는지 알 수 없었다. 철 지난 벌레가 울 듯이 멀고 희미한 휴대폰 소리가 어둠 속에서 나를 부르고 있었다. 그 희미한 소리가 아내의 죽음과 오늘 저녁부터 시작될 장례 일정과 내가 아내의 빈소에 누워 있다는 사실을 일깨워주었다. 바지 주머니에서 휴대폰을 꺼냈다. 사장이었다. 해소에 전 노인의 목소리는 메말랐다.

"오 상무, 소식 들었네. 지금 어디 있나?"

"병원 영안실에 있습니다."

"이 박복한 사람아. 그 나이에 상처란 견디기 힘든 거야."

"진작부터 각오했던 일입니다."

"그동안 자네 정성이 유별나서 고인도 여한이 없을 걸세. 자네가 걱정이야. 회사의 기둥 아닌가."

"저야, 하던 일이 있으니 이럭저럭……."

"그 일 말인데 말이야. 여름 광고 전략은 자네가 끝까지 마무리해주게. 상중이라고 미뤄둘 수가 없는 일 아닌가. 자네한테 면목 없지만, 어쩔 수 없어. 전화로 보고받고 지시할 수 있겠지?"

"모레 중역회의에서 논의되겠지요."

"그야 그렇지만, 회의에서 나온 얘기 대충 들어보고 자네가 판단해서 밀어붙여 주게. 늘 그래왔잖아."

"컨셉이 어느 정도 좁혀졌으니까, 얘기 들어보고 결정하겠습니다."

"고맙네. 난 오늘은 선약이 있고, 내일 저녁때 빈소에 들르겠네."

사장은 팔십 노인이었다. 무릎 관절염이 만성이었다. 사장실을 온돌로 꾸며놓고 여름에도 무릎에 담요를 덮고 있었다. 이십 평이 넘는 온돌방 한가운데 불상을 모셔놓고 늘 향을 피우고 있었다. 직원들은 사장실을 대웅전이라고 불렀다. 사장은 삼십 대 초에 단신 월남해서 기초화장품 세 종류만으로 회사를 차렸다. 세상의 모든 감각들이 관능화되고 세분화되는 세월 동안에 사장의 회사는 번창했다. 지금은 기초화장품 이십여 종에 색조화장품 삼십여 종을 생산하고 유통시키는 시장점유율 1위의 회사로 성장했다. 기초화장품은 클렌징 로션, 폼클렌징, 스킨로션, 밀크로션, 메이크업 베이스, 자외선 차단용 선블록, 리퀴드 파운데이션, 콤팩트 파운데이션들이었고 색조화장품은 립스틱, 립글로스, 아이섀도, 아이라이너, 마스카라, 블로셔, 매니큐어들이었다. 색조화장품들이 다시 울트라 마린 블루나 쇼킹 핑크 또는 인디언 레드, 헌터스 그린 같은 색의 계통별로 분류되면 출시되는 상품 종수는 훨씬 더 다양했다. 작년부터 사장은 화장품이 아니라 의약부외품인 질 세척제와 질 방향제 연구사업에 개발비 오십억을 투입하면서 임원진을 다그쳐왔다. 연구개발 중인 질 세척제는 인체 적용실험에서 많은 문제를 드러냈다.

세척 효과는 좋았으나 젤리 타입의 약물이 멘스의 찌꺼기와 부작용을 일으켜서 질 내부에 염증과 작열감을 일으켰다. 또 질 깊숙이 투입된 약물이 오줌으로 완전히 씻겨 내려가지 않고 자궁 입구에서 악취 나는 침전물로 변질되어 흘러나오는 경우가 있었다. 연구개발실은 원숭이 암컷 수십 마리로 적용실험을 거듭했으나, 그 실험 결과는 여성의 질 내부 온도와 분비물의 산성 농도에 따라 수많은 편차를 드러냈고 개발실은 시제품이 인체에 적용되는 과정에서 발생하는 생화학적 과정의 문제들을 해결하지 못하고 있었다. 중역회의 때 연구개발실장은 여성 생식기의 여러 부위를 크게 확대한 해부학 사진들을 천연색 환등으로 보여주면서 인체 적용의 난점들을 설명했다. 연구개발실장은 수많은 점들의 개별성을 극복하기 어렵다고 보고하면서 아마도 질 내부의 산성 정도를 서너 계통으로 분류해서 거기에 맞는 제품들을 별도로 생산해야 할 것 같다는 대안을 제시했다.

사장은 생산비가 두 배 이상 들어가고, 선전에서 추가 비용이 발생하며 유통과정 관리가 힘들어진다는 이유로 연구개발실장의 대안을 승인하지 않았다. 질 방향제는 스프레이 타입이었다. 인체 적용에서 문제점은 드러나지 않았으나, 생산라인을 가동시키는 문제에 대해서 사장은 생각이 달랐다. 사장은 질 내부의 향기를 아무리 절묘하게 만들어놓아도 그 향기가 질 밖으로 발산되는 휘발성 향기가 아니라면 수요는 극히 제한적일 수밖에 없으므로 수요를 창출해낼 수 있는 선전, 마케팅 전략을 확실히 수립한 다음 생산에 착수하라고 지시했다. 회의석상에서 중역들은 사장의 판단에 대해 일제히 침묵할 수밖에 없었다. 사장이기 때문이 아니라, 그의 판단이 영업적으로 옳았기 때문이었다. 그때 사장은 질 내부의 여러 부위를 보여주는 환등 화면을 볼펜으로 가리키며 "저게 다 제가끔이란 말이지. 제가끔이라 하더라도 따로따로 맞게 만들어줄 수는 없지 않은가. 시장은 무진장인데, 들어서기가 어렵구만."이라고 중얼거렸다.

회사의 직제는 상무인 내가 회사의 모든 업무를 관장하고 결재하기로 되어 있었으나 연구개발실의 신제품 개발업무는 의사나 약사, 생리학, 약리학 교수들에게 용역 발주되어 있었다. 나는 보고를 듣고 영업적 판단을 할 뿐 연구과정에 간여할 수는 없었다. 사장이 아내의 빈소를 지키는 나에게 전화를 걸어서 지시한 사항은 올 여름 시장에 출시되는 제품 다섯 종의 선전과 마케팅 전략을 기한 안에 확정해서 집행에 착수하라는 것이었다. 작년 하반기부터 대리점들로부터 올라오는 결제 대금은 전부가 어음이었는데, 미수율이 십 퍼센트였고 부도율은 삼 퍼센트였다. 지방 대리점들은 담합했다. 미수금 청산을 거절했고, 마진폭 인상을 요구해왔다. 본사 기획팀을 내려보내 총판장들을 구슬렸으나 성과는 없었다. 미수금 총액이 십억을 넘어서자 지방 총판장들을 물건을 팔고도 일정 부분은 대금을 받을 수 없는 영업현장의 애로를 본사가 인정해줄 것을 요구했다. 본사는 미수금을 자꾸만 이월시켜 나갔지만, 이월된 미수금 액수는 단지 숫자일 뿐 수익은 아니었다. 작년 하반기 이후 회사의 유동 자금은 극도로 경색되었고, 금년 여름에는 단기성 개발비 동결로 시장에 내놓을 신제품이 없었다. 이 년 전에 재고 처리했던 쇼킹 핑크 계통의 립스틱 세 종과 울트라 마린블루와 코발트블루 계통의 마스카라 네 종류와 여름용 선탠크림을 라벨과 용기와 포장만 바꾸고 십오억 원의 선전비를 투입해서 시장으로 떠밀어내는 것이 올여름의 영업내용이었다. 건더기는 없고 껍데기뿐이었지만, 이 업계에서 건더기와 껍데기가 구별되는 것도 아니었고 껍데기 속에 외려 실익이 들어 있는 경우는 흔히 있었다. 여름 시장에 내놓을 이 재고상품 여덟 가지 전체의 선전과 광고에 적용될 리딩 이미지와 문구를 결정하기 위한 회의는 부서별, 직급별로 다섯 차례 열렸다. 그 회의에서 논의된 리딩 이미지의 문구는 '여름에서 가을까지-여자의 내면여행'과 '여름에 여자는 가벼워진다' 그렇게 두 가지로 압축되어 중역회의에 제출되었다. 장례 휴가가 계속되는 일주일 동안 그 둘 중의 하나를 리딩 이미지로 결정하고, 거기에 따른 포스터와 영상제작, 모델,

촬영기사, 디자이너를 교섭하는 일, 광고매체를 확보하는 일과 전국 영업 조직에 판매 전략을 시달하고 훈련시키는 일들을 해당 실무부서에 분담시켜야 했다.

3

당신의 이름은 추은주(秋殷周). 제가 당신의 이름으로 당신을 부를 때, 당신은 당신의 이름으로 불린 그 사람인가요. 당신에게 들리지 않는 당신의 이름이, 추은주, 당신의 이름인지요. 제가 당신을 당신이라고 부를 때, 당신은 당신의 이름 속으로 사라지고 저의 부름이 당신의 이름에 닿지 못해서 당신은 마침내 삼인칭이었고, 저는 부름과 이름 사이의 아득한 거리를 건너갈 수 없었는데, 저의 부름이 닿지 못하는 자리에서 당신의 몸은 햇빛처럼 완연했습니다. 제가 당신의 이름과 당신의 몸으로 당신을 떠올릴 때 저의 마음속을 흘러가는 이 경어체의 말들은 말이 아니라, 말로 환생하기를 갈구하는 기갈이나 허기일 것입니다. 아니면 눈보라나 저녁놀처럼, 손으로 잡을 수 없는 말의 환영일 테지요.

당신의 이름은 추은주. 오 년 전 신입사원 공채 때 인사과장이 가져온 최종합격자 이력서에서 당신의 이름을 읽었을 때, 이제는 지층 밑에 묻혀버린 먼 고대국가의 이름이 내 마음에 떠올랐습니다. 그리고 당신의 몸은, 구석 자리에서 컴퓨터 자판을 두드리며 결재서류를 작성하고 있던 당신의 둥근 어깨와 어깨 위로 흘러내린 머리카락과 그 머리카락이 당신의 두 뺨에 드리운 그늘은 내 눈앞에서 의심할 수 없이 뚜렷했고 완연했습니다. 아, 살아 있는 것은 저렇게 확실하고 가득 찬 것이로구나 싶어서, 저의 마음속에 조바심이 일었습니다. 당신은 광고 파트의 신입사원으로 입사했고, 상무인 저와는 보고 계통이나 결재 라인에서 마주칠 일이 없는 업무 일선에 배치되었습니다.

회사가 신축사옥으로 옮겨가기 전에는 부서별로 방이 없이 칸막이 사무실을 쓰고 있었는데, 내 자리 칸막이 너머로 바라보이는 당신의 둥근 어깨는 공중에 떠 있었습니다. 분기 말마다 미결업무들을 한꺼번에 결재하느라고 직원들은 중국음식을 배달시켜놓고 야근을 했었지요. 그 분기 말의 저녁에 당신은 아마도 새로 출시된 아이섀도의 소비자선호조사보고서나 매체별 광고효과분석 보고서나 또는 선탠크림 부작용에 대한 무더기 고발사건의 뒤치다꺼리를 위해 소비자 단체나 신문기자들에게 풀어먹인 홍보비와 접대비 지출내역보고서를 작성하고 있었겠지요. 장맛비가 며칠째 쏟아지던 여름 분기 말의 저녁이었습니다. 당신은 목둘레가 둥글게 파인 블라우스를 입고 있었고, 당신의 목 아래로 당신의 빗장뼈 한 쌍이 드러났습니다. 결재서류가 올라오기를 기다리던 나는 내 자리에서 일어서서 칸막이 너머로 당신을 바라보았습니다. 당신의 가슴의 융기가 시작되려는 그곳에서 당신의 빗장뼈는 당신의 가슴뼈에서 당신의 어깨뼈로 넘어가고 있었습니다. 그 빗장뼈 위로 드러난 당신의 푸른 정맥은 희미했고, 그리고 선명했습니다. 내 자리 칸막이 너머로 당신의 빗장뼈를 바라보면서 저는 저의 손으로 저의 빗장뼈를 더듬었지요. 그때, 당신의 몸을 생각했습니다. 당신의 몸속의 깊은 오지까지도 저의 눈에 보이는 듯했습니다. 여자인 당신, 당신의 깊은 몸속의 나라, 그 나라의 새벽 무렵에 당신의 체액에 젖는 노을빛 살들, 그 살들이 빚어내는 풋것의 시간들을 저는 생각했고, 그 나라의 경계 안으로 제 생각의 끄트머리를 들이밀 수 없었습니다. 당신은 흰 블라우스 위로 구슬이 많은 호박 목걸이를 드리우고 있었습니다. 비구름이 갈라지고, 빌딩의 옥상 간판들 사이로 내려앉는 저녁 해가 당신의 목걸이에 비쳐, 목걸이 구슬마다 해는 저물었습니다. 사위는 잔광 한 줌씩을 거두어가면서 구슬 속으로 저무는 일몰은 위태로웠습니다.

그때, 저는 저의 생애가 하얗게 지워지는 것을 느꼈습니다. 그때, 지체 없이 당신의 이름을 부르지 않으면 당신이 당신의 몸속의 노을빛 살 속으로, 내가 닿을 수 없는 살의 오지 속으로 영영 저물어버릴 것 같은 조바심으로 나는 졸아들었고, 분기 말의 저녁마다 당신의 어깨는 저무는 날의 위태로운 노을로 내 앞에 번져 있었습니다. 당신은 부서의 동료들끼리 중국 음식을 배달시키고 나는 설렁탕을 시켜서, 당신은 당신의 자리에서 먹고 나는 내 자리에서 먹었습니다. 고개를 숙일 때마다 흘러내리는 머리카락을 한 손으로 쓸어올리면서 당신은 젓가락질을 했습니다. 당신은 휴대백에서 실핀을 꺼냈습니다. 당신은 앞니로 실핀 끝을 벌리고, 그 실핀을 귀밑머리에 꽂아 흔들리는 머리 타래를 고정시켰습니다.

빗장뼈 위로 솟아오른 당신의 목은 흰 절벽과도 같았습니다. 당신은 계속 먹었습니다. 볶음밥을 한 숟갈 입에 넣고 나서 국물을 한 숟갈 떠넣기를 당신은 반복했습니다. 당신이 밥을 먹는 모습에서는 끼니때를 놓친 시장한 노동자의 식욕이 느껴졌습니다. 당신이 음식을 넘길 때마다 흔들리는 당신의 턱밑의 흰 살들을 저는 칸막이 너머로 바라보았습니다. 그리고 또 제 손으로 제 턱밑 살을 더듬어보았지요. 사무실 안에 인공조미료의 느끼한 냄새가 가득 찼고, 당신이 젓가락질을 할 때마다 당신의 목걸이 구슬들은 마구 흔들렸습니다. 당신의 몸속으로 들어가서 당신의 체액과 비벼지면서 당신의 몸속을 흘러가는 볶음밥 낱알들의 행로를 저는 생각했습니다.

아니지요. 그 고대국가의 지층 밑을 저는 엿볼 수 없었습니다. 내 두 눈을 찌를 듯이, 그렇게 확실하게 살아서 머리 타래를 흔들며 밥을 먹고 있는 당신의 모습은 매몰된 지층 밑의 유적이나 풍문처럼 아득하고 모호했습니다. 그 확실함과 모호함 사이에서 저는 아둔하게도 저 자신의 빗장뼈와 목 밑 살을 더듬고 있었지요. 그리고 그 확실함과 모호함 사이에서

기획특집 · 김훈 金薰

당신은 계절마다 옷을 바꾸어 입었고 야근하는 저녁마다 볶음밥을 시켜 먹었고, 입사한 지 여섯 달 만에 청첩장을 돌리며 결혼했고, 동료 직원들이 당신의 부푼 배를 위태로워할 때까지 만삭의 배를 어깨끈 달린 치마로 가리며 출근했고, 당신을 똑 닮았다는 딸을 낳았고, 산후휴가가 끝난 뒤 다시 당신의 자리로 돌아왔습니다.

어쩌다가 회사 복도나 엘리베이터에서 당신과 마주칠 때, 당신의 몸에서는 어머니의 젖 냄새가 풍겼습니다. 엷고도 비린 냄새였습니다. 가까운 냄새인지 먼 냄새인지 분간이 되지 않는 냄새였지요. 확실하고도 모호한 냄새였습니다. 당신의 몸 냄새는 저의 몸속으로 흘러들어왔고, 저는 어쩔 수 없이 당신의 몸을 생각했습니다. 당신이 볶음밥을 먹으며 야근하는 저녁에 저는 저의 자리에 앉아서, 당신의 모든 의식과 기억을 풀어헤쳐서 다만 숨 쉬게 하는 당신의 잠든 몸을 생각했습니다. 당신이 잠들 때, 당신의 날숨이 당신의 가슴에서 잠든 아기의 들숨 속으로 흘러 들어갈 것이고, 아침이 오도록 당신의 방에서 익어가는 당신의 몸 냄새를 생각했습니다. 여자인 당신의 모든 생물학적 조건들 속에 깃들이는 잠과 당신이 잠드는 동안 당신의 몸속에서 작동하고 있을 허파와 심장과 장기들을 생각했습니다.

그리고 당신의 몸속 실핏줄 속을 흐르는 피의 온도와 당신의 체액에 젖는 살들의 질감을 생각했습니다. 내 마음속에서, 당신의 살들은 손으로 만질 수 없는 풍문과도 같았습니다. 그 분기 말의 저녁에도 오줌이 빠지지 않는 저의 몸은 무거웠고, 몸 전체가 설명되지 않는 결핍이었습니다. 몇 년 전에 신입사원인 당신이 상무인 내 자리로 찾아와 웃으면서 청첩장을 내밀고 결혼휴가를 청할 때도 저의 몸은 그렇게 무거웠고, 결핍의 덩어리였습니다. 그때 저는 방광의 무게가 힘들어서 자리에서 일어서지 못하고 아마도 축하한다, 신랑은 뭐 하는 사람인가, 사장 명의로 식장에 화환을 보내줄게, 결혼 후에 아기 낳더라도 회사에 다닐 건가, 결혼식 날 지방 출장 갈 일이 있다, 식장에 못 가더라도 섭섭하게 생각하지 말라, 라는 말을 주절거렸던 것 같습니다. 저는 봉투에 수표 두 장을 넣고, 그 봉투 위에 '축 화혼'이라고 써서 당신에게 내밀었지요. 당신은 두 손으로 봉투를 받았습니다.

당신이 고개를 깊이 숙여 절할 때, 당신의 뺨 위로 흘러내리는 머리 타래를 저는 외면했습니다. 당신은 뒤로 돌아서서 제자리로 돌아갔습니다. 그때 당신은 결혼을 앞둔 신부의 정장 차림이었습니다. 돌아선 당신의 몸은 블라우스와 스커트 속에서 완연했고 반팔 블라우스 소매 아래로 노출된 당신의 팔에는 푸른 정맥이 드러났습니다. 당신의 정맥은 먼 나라로 가는 도로처럼 보였습니다. 그 정맥 속으로 내가 확인할 수 없는 당신의 시간이 흐르고, 저와 사소한 관련도 없을 당신의 푸른 정맥이 저의 눈앞에 드러나서 이 세상의 공기에 스치게 되는 여름을 저는 힘들어했습니다. 저는 여름에도 당신이 긴팔 블라우스를 입기를 바랐고, 당신은 여름마다 짧은팔 블라우스를 입었습니다.

저희 두 사람이 여러 어른과 친지들을 모시고 백년해로의 가약을 맺으려 하오니 부디 축복하여주시기 바랍니다 – 당신이 놓고 간 청첩장에는 그렇게 적혀 있었습니다. 당신이 결혼하던 날 저는 전라북도 지역으로 출장을 떠났습니다. 미리 예정되었던 출장이었지요. 상무인 제가 부하직원의 결혼식에 가지 않아도 좋게 된 이 공식일정에 저는 안도했습니다. 그 무렵, 새로 출시된 피부 미백제가 대량 부작용을 일으켜 전라북도 지방의 소비자단체들이 고발할 움직임을 보이고 있었습니다.

저의 출장 목적은 피해자들을 돈으로 진정시키고 소비자단체 대표들을 구슬려 고발을 막는 일, 그리고 아이섀도와 립글로스의 마진율 인상을 요구해 온 지방 총판장들과 타협을 보는 일이었습니다. 당신의 결혼식이 시작되었을 시간쯤에 저는 군산, 익산 지역을 돌며 피해자들을 만나서 돈을 건네고 "민형사상의 문제를 제기하지 않겠다"는 각서를 받았습니다. 당신이 신혼여행지인 제주도에 도착했을 시간쯤에 저는 김제에서 소비문화보호협회 대표라는 중년여성들을 만나 "제품을 감시하는 여러분의 노력이 기업을 긴장시켜주고 있다"고 치하하면서 돈 봉투를 나누어주었습니다.

저녁에는 총판장들을 김제 시내의 한 룸살롱으로 불러 모아서 술을 마셨습니다. 총판장들은 농산물 개방 이후 농촌 경기는 수렁으로 빠졌으며 주 소비층인 젊은 여성들이 모두 사라져버려서 마진율을 인상하지 않으면 총판이고 대리점이고 영업권을 반납하겠다고 으름장을 놓으면서, 미수금 전액을 본사가 떠맡아줄 것을 요구했습니다. 저는 마진율과 미수금은 연동시킬 수 없는 전혀 별개의 회계이며, 만성적인 유동성 자금난으로 월급 때마다 단기융자를 끌어다 써야 하는 본사의 어려움을 설명했습니다.

제가 "잘 아시면서 왜들 이러십니까?"라고 말하면, 총판장들도 똑같은 말로 대답했습니다. 아무런 소득도 없이 술에 취했습니다. 여자들이 옷을 벗었고, 술 취한 총판상들이 여자들의 사타구니 밑으로 손을 넣었습니다. "너는 낯빛을 보니까 구멍 속이 인디언 레드겠구나. 너는 쇼킹 핑크겠고." 전주 총판장이 여자 사타구니를 더듬던 손을 코에 대고 냄새를 맡았습니다. "좀 씻고 다녀라, 이 더러운 년아." "사장님 그게 조개 냄새가 좀 나야 맛있는 거예요." "이게 지금 조개 냄새냐? 썩은 곤쟁이젓 냄새지."

회사 법인카드로 술값과 팁을 계산했습니다. 김제 들판이 끝나는 만경장 어귀의 포구마을에 전주 지사장이 저의 여관을 잡아놓았습니다. 저는 대리운전을 불러서 여관으로 갔습니다. 당신이 결혼하던 날, 저의 하루 일과는 그렇게 끝났지요. 여관 창문 밖으로 썰물의 개펄이 아득히 펼쳐져 있었고 흰 달빛이 개펄 위에서 질척거리면서 부서졌습니다. 바다는 개펄 밖으로 밀려 나가 보이지 않았고, 거기에는 아무것도 없었습니다. 저승에 뜬 달처럼 창백한 달빛이 가득한 그 공간 속으로 새 한 마리가 높은 소리로 울면서 저문 바다로 나아갔습니다. 저는 제가 어디에 와 있는지 알 수가 없었습니다. 그 여관방에서 당신의 몸을 생각하는 일은 불우했습니다. 당신의 몸속에서, 강이 흐르고 노을이 지고 바람이 불어서 안개가 걷히고 새벽이 밝아오고 새 떼들이 내려와 앉는 환영이 밤새 내 마음속에 어른거렸습니다. 당신의 이름은 추은주. 제가 당신의 이름으로 당신을 부를 때, 당신은 당신의 이름으로 불린 그 사람인가요. 당신에게 들리지 않는 당신의 이름이, 추은주, 당신의 이름인지요.

4

저녁 일곱 시가 지나자 문상객들이 몰려왔다. 사장이 어른 키만 한 조화를 보내왔다. 사장의 조화는 영정 가까이, 거래처 대표들이 보낸 조화는 영정 좌우로 진열되었다. 동창회와 향우회, 전우회에서 만장을 보내와 빈소 입구에 세웠다. 회사 경리직원이 나와서 부의금 접수업무를 맡았다. 절을 마친 문상객들은 식당으로 가서 그룹별로 모여 앉아 육개장으로 저녁을 먹었다. 저녁 아홉 시가 좀 지나서 추은주가 빈소에 나타났다. 추은주가 결혼하던 날 내가 지방 출장을 갔듯이, 아내의 장례 기간 중에 추은주가 어디론가 출장을 가거나 휴가를 가서 빈소에 나타나지 말기를 나는 바랐다. 추은주는 함께 온 여직원들과 나란히 서서 아내의 영정을 향해 두 번 절했다. 나는 두 손을 앞으로 모으고 바닥에 엎드린 추은주의 몸을 내려다보았다. 추은주는 블루진 바지에, 양말을 신지 않은 맨발이었다. 추은주의 머리가 바닥에 닿을 때 머리 타래가 흘러내렸고 맨발의 뒤꿈치가 도드라졌다. 뒤꿈치의 각질과 엄지발가락 밑의 둥근 살도 보였다. 엎드린 추은주의 등과 엉덩이는 완연한 몸이었다. 세상 속으로 밀치고 나오는 듯한 몸이었다. 그리고 그 몸은 스스로 자족(自足)해 보였다.

추은주가 결혼하던 날, 만경강 개펄 가의 여관방에서 보낸 밤이 생각났다. 나는 고개를 흔들어서 생각을 떨쳐냈다. 생각은 떨어져 나가지 않았다. 영정 속에서 아내는 엷게 웃고 있었다. 미소 띤 사진은 영정으로 쓰지 말라고 미리 유언이라도 남기고 싶었다. 나는 추은주와 맞절했다. 절을 마친 추은주는 내 앞으로 다가왔다.

"상심이 크시겠습니다. 너무 일찍 가시는군요. 저희 어머님하고 동갑이신데……"라고 추은주는 말했다.

"뭐, 병원에서 해볼 만큼 다 해봤으니까……."

나는 겨우 그렇게 대답했다. 추은주는 여직원들과 함께 식당으로 물러갔다. 저녁 열 시가 넘어서 광고기획1과장 박진수와 광고기획2과장 정철수가 빈소에 나타났다. 그들은 화장품 광고업계의 신예들로 사장이 고액 연봉으로 스카우트한 사람들이었다. 박진수는 기초화장품 담당이었고 정철수는 색조화장품 담당이었다. 두 과장들은 까만 양복에 까만 넥타이를 매고 까만 양말을 신고 있었다. 병원 영안실에서 빌려 입은 상복이었다. 과장들이 절할 때, 망사처럼 얇은 양말 밑으로 발바닥이 비쳐 보였다. 절을 마친 과장들은 내 팔을 끌어서 빈소 옆 부속실로 데리고 들어갔다.

"황망 중에 예의가 아닙니다만, 여름 광고 이미지 문안을 시급히 결정해주셔야겠습니다. 경쟁사들이 먼저 치고 나갈 기세입니다."

……

2과장 정철수가 말했다.

"딴 중역들은 별 의견 없으실 겁니다. 상무님하고 저희들이 결정해서 밀어붙이면 될 겁니다."

1과장 박진수가 말했다. 과장들은 스스로 회사의 실력자임을 의식하고 있었다.

"알고 있네. 아침에 사장께서도 전화로 지시하더군."

2과장 정철수는 까만 양복 윗도리를 벗고 넥타이를 느슨하게 풀었다. 넥타이를 풀 때 그는 고개를 좌우로 힘있게 흔들었다.

"그런데 말입니다. '여자의 내면여행'은 너무 관념적이고 스모키하지 않겠습니까? 오히려 가을 시즌에 맞는 이미지가 아닐까 싶은데, '내면여행'을 채택한다면 영상 제작도 쉽지 않을 겁니다. 이미지를 돌출시켜내기가 어려울 것 같습니다."

"연상연출로 이 관념성을 넘어가야 합니다. 사인화(私人化)된 정서가 도시 여성에게 어필합니다. 도시로부터 이탈하려는 게 여자들의 여름 정서의 핵심이라고 봅니다."

"그게 문제지요. 밖으로 뛰쳐나가지 못해 안달인 판에 '내면'이란 고루하고 폐쇄적인 느낌이 듭니다. 화장품은 내면사업이 아니라 외면사업입니다."

"전 '여름엔 여자는 가벼워진다' 쪽으로 가야 한다고 봅니다. 올 여름은 유례없이 질퍽거리고 끈끈할 것이라는 예보가 나와 있습니다. 한국 여자들의 심성에는 물기가 너무 많지요. 물주머니들이 돌아다니는 거예요. 여자들은 자신들의 이 대책 없는 물기를 증오하는 겁니다. 그러니, 이걸 거꾸로 타고 넘어가려면 역시 '가벼움'의 이미지를 밀고 나가는 게 좋을 겁니다."

"여름엔 여성 존재의 전환감을 강조해야 합니다. 존재의 전환, 낯섬과 설레임, 이런 쪽으로 가야지요. 그러니 '내면여행'을 영상으로 잘 다듬어 내는 것도 좋을 겁니다."

"'내면여행'은 품격 있는 이미지가 될 수야 있겠지만 도발성이 모자라요. 기초에는 어떨지 몰라도 색조에까지 적용하기엔 좀 엉성할 겁니다. 꽉 조여드는 힘이 없잖아요."

"나는 '가벼워진다' 쪽이 오히려 존재의 전환감과 합치된다고 봅니다. 여기에 촉촉함과 메마름의 이미지를 함께 연출해낼 수 있다면 먹혀들 겁니다. 여름은 무겁고 질퍽거리니까요."

"'가벼워진다'에는 이탈적 정서가 확실히 들어 있기는 하지만, 이 가벼움이 그야말로 너무 가벼워서 중량감이 전혀 없는 게 문제지요. 거기에 비하면 '내면여행'의 중량감은 안정돼 있다고 봐야지요."

'내면여행'과 '가벼움' 사이에서 박진수와 정철수는 오랫동안 갈팡질팡했다. 젊은 과장 둘은 그 두 개의 리딩 이미지 중에서 어느 한편을 택할 경우에, 거기에 맞는 여자 모델들의 이름을 열거하면서, 머리카락의 질감, 눈동자의 깊이, 눈두덩의 높이, 눈썹의 긴장감, 아랫입술의 늘어짐, 아랫입술과 윗입술이 만나는 두 점의 극한감, 어깨의 각도가 주는 온순성과 애완성을 분석해나갔다. 두 과장들은 리딩 이미지가 아직 결정되기도 전에 이미 광고 영상제작에 따른 대비를 하고 있었다. 여성의 신체 부위의 질감을 분석하고 거기에 이미지를 입히려는 그들의 의견은 때때로 충돌하기도 했으나 '광고는 스모키해서는 안 된다'는 점에는 일치했다. 두 과장들은 또 이미지에 따른 로케이션과 영상 구성의 내용, 손톱, 입술, 눈동자, 허벅지, 장딴지, 눈썹 같은 부분모델을 기용하는 문제와 그 모델들의 신체 특징을 열거해나갔다. 박진수가 들고 온 가방 속에는 모델들의 신체 부위를 찍은 천연색 사진이 수십장 들어 있었다.

정철수는 지난 일 년 동안 TV 드라마, 영화, 가요, 패션, 무용에 나타난 여성성의 이미지들을 수집하고 분석한 자료를 꺼내 보였다. 그의 자료는 A4용지에 깨끗하게 정리되어 바인더에 묶여 있었다. "모레까지는 결정을 봐야 합니다. 이미지의 내용이 스모키하더라도 표현은 명료해야 할 텐데요." 정철수가 말했다. 그의 어투는 늘 단정했고 단호했다. 모레라면 발인해서 화장하는 날이었다. "자네들의 판단을 믿고 있네. 그게 늘 워낙 아리송해서 말이야. 다른 임원들 얘기도 들어보고……."

과장들의 말은 돌격을 지휘하는 장교의 언어처럼 전투적이었으나, 그들의 말은 그야말로 스모키하게 들렸다. 헛것들이 사나운 기세로 세상을 휘저으며 어디론지 몰려가고 있는 느낌이었다. 나는 그 스모키한 헛것들의 대열 맨 앞에 있었다. 과장들은 자정 무렵에 자리에서 일어났다. 그들은 영안실 접수 창구 옆 의상보관소에서 상복을 반납하고 제 옷으로 갈아입고 돌아갔다. 자정이 넘자 문상객들은 오지 않았다. 부의금을 접수하던 경리과 직원도 명부를 걷어서 돌아갔다. 밤샘을 할 작정인 직원 몇 명과 대학 동창생들이 식당에서 고스톱을 쳤다. 추은주도 돌아가고 없었다. 빈소는 또 비었고, 영정 속에서 아내는 엷게 웃고 있었다.

수술 전날, 간호사가 아내의 머리카락을 잘랐다. 간호사는 머리카락을 한 움큼씩 손으로 쥐고 밑둥에 가위질을 했다. 머리통을 간호사에게 내맡기고 아내는 울었다. 머리카락이 잘려나간 아내의 얼굴을 낯설어 보였다. 간호사가 잘려진 머리카락을 흰 보자기에 싸서 들고 나갔다. 그날, 주치의는 나에게 아내의 뇌를 찍은 엠알아이 사진을 보여주었다. 그는 슬라이드 여러 장을 벽에 걸어놓고 설명했다.

"좋지 않습니다. 이 오른쪽에 골프공처럼 자리잡은 환한 부분이 종양의 핵입니다. 벌써 크게 자리잡았지요. 종양 속에서 이미 출혈이 시작되었습니다. 이 종양이 뇌를 압박해서 두통을 일으키고, 온갖 신경계통을 교란시키게 됩니다. 아직 사진에 나타나지 않았지만, 세포 속에서 진행되고 있는 종양도 있을 수 있습니다."

슬라이드 속에서, 두개골 안쪽으로 들어찬 뇌수는 부유하는 유동체처럼 보였다. 뇌수는 아직 형태를 갖추지 못하고 흐느적거리는 원형질이었다. 인간의 지각과 기능을 통제하는 사령부가 아니라, 멀어서 아물거리는 기억이나 풍문처럼 정처 없어 보였다.

저것이 아내였던가. 저것이 아내로구나. 저것이 두통 발작 때마다 손톱으로 벽을 긁던 아내의 고통의 중추로구나. 슬라이드 속에서 종양이 번진 부위는 등불처럼 환했다. 환한 덩어리 주변으로 반딧불이 같은 빛들이 점점이 흩어져 있었다. 뇌수는 아무런 형태감도 없었다. 그것은 그저 안개나 바람 같은, 스쳐 지나가는 기류처럼 보였다. 살아 있다는 사태의 온갖 느낌을 감지하고 갈무리하는 신체기관이라고 하기에는 그곳은 꺼질 듯이 위태로웠고, 그 안에서 시간이나 말이 발생하지 않은 어둠에 잠겨 있었는데, 점점이 흩어져서 반짝이는 종양의 불빛들은 저녁 무렵인 듯싶었다. 수면제의 힘으로 아내가 깊이 잠들어 마음이 소멸하는 밤에도 그 종양의 불빛들은 잠든 아내의 뇌수 속에서 명멸한 것이었다. 그때 의사는 또 말했다.

"어려운 수술이지요. 종양 뒤쪽으로 시신경이 지나고 있습니다. 종양이 시신경을 압박하면 반맹이나 실명이나 착시가 될 수 있습니다. 수술은 다섯 시간쯤 걸릴 겁니다. 두개골을 열고 현미경으로 들여다보면서 0.1mm씩 작업을 하게 됩니다. 가족들도 마음을 단단히 먹어야 합니다."

나는 아내의 뇌수 사진을 들여다보면서 혼잣말을 하듯이 의사에게 물었다.

"수술 후에 재발하지는 않을까요?"

"그렇지 않기를 바랍니다. 종양을 제거하면 우선 두통과 구역질은 없어질 겁니다. 뇌종양이라 해도, 병은 환자마다 제가끔입니다. 병은 개인에게 개념적이고도 고유한 징후이지요. 의사가 종양을 들어낼 수는 있어도 종양을 빚어내고 키우는 환자의 생명에 개입할 수는 없습니다."

의사는 불필요하게 친절했다. 그의 친절한 설명은 종양의 나라를 규율하는 헌법처럼 들렸다. 아내의 두통은 발작이 시작되면 곧 극점으로 치달았다가 서서히 가라앉았다. 두통이 극점에 달했을 때 아내는 헛소리를 하면서 위액을 토했고, 두통이 가라앉을 때 아내는 식은땀을 흘리며 기진맥진하였다. 간병인이 뒤채는 아내의 팔다리를 벨트로 묶었다.

"여보...... 개밥...... 개밥......."

두통에서 겨우 벗어나기 시작했을 때 아내는 묶인 몸으로 가슴을 벌떡거리며 개밥을 걱정했다. 집에 파출부가 오지 않는 날 개는 하루종일 빈 집에 묶여서 굶었다. 누런 털의 순종 진돗개였는데, 콩알처럼 생긴 마른 사료는 거들떠보지도 않았고 국에 말아주는 밥만 먹었다. 딸이 취직해서 출근을 시작하자 집 안이 썰렁하다고 아내가 얻어온 개였다. 아내가 입원한 뒤, 개는 하루 종일 혼자 묶여 있었다. 비 오는 날, 개는 개집 속에 엎드려 앞발을 내밀고 앞발에 떨어지는 빗방울을 혀로 핥았다. 개는 몇 시간이고 그러고 있었다.

"여보...... 개밥 줘야지, ... 개밥."

간병인이 아내의 아랫도리를 벗기고, 두통 발작 때 흘린 사타구니 사이의 똥물을 닦아낼 때도 아내는 개밥을 못 잊어했다. 개의 이름은 보리

......

였다. 내세에 사람으로 태어나라고, 아내가 지어준 이름이었다. 나는 개밥을 걱정하는 아내의 머리를 두 손으로 감싸주었다. 면도로 민 아내의 머리는 형광등 불빛에 파르스름했다. 종양을 키우고 있는, 작고 따스한 머리였다. 혈관을 흐르는 피의 맥박이 내 손에 느껴졌다. 그 핏줄의 아래쪽 뇌수 속에서 종양의 저녁 불빛들은 깜빡이고 있을 것이었다.

"아침은 내가 줬어. 저녁은 미영이가 가서 줄 거야."

내 말이 들리지 않는지, 아내는 개밥…… 개밥을 신음처럼 중얼거리다가 까무룩이 늘어져 실신하듯 잠들었다. 첫 번째 수술은 성공적이었다고 의사는 말했다. 두통과 구역질이 멎었다. 아내는 퇴원해서 집으로 돌아왔고, 개는 끼니때마다 국에 만 밥을 먹었다. 아내의 종양은 여섯 달 뒤에 재발했다. 두 번째 수술을 하기 전날에도 의사는 나를 불러서 엠알아이 사진을 보여주었다. 먼젓번의 종양의 핵심부는 보이지 않았지만, 그 주변에 점점이 흩어져 있던 반딧불이 같던 불빛 두 개가 영역을 넓혀가며 자리잡고 있었다. 의사는 재수술을 결정했다.

"먼젓번 종양은 없어졌습니다. 이건 재발이 아닙니다. 새로 태어난 종양입니다."라고 의사는 말했다.

두 번째 수술이 끝나고 아내가 회복실에서 병실로 실려왔을 때, 나는 아내가 이제 그만 죽기를 바랐다. 그것만이 나의 사랑이며 성실성일 것이었다. 아내는 삭정이처럼 드러난 뼈대로 다만 숨을 쉬고 있었다. 종양이 뇌 속의 후각중추를 잠식하면 냄새를 맡는 신경이 교란되고 이 증세가 미각에까지 영향을 미치는데, 신경조직 속에서 후각과 미각은 긴밀히 연결되어 있다고 의사는 설명했다. 두 번째 수술 후, 아내는 거의 아무것도 먹지 못했고, 체중은 삼십 킬로그램으로 떨어졌다. 새벽에 목이 마르다고 해서 아이스크림을 떠먹여주면 아내는 뱉어버렸다.

"아이스크림에서 구린내가 나요."라고 아내는 울먹였다. 나는 냉수를 떠먹여주었다. 병실 유리창 밖으로 여름의 새벽이 밝아오고 있었다. 빌딩 사이로 새벽은 멀리 울트라 마린블루의 하늘을 펼쳐놓고 있었다. 음식에서 구린내가 나서 입에 댈 수 없다며 아내는 도리질을 쳤다. 간병인이 피자에 얹힌 치즈와 베이컨을 걷어내고 가장자리의 밀가루 빵만 떼어먹여도 아내는 혀를 내밀어 뱉어냈다. 아내가 가장 견딜 수 없어했던 냄새는 김이 나는 더운 쌀밥의 냄새였다. 냄새는 혐오할수록 더욱 날카롭게 느껴지는 모양이었다. 아내는 옆 침대 환자가 김 나는 밥을 먹을 때도 고개를 돌리고 구토를 일으켰다.

"더운밥이 구린내가 더 심해요. 냄새가 김으로 퍼지거든요."라며 아내는 간병인을 들볶았다. 아내가 야채즙이나 크림수프를 먹을 때도 간병인은 코를 막아주었고, 아내는 삼키고 나서는 입 안을 물로 헹구어냈다. 아이스크림이나 더운밥 안에 애초부터 구린내가 깊이 숨어 있었던 것인지를 나는 의사에게도 아내에게도 물어볼 수 없었다. 알 수는 없지만, 후각중추가 교란되었기 때문에 음식 자체의 냄새가 바뀌지는 않을 것이다. 알 수는 없지만, 아내의 후각중추가 온전했을 때, 아내가 맡던 냄새가 음식의 본래 냄새였다고 말할 수도 없을 것이었다. 알 수는 없지만, 아내가 치를 떨던 그 구린내는 본래 음식 깊은 곳에 종양처럼 숨어 있던 냄새가 아니었을까. 그래서 뇌가 온전할 때 맡을 수 없었던 그 냄새가 종양이 번지자 비로소 아내에게 감지되는 것은 아닌지. 그래서 누리고 비리고 향긋하고 상큼하던 냄새들이 아내에게는 모두 구린내로 느껴지는 것은 아닌지를 나는 생각했지만, 아무런 생각도 더듬어낼 수 없었다.

먹는 것이 급격히 줄어들자 아내의 똥은 새까맣고 딱딱하게 굳어졌다. 바싹 졸여진 환약처럼 물기가 없었고 찌를 듯한 악취를 풍겼다. 아내의 똥은 창자와 음식물 사이의 사투의 고통이 응축된 사리처럼 보였다.

간병인은 아내의 기저귀를 갈아채울 때마다 향을 피우고 마스크를 썼다. 사지가 늘어진 아내는 기저귀를 갈아채울 때면 수치심으로 두 다리를 버둥거리며 간병인을 밀쳐내려 했지만, 이내 기진맥진했다. 아내는 제 똥이 발산하는 그 지독한 악취에는 아무런 반응도 보이지 않았다. 아내는 완전히 뒤바뀐 냄새의 세계에서 마지막 날들을 숨쉬고 있었다.

5

새벽에 빈소에서 라면을 먹었다. 딸과 약혼자는 자정께 돌려보냈다. 빈소에는 나 혼자뿐이었다. 영정 속의 아내는 여전히 웃고 있었다. 머리카락에 윤기가 돌았다. 라면은 짜고 누리고 느끼했다. 조미료 냄새가 빈소에 퍼졌다. 그 냄새 속에서 아내의 사진은 웃고 있었다. 장례일정의 첫째날은 그렇게 끝났다.5당신의 이름은 추은주. 제가 당신의 이름으로 당신을 부를 때, 당신은 당신의 이름으로 불린 그 사람인지요. 당신에게 들리지 않는 당신의 이름이, 추은주. 당신의 이름인지요.아내의 빈소를 혼자서 지키던 새벽에 당신의 이름을 생각하는 일은 참혹했습니다. 당신의 딸이 두 살인가 세 살쯤 되던 여름에, 직원 몇 명이 회사에 나와서 특근을 하던 어느 일요일이 떠올랐습니다. 그날, 당신은 당신의 어린 딸을 데리고 출근했지요. 당신은 컴퓨터 자판을 두드리며 아마도 소비동향분석보고서를 작성하고 있었고, 그 옆자리에서 당신의 딸은 봉제곰을 안고 있었습니다. 그리고 당신의 책상에는 아이에게 먹일 우유와 딸기 몇 알이 놓여 있었습니다. 출근한 직원 몇 명이 아이 옆에 모여서 머리를 쓰다듬었지요.

그 여름에 마린블루 계통의 아이섀도와 마스카라는 대박이 터졌습니다. 대리점들은 마진율을 낮춰가며 물건을 요구했고, 광고와 시장관리 업무로 회사는 여름휴가를 연기해가며 분주히 돌아갔습니다. 그 여름에 제

작한 광고 포스터 속에서, 정오의 햇살이 직각으로 내리쬐는 지중해는
생선의 푸른등처럼 무한감으로 빛났고 수평선 쪽 물이랑 너머로부터 바
다는 다시 새로운 색조로 피어나고 있었습니다. 그 무한감의 바다 위로
여자의 눈동자가 클로즈업되고 바람에 주름지는 물결이 여자의 눈동자
속에서 출렁거렸습니다. 광고 담당 부장들의 분석에 따르면, 그해 여름
장마는 유난히 길고 끈끈하고 질퍽거렸으며, 공기 속에 곤쟁이젓국 냄새
가 자욱했는데, 마린블루 계통의 광고는 바스락거리는 환절기를 그리워
하는 여름 여자들의 감성을 강타했다는 것이었습니다.

기
획
특
집
·
김
훈
金
薰

   그 포스터는 전국 백화점과 헬스클럽과 찜질방과 지방대리점에 나붙
었고 아홉 시 뉴스 직전의 TV 광고에도 나갔습니다. 저는 판촉비를 풀어
서 소비자단체 간부들, 광고매체 간부들, 미용 담당 기자들과 매일 저녁
술을 마셨습니다. 또 새로 생긴 주간지나 월간여성지의 광고 담당자, 새
로 차린 광고대행업자들과 쌍꺼풀, 입술, 손톱, 허벅지의 부분모델을 지
망하는 여자들의 매니저들은 나를 불러내서 그들의 판촉비로 나에게 술
을 먹였습니다. 질퍽거리는, 마린블루의 여름이었지요.

   특근하던 그 일요일 아침에, 저는 당신의 옆 통로를 지나면서 당신의
아기를 보았습니다. 저는 놀라서 주저앉을 뻔했지요. 아직 이목구비의 윤
곽이 뚜렷이 자리잡지 못한 그 아기의 얼굴에 당신의 표정이 살아 있었
습니다. 눈매인지, 입술 언저리인지, 두 뺨인지 어딘지는 알 수 없었지만,
그 아기는 당신의 생명의 질감과 냄새를 그대로 빼닮아 있었습니다. 그
아기는 땅을 겨우 디디는, 뒤뚱거리는 걸음으로 사무실 안을 돌아다녔습
니다. 그 아기의 걸음을 바라보면서, 저는 당신과 닮은 아기를 잉태하는
당신의 자궁과 그 아기를 세상으로 밀어내는 당신의 산도(産道)를 생각
했습니다. 그리고 거기는 너무 멀어서, 저의 생각이 미치지 못했습니다.

등 푸른 생선의 빛으로 빛나면서 또 다른 색조를 몰고 오는 광고 속의 지중해보다도, 아내의 뇌수 속에서 빛나는 종양의 불빛보다도, 그곳은 더 멀어 보였습니다.

그날 점심때, 저는 특근하는 직원들을 모두 데리고 회사 근처 설렁탕 집에 갔습니다. 당신도 아기를 데리고 왔었지요. 직원들이 긴 밥상에 둘러앉고, 당신은 저의 왼쪽 세 번째 자리에 앉았습니다. 설렁탕과 수육이 나왔고, 남자 직원들이 "날씨 더럽게 좋구만."이라고 투덜거리면서 소주를 마셨습니다. 당신은 빈 그릇에 당신의 국밥을 덜어서 아기 앞에 놓았습니다. 숟가락이 서툰 아기는 밥알을 많이 흘렸습니다. 당신은 손수건을 아기의 턱 밑에 걸어주었습니다. 당신이 숟가락으로 뜨거운 국밥을 떠서 입으로 후후 불어서 식혔고, 당신이 반쯤 먹고 숟가락 위에 남은 밥을 아기에게 먹였습니다. 아기가 입을 크게 벌렸지요. 아기의 입 속은 분홍색이었고 젖어 있었습니다. 당신의 아랫입술처럼 아기의 아랫입술이 아래로 조금 늘어져서 입술의 속살이 보였습니다. 작은 혀도 보였지요. 아기의 입 속은 피부로 둘러싸이지 않은 맨살처럼 부드럽고 연약해 보였습니다. 코를 들이대면 거기서 당신의 몸 냄새가 날 것 같았습니다.

숟가락이 커서 아기는 자꾸만 밥알을 흘렸습니다. 당신은 아기의 뺨에 붙은 밥알을 떼어서 당신의 입으로 가져갔고 아기의 턱 밑으로 흐르는 국물을 손수건으로 닦아주었습니다. 종업원이 작은 찻숟가락을 가져다주었습니다. 당신은 찻숟가락으로 아기에게 밥을 먹였습니다. 당신은 물에 헹군 무김치를 당신의 이로 잘라서 숟가락 위에 얹어서 아기에게 먹였습니다. 자반 고등어도 그렇게 먹였지요. 때때로 당신 가까이서 당신의 생명을 바라보는 일은 무참했습니다. 당신의 아기의 분홍빛 입 속은 깊고 어둡고 젖어 있었는데, 당신의 산도는 당신의 아기의 입 속 같은 것인지요. 그 젖은 분홍빛 어둠 속으로 넘겨지는 밥알과 고등어 토막과 무김치 쪽의 여정을 떠올리면서, 저의 마음은 캄캄히 어두워졌습니다. 어째서, 닿을 수 없는 것들이 그토록 확실히 존재하는 것인지요. 먹기를 마친 당신의 아기가 밥상 주변을 걸어 다녔습니다. 아기는 넘어질 듯이 아장거렸습니다. 아기가 저에게 와서 저의 어깨를 짚었습니다. 아기를 안아주고 싶은 충동에도 불구하고 저는 몸을 움츠렸지요.

그날 저녁때, 저는 퇴근길에 바로 아내의 병실로 갔습니다. 간병인이 오지 않는 날이어서, 저는 병실에서 딸과 교대했습니다. 아내는 두 번째 수술을 받고 나서 시각중추까지 마비되어 있었습니다. 그날 밤 병실에 딸린 욕실에서 아내를 목욕시켰습니다. 침대에 누인 채로 아내의 옷을 모두 벗겼습니다. 저도 옷을 모두 벗었지요. 아내의 몸은 검불처럼 가벼웠고, 마른 뼈 위로 가죽이 늘어져서 겉돌았습니다. 저는 벌거벗은 아내를 안고 욕실 안으로 들어갔습니다. 아내의 상반신을 저의 어깨에 걸치고, 저는 등을 구부려서 아내의 허벅지와 다리를 씻겼습니다. 습기가 빠진 피부가 버스럭거렸습니다. 유아용 아이보리 비누를 풀어서 아내의 늘어진 피부를 손빨래하듯 씻어냈습니다. "여보…… 미안해요." 라면서 아내는 울었습니다. 요강처럼 가운데가 뚫린 의자 위에 앉혔습니다. 의자 위에서 아내는 사지를 늘어뜨렸습니다.

아내의 두 다리는 해부학교실에 걸린 뼈처럼, 그야말로 뼈뿐이었습니다. 늘어진 피부에 검버섯이 피어 있었습니다. 죽음은 가까이 있었지만, 얼마나 가까워야 가까운 것인지는 알 수 없었습니다. 저는 의자 밑으로 넣어서 비눗물을 닦아냈습니다. 닦기를 마치고 나자 아내가 똥물을 흘렸습니다. 양은 많지 않았지만, 악취가 찌를 듯이 달려들었습니다. "여보…… 미안해……." 아내는 또 울었습니다. 시신경이 교란된 아내는 옆을 볼 수가 없었습니다. 아내의 시각은 앞쪽으로만 고정되어 있었습니다. 울면서, 아내는 자꾸만 고개를 돌리면서 두리번거렸습니다. 아마도 수치심 때문이었을 것입니다. 저는 샤워 물줄기로 바닥에 떨어진 똥물을 흘려보내고 다시 아내를 의자에 앉혔습니다. 아내의 항문과 똥물이 흘러내린 허벅지 안쪽을 다시 씻겼습니다. 환풍기를 켜서 욕실 안의 냄새를 뽑아냈습니다. 마른 수건으로 몸을 닦아 침대에 뉘었습니다. 아내는 자꾸만 울었습니다. 아내의 울음소리는 가늘고 희미했습니다.

"여보, 울지 마…… 내가 있잖아."라고 나는 말해주었습니다. 나는 선풍기를 틀어서 그루터기만 남은 아내의 머리카락을 말려주었습니다. 자정께 아내는 다시 두통 발작을 일으켰고, 진통제와 수면제 주사를 맞고 잠들었습니다. 아내가 깊이 잠들어서, 아내의 의식이나 수치심이 더 이상 작동되지 않는 시간에 저는 안도했습니다. 아내가 잠든 뒤 저는 다시 욕실에 들어가서, 저의 손에 밴 악취를 비누로 닦아냈습니다. 악취는 잘 빠지지 않았습니다. 저는 복도로 나와서 담배를 피웠지요. 새벽 두 시였습니다. 누군가가 또 숨을 거두려는지, 당직 수련의와 간호사들이 복도 저쪽 끝으로 급히 달려갔습니다.

그 새벽 두 시의 병원 복도에서 당신의 아기의 입속을 생각했습니다. 당신께 달려가서, 사랑한다고 말하고 싶었습니다. 사랑한다고, 시급히 자백하지 않으면 아내와 저와 그리고 이 병원과 울트라 마린블루의 화장품과 이미지들이 모두 일시에 증발해버리고 말 것 같은 조바심으로 저는 발을 구르고 싶었습니다. 그리고 당신께서 저의 조바심을 아신다면, 여자인 당신의 가슴은 저를 안아주실 것만 같았습니다. 당신의 이름은 추은주. 제가 당신의 이름으로 당신을 부를 때, 당신은 당신의 이름으로 불린 그 사람인지요. 당신에게 들리지 않는 당신의 이름이, 추은주, 당신의 이름인지요.

6

유리창 너머에서 마스크를 쓴 화장장 직원이 유족들을 향해 거수경례를 보냈다. 직원은 버튼을 눌러 소각로 입구를 열었다. 소각로 바닥에 열판 코일이 깔려 있었다. 소각로는 엘리베이터 식이었다. 직원은 아내의 관을 소각로 안으로 밀어 넣고 입구를 닫았다. 딸이 약혼자의 등에 기대어 울었다. '소각 중…… 완료 예정 시간 오후 2시' 라는 빨간 글자가 소각로 문짝 위에 켜졌다. 염을 할 때, 아내의 몸은 한 움큼이었다. 염습사는 기를 쓰듯이 염포를 끌어당겨 아내의 시신을 꽁꽁 묶었다. 염이 끝난 아내의 몸은 긴 나무토막처럼 보였다. 그 나무토막의 아래쪽에 꽃신이 걸려 있었다.

소각이 끝나려면 두 시간 이상을 기다려야 했다. 나는 우는 딸을 데리고 대기실로 나왔다. 대기실에는 유족들 수백 명이 소각완료 시간을 기다리고 있었다. 대기실 왼쪽 구석에 안내판이 설치되어 있었다. 121번 소각 완료…… 유족들은 관망실로 오셔서 유골을 수령하시기 바랍니다. 122번 소각 완료…… 본 화장장은 첨단 완전 소각시설을 갖추어 연기가 나지 않고 공해 물질이 발생하지 않습니다. 국토이용 효율화를 위해 화장에 적극 협조하여 주시기 바랍니다. 유족들은 대기실 벤치에 앉아서 왼쪽 구석의 안내판을 바라보고 있었다. 대기실 오른쪽 구석에는 대형 TV가 설치되어 있었다.

미군은 유프라테스강을 건너 바그다드로 향하고 있었다. TV 화면에서 불기둥을 거느린 미사일들이 어두운 밤하늘로 솟아올랐고, 폭격당하는 시가지들은 화염으로 작열했다. 이라크 군인들이 미군 포로 다섯 명을 붙잡아서 카메라 앞으로 끌고 나왔다. 이라크 군인이 미군 포로를 신

……

문했다. "너는 이라크 군인을 몇 명이나 죽였니?" 미군 포로는 대답하지 못했다. 항공모함은 십 초에 한 번꼴로 미사일을 쏟아냈다. 이라크 피난민들이 노새에 짐을 싣고 국경 밖으로 빠져나갔다. 유족들은 왼쪽의 안내판과 오른쪽의 TV 화면을 번갈아 들여다보면서 차례를 기다렸다. '소각 완료' 글자가 들어올 때마다 유족들 몇 명이 자리에서 일어나 대기실 밖으로 나갔다. 여기저기서 유족들은 울었다. 소복 차림의 젊은 여자들이 가슴을 쥐어뜯으며 울었고, 울다가 실신한 노인을 밖으로 옮겨갔다. TV 화면에서 전쟁특보는 계속되었다. 바그다드 진공작전이 지연되자 뉴욕 증시에서 주가가 폭락했고, 코스닥 지수도 바닥으로 내려앉았다.

바퀴발레들이 대기실 바닥을 기어 다녔다. 바퀴벌레는 TV 화면에까지 기어 올라갔다. 파리채를 든 화장장 직원이 바퀴벌레를 때려서 잡았다. 바퀴벌레가 터지면서 생긴 얼룩을 직원은 대걸레로 밀었다. 대기하는 두 시간은 그렇게 지나갔다. 오후 두 시에 아내의 소각은 완료되었다. 염을 한 직후에 아내의 시신은 다시 냉동실로 들어갔었다.

아침에 다시 시신을 꺼내 화장장으로 싣고 왔으니까, 아내의 몸은 아마, 언 상태에서 탔을 것이다. 얼음과 불 사이는 가깝게 느껴졌다. 나는 딸을 데리고 다시 관망실 유리창 앞으로 갔다. '소각 완료'라는 글자가 소각로 문짝에 켜져 있었다. 유리창 너머에서 화장장 직원이 거수경례를 해 보였다. 직원은 버튼을 눌러 소각로 입구를 열었다. 바람에 불려갔다가 멎은 듯한 뼛조각 몇 점과 재들이 소각로 바닥에 흩어져 있었다. 뼛조각들은 신체의 어느 부위인지를 알아볼 수 없이 흩어져 있었다. 대퇴부인지 두개골인지 알 수 없이, 흩뿌려진 조각들이었다. 희고, 가벼워 보였다. 아내의 뇌수 속에서 반짝이던 종양의 불빛은 보이지 않았다. 유리창 너머로 소각로 속은 아직도 뜨거워 보였다. 빗자루를 든 직원이 소각로 안으로 들어갔다. 그는 땀방울이 유골에 떨어지지 않도록 이마에 수건을 동이고 있었다. 직원이 빗자루로 뼛가루를 쓸어서 쓰레받기에 담아서 유골함에 넣었다. 직원은 가루부터 먼저 담고 큰 뼛조각들은 유골함의 위쪽에 담았다. 유골함 뚜껑을 닫고 나서 직원은 다시 거수경례를 보냈다.

직원은 유골함을 흰 보자기에 쌌다. 유리창 아래쪽 작은 구멍을 열고 직원은 유골함을 내밀었다. 나는 유골함을 받았다. 딸이 울었다.

"상무님, 추은주가 오늘 사직서를 내고 회사를 떠났습니다."

납골당에 유골함을 맡기고 돌아오는 버스 안에서, 거기까지 따라온 인사 담당 이사는 그렇게 말했다.

"추은주라면, 그 기획과의 여직원 말인가 얼굴이 갸름한……."

"그렇습니다. 남편이 외무공무원인데, 워싱턴으로 발령을 받아 간답니다."

"그렇게 됐군……."

"상무님이 상중이라서 말씀드리지 못하고 떠난다고 했습니다."

"그렇군. 그 친구 근무 평점은 어땠나?"

"뭐, 중하쯤 됐을 겁니다. 담당부장이 별 아쉬워하는 기색도 없더군요.", "그럼 후임을 충원해야 하는가?"

"아닙니다. 담당부장이 충원 없이 일하기로 했답니다."

"그렇군, 사표 처리합시다."

인사담당이사는 추은주의 사퇴를 내심 반기는 기색이었다. 오 년 전 호황 때 인력수요 판단에 착오가 있었다. 그때 신입사원을 너무 많이 채용한 실책을 인사담당이사도 인정하고 있었다. 금년 연말쯤에 감원을 시행하라고 사장은 은밀히 지시해놓고 있었다. 아내의 장례가 끝나는 날까지 나는 '내면여행'과 '가벼워진다' 사이에서 아무런 결정도 못 내리고 있었다.

초상을 치른 다음 날 나는 출근했다. 여름 광고 이미지 결정을 위한 마지막 중역회의가 있는 날이었다. 인사부 직원이 추은주의 사직서 처리와 퇴직금 정산을 위한 결재서류를 내 앞에 가져다놓았다. 과장부터 담당이사까지 이미 도장이 찍혀 있었다. 나는 추은주의 퇴사서류에 사인했고, 사직서를 수리했다. 퇴직금 정산서에 '신속집행요망'이라는 의견을 첨부해서 경리과로 보냈다. 빈소에서 부의금 접수를 맡았던 경리담당 직원이 접수 결과를 보고했다. 오천육백만 원이 접수되었다. 경리과 직원은 돈을 수표 한 장으로 바꾸어서 봉투에 넣어왔다. 부의록 장부를 내 책상 위에 올려놓고 경리과 직원은 돌아갔다.

부의금으로 딸의 혼수를 장만하느라고 빌려 쓴 은행 빛을 갚아야겠구나, 라고 나는 생각했다. 그날 중역회의에서도 여름 광고 이미지는 확정되지 못했고, 사장은 나의 판단과 집행에 따르겠다고 말했다. 나는 판단할 수 없었다. 그날 저녁에는 일찍 퇴근했다. 퇴근길에 비뇨기과에 들러서 방광 속의 오줌을 뺐다. 성기에 도뇨관을 꽂고 두 시간 동안 누워서 오줌이 흘러나가기를 기다렸다. 침대 밑 오줌통 속으로 오줌은 쪼르륵 쪼르륵 흘러 내려갔다. 오줌이 빠져나간 방광은 들판처럼 허허로웠다.

집에는 아무도 없었다. 묶인 개가 개집에서 뛰쳐나오면서 허리까지 뛰어올랐다. 아내가 없는 집에서 개를 기를 수는 없을 것이다. 나는 개를 끌고 동물병원으로 갔다. 오랜만의 나들이에 개는 흥분해서 마구 줄을 끌어당기며 앞서갔다. 나는 수의사에게 안락사를 부탁했다.

"좋은 종자군요. 길러보지 그러십니까."

수의사는 개머리를 쓰다듬으며 말했다.

"개를 기를 형편이 못 되오. 밥 줄사람도 없고……"

  수의사는 개를 쇠틀에 묶었다. 겁에 질린 개는 온순하게도 몸을 내맡기고 있었다.

  "개 이름이 뭡니까?"

  "보리입니다."

  "보리라면?"

  "사람으로 태어나라는 뜻이라고 우리 집사람이 그럽디다."

  의사는 개 목덜미 살을 움켜잡고 주사를 찔렀다. 의사가 피톤을 밀자 개는 천천히 아래로 늘어지더니, 굳은살 박인 발바닥을 내밀며 앞발을 쭈욱 뻗었다. 개의 사체는 수의사가 처리해주었다. 집에 돌아와서 나는 광고담당이사에게 전화를 걸었다.

  "이봐, 지금 지지고 볶을 시간이 없잖아. '가벼워진다'로 갑시다 '내면여행'은 아무래도 너무 관념적이야. 그렇게 정하고, 내일부터 예산 풀어서 집행합시다."

  "알겠습니다. 모델과 카메라 모두 스탠바이 상태입니다. 로케이션 섭외도 끝났으니까 별 어려움 없을 겁니다."

  그날 밤, 나는 모처럼 깊이 잠들었다. 내 모든 의식이 허물어져내리고 증발해버리는, 깊고 깊은 잠이었다.

(2004년 이상문학상 수상작품)

다시 읽는 김훈(金薰)의 삶과 인생
_「칼의 노래」「화장」의 작가 金薰의 〈인간 탐험〉

오효진(언론인·소설가)

『머리만 안 깎았지 스님 다 됐다』

동인문학상(東仁文學賞) 수상자인 소설가 김훈(金薰)(54)씨에게 전화로 인간탐험을 위한 인터뷰를 하자고 했더니 대뜸 이런 대답이 돌아왔다.

『元老大德(원로대덕)이나 나가는 자리에 저 같은 사람이 어떻게 나갑니까. 오셔서 술이나 한잔하시지요』

우리는 앞서거니 뒤서거니 하면서 언론계에서 같이 일했기 때문에 서로 잘 아는 사이였다. 그러나 한동안 소식이 끊겨 나는 어쩌다 바람결에 그의 소식을 듣곤 했다. 그러다가 東仁문학상을 받았다는 소식을 들었던 것이다. 옛날 애인을 만나러 가기라도 하는 것처럼, 그를 만나러 가는 발길이 설레었다. 원로대덕이란 말이 나한테는 좀 생소한 말이어서 경기도 고양시 일산구에 있는 그의 집필실에서 그를 만나자마자 그 말부터 물어봤다.
　―원로대덕이란 말이 불교에서 나온 말인가요?

......

『불교에서는 高僧大德(고승대덕)이라고 하는데, 그걸 속화(俗化)시켜서 원로대덕(元老大德)이라고 하는 거지요』

말을 들으면서 보니까 그는 꼭 스님의 차림을 하고 내 앞에 앉아 있었다. 스님들이 입는 재색 개량 한복 바지에, 재색에 가까운 스웨터, 재색 목도리….

—그러고 보니 스님 다 됐네!

『머리만 안 깎았지 스님 다 됐어요』
방 안을 살펴보니, 사극에 나오는 것과 같은 자그마한 書案(서안) 위에 육조선사가 해설한 금강반야바라밀경이 반쯤에서 펼쳐진 채로 반듯하게 놓여 있었다. 내가 놀랍다는 듯이 그를 쳐다보니까, 그가 빙긋 웃으며 입을 열었다.

『너무 거대해서…. 다만 내 마음을 경건하게 하기 위해서 저런 책을 보고 있는 거지요』

그는 책을 집어들고 말했다.
『이게 언어를 부수는 겁니다. 제자들이 부처님한테 뭘 물어보면 부처님은 그걸 그대로 대답하지 않고, 질문이 말이 안 된다고 그 질문을 깨는 겁니다』
그는 느릿느릿 말했다. 그러나 어떤 때는 폭풍처럼 몰아쳤다.

『나는 소설가가 아니다』

―왜 이런 책을 봅니까?

『이런 책은 말을 깨면서 거슬러 올라가는 힘이 있는 것 같아요. 우리는 물살에 따라 흘러 내려가면서 뒈지러 가는데…. 그러니까 어떤 始原(시원)으로 돌아가서 더럽혀지지 않은 세계의 모습을 저 책이 보여 주고 있지요』

그는 말을 거침없이 했다. 대부분의 경우 「~사람」 대신 「~놈」 또는 「~새끼」를 썼다. 그래서 춘추필법(春秋筆法)에 따른 언문일치(言文一致)로 표기하지 못한 곳도 많다.

―저런 세계가 김훈(金薰) 씨의 문학세계와 무슨 관계가 있습니까?

『무의식의 세계에서 무슨 관계가 있을지…. 세상을 깨고 거슬러 올라가는 것이 문학적으로 의미가 있을 것도 같은데, 잘 모르겠어요. 왜 읽는지… 저건 인간의 언어가 아닙니다. 가령 논어는 훌륭한 분의 말로, 증명할 필요가 없는 분명한 말이거든요. 가령 애비가 자식을 자랑하는 것은 졸렬한 놈이고, 자식이 애비를 흉보는 놈은 나쁜 놈이다, 이런 말은 증명할 필요가 없는 분명한 말이거든요』

―언제부터 이런 쪽에 들어섰나요?

『혼자 독학을 해서 체계 없이 한쪽으로 치우친 게 아닌가 모르겠어요. 하여튼 오래전부터 동양학에 관심을 갖고 논어 맹자 같은 걸 읽었어요』

그의 회심의 역작 「칼의 노래」에는 전편에 무상(無常) 또는 허무(虛

無)가 흐르고 있다. 그리고 일본군의 행실과 입을 통해 법화경과 연화경의 구절이 인용되고 있다. 그는 그의 집에서 걸어서 5분쯤 걸리는 곳에 방 한 칸을 얻어서 집필실로 쓰고 있었다. 3~4평쯤 됨직한 방에는 싱크대가 있었고, 한쪽으로 화장실을 겸한 샤워실이 붙어 있었다. 출입구 맞은편에 아무 장식이 없는 책상이 놓여 있었는데, 그는 그곳에서 몽당연필을 연필 깍지에 끼워서 원고지 칸을 메우고 있었다. 그는 지금 장편소설을 쓰고 있었다. 그런데도 그는 이렇게 말했다.

『소설가 김훈이라고는 하지 마세요. 이제 겨우 두 편 썼는데 소설가는 무슨 소설갑니까, 쪽팔리게』

그는 봐달라는 시늉으로 손을 비볐다. 그러면서도 그는 장편소설 얘기를 열심히 했다.

『지금 거의 다 썼어요. 50살 먹은 썩은 인간이 불륜을 저지르는 얘기지요』

―그럼 세속적으로 가치가 없는 인간의 연애군요.

『연애를 가장 아름다운 거라고 한다면, 그 아름다운 것도 더러운 세상 속에 있을 수밖에 없다는 얘기를 할려구 그래요. 요새 젊은 작가들이 연애를 괴기하게 만들어가지고 현실과 관련 없이 허공에 띄워 놓고 있거든요.

그런데 인간에 있어서 가장 중요한 게 생로병사(生老病死)거든요. 내가 그 틀 안에다 연애를 집어넣어서 연애라는 것도 생로병사(生老病死)

의 일환이고, 생로병사(生老病死)의 과정으로서만 아름다울 수 있다는 얘기를 하고 싶은 거죠. 스토리로서는 재미가 없겠지요』

「칼의 노래」 쓰고 자신감(自信感) 얻어

여기서 그는 또 소설가 얘기를 했다.
『이런 걸 쓴다고 내가 소설가가 되고 싶은 생각은 없어요. 나는 소설로 일가(一家)를 이룰 생각은 없어요』

―지금 분명히 소설 쓰는 것으로 돈이 들어오지요?

『예, 쪼끔. 그러나 그걸로 업(業)을 삼지는 않을려고 그래요. 내가 지금 쓰고 있는 소설을 잘 만들어야겠다고 생각할 뿐이지 소설가가 되고 싶다는 생각은 없어요』

―그러니까 소설가가 되고 싶지도 않고 그 소설을 많이 팔고 싶지도 않은 사람한테 조선일보가 「동인문학상」을 줘서 괜히 성공한 소설가의 길로 몰고 있네!

『글세, 난 별로 성공했다는 생각은 없어요. 그러나 상을 받았을 때 개인적인 기분은 좋았어요. 그 소설을 끝냈을 때, 아무도 하지 못한 얘기를 내가 하고야 말았구나, 하는 자신이 있었거든요』

잘 알다시피 「칼의 노래」는 충성심으로 가득 찬 충무공 이순신(忠武公 李舜臣)의 생애를 허망함과 싸우는 한 「인간」의 모습으로 그려낸 장편소설이다.

ㅡ「칼의 노래」에서 작가로서 역점을 뒀던 건 뭡니까? 많은 사람들이 문체(文體)를 얘기하던데.

『문체는 완전히 제가 새로 만든 거죠. 전에는 제가 진양조 같은 2.4박자짜리 문체를 썼거든요. 그런데 여기선 완전히 두 박자죠. 주어와 동사만 가지고 썼으니까. 문장을 뼈다귀만 가지고 쓴 거죠. 살은 다 빼버리고. 그런데도 그 문체를 보고 또 수사학적이라고 하는 사람도 있더군요. 한국인이 역사적으로 그런 문장을 썼던 일이 없었는데 그걸 제가 만든 거죠. 내가 생각해도 엄청나요! 그 문체로 그 소설을 끝까지 써낸 거죠』

ㅡ외국문학에선 그런 일이 적지 않았는데, 헤밍웨이도 지독한 단문을 썼고…그건 그렇다 치고 내용적으로는 어떤 점에 의미를 두고 있습니까?

『한 영웅의 내면을 그린 것인데, 그 영웅이 가지는 중세적 가치, 이를테면 충효(忠孝)라든지, 근왕(勤王-임금을 위해 충성을 다함) 이라든지, 복벽(復辟)-물러났던 임금이 다시 왕위에 오름)주의라든지, 그런 가치를 그 영웅으로부터 제거해 버린 거죠. 적나라한 실존적 내면만 남겨 놓은 거죠』

『人間 李舜臣을 復元했다』

ㅡ소설가는 창조를 하는 사람이니까, 남이 하지 않은 일을 처음 하는데 상당한 의미를 자타가 부여하지만, 구태여 이순신한테서 그런 가치를 제거하려고 한 뜻은 어디에 있었나요? 내 생각엔 충무공한테서 충성과 애국을 빼면 충무공이 아니지요. 부처님한테서 불심(佛心)을 빼면 부처

넘이 아니듯이.

『이순신 장군은 사실상 그 중세적 가치로 전쟁을 했을 거요. 그런데 난중일기(亂中日記)를 보니까 그의 내면이 그렇지만은 않을 것이라는 대목들이 행간에 언뜻언뜻 나왔어요. 형식적으로는 근왕(勤王), 복벽(復辟)이겠지만. 왜냐하면 그때는 군인이 충성심을 표방하지 않으면 반드시 사형을 당했으니까. 그러니까 자기 내면에 어떤 갈등이 있더라도 왕에게는 충성심(忠誠心)을 보여야 했죠』

—그런 대목이 어디에 있던가요?

『이순신 장군이 모함을 받고 40일 동안 갇혀서 매를 맞고, 혐의가 없어서 풀려 나왔잖아요. 그런데 나오던 날, 일기에 그냥 「몇 월 몇 일 맑음. 오늘 옥문을 나왔다. 어느 집에서 잤다」 이것만 써놨어요. 딱 한 줄로. 다른 아무 말도 안 썼어요. 그동안 매를 맞고 고문당한 정치적 부당함에 대해 한마디도 하지 않은 것이죠. 그런 걸 기록에 남기면 죽이니까. 이런 걸 보면서 이순신이 충효사상에 의해서만 전쟁을 수행한 건 아닌 것 같다고 생각했어요』

—그러니까 「인간 이순신」을 복원했군요.

『예, 그러나 그건 내 환상 속에 있는 것이지, 실제로 이순신이 그런 인물이었는지는 알 수가 없지요』

—「칼의 노래」를 보면 이순신 장군이 여진(女眞)이란 여자를 데리고 잤는데 멸치 젓국 썩는 냄새가 났다고 돼 있어요. 그런 구체적 단서가 어

디 나옵니까?

　『「난중일기」를 보면 여진이란 여자가 나오는데 굉장히 천한 여자였던 것 같아요. 이순신 장군이 해남 사령부에 있었는데, 이 여자가 여기 와서 자고 아침에 갔다가 며칠 있다가 또 와서 또 자고 가고 그러거든요. 이런 걸 봐서 이 여자는 병영에서 꽤 가까운 데 있었을 겁니다. 아마 군대를 따라다니던 창녀가 아니었나 생각돼요.

　그런데 이순신 장군은 이 여자와 하루에 (성행위를) 「세 번 했다」고 써놓기도 했어요. 군인이라서 정확하게 썼어요. 두 번 했으면 두 번 했다고 썼구요. 그런데 이은상 선생이 번역한 난중일기에는 그런 부분을 다 빼버렸지요. 충무공(忠武公)이란 그 거룩한 이름에 누가 될 부분은 다 뺐어요. 또 난리통에 제대로 씻지 못하고 먼 길을 걸어다녔을 테니까 젓국 냄새 얘기를 쓴 거구요』

　―「칼의 노래」는 쓰는 데 얼마나 걸렸습니까?

　『작년 겨울에 두 달 걸려서 썼어요. 그런데 보름간을 놀았으니까, 사실은 한 달 반 동안 쓴 거지요. 저는 아침 9시부터 12시까지 하루에 세 시간만 글을 써요. 나머지는 자전거도 타고 그러면서 놀아요』

　『연애소설도 성공하고 싶다』

　―요즘도 그러고 놉니까?

　『그럼요. 혼자서 뛰고, 자전거 타고, 등산하고, 그러면서 놀지요. 그러고 나면 내 몸이 아주 건강해진 느낌이 쫙 와요. 자전거는 참 오래 탔어

다시읽는김훈 · 오효진

요. 일산서 임진각 왕복하는 데 80㎞거든요. 이걸 세 시간이면 갔다 와요. 제가 지금도 스피드 레이서들하고 경기를 해도 꿀리지 않아요. 재작년에도 9박 10일간 자전거를 타고 국도로 서울에서 목포까지 갔어요. 빨리 가면 4박 5일이면 가요. 중간중간에 친구들과 술 먹고 노느라고 더 걸리는 거지요』

―이순신 장군한테 특별히 매달린 건?

『내가 고대 영문과에 다닐 때 19세기 낭만주의를 배웠는데, 워드워즈, 바이런, 셸리, 키이츠를 읽다가 난중일기를 읽게 됐어요. 낭만주의가 아름답고 이상적이고 그렇잖아요. 그때 이은상의 난중일기를 읽으니까 낭만주의가 다 거짓말일 수도 있겠구나 하는 생각이 들더라구요. 인간으로서 입에 담기 유치하고 졸렬한 소리를 이자들이 하는구나, 하는 생각이 들었어요. 그래서 그때 내가 이담에 난중일기를 새롭게 들여다보는 글을 써야겠구나 하는 결심을 했죠. 그때는 내 역량이 너무 없어서 그런 글을 쓸 수가 없었지요. 그후에 신문기자를 그만두고 나서 시간도 있고 해서 쓰기 시작한 거죠』

―지금 김훈(金薰) 씨가 만들어 놓은 새로운 것들을, 영역을 넓히고 두께를 두껍게 하는 작업을 계속해서 해야 할 텐데요.

『저는 그 문체를 또 버렸어요. 지금 쓰는 연애소설에는 안 맞아요. 그래서 또 새로운 문체를 찾아가는 중이지요. 이번엔 일단 논리적으로 안정된 문체를 가지고 갈려고 그래요.

「칼의 노래」 문체는 너무 가파라서 독자들이 따라오기 어려운 문쳰데, 여기선 가파르지 않은 문체를 쓰고 있어요. 「칼의 노래」에선 문장과 문장 사이에 공백이 너무 커서 거기 빠지면 헤어나지 못해요. 이순신 사령부의 제2인자인 배설이 명량해전 직전에 도망갑니다. 치명적인 타격이죠. 그때 난 이렇게 썼어요.

「배설을 잡지 못했다. 저녁때 여종을 불러서 서캐를 잡게 했다. 밤새 혼자 앉아 있었다. 배설을 잡지 못했다」 ...이렇게 써가니까 문장과 문장 사이에는 너무나 많은 공백이 있잖아요. 이런 문체로는 지금 쓰는 소설을 쓸 수 없는 것이죠』

—실험적으로 해 본 것에 대해서 너무 많은 평가를 했다는 말이 나오면 안 되지 않겠어요? 「김훈 문학」의 탑을 쌓아야 할텐데.

『그렇게 하고 싶은 소망은 있는데, 그렇게 될지 모르겠어요. 소설을 쓰다 안 되면 그냥 때려치울 겁니다. 그러고 또 몇 년 놀아야 하지 어떻게 하겠어요. 소설 쓰는 게 굉장히 어렵지만 또 생각해 보면 아무것도 아니거든요. 그게 돈이 생깁니까, 뭐가 생깁니까. 뼛골만 빠지지』

—그럼 김훈(金薰) 씨가 소망하는 건 뭡니까? 나는 소설로 일가(一家) 이루는 것도 원치 않는다, 돈을 많이 버는 것도 원치 않는다, 「김훈 문학」의 탑을 쌓는 것도 안 되면 그만두겠다….

『오직 요번 소설을 잘 쓰는 겁니다. 제목은 아직 못 정했는데. 4각, 치정, 불륜입니다』

—소설이라는 장르로 처음 쓴 것이 「빗살무늬 토기의 추억」(1995)인데, 어떻게 쓰게 된 건가요.

『소방관 얘긴데, 나는 소방관을 이 세상에서 가장 좋아합니다. 왜냐

하면 다른 사람들은 재난을 보면 다 도망가는데, 소방관은 달려들잖아
요』

―그거야 뭐 충무공 이순신도 같은데 뭘!

『그렇지요. 일맥상통하지요. 소방관이 불 끄러 들어갔다가 죽고 좌절
하는 얘긴데, 아나키즘 같은 소설이죠. 실패한 겁니다. 읽은 사람도 없어
요』

『우리 어머니는 제헌절날 떡 해 먹은 분』

그는 1948년 5월5일 어린이날에 서울 종로구 청운동에서 아버지 김광
주(金光洲)(작고, 소설가) 씨와 어머니 정무순(鄭戊順)(82, 在美) 사이에
5남매 중 셋째로 태어났다. 형제 얘기가 나오자 그는 종이 위에 5남매의
이름을 쓰고 성별과 나이를 다음과 같이 표기했다.

金燕♀) 金萍♂) 金薰(♂) 金蓉(♀) 金(♀)

그의 선친이 남매들의 이름에 모두 草두를 붙여 돌림자로 만들었다
고 한다. 그와 막내 여동생만 한국에서 살고 있고, 어머니와 나머지 3남
매가 미국에 살고 있다.

『1970년 무렵 한국 젊은이들의 꿈이 미국 가는 거였을 때, 우리 형제
들이 꼬랑지 빨간 노스웨스트 타고 갔어요. 거기서 그냥 취직들 해서 살
아요』

……

그는 대대로 서울에서만 살았다.

『저는 서울 토박이거든요. 청와대 옆 청운동에서 대대로 살았어요. 그래서 가회동, 누상동, 원서동, 사간동으로 옮겨 가면서 살았어요』

그는 말하면서 백지에다가 조선시대 한양을 그린 首善圖(수선도)처럼 둥글넓적하게 서울의 모습을 그리고 사대문(四大門)과 대궐, 남산, 청계천을 표시해 넣었다.

『청계천 북쪽 대궐 부근을 북촌이라고 하고, 청계천 남쪽 남산 부근을 남촌이라고 하잖아요. 우리는 계속 대궐을 중심으로 그 근처에서 살았기 때문에 북촌 사람이지요.

우리 어머니의 인간관이 사대문 밖에 사는 사람들은, 영남 사람이건 호남 사람이건 다 금수로 보는 겁니다. 인간이 아니고 금수다 이거지요. 내가 뚝섬 사는 애들하고 놀아도 어머니는 「그런 애들하고 놀지 마라. 인간이 아니다」 그러셨어요. 그런 애들 목소리에선 「왜가리 짖는 소리가 난다」고 하셨어요.
또 우리 어머니는 서울 안에서도 청계천 남쪽에 사는 남촌 놈들을 우습게 보셨어요. 그런데 우리 어머니만 그런 게 아니었어요. 대궐 주위에 모여 살던 북촌 사람들의 정서가 이런 거였어요』

충청도 출신인 나는 듣다못해 한마디했다.

—어머님은 어디 출신이신가요?
『물론 북촌 출신이시지요』

다시 읽는 김훈 · 오효진

―그런데 정말 금수만도 못한 미국 사람들하고 지금 어떻게 사시나?

그러나 대답이 너무 쉽게 돌아왔다.

『어머닌 미국은 좋아하세요. 미국의 합리성과 규율을 너무 좋아하세요』

그는 계속했다.

『그렇지만 지금 영남하고 호남하고 정치적 이권을 놓고 서로 해먹으며 개싸움하는 것하고는 달랐지요. 자기 고향에 대한 자존심이었지요. 시골 여자들은 추석이나 설 때 떡 해 먹고 새 옷 입고 그러잖아요. 우리 어머니와 북촌 여자들은 제헌절을 좋아했어요. 우리가 헌법을 만든 날이니까, 이날이 명절이다 이거요. 추석날 떡 해 먹는 여자들하고는 차원이 다르잖아요. 우리 어머니는 제헌절날 떡을 해 먹고 자식들한테 새 옷을 나눠 줬어요. 물론 서울 여자들한테 편협함도 있었지요. 시골 여자들처럼 정이 많고 그러지는 않았어요』

얘기는 더 발전된다.

『내가 어릴 때 보니깐 서울 여자들이 제일 존중하는 것이 度量衡(도량형)이었어요. 장사꾼 가운데 됫박을 속일려고 밑에다 뭘 까는 놈들이 있어요. 그걸 보면 여자들이 함께 동네에서 쫓아내 버렸어요. 그러니까 삶의 합리적 기준을 존중한 것이죠. 시골 사람들은 족보를 존중하잖아요. 이런 영향을 제가 제일 많이 받았을 겁니다』

―어머님께서 미국을 좋아하신다고 했는데, 김훈(金薰) 씨는 어떠세요?

『미국 참 좋은 나라죠. 세상에 김훈이 어머니하고 미국하고 무슨 관계가 있습니까? 아무런 관계도 없는데 하루도 안 어기고 우리 어머니한테 연금을 꼬박꼬박 줘요. 이런 걸 보면 우리가 상상할 수도 없을 정도로 뛰어난 나라죠』

—요즘 미국이 아프가니스탄하고 전쟁하는 건 어떻게 생각하세요?

『나는 그건 도덕이나 정의의 문제가 아니고 약육강식(弱肉强食)의 문제일 뿐이라고 생각해요. 나라의 목적은 딱 하나예요. 부국강병(富國强兵) 이외에는 없어요. 나라가 부국강병을 뛰어넘는 도덕이나 윤리를 목표로 삼을 필요가 없다고 생각해요. 나라의 목표는 부국강병으로 끝나는 겁니다. 도덕과 윤리는 개인이 갖는 것이지요』

『나라의 목표는 오직 부국강병(富國强兵)』

내가 그를 눈을 똥그랗게 뜨고 쳐다보자 그가 내 얼굴을 보며 말했다.
『나의 이런 생각은 만인(萬人)의 지탄을 받을 수 있을 겁니다. 그래 내가 지탄이 무서워서 말을 못 하고 살 순 없잖아요. 부국강병이 얼마나 좋아요』

—독일의 나치즘이나 일본의 군국주의를 지탄할 근거도 없네요.

『침략적인 것을 지탄할 수는 있겠지요』

여기서 나도 그의 「놈」 어법을 한번 써 봤다.
—침략을 전제로 하지 않는다면 어떤 놈이 부국강병을 하겠어요?

『나는 내 조국인 우리나라가 숭고한 도덕적 목표를 설정하는 것도 좋지만, 그것보다는 부국강병을 목표로 부강한 나라가 되기를 바랍니다. 하여튼 나는 세계관이나 가치관이 다르다고 해서 매도당하는 건 전연 무섭지 않아요』

그는 이러고도 아직도 할 말이 많았다.
『우리 젊은 사람들은 도덕에 대해서 변비증에 걸린 거 같아요』

—그게 무슨 말이오?

『도덕적인 똥을 싸야 된다는 생각을 하는 거요. 그런데 똥이 안 나오는 거요. 그러니까 똥에 갇혀 가지고 쌀라고 낑낑대고 있는 거요』

—예컨대….

『진보와 보수의 싸움 있잖아요. 다들 자기가 도덕적인 밥을 먹고 도덕적인 똥을 싸야 한다고 생각하기 때문에 변비에 걸린 거죠. 똥이 안 나오는 겁니다. 인간의 삶이란 진보와 보수로 구별되는 게 아니죠. 뒤섞여 있어서 아주 복잡한 것이지요. 그걸 어떻게 흑백으로 구분합니까? 밥그릇을 계급 사이에 노나(나눠) 먹으면 진보고(도덕적이고) 혼자 먹으면 썩어빠진 수구반동(守舊 反動)이다, 이런 얘기잖아요』

『문학은 인간 구원 못한다』

여기서 얘기가 좀 비약한다.

『그런데 지금 대통령이 구조조정을 하고 있잖아요? 이건 정확하게 약육강식(弱肉强食)으로 가는 겁니다. 지금 너무나 경제가 무너져 있으니까 약육강식이 아니면 해결책이 없는 거죠. 난 이걸 가지고 대통령을 비난할 생각도 없어요. 이것은 인간의 운명이기 때문에!

그러면 이성과 비전을 가진 게 인간이라면, 어떻게 약육강식의 제도를 만들고 그것을 정의(正義)라고 말하는 시대를 용납할 수 있겠느냐 하는 문제가 나오잖아요?』

그는 스스로 던진 질문에 또 스스로 대답한다.

『할 수 없죠, 그런 갈등 속에 살 수밖에 없지요. 도대체 약육강식이 아니면 어떻게 해결하겠습니까? 나는 구석기 시대부터 지금까지 인간의 영원한 문제가 약육강식에 있다고 생각합니다. 이 문제를 해결한 놈이 지금까지 아무도 없어요.

볼셰비키 혁명? 해결 못했어! 프랑스 혁명? 동학란? 다 해결 못했어! 모든 혁명은 약육강식을 때려 부수기 위해서 시작한 거 잖아요. 또 수많은 민란! 결국 다 이걸 못 때려 부쉈어요. 볼셰비키 혁명조차도 오히려 약육강식을 강화시켰어요. 이걸 해결할 길이 없는 겁니다』

그러니까 도덕 운운(云云)하지 말라는 것 같았다.

—종교도 무력한가요?

『우리 시대의 대안(代案)이 종교와 교육이잖아요. 종교와 교육의 힘으로 현실을 개선할 수 있다는 건 그럴싸한 얘기죠. 그러나 그런 것들은 현실적으로 참 무력하고 타락해 있죠. 참 답답하죠』

—문학은 이런 때 뭘 합니까?

『나는 문학이 인간을 구원하고, 문학이 인간의 영혼을 인도한다고 하는, 이런 개소리를 하는 놈은 다 죽어야 된다고 생각합니다. 아니, 어떻게 문학이 인간을 구원합니까. 아니 도스토옙스키가 인간을 구원해? 난 문학이 구원한 인간은 한 놈도 본 적이 없어! 하하….

문학이 무슨 지순(至純)하고 지고(至高)한 가치가 있어 가지고 인간의 의식주 생활보다 높은 곳에 있어서 현실을 관리하고 지도한다는 소리를 믿을 수가 없어요. 나는 문학이란 걸 하찮은 거라고 생각하는 거예요. 이 세상에 문제가 참 많잖아요. 우선 나라를 지켜야죠, 국방! 또 밥을 먹어야 하고, 도시와 교통 문제를 해결해야 하고, 애들 가르쳐야 하고, 집 없는 놈한테 집을 지어줘야 하고…. 또 이런저런 공동체의 문제가 있잖아요. 이런 여러 문제 중에서 맨 하위에 있는 문제가 문학이라고 난 생각하는 겁니다. 문학뿐 아니라 인간의 모든 언어 행위가 난 그렇다고 생각합니다.

그런데 펜을 쥔 사람은 펜은 칼보다 강하다고 생각해 가지고 꼭대기에 있는 줄 착각하고 있는데, 이게 다 미친 사람들이지요. 이건 참 위태롭고 어리석은 생각이거든요. 사실 칼을 잡은 사람은 칼이 펜보다 강하다고 얘기를 안 하잖아요. 왜냐하면 사실이 칼이 더 강하니까 말할 필요가 없는 거지요.

그런데도 펜 쥔 사람이 현실의 꼭대기에서 야단치고 호령하려고 하는데 이건 안 되죠. 문학은 뭐 초월적 존재로 인간을 구원한다, 이런 어리석은 언동을 하면 안 되죠. 문학이 현실 속에서의 자리가 어딘지를 알고,

문학 하는 사람들이 정확하게 자기 자리에 가 있어야 하는 거죠』

―그럼 지금 김훈(金薰) 씨는 왜 글을 써요?

『난 훈련이 그렇게 된 놈입니다. 우연하게도 내 생애의 훈련이 글 써 먹게 돼 있으니까 그냥 쓰는 거지요. 습관적이라고 할까, 팔자라고 할까. 내가 어렸을 때 육사 갔으면 군인 됐을 거 아닙니까? 마찬가집니다』

―그렇게 쓴 글이 어떻게 되기를 바래요? 많은 사람들이 그 글을 읽고, 감동을 받고, 자기 생각을 살찌우거나 고치거나, 그렇게 되기를 바라지 않나요?

『그렇지는 않구요. 나를 표현해내기 위해서 쓴다는 것이 옳은 대답입니다』

―김훈(金薰) 씨의 글을 읽고 독자들이 공감(同感)과 이견(異見)을 표현해서 그 반응이 커져야 좋은 거 아닌가요?

『그거야 그렇죠. 사실 저를 비판하는 사람도 많아요. 수사학과 대책 없는 허무주의에 대해서 나를 비판하면서, 그것이 나의 한계라고 합니다』

그런데 김훈(金薰) 씨가 보통 사람과 다른 점은 다음 말로 확인된다.
『그런데, 그런 말이 다 맞아요. 그게 나의 한계예요. 한계가 거기만 있는 게 아니고 단어 하나 글 한 줄이 다 나의 한계인 거요. 나는 그 사람들이 말하는 한계보다 더 많은 수백만 개의 한계를 갖고 있어요. 그러니까 한두 가지만 지적하는 건 별 도움이 안 돼요』

『작년엔 칼, 올해는 악기(樂器), 그다음엔…』

얘기를 하다 보니 저녁 시간이 넘었다. 배가 고파 잠시 인터뷰를 멈추고 식당으로 나가려다가 언뜻 싱크대 밑 책장을 보니 대학 교과서 같은 책들이 가득 꽂혀 있다. 한국음악통사, 중국고대음악사, 국악총론, 고려음악사연구, 한국고대음악사연구, 한국불교음악연구…. 그가 난중일기를 보고 「칼의 노래」를 썼듯이, 음악사를 줄줄이 꿰고 나서 또 무슨 일을 저지를 모양이다.

그의 말은 이렇다.

『작년 겨울에는 아산 현충사에 가서 충무공이 쓰던 칼만 들여다봤거든요. 올해는 악기만 보고 있어요』

우리는 집필실을 나와 일산 4동에 있는 그의 집으로 갔다. 대지 70평에 건평 50평이라고 했다. 이층집이었는데, 웬 집이 이렇게 좋으냐고 했더니 일산이 처음 개발될 때 산 집이라면서 지금 같으면 못 살 것이라고 했다. 이 집이 그의 전 재산이라고 했다.

아래층에 있는 그의 서재는 온갖 책들로 4면이 가득 쌓여 있었다. 그것도 모자라서 중간에 서가를 한 개 더 놓고 책을 채워 놓았다. 모든 책이 반듯반듯하게 서 있었다. 누워 있는 책은 없었다. 이걸로 그의 깔끔한 성격을 엿볼 수 있었다.

그에게 무슨 질문을 하면 그는 습관적으로 튄다. 부처님처럼 말을 부수느라고 그러는지 모르지만, 그는 반듯한 질문에 반듯하게 답변하지 않고 곧잘 비뚤어진 대답을 한다. 받아치고, 비뚤게 나가고, 막말로 내던지고…. 그런데 서재를 보니 깔끔하고 꼿꼿하다. 이것을 보면 그는 허무주의의 옷을 입고 표정을 훔친 연극배우이지, 허무주의자는 아닌 것 같다. 그러기엔 그의 생각의 틀이 너무 튼튼하다.

그의 집은 金大中 대통령이 살다가 팔아버린 집과 이웃해 있었다. 그의 집을 나서서 저녁을 먹으려고 식당으로 가면서, 그는 자기 집 개 자랑을 했다.

『DJ가 당선자 시절 여기 살 때 진돗개를 키웠는데, 그놈도 출세해서 지금 청와대 가서 살지요. 우리도 진돗개를 키웠거든. 근데 하루는 아침에 내가 개 산보를 시키다가 보니까 DJ네 개도 산보를 나왔어요. 내가 우리 개를 놓아줬더니 그냥 달려가서 DJ네 개랑 한판 붙더군. 야, 우리 개가 이기는 거야! 우리 개가 그놈을 막 물더라구. 개라도 이기니까 기분 좋더군!

그런데 그 집 개 산보를 시키던 경호원들이 우리 개를 몽둥이로 막 때리잖아. 내가 이렇게 보다가 막 쫓아가서 따졌지. 「여보쇼, 왜 개싸움에 사람이 개입하는 거요!」 그러고 우리 개를 끌고 왔지』

우리는 근처에 있는 중국집에 가서 흔한 탕수육과 고량주를 시켜 놓고 얘기를 계속했다.

―아버지(金光洲)에 대한 추억은?

『그분은 김구(金九) 선생 밑에 있던 청년이었어요. 아버지는 상해(上海)에 가서 남경의대(南京醫大)를 다니다가 중퇴하고 김구(金九) 선생 밑으로 들어가셨지요. 중국말을 잘해서 김구(金九) 선생을 위해 정보번역을 했어요. 해방이 되고 김구(金九) 선생과 같이 들어왔거든요. 아버지는 그분 밑에서 나라 만들기에 동참하실 정치적인 야심이 있었던 거죠. 그런데 어느 날 갑자기 그분이 안두희(安斗熙) 총에 맞아 돌아가시니까, 아버지 앞길도 막힌 거죠. 그때 그분 밑에 있던 수많은 청년들이 좌절했는데, 아버지도 그중의 하나였어요』

『소설가 아버지한테서 문장(文章) 수업』

그런 그의 선친이 어떻게 소설가로 변신했을까?

『그 후에 아버지가 「비호」, 「정협지」 같은 무협소설을 많이 쓰셨지요. 그분(아버지)이 상해(上海)에서도 문학 수업을 꾸준히 하셨다는 겁니다. 혼자서 공부하셨대요. 동아일보에 「비호」를 연재하셨지요』

―그럼 형편이 괜찮았겠군요?

『아이, 거지였죠. 정말 가난하게 살았어요. 우리가 어렸을 때도 아버지가 연재소설을 쓰셨는데, 우리 어머니 말에 따르면 고료라는 게 없었고, 1년간 연재소설을 쓰면 신문사 사장이 쌀 한 가마를 보냈대요. 리어카에다 쌀가마를 싣고 왔는데, 쌀가마에는 사장 명함이 꽂혀 있었대요』

―그래 온 식구가 어떻게 살았어요?

『어떻게 산지 모르지요. 기적같이 살았어요. 지금도 굶은 기억이 나요. 아버지는 평생 무협소설을 쓰셨는데, 그래도 그걸로 우리가 겨우 먹고 살았어요』

―아버지 글을 많이 읽었겠네요.

『그럼요. 무협지 대필도 했는데요. 아버지가 암에 걸려 5년을 앓다가 돌아가셨는데, 우리는 아버지의 무협지를 팔지 않으면 굶어야 할 입장이었어요. 그래서 아버지가 누워서 소설을 불러 주시는 거죠. 그럼 난 받아 쓰는 거요. 그때 동아일보에 연재할 땐데, 문화부 기자가 집에 와서 기다렸다가 원고를 받아 갔어요. 내가 받아 쓴 걸 읽어 드리면, 「거기 점 찍어. 거기 줄 바꿔」 이러셨지요. 내가 고등학교 다닐 때였어요. 그때 나한텐 문장 수업이 좀 됐을 겁니다.』

오늘 그가 주목받는 소설가가 된 건 다 내력이 있는 일이다.

―지금도 아버지 소설 인세를 좀 받지 않아요?

『아니죠, 그땐 판권이 없었어요. 출판사에 다 그냥 팔아버렸어요.』

그는 돈암초등학교와 휘문중·고를 졸업했는데 거기에도 사연이 있었다.

『우리 아버지가 공립학교를 아주 싫어하셨어요. 김구(金九) 선생 밑에서 있다가 그분이 암살당하니까, 이승만 치하(李承晩 治下)에서 자식을 관학(官學)에 보낼 수 없다는 생각을 하셨어요. 한국에 돌아오셔서 의사도 하실 수 있었는데, 스승을 죽인 자(者) 밑에서 그런 것도 도저히 못하겠다고 생각하셨지요. 그런 절망감 같은 걸 가지고 사셨지요.

김구(金九) 선생 묘지가 효창공원에 있잖아요. 3·1절이 되면, 아버지는 4박 5일쯤 집에 안 들어오고 친구분들하고 김구(金九) 선생 묘지에 가서 술을 드시는 겁니다. 「선생님! 선생님!」 하고 부르면서. 당시 그 청년들한테 김구(金九) 선생은 신(神)과 같았어요』

—중·고등학교 때는 무슨 활동을 했어요?

『산악부에 들어가서 등산을 많이 다녔지요. 인왕산 치마바위에서 바위타기를 처음 배웠죠』

—고대 영문과로 진학하셨는데.

『처음엔 정외과(政外科)로 진학했지요(1966년). 2학년 때 우연히 바이런과 셸리를 읽었는데 너무 좋았어요. 그래서 2학년 1학기를 마치고 정외과에 뜻이 없어서 학교를 그만두고 집에서 영시(英詩)를 읽으며 영문과로 전과(轉科)할 준비를 한 거지요. 그래서 동기생들이 4학년 올라갈 때 나는 영문과 2학년으로 전과(轉科)했어요.

영문과로 옮기고 나서 한 학년을 다니고 군대에 갔거든요. 군대에서 3년 있다가 제대해 보니까, 내 여동생이 또 고대 영문과에 들어왔는데, 복학을 하면 한 학년이 되게 생겼어요.

그때 아버지가 돌아가셔서 집안이 완전히 망했어요. 돈을 닥닥 긁어 보니까 한 사람 등록금밖에 안 돼요. 그래서 그 돈을 여동생한테 줬어요. 「내가 보니 넌 대학을 안 다니면 인간이 못 될 것 같으니, 이 돈을 가지고 대학에 다녀라」 이러면서. 나는 내가 알아서 벌어 먹고살겠다고 그때 2학년을 마치고 대학을 중퇴한 거죠』

고대 영문과 2학년으로 전과해서 그는 부인(李燕和·54)을 만났다. 2년 뒤에 국문과에 입학한 부인과 동급생이 됐던 것이다. 부인에게 물었다.

—학교를 그만둔 게 참 안타까운데요. 그때 정말 형편이 그렇게 어렵던가요.

『돈보다도 잘난 척하면서 그만뒀지요. 더 이상 배울 거 없다면서 그만뒀으니까요. 정말 대학을 중퇴하고도 시험 치는 데마다 다 붙었어요. 한국일보에도 우수한 성적으로 합격했구요, 두 달 동안 공부해서 영어교사 자격증도 따냈고, 또 임용고사에도 전국 2등으로 합격했어요』

그들은 1974년에 결혼했다. 또 부인에게 묻는다.

—졸업장 없이 살아야 하는 데 대해 불안감은 없었습니까?

『얼마든지 졸업장 없이 사는 걸 보여 주마 해서 그걸 믿었지요』

이번엔 김훈(金薰) 씨에게 질문을 던진다.

—부인을 어떻게 만났습니까?

『그때 여자들이 나한테 막 몰려왔는데 우리 마누라가 그중에 가장 먼저 달려온 여자지요』

잘난 척하기는 예나 지금이나 마찬가지다.
『대학 2년 중퇴 후 한국일보 입사(入社)』

—대학을 중퇴하고 한국일보는 어떻게 들어갔습니까?

......

『그때 한국일보만 학력 제한이 없었어요. 당시 장기영(張基榮) 사장님이 고졸이었거든요. 그런데 시험 쳐서 들어가 보니 나만 고졸이지 다 대졸이었어요.

장기영(張基榮) 사장님 아니었으면 난 한국일보에 못 들어갔을 거예요. 마지막 면접을 하는데 그분이 「왜 넌 학교를 못 나왔냐」 그러더라구요. 「돈이 없어서 못 나왔습니다」 그랬죠. 「넌 뭐 하러 신문사에 오려고 하느냐」고 하시더라구요. 「저는 특별한 뜻은 없구 제대를 했는데 먹고살게 없어서 거리를 헤매고 있는데 한국일보에서 사람을 뽑는다고 해서 왔습니다. 뽑아 주시면 열심히 일하겠습니다」 이랬어요. 그러니까 장(張) 사장님이 내 얼굴을 보더니 한심한지 편집국장을 이렇게 보며, 「야, 이런 애는 어떻게 해야 되냐」 이러더라구, 하하…. 그러시더니 나를 찬찬히 보고 나서 「너는 이 자식아 目子(목자, 눈)가 불량해서 기자는 할 수 있겠다. 에라 들어와라!」 이러시더라구』

그러나 그는 한국일보에 재직 중에도 문제가 많았다.

『한국일보를 1973년부터 1989년 말까지 다니면서 몇 번 그만뒀다가 다시 들어갔지요』

─그때마다 이유가 뭐였어요?

『상급자와의 不和(불화)였죠』

「더럽고 지겨웠던」 1980년대

얘기가 1980년으로 돌아갔다.

『이런 얘기를 다 써주세요. 그때 많은 기자들이 언론자유운동하다 감방 갔잖아요. 나는 그때 전두환(全斗煥) 대통령 찬양하는 글을 나 혼자 다 썼어요. 많은 기자들은 잘려나갔지만, 나는 살아 남았어요.

내가 그때 7년차 기자였는데 「니가 글 잘 쓰는 놈이니까 다 써라」 해서 「좋다 내가 다 쓴다」 한 거죠. 그때 회사 분위기가 어땠느냐 하면, 참 기가 막혔어요. 내가 원고를 쓰면 아무도 데스크를 안 보는 거요. 내 위의 차장, 부장, 부국장, 국장이 데스크를 봐야 하는데, 「나는 모른다」하고 다 술 마시러 가서 데스크를 봐 줄 사람이 없는 겁니다. 그래서 모든 걸 김훈(金薰) 혼자 한 겁니다. 그래서 나 혼자 원고를 공장(공무국)에 갖다 줘서, 토씨 하나 안 고치고 그대로 나왔어요. 그래서 그분들은 지금까지 죄가 없는 거지요.

그 시대엔 내가 그걸 안 하면 누군가가 해야 됐어요. 어느 신문사든 안 할 수가 없었어요. 조선, 중앙, 동아… 뭐 다 했어요. 나는 내 손목으로 그 짓을 한 거예요. 그러니까 내 죄는 피할 수가 없는 거죠』

—그래서 양심의 가책을 좀 받았겠군요.

『참 간단히 말할 수 없어요. …나는 1989년 12월31일 신문사를 때려치우고 나왔어요. 80년대가 하도 더럽고 지겨워 가지고 80년대가 끝나는 날 나와버렸어요. 내일부터 깨끗한 90년대가 된다는데, 이런 언론계에서 나가서, 할 일 없으면 그냥 굶어 죽자, 하고 나온 겁니다. 그래서 90년부터 2년 동안 실업자로 살았지요』

—부인은 사표내라고 하시던가요?

『내가 마누라한테 말했어요. 내가 더러운 80년대에 이 지랄하고 살았는데 90년대부터 하루를 살아도 깨끗하게 살고 싶다고 했더니, 마누라가 울면서 그냥 나오라고 하더라구요』

―1981년 봄 언론자유 주장을 펴다가 감방에 갔던 기자들이 대전교도소에서 풀려나올 때, 김훈(金薰) 씨가 거기 오셨던데.

『맞아요, 그날 참 추웠어요. 그날 나오는 사람들을 붙들고 막 울었어요. 너무 좋고 슬퍼서요』

나는 그를 한참 쳐다보다가 이렇게 물었다.

―살 대책이 있었나요?

『아무것도 없었어요. 쌀도 없었어요. 거리를 막 헤맸어요』

―친구나 상사들이 말리지 않던가요?

『그냥 내버려뒀어요. 왜냐하면 내가 그전에 너무나 여러 번 회사를 그만뒀다 들어왔다 했기 때문에, 「이 자식 또 지랄이다. 정말 도리가 없는 놈이다」 이렇게 생각했겠죠』

―신문사를 들락거릴 때 선배들이 뭐라던가요?

『그땐 순정·낭만의 시대였어요. 내가 나가서 놀고 있으니까 선배들이, 「너 왜 그러니?」 그러면 내가 아무 말 안 하지. 그럼 이래, 「할 말 있니? 그럼 들어와서 해, 이 자식아!」 그럼 난 또 들어갔어요』

―그래 그 2년 동안을 어떻게 살았어요?

『술 먹고, 여행 다니고, 글 쓰고…, 낭인(浪人) 생활한 거죠』

―글은 무슨 글?

『돈도 안 되는 잡문이었어요. 그때 「풍경과 상처」란 에세이를 중앙일보에서 나오던 「월간미술」에 썼어요』

「풍경과 상처」는 1994년에 문학동네에서 책으로 나왔다.
 ―돈이 없는데 어떻게 살았어요?

『돈이 전혀 없었지요. 마누라가 금반지 나부랭이 팔아서 살았는지, 나는 잘 몰라. 그때 아이들한테 돈이 막 들어갈 땐데, 거의 극빈자로 살았어요. 불광동 산꼭대기 조그만 적산가옥에서 살았었지요』

사표(辭表) 20번, 그러나 『내가 옳았다』

우리는 이튿날 여의도의 한 찻집에서 만났다. 그는 역시 스님 차림이었다. 검정색 누비 덧옷을 걸치고 스님들이 신는 털신을 신고 나타났다. 점심 때 누구랑 반주라도 했는지 얼굴에 복사꽃이 엷게 피었다.

그는 1973년부터 2000년까지 27년간 기자생활을 했는데, 그간 직장을 여러 번 옮겼다. 정리해 보면 다음과 같다.

한국일보(1973, 기자)→낭인(1990)→TV저널(1991, 편집국장)→시사저널(1994, 사회부장, 편집국장, 심의위원 이사)→국민일보(1998, 편집국 부국장, 출판국장, 편집위원)→한국일보(1999, 편집위원)→시사저널

(2000, 편집국장, 이사)

　한 직장에 있으면서도 들어왔다 나갔다 한 일이 적지 않았으므로, 자세한 것은 자기도 모르고 부인이 안다고 했다.

　―그럼 사표는 몇 번이나 썼습니까?

『한 20번 쓴 거 같아요』

　―좀 진득하게 참고 있지, 왜 그렇게 자주 사표를 썼어요?

『상사와의 불화, 하급자와의 불화 때문이었지요. 내가 경찰기자였을 때는 캡(경찰기자를 지휘하는 기자)과의 불화, 차장 때는 부장과의 불화, 부장 때는 국장과의 불화, 또 국장 때는 하급자와의 불화』

　―무슨 불화가 그렇게 많았어요? 남들은 다 참는데…. 혹시 나한테 문제가 있구나 하고 반성한 적 있습니까?

『전 반성한 적 없어요. 지금도 전 옳다고 생각해요. 그 사람들이 다 잘못됐다고 생각합니다』

　―뭘 놓고 그렇게 불화가 많았습니까?

『원칙에 대한 문제였지요. 내 성품이 모자라서 그랬지요. 전 견딜 수 없는 건 견디지 못해요! 전 절대 안 견디지요. 그냥 끝내버려요』

『진보와 보수는 선악(善惡)이 아니다』

―그럼 또 앞뒤가 안 맞네. 1980년도엔 왜 끝내버리지 않고 찬양하는 글을 썼을까….

『잘못된 거죠』

―그럼 반성하나요?

『반성한다고 말해서 용서되는 것도 아녜요. 제가 저질른 겁니다. 그래서 너무 수치스러워서 1989년 연말에 회사를 그만둔 겁니다. 내가 너무 더러워서…, 이걸로 속죄하겠다고 생각했어요. 전 어쨌든 투항한 거 아닙니까? 용감한 사람들은 저항하고 감방으로 갔고, 나 같은 놈은 투항하고 직장에 있고…』

―신문사 그만두고 2년 동안 떠돌다가…, 무슨 일이 생겼어요?

『「TV 저널」이란 잡지가 생기게 됐는데, 거기 가서 편집국장으로 창간 작업을 했지요』

―거긴 깨끗한 데였나요?

『쌀이 없어서 갔어요. 쌀이 없는데 어떻게 해요? 뒤주에 쌀이 없으면 이데올로기를 유지할 수 없는 거 아닙니까? 최원영(崔元榮) 회장이 오라고 했어요. 처음엔 그 잡지가 엄청 잘됐어요. 그런데 그게 잘 되니까 몇 달 후에 유사한 잡지가 다섯 개나 나와서 한꺼번에 여섯 개가 다 망했지요』

그는 「TV 저널」이 망하자 최원영 회장이 함께 경영하던 주간지 「시사저널」로 옮겨 그곳에서 5년간을 일했다.

―거기서 만족한 생활을 했던가요?

『참 좋았어요. 부수도 많이 나갔고. 전 또 봉급을 받아 보고 깜짝 놀랐어요. 세상에 이렇게 봉급을 많이 주는 회사가 있나 하는 생각이 들었어요. 돈이 들어오니까 금방 살림 형편이 피고 사람이 달라지는 것 같았어요. 나중에 알고 보니까 언론사 대부분 그만큼은 줬어요. 그러나 거기선 제가 조직장으로 있었는데, 너무 힘들었어요』

―뭐가 힘들던가요?

『내가 편집국장을 한다니까 마누라가 말리더라구요. 「당신은 남의 윗자리에 가면 안 되는 사람이다. 당신 일이나 차분하게 하는 게 낫지, 그런 거 안 맞는다」고 그래요. 하여튼 「시사저널」 편집국장하면서 여러 번 문제가 터졌지요.

제가 생각하는 이상과 기자들이 생각하는 이상이 너무 많이 달랐어요. 저는 월급을 능력에 따라 차등으로 주는 것이 옳다고 생각했어요. 그런데 젊은 기자들은, 이런 나의 뜻을 자본가의 편에 서서 노동자를 박해하는 反시대적인 거라고 생각한 거죠. 나는 그때 젊은이들이 年功序列(연공서열)을 바라는 것에 절망했어요. 젊은이들이야말로 이 사회의 연공서열을 때려부수고 나와야 한다고 생각했어요. 그래서 당시 기자조합과 갈등이 많았지요』

―그 좋은 데서 좀더 참고 있지….

......

『지금 의료보험 통합 얘기를 하잖아요. 이것을 언론사들이 정책의 선택과 조정의 문제로 얘기하지 않고 선(善)과 악(惡)의 문제로 얘기하잖아요. 전 이런 야만성을 견딜 수 없는 거요! 그러니까 언론사들이 어느 한편을 들어서「내 쪽은 좋은 놈, 저쪽은 죽일 놈」하고 있잖아요. 선택과 조정의 문제를 선악과 도덕·부도덕의 문제로 바꿔버리는 겁니다. 어느 언론사고 지금 다 이러고 있어요. 물론 시사저널도 그랬어요. 이게 얼마나 낙후되고 야만적인 겁니까!』

그는 여기서 열변을 토했다.

『이런 문제가 우리 생애에 쌓이고 쌓인 겁니다. 진보와 보수의 문제도 다 이런 겁니다. 저는 그런 일을 당할 때마다 전 현실적으로 언론인의 자격이 없다고 생각했어요. 저로선 참 견딜 수 없는 것이었어요』

―최근에 있었던 정부와 언론과의 갈등, 또 언론사 간의 갈등에 대해서는 어떻게 생각했습니까?

『언론사가 탈세한 건 사실이에요. 탈세를 할 수 있었던 것은 언론이 권력화돼 있었기 때문입니다. 그거야 벌받아 마땅한 거죠. 그런데 정부는 국세청을 동원해서 언론의 판도를 바꾸려고 한 거죠. 이건 양쪽 다 부인할 수 없잖아요. 그러니까 이 문제는 언론의 자유와도 관련이 없는 거요. 조세정의(正義)와도 관련이 없는 거요. 두 권력 집단의 권력 투쟁에 불과한 거요. 권력화된 언론과 권력을 확실하게 장악하지 못한 소수 집권당 정부 사이의 권력투쟁이라구요!』

『권(權)·언(言) 갈등, 정부의 참패(慘敗)로 끝나』

― 판결이 났다고 봅니까?

『났지요. 김대중(金大中) 대통령은 이런 생각을 했겠지요. 「김영삼(金泳三) 대통령이 하나회를 없애고 군인들을 감옥에 넣는 권한을 과시한 것처럼 나도 그 거대한 조(朝)·중(中)·동(東)의 사장들을 감옥에 보내겠다」고. 그러나 이건 朝·中·東의 사장들을 잠시 감옥에 보냈다 풀어줬다는 개인적 만족감을 과시한 것 이외에는, 언론개혁에 기여한 게 전혀 없는 겁니다.

만약 정부의 말대로 조세 정의(正義)를 구현하기 위한 것이었다면 언론사 사주(社主)들을 구속시키지 않고도 얼마든지 돈을 거둬들일 수 있었을 겁니다.

또 이번에 사장이 구속되지 않은 언론사 가운데 탈세 규모가 어마어마한 곳도 많았는데, 왜 거긴 고발 안 한 겁니까? 그러니까 국민은 믿을 수가 없는 거죠. 고발 안 한 건 증명이 필요 없는 명백한 사실이잖아요? 또 그 신문사들이 친정부(親政府)의 입장에서 보도한 것도 확실한 사실이잖아요? 정부는 이 사이에 인과(因果)관계가 없다고 하는데, 국민이 이걸 믿지를 않잖아요. 그러니까 이 게임은 정부의 참패(慘敗)로 명백히 끝난 겁니다』

그는 시사저널을 그만두고 국민일보로 가서 부국장(특집부), 출판국장으로 1년 넘게 일했다.

『집에서 6개월쯤 놀고 있는데 일면식(一面識)도 없는 조희준(趙希埈) 회장이 비서를 보내서 만나자고 연락이 왔어요. 그때도 또 쌀이 없어서 취직을 하려던 참이었어요. 이게 무슨 말인지 쌀이 없어봐야 알아요. 있을 땐 그걸 모르지요. 거기 가서 간지(間紙) 만드는 일과 단행본 만드는 일을 했어요』

—거기선 왜 또 나왔어요?

『역시 상사와의 불화지요』
—아니 쌀이 없어서 들어가면 쌀이 많이 쌓일 때까지 참아야지 자꾸 튀어나오면 어떻게 합니까?

『참 갈등이 많았지요. 나의 평생의 화두(話頭)는 쌀이었어요, 쌀! 전에 내가 인사동에 있는데 마누라한테서 전화가 왔어요. 집에 돈이 5만 원밖에 없다는 겁니다. 쌀 살 돈이 없으니 돈 좀 구해 오라는 말 같았어요. 내가 마누라한테 그 돈 가지고 인사동으로 오라고 했어요. 마누라가 인사동으로 나왔어요. 나는 마누라하고 그 돈 가지고 술 다 먹어버렸어요』

—저런, 또 굶을라고!

『그거 술 먹어도 굶어 죽지 않는다는 걸 마누라한테 보여 주고 싶었어요. 그때 안 죽었으니까 지금 이렇게 살았잖아요』

『나는 찬란하게 성공한 사람』

—이젠 쌀에서 벗어났지요? 재산이 많을 텐데.

『우리 집밖에 없어요. 그게 4억쯤 될 거요』

─동인문학상 상금으로 5,000만 원이나 받았잖아요?

『빚 갚았지요. 지난 2년간 또 직장 없이 놀았잖아요』

─또 놀았단 말요? 정말 골치군!

그는 자기가 대책 없는 골칫덩어리라는 사실을 너무나도 잘 알고 있었다. 그래서 이렇게 대답했다.

『골치지요!』

─국민일보에서만도 편집국 부국장, 출판국장, 편집위원, 이렇게 세 번 자리를 옮겼는데.

『하여튼 나는 가는 곳마다 엄청난 직함의 변동이 있었는데, 그때마다 상사와의 불화 때문에 그렇게 된 겁니다』

─조희준 회장이 멋모르고 불러왔다가 후회했겠네!
『후회했죠. 그러나 많이는 안 했을 거요. 왜냐하면 바로 나와 줬으니까』

─아니 이제 나이도 들고 했으니 웬만하면 참고 살아야겠다는 생각이 안 들어요?

그러나 그의 대답은 태연하다.

……

『점점 살기가 좋아지니까 뭐 참을 필요도 없어졌어요. 아이들도 다 커서 돈 들어갈 곳도 없어졌고』

그의 일산 집에서는 부인과 딸(지연· 26) 아들(지강·大4·23)이 함께 살고 있다.

―자녀들이 아버지처럼 살면 어떻겠어요?

『그 애들은 아버지처럼 살 수가 없을 거예요. 나만큼 자유에 대한 열망이 없어요. 우리가 만들어 놓은 가정제도, 교육제도, 입시제도에 의해서 짐승처럼 자란 놈들입니다. 그 애들이 정말로 기성세대나 디지털 문명에 저항하고 나와서 뛰어난 인간정신의 아름다움을 보여 줄 수 있을지 지극히 회의를 가지고 있어요』

―김훈(金薰) 씨 얘기 들으면 재미있기도 하지만 걱정도 되네요. 현실생활에서 실패한 이상(李箱) 생각도 나고.

『전 과히 실패하지 않았어요. 집도 있고 애들 둘 다 대학 보내고…. 내가 고등학교 나와서 우리 큰딸 대학원까지 보냈으면 난 특별히 성공한 거요. 큰딸은 지금 영화사에 다녀요. 내가 성질이 지랄 같아서 1년에 몇 번씩 판을 엎는 놈이 심지어 언론사 국장까지 했고, 또 뒤집어엎고 나와서도 동인문학상까지 받았으니, 이런 거 생각하면 난 찬란하게 성공한 거죠!』

―친구들은 김훈(金薰) 씨 살아가는 방법에 대해서 뭐라고 그래요?

『마누라나 친구들이 울면서 이제 고만 좀 하라고 그러죠. 내가 하도 지랄 같아서 내 친구들이 다 떨어져 나갔어요. 요즘 나랑 노는 사람들은 10살이나 15살 아래 후배들이에요. 내 친구들은 나에 대한 지겨움 때문에 다 떨어져 나가서 하나도 없어요』

─지금 「놈」 하고 「새끼」가 입에 붙었는데, 습관 때문인가요?

『세상 놈들이 다 쓰레기 같아서 그렇게 됐어요. 저도 그렇지 않을 때도 있어요. 좋은 사람을 보면 깍듯이 하지요』

내가 인터뷰를 하면서 보니까 그가 깍듯이 위해 바치는 사람은, 충무공(忠武公), 김구(金九) 선생, 장기영(張基榮) 씨, 장명수(張明秀) 사장, 그리고 그의 선친 정도가 아니었나 싶다. 얘기는 계속된다.

─한국일보를 떠난 지 10년 만에 다시 한국일보 편집위원으로 갔으니(1999), 이건 또 어떻게 된 겁니까?

『국민일보에 다닐 땐데, 장명수(張明秀) 선배가 한국일보 사장이 됐어요. 그분은 내가 문화부 기자 시절 문화부장이었어요. 그런데 그분한테서 전화가 왔어요. 그분이 대뜸 「야, 와!」 그러더라구요. 「예?」 그랬더니 「한국일보로 와!」 그래요.

그 전화 받고 20분 만에 내 몸을 갖고 그분한테 가서 현물을 보여 주고, 「한국일보서 일하겠습니다」 그러고, 그다음 날부터 한국일보로 가서 근무했어요. 거기서 「자전거 여행」이란 글을 썼어요. 1주일에 한 번씩 1년간 연재했지요. 그게 그 마음의 풍경, 「자전거 여행」이란 책이 된 거죠』

─그렇게 선배가 불러서 가셨으면 잘 좀 하시고 더 있을 것이지, 왜

또 1년 만에 뛰쳐나왔어요?

『조직사회가 외부에서 사람이 들어오는 걸 너무 싫어하더라구요. 한 10년간 나갔다가 다시 오니까 내가 완전히 아웃사이더가 됐더라구요』

그의 얘기는 한 단계 더 발전했다. 그는 어느 특정 조직이 아닌 세상의 조직에 대해 칼을 휘둘렀다.

『조직이란 개들 패거리와 같아요. 개를 길러 보세요. 우리 골목에 사는 개들은 서로 무지하게 친해요. 그러나 맞은편 골목에 있는 개들은 만나면 다 물어죽일라고 해요. 지금 영호남이 싸우는 것도 개싸움하고 똑같아요. 다 동물수준이야! 인간으로 진화하지 못한 자들이 지금 저렇게 싸우고 있는 거요. 개들이 왜 그런지 아세요. 개들이 자기들 똥냄새와 다른 놈을 만나면 물어 뜯는 거라구요. 영호남 싸움도 이런 거 아닙니까?
한국인의 1차적인 근원정서가 난 이런 거라고 봐요. 이것을 뭐 향수니, 고향에 대한 그리움이라고 얘기하잖아요. 이런 얘기를 할 때마다 우리는 야만인이 되는 겁니다. 우리가 보편주의와 코스모폴리타니즘을 지향하지 못한다면 우리는 영원히 바보가 되고 마는 겁니다』

『노조(勞組)가 자본(資本) 부수면 같이 망해』

—개처럼 싸우고 있는데도 세상은 자꾸 발전하는 데 대해선 어떻게 생각하십니까?

질문도 엉뚱한 것이었지만 대답도 한참 뒤었다.

『사회 진보에 대한 열망은 노조에 있는 게 아니라 경영자한테 있는 것 같아요. 새로운 기술을 도입하고, 경쟁력을 강화해서 난국을 돌파하는 힘은 경영자한테 있어요』

―우리나라는 희망이 있다고 보십니까?

『희망이 있지요. 자본에 희망이 있어요. 자본이 미래를 개척해 나가는 데 희망이 있는 것이고, 자본이 작동 방식을 인간화하는 데 희망이 있는 것이지요. 노조가 자본을 때려부수는 데 있는 것이 아니라구요! 노조가 자본을 때려부수면 노조도 같이 부서진다는 걸 IMF 이후 지난 몇 년간 배웠잖아요!』

―그러나 자본과 경영의 힘이 너무 커지면 안 되잖아요?

『글세, 이 시대의 문제를 달리 어떻게 해결하겠어요. 자본의 리더십에 의해서 해결하기로 정한 거 아닙니까?』

―아니, 김훈(金薰)씨가 신문사에 있을 때 노조에서 무슨 감투를 썼던 것 같은데.
『노조 홍보부장을 했지요』

―홍보부장을 지낸 사람의 입장에서도 같은 생각입니까?

『그땐 월급을 많이 올려달라고 했는데, 회사가 그런 역량이 없었어요. 노조가 잘못한 거지요. 왜냐하면 회사가 이윤이 없는데 돈을 달랬으니까』

『딸이 주는 용돈 기다려진다』

―1년 후(2000)에 시사저널 편집국장 겸 이사로 다시 갔는데.

『거기서 다시 오라고 해서 갔지요. 가서 3개월 만에 그만뒀어요』

―왜 또!

『내가 「한겨레21」하고 인터뷰를 했는데, 그게 잘못됐다고 해서 나와 버렸어요. 세상만사에 대해서, 지금 말하는 것처럼 보수주의자의 입장에서 말했어요. 나는 여성주의자가 아니고, 나는 당신네 편이 아니고, 나는 노동자의 편이 아니고, 나는 신문기자의 편이 아니고…. 그런 얘기를 했는데 세상이 들끓고, 나의 자격문제가 나오길래, 그 얘기가 나오고 10분 만에 나와버렸어요』

―그래도 이번만은 상사와의 불화가 아니네!

『상사와의 불화가 아니고 세상과의 불화지, 하하…』

―요즘 수입은? 좀 살 만하신가요?

『전혀 없어요』

―「칼의 노래」도 잘 팔리잖아요?

그는 백지에다 대차대조표를 그려 보이며 말했다.

『최근 1년 6개월 동안 무직으로 10원도 안 벌고 살았어요. 그 전에 퇴직금도 한푼 없었어요. 그동안 2,000만 원을 빚졌어요. 동인문학상 상금을 5,000만 원 받고, 상을 받으니까 책이 잘 팔려서 인세를 2,000만 원 받았어요. 그러니까 수입이 7,000만 원인데, 빚 2,000만 원을 갚으니까 5,000만 원이 남지요. 거기서 내가 1,000만,원어치 술 먹고 살림하는 데 쓰고 하니까 지금 한 1,000만 원쯤 남았어요』

—수입은?

『지금 한 푼도 없어요』

—원고 청탁도 많이 들어올 텐데.

『잡지사에선 200자 원고지 한 장에 5,000원씩 준대요. 신문사에선 칼럼 청탁이 들어왔는데 한 장에 1만 원씩 준대요. 열 장 쓰면 10만 원이죠. 그걸 쓰자면 하룻밤을 꼬박 새야 하는데…. 안 쓰겠다고 했어요』

—그럼 어떻게 살지요?

『돈 필요한 데가 점점 줄어들더라구요. 애들이 크니까. 큰딸은 지금 돈을 벌어서 나한테 매달 26일에 15만 원씩 주거든요. 이중으로 이익이죠. 매달 가져가던 돈을 안 가져가니까 이익이고, 또 나한테 주니까 이익이고. 난 26일만 기다려요. 15만 원은 나한테 엄청나게 큰 돈이지요』

—충무공(忠武公)에 대한 재해석이 「칼의 노래」로 나타났는데, 우리의 역사적 인물 가운데 그렇게 해석해 보고 싶은 인물은?

『안중근(安重根)과 우륵(于勒)을 한번 해 보고 싶어요. 안중근은 무기가 이렇게 아름다울 수 있다는 걸 보여 준 사람이고, 우륵은 아름다운 소리를 내는 악기를 완성한 사람이지요. 그러나 둘 다 남아 있는 게 아무것도 없어요. 안중근의 작품은 이토(伊藤博文)의 몸에 박힌 총구멍인데 다 썩어 없어졌을 것이고, 우륵의 악기도 작품도 남아 있는 게 없어요. 앞으로 어떻게 될지 모르지만 두 분의 생애에 대해 지금 공부하고 있어요』

『음풍농월(吟風弄月)하며 살고 싶다』

그의 작은 집필실 책장에 꽂혀 있던 음악 책들이 떠올랐다.

―앞으로의 희망은?

『희망이 여러 가지 있는데 첫 번째가 음풍농월(吟風弄月)하는 거요. 음풍농월하자면 우선 경제적인 어려움이 없어야 해요. 한 달에 100만 원만 있으면 음풍농월할 수 있어요. 또 음풍농월하면서도 당대의 현실을 말할 수 있어야 하지요』

그는 꼭 김훈(金薰)다운 꿈을 꾸고 있었다. 하긴 그는 지금도 음풍농월하고 있는 것이 틀림없다. 그리고 지금까지 당대의 현실에 대해 내뱉는 그의 소리를 들어오지 않았는가.

그는 꼭 무언가 큰 것을 남길 만한 작가가 가지고 있어야 할 만큼의 독특한 성격을 그의 독특한 그릇에 잘 담아 가지고 있다. 그는 머리가 명석하고, 부지런하고, 오만하고, 꼼꼼하고, 성실하고, 지랄 같고, 못 참고, 잘 싸우고, 고집 세고, 자기가 가지고 있는 지식으로 멋을 부릴 줄 알고, 허무주의자인 척하고, 말을 아무렇게나 내뱉고, 어수룩한 것 같으면서 챙길

건 다 챙기고, 튼튼한 보수주의자고, 무책임하고⋯. 그래서 직장인이나 가장(家長)으로서는 썩 훌륭하지 않으나 작가로서는 썩 훌륭한 사람, 金薰.

그가 음풍농월하는 것을 보는 것만으로도, 그리고 당대의 현실에 대해 내뱉는 것을 듣는 것만으로도, 우리는 행복할 것만 같다. 그는 우리가 하고 싶은 것을 할 테니까.

〈편집자주 : 이 글은 김훈 작가가 〈칼의 노래〉로 동인문학상을 수상했을 때 당시 월간 조선에서 기획 연재물로 "인간탐험"을 취재했던 오효진 선생의 인터뷰 기사 전문이다. 근 20여 년 전의 얘기이긴 하지만, 작가 김훈의 '생얼'이 있는 그대로 진솔하게 그려진 내용이었기에 당시 인터뷰어인 오효진 선생의 허락과 확인을 받고 다시 한번 재수록한 것임을 밝혀둔다. 그리고 김훈은 훗날에 그의 약속대로 우륵(于勒)과 안중근(安重根)의 얘기로 세간의 이목을 또 한번 뜨겁게 달구게 했다.〉

오효진(언론인·소설가)
1944년 충북 청원 출생.
서울대 국문과, 同 대학원 국문학 석사. 美 스프링힐스대 언론연구과정 수료,
　고려대 언론대학원 최고위과정 수료. 충북대학원 국문과 박사과정 수료 문학박사.
　동아일보 신춘문예 소설 당선. MBC 보도국 사회부 기자, 조선일보 사회부장,
　SBS 보도국장 · 도쿄지국장 · 편성이사, 정부대변인겸 공보실장, 청원군수 역임.
　저서:『오효진의 인간탐험』『개망초의 행복』『인터뷰의 황제가 되는 길』.
　e-mail :〈oz0413@naver.com〉

초대시

국내 초대 작가

김경련 나는 네가 그립다 외
김승희 사랑의 전당 외
문창길 특별시민 주 씨 외
유자효 외신 사진 외
이우영(시조) 상원사 가는 길에 외
최서림 새도 듣고 바람도 듣고 외
최정란 모래도시 1 외

해외 초대 작가

강민경 고난 덕에 외
김경숙 백두산 천지 외
양안나 열무국수 외
오정방 그런 산촌에서… 외
이용해 어찌 알겠소 외
이창범 그 시간의 흔적 외
전희진 은빛 차량 하나가 초록 새털구름 속을 날았
다 외

차신재 봄의 단상 외
홍마가 백일홍 (Crepe Myrtle) 외
황미광 춘래불사춘 외

(가나다 순으로 수록하였습니다.)

나는 네가 그립다

김 경 련

방학을 맞아 우리나라에 온
교포 2세 언니 마니카!
한국적인 것들을 보여주려
여기저기 함께 다녔다

영어가 서툰 우리를 보며
실수가 더 재밌다는 듯 호호
웃던 마니카!
일주일 정도 같이 다니다 함뿍
정이 들었다

헤어지는 날
마니카를 안으며 자신 있게
"I miss you"
웃으며 한 내 말에
"I will miss you"

틀린 곳을 고쳐주며
울다가 웃던 언니 마니카!

이제는 정말
그리움으로 남은 말
'I miss you'

초
대
시

이제는 정말
그리움으로 남은 말
'I miss you'

구글 개굴

구글구글
인터넷에
말이 쏟아진다

개굴개굴
무논에
개구리울음 쏟아진다

구글구글구글
말에 발이 달려
세계로 뻗어 나간다

개굴개굴개굴
달 밝은 밤
개구리 울음소리
온 동네로 뻗어 나간다

김경련 (시인)
2019 〈조선일보〉 신춘문예 동시로 등단 2019 〈어린이와문학〉 동시 추천 완료
2021 대산창작기금 수혜, 2022 동시집 『내가 꽃이 되는 날』 출간
동요로는 '말의 온도' '할아버지 솜사탕' 등이 있다. 현) 중학교 교사

사랑의 전당

김 승 희

사랑한다는 것은
엄청나게 으리으리한 것이다
회색 소굴 지하 셋방 고구마 포대 속 그런 데에 살아도
사랑한다는 것은
얼굴이 썩어 들어가면서도 보랏빛 꽃과 푸른 덩굴을 피워 올리는
고구마 속처럼 으리으리한 것이다

시퍼런 수박을 막 쪼갰을 때
능소화 빛 색채로 흘러넘치는 여름의 내면,
가슴을 활짝 연 여름 수박에서는
절벽의 환상과 시원한 물 냄새가 퍼지고
하얀 서리의 시린 기운과 붉은 낙원의 색채가 열리는데

분명 저 아래 보이는 것은 절벽이다
절벽이라는 것을 알고 있다
절벽까지 왔다
절벽에 닿았다
절벽인데
절벽인데도

한 걸음 더 나아가려는 마음이 있다

절벽에서 한 걸음 더 나아가려는 마음
낭떠러지 사랑의 전당
그것은 구도도 아니고 연애도 아니고
사랑은 꼭 그만큼
썩은 고구마, 가슴을 절개한 여름 수박, 그런
으리으리한 사랑의 낭떠러지 전당이면 된다

엉겅퀴꽃

과거는 늘 외상값을 갚으라고 말한다

외상값을 갚아야 하는데
외상값을 못 갚고 사는 사람의 괴로움도 있지 않겠나
생각 좀 해 봐라

수도원에 들어가서 남은 세월 참회나 하고 살까

뭐, 참외? 너 그 나이에 참외 농사는 못 지어
힘들어서
참외 농사가 얼마나 힘든데

엉겅퀴는 가시가 자기를 찔러 더욱 풍성하게 자란다
가시가 많은 꽃이 색채가 진해진다고 하는데
가시엉겅퀴, 까시 엉겅퀴, 바늘엉겅퀴 꽃은 진한 자줏빛

참외 농사를 지을까 엉겅퀴 꽃밭을 만들까

외상값이 하루하루 가속도를 붙여 올라간다

......

엉겅퀴에서 무화과를 따겠느냐?
빚 중의 빚은 사랑의 빚이라는데

에잇, 외상값 떼먹은 년
외상값 떼먹고 도망가고도 오늘 웃고 있는 년

속으로 할 말은 많으나
외상값은 어쩔 수가 없는 엉겅퀴,
하얗게 두른 뾰족한 가시로 자기를 찌르며
안 아픈 척 더 풍성하게 피어 올라가는 야생으로 진한
자줏빛 두상화(頭狀花)

김승희(시인)
1952년 전남 광주 출생. 1973년 〈경향신문〉 신춘문예 시부 당선. 시집으로 『태양 미사』,
『왼손을 위한 협주곡』,『미완성을 위한 연가』,『달걀 속의 생』,『어떻게 밖으로 나갈까』,『냄비
는 둥둥』,『희망이 외롭다』,『도미는 도마 위에서』,『단무지와 베이컨의 진실한 사람』 등이 있
음. 소월시문학상(1990), 고산문학대상(2021), 청마문학상(2021), 만해문학상(2021) 등
수상.

특별시민 주 씨

문 창 길

이른 아침부터 몇 잔의 소주와 함께
쌀쌀한 실업의 겨울 하루를 시작한다
사십 줄의 나이가 원망스러운 걸까 아니면,
오르락내리락 달동네 언덕배기가 힘 부치는 걸까
거나하게 취해 흔들거리는 발걸음 뒤로
마을버스 차 기사의 걱정 반 비아냥이
첫 잔 술의 짜릿함만큼이나 가슴 뜨겁게 찔려오는 것을
허탈하게 코웃음으로 받아넘긴다
"나는 누구일까?
대한민국 특별시 삼양구 달동네 1번지
주 서방 흐흐흐"
새삼 이를 악다물며 턱마루 수염 끝으로
무력증같이 피어난 서리꽃 몇 송이
불거진 주먹손으로 쓸어 넘기며
꺼이꺼이 소리 없는 울음을 삼킨다 아니,
낮달 그윽이 박혀 있는 하늘 저 끝까지 퍼져 나갈
청청한 목청을 다듬는다

이 겨울이 가면

내게 햇살 같은 희망 내게 꿈 같은 봄날

돌아오리라고 뭔지 모르지만

나의 특별 시민증을 찾으리라고

나는 노가다꾼이 아닌 일하는

노동자라 떨쳐 세우리라고

이미 몇 잔의 소주로 지펴진

불꽃 가슴 뜨겁게 사르는…

열린 옷깃 사이를 거세게 헤집으며

파고드는 칼바람 끝을 막고 섰는 나는

특 별 시 민

주절주절 몇 소절을 흥얼거리며

잠든 가로등을 돌아 파란 쪽대문을 밀친다

마누라 호남댁의 카랑한 목소리가

깨질 듯 먼저 뛰쳐나오지만

지어미 치마 끝에 매달려 뒤뚱거리는

내 서툰 사랑의 알찬 열매

세 살배기 덕순이 년 헤헤거리며 달려와

반갑게 저엉말 반갑게

못난 이 애비를 맞는다

"압빠 꼬끼디 열타 태우더 응"

"으응 그래그래 여기 올라타라"

어느새 널찍한 잔등이를 엎드려

덕순이의 굉장하고 신나는

코끼리 열차가 되어

한 평 반의 월세방을 씽씽 달리는

나의 가슴 밑바닥엔
마누라의 뭉클한 가슴보다 더
뭉클한 힘이
뜨겁게 차오르고 있었다

나의 가슴 밑바닥엔
마누라의 뭉클한 가슴보다 더
뭉클한 힘이
뜨겁게 차오르고 있었다

성

그늘진 너도밤나무 밑으로 밤풍뎅이들 하나, 둘 잠이 든다 나의 정기
어린 꿈들이 파도처럼 몸 밖으로 훠이훠이 사라진다 그 꿈의 잴 수 없
는 깊이에서 화석의 잠으로 무너진다 무너지는 만큼 더욱 일어서는 성
이 있다

문창길(시인)
전북 김제 출생. 1984년 〈두레시 동인〉으로 작품활동 시작. 시집 『철길이 희망하는 것은』
『북국독립서신』. 도서출판〈들꽃〉 대표. 계간 〈창작21〉 편집주간. 민족문학연구회 공동회장.
창작21작가회 대표. 한국작가회의 회원.

외신 사진

유 자 효

팔순의 미국 대통령 조 바이든이 러시아와 전쟁 중인 우크라이나의 수
도 키이우를 불쑥 찾았다
 40대의 우크라이나 대통령 볼로디미르 젤렌스키가 달려 나와 노(老)
대통령을 부둥켜안았다
 울음을 터뜨릴 듯한 젤렌스키
'아빠, 저 큰 애가 자꾸 날 때려요'
 슬픔으로 가득한 바이든
'걱정 마, 아빠가 지켜줄게'
 전사자 추모 벽 앞의 포옹이었다

망개떡

늙은 아내와 나란히 앉아

망개떡을 먹는다

간밤에 간 행사에서 선물로 준 망개떡

아침 식사 한 끼를 벌었다

아내는 신문을 읽고

나는 존다

40년 세월의 끝이 이와 같았다

유자효(시인)
부산 출생. 1968년 〈신아일보〉(시), 〈불교신문〉(시조)로 작품 활동 시작
2007년 한국방송기자클럽 회장. 2016년 서울시인협회 회장 역임.
시집 『전철을 타고 히말라야를 넘다』『성자가 된 개』외 다수와
근간 신작시집 『포옹』, 시선집 『세한도』, 시집해설서 『잠들지 못한 밤에 시를 읽었습니
다』외 번역서 『이사도라 나의 사랑 나의 예술』 출간. 이외에도 수필집 『세상의 다른 이름』
(1997)『다시 볼 수 없어 더욱 그립다』(2001) 등이 있다.
 2009 제46회 한국문학상 수상. 만해대상 수상.
현 (사)한국시인협회장. 시동인지 〈잉여촌〉 동인으로 활동하고 있다.

상원사上院寺 가는 길에

이우영

산이 맑았구나 밝은 햇살 쏟아지는 길
전나무 참나무 다래 덩굴 숲 우거진 길
오르막 산기슭마다 길 반기는 산유화山有花.

산을 내리는 사람, 산 찾아 오르는 사람
얼굴들 낯설건만 자비심慈悲心이 가득찼구나
공연히 왜 수심愁心 지으리, 절로 이는 이 감흥感興.

청산靑山 호랑나비 산새랑 계류溪流에 날아
꿈길을 가듯이 눈부신 이 정경情景 속에
산바람 이마 씻어간 줄 길 지나며 몰랐다.

적멸보궁寂滅寶宮

괴괴한 적멸보궁 누리 굽어보는 보전寶殿

불자佛者의 기도처요 대자비大慈悲를 비옵는 곳

향화香火야 꺼지잖으리 정골頂骨 받드는 당우堂宇.

일만문수一萬 文殊를 거느리는 천히 명당天下明堂

산을 호령하여 봉만峰巒을 부리는 듯

신령神靈한 바람이 일어 이마 스쳐 가누나.

이우영 (시인)

本名 : 雲龍. 韓國文人協會.韓國時調詩人協會. 1997「文藝思潮」신인상. 1997「時調文學」
천료登壇.

한국문인협회, 한국시조시인협회, 시조문학작가회원 geulbatlee@naver.com

새도 듣고 바람도 듣고

최 서 림

천산남로 어떤 종족은 아직도,
땅이나 집을 사고팔 때
문서를 주고받지 않는다.
도장 찍고 카피하고 공증을 받은 문서보다
사람들 사이 약속을 더 믿는다.
돌궐족이 내뱉는 말은
하늘도 듣고 땅도 듣고 새도 듣는다.
낙타풀도 지나가는 바람도 다 듣고 있다.
글자는 종이 위에 적히지만
말은 영혼 속에 깊숙이 새겨진다.
바위에다 매달아 수장시켜버릴 수도
불에다 태워 죽일 수도 없는 말.

시인의 재산

누구도 차지할 수 없는 빈 하늘은 내 것이다.

아무도 탐내지 않는 새털구름도 내 것이다.

동주의 하늘과 바람과 별과 시도 내 것이다.

너무 높아서 돈으로 따질 수 없는 것들,

돈으로 살 수 없는 것들은 다 내 것이다.

최서림(시인)
1956년 경북 청도 출생
서울대 국문학과 및 동 대학원 박사과정 졸업
1993년 〈현대시〉 등단
시집 『이서국으로 들어가다』 외 8권
클릭학술문화상, 애지문학상, 동천문학상

모래도시 1

최 정 란

모래를 금으로 만드는 연금술사가 모래도시를 찾아왔다
연금술사는 들어오기는 했으나 나가지 못했다

모래도시를 바깥세상으로부터 차단하는, 암막처럼 두꺼운
모래안개 속으로 여러 갈래 길이 나타났지만
그가 가고자 하는 길은 일찌감치 끊겼다

연금술사는 나가기를 포기하고
모래로 여자를 빚고 모래로 빚은 사랑을 모래여자의 가슴에 넣어주었
다

모래심장을 가진 모래여자는 모래아이를 낳았다
모래로 빚은 여자의 가슴에서 흘러나오는 모래젖을 먹고
모래의 아이가 무럭무럭 모래탑으로 자라는 동안
모래는 공장이 되고 밥이 되고 술이 되고 안개가 되었다

모래로 빚은 술을 마시고 모래도시는 달게 무르익어갔다
그 후에도 오랫동안 모래는 모래를 만나 사랑하고 흘레붙고 이별하였

다

어느 날 사람들이 모래안개 속으로 실종되기 전까지는
아무리 모래로 빚은 사람이라도
사람은 모래만으로 살 수 없다는 것을 잊은 척했다

모래도시 2

실종된 사람들이 손잡고 버드나무 정원으로 사라졌다는
증언이 유력하지만,
가장 많은 증거는 모래에서 수집되었다

남은 사람들이 모래를 발굴하기 시작했다

모래벚꽃 만발한 모래공원이 드러날 때 독한 모래안개가 함께 발굴되
었다
축제에서 돌아오지 않는 사람들이
모래벌판을 헤맨다는 소문의 지층이 추가로 확인되었다

모래의 이정표는 바람에 쉽게 날아가고
모래 속에서 길을 잃는 사람들이 갈수록 늘어났다

사랑 속에서 길을 잃고 돌아오지 않거나
애도가 불가능한 슬픔 속에서 길을 잃은 사람은
모두 모래도시의 시민이었다

모래의 추억이 상습적으로 범람하는 배후습지는

......

모래강물을 거느리고 있어

모래강물이 지나간 흔적이 모든 지층을 관통하고 있었다

먹고사니즘 사상이 모래처럼 발굴되는 동안

신발공장과 단단한 모래한숨 화석 사이로

기계부품과 철판과 도금공장 폐수와 도축장 핏물이 스며들었다

모래의 노래 모래의 숨결이 모래도시를 휩쓸던 지층이

모습을 드러내기 시작했다

모래의 내장이 꿈틀거리며 울고

강의 울음소리가 선명하게 찍힌 모래숲 지층이 드러나자면

백만 년은 더 지나야 할 것이다

언제쯤이면 버드나무 정원*을 흰 발로 걸어가는

모래의 사람들을 만날 수 있을까

*예이츠, '샐리 가든'

최정란 (시인)
경북 상주 출생
2003 〈국제신문〉 신춘문예 등단
시집『독거 소녀 삐삐』『장미 키스』『사슴목발 애인』『입술거울』『여우장갑』
〈시산맥작품상〉 세종도서 문학나눔 〈최계락문학상〉 〈아르코문학창작기금〉
cjr105@hanmail.net

<해외 초대 시인>

고난 덕에

강 민 경

초록도 사라지고
단풍도 사라지고
가지만 남았습니다

땅 위에
뒹구는 낙엽은
숨 막힌다고 아우성입니다
죽는다고 아우성입니다

누가 보라고 그러는지
미풍에도 요동을 치고
누가 들으라고 그러는지
발자국마다 와삭거립니다

덕에
저 나무는
겨울 한 철 잘 견디어 낼 것입니다.

이슬의 눈

햇빛 드는 길가
작은 나뭇잎 사이 응달에서
숨죽이며 살금살금 다가와
나와
눈 맞추는 눈
이슬에도 눈이 있다

밤새도록 내려
갈증 달래고
아침 햇살에 멱 감고
싱싱하고 탱탱한 몸 가꿨다고
첫선 보이려 나온 새색시처럼
젖은 동공이 참 맑고 곱다

반짝반짝, 소곤소곤
저 선량한 눈망울에
반했는가? 눈이 부셨던가,
멱 감겨주던 햇살마저도
이슬 품 안에 들어

정신을 잃고 까무러치는

그게 다 이슬의 눈이다

141

강민경(시인·전도사)
1947년 전북 정읍 출생, 1980년 미국 이민, 하와이에서 북가주 Fremont 이주,
2005년 10월 월간 스토리문학 시 부문 신인상 수상
하와이시문학회 회장 역임, 하와이 연합한글학교 글짓기 대회 심사위원
시집 『담쟁이 그녀』,『언덕 위의 두 나무』,『그리움의 각도』,그 외 동인지 다수
aurensong747@gmail.com

......

백두산 천지

김 경 숙

유구한 역사와 함께하는
거대한 겨레의 눈동자
태곳적 신비로움을 간직한
광활한 푸른 물결

대한제국의 독립을 염원하며
품속에 간직했던 태극기를 꺼내 흔들며
절규하던 독립투사의 그 외마디!
다시 천지에 메아리친다.

먹먹하고 목이 메어 하염없이
천지를 바라보던 선구자들의 눈물이
오늘도 폭포수를 따라
백두대간으로 흐르고

흰 구름도 잠시 내려와 쉬어 가려는 듯
맑고 깨끗한 물결 위로 내려와
푸른 물속에
또 다른 하늘이 펼쳐진다.

사랑의 언어

초대시

꽃비가 내리는 날
꽃비에 젖은 연인들의 어깨 위로
사랑의 언어들이 쌓여간다

무화과 잎을 입에 물고
방주로 날아드는 비둘기처럼

푸른 하늘에 포물선을 그리며
날아오르는 선명한 블루 제이 한 쌍

일곱 빛깔 축복의 언약이 되어
연인들의 언어 속에서
생명으로 태어난다.

*블루 제이는 날개 부분에 하늘색 깃털을 가지고 있는 새의 이름이며
항상 짝을 지어 날 때, 그 날개의 코발트색이 더욱 선명하게 보인다.

김경숙(시인)
강원도 홍천 출생 시인,
경원대학교(현 가천대학교) 영어영문학과 졸업
〈연인〉 시 부문 신인상, 현 워싱턴윤동주문학회 회원
워싱턴 거주 / Kkim5397@gmail.com

열무국수

양 안 나

점심상에 놓인
국수 대접에 열무꽃이 피었다

강에서 멱감고 나온 바람의 젖은 머리칼
오렌지 나뭇가지에 걸어 두고
국물 한술 맛을 본다

나비와 꿀벌 품었던 풋것으로 담근 김치
이 시원하고 칼칼한 국물 맛을,
저 먼 곳에 계신 어머니가
항아리 속에 한 줌 풀어 놓고 가셨나 보다

평상 위 둥근 상 앞에 빙 둘러 앉아
더위 날리던 웃음소리
사탕 깨물 듯 하얀 열무 씹던 소리
그릇 안으로 흘러내린다

고향 하늘이 감돌다 떠난 뒤
혼자 먹는 소면 위로 고요가 자란다

내일은 김치가 시어지기 전에 진국인 친구 불러
고향 이야기나 나눠야겠다

　　　　　　　　　145

바람이 맴맴 매미소리를 낸다

내일은 김치가 시어지기 전에 진국인 친구 불러
고향 이야기나 나눠야겠다

．．．．．．

바람이 맴맴 매미소리를 낸다

카페, 그날엔

길모퉁이 2층
삐걱거리는 계단을 오르면
LP판이 안개꽃보다 더 많이 꽂혀 있었고
낯익은 얼굴들이 같은 자리를 지켰다

남몰래 흐르는 눈물이 칙-칙 울고 있어도
악보를 앞에 놓고 카라얀처럼 팔을 휘둘러도
골목길 불협화음이 창을 스쳐도
그 분위기를 즐겼던 사람들

나비파이를 들고 훨훨 날고 싶어하던 여학생
어깨 들썩이던 순정파 남자
이상과 현실 사이에서 갈등하던 젊은 친구
시 한 편 들고 와서 읽어주던 시인들
모두 어떻게 살고 있을까

희미한 불빛 아래
커피 향과 담배 연기에 젖은 시간이 마감되기 전
저마다의 인생을 풀어 놓으면

하얀 종이 위의 검정 펜은
판화를 새기듯 이야기를 꾹꾹 눌러 나갔다

새파랗고, 가난했던 시절의 그리움 남긴 채
조용히 마침표 찍은
카페, 그날

초대시

양안나 (시인·수필가)
버클리문학 에세이상,
〈시와정신〉 시로 등단
〈미주한국일보〉 여성의 창 필진, 버클리문학협회 회원

그런 산촌에서…

오 정 방

새벽엔 수닭이 어김없이 꼬끼오 울어대고
아침엔 온갖 새들이 지지배배 노래하고
낮에는 장끼들이 후루룩 홰를 치면서 날아가고
밤에는 귀뚜리들의 합창에 두 귀가 마냥 즐거운
그런 한적한 산촌에서
몇 날, 몇 밤이라도 지내고 싶다.

새벽엔 뽀오얀 안개 헤치며 오솔길을 걷고
아침엔 뜨락에 심긴 화초들에 물을 주고
낮에는 등나무 아래에서 좋은 시를 소리 내 읽고
밤에는 평상에 누워 쏟아지는 별들을 헬 수 있는
그런 고요한 산촌에서
몇 날, 몇 밤이라도 보내고 싶다

그리움

쌓이는 것은

낙엽뿐만이 아닙니다

줄기찬 바람은

저를 몰아 날릴 수가 있지만

머릿속에 문신처럼 새겨진

그리움은

그렇게 하지 못합니다

쌓이는 것은

눈송이만이 아닙니다.

따가운 햇살은

저를 녹여 없앨 수가 있지만

가슴 속에 비문처럼 패어진

그리움은

그렇게 하지 못합니다

오정방 (수필가·시인)
1941. 5. 8 경북 울진에서 출생. 1987. 9. 27 미국 오레곤주로 이민
오레곤문인협회 창립 초대회장(현 명예회장)
〈세기문학〉 시, 〈미주 중앙일보〉 신춘 시조, 〈문학과 육필〉 수필로 등단
시집 『그리운 독도』, 시문선 『다시 태어나도 나는 그대를 선택하리』 외

어찌 알겠소

이 용 해

왜냐고 묻지 마세요
새가 우는 사연을
새의 마음을 새의 언어를 모르면서
나서지 마세요

왜냐고 묻지 마세요
꽃잎에 눈물이 흐르는 사연을
꽃과 눈이 마주치고 속삭일 수 없다면
설치지 마세요

왜냐고 묻지 마세요
저 애기가 왜 보채고 우는지를
엄마가 달래도 알 수가 없는 이유를
아는 척하지 마세요

왜냐고 묻지 마세요
빙산이 무너지며 통곡하는 사연을
천만년 얼었다가 무너지는 고통을
백 년도 못 사는 내가 어찌 알겠소

사랑

사랑은 열병인 거야
몸에 열이 오르면
부모님의 말도 친구의 말도 들리지 않는 거야

사랑은 눈에 콩깍지가 씐 거야
눈에 콩깍지가 씌면
곰보도 보조개로 보이는 거야

사랑은 빨려 들어가는 거야
한번 미끄러져 넘어지면
아무리 잡아당겨도
끌려 들어가는 거야

사랑은 난치병인 거야
한번 앓으면 상사병이라고 죽을 수도 있고
치유가 되어도
일생 가슴 쥐어뜯으며 사는 거야

이용해 (시인)

평안남도 평양 출생. 연세대학교 의과대학 졸업
일반외과 성형외과 전문의
Trumbull Memorial Hospital 성형외과 과장
관동대학교 의과대학 교수
건양대학교 성형외과 교수
몽골 연세친선병원 성형외과 근무

그 시간의 흔적

이 창 범

으산한 날 오전
가랑비 내리고
그들만을 위해 깔린 철길 옆 도로를 따라
관광버스가 가고 있다

'Arbeit Macht Frei'
-노동이 자유케 하리라-
광인들의 광기로 표백된
노동과 자유의 허물이
아우슈비츠수용소 초입에서 젖고 있다

널따란 홀마다 쌓여있는
머리카락, 신발, 구두약, 가방, 칫솔, 머리빗들
바늘 하나 떨어지는 소리마저 들릴까 말까 하는 정적에
걸려 있는 사진들
허물, 허물들

돌벽으로 쌓아 만든 독가스실
마지막 한 방울 눈물마저 태워버린 소각장

검게 그은 벽을 긁어 남긴 손톱자국들은
가슴에 음각되는 아픔이었으나
죽음은 분명 그들을 자유케 했음을 확신하는
나의 외침이었다

Sterben Macht Fred
-죽음이 자유케 하리라-
천장에 나 있는 좁은 구멍 하나로
그들의 갈망은 모두 빠져나갔고
그 시간의 흔적만 이렇게
가슴을 적시는 가랑비로 내리고 있다

그리움 화석으로 남아

눈보라 휩쓸고
비바람 몰아치면
세월의 층 허물어 내리네

내리는 지층마다
한 겹 한 겹 벗기다 보면
멀고도 먼 공룡 발자국
한눈에 보이네

어디쯤에선가
만나지는 어머니 삶
퇴색되지 않고
살아 숨 쉬는 화석으로 남아 있네

그리움 하나
더욱더 선명한 빛으로 다가오네

이창범 (시인)
충남 공주 출생. 미주 〈한국일보〉 문예공모 시 부문 당선
〈서울 문학인〉 신인상, 〈시와 사람들〉 동인. 미주문협 이사, 재미시협 임원

은빛 차량 하나가
초록 새털구름 속을 날았다

전 희 진

땅끝에서
누가 자꾸 부른다
그녀의 이름을
자꾸 불러올리는
만자니타의 연분홍을
끊는다
그때마다
불려 나오는 그녀를
끊는다
눈 덮인 흰 들판에 들려오는 기타 소리
잘못 걸려온 저음의 목소리를,
그녀의 전생을
끊는다
바람과 입 맞추는 동안에도
그녀 곁을 맴도는 그를
끊는다
그때마다
그녀에게서 화들짝 날아오르는 초록색 깃털,
그녀의 와인잔을 뺏어

홀짝 들이키기도 하는

그의 파란 손등에 도톰하게 솟은

잎맥을

끊는다

뺨에

밀려오는 노을처럼 번지는 그 숙맥을,

입안 가득 눈처럼 녹아내릴

저 봄밤 치사량의

따스함을

끊는다

시공간을 넘나드는 그를

쉽게 끊는다

재미있어서

자꾸 그녀를 웃게 만드는

저 남자를

끊는다

무엇에 취한 사람처럼

밖에 어둠이 와 있는지도 모르는

백치 같은 저 여자를

끊는다 시간의 바코드를 끊는다

끊어도 끊어도 끊어지지 않는

핸드폰과

티브이 전선과 김치볶음밥을

모두

끊는다

그때마다 그녀에게서 화들짝

날아오르는 초록색 깃털과 와인 한 잔을 나는 끊을 수 없다

그것 보세요,
당신의 발자국이 사라지고 있군요

퍼즐 조각처럼 그들은 사방으로 흩어졌다
이 시는 그와 그녀와 그들과 우리와 저들이
도로와 다리 떡갈나무 허공 광장 등이 밀폐된 공간을 빠져나오면서
시작이 된다

도로는 누워 있었고 떡갈나무는 뿌리째 비스듬히 노을에 걸려 있었
다
키가 큰 신사가 키 큰 모자를 써서 더욱 키가 커진 신사가 마차에 올
라갔다 내려갔다 여러 번 반복하는 사이 그 주변으로 광장이 펼쳐진
다 하루 종일 네가 광장에 서 있었다

신사가 모자를 벗은 후 이마의 땀방울을 훔치더니 모자를 다시 눌러
쓴다 광장에는 흔한 새들조차 없다
붉은 장미를 파는 소년이 지나가고 태양 아래 꽃들이 시들어가지만
소년은 반복적으로 지나가기만 한다 너는 흩날리지 않으려고 숨을
깊이 들이마신다

(조심하세요 특히 손가락이나 발가락, 나부끼는 치맛단과 동공의 방
 향 등 관객들은 작은 움직임에 민감합니다 우리는 산 듯이 죽은 듯해

......

야 하고 죽은 듯이 살아서 저들을 깜짝 놀라게 해야 합니다)

가장 멋진 일부분이 되기 위해 쉽게 부서지지 않기 위해
틀어 올린 머리를 금색 헤어스프레이로 떡칠을 해댄다 미세한 발걸
음이 노출되지 않으려고 노력할 때 풀밭이 없이도 그늘엔 식사가 펼
쳐지고 햄버거를 한쪽 손으로 입안에 구겨 넣으며 그는 다시 신사의
자리로 돌아가고 보라색 마차에 오르고 원을 굴린다 굴러가는 원을
따라서 말이 굴러간다

너는 하루 종일 만돌린을 켜는 거리의 악사를 내려다본다
18세기 무희의 포즈로 세상에 온 너는 비상하는 한 마리의 새처럼 양
팔을 허공 높이 치켜올린다 시간이 갈수록 졸아드는 팔의 길이를 허
공이 채운다
팔뚝까지 내려온 여러 겹의 팔찌가 노을에 현저히 반짝거리고
네가 곧 다가올 리얼한 밤에 깊숙이 잠입한다

네가 금발의 머리를 벗어 옆으로 내려놓자
떡갈나무와 떡갈나무를 둘러싼 담벼락이 차례대로 사라진다
도로와 도로에 남은 사람들의 발자국 소리도 사라진다 노을과 노을
이 붙어 떨어지지 않는다

전희진 (시인)
2011년 〈시와정신〉에서 시로 등단
시집 『로사네 집의 내력』 『우울과 달빛과 나란히 눕다』
『나는 낯선 풍경 속으로 밀려가지 않는다』

봄의 단상

차 신 재

언제부터인가
별 하나가 내 주위를 맴돈다
수억의 별 중
가장 밝고 푸른빛으로,

밤마다
간절한 눈빛으로 서성이는
애달픈 사랑이다.

아득한 하늘
아득한 세상
그보다 더 아득한
살아내야 하는 일,

그 사람 가고 없어도
뒤뜰엔 매화꽃이 터지고
달빛이 고인다.

어느 날의 산행

자갈투성이 바위산을 올랐다
무거운 배낭을 메고
실핏줄 같이 그어진 좁고 험한 길을
앞만 보면서 묵묵히 걸었다
숨이 차올라 비틀거리고
돌부리에 걸려 주저앉아 울어도
산은 모르는 척
입을 꽉 다문 채 속내를 보여주지 않았다
정상은 평평했다
하늘은 더없이 푸르고 맑았고
온몸에 감겨오는 바람도 감미로웠다
아이들도 씩씩하게 저마다의 길을 걸었다

휴식은 잠시
다음은 내려가야 할 때
내려가는 길은
어깨도 마음도 가볍고 여유로워
오를 때는 보이지 않던 것들이
눈 아래 환하게 펼쳐졌다

바람의 소리가 귀띔해 주었다

그때 문득 깨달았다

무심한 듯 입을 꽉 다물고 있던 산이

오늘의 산행을 통하여

삶의 이치를 깨우쳐준 것을

이토록 굽이굽이 가파르고 험한 길을

용케도 올라왔었구나

내려오면서야 눈을 맞춘

예쁜 들꽃과 작은 산새들

천 개의 돌과 천 개의 나무들

산은 올라갈 때보다

내려갈 때 더 조심해야 된다고

차신재 (시인)
강원도 강릉 출생. 1975년 도미
〈심상〉으로 시 등단
미주문인협회 이사
국제펜클럽한국본부 회원
〈시와사람들〉 동인
시집 『시간의 물결』
현재 라스베가스 글사랑 회장

백일홍 (Crepe Myrtle)

홍 마 가

늘씬한 몸매를
뽐내며 꼿꼿하게 서서
먼 하늘을 바라보는
그대의 연분홍 미소는
떠나온 고향 인디아에 대한 향수

가지가 자라며
다른 가지들을 파생시키고
함께 어우러지고
빈 하늘을 붉게 물들이는 그대는
우리 이방인들이 걸어온 삶의 이야기

불가마 더위가
달포 넘게 이어지면서
오래전 바닥을 드러낸 하천이
쩍쩍 갈라지지만
그대는 남쪽 나라의
따스한 마음 안고 활짝 피어나
꽃비를 흩뿌리면서
대지를 연분홍으로 물들인다

......

연꽃

인적 드문 호숫가
한켠에 핀 꽃
하얀 미소가
외진 산책로를
환하게 밝혀주고 있다

흐르지 못해
역겨운 냄새가
폴폴 날리던 골짜기
봉긋이 부푼
너의 꽃망울
터지면서
아늑한 향취로
덮인다

장마 폭우로
얼굴에 튀기는 오물들
말끔히 굴려 보내고
언제나 그 자리에 서서

내 누님 같은 사랑의 손길로

호수를 정화 시킨다

피었다가

속절없이 지는

숱한 야생화들 속에서도

마침내 연밥을 만들어

세상에 보답하는

너는

하늘이 보내준 사랑의 선물이다

* 연꽃의 꽃말: 당신은 아름답습니다

초
대
시

홍마가 洪馬家 (시인·수필가)
1956년 충북 청주 출생.
트리니티 신학대학원 석사, 미드웨스턴 신학대학원 박사.
2013년 〈크리스찬문학〉에 수필로 등단.
2014년 〈크리스찬문학〉에 시 「겨울에 핀 꽃」으로 등단.
2015년 크리스찬문학 작가상, 2017년 국민일보신춘문예 수상.
대표작으로는 『광야』, 『우슬초』, 『나그네의 길』 등이 있음.
시집 『민들레 홀씨의 노래』 『기적소리』 등이 있음.
한국문협미주지회와 시카고 문인회 동인으로 활동하였음.

춘래불사춘

황 미 광

봄이 봄다웁지 않음이
어디 봄 탓인가

사람이 사람답지 않은 세상
계절만 질서를 지켜야 하는가

봄날
눈이 온다

못다 핀 꽃들이
하늘하늘
하늘에서 내려온다

꽃이 되지 못한 사연들이
다시 땅속으로 스며든다

겨우내 웅크렸던 마음이
이제사 녹고 있다

6월에게

초대시

6월에게 물어볼 수 있다면
장미에 대해 물어보겠다
장미가 무르익는데
무엇이 필요했는지
장미의 향기를 위해
무엇을 갖다 주었는지

6월이 답해 준다면
나에 대해 물어보겠다
내가 태어나던 그 6월에도
장미가 만발했는지
내 이름자에 장미 미(*薇*)자를 넣어준
부모님은 장미를 얼마나 사랑하셨는지

황미광 (시인·문학박사)
동서희곡문학회(1981 발기인), 시맥 동인 (1983), 창조문학 신인상(2002). 경희해외동포문학상 수상.
제17대 미동부 한인문인협회 회장, 국제펜 한국본부이사, 재외한인사회연구재단이사, 미주한인이민백년사 출판위원장, CUNY Queens College 고전동양학과 Adjunct Professor(1994-2012), KCB가톨릭방송 사장, 대한민국 국민포장(2018), 대통령상(2007, 2016), 올해의 한인상(2014), 뉴욕주 여성교육자상(2009), 서울시 교통부 시 입상(2014, 2019),
시집 『지금 나는 마취 중이다』 외 논문집, 공동저서 다수, poethwang@gmail.com

한솔문학

초대소설 · 희곡

국내 초대 작가

이경자 낙산사
이은집 코로나 러브
이홍사 모나비 볼펜
황충상 물의 말을 듣다

해외 초대 작가

곽설리 살아있음에 감사를
김길수(희곡) 텍사스 아리랑
박종진 미행
백해철 횡단보도 앞에서
정종진 혼자 가는 길
한영국(스마트 단편) 역곡을   지나며

(가나다 순으로 수록하였습니다.)

낙산사

이 경 자

섣달 스무엿샛날 밤. 시동이 걸린 차가 움직인 시간은 정확하게 아홉 시였다. 강변북로의 정체가 풀릴 즈음인 여덟 시 반쯤 떠날 예정이었지만 고양이 세 마리를 이동 상자에 넣고 차의 뒷자리에 태워 안전벨트를 묶는 일에 시간이 걸렸다. 정작 우리들의 짐은 벌써 낮에 실어뒀었다. 고향 간다고 기쁨에 들뜬 내가 서너 번이나 주차장에 다녀와 우리는 몸만 나가면 됐다.

설 명절을 고향인 양양에서 쉰다는 결정에 일흔다섯 살의 늙은 몸과 맘은 고단해도 피로를 못 느꼈다. 열여덟 살 10월에 양양을 떠나 서울로 온 뒤, 여태 서울을 떠나지 못했으니 도대체 얼마 만인가!

"중간에 서지 않으니까 다들 오줌 누고 갑시다!"

운전을 하는 둘째가 다그쳐서 우린 모두 소변을 보고 나왔으니 이제 두 시간 십오 분만 차에서 견디면 됐다. 둘째는 이 시간을 위해 버스로 출퇴근을 하고 집에 와서 간단한 저녁을 먹었다. 한밤중의 운전이 은근히 걱정은 됐다. 특히 밤 운전을 싫어하는 둘째라 더욱 그랬다.

내비게이션의 도로 통행량 표시엔 한동안 붉은 줄이 그어 있었다. 길음 사거리부터 소통이 수월하지 않았다. 종암 사거리, 월곡역, 북부 간선도로 진입은 더디고 더뎠다. 뒷자리에서 고양이들은 저마다의 목소리로 울어댔다. 울음으로 의견을 주고받는 것 같았다. 어제 제주도에서 온 큰 애는 뒷자리에 앉아 고양이들의 기분을 안정시키려고 사람 마음으로 애를 썼고 운전대를 잡은 작은 애도 가끔 보탰다. 나만 가만히 있었다. 마치 무심한 것처럼.

결코 무심해서는 아니었다. 나는 사람 집사. 고양이의 마음을 알 수 없기 때문에 참아야 한다는 생각이었다. 첫째 고양이의 울음소리에는 분노와 울화가 촘촘하게 박혀 있었다. 분하다는 듯 악을 썼다. 그 애가 차로 이동을 하는 건 이번이 처음은 아니었다. 지난여름 휴가에도 양양에 갔었고 칠팔 년 전에도 하조대의 아파트에 사는 여동생한테 간 적이 있었다. 그래도 고양이는 사람의 마음을 이해하거나 익숙해지지 않는 것 같았다.

차는 고속도로에 들어섰고 이제 정상적인 속도를 낼 수 있었다.

"엄마는 고향 간다구 좋구나!"

단 한 번도 언짢은 기색을 내지 않는 내게 둘째가 말했다.

"물론이지!"

내 귀에도 목소리가 가득 찬 감격이 느껴졌다. 정말 지난해만 해도 이런 일은 꿈도 꾸지 못했다.

어머니의 고향인 강현면 물갑리의 집이 2005년 4월 낙산사와 함께 잿더미가 된 이후 양양에 잘 가지 못했다. 불탄 자리엔 복이 깃든다는 말이 있었지만, 그래서 값이 싼 조립식 주택을 들여놓아도 됐지만 그땐 그만한 돈이 없었다. 한 해 한 해 세월이 가는 동안 늙었고 농촌 생활이 어렵다는 걸 알았다. 정겨운 뒷동산을 거느린 집터는 더할 수 없이 좋았지만 여기저기 드문드문 지어진 집들과 가로등 없이 어두운 길이며 승용차 없이는 길을 나서기 어려웠다. 나는 운전도 못 했고 소설 쓰는 일 이외에 능숙히 혼자서 할 수 있는 건 단순 소박한 살림살이 정도였다.

화재 이후 오래도록 물갑리에 가지 못했다. 황폐한 터를 보고 싶지 않았다. 낙산사에 가지 않는 것도 그래서였다. 시커멓게 불탄 낙산사, 그리고 시커먼 민둥산을 보고 싶지 않았다. 나에게 낙산사는 문화재나 관광지가 아니어서, 처참한 형상을 눈으로 확인하는 게 두렵고 두려웠다.

양양고속도로로 들어선 뒤로는 앞뒤에 차가 없어서 되레 한적함이 무서울 지경이었다. 어쩌다 속도를 내고 우리 차를 앞지르는 차를 보면 반가웠다.

2시간 20분쯤 걸려서 양양읍 구교리 성당 앞길, 나의 모교인 양양초등학교 골목에 닿았다. 집 앞 골목엔 차를 멜 수 없지만 밤중이라 차를 세우고 고양이부터 내릴 때 나는 대문을 열고 방으로 들어가 보일러 온도를 높였다. 이동식 온풍기도 켰다. 방에 들여놓은 이동식 상자의 문을 열자 고양이들은 언제 울었냐는 듯이 활기차게 나와서 집안 곳곳을 살피기 시작했다. 지난여름에 와서 일주일쯤 지내다 간 곳. 그 애들이 쓰던 두부모래며 스크레처 밥그릇 등이 그대로 있었다. 여름에 왔을 때 불안해서 책상 뒤에 숨던 둘째도 이번엔 멀쩡했다.

행복감 때문에 나는 고단한 걸 몰랐다. 양양의 맑은 물을 주전자에 받아 가스 불을 켜고 물을 끓이고 공연히 텔레비전도 켜봤다. 딸들은 양양에서 먹고 싶은 음식들, 꼭 가고 싶은 곳을 검색하고 의견을 맞추느라 바빠 보였다.

자정을 훌쩍 넘긴 뒤, 우리는 잠자리에 들었다. 얼마나 잤는지도 모르게 눈이 떠졌다. 동편 창으로 해맑은 햇살이 물결처럼 밀려들고 있었다. 정결하기 그지없는 햇살이었다. 아무렴! 이곳은 양양(襄陽)이었다. 고양이들은 우리보다 더 먼저 일어나 이곳저곳을 돌아다니고 내 발목에 감기고 머리를 비벼댔다. 똥을 누고 모래로 묻느라 분주한 둘째, 사료를 먹는 큰 애. 방에서 개으르고 평화로운 하품과 기지개 켜는 사람 소리는 얼핏 손님 같았다.

잠들기 전 우리는 계획은 아침 식사로 섭국이었다. 여름이 되면 작은집 식구들, 삼촌까지 모두 바다로 가서 큰 솥을 걸고 섭(홍합)국 천렵을 하던 기억이 생생하다. 양양에서 살던 시절의 기억들은 어제 일보다 더 영상이 또렷하고 색채는 선명하다. 혹시 치매가 오는 중인지 몰랐다. 먼일이 더 선명해지는 기억의 반란.

우리 세 식구의 약속 중엔 일정을 각기 또 함께하는 것이었다. 함께 하는 것 중의 하나가 낙산사로 가는 것. 승용차와 도보와 시내버스. 낙산사로 가는 방법은 세 가지였다. 늙어서 무릎도 신통찮은 내가 원하는 건 걷는 것이었다. 아이들은 반대. 차로 가면 금방인데 왜 다리 아프게 걷느냐!

"엄마는 소풍을 늘 걸어서 다녔으니까⋯⋯."

나는 침통하게 말했다. 아이들은 거침없이 소리 높여 웃었다.

"엄마! 그건 다 옛날이야!"

그래, 맞다. 그건 옛날이었다. 양양 읍내에서 자동차를 가진 사람은 한 명도 없었을 것이고 버스 안내양을 하는 게 장래희망이었던 여자아이들이 꽤 되던 때였다.

어쨌든 낙산사는 그믐날 가기로 결정했다.

추억, 하나

비가 많이 내리지 않으면 이번엔 꼭 간다고 했다. 지난주 금요일은 잔뜩 흐렸어도 비가 내리지 않아 모두 도시락을 들고 운동장에 모였는데 갑자기 굵은 비가 퍼부어서 소풍이 취소됐다. 우리는 이런 난데없는 비가 모두 구렁이의 울음이라고 믿었다.

육이오 전쟁 때 미군의 함포사격으로 동편 교실들이 허물어졌고 그때 구렁이가 죽었다는 것. 다른 이야기도 있었다. 지붕을 고치러 올라간 인부가 망치인가 톱을 쓰다가 어미 구렁이와 함께 있던 새끼 구렁이를 죽였다. 슬픔과 고통 때문에 구렁이는 봄가을 소풍날과 운동회 날마다 운다고, 그게 비라고.

어쨌든 소풍만 가면 됐다. 집에서 닭을 길러도 이런 날만 먹어 볼 수 있는 달걀. 엄마는 알을 삶아서 두 개를 도시락 보자기에 싸줬다. 운동장에 모여 출석을 부른 뒤 아이들은 두 줄로 서서 교문을 나선다. 선생님은 심심풀이처럼 '질서'라고 소리쳤지만 아무도 듣지 않았다. 그래서 찻길로 나서면 이내 줄이 없어졌다가 선생님이 소리치면 다시 아주 잠깐 질서라는 게 생겼다.

"조용히 해!"

"줄 똑바로 맞춰서 걸어!"

가끔 잊고 있다가 생각난 것처럼 선생님이 소리치곤 했다. 선생님도 자기들끼리 둘씩, 셋씩 모여서 걸으며 이야기를 하긴 마찬가지였다.

선생님의 호통은 곧장 효력이 나타났다가 사라져서 이내 아이들은 엉키며 떠들고 웃고 지렁이처럼 걸었다. 아이들 중엔 해방이 된 1945년 8월에 기차를 타고 연창역에서 꾸역꾸역 내렸던 '로스케'들을 기억했다. 쫓겨나는 일본인들에게서 빼앗은 손목시계를 팔목에 몇 개씩이나 찼다고 했다. 로스케들이 흘레라고 부르던 시커먼 빵은 목침같이 생겼는데 그걸 행군하는 가방에 넣고 다니다가 뜯어먹고 잠을 잘 땐 베개처럼 베고 잔다고 깔봤다. 가까이 오면 몸에서 노린내가 나는데 새파랗거나 노란 눈알이 무섭다고 했다. 로스케들은 그 해가 가기 전에 모두 기차를 타고 돌아갔고 5년이 지나 전쟁이 터졌을 때 비행기가 잠자리처럼 휘휘 돌고 가면 곧 바다에서 함포가 날아와 역의 건물에 떨어졌다고. 땅이 꺼지는 소리가 나고 먼지가 산더미처럼 피어오르고 불길이 솟아올라 사람이 죽고……사실 이런 이야기는 아이들이 모르는 것. 어른들의 이야기를 귀동냥한 것.

우리는 여전히 떠들며 구부러진 메마른 자갈길을 지렁이 모양으로 걸었다. 우리의 기쁨은 점심을 먹는 것, 보물찾기해서 공책이나 연필, 지우개 같은 것을 타는 것이었다.

낙산사로 가는 길은 멀었다. 십 리가 조금 안 되는 거리였지만 걸어가는데 오래오래 걸렸다. 아무도 부지런히 걷지 않았다.

포월리를 지나면 벌써 바다 냄새가 맡아졌다. 저 남쪽, 둔덕 너머엔 남대천이 흐르고 이맘땐 바다에서 황어들이 배에 가득 밴 알을 낳으려 남대천으로 무리 지어 올라왔다. 황어가 올라오는 곳, 남대천과 바다가 만나는 곳을 굽이 돌아 지나치면 조산. 어른들은 조산을 말할 때, 갑자기 목소리를 낮췄다. 그곳은 '빨갱이'들이 많이 산다고. 빨갱이를 미워하면 좋은 일이 있을까? 학교에서도 미술 시간이나 국어 시간에 무찌르자 공산당, 때려잡자 빨갱이! 대한민국의 원수 김일성 괴뢰! 이런 글자를 쓰고 그림을 그리고 작문을 지었다. 그게 무슨 의미인지는 잘 몰랐지만 열심히 미워해야 우리가 살 수 있다는 것만은 어렴풋이 느꼈다.

길가에 솔밭이 이어졌다. 전쟁 전에는 백 년 된 소나무, 잘생긴 소나무가 빽빽했는데 폭격에 불타거나 베어져서 어딘가로 실려 갔다고 했다. 아이들은 소나무 사이로 걸어서 낙산사로 가까워졌다.

"야, 니 저 간나가 낙산사 고아원에서 왔단 거 아너?"

"증말루?"

"닌 몰런?"

아이들이 이런 말을 했다. 그런 소문이 있었다. 낙산사 고아원에서 온 아이들 중엔 머리카락 색깔이 노랗거나 눈이 파란 아이도 있었다.

봄날은 날이 흐리거나 비가 내리지 않으면 볕이 따가웠다. 아이들은 저절로 그늘 속으로 들어가 걸으려 했고 선생님은 손차양을 하고 줄을 맞춰 걸으라고 여전히 소리 질렀다. 어쩌다 생각났다는 듯이. 아이들은 선생님 말을 듣지 않았다. 뒤에 있던 춘희가 앞으로 와서 내 팔을 잡았다.

"간나야, 니 생각 안 나너? 우리가 여기 왔었던 거. 미군 부대! 없어졌다!"

미군 부대! 춘희와 나는 기다렸다는 듯이 부둥켜안고 깡충깡충 뛰었다. 유치원에 다닐 때, 선생님과 함께 솔밭에 있던 미군 천막 막사로 왔었다. 춤도 추고 노래도 불렀던 위문공연이었다. 그런데 그런 것은 기억에 없고 부대에서 받아온 구호물자만 떠올랐다. 생전 처음 타본 국방색 스리쿼터라던 자동차로 어두워서야 돌아왔다. 성당 앞에 내렸는데 어찌 알았는지 할머니가 길가에 나와 기다리고 계셨다. 어둠 속에서도 다른 아이를 데려다주려고 가는 스리쿼터의 바퀴에서 피어오르는 흙먼지와 휘발유 냄새가 좋았다.

"어이구우! 이기 다 뭐너?"

할머니는 나보다 아름으로 안고 온 상자에 더 관심이 갔을까? 먹을 것이 없던 시절.

할아버지 할머니 고모가 떠오른다. 종이 상자를 가운데 놓고 조심스럽게, 아주 소중하게 뜯던 할머니. 나는 미군 부대에서 엄청 긴장했었는지 자꾸 어지럽고 졸렸다. 할아버지는 미군들이 어떻더냐고 물었고 고모는 깡통과 알록달록한 포장지와 기름종이에 쌓인 여러 가지 과자와 햄과 소시지 잼 초콜릿 따위에 정신이 팔려 있었다. 색연필과 서양 여자아이가 선으로만 그려진 종이도 들어있었던 것 같다. 한동안 그 그림에 색칠을 하면서 나도 이렇게 눈이 크고 머리가 구불거리는 여자가 되고 싶다는 간절함을 키웠으니까.

어쨌든 나는 미군 부대에 다녀온 이후 집안에서 더 우쭐해졌다. 나를 그렇게 바라보고 그렇게 대우해준다고 생각했다. 미군을 만났다는 것, 미군이 주는 선물을 받아왔다는 것 때문에. 그 후 미군 부대를 본 적이 없었다. 미군과 미국인 신부님이 같은 종족의 사람이란 생각도 하지 못했다.

햇볕은 쨍쨍, 모래알은 반짝!
조약돌로 집을 짓고

모래알로 떡 해 놓고
엄마 아빠 모셔다가
맛있게도 냠냠!

그날 불렀던 이 노래. 잊히지 않는다.

낙산사도 학교처럼 허물어져 있었다. 우리는 그늘진 땡볕을 지나 갑자기 그늘이 지고 눅눅한 습기가 스민 진흙 길로 들어섰다. 큰길에서 바로 오른편으로 꺾인 야트막한 언덕인데 다른 세상 같았다. 그래서 마음도 달라져야 하고 태도도 달라져야 할 것 같은 옥죄임을 느꼈다. 홍예문으로 들어서면 또 한 번 세상이 달라졌다. 선생님은 더 또렷하고 엄숙한 목소리로 우리들에게 '조용, 조용!'을 외쳤지만 아이들에겐 그것이 외래어로 들렸을 것이다. 문화제로서, 예술성으로 홍예문이 어떤 가치를 가졌는지 아무리 말해도 우리는 알아듣지 못했다. 전쟁으로 망가진 것, 전쟁의 공포와 포악성에 대해서도 느낄 수 없었다. 우리들의 생활 속에 그런 감정은 없었다.

정작 우리를 얼음처럼 굳게 만든 건 사천왕이었다. 어떤 여자아이는 사천왕의 부릅뜨고 튀어나온 눈망울과 추켜든 칼 때문에 무심결에 들여놓았던 걸음을 화들짝 빼기도 했다. 물론 나도 그랬다. 하지만 어떤 아이들처럼 비명을 지르지는 않았다.

남자아이들은 아무렇지 않게 사천왕의 전각을 지나고 소리 지르는 여자아이들을 흘깃거리고 심지어 비웃는 말까지 했다.

이즈음, 그러니까 꽤 늙은 나이가 된 뒤에 나의 삶에도 '사천왕'이 필요하다는 걸 깨달았다. 사천왕은 부처님이 계신 곳에 나쁜 것들이 다가오지 못하도록 지켜줄 테니, 내 인생에도 사천왕이 있으면, 하고 바랐다.

내 인생의 사천왕은 무엇일까…… 무엇이었을까.

나를 부끄럽게 만든 불행들이나 타인과 사회로부터 주어진 다양한 모욕과 폄훼들. 그런 사천왕 때문에 더 불행하지 않고 더 모욕받지 않고 더 폄훼되지 않았을 테니 이제 불행과 모욕과 폄훼를 밀어내지 않고 숨기지 않을 것!

아마 선생님들은 우리에게 낙산사가 언제 누가 만들었는지, 설명하고 불교와 관련한 지식을 알려주려 애썼을 것이다. 신라 시대, 의상대사, 등등. 여러 차례 불타고 중건하고.

더러 선생님의 설명을 열심히 들으려는 아이도 있었고 자신은 하나님을 믿기 때문에 이런 미신은 가까이하면 벌을 받는다고 멀찍이 떨어지거나 외면하는 아이도 있었다. 나는 외면하지 않았고 미신이라고 두려워하지도 않았지만 설명을 제대로 알아듣지는 못했다. 우리에겐 실감 나게 기다려지는 것이 있었다. 원통보전의 돌담과 탑을 나와서 언덕 아래로 내려가 점심을 먹어야 했다. 점심을 먹는 동안 선생님들이 언덕의 풀숲이나 돌 틈바구니, 나무 아래에 보물 쪽지를 숨겨놓았다. 대부분 빈 종이를 찾기 쉬웠지만 그래도 선생님의 자취를 샅샅이 눈에 담아뒀다.

나는 일곱 살에서 열두 살까지 그리고 중고등학교에서도 봄가을 소풍으로 대개 낙산사에 갔었지만 보물을 단 한 장도 찾지 못했다. 보물을 잘 찾는 아이들도 있었다. 심지어 세 장까지도. 공책과 연필과 색종이 같은 것을 받아 흐뭇해하고 우쭐대던 아이들. 나는 주눅이 들었다. 행운은 나의 것이 아니라거나 심지어 불행한 아이라는 생각이 해를 거듭할수록 내 마음에 켜를 얹었다. 우리가 운명이라고 말하는 게, 혹시 이런 것일까?

점심을 먹고 보물찾기를 하고 약간의 장기자랑 같은 것을 한 뒤에 바다 절벽으로 난 좁은 길을 따라 걸으면 홍련암. 바위 위에 지어진 암자. 그 안에 들어가면 마룻바닥에 손바닥 크기만큼 뚫린 구멍이 있다. 몸을 굽히고 관음굴로 불리는 구멍에 얼굴을 대고 한쪽 눈으로 내려다보면, 순식간에 소스라치게 됐다. 수억 만 년 되었을 바위 사이의 좁은 골짜기로 파도가 밀려와 바위에 부딪힐 때의 굉음! 파도 거품 속에서 천 년 묵었다는 문어가 다리 하나를 추켜들어 내 몸을 휘감아 내릴 것 같은 오싹함이라니!

열다섯 살이 됐다. 중학교 3학년이었다. 이맘때 나는 무턱대고 '시'라는 것을 썼다. 시인이 되겠다는 생각도 못 해 봤는데 자꾸 시가 써졌다. 눈에 보이는 모든 것, 그중에서 사람이 아닌 것들은 모두 내 마음에 들어와 시라는 글자로 변해버렸다. 마치 형체를 가진 무엇처럼 어떤 것이 되었다. 나는 시라고 믿었다. 그런데 시를 쓰려면 혼자여야 했다. 고등학교와 같은 건물을 쓰는 학교 운동장은 넓고 운동장 가로는 커다란 소나무가 많았다. 나는 소나무 둥지에 기대앉기를 좋아했고 혼자서 책을 읽거나 생각에 잠기거나 연필로 공책에 쓰거나 그랬다. 아이들은 '혼자서 심각한' 나를 몹시 야유하고 비웃었다. 심지어 좀 미쳤다고 따돌리기도 했다.

도대체 시라는 것이 무엇인지 몰랐는데 하여간 마음이 현실로부터 스르르 달아나서 '낱말'들을 떠올렸다. 내가 원하지 않아도 그랬다. 대개는 '슬픔, 고독, 허무, 죽음, 소녀……' 같은 낱말들이었다. 가끔은 뜻도 모르면서 '사상, 혁명' 같은 글자도 공책에 끄적거렸다.

하여튼 이런 외톨이가 시를 써서 선생님께 내면 '잘 썼다'고 말해줬다. 칭찬이었다. 칭찬은 정말 부끄러웠다. 칭찬 뒤에는 도망갈 곳이 없는 것 같았다.

칭찬이 쑥스럽고 버겁고 거북하게 된 게 이런 탓이 아닐까? 남동생 탓!

공부 잘하는 남동생. 어머니 곁에서 맴도는 남동생. 다 커서도 남의 집에 가지 않고 부모님과 함께 살 수 있는 남동생. 어머니의 입에서 나오는 칭찬은 모두 남동생에 대해서였고 그 애가 듣는 칭찬의 그늘 속에도 낄 수 없었다.

그래서 내겐 칭찬이 익숙하지 않고 미움받는 것에 익숙하도록 길러졌던 자식.

아직 초등학생이었다. 방학하고 통지표를 받았는데 거의 모든 과목에 '미'뿐이었다. 아버지는 화를 냈고 실망했고 어린 자식에게 화를 내는 스스로가 더 싫어 화가 돋아졌을지 모른다. 아버지는 사람은 모름지기 '펜대를 굴리며' 살아야 한다고 말했다. 그러려면 공부를 잘해야 한다고! 아버지는 전공(電工), 노동자였다.

그날 아버지가 내쫓았다. 처음에 몇 대 맞았는데 아버지는 때리던 팔을 툭 떨어뜨리더니 '너 같은 거 필요 없으니 아주 나가라'고 소리 질렀다. 아버지가 나가라고 했으니 나가야 했다. 집을 나와 무작정 걸었다. 익숙한 남대천 다리. 한여름인데 두려움과 슬픔이 마음에서 버석버석 얼기 시작했다. 머지않아 해가 지려는 것 같았다.

다리의 중간쯤에 이르렀을 때였다. 등 뒤로부터 팔이 와락 잡아당겨졌다.

"야! 니가 정신이 나갔구나!"

어머니였다. 아직 나는 등을 돌리지 않았지만 순식간에 얼었던 슬픔과 두려움이 녹기 시작했다.

"이누무 지즈바야! 대관절 어딜 간다구! 니가 시방 제정신이너?"

따뜻해지기 시작한 내 기분과는 달리 어머니의 목소리는 분노에 찬 것 같았다. 어머니는 내 등짝을 한두 번 더 때렸다. 그리고 나를 돌려세웠다. 아직 뻣뻣한 나, 엄마의 분한 힘이 솟아 억세어진 팔에 질질 끌려 집으로 갔다.

이날 어머니가 내게 한 말. 내가 이해하기엔 어려웠을지 모른다.

여자는 기가 세면 팔자가 사납다. 기가 세서 좋을 건 하나도 없다……. 여자는 그저 숙이고, 또 숙이고 살아야 한다…….

이때 '여자의 기'라는 것이 무엇인지 나는 알아듣지 못했고 숙이고 살아야 한다는 것도 무턱대고 받아들이기 싫었다.

  다시 열다섯 살 그날로 돌아가 본다.

  그날, 학교에 가지 못했다. 집에서 근신(謹愼)을 하라는 벌을 받았다. 왜 근신을 받아야 하는지, 선생님은 알겠지만 정작 나는 몰랐다. 선생님 말에 반항하고 시키는 대로 하지 않았을 것이다. 더군다나 근신이라는 말의 의미도 이해하지 못한 나는 학교 가는 시간에 집을 나왔다. 교복을 입고 책가방은 정류장 근처의 동무네 집에 맡겼다. 학교 가는 시간에 학교와 반대로 가는 것이 창피하긴 했다. 그래서 사람들 눈에 띄지 않도록 제방 길로 걸어서 남대천이 흐르는 방향으로 걸었다. 제방 길이 끝나는 즈음엔 남대천이 동쪽을 가로막고 하염없이 길게 누운 동해로 들어가는 곳이었다. 하얀 모래톱, 갈매기, 흰 파도, 파란 하늘, 목화송이 뭉게구름들. 눈을 들어 북쪽을 바라보면 대청봉, 중천봉, 소청봉과 설악산 울산바위의 옆모습까지 보였을 것이다. 바다를 오른편에 두고 왼편의 소나무 숲을 따라 걸었다. 새소리, 날아다니는 벌레들, 길가의 수많은 풀, 꽃들, 흘깃거리듯 콧속으로 스며드는 바다 냄새와 소 울음소리, 드물게 들리는 사람 목소리, 조산초등학교 가까이에선 선생님의 목소리와 아이들의 노랫소리가 들렸다.

  낙산사로 접어드는 진흙 길은 한여름에도 시원했다. 시원한 공기를 마시며 홍예문 안으로 들어설 때, 아마 즐거웠을지 모른다. 그랬으니 나비처럼 사천왕문을 사천왕이 있는지도 모르게 지났다. 조금 더 안쪽으로 들어가면 무언가 신비한 세상, 사람들이 사는 마을과는 다른 분위기가 느껴지는 깨끗한 흙 마당을 가운데 두고 양편으로 낮은 기와집인 요사채가 나왔다. 고요하고 고요해서 아마 나는 숨도 크게 쉬지 못했을 것이다. 아니면 학교와 집으로부터 숨 쉬게 되던 압박감이 사라져서 나비처럼 가

녑게 거닐었을지 모른다.

원통보전의 화강암 충계를 올라가 관음보살상을 바라보다가 다시 내려와 석탑을 손으로 만져보고 요사채로 나갔을 때 나는 황갈색 가사를 걸친 스님과 마주쳤다. 스님의 눈길에 끌려 돌아보았을지 모른다. 하지만 나는 두려워서 웃었을 것이다. 스님이 내게 무슨 말을 물으셨다. 어디서 왔느냐고 했을지 모른다. 스님은 그윽한 미소를 머금고 사천왕 전각 오른편에 있는 요사채로 나를 안내했다.

방은 작았다. 하지만 방바닥은 따뜻했다. 노랗게 콩기름을 먹인 장판은 정갈해 보였다. 스님은 쇠고리가 달린 두 짝의 벽장문 하나를 열고 무엇을 꺼내 방바닥에 놓았다. 혹시 작은 차탁 같은 것이 있었을까? 그런 건 없었다. 스님이 내 앞에 놓은 건 호두와 잣이 담긴 푸른 기가 도는 사기그릇이었다.

그리고 무슨 말을 했을까. 이젠 상상도 안 된다. 혹시 죽고 싶다고 하지 않았을까? 문학가가 되고 싶다고 그랬을지도 모른다.

스님은 나를 오래 앉혀놓지 않고 내보내 줬다. 순간 부끄러움 같은 것이 끼쳤다. 스님과 같은 층계에 있다가 갑자기 아래로 떨어져 버린, 버림받은 기분이었다.

요사채를 나와서 하염없이 홍련암으로 걸어갔다. 사람이 없어 이내 관음굴에 눈을 댈 수 있었다. 예전처럼 두렵지는 않았다. 나는 한동안 얼굴을 떼지 않았다. 바위에 부딪는 파도 소리와 하얀 거품을 바라보며 불현듯 한 가지를 떠올렸고 이내 결심했다.

이곳에서 자살하겠다…….

죽겠다가 아니고 「자살」이었다.

추억, 두 번째

자살할 일은 자주 생겼다. 그럴 때마다 한강 다리 위, 인천 앞바다를 떠올렸다. 이 세상과 인연을 끊어버리고 싶은 충동은 분노와 복수심 뒤에 당연한 증상처럼 따라왔다. 서울 인구는 아직 5백만이 안 됐지만 이호철 소설가는 『서울은 만원이다』라는 소설을 썼고 나는 도로를 건널 때마다 달리는 자동차들이 많아서 불안했다. 문간방에 세 들어 살면서도 자주 쫓겨났다. 세상에 남아 있어야 할 유일한 이유는 소설가가 되어보고 죽는 것. 그러나 소설가가 되는 관문은 딱 하나. 서울의 일간 신문사에서 주최하는 신문문예에 당선하는 길이었다. 서울에 처음 왔을 때, 당연히 대학 일학년, 열아홉의 나이에 아버지가 자부심을 가지고 구독하는 동아일보에 당선할 것으로 기대했다. 아니 굳게 믿었다. 그러나 열아홉은 고사하고 스물다섯이 되도록 꿈을 이루지 못했다. 내가 이 세상에서 사람으로서 하고 싶은 일은 단 하나. 소설을 쓰는 일. 할 줄 아는 것도 소설을 쓰는 일. 여태 누군가로부터 칭찬을 받았던 유일한 것도 소설을 쓴 것뿐이었다. 그러나 소설가가 되는 제도가 있었다. 제도(制度)라니!

아주 먼 훗날, 명리학 선생님은 내 사주팔자엔 운명적으로 제도와 맞지 않는 글자가 있다고 했다. 그러니 제도라는 건 다 억압으로만 느껴졌을 것. 그래서 죽어야 했고 유일한 대안이었다. 죽으려면 홍련암으로 가야 했다. 그곳에 가기 전에 마지막으로 한 번 다시 제도의 문 앞에서 발을 굴러보기도 작정했다. 늦은 봄과 늦은 여름 사이에 다섯 편의 단편을 써서 다섯 개의 신문에 응모했다. 홀가분했다. 어쨌든 난 갈 곳이 있으니까. 홍련암으로.

홍련암에 가지 못했다. 갈 필요가 없어졌다. 다섯 개의 신문사 중에서 딱 한 군데, 서울신문에서 신춘문예에 당선했다며 편집국에 들러달라는 연락을 받은 것이었다. 그 순간 새처럼 몸이 가벼워졌다. 눈앞을 가로막았던 수많은 가지가지의 장애물들이 모두 사라지고 부드럽고 따뜻하고 포근하고 환한 길이 드넓게 펼쳐졌다. 그래서 홍련암을 잊었다.

하지만 채 한두 달이 지나지 않아 꿈을 이룬다는 건 신기루일지 모른다는 걸 알아차렸다. 소설가 지망생일 때보다 내 앞날은 비좁고 캄캄하고 심지어 비굴해야 했다. 신춘문예에 당선했다고 갑자기 으리으리한 학벌이 생기고 부유한 혈연이 생기고 권력을 가진 지연이 생기지 않았다. 여전히 가난하고 앞날이 막막한 내 현실에 새로운 거품이 꼈다는 걸 이해한 뒤의 삶에 대한 공포감은 여태 경험한 두려움이 유치한 것이었음을 알게 해 줬다. 갓 태어난 영아(嬰兒) 같은 소설가. 내버려 두면 금방 숨이 끊어질 소설가. 참혹한 기분으로 손을 뻗어 앞길을 더듬거렸지만 두려움과 비굴함만 짙어져 갔다. 그리고 운명인 듯 야금야금 홍련암이 다가오기 시작했다. 소설 한 편을 쓰고 어디에 발표하면 될지, 그 길을 아는 사람을 찾으러 나설 때 나의 내면은 저열하고 비굴하고 참혹해서 늘 눈을 감고 싶었다. 눈을 감으면 홍연암으로 가는 길이 훤히 보였다. 잘 아는 길, 익숙한 길, 거부감 없이 나를 받아 줄 그곳.

그래서 한 남자를 붙잡았을까?

섣달그믐 날, 딸 둘과 함께 낙산사로 갔다. 낙산 주차장에 차를 세우고 새로 생긴 나무숲 길로 걸었다. 산불 피해를 복구하며 새로 조성한 길이었다. 혹시 여기가 고아원 자리일까? 아이들은 상상도 못 하지만 나는 잊지 못하는 것 하나. 전쟁 뒤에 낙산사의 고아원에서 왔다는 아이들. 우리보다 몇 살이나 나이가 많았고 더러는 얼마 지나지 않아 어딘가로 가버린 아이들. 얼굴은 떠오르지 않았다.

새로 생긴 길은 거의 지혜롭다는 느낌이 들 정도였다. 소나무 숲 사이로 난 정갈한 진흙 길로 느릿느릿 걷다 보면 홍예문이 나왔고 사천왕 전각으로 들어갈 수 있었다. 아이들에게 사천왕 추억을 말했지만 잘 듣지 않았다. 낮은 축대와 담장 사이로 난 문을 들어서서 요사채 앞에 이르렀을 때, 홀연히 사춘기 시절의 가사 입은 스님과 방이 떠올랐다. 원통보전에 들어가 관세음보살님께 절을 드리고 나와 해수관음상 쪽으로 갔다. 설달그믐 날인데도 방문객들이 줄을 서서 걸었다. 다른 사람들처럼 커다란 초를 사서 세 식구의 이름을 써 불을 붙여 촛불 방에 들여놓았다. 초를 팔던 보살님이 선물로 준 아주 작은 초롱에 달린 심장 모양의 연두색 종이에 우리의 이름과 소원도 앞뒤로 써서 소나무 가지에 매달았다. 멀리, 아니 조금 낮아진 대청봉으로부터 태초의 바람이 아무렇지 않게 불어와 소나무 가지에 매달린 수많은 초롱과 소원을 적은 이름표를 휘날려줬다. 행복감이나 평안은 무구(無垢)하고 즐거움은 청정했다. 아무것도 아닌 사람 하나로의 나는 가볍게 숲길을 걸어 새로 복원된 보타전으로 향했다.

소풍을 다니던 시절엔 없던 전각, 보타전. 천수천안관세음보살님께 절을 했다. 저절로 우러러 몸을 접고 구부리고 순식간에 몰아(沒我). 왠지 모르지만 내겐 몰아의 순간이 눈물겨워지곤 했다. 자기연민이 아직도 군더더기처럼 남아서일까.

해우소에 들러 근심을 버리고 팔짱을 낀 채 걸음이 느려진 나를 기다리던 아이들이 의상대로 가자는 시늉을 해 보였고 나는 고개를 끄덕였다. 의상대와 소나무들 사이로 푸르디푸른 바다가 바라보였다.

"엄마, 힘들지? 많이 걸어서!"

의상대를 돌아 나온 딸이 말했다.

"엄만 저기 의자에서 쉬어도 돼!"

"옛날에 많이 가봤지?"

나는 의상대와 홍련암 사이에 서 있었다.

"그래, 난 안 봐도 돼!"

내가 말했다. 홍련암 비탈길엔 분주하게 오가는 사람들로 빈틈이 없었다. 홍련암은 내 눈길의 끝에 아주 작은 모형처럼 서 있었다. 길이 달라져서 그렇게 보일 수도 있었다. 자연의 마음이 느껴지던 벼랑길은 사람들의 마음으로 바뀌어 '안전'하게 두터운 시멘트 담장이 둘러쳐져 있었다. 담장이 쳐져서 벼랑 아래로 떨어지는 일은 없겠지만 자연과 추억을 도둑맞은 기분이긴 했다.

그래도 멀리 모형처럼 보이는 홍련암을 두고 그냥 돌아갈 수는 없었다. 사람들의 마음이 미치지 못해, 자연의 마음이 고스란히 남은 곳도 있을 테니.

기억과의 이별

자연의 마음이 남아 있는 곳. 나는 흡사 자연과 이미 약속이라도 한 듯이 홍련암을 향해 걸었다. 안전을 위해 만든 난간에 의지하기도 했다. 난간에 기대 숨을 고르고 바다를 한참이나 바라보곤 했다. 그리고 떠올렸다.

만약, 그것이 홍련암과의 약속이었다면 아주 오래된 일이었다. 그 오래된 일이 가슴에서 미세하게 움직이듯 하더니 이내 속살을 아리게 훑고 건드리며 자라나기 시작했다.

내가 마지막으로 홍련암에 왔던 건 스물일곱 살 봄날, 4월이었다. 죽는 것 말고는 다른 방법이 없어서 죽기로 했고 이미 오래전에 점 찍어둔 홍련암 깊은 곳으로 추락하기로 결심했다. 내 절망한 몸을 휘감을 문어의 다리도 괜찮았다. 되레 그것이 사는 일 같았다. 절망에도 힘이 있고 실패에도 힘이 있다는 건 늙은 후에 터득한 것.

지금 생각하면 청춘에 만난 남자들은 연애가 아니라 내겐 일종의 공부가 아니었을까 싶다. 그립거나 애틋함은 티끌만큼도 없다. 그런 공부 중에서 가혹하고 혹독한 것. 그런 감정으로 여태 남아 있는 것. 세월에도 삭지 않는 독한 것 하나.

그를 어떻게 만났었는지 아무리 애를 써도 기억나지 않는다. 성루신문에 발표된 내 소설을 읽었다, 잘 쓴다, 좋은 소설가가 될 것이다, 등등. 그의 접근은 이랬다. 하지만 나도 그에게 사로잡히기 시작했다.

첫 번째. 반공법에 걸려 3년형을 살고 나와 일본으로 밀항을 했고 1965년 교토대학에서 사르트르의 강연을 들었단다. 1967년, 반공법에 대해 말하는 남자. 밀항과 좌파 지식인 사르트르. 사상이나 철학이 아무리 훌륭해도 굶주리는 사람을 위한 쌀 한 톨 만들지 못한다……. 사르트르로부터 들었다는 말을 그가 한국말로 말했다.

두 번째. 북한을 말하면 곧 죄가 되던 시절. 남북통일을 원하면 빨갱이와 이적행위가 되던 때, 그로부터 들은 이야기. 그는 북한에 갔었다고. 대동강에서 잡은 물고기를 먹었다고 말했다. 나는 두려움과 호기심과 무한 자유주의의 감성과 감상으로 그에게 사로잡혔다. 그를 피하면 뭔가 비겁한 것 같았다. 그는 감방에서 라틴어를 익혀 성경을 읽었다고 말했다. 나는 생계를 위해서는 아무것도 할 수 없는 그를, 아니 그렇게 상상했던 나는, 그와 거의 다름없이 가난했지만 그래도 더 가진 모든 것을 '바쳤다'. 그는 나의 새로운 미래라고 믿었다.

나는 걷잡을 수 없이, 그에게 빠져들었다. 그는 오로지 내게 말만 했다. 열세 살이나 나이가 많고 인생살이에서 많은 경험을 한 그는 나를 해부하듯 들여다보고 있지 않았을까. 그의 말에 따라 춤추는 나의 허영심과 열등감과 불안감들을 그가 모르지 않았을 것이다. 그리고 내 치졸한 반항심까지도.

……어느 날 그가 사라졌다. 그의 사라짐을 이해했다. 마음으로 공범자가 됐다. 그는 한국에서는 아무것도 할 수 없다. 산속에 들어가 원시인처럼 살 수는 있다. 원시인처럼 사느냐, 쥐도 새도 모르게 일본으로 밀항을 하느냐, 단 두 가지의 선택만이 있다고 했으니까.

그의 밀항은 내게 새로운 희망이었다. 왜냐면 그가 일본에서 자리를 잡은 뒤에 내게 사람을 보내 데려가겠다는 것이었다.

……

국내초대소설 · 이경자

이것이 이별이라는 것. 실연이라는 것. 모두 거짓말이라는 것을 아는 데엔 오랜 시간이 걸리지 않았다. 나의 능력으론 그를 찾을 수 없다는 것, 그러므로 내 삶에서 그가 증발된 것이었다.

현실로 돌아온 뒤의 나. 이미 내 존재가 한 남자에게 전부 쏟아부어진 뒤라서 나는 껍질만 남았다. 껍질이어서 숨도 쉬기 어려웠다.

죽기로 했다. 이 결심의 끝에 등대처럼 깜빡거리며 나타난 홍련암.

스물일곱 살 되던 해 4월. 낙산사의 바람은 찼다. 눈을 들어 설악산을 바라보면 아직 허연 눈이 봉우리에 남아 있었다. 고향의 버스정류장에서 내려 조산 앞바다까지 걸었던가? 인기척 없는 청정한 바닷가 모래밭에 앉아 오래도록 아득한 바다를 바라보았다. 모래알 하나보다 작은 내 존재가 사라지는 건 아무것도 아니라는 것. 소리 없이 울고 또 울면서 아무렇지 않게 느꼈다.

홍련암으로 가는 길은 멀지 않았다. 의상대를 지나 비탈길을 내려가 누른빛을 띠는 바위를 딛고 홍련암의 기둥이 버티고 있는 그곳으로 다가갔다……. 다가가서 한 곳에 주저앉았다. 눈물이 소리도 없이 비 오듯 흘러내렸다. 아무 소리도 아무것도 들리지 않고 보이지도 않았다. 울다가, 울면서 그저 마지막이었을 것이다. 불현듯 누가 부르기라도 한 것처럼 위를 쳐다보았다. 벼랑 위에서 누가 나를 바라보고 있었다. 잿빛 옷을 입은 스님. 따뜻한 방에서 내게 호두와 잣을 내주었던 스님 같았다.

그러나 곧 스님의 형상은 사라졌다.

어느 결엔가 울지 않고 나도 모르게 바위에서 일어나 벼랑 위로 올라갔다. 비탈길을 따라 의상대를 지나 걸었다.

내 나머지 삶에, 가시밭과 늪과 사막 같은 것이 흡사 팥고물처럼 끼어들긴 했다. 어쩌면 '그 일'은 생의 길잡이나 사천왕이었을지도 모른다. 다시는 사무치는 마음으로 홍련암을 그리워하지 않게……

……

이경자(소설가)

강원도 양양. 1973년 서울신문 신춘문예 단편 〈확인〉 당선, 등단.
장·단편집 『배반의 城』 『천개의 아침』 『절반의 실패』 『곱추네 사랑』 외 다수.
산문집 『반쪽 어깨에 내리는 비』 『남자를 묻는다』 등 다수
수상 : 올해의 여성상, 고전희상, 한무숙문학상, 민중문학상,
아름다운작가상, 현대불교문학상, 카톨릭문학상 외 다수 『전북일보』와 『전북도민일보』 신춘문예 수필 당선. 2015년 『불교신문』 신춘문예 소설 당선. 에스콰이어몽블랑문학상 대상, 천강문학상 소설 대상, 스마트소설박인성문학상 수상. 2018년 아르코문학창작기금, 2022년 아르코문학창작기금(발표&발간지원) 수혜.
소설집 『눈물은 어떻게 존재하는가』와 공동소설집 『나, 거기 살아』, 『여행시절』, 『작은 것들』 등이 있음.

코로나 러브

이은집

　시인 엘리엇은 4월은 '잔인한 달'이라고 읊었지만, 캠퍼스의 4월은 '축복의 달'이었다. 긴 겨울에서 눈뜬 계절은 목련을 피우고 진달래를 터뜨렸으며, 무엇보다도 오랜 입시지옥에서 벗어난 후레쉬맨들의 활기찬 모습으로 젊음이 넘쳐났다.

　"교수님! 이제 출발하시죠."

　홍나리 교수가 내일의 강의안 점검을 끝냈을 때 조교인 박 군이 들어와 채근을 했다.

　"어? 벌써 시간이 됐어?"

　"네! 학생들은 이미 모여서 술판을 벌였을 거예요."

　"아니? 아직 해도 지지 않았는데?"

　"그게 다 교수님의 인기가 높은 때문이죠! ㅋㅋ!"

　군대까지 갔다 온 3학년 박 군이지만 요즘 신세대답게 웃음소리가 마치 인터넷 용어 같다.

　"근데 참 장소가 어디지? 지난해에 갔던 〈삼촌집〉?"

　"에이, 교수님! 그런 후진 곳은 문창과 애들이나 찾죠! 최근에 개업한 카페 〈피카쇼〉예요."

　"파카쇼? 아니 피카소가 맞잖아?"

　"교수님! 요즘 CF 안 보셨어요? 쇼를 하라! 그래서 카페 이름을 〈피카

......

쇼〉로 했대요! 카페 주인이 졸라 꽃남이걸랑요! ㅋㅋㅋ!"

"아유! 국방의무까지 마친 박 군이 언제나 철이 들까? 그 말투가 뭐냐구? 응? 호호호!"

그제야 홍나리 교수도 웃음을 터뜨리며 박 군을 따라 교수연구실을 나왔다. 100년이 넘는 역사를 자랑하는 명문대학인 캠퍼스는 석양의 빛으로 마치 영화 속의 모습처럼 아름다운 경치를 뽐냈다.

"박군! 여기가 한국 맞아? 프랑스 유학 때 파리의 대학보다도 훨씬 멋지다니까!"

"교수님! 그게 다 겉만 추구하는 한국 대학들의 맹점 아닌가요?"

"뭐야? 박 군! 지금 무슨 소릴 하는 거야?"

얘기가 엉뚱한 방향으로 흘러 홍나리 교수가 묻자, 박 군이 약간 화난 얼굴로 대꾸했다.

"장학금엔 인색하면서 학교 건물만 세우는 한국의 대학들을 풍자해 본 겁니다. ㅋㅋㅋ!"

역시 8090세대인 홍나리 교수의 대학 시절과는 또 다른 학생들의 세태를 느끼면서 그녀는 입을 다물었다.

"아! 벌써 시간이 됐네요! 택시를 탈까요? 걸어서는 좀 먼 거리거든요!" "뭐? 학교 근처가 아니야?"

"네! 하지만 지하철로 두 정거장밖에 안 돼서, 우리 학교 학생들의 새로운 명소로 뜨고 있는 곳이거든요!"

따라서 택시를 타자 기본요금으로 도착했는데, 뉴타운의 먹자골목답게 사람들로 붐볐고, 거기에 카페 〈피카쇼〉가 숨어 있었다. 이미 거리엔 네온사인이 점등되어 점점 화려한 불빛을 뿜어내서, 빨간 투피스 차림의 홍나리 교수는 더욱 잘 어울렸다. 그래서인지 신입생 환영회가 열리눈 〈피카쇼〉의 홀 안으로 들어서자, 갑자기 눈부신 폭죽이 터지며 함성이 쏟아져 나왔다.

"우리 미대의 영원한 퀸! 홍나리 교수님을 환영합니다! 짝짝짝!"

'어머머! 얘들이 미쳤나 봐! 이게 뭐 하는 짓이야?'

이때 홍나리 교수는 하도 어처구니가 없어 하마터면 이런 말을 내뱉을 뻔했다. 그때 저만큼 메인 테이블에 자리 잡고 있던 과 주임 유한준 교수가 홍나리 교수를 향해 손을 흔들어 인사했다.

"허허! 여왕님은 이리로 오세요! 거기에 앉으면 폭동이 일어날 것 같아요."

그래서 홍나리 교수 역시 메인 테이블에 가서 앉자, 과 학생회장이 크게 손뼉을 몇 번 치고서 외쳤다.

"자! 그럼 지금부터 한국대 미대 서양화과의 신입생 환영회를 시작하겠습니다! 먼저 교수님 소개가 있겠습니다."

그리고 학과장을 비롯한 참석 교수들과 432학년 학생 임원까지 소개하는 순서를 가졌다.

"다음은 유한준 학과장님의 축사가 있으시겠습니다."

그러자 그가 반백의 머리칼을 쓸어넘기고, 거품이 넘치는 호프 잔을 높이 들며 일갈했다.

"자! 술잔을 채워라! 채웠으면 내 말을 잘 들으라! 미대는 색을 쓰는 사람들! 그래선지 올해 신입생들은 특히 모두가 섹시하게 잘생겼다! 여기가 〈피카쇼〉인 만큼 피카소처럼 유명한 화가가 되길 바란다! 그럼 다같이, 위하여!"

"위하여!"

역시 젊음은 파워가 넘쳤고, 예술은 열정에 불탔다. 학생들은 선배와 신입생이 하나 되어 계속 호프 잔을 부딪쳤고, 교수와 조교들도 부어라 마셔라 시간 가는 줄 몰랐다. 바로 이때 홍나리 교수에게 신입생 녀석이 호프 잔을 가득 채워 다가와서 떠들었다.

"쌤! 신입생 오뉴에여! 제 술 한잔 받으세염!"

"오뉴?" "성은 오씨구여, 이름은 영어로 뉴! 아빠가 영국대사 하실 때 제가 태어났걸랑요! ㅋㅋ!"

역시 요즘 N세대들은 인터넷 탓인지 대화도 인터넷 용어에 가깝다. 어이가 없어 바라본 신입생 녀석은 생긴 것도 한국인이라기보다는 애완용 고양이처럼 초롱초롱한 눈동자와 먹물로 그린 듯 까만 눈썹! 그리고 오뚝한 콧날 아래 여자처럼 자그만 입술과 갸름한 타원형 턱선을 따라 남성의 표시인 애플 자국도 없었다. 양어깨는 운동으로 다진 듯 탄탄하게 각을 지고 있으나, 몸매는 너무나 호리호리하여 슬쩍 허리에 손을 감아보고 싶은 충동을 불러일으켰다.

"으응! 이름이 오뉴라?"

"넵! 홍나리 교수님! 쌤 역시 예쁜 이름이세엽! ㅋㅋㅋ!"

허리를 굽혀 내미는 녀석의 호프 잔을 받아 홍나리 교수는 단숨에 들이키고 나서, 다시금 오뉴의 모습을 바라보았다. 실내의 형광 조명 불빛을 받아 더욱 눈부시게 하얀 티셔츠는 요즘 유행하는 몸에 꽉 끼는 타이트한 것으로 불끈 솟은 젖가슴이 적나라하게 드러났고, 잘록한 허리를 떠받치는 히프와 길쭉한 두 다리는 역시 꽉 조이는 청바지 패션으로 최신 유행 감각을 소화해냈다.

"녀석! 저런 모습이면 차라리 영연과나 탤런트과로 가지 않고!"

홍나리 교수는 자신도 모르게 튀어나오는 말을 입속으로 가두며 남은 호프를 마저 마셨다. 이때 여흥시간이 된 듯 사회자가 마이크 소리를 높였다.

"자! 그럼 색 쓰는 사람들의 새로운 만남을 축하하는 신입생 환영회! 먼저 댄스킹을 선발하는 댄스 파티! 음악 주세요!"

그러자 갑자기 실내가 현란한 사이키 조명으로 바뀌며 귀청을 찢는 댄스 뮤직의 홍수 속에 잠겼다. 순간 여기저기서 학생들이 튀어나와 아프리카 원주민들의 축제 같은 춤판을 펼쳤다. 여기에 오뉴가 끼어들었는데, 차츰 시간이 흐르자 육상경기에서 1등짜리 선수가 나타나듯 오뉴의 춤추는 모습이 단연 돋보였다. 음악의 박자와 멜로디의 흐름을 절묘하게 맞추어 온몸울 마치 로봇처럼 멋대로 움직이는 모습은 보는 이에게 절로 탄성을 자아내게 했던 것이다.

"으음! 어쩌다 우리 미대에 저런 괴물이 들어왔누? 저런 몸놀림이면 그림 그릴 때 붓질도 끝내주겠지?"

오죽했으면 학과장인 유한준 교수까지 이렇게 감탄했을까? 이윽고 한 시간 가까운 댄스 타임이 끝나고 다시 음주 시간이 되자, 오뉴가 빈 호프 잔을 들고 홍나리 교수에게 달려왔다.

"헉헉! 쌤! 오뉴가 목타 죽을 것 같다구여! 아까 저의 술잔을 받으셨으니까 한 잔 주세염!"

순간 온몸이 땀에 젖은 채 호프 잔을 내미는 오뉴가 너무 귀엽게 보여 홍나리 교수는 쾌히 피처를 들어 그의 호프 잔에 기울였다. 그러자 오뉴도 다시 그녀의 잔에 호프를 따르더니, 이런 엉뚱한 말을 지껄였다.

"쌤! 우리 러브샷으로 한잔 좌악 해여! 네에?"

그리고 진짜로 호프 잔을 든 팔을 홍나리 교수에게 뻗쳐 러브샷 자세를 취했다. 바로 그 순간 저만큼에서 누군가 뛰쳐나오며 꽥 소리쳤다.

"이 쌔끼! 껍대가리가 없어? 신입생 놈이 감히 무슨 추태야? 엉?"

동시에 오뉴의 뺨이 휙 돌아갈 정도로 주먹이 날랐고, 거기에 여럿의 발길질까지 더해져서 실내는 그만 아수라장이 되고 말았다.

"교수님! 죄송합니다. 저 짜식이 하는 짓을 보자니까. 도저히!"

조교인 박 군이 아직도 화가 안 풀린 얼굴로 다가와 말했다.

"맞아! 아무리 신입생이지만 저런 개념 없이 구는 놈은 혼 좀 나야 해!"

여기에 동조하는 선배들까지 나타나고 보니, 홍나리 교수는 정말로 입장이 난처해졌다. 그래서 자리에서 일어서며 이렇게 말했다.

“박 군! 나 땜에 이런 일이 벌어져 미안한데, 뒷수습 잘하고 환영회 마치도록 해!”

다행히 학과장 유한준 교수가 미리 자리를 떴기에 망정이지, 그녀는 더욱 난감할 뻔했다. 암튼 거의 몰매에 가까운 폭행을 당한 오뉴가 걱정되기도 했지만, 〈피카쇼〉를 빠져나온 그녀는 택시가 안 보여 전철을 타려고 발걸음을 빨리했다. 그때 뒤에서 누군가 숨차게 쫓아와서 길을 막으며 울먹이는 목소리로 말했다.

“쌔앰! 죄송해염! 제가 잘못했다구여!”

“아니! 오뉴 아냐?”

깜짝 놀란 그녀가 두 눈을 크게 뜨며 묻자, 녀석이 코피로 엉망이 된 얼굴을 가로등 불빛에 드러내며 흐느끼듯 소리쳤다.

“쌤! 선배들이 사과하라고 해서 쫓아온 게 아네염!! 쌤이 좋아서!”

“오뉴! 너 지금 무슨 소릴 하는 거야?”

“쌤을 첨 본 순간 저는 레드를 느꼈어염! 그림에 모든 열정을 쏟는 불꽃 같은 레드! 하지만 오뉴는 뭔지 아세염? 꿈도 희망도 없이 방황하는 블루였어여!”

“레드? 블루”

“네! 하지만 이제 나를 바꾸고 싶다구여! 절망의 블루를 벗어나 환상의 바이올렛! 보라를 꿈꾸고 싶어염! 흐흑!”

이제 눈물까지 보이며 흐느끼는 오뉴한테 그녀는 더 이상 붙들려 있기가 곤란했다. 만약에 환영회를 끝낸 학생들한테 보여도 그렇고, 더욱이 오뉴의 애처로운 모습에 계속 이끌렸다가는 어떤 일이 벌어질지 모른다는 두려움도 겹쳤던 것이다. 이때 오뉴가 피로 얼룩진 얼굴을 들어 더욱 애타게 하소연하듯이 절규했다.

“쌔앰! 레드와 블루가! 쌤과 오뉴가 서로 가까워질 수 있다면, 하나가 된다면 전 바이올렛! 환상의 보라가 될 수 있을 거예염!”

하지만 그 순간 그녀는 이처럼 철없이 매달리는 오뉴가 가엾으면서도 두렵게 느껴졌다. 그래서 핸드백에서 하얀 손수건을 꺼내어 오뉴에게 건네주며 차갑게 말했다.

"오뉴! 넌 지금 취했어! 그리고 상처가 걱정되니까, 이 손수건으로 잘 닦고 집에 가도록 해!"

말을 마치자 그녀는 뒤도 돌아보지 않고 마침 지나가는 택시를 세워 올라탔다. 그러자 녀석이 마구 뛰어오며 악쓰듯 소리쳤다.

"쌔앰! 용서하세여! 하지만 제 맘도 아시죠? 좋아한다구염!"

*

이윽고 그녀가 혼자 사는 오피스텔로 돌아오자, 집 안에 불이 켜진 걸로 보아 오랜만에 박진서가 와 있는 것이 분명했다.

"야! 홍 화백! 아무리 다이어트도 좋지만 어쩌면 냉장고에 군것질감도 없냐?" "어쭈? 남의 집에 무단침입도 죄가 크거늘, 냉장고까지 뒤지고 난리야? 호호!"

차라리 웃어버리는 게 약일 것 같아 그녀가 미소를 지으며 대꾸하자, 벌써 중년티가 나는 박진서는 만세 부르는 자세로 달려들었다. 그러자 그녀도 익숙한 포즈로 그의 품에 안겼다. 아니 아까의 일들이 갑자기 피곤으로 몰려온 탓이기도 했다.

"역시 짐승들은 굶주려야 식욕이 난다니까! 며칠 안 왔더니 그리워진 건가? 후후후!"

"아유! 미국 박사는 어디다 팽개치구 또 그런 무식 버전이 튀어나오는 거야?"

"휴우! 알잖아? 가면에 탈까지 뒤집어쓰고 거짓말로 사는 재벌가들의 비극적인 삶을!"

“그래서 내 앞에서만큼은 다 벗어던지고 싶은 자기 맘을?”

“됐어! 어서 게임이나 시작하자구! 기다리는 동안 어찌나 꼴리는지, 하마터면 얠 죽일 뻔했다구! 흐흐흐!”

다음 순간 박진서는 이미 바지의 지퍼를 내렸던 듯 잔뜩 화난 심벌을 끄집어내며 악동처럼 키득거렸다.

“잠깐! 나 샤워 좀 하거든!”

“됐네! 이 사람아! 급한데 한 사람만 씻었으면 됐지, 무얼 걱정이다냐? 푸하하!”

하고 그는 그녀를 번쩍 들어 침대 위로 내던졌다. 그것은 마치 난폭한 해적이 귀족녀를 잡아 저지르는 만행 같기도 했고, 에로 비디오의 주인공이 연기랍시고 펼치는 어색한 짓거리와도 비슷했다.

“아! 우리 언제까지 이러고 지낼래? 이젠 교수의 꿈도 이룬지 오랜데, 그만 예식장으로 가는 게 어때?”

이윽고 박진서가 숙달된 조교처럼 능숙하게 그녀의 몸에 부착된 옷을 하나씩 벗겨내면서 숨 가쁘게 속삭였다.

“예식장보다 침대에 먼저 온 우린데 웬 욕심이야?” “흐응! 누가 색 쓰는 여자, 화백이 아니랄까 봐!”

이때 그녀는 갑자기 눈앞에 떠오르는 환상에 눈을 감으며 다급하게 말했다.

“잠깐! 불 좀 끄고서!”

“뭐야? 갑자기 부끄럼 타기는? 하하하!”

하고 놀리면서도 박진서는 한 가닥 남은 젠틀맨의 매너를 실천했다. 방 안에 조명이 사라지자 더욱 짙은 어둠이 채워졌고, 그 틈을 비집고 누군가 우뚝 섰는데, 바로 조금 전에 거리에서 울면서 매달리던 오뉴가 아닌가! 순간 그녀는 움찔 놀라 몸을 떨며 가쁜 숨을 몰아쉬었다.

“왜 그래? 아직 진입도 하지 않았는데? 크크크!”

　그러자 박진서는 야생 멧돼지처럼 더욱 투박한 몸짓으로 달려들면서 진짜 짐승 같은 웃음을 내뿜었다.

　"박 짐승! 우리가 정말 러브하는 걸까?"

　이윽고 그녀가 속삭이듯 질문하자 어느덧 몸속으로 들어온 그가 꿈꾸듯 대꾸했다.

　"우리 대학 졸업반 때부터니까 벌써 10년이야! 인간이 어떻게 10년이나 러브해?"

　"그럼 뭐야? 우리의 이런 관계는?"

　"바로 스폰서라고 당신이 말했잖아? 우리 백화점에서 전시회를 열어주고, 그림을 구입해주고... 하지만 이젠 나도 계약을 바꾸고 싶어!"

　"계약을? 어떻게?"

　"당신의 인생 매니저가 되고 싶단 말야! 아기도 갖고 싶고! 요즘 재벌가 2세 중에 내 나이로 미혼인 건 나뿐이라니까! 그렇다고 또 연예인이랑 스캔들 낼 순 없잖아? 걔들도 알고 보면 불쌍하더라구! 인기에 대한 강박관념이 장난 아니야! 그쪽에 기생하는 하이에나들의 공격도 견디기 힘들고!"

　"결론은 결혼이란 말인데, 난 말했잖아? 이미 그림이랑, 미술이랑, 예술이랑 결혼했다구!"

　"알아! 그래서 여지껏 내가 스폰서를 했잖아! 근데 이젠 못 견디겠어! 당신이 교수도 됐고, 화단에도 웬만큼 알려졌고, 그러니까 우리 가정을 갖는다면 오히려 안정된 환경에서 더 좋은 그림을 그리고, 난 사업에 전념할 수 있지 않을까?"

　한층 가빠지는 숨소리에 맞춰 박진서는 마치 투정하듯이 지껄였고, 그녀는 몸짓으로만 대꾸하다가 문득 곁으로 다가드는 그림자에 화들짝 놀랐다. 바로 그는 한 시간쯤 전에 거리에서 헤어진 오뉴였던 것이다. 녀석은 아직도 코피 자국으로 엉망인 얼굴에 윗몸이 튕겨 나올 듯 꽉 조이는 티셔츠를 걸치고, 역시 터질듯 조이는 청바지의 섹시한 스타일로 다가왔다.

"안 돼! 저리 가!"

순간 그녀는 두 눈을 번쩍 뜨며 소리쳤다. 그 바람에 박진서가 깜짝 놀라 그녀 위에서 퉁겨 일어났다.

"왜 그래? 엉?"

"아니야! 좋았어! 좀 더 나를! 나를!"

그녀는 열병환자처럼 떨면서 오뉴를 뿌리치고 박진서의 알몸에 매달렸다.

다음 날 학교로 출근한 홍나리 교수는 서양화과의 신입생 출석부를 펼쳤다. 그리고 어제 신입생 환영회에서 깽판(?)을 부린 오뉴의 이름을 찾았다. 그동안 그녀가 강의를 맡아왔는데도 전혀 녀석이 기억에 남지 않은 건 웬일일까? 이는 어쩌면 김춘수의 시 〈꽃〉처럼 '내가 관심을 주지 않을 땐 존재를 느끼지 못하지만, 내가 이름을 불러줄 때 넌 꽃이 되었다'는 시구처럼 오뉴도 그녀에게 그런 존재였는지 모른다. 해서 그녀는 오늘 강의 때 맨 먼저 오뉴부터 찾아보았다. 하지만 분명히 수강생인데도 녀석의 얼굴은 보이지 않았다.

'웬일이지? 어제 선배들한테 맞아서, 그 상처로 결석을 했나?'

몹시 궁금한 마음이었지만 누구에게 묻기도 뭣해서 홍나리 교수는 모른 채 넘어갔다. 하지만 일주일에 한 번뿐인 강의인데 연속 3주나 결강하자, 그녀는 더 이상 참지 못하고 조교인 박 군에게 넌지시 물었다.

"이봐! 박 군! 신입생 중에 오뉴라고 있잖아?"

"아! 네! 신입생 환영회 날 교수님께 깽판 친 짜식 말입니까?"

"응! 요즘 계속 결강인데 웬일이야?"

"냅두세요! 교수님! 아마 선배들이 무서워서 결강하는지도 모르죠!"

"그건 또 무슨 소리야? 우리 미대가 조폭의 소굴도 아닐 텐데?"

순간 그녀는 왠지 화가 치밀어 박 군에게 소리를 지르고 말았다.

"아! 교수님! 죄송해요! 사실은…""사실은 뭐야? 박 군이 걜 학교에 나오지 못하게 한 거야?"

"그게 아니라 교수님은 우리 학교 미대생들의 어떤 존재인지 아세요? 저희들의 꿈이고 희망이예요! …모두의 연인이기도 하걸랑요!"

"박 군! 점점 못하는 소리가 없네?"

"하하! 교수님처럼 미모에 화가로서도 유명하시고! 그러니까 학생들이 교수님을 따르고 좋아하는데, 신입생인 어린 녀석이 톡 튀어나와 까부니까, 용서할 수가 없었다구요!"

그녀는 박 군의 얘기를 듣자 기가 막혔다. 교수가 연예인도 아닌데, 그림에 정진해야 할 학생들이 이렇게 철없는 호기심에 빠져있다니! 암튼 그렇다고 해도 완전히 기분 나쁜 일만은 아니어서 목소리를 부드럽게 바꾸어 말했다.

"박 군! 앞으로 그 학생이 나오면 선배로서 잘 이끌어 줘! 조교라면 그럴 의무도 있는 거고!"

이렇게 훈계 겸 지시를 하고서 오늘도 신입생 강의에 가보니, 오뉴의 모습은 그림자도 비치지 않았다.

"정말 웬일일까? 나에게 무슨 앙심을! 아니 섭섭한 게 있었나?"

그녀가 강의를 끝낸 후 이런저런 의문에 빠져 교수연구실로 돌아오는 길목에서였다. 캠퍼스 오솔길의 저쪽 나무 그늘에서 누군가 튀어나와 그녀 앞에 멈춰 섰다. "앗! 너… 너… 오뉴잖아?"

"넵! 오뉴에여! 보구 싶었다구염! 쌔앰!"

거의 울먹이는 목소리였지만 얼굴은 눈부신 미소가 피어나는 야릇한 녀석이었다.

"근데 왜 강의엔 들어오지 않았니?"

"죄송해서여! 아니! 괴로워서염!"

"죄송은 뭐구 괴롭긴 왜?"

"그날 신입생 환영회 하던 날, 제가 쌤께 까불었잖아염? 그래서 선배들한테 쥐터지구여! 쌤통할 일이지만염!"

"참 그때 상처는 다 나았어?"

문득 그날의 모습이 떠올라 그녀가 다가들며 녀석의 얼굴을 가까이 하자, 오뉴는 가지런히 박힌 하얀 치아를 활짝 드러내 보이며 응석 부리듯 종알거렸다.

"쌔앰! 그 손수건은 항상 제 몸에 간직하고 다닌다우! 쌤의 냄새가 좋아서! 히히!"

그러면서 그녀에게 어린애처럼 매달릴듯한 포즈를 취해서 홍나리 교수는 질겁을 하여 뒷걸음질을 쳤다.

"에이! 학곤데 제가 또 쌤께 무례하게 굴면 정말 나쁜 쪼다죠! ...참! 그때 손수건 주신 감사로 제가 호프 한잔 삼 안 돼여?"

정말 오뉴는 여전히 못 말리게 철딱서니가 없는 녀석이었다.

"오뉴! 넌 그걸 말이라고 하니? 교수가 제자한테 그것도 신입생한테 술을 얻어먹으면, 아마 인터넷에 뜰지도 몰라! 호호호!"

기가 막혀 웃음을 터뜨리는 홍나리 교수에게 녀석이 공격을 해왔다.

"에이! 그럼 술은 제가 사구여! 계산은 쌤이 해주시면 되잖아염?"

"오참! 그런 방법도 있겠구나! 호호!"

그때 그녀가 웃음으로 허락한 건 아무래도 녀석의 순수한 마음에 또다시 상처를 주고 싶지 않아서였다. 그러자 오뉴가 토끼처럼 깡충깡충 뛰어오르며 기뻐서 외쳤다!

"고마와요! 쌤! 그럼 오늘 당장요! 이따가 일곱 시에 *거기서 만나염!*"
"거기라니?"

"있잖아여? 신입생 환영회를 한 〈피카쇼〉염! 피카소가 아니라 〈피카쇼〉에여! 히히히!"

한데 녀석의 웃음소리엔 가끔 엉큼함이 묻어난다. 천사에게 날개가 있다면, 천사처럼 순수해 보이는 녀석에겐 그래서 인간일까? 교수연구실로 돌아온 홍나리 교수는 갑자기 가슴이 설레기 시작했다. 오뉴와의 약속 시간은 아직 세 시간이나 남았지만 괜스레 바빠지는 마음이었던 것이다. 그래서 화장도 고쳐보고, 잘 읽지 않던 학회지를 뒤적이기도 했다. 그러다가 시간에 맞추어 〈피카쇼〉로 달려갔던 것이다. 그렇게 도착해보니 그동안에 〈피카쇼〉는 내부 장식을 다시 한 듯 전혀 다른 분위기로 그녀를 맞았다.

"어셔 오십쇼!"

그런데 그녀가 들어서자마자 오뉴가 이 업소의 알바생 같은 복장을 하고 반갑게 맞이하는 게 아닌가? 그래서 의아한 눈길을 보내는 그녀에게 녀석이 짠하고 서양 하인 같은 인사 예절을 갖추며 다시 소리쳤다.

"쌤! 저희 업소를 찾아주셔 캄사합니당!"

"오뉴! 넌 왜 자꾸 나를 놀리려 드니? 지금 뭐 하는 거야?"

"넵! 실은 제가 여기서 알바하게 됐어여! 그래서 첫 손님으로 모시고 싶어서염!"

"그럼 그렇지! 어쩐지 날더러 계산을 하라더니!"

마지못한 듯 그녀가 커플 룸에 앉자 녀석이 한눈을 찡긋하며 나갔다. 그리고 잠시 후에 병맥주와 안주 접시를 가지고 와서 테이블에 올려놓으며 물어왔다.

"손님! 혼자 오셨나여? 애인이랑 오시지 않구염?"

"야! 너 이젠 사람 웃겨 쥑일래? 그만 까불고 여기 앉아! 네가 바로 내 애인이니까!"

녀석의 재치있는 쇼맨십에 전염됐을까? 그녀도 이런 당돌한 대꾸로 녀석을 앞자리에 앉히자, 오뉴가 다소곳한 태도로 술을 따르며 말했다.

"꿈만 같아여! 쌤과 이렇게 마주한 것이예!"

"호호호! 넌 환영회 날부터 나한테 꿈을 깼는데! 너 땜에 내가 그동안 얼마나 걱정했는지 알아?"

그제야 홍나리 교수는 지난 3주간 오뉴로 애태운 화가 치밀어 정말로 화난 목소리로 꾸짖었다.

"쌤! 아이 엄 쏘리! 그래서 제가 두 손으로 사죄의 술을 따랐잖아염? 히히!"

"야! 근데 너의 그 웃음! 참 느끼해! 학생이 교수한테 그런 웃음은!"

"넵! 어쩌면 성희롱이 될까염? 히히! 자! 그럼 제게도 한잔 따라주셔야져!"

그러자 오뉴는 더욱 넉살 좋게 술잔을 내밀며 엉너리를 쳤다. 해서 그녀는 녀석의 컵에 우악스럽게 맥주를 부었다.

"엥? 쌔앰! 벌써 한잔 술에 취하셨어염?"

오뉴가 놀라 화들짝 몸을 추스르며 말했다.

그랬다. 그녀는 녀석과 겨우 두 번째 만남이지만, 무언가 그녀의 내부를 폭발시켰다. 지금까지 허둥지둥 달려온 화가의 길과 교수의 직업 그리고 박진서와 되풀이되는 애정전선의 절박하고도 미묘한 상황! 무언가 새로운 돌파구를 찾지 않는다면 어쩌면 자신은 시한폭탄처럼 터져버릴지도 모른다. 거의 매년 가졌던 미술전시회는 벌써 3년째 멈춰졌고, 꽤 많은 월급을 받는 낙에 세월을 보내는 듯한 교수 생활! 그리고 연예인보다도 더 음습하게 지속되는 애정행각은 그녀의 순수와 열정의 예술혼을 질식시켰던 것이다. 이러한 자신의 내부적 아우성에 질려 그녀가 자작으로 맥주잔을 채워 계속 입 안에 퍼붓자, 이를 멍하니 바라보던 오뉴가 결연히 술잔을 빼앗으며 외쳤다.

"쌔앰! 그만하세여! 나머진 제가 마실께염!"

그리고 오뉴는 맥주 다섯 병 중에 남은 세 병을 순식간에 마셔버렸다.

"오뉴! 네가 궁금했다! 처음 환영회 자리에서 너를 처음 만난 순간, 오뉴는 어느 별에서 도망쳐 왔길래 저런 모습일까? 쌩떽쥐뻬리의 〈어린왕자〉 같았다고 할까? 참 철없이 굴었지만 미워할 수 없는 귀염과 왠지 슬픔을 간직한 듯한 눈망울에 난 빠져 버렸던 거야!"

"저두요! 쌤을 입학식장에서 뵙는 순간 깜짝 놀랐어요! 벌써 10년 전 아빠가 프랑스대사 시절에 파리에서 교통사고로 돌아가신 엄마가 다시 나타난 것 같아 하마터면 엄마! 하고 소리칠 뻔했다구여!"

"뭐야? 아직 결혼도 안 한 미쓰인데 오뉴 같은 아들을?"

이때 그녀가 이런 형편없는 대꾸를 한 것은 그의 슬픔을 정식으로 받아들인다면, 서로가 감당할 수가 없을 것 같아서였다.

"쌤! 남의 슬픈 드라마를 〈웃찾사〉로 변질시키지 말아여! 암튼 그래서 쌤의 강의를 신청했지만 전 들어갈 수가 없었어염! 그러다가 신입생 환영회에 참석했는데, 그만 저도 모르게 그런 응석을! 히히!"

이제 녀석은 눈물을 닦으며 예의 느끼한 웃음을 흘렸다. 그 순간 그녀의 눈앞에 눈부신 섬광이 일었다. 나태해진 꿈과 식어버린 열정을 되찾고 싶은 욕망이었다.

'그림! 진정한 그림을 그리고 싶다! 마치 반고흐처럼 귀를 잘라 피 흘리는 고뇌로 붓을 잡은 그런 그림을!'

다음 순간 그녀는 활활 불타는 눈빛으로 오뉴를 향해 명령했다.

"오뉴! 일어서! 그리고 상의를 벗어봐!"

"넵? 쌔엠! 벗으라면 제가 못 벗을 것 같아염? 올 누드라도 가능해여! 쌤이 원하신다면!"

오뉴는 대답과 동시에 다음 순간 마치 누드모델처럼 전혀 망설이지 않고, 하얀 티셔츠의 단추를 하나씩 벗겨갔다. 그러자 마치 억지로 갇혔던 듯한 상체의 알몸이 요술처럼 쏭 하고 나타났다. 조명이 어두워서 더욱 환상적인 녀석의 섹시한 모습이었다. 하지만 그것은 속물적인 육체가 아니라 그리스의 〈다비드상〉을 볼 때처럼, 인간의 수컷이 보여 줄 수 있는 가장 아름다운 육체미의 극치였다.

"됐어! 오뉴! 그만 옷을 입어!"

이윽고 그녀는 핸드폰의 뚜껑을 열어 박진서에게 전화를 걸었다. 금방 연결된 그가 반가운 목소리로 건네왔다.

"자기 웬일? 벌써 고파졌어?"

"아니! 나 6개월 후에 전시회를 할 거니까 자기 백화점에 계약을 부탁해!" "뭐야? 3년 동안 못한 전시회를 무슨 수로 6개월 만에 올려?"

놀라 묻는 그에게 그녀는 여왕처럼 명령하듯 소리쳤다.

"걱정 말아! 누드 열 점만 걸려구 하니까!"

이윽고 핸드폰을 꺼버린 그녀는 오뉴를 향해 다시 명령하듯 외쳤다.

"오뉴! 이런 알바는 집어치우구 이번 토요일부터 내 모델이 돼줘! 매주 토요일과 일요일! 이틀은 강행군해야 하니까 체력 관리 잘해야 돼! 술 같은 건 끊으란 말이야! 내 말 알았지?"

"넵! 써! 쌤!"

다행히도 오뉴가 선선히 대답해줘서 그녀의 가슴은 벌써부터 터질 듯 부풀었다.

*

거의 꿈꾸듯 보낸 며칠이 지나고, 드디어 토요일 오후 세 시가 되었다. 오뉴를 모델로 그녀가 처음 화필을 잡는 날이 된 것이다. 오피스텔에 딸린 화실은 약간 좁았지만, 누드모델 하나를 대상으로 작업하기엔 오히려 안성맞춤이라고 할까? 그래서 그녀는 오뉴에게 의자를 가리키며 말했다.

"누드모델이 어떤 포즈를 취하는지 알지? 너의 맘대로 포즈를 잡아봐!"

205

"쌤! 정말 다 벗어야 해여?"

근데 녀석이 갈 데까지 다 와서는 꼬리를 빼려는 게 아닌가? 그녀는 어처구니가 없고 화까지 치밀었다.

"뭐야? 스무 살 성인이면 책임을 져야지! 빨랑 벗어!"

"아 참! 쪽팔려! 그럼 쌤도 함께 벗자구여!"

한데 다음 순간 녀석은 이런 엉뚱한 요구를 해 오는 게 아닌가? 그런데 만약 녀석이 끝내 벗기를 거부한다면 가까스로 불붙인 예술혼이 꺼져버리고 말 것이 아닌가? 그녀는 갑자기 초조해졌다.

"좋아! 그럼 내가 먼저!"

그녀는 다급하게 몸에 걸친 옷을 제거해 에덴동산의 이브로 변해갔다. 그와 함께 오뉴도 차츰 아담으로 바뀌었다. 드디어 실오라기 하나 걸치지 않은 오뉴를 의자에 올려놓고 그녀의 붓놀림은 시작되었다. 막상 벗겨놓고 보니 녀석은 수컷이라기보다는 요즘 N세대들의 공통점인 중성적 특징을 가졌다. 드라마 <꽃보다 남자>의 주인공처럼 긴 머리칼을 갈색으로 염색하여, 웨이브 진 헤어스타일을 한 데다가 젖가슴만 불끈 솟았지 허약해 보일 정도로 늘씬한 허리와 히프 역시 남성적이라기보다는 S 라인의 여성적 자태였고, 특히 팬티스타킹 모델 같은 쭉 곧은 가녀린 허벅지와 종아리도 종래의 남자들과는 전혀 달랐다. 그런 녀석의 모습을 보면서 그녀가 말했다.

"차라리 여성 모델을 쓸 걸 그랬나 봐?"

"에이! 쌤! 어서 그리기나 하세염! 힘들어여!" "힘들긴? 의자에 가만히 앉아 있으면서?"

"씨이! 쌤의 누드를 대하니깐, 참는 게 힘들다구염!"

불만에 찬 녀석의 대꾸를 들으며 한곳을 바라본 그녀는 정말로 기가 막혔다. 스무 살의 사내라면 아무리 예술을 위해 벗었다고 해도 생리적 변화가 있을 법한데, 무슨 주사라도 맞은 듯 조용히 잠자고 있는 것이었다.

　바로 이때 오피스텔의 출입문이 덜컹 열리면서 박진서가 범인을 잡으러 온 형사처럼 뛰어들었다. 그리고 그는 경악에 차서 소리쳤다!

　"흠! 홍나리 화백! 전시회 준비가 바로 이런 거였어? 차라리 포르노 영화를 찍지, 그래?"

　"앗! 당신은 누... 누구예요?"

　그 순간 그녀보다 더 놀란 오뉴가 두 손으로 가운데를 가리며 외쳤다.

　"박진서 씨! 이게 무슨 짓이에요? 난 지금 진정한 그림을 그린다구요!" "뭐? 진정한 그림? 그걸 내가 믿으라구? ...야 임마! 넌 나이도 어린 것이 농락당하고 있잖아?"

　"뭐라구요? 당신이 뭔데 우릴 이리 모욕하는 거죠?"

　그 순간 벌거숭이인 채로 오뉴가 주먹을 뻗어 박진서에게 휘둘렀다. 하지만 산전수전 다 겪은 성인인 박진서는 마치 올림픽에 출전한 유도선수처럼 업어치기 한판으로 오뉴를 쓰러뜨렸고, 당장 녀석의 콧구멍에서는 신입생 환영회 날 선배들한테 몰매를 맞았을 때처럼 코피가 낭자했다.

　"오뉴 씨! 미안해! ...여보! 당신은 오해야!"

　그때 얼마나 당황했던지 그녀는 이렇게 울부짖듯 소리치며, 발가벗은 채로 두 남자에게 매달렸던 것이다.

＊

　그로부터 여섯 달 후! 긴 장마와 무더위와 태풍까지 스쳐 간 여름을 보내고, 어느덧 백두산 천지보다도 더 푸른 하늘을 선물해 준 가을이 깊어갈 무렵에, 드디어 홍나리 교수는 3년 만에 어린 남자의 누드화로만 채워진 전시회를 오픈했다. 그리고 와인을 곁들인 다과회가 이어졌다.

"역시 진정한 그림 같구만! 남자의 아름다움이 이런 줄은 몰랐는걸!"

박진서가 그녀의 귓가에 속삭이듯 말하며 엄지손가락을 펴 보였다. 그러자 홍나리 교수가 마치 학생에게 대하듯이 힐난을 했다.

"아유! 이 그림에선 질투가 안 나요?"

"벌써 우리 오해는 다 풀었잖아? 불꽃 같은 예술혼에 휘말려 벌어진 사제 간의 아름다운 작품활동으로서!"

"아유! 무슨 얘기를 그리 어렵게 해요? 화가 교수와 모델 제자를 속물 근성으로 오판한 해프닝의 결정판이었죠! 호호!"

"하하! 암튼 그 바람에 우리 결혼식도 앞당겨졌으니, 나에겐 그 녀석이 고마울 뿐이지!"

바로 이때 오뉴가 장미 한 다발을 안고 나타나 큰 소리로 떠들었다.

"쌔앰! 축하해여! 근데 내 그림이 넘넘 멋지게 나온 것 같아염!"

"오뉴 군! 여기 그림은 모두 홍 화백이 그린 거야! 어디 네가 그린 게 있다구 그래! 하하!"

"에이! 매형! 쌤 편드는 건 좋으니까, 앞으로 결혼하심 잘 사셔야 해염! 히히!"

박진서와 오뉴의 웃음 섞인 대화에 그녀가 끼어들었다.

"하여튼! 남자들이란 나이 불문하고 철이 없단 말야! 근데 오뉴! 언제 군에 간다고 했지?"

"연말 안으로 되도록 빨리 갈 거예여!"

"암튼 이번 전시회는 다 오뉴의 덕택이야! 고마워!"

"쌤! 아니 누나 하기로 했으니깐, 누나! 전 이번에 그 병을 앓은 것 같아여!"

"무슨 병?"

"독감 비슷하지만 자칫 목숨까지 잃을 수 있는 코로나 말에염!"

"그런가? 실은 나도 그런 느낌인데! 허허!"

박진서가 동감한다는 표정을 짓자, 그녀도 다시 끼어들어 한마디 덧붙였다.

"두 남자들은 코로나보다도 더 지독했다구요! 내가 자살까지 생각했다니깐! 호호!"

"무슨 소리야! 이제야말로 진정한 화가가 된 것 같은데, 더 좋은 그림을 많이 그려야지, 죽기는?"

"그럼여! 전 이제 군대 가면 저의 껍질을 벗을 참이예여! 지난날 매미 껍질처럼 내 몸을 속박한 모든 걸 벗어날 거라구염!"

이때 관람객 중의 하나가 세 사람에게 다가오며 요청해왔다.

"저 홍 화백님! 모델까지 오신 듯한데 함께 기념사진 좀 찍으면 영광이겠는데요. 하하!"

그리하여 관람객과 오뉴와 그녀와 박진서가 가장 큰 누드화의 액자 앞에 나란히 섰다. 그때 그녀와 오뉴는 그림을 그리던 첫날 박진서에게 들켜 한바탕 소동이 벌어졌을 때처럼 함께 누드가 된 듯한 착각에 절로 얼굴이 붉어졌다. 이를 눈치챘는지 박진서는 그녀의 어깨 위에 손을 얹어 자신에게로 끌어당겼다. 이를 바라보는 사면 벽에 걸린 오뉴의 누드가 마치 살아서 걸어 나올 것 같은 느낌이 들었다. 그만큼 그녀의 이번 전시회의 누드화 작품은 예술혼이 담겨 있었다고나 할까?

국내초대소설 · 이은집

이은집 (소설가)

1971년 창작집 『머리가 없는 사람』으로 등단. 저서 『후예』『눈물 한방울』『스타 탄생』『통일절』『통일가족 통일남북』『한국인 멸종』『응답하라! 고향아! 추억아!』 등 35권 출간. 〈충청문학상〉〈한국문학신문문학상〉〈여수해양문학상〉〈세계문학상〉〈헤세문학상〉〈카뮈문학상〉〈무궁화문학상〉〈영문협문학상〉 등 16개 문학상 수상. 2014 세종우수도서, 2016 구상선생기념사업회 창작지원금 선정. 한국문인협회 부이사장. 한국소설가협회 상임이사 역임. 국제펜한국본부 이사. 한국문예학술저작권협회 감사 역임. 종합문예지 〈시와창작〉 주간. 그 외 방송작가와 작사가로도 활동함. 1964년 서울신문 신춘문예에 소설 '하늘을 색칠하라' 당선으로 데뷔.
장편 '내 사랑, 풍장', '만적1.2부', 소설집 『새를 위하여』, 『허공 중에 배꽃 이파리 하나』 등.한국소설문학상, PEN문학상, 만우 박영준 문학상 등 수상. yookeumho@hanmail.net

모나미 볼펜

이홍사

볼펜 한 자루가 남았군!

중얼거리는 그의 음색에는 씁쓰레함과 더불어 상실감이 조금 묻어 있었다.

그는 지난밤에는 선잠을 잤다. 잠자리가 바뀐 탓인가. 그의 방이라곤 하지만 너무 오래 비워두었다. 거의 삼 년 만에 다시 미얀마에 나왔다. 코로나에 쿠데타에 이곳으로 오는 발길을 막았다. 이번에도 수월하게 온 게 아니었다. 새로 비자를 내고 보험까지 넣어서 들어오며 신속 항원검사까지 공항에서 했다. 밤 비행기로 늦게 도착해서 씻고 누웠는데 잠이 오질 않았다. 약을 먹고 비몽사몽 잤는데 선잠이었다. 비행기에서 잠깐 잔 탓도 있었다. 새벽이 아니라 오밤중에 일어나서 가방을 정리하다가 나온 볼펜을 보니 그는 별안간 참담한 기분이 들었다.

진짜 비싸게 먹히는 볼펜이었다.

볼펜을 만져보았다. 그가 학창 시절에 즐겨 쓰던 자루가 하얀 모나미 볼펜이었다. 그렇게 세월이 흘렀는데, 어디를 보아도 하나도 진화하지 않은 볼펜이 고집스럽게 보였다.

요즘은 문방구에서 이 볼펜이 얼마나 하는지 그는 알지 못했다. 볼펜, 손바닥에 그려보았다. 검정 볼펜은 잘 나왔다. 그의 손바닥에 선명하게 검은색 선이 나타났다. 역시 모나미 볼펜이었다. 그는 모나미 볼펜을 만지작거리면 생각에 잠겼다.

그가 이 볼펜을 만난 건 그러니까 열흘 남짓 지났다.

악연이라는 말은 이럴 때 필요한 모양이다. 악연으로 만났지만, 본전을 건지기 위해 이 볼펜이 다 닳도록 애용해야 하겠다고 생각이 불쑥 들었다.

모나미 볼펜

지점장의 전화를 받은 건 햇살보육원에서 박 원장을 만나고 나와서 언덕길을 내려오면서였다. 그게 아마도 열흘 전쯤이었다. 그는 홀가분하고 흡족한 기분으로 보육원 언덕길을 내려오면서 이제는 선배와 약속한 뒷고기를 기분 좋게 먹을 요량이었다. 약속한 뒷고기 집은 보육원에서 걸어서 오 분 거리에 있었다. 노릇하게 굽힌 뒷고기, 그의 선배는 고기를 잘 굽는다, 고기를 태우지 않고 노릇하게 구워 불판 가장자리로 내놓는다. 그가 먹기 좋게. 둘이 만나면 고기를 굽는 건 언제나 선배의 몫이고 맛있게 생긴 놈만 골라서 먹는 건 그의 몫이었다. 노릇한 고기와 소주를 먹을 참인데 지점장의 전화가 왔다.

어이, 지점장 웬일이야?

집 부근에 있는 농협 지점장은 그의 고향 동네 후배다. 집성촌의 후배이니 촌수는 멀지만, 동생이 되는 셈이다. 지점장은 어디냐고 묻고는 급하게 좀 만나야 한다고 했다. 만나자고 동의를 구하는 게 아니라 만나야 한다는, 단정적인 어투였다. 농협에 빚이 많은 그를 지점장이 보자는 건 좋은 일이다. 좋은 상품, 즉 이율이 낮은 상품이 나왔으니 갈아타라는 이야기가 있을 수도 있다. 농협은 퇴근 시간이 다 되었는데 언제 한잔하자는 말은 자주 했지만 이렇게 갑작스레 전화할 일은 아니었다. 갈아타라는 그런 일이 아니고는 이렇게 급하게 보자고 할 일이 없다. 그는 지점장의 전화를 살갑게 여기며 그렇게 생각했다.

약속한 선배가 뒷고기 집에서 기다릴지도 모르는데 난감했다. 내가 약속한 사람이 있는데 그쪽에 전화해보고, 다시 전화해주겠노라고 끊었다.

선배에게 전화했더니 이제 집에서 막 나서고 있다고 했다. 약속을 내일로 미루자고 했다.

농협 지점장이 고향 후배인데 급하게 좀 보자네요, 빚쟁이에게 지점장이 보자는 건 좋은 일이 아니겠어요?

좋은 일이네. 선배는 순순히 그러자고 했다. 선배의 전화를 끊은 그는 다시 지점장에게 전화했다. 그쪽으로 좀 오라는 것이었다. 무슨 일이지? 택시를 타고 그리로 가겠노라고 했다. 급하게 설쳐서 빈 택시를 잡고 봉곡동에 거의 다 와서 지점장이 보자고 한 까닭이 어렴풋이 감이 잡혔다. 아뿔싸, 그 생각은 그의 뇌리에 순간적으로 떠오른 것이다. 그것 때문이었다. 무릎을 쳤다. 분명하다. 그런 일이 아니고는 이렇게 급하게 보자고 할 이유가 없다. 그런데 뭐라고 하지? 이거 난처하게 되었는데?

그가 탄 택시가 봉곡 네거리를 지나고 있을 때 지점장의 전화를 다시 받았다.

오고 계시느냐고 묻는 전화였다.

거의 다 왔어.

그는 무슨 일이냐고 묻지는 않았다.

가방 때문일 거다. 그렇지 않고는 이렇게 다급하게 부를 이유가 없다. 가방은 며칠 전에 주운 것이다. 주웠다기보다는 습득한 것이었다. 습득했다기보다는 ATM기 위에 놓인 주인 잃은 가방을 그가 가져온 것이었다. 그날 그는 집에서 걸어서 오 분 거리에 있는 농협지점에 현금을 찾으러 갔다. 그가 빼야 할 돈은 좀 많았기에 두 번에 걸쳐서 뺐다. 물론 ATM에서 뺀 것이다. ATM 기기에서 돈을 빼다가 보니 그가 돈을 빼던 기기 위에 검은색 손가방이 하나 놓여 있었다. 그런 곳에 쓰레기로 멀쩡한 손가방을 버릴 리는 없고 누가 잊고 간 것이 분명했다. 현금을 빼다 보면 숫자를 누르고 중간에 약간의 여유가 있다. 그 틈에 가방의 지퍼를 살짝 열어 보았다. 돈이 보였다. 실수는 거기서 비롯된 것이었다. 그냥 찾아가든 말든 두고 나왔으면 좋았을 것을 그 가방을 그는 들고나온 것이었다. 농협의 문은 닫혀 있었고, 사무실에 가서 가방을 열어 보고 연락처가 있으면 바로 연락해서 주인을 찾아주자는 생각이었다. 사무실에 와서 가방을 열어 보니 노란 고무줄로 묶은 두 개의 돈뭉치가 있었고, 담배 두 갑과 볼펜 그리고 무슨 장부인 듯한 A4용지 접힌 것 두 장이 들어있었고, 열쇠 꾸러미와 도장이 들어있었다. 연락처나 신분증 따위는 어디에도 없었다. 그리고 상품권이 한 뭉치 고무줄에 묶여 들어있었다.

이거 어디에 연락을 해야 하지?

이 자식이 누구 심리 테스트하나?

그는 낭패스레 중얼거렸다. 상품권을 보니 김천에서 발행된 것이었다. 그렇다면 김천 사람일 가능성이 짙다. 그것만 감을 잡았을 뿐 연락할 방법이 없었다. 어쩌면 그의 내심 연락처가 없기를 바라는 마음도 있었다. 돈은 세어 보니 두 뭉치인데 백만 원이 조금 넘었다.

그 시간은 그가 규칙적인 생활을 위해 나가는 시간이었다. 그에게 규칙적인 생활이란 저녁에 선배들에게 술을 사주러 나가는 일이다. 술을 좋아하는 선배들은 벌이가 없다. 아직 버는 그가 나가서 대접하는 게 도리다. 가방에 있던 돈과 물건을 다 넣어서 탁자 아래 던져두고 그는 시내버스를 타러 나갔다. 그는 술 약속이 있으면 차를 가져가지 않고 시내버스를 탄다. 들어올 적에 대리운전을 부르기가 껄끄러워 번거롭지만, 버스를 탄다. 그게 길을 들이니 버스를 타는 게 그리 성가시지 않고 오히려 편했다. 그의 집은 사무실 바로 위층이다. 매일 해거름이 되면 그는 아내에게 나간다는 말도 없이 나간다. 그날도 그랬다. 그는 주운 손가방을 탁자 밑에 던져두고 나갔다, 그리고는 그 가방에 대해서 까맣게 잊었다. 그날도 선배를 만났는데 까맣게 잊고 있었다. 그날은 얘기가 길어져서 좀 늦은 시간까지 술을 마셨지만 많이 마신 건 아니었다. 버스를 타고 와서 그는 사무실에 들르지 않고 바로 올라가서 잤다. 그의 건물 2층은 사무실이고 3층을 주택으로 꾸며 살고 있었다

다음 날 새벽에 그는 반가운 전화를 받았다.

수원의 중고차 매니저였다. 한 달을 넘게 조르던 일인데 결정이 난 모양이었다. 두어 달 전에 산 그의 중고차가 말썽이었다. 브레이크를 밟으면 차가 한쪽으로 급하게 쏠림현상이 생겼다. 그리고 현가장치가 시원찮은지 요철을 가면 차가 탕탕 튀는 현상도 있었다. 중고차를 사면 석 달 보증수리를 해 주게 되어있다. 그는 차를 산 곳에 연락했다. 보증수리는 싫고 차를 바꿔 달라고. 같은 연식의 같은 기종으로 바꾸어 달라고 했다. 외제차라 같은 연식의 같은 기종을 찾기가 어렵다는 말만 들었다. 그런데 그날 새벽에 전화가 와서 똑같은 차가 한 대 들어왔는데 타보니 탈이 없다면서 웃돈 얼마를 주고 바꿔가라는 것이었다. 그는 그 말에는 좀 짜증이 일었다. 그냥 바꾸어도 금전적인 손실이 일어난다. 이전 등록비에서 손해가 발생하는데 웃돈이라니? 가당찮은 소리였다. 그가 그 점을 따졌더니 주행거리가 지금 타고 있는 차보다 확실히 짧고 연식도 삼 년이나 늦게 물 건너 온 차라고 했다. 가서 보고 결정하자며 수원으로 올라갔다.

구미에서 수원은 어지간한 마음으로는 차를 끌고 가지 못하는 거리다.

수원에 가서 차를 타보니 그이 맘에 들었다. 색상도 그가 원하던 색상이었다. 실랑이를 벌이다가 요구하는 대로 웃돈에서 얼마를 깎고 그 차로 바꾸어서 내려오니 밤이 깊었다. 그날은 종일 탁자 밑에 던져둔 가방에 대해서 까맣게 잊고 있었다. 그게 불찰이었다

택시가 봉곡동으로 들어서자 그는 조금 불안해지기 시작했다. 후배인데 그 가방에 대해서 뭐라고 하지? 이미 그 안에 든 돈은 보육원 박 원장에게 기부하고 나왔는데. 지점장이 말한 대로 지점으로 가자 지점장이 어둑한 지점 앞에 서성이고 있었다.

왜 그래? 가방 때문에 그러는구나?

그가 먼저 선수를 쳤다.

형님! 사건이 되었습니다. 오늘 경찰들이 와서 CCTV를 확인하고 갔어요. 그 가방 어디 있어요?

사건?

갑자기 그의 말문이 막혔다.

가방은 쓰레기봉투에 넣었는데? 이거 어떻게 하나?

형님! 왜 남의 물건에 손을 댑니까?

지점장의 좀 짜증스러운 목소리였다.

야, 이거 까딱하다가는 도둑으로 몰리겠다? 알았어. 내 후딱 가서 찾아볼게.

그 말만 뱉어놓고 그는 어둑해지는 길을 빠른 걸음으로 걸어서 집으로 왔다. 후배가 되는 지점장에게 그 돈은 이미 보육원에 기부했다는 말은 절대로 하지 않았다. 마당 창고 옆에 둔 쓰레기봉투부터 뒤졌다. 아침에 넣었으니 아직 아내가 버리지 않은 것이었다. 손가방과 열쇠, 도장을 찾아서 넣었다. 그가 가방을 들고 사무실에 올라가니 탁자 위에 상품권 뭉치가 보였다. 그것도 가방에 있었던 물건이다. 그것도 넣었다.

그런데 이 가방을 어떻게 하느냐?

그는 담배를 두어 대 피우며 고민을 했다. 돈을 넣어서 발 빠르게 가방을 먼저 파출소에 신고하는 게 맞을 거 같았다. 가만히 있다가 경찰이 먼저 찾아오면 정말 도둑이 된다. 가방 주인이 신고할 줄은 몰랐다. 워낙 액수가 미미해서 그걸 가지고 신고해서 경찰이 수사에 들어갈 줄은 정말 몰랐다. 그런데 돈이 없다. 이미 보육원 박 원장에게 기부한 돈을 돌려달라고 할 수는 없다.

어쩌지? 그래 내가 손해를 보지, 까짓거.

그렇게 결단이 서자 그는 가방을 들고 후딱 나와서 농협으로 갔다. 가방을 주운 그 ATM 기기에서 얼마간의 현금을 인출했다. 기분이 좀 이상했다. 그리고 보육원에 기부한 액수만큼 가방에 넣었다. 그리곤 바로 새로 생긴 동네 파출소로 갔다. 그가 사는 동네에는 택지 개발구역이라 파출소가 없었는데 계속 민원을 제기하자 얼마 전에 체비지를 매입해서 파출소가 생기고 자율방범대원을 모집했다.

그는 새로 생긴 파출소에 처음으로 발을 들여놓았다.

이러이러해서 습득했는데 이러이러해서 잊고 있다가 이제 왔다.

그는 자초지종을 설명하면 바로 나올 줄 알았는데 그게 아니었다. 습득하게 된 경위와 신고가 지연된 원인을 진술서에 적고 지장까지 찍었다. 파출소 직원은 장부를 뒤지더니 이미 신고가 들어온 사건이라고 했다. 사건? 사건이라는 말이 낯설었다. 그가 진술서를 꾸미고 지장을 찍기까지 거의 두 시간이 넘게 걸렸다.

신고가 접수된 사건이니 내일 경찰서에서 전화가 갈 겁니다.

파출소에서 나오니 밤이 깊었다. 그의 아내는 어디 가서 술추렴이나 하는 줄 알고 있을 터인데 집에 들어가서 밥을 달라고 할 수는 없다.

뭐 이런 개 같은 경우가 다 있어?

그는 사무실에서 길 건너에 있는 뚝배기집으로 갔다.

소주를 한 병 시키고 뼈다귀해장국을 안주 삼아 먹다가 얼마 전 상주로 발령받은 그의 사위에게 전화했다. 사위는 검찰청에 근무하지만, 검사는 아니다. 검찰 사무직으로 시험을 쳐서 들어갔는데 지금 검찰 수사관이다. 그의 딸도 마찬가지다. 사내 커플인 셈인데 지금은 주말부부로 살고 있다. 딸은 대구지방 검찰청에 근무하고 같이 근무하다가 사위가 진급하면서 상주로 발령받은 것이다. 지독히 전화를 안 받는 작자인데 사위는 전화를 받았다. 당직 근무 중이라고 했다. 그는 안부부터 묻고 오늘 일어난 일을 상세하게 설명했다.

보육원에 기부하신 건 잘하신 일인데 그래도 벌금이 나옵니다.

그의 사위가 들려준 말이었다.

벌금?

법이 그렇습니다. 경찰서 조사를 받으셔야 합니다. 그때 기부한 보육원 원장의 확인이 있으면 정상참작이야 되겠죠. 그래도 벌금은 내셔야 합니다.

그는 사위의 말에 술맛이 뚝 떨어졌다.

그 정도 미미한 금액으로 신고를 하고 경찰서를 발칵 뒤집어 CCTV를 뒤질 줄은 몰랐지.

그는 말꼬리를 사렸다.

그게 적은 금액은 아닙니다. 장인어른께는 적은 금액일지 몰라도 그 정도 금액이면 당연히 신고가 들어갑니다.

그는 대구에 있는 딸에게는 비밀로 한다는 조건으로 전화를 끊었다. 그는 뚝배기집을 나와서 사무실에 들르니 급하게 챙긴다고 챙겼는데 모나미 볼펜 한 자루를 탁자 위에 흘린 모양이다. 볼펜을 돌려주러 다시 파출소에 갈 수는 없다. 되게 비싸게 먹히는 볼펜을 탁자 위에 두고 집에 올라가 씻고 자려고 누웠는데 잠이 잘 오지 않았다. 돈을 받고 기뻐하던 보육원 박 원장의 얼굴이 떠올랐다. 큰 도움은 되지 못하겠지만 가끔 그는 얼마씩 기부를 했다. 공돈처럼 들어온 돈이 생기면 그는 찾는다. 박 원장은 언제 한잔 사겠다고 했지만 그럴 돈이 있으면 아이들 복지에 신경 쓰라며 그는 뿌리치곤 했다. 박 원장과는 그런 막역한 사이다.

그런데 그걸 탁자 밑에 넣어두고 왜 잊고 있었을까?

생각하니 그의 입에서 옹골찬 한숨이 나왔다.

그렇다고 그 적은 돈으로 공권력을 부려 먹어?

경찰서에 가서 조사받다니? 이거 나이가 들어서 망신살이 뻗었구먼.

그는 혼자서 중얼거리기도 했다. 눈으로는 유튜브로 뉴스를 보고 있었지만 무슨 내용인지 귀에 들어오지 않았다. 그날도 집 앞 골목에는 달이 굴러다니고 있었지만, 그는 내다보지 않았다. 모든 게 귀찮았다. 이런 일이 왜 자신에게 벌어졌을까, 그 생각이 시도 때도 없이 떠올라 잠을 설칠 정도였다.

다음 날 그가 경찰서에서 온 전화를 받은 건 점심나절이 넘어서였다. 그 때는 텃밭에 나가서 평생 처음으로 짓는 농사, 배추에 서툴게 농약을 치던 참이었다.

형사과라고 했다.

형사는 담당이라고 하며 늦게나마 신고를 한 건 잘한 일이라고 하면서 쓰려고 마음먹었다가 양심의 가책을 받아서 신고하게 되었다고 하라고 했다. 사전에 들어온 조율이었는데 몹시 그의 조건은 마음에 들지 않았다. 그는 일단 알겠다고 하며 이름을 물었다. 형사는 이름을 말하지 않고 박 형사라고만 했다.

사건이 되긴 된 모양이다. 경찰서에 가서 조사받아야 한다니 몹시 성가시게 여겨졌다. 아내에게 얘기하고 상의할 사안은 아니라고 그는 판단했다.

ATM기 위에 깜빡 두고 간 가방이 하필이면 내 눈에 걸렸나?

그는 종일 또 그 점만을 생각했다. 그 점에 집중하느라 다른 일은 할 수가 없었다. 그날도 저녁에는 선배를 만났다. 그는 그 사실을 선배에게 털어놓았다. 뒷고기 집이었다.

하이고 바보짓을 했네, 요즘이 어떤 세상이라고? 일부러 지갑을 흘리는 놈도 있다던데.

그의 얘기를 뒷전에서 들은 주인아주머니가 한심하다는 투로 던진 말이었다. 들어보니 요즘은 일부러 지갑을 흘리는 작자도 있다고 했다. 신종사기겠지만 그런 일이 실제로 더러 있다고 했다. 이만 원이 든 지갑을 흘리고 십만 원이 들어있었다고 주장하면 방법이 없단다. 그 말에는 선배도 동의했다.

나이가 들어 망신살이 뻗느라고 생긴 일이지 뭐.

그는 그날 좀 취하도록 마셨다. 취기에도 불구하고 잠을 편히 자지는 못했다. 꿈자리가 어수선했다. 자다가 깨다가를 반복하는 동안에도 그는, 왜 하필이면 가방이 있던 그 ATM기에 들어갔을까? 왜 하필이면 그 시간에 돈을 찾으러 갔을까? 해결책을 모색하지 않고 쓸데없는 생각에 빠졌다.

선배는 좋은 일이 있으려고 액땜을 먼저 하는 것이라고 그를 위로했다.

며칠 있다가 그가 미얀마로 나가야 한다는 걸 선배는 알고 있었다. 그가 벌여놓은 미얀마 사업은 난항을 거듭하고 있었다. 거기다가 코로나와 더불어 미얀마의 쿠데타까지 겹치면서 거의 삼 년간 물 건너 재산을 바라만 보고 있었다. 그가 벌인 미얀마 사업은 주택이었다. 주택을 지으려고 땅을 사들이고 나서 민간 정부로 이양되며 경제를 개방해서 달러가 폭등했다. 그렇게 되니 일단 그의 재산은 반 도막이 났다. 그는 미얀마식으로 집을 지어 미얀마 돈으로 팔아서 달러를 바꾸어서 쥐고 와야 하는데 미얀마에 달러가 폭등을 했으니 가만히 앉아서 망한 셈이었다.

빚이라곤 모르고 살던 그가 농협에 우수조합원이 될 정도로 이자를 많이 내는 형편이 되었다. 그는 가끔 생각했다. 아무래도 농협의 창구 여직원 두어 명은 그가 월급을 주는 거라고.

다음 날 아침, 그는 박 형사라는 양반에게 전화를 넣었다. 그 전날 왔던 번호가 스마트폰에 찍혀 있어서 그 번호로 전화한 것이다. 그의 솔직한 심정은 조사를 빨리 받고 무거운 마음을 비웠으면 좋겠다는 가엾은 생각이 가득했지만, 박 형사는 거절했다. 그날은 중범죄자의 조사가 있어서 불가능하다고 했다. 박 형사는 중범죄자로 분류하는 것으로 미루어 그의 사건은 경범죄자가 된다는 말이었다. 그 말이 그를 잠시 안도시켰다. 그래도 마음이 무겁기는 마찬가지였다. 그가 박 형사에게 받아낸 약속은 다음 날 아침 일찍 조사라는 절차를 거치겠다는 약속이었다.

마음 같아서는 밤중이라도 조사를 받고 마음이 홀가분해졌으면 좋겠지만 형사는 엄연히 공무원이다. 그의 퇴근 시간을 가로챌 수는 없는 노릇이었다. 무거운 마음으로 또 하루를 견뎌야 했다. 하루를 견디는 동안에도 규칙적인 생활이 기다리고 있었다. 저녁에 선배 둘을 만났는데 민물 횟집이었다. 선배는 다음 날 조사를 받는다는 걸 알고 있었다. 선배는 술을 마시는 중간중간에 보육원에 기부했다는 사실을 강조하라고 누누이 당부했다.

그러나 정작 다음 날 조사를 받는 과정에서 그는 그 말을 형사에게 하지 않았다. 그냥 그날은 잊고 있었고, 수원까지 가서 차를 바꾸느라 밤늦게 내려왔고, 다음 날은 토요일이라 농협이 문을 닫았고, 그 시간대의 알리바이만 역설했다.

조서를 꾸미고 그는 인주가 묻은 엄지를 휴지로 닦으며 앞으로 어떻게 해야 하는지 젊은 형사에게 물었다. 형사는 일단 피해자와 합의를 보고 기다리면 된다고 했다. 피해자라니? 그럼 상대인 그는 가해자가 된다는 말인가? 그 점이 마음에 걸렸다. 가방은 어제저녁에 이미 주인이 찾아갔다고 했다. 합의하려면 피해자인지, 칠칠찮은 놈인지 상대를 만나야 했다.

박 형사는 상대의 전화번호를 알려주면서 부디 큰소리 내지 말고 조곤조곤 이야기해서 합의서를 받아낼 것을 종용했다.

그도 부디 그렇게 되었으면 좋겠다고 하면서 연락처를 받아서 나왔다. 그는 집으로 돌아와 점심을 먹고 그 피해자라는 연락처로 전화를 했다. 조사받아야 한다는 긴장감에 그는 아침을 부실하게 먹었던 모양이다. 점심 먹는 게 급했다. 두 번이나 전화했는데 받지 않는 것이었다.

일단 연락처를 남겼으니 전화가 오겠지.

그는 전화를 기다리느라 다른 일에 집중할 수가 없었다. 전화는 오후 내내 오지 않았다. 해거름이 되어서 전화를 한 번 더 해볼까? 생각하고 있는데 그 번호로 전화가 걸려 왔다. 그는 발신인의 번호를 보고 조금 긴장했었다.

전화하셨나요?

상대의 목소리는 좀 딱딱했다.

예 제가 일전에 가방을 습득한 사람인데,

습득요?

그의 말을 중간에서 잘랐다.

그렇다면 ATM기 위에 가방을 가져간 사람인데, 그 안에 돈이 조금 차이가 난다면서요. 그 차액이 얼마입니까?

차액? 어이 아저씨! 나이가 좀 있다면서요.

그 말에 그는 기분이 팍 상했다. 상대는 차액을 생각해보고 전화를 해주겠다고 하고선 일방적으로 끊었다. 기분이 고약하다 못해 더러웠다. 그리고 전화는 오지 않았다. 그는 생각했다. 이 일에 매달려 있으면 정신적인 피해는 그가 입는다고. 그날은 그 일을 잊어버리기 위해 규칙적인 생활을 하러 나가 주머니가 빈약한 선배들을 만났다. 술을 마시고 들어와 잠이 들 때까지 전화는 오지 않았다. 그는 잠자리에 들기 전에 상대의 전화번호를 저장했다. 저장하면서 연락처에 이름을, 어이 아저씨라고 저장했다. 아마도 평생 잊지 못할 호칭이 될 거 같은 기분이 들었다.

어이 아저씨에게서 전화는 다음 날도 오지 않았다. 그는 해야 할 숙제를 미루고 있는 찜찜한 기분으로 전화를 기다렸다.

어이 아저씨에게 전화가 온 것은 해가 저물 무렵이었다. 만나자는 것이었다. 경찰서에 뭘 확인해주러 가야 하는데 삼십 분 후에 경찰서 마당에서 만나자는 일방적인 통보였다. 경찰서에는 두 번 다시 가고 싶지 않지만, 그는 방법이 없었다. 그의 사무실에서 만나자고 할 수 없는 노릇이었다. 퇴근 시간이라 공단에서 나오는 차가 밀리는 시간을 생각해서 경찰서로 출발했다. 경찰서 마당에는 벤치가 있었다. 거기를 말하는 모양이었다.

 그곳에서 기다리니 어이 아저씨는 나오지 않았다. 약속 시간은 훌쩍 넘었는데 나오지 않는 것이었다. 그는 하고 싶지 않았지만, 어이 아저씨에 전화했다. 다 끝났다며 금방 나온다며 벤치에서 기다리라는 것이었다. 잠시 뒤 야구모자 챙을 빳빳하게 세운 젊은 작자가 벤치를 향해 오고 있었다. 손에 든 가방을 보니 어이 아저씨가 맞았다.

 멀쩡하게 생겼네.

 그를 보고 어니 아저씨가 뱉은 첫말이었다.

 그는 기분이 상했지만, 가방에 든 금액의 차액이 얼마냐고 물었고 어이 아저씨는 그런 건 중요하지 않다고 했다. 그럼 뭐가 중요한가? 그는 어이 아저씨의 처분을 기다리고 있었다.

 손해액으로 따지면 이천만 원 받아야 마땅한데 그럴 수는 없고 천만 원에 합의를 보자는 것이었다. 그 금액을 주면 합의서에 도장을 찍어주겠다는 말이었다. 그 말을 듣고 그는 옹골찬 한숨을 쉬었다. 돈 백만 원 남짓 든 가방이었는데 뭔 손해액이 그리 많아? 그는 그 점을 따졌다. 어이 아저씨는 가방 안에 없어진 장부를 들먹였다. 그 장부가 없어서 돈을 더 지급해야 한다는 것이었다. 아마도 구겨져서 접혀 있었던 A4용지 두어 장을 말하는 모양이었다. 그것은 쓰레기통에 버렸다.

 어이 아저씨, 어떻게 할 거야, 나 지금 시간 없어요. 그것 때문에 집사람이 신경쇠약으로 입원해서 병원에 빨리 가야 해.

 어이 아저씨가 말하는 금액은 관심이 없었고 이 자식이 반말을 예사로 하는 것인가? 존대를 하는 것인가? 그걸 말할 때마다 속으로 따졌다. 그는 백만 원을 주겠노라고 했다. 그의 제시에 어이 아저씨는 콧방귀를 선명히 뀌었다. 백만 원이라는 금액보다 그는 이 처참한 광경을 누가 보고 있으면 어쩌나 자꾸 주위를 살폈다. 거의 이십 분이 지나서야 그는 이백만 원을 주겠노라고 했다. 그의 제시액은 곱절로 뛰었지만, 어이 아저씨는 천만 원을 그대로 고집하고 있었다. 천만 원을 받아도 손해라는 것을 강조했다. 병원비에 장부가 없어서 더 들어가는 인건비에 잠을 못 잔 것까지 따지면 그 금액이 넘는다고만 했다.

어이 아저씨의 논리대로라면 ATM기에 흘린 손가방을 가져간 놈만 책임이 있고 흘리고 간 칠칠찮은 놈은 절대로 손해를 보아서는 안 된다는 주장이었다. 그는 그게 약이 올랐다.

그러나 그는 참을성 있게 내색하지 않았다, 삼십 분이 넘었다.

그가 먼저 자리를 털었다.

얘기가 안 되는 걸로 합시다. 그 죗값을 몸으로 때우지요. 천만 원어치 살고 나오지 뭐.

그는 화가 좀 나 있었고 불편한 자리를 빨리 뜨고 싶은 마음뿐이었다. 그는 어이 아저씨를 버려두고 경찰서를 나왔다. 경찰서 정문을 나서는데 어찌 알고 그의 사위에게서 전화가 왔다. 이 귀신 같은 사위는 어찌 알고 정확하게 시간을 맞춘 것이다. 어떻게 되었느냐고 물었다. 사위의 전화가 귀찮았지만, 그는 사실대로 얘기했다. 경찰서 조사는 받았고 지금 그 작자를 막 만나고 나오는 길인데 얼마를 달라고 하더라.

장인어른! 합의하시지 마셔요. 200만 원에 하자고 해도 하지 마셔요. 합의하느냐 안 하느냐에 따라서 벌금이 50만 원이냐 70만 원이냐 그 정도의 차이일 뿐입니다. 검사가 더 야멸차게 물리더라도 70만 원이냐 100만 원이냐는 차이 정도.

그래?

사위의 말이 그렇다면 그게 법이다. 사위는 매일 그런 일만 주무르고 있는 위인이다. 그는 사위의 말을 들으니 속이 후련했다. 사위는 그날도 당직이라고 했다. 그는 별일이 아니라는 듯이 무슨 당직이 그리 잦냐고 물었고 직원 수가 적어서 당직이 자주 돌아온다는 사위의 설명을 들었다.

그는 다음 신호대에서 신호를 기다리며 핸드폰에서 어이 아저씨의 전화번호를 삭제했다. 이젠 전화가 와도 전화를 받지 않을 생각이었다. 그는 집으로 돌아가지 않고 형곡동을 향했다. 퇴근 시간이라 차가 어지간히 밀렸다. 그는 아지트처럼 생각하는 뒷고기 집에 닿아서야 선배에게 전화를 넣었다. 그곳으로 후딱 오라고, 어이 아저씨의 전화번호는 삭제했지만, 전화번호가 어렴풋이 기억에 남아 있었다. 선배는 오래 기다리지 않아 도착했다. 선배가 묻기에 그날 경찰서에서 있었던 일을 사실대로 들려주었다.

그 새끼 고의성이 다분해 보이는데?

선배의 말이었고 뒤에 들은 뒷고기 집 아주머니는 그럴 줄 알았다고 맞장구를 쳤다. 그날도 선배는 뒷고기를 노릇하게 구웠고 그는, 그의 주량인 소주를 한 병 마시고 차는 뒷고기 집 마당에 세워두고 버스를 타고 집으로 돌아갔다.

다음 날 경찰서 박 형사에게 전화가 온 것은 오전이었다.

그때 그는 뒷고기 집 마당에 세워둔 차를 가지러 가고 있을 때였다. 형사는 합의가 되었느냐고 물었다. 미안하지만 부르는 금액이 너무 과해서 합의가 결렬되었다고 말했다. 형사는 구체적으로 요구하는 액수를 물었다. 그대로 얘기했더니 그렇게 어려우시면 합의를 하지 않으셔도 상관이 없다고 했다. 친절한 형사였다. 그는 미안하지만 이름이라도 알고 싶다고 했다. 형사는 자신을 밝히기에 소탈했다. 곽영철이라고 했다. 박 형사가 아니라 곽 형사였다. 그는 다음에 좋은 일로 만나자고 했다. 곽 형사는 부디 그랬으면 좋겠노라고 했다.

그는 며칠 후면 미얀마로 나가야 했다.

거의 삼 년 만에 나가는 것이었다. 미얀마에서 사업을 한다고 어지간히 투자했는데 코로나에 미얀마 쿠데타가 그의 발목을 잡고 있었다. 지금은 들어가도 격리 없이 바로 집에 갈 수가 있었다. 가져가야 할 것들은 미리미리 생각날 때 챙겨야 한다. 일주일 전부터 창고에 있던 여행 가방이 그의 방에 들어왔다. 생각나는 게 있으면 자꾸 담아야 한다. 한꺼번에 챙기면 가서 보면 뭐가 빠져도 빠진다.

오후가 되어서 여행 가방을 점검하는데 전화가 왔다. 지웠지만 번호를 보니 어이 아저씨의 전화였다.

그는 짐짓 모르는 척하며 어디시냐고 물었다.

어제 합의를 보려던 사람이라며 자신을 밝히고 좀 생각해보았느냐고 물었다.

뭘 생각해?

그는 생각해보자고 한 적이 없었다. 그냥 죗값을 몸으로 때우겠다고 했을 뿐이다.

그는 담담한 목소리를 수화기에 뱉었다.

어제 친구에게 이백을 빌릴까 생각했는데 그 친구도 돈이 없다네요. 지금 수중에 가진 게 45만 원밖에 없어서요. 어떻게 하죠?

어이 아저씨는 대답 없이 전화를 끊었다.

전화를 끊고 그는 여행 가방을 챙겼다. 그리고 사흘 후 그는 미얀마로 나왔다.

미얀마에 있는 그의 재산은 조금 수척해졌지만 온전했다. 그는 지난밤에 도착해서 공항에 마중 나온 매니저가 대절한 택시를 타고 함께 집으로 왔다. 여행 가방을 풀어서 한국에서 가져온 소주를 마시며 매니저에게 간단하게 브리핑을 받으니 재산은 그런대로 온전한 모양이었다.

내일 둘러보지 뭐.

매니저의 설명을 자르며 그가 한 말이었다. 소주 마시는 일 외에는 들으면 피곤한 소리였다. 소주를 적당하게 마시고 여독을 숨기며 그의 방으로 올라와 잤는데 선잠이었다. 비몽사몽 선잠을 자고 아침에 여행 가방을 풀어 제대로 챙겼다.

짐을 챙기는 과정에서 어떻게 묻어왔는지 모나미 볼펜 한 자루가 가방에서 나왔다.

그런 볼펜은 그가 쓰는 볼펜이 아니었다. 그는 단박에 그 볼펜이 어이 아저씨의 가방에 있었던 볼펜이었다는 걸 알았다. 그는 이 볼펜을 챙긴 적이 없는데 어떻게 여기까지 따라왔는지 모르겠다.

이국의 새벽은 마뎠다.

그가 책상 앞에 앉아 만지작거리던 볼펜을 보니 며칠 전에 있었던 일들이 시간대 순으로 주마등처럼 그의 뇌리를 훑고 지나갔다.

이 볼펜 값이 얼마나 먹힌 것인가?

그는 혼잣말로 사무실로 꾸며 놓은 거실의 책상 앞에 앉아 모나미 볼펜으로 책상머리에 있는 이면지를 끌어당겨, 어이 아저씨라고 적어 보았다.

어이 아저씨.

볼펜은 선명하게 나왔다.

시계를 보니 새벽이 아니라 오밤중이다.

아래층에 자는 가정부가 모닝커피를 가지고 올라오려면 한참은 있어야 하겠다.

그는 이면지에 쓰인, 어이 아저씨라는 글귀를 눈이 시리도록 내려다보았다.

이홍사 (소설가)

본명 이종률. 1960년 구미 출생
2007년 한국소설 신인상
2008년 매일신문 신춘문예 소설 부문 당선
창작집 『잘난 배꼽』
소설집 『고』 『아버지는 맞아도 싸요』 『달빛 여인숙』 『모나리자에게 보내는 편지』 『미얀마 참 희한한 나라』 『술과 책』 『꼰대 생각』 『바코드가 없는 편의점』
장편소설 『비타민Q』 『신돈키호테뎐』 『페르세우스여 안녕』 등 출간
시선소설문학상 수상

물의 말을 듣다

황 충 상

국내초대소설 · 황충상

　학위는 묻지 않고 소설가를 초빙한다. 소설가 자격으로 강의하라. 이를 전제로 나는 K 대학과 H 사이버대학 문창과 강의를 맡았다. 교수자로서 자질이 있는가. 나는 묻고 정직하게 답한다. 자질이 별로다. 그래서 차별성 소설 강의를 구상한 것이 미니픽션 강의였다. 대학에서 학점 이수 차원으로는 처음인 미니픽션 강의는 의외로 학생들의 반응이 좋았다.

　그 미니픽션 강의 내용을 옮기면 이런 것이었다. 인생을 순간의 허구로 바꾸는 것이 미니픽션이다. 상상의 순발력이 반짝 빛을 발하도록 쓴다. 인생의 어느 한 토막을 2백자 원고지 7, 15, 30매 내외 이야기로 압축하고 상징하되 투명하고 선명할수록 좋은 미니픽션이다. 상징이 투명하고 선명하다는 것, 감성과 직관을 투시하는 말이다. 모호하고 근접하기가 어렵겠으나 창작에 대한 설명은 신의 말과 유사한 까닭에 이런 정도로 이해할 수밖에 없다. '사랑'과 '사람'이란 제목으로 미니픽션을 써 보자.

〈사랑〉

　어느 날 문득 사랑은 내게 와서 눈을 멀게 하더니 속삭였다. 사랑은 그런 것이다. 하나만 보란 말이다. 절대 사랑은 하나만 보인다. 그것이 사랑의 속성이다. 둘이 보인다고. 다른 하나는 헛것이다. 둘 다 헛것이든지.

......

헛것에 눈이 익으면 헛것만 보인다. 교정이 불가능하다. 그래서 평생 속는 사랑만 하는 사람이 부지기수다. 오로지 나는 너 하나만 보인다. 너는 나 하나만 보인다. 이것이다, 사랑이. 여기까지는 지나간 어제의 사랑이다.

이제는 지금 오고 있는 오늘의 사랑을 이야기해야 한다. 오늘의 사랑은 다르다. 색의 사랑이다. 빨강 사랑과 파랑 사랑이 그것이다. 구체적으로 말하면 이남 총각이 이북 처녀를 죽고 못 살아, 하는 사랑이 빨강 사랑이다. 그렇다면 파랑 사랑은 말 안 해도 뻔한 것이다. 그 뻔한 것일수록 그대로 반복해 말하는 것이 좋다. 이북 총각이 이남 처녀에게 홀딱 빠져 사족을 못 쓰는 사랑이 파랑 사랑이다. 그런데 이 색의 사랑이 멈춰 있다고 태극을 돌리려 드는 세력이 종북주의자들이고, 태극은 본래 음양의 조화로 멈춤이 없는 동적인 것인데 억지 부린다며 태극을 그대로 두자는 세력이 이남 보수골통이다. 사랑이 좋은 것만은 분명한데 복잡하고 어려운 까닭이 여기에 있다. 종북주의자의 사랑법과 보수골통의 사랑법이 서로 다르다는 것이다.

참고 기다림에 지친 우리의 사랑은 물의 말을 듣는 지혜가 필요하다. 반도 국가 국민이어서가 아니라 물은 지혜이고 어머니인 까닭이다. 물은 말한다. 사랑은 고해의 바다를 건넌다. 사랑은 기다림이다. 물을 건너는 사랑만의 기다림.

〈사람〉

사람 몸은 사람을 다 안다. 이목구비 팔다리 오장육부 그것들이 사람 몸을 아는 영성의 기관이다. 그럼에도 불구하고 그 몸에 문제가 생기면 몸에 답을 구하지 않고 세상에 답을 구한다. 세상 답은 오히려 몸을 쓰러뜨린다. 넘어지면서 몸이 답한다. 맥박이 뛰면 살고 호흡이 멈추면 죽는다. 그때 몸속의 생각이 나서서 말을 뒤집는다. 호흡을 하면 살고 맥박을 멈추면 죽는다. 몸과 생각 어느 쪽도 양보 없이 그 주장을 뒤집고 뒤집는다. 마치 주장을 위한 주장이 인생인 것처럼. 그렇게 사람은 누구나 와서는 주장을 일삼다 사소함과 진지함의 차이도 모른 채 간다는 것이다. 무엇이 데리고 와서 무엇이 데리고 가는가. 답이 없는 물음에 그저 모두가 하품을 하고 기지개를 켜며 자기 인생의 질곡에 사무친다. 비로소 생각은 사람 몸속을 뛰쳐나가 참 생각에 이른다.

오로지 생각의 자유를 써라. 그 생각을 자유롭게 하는 짧은 이야기가 미니픽션이다. 강의를 하면서도 나는 수강자에게 그리고 소설가인 자신에게 미안했다. 네가 차별 나게 한다는 이 강의가 문학의 순도를 낮춘다. 그뿐인가. 오히려 수강자들 순수 창작 의지를 오염시킨다. 그런 생각이 내 얼굴에 씌었던지 강의 뒤풀이 자리에서 나를 시험하려 드는 녀석이 있었다. 술의 힘을 빌려 녀석은 시비다 싶게 눈을 똑바로 뜨고 나를 바라보았다. 풀린 눈에 물기가 어렸다.

"교수님, 문학의 이름으로 쓰는 글들이 다 정직하다고 생각하십니까?"

정직 순수 어쩌고 감성에 호소하는 말이 나오면 나는 문학에 대한 죄의식에 사로잡혀 아무 할 말이 없어졌다. 그럴 때마다 나는 아주 상투적이었다.

"네가 읽어 정직한 생각이 들면 정직한 글이다."

녀석이 돌 씹은 얼굴을 하더니 눈길을 피하며 말했다.

"교수님, 미니픽션이 스마트폰 세대를 겨냥한 짧은 소설이라면 쉽고 재미있어야 하는 것 아닌가요. 교수님이 예로 든 미니픽션은 짧긴 한데 어렵고 재미가 없어요."

"문학에 있어, 아니 예술에 있어 어려움 자체가 재미가 될 수 있다. 관념이나 철학이 상징 의미로 끼어들어 예술의 본질에 가 닿자면 어렵다."

"물의 말을 듣는 사랑, 사람 몸속을 뛰쳐나간 참 생각, 문장만 폼나지

도대체 오리무중이니 누가 읽어요?"

"이제 시작이다. 앞으로 너희들이 쉽고 재미나는 미니픽션을 써서 낭송회도 하고 술자리에서 안주를 삼으면 붐이 일 거다."

녀석이 소주 한 잔을 단숨에 비웠다. 뭔가 조금 비장함을 과장하는 그의 버릇이었다.

"교수님의 최근 작품이 뭡니까, 있기나 합니까?"

녀석의 혀가 조금 꼬였다. 그래, 소설가 폐업한 지 오래다. 너에게 무례한 소리 들어 싸다. 나는 속으로 눙치며 답했다.

"없다."

참 죽을 맛이다. 나는 자조하며 술잔을 들었다.

"교수님, 우리 지금 미니픽션 쓰고 있어요?"

취중 진담이 이상하게 작용한다 싶은지 녀석은 흰 치열을 드러내며 장난스럽게 웃었다. 아무렴 너도 그런 방편으로 나에게 선생이 된다. 본래 뒤풀이 자리란 서로 가지고 놀 때 또 다른 공부가 되지 않더냐.

"그래, 이 현장을 그대로 옮기면 미니픽션이 되고도 남는다. 써 봐라."

녀석이 메모 노트 위에 볼펜을 들었다. 취기 넘친 그의 순발력이 좌중을 사로잡았다. 그야말로 짧은 시간 3분에 쓰고 3분 이내에 읽는다는 미니픽션을 녀석은 그새 짓고 모두 들을 수 있게 큰소리로 읽었다.

"교수님께서 최근에 쓰신 소설이 뭐가 있지요?"

학생이 묻고 입가에 야릇한 웃음을 흘렸다. 순간 교수가 학생의 웃음에 아주 맛이 갔다. 지금 너 나를 비웃는 거지. 이 짜식! 당장 뱉고 싶은 말을 교수는 참았다. 아니다. 교수가 참는 것이 아니라 작가가 참는 것이다. 이윽고 작가 정신이 답했다.

"소설, 아무나 쓰나."

박수 소리가 멈추고 녀석의 여자 친구 여미가 대신 제목을 붙였다. <소설가 교수>! 너무 직설적인가. 녀석은 히죽 웃으며 잔을 들어 내 잔에 부딪쳤다.

"교수님, 제가 왜 교수님과 술자리에 마주 앉으면 취하는 줄 아세요? 모르죠? 사실을 말하자면요. 교수님 땜에 취하는 것이 아니라 미니픽션 땜에 취해요. 그러니까, 교수님 강의 명강의다 이거죠."

"그런 소리 안 해도 나는 술만 들어가면 기분이 좋아."

사실이 그랬다. 나는 술 체질이 아닌데도 술이 들어가면 기분이 좋아졌다. 그 가당찮은 호기 때문에 엉뚱한 약속을 하고 술이 깨면 곤욕을 치렀다.

"아무튼 교수님, 오늘은 좀 특별한 날입니다. 이번 학기 끝나면 제가 입대를 하걸랑요. 그래서 취하고 싶다면 교수님 용서하실 거죠."

"뭐야, 너 주례 서 달랠 때는 결혼하고 군에 간다더니?"

"솔직하게 고백하자면요. 저희 양쪽 부모 모두 결혼 반대예요. 그래서 여미와 저 합의를 보았어요. 교수님을 삼각관계로 묶어 두자고. 우리가 교수님 주례로 결혼을 하면 그 술책을 하나님도 풀지 못할 거라고. 그러니 군대 가기 전에 아무도 부르지 않고 셋이서만 하는 결혼식 주례를 교수님이 꼭 서 주셔야 해요."

내게는 이놈의 술이 문제야. 호기가 불끈 치솟았다.

"그래, 도음이 네놈의 문학에 대한 객기가 어떻게 풀리나 지켜보기 위해서라도 내 주례를 서 주마."

여미가 술잔을 들고 내 옆자리로 옮겨왔다.

"교수님, 저희 결혼식장은 어디가 좋을까요."

내 입이 절로 터졌다.

"내가 아는 스님이 있다. 그 절에 가서 하자."

여미와 도음이의 주례 약속은 순전히 술의 기운이 이끌어 낸 것이었다. 그러나 술이 깨고 나서 생각하니 아니할 약속이었다. 물론 술기운만은 아닌 진정성이 더했지만 그 약속 이행이 그들 생의 방향을 바꿔 놓을 수도 있다는 생각이 들었다. 나는 고개를 저었다. 그 약속을 지킬 마음이 아니었다.

주 한 번쯤은 만나던 도음과 여미가 웬일로 잠잠했다. 다행이다. 나는 녀석들 생각이 바뀌기를 바랐다. 그런데 웬걸 전화 문자가 왔다. '마음의 준비 완료, 교수님 말씀하신 절에 가 결혼식 올려 주세요.' 그냥 술자리 취기로 지나가기를 바랐는데 결국 나는 그 약속을 지킬 수밖에 없이 되었다. 도음이 입대하기 한 주 전이었다.

나는 모처럼 정장을 하고 백팔사에 갔다. 도음과 여미가 먼저 와 백팔사 일주문 앞에서 기다리고 있었다. 열정과 순수한 마음의 예복을 입은 녀석들 모습이 참 보기에 좋았다. 까만 셔츠에 빨강 스카프를 타이로 맨 도음이와 하얀 니트 셔츠에 흰빛 스카프를 느슨히 맨 여미가 나를 양옆에서 팔짱을 끼고 백팔사 법당을 향해 걸었다. 역시 저법 주지스님은 당신의 말대로 어디론가 피하고 절은 비어 있었다. 나는 백팔사 경내로 들어서기 전에 발을 멈췄다.

"자, 지금부터 두 사람 혼례가 시작된다. 일체 예를 주례가 맡는다. 너희가 백팔사를 먼저 보고 싶다 할 때 허락하지 않은 까닭이 있다. 이 절은 외관으로는 작고 보잘것없는 독사찰이지만 세상 어느 사찰보다 큰 절이다. 그래서 아무나 들이지 않는 절이기도 하다. 108평 대지에 18평 법당, 이것이 백팔사 전체의 모습이다. 그러나 마음의 눈을 크게 뜨고 보면 여기서 모든 것을 볼 수 있다. 우리는 지금 108평 불찰 마당을 두르고 있는 문이 없는 폭 높이 한 자의 돌담을 넘어 혼례를 치르러 간다. 부처를 훔치러 월담을 하는 승려처럼. 마음의 준비를 하거라. 백팔 번뇌를 놓으란 말이다. 그래야 남자는 여자를, 여자는 남자를 훔칠 수 있다. 저 풍경 소리가 웨딩마치다. 자, 입장하자."

나는 오른쪽에 여미, 왼쪽에 도음을 세우고 그들이 팔짱을 놓게 한 다음 내가 팔짱을 끼고 걸었다. 돌담을 넘어 긴 사각형 법당 대리석 불두만 놓인 불단 앞까지는 작은 보폭으로 삼십삼 보였다. 나는 두 사람 팔을 놓고 불단의 부처님 용안을 바라보며 일렀다.

"부처님께 세 번 함께 큰절을 올린다."

절이 끝나고 나는 두 사람 맞절을 시키고 서로 포옹하게 했다.

"부처님, 이로써 도음 군과 여미 양이 한 몸이 된 혼례를 마칩니다. 부디 부처님보다 큰 남자, 보살님보다 큰 여자를 훔친 결혼임을 이들이 항상 알게 하십시오. 나무 서가모니불."

"교수님, 아니 주례님, 고맙습니다."

도음과 여미가 활짝 웃으며 내게 절했다. 나는 그들을 앞세우고 법당을 나서면서 한마디 덧붙였다.

"법당에 들어올 때는 도음이가 왼쪽이고 여미가 오른쪽이었다. 이제 나갈 때는 반대로 선다. 이는 서로가 서로를 도둑질한 증거를 드러낸 것이다. 결혼보다 큰 도둑질은 없다. 절대 작은 도둑질은 하지 마라."

여느 사실 혼례와 진배없이 나는 두 사람의 마음을 묶는 성스러운 주례를 서고 증인이 되었다. 그리고 도음은 신혼여행 후 해군에 입대했다.

새 학기 재임용에서 나는 탈락했다. 학위 강사들을 우선 임용한 것이다. 잘된 일이었다. 나는 이때다 싶어 문예진흥기금을 받은 작품에만 매달렸다. 일체 TV며 신문을 끊고 창작에 몰두했다. 그런데도 작품 진행은 순조롭지 않았다. 몹시 신경이 날카로울 때 여미가 이메일을 보내왔다. "교수님, 저 이제 어떡하죠? 교수님을 지금 꼭 봬야 해요. 잠깐만 시간 내 주셔요. 도음이와 마지막으로 뵀었던 그 카페에 가 있을 게요." 문자가 여미의 다급한 음성으로 바뀌어 환청을 때렸다. 여미의 절박한 심장이 느

국내 초대 소설 · 황충상

껴졌다. 나는 곧장 카페에 갔다. 여미가 내 손을 덥석 붙잡았다. "교수님, 도음이가……" 여미는 하염없이 눈물을 흘렸다. "도음이가 어쨌다는 거야? 알아듣게 얘길 해봐." 여미는 천안함 사건 뉴스를 그대로 옮겼다. 그제서야 나는 김도음 군의 유고를 알았다. 유구무언이었다. 그날 밤 여미와 나는 헛헛한 가슴에 술만 들이부었다. 몹시 취했다.

천안함 46명 순직 장병 합동 추모제 날 나는 홀로 울울하다가 흰 머리를 어린 수병처럼 짧게 깎아버렸다. 도음 군! 내가 너를 위해 할 수 있는 행위가 고작 이 치졸한 머리 깎기다. 순수 열정으로 네가 좋아했던 문학의 이름으로 명복을 빈다. 나는 속으로 울면서 도음 외 45명 추모 장병들의 영혼도 위로했다. '머리를 깎듯 추모의 마음을 잘라 바치오. 하지만 마음은 형체가 없어 잘린 형상을 보여줄 수가 없구려. 부디 그대들 꺼지지 않는 불꽃으로 조국의 안녕에 바쳐진 희생 길이 빛나소서.' 그들을 향한 위로는 오히려 오염된 내 영혼을 정화시켰다. '당신의 마음을 우리는 볼 수 있어요. 형체 없는 것은 형체 없는 것의 아픔을 알아요.' 그렇다. 형체 있는 것은 형체 없는 것에게 가서 자유한다. 아무렴, 모두가 형체 없는 것에게 간다. 형체 없이 영원한 그대들 곁으로.

어느 쪽이 빨강이고 파랑인지 착시현상을 일으키는 태극 돌림 이야기는 계속 이어질 뿐 천안함 사건의 책임 소재가 확증되었음에도 불구하고 심증의 미진한 부분은 여전히 남아 있었다. 이제 천안함 사건에 대해서 무슨 말이든 하기가 황망할 뿐이었다. 그래도 남은 유족들의 먹먹한 가슴을 위로할 주문이라도 읊어야 한다면, 울지 마라, 파도야! 파도야! 외쳐 부르고 46명 무주고혼이 된 수병들 추모를 위한 황해 진혼굿을 올려야 하리.

저기 황해 물빛이 빨강 울음 파랑 울음 운다. 파도로 외쳐 부르고 너울로 울고 운다. 바닷물 핏빛으로 너울너울 춤을 춘다. 악, 악, 아악! 무주고혼을 아시나요. 언어가 절하는 한을 품은 원혼들을 왜 몰라. 무슨 말을 할 수 없는 한, 말이 끝나버린 한, 그래서 말이 무릎을 꿇고 절을 할 수밖에 없는 한으로만 뭉친 혼. 혼들은 혼을 부르며 빛의 울음 운다. 파란빛 빨간빛으로 울음 운다. 태극의 울음, 본래 하나이면서 둘인 울음, 음과 양의 영원한 울음이 바다 안고 창천을 오르내린다. 황해 속을 뚫고 중음의 세계에 들어가 떠돌며 슬피 우는 빛깔의 울음혼들 이제 그만 원융무애하시라!

두 동강 난 천안함 인양되고 무주고혼들 울음도 위로받았어라. 이제사 그 붉은 바다, 바다의 푸른 숨을 쉬네. 오, 어머니의 바다! 비로소 바다님은 아픈 빛의 울음 안고 자연하시다. 진혼굿으로 중음의 강을 건너는 빛 밝은 넋님들 부디 이승의 한 풀고 저승의 자유 누리고 누리소서.

무당 넋두리가 원혼들의 절을 받는 까닭이 있다. 어느 제도권의 유명 예술가의 예술보다 더 진한 울림의 주술이기 때문이다. 그래서 넋두리는 소설의 진실, 이야기의 진실에 가 닿는다. 있는 것 뒤쪽에서 없는 것 뒤쪽에서 눈 똑바로 뜬 이야기, 그냥 이야기가 아닌 이것이 황해 진혼굿 무당 넋두리이다.

생각하면, 모든 것에 답이 있다. 진리를 생각하면 답으로 진리를 얻듯이 해군을 생각하면 해군이 답이 된다. 바다에서 영원한 해군. 생각한다는 것, 우리는 모두 이 생각 속에 있다. 생각 속에서 태어나 늙고 병들고 죽는다. 그렇듯 우주 역학은 음양의 조화처럼 하나로 영원하다. 바다는 뭍을 안고 잠들고 깨어나고, 여자는 남자를 남자는 여자를 안고 잠들고 깨어나기로 항상 있다. 음양은, 아니 나와 너는 둘이면서 하나라는 것이다.

천안함 순직 46명 수병들이여! 이제 당신들 영혼 국립대전현충원에서 편히 쉬소서. 바다가 아파하니 국민도 나라도 아파하는 것으로 위로받으소서.

천안함 사건 일주기가 지났다. 나는 조심스럽게 여미의 의중을 떠보았다.

"이제 나와 함께 백령도에 갈 수 있겠니. 그곳에서 도음이를 위로하면 우리 마음이 정리되지 싶어서다."

"고맙습니다. 교수님이 언젠가는 그곳에 데리고 가 주실 것을 믿고 있었어요."

"이심전심이 따로 없구나. 그래 다녀오자."

나는 여미를 데리고 백령도에 갔다. 천안함이 두 동강 난 바다를 우리는 바라보았다. 검푸른 파도의 일렁임, 안개 속 원혼들의 두런거림, 분명 순직한 46명의 수병 중 도음이 말을 걸어왔지만 여미와 나는 귀가 있어도 가슴이 막혀 듣지 못했다. 무량하고 정직한 바다의 말도 우리는 읽을 수가 없었다. 여미의 볼에 눈물이 흘러내렸다.

"교수님, 가슴이 눈이고 가슴이 귀일 때가 있다는 글을 읽은 적이 있는데 바로 지금 제 가슴이 눈이고 귀예요. 그런데 가슴이 막혀서 보지도 듣지도 못해요. 분명 저어기서 도음이가 손을 흔들며 교수님과 저를 외쳐 부르고 있는데……" 눈물을 흘리면서도 여미의 음성은 담담했다.

"나도 가슴이 먹먹할 뿐이다. 허나 네 가슴 같을까."

나는 속으로 되뇌었다. 바다여, 침묵하는 바다여, 침묵 자체의 말을 뭐라 해득할까. 하늘이 침묵하니 바다도 침묵한다. 그렇구나. 그래서 바다는 침묵한다. 무슨 허튼수작이냐. 말장난은 가라. 여미가 나를 불렀다. "교수님!" 나는 의식과 망념의 싸움에서 벗어났다.

여미는 백을 열고 두툼한 편지 봉투를 꺼냈다. "그동안 도음이 보낸 편

……

지를 모았어요. 제 마음에 드는 글 하나만 읽고 다 태우려고요. 교수님 마음에도 드실 거예요." 나는 가슴이 저민다는 말을 실감했다.

"그래, 들어보자."

사랑하는 여미에게(항상 여백의 미를 생각하며)

백팔사 담을 넘어 여미를 훔쳐 나올 때 나는 보았지. 부처님이 한쪽 눈을 찡긋해 보이는 것을. 내가 잘못 보았는가. 확인하고 싶어 죽겠는데 눈이 앞만 보았어. 왜 돌아보지 않았을까. 아무리 생각해도 그 까닭을 모르던 것이 천안함에 배속 받고 한 생각 깨달음이 왔어. 만일 그때 내 눈이 뒤를 돌아보았다면, 그리고 여미도 따라 뒤를 돌아보았다면 우리는 함께 소금기둥이 되었으리. 우리는 그렇게 앞만 보는 시간 속에 있었어. 두 사람 중 어느 한 사람이 뒤를 돌아보았다면 교수님 주례로 그 멋진 결혼을 할 수 있었겠어? 아주아주 행복한 결혼을 생각하면 고된 수병 생활도 즐거워. 그런데 다시 읽어보니 이 글 속에 불경한 점이 있어. 글은 내 마음이니까, 다 좋은데. 왜 소돔성의 비유와 겹쳐질까. 백팔사 법당은 여느 절과 달라서 내 영혼을 완전히 사로잡고도 남았는데. 편지 부치는 것을 하루 미뤘어. 눈을 화두로 들자 물의 말이 속삭여 주더군. 미니픽션으로 화두에 답하는 것도 나쁘지 않다고. 이래서 모든 화두는 답이 있게 마련인가 봐.

〈실눈〉

대리석으로 두상만 깎은 불두 부처님은 실눈을 뜨고 계셨다. 동자승이 삼배 큰절을 하고 여쭈었다.

"부처님, 실눈을 뜨시고 무엇을 보고 계십니까?"

"목이 달아난 내 몸을 보고 있다."

"몸이 많이 아파하십니까?"

"네 생각에 어떨 것 같으냐?"

"너무너무 아파할 것입니다."

"그렇다. 이 대답이 맞느냐?"

동자승은 말없이 절만 세 번 올리고 법당을 나섰다. 답은 답을 하지 않는 데서 얻어지는 답이 있다. 동자승의 경우가 그렇다.

"부처님, 그때 도음의 눈이 부처님을 돌아보지 않은 까닭을 아시죠?"

"그 답은 네가 안다. 이르거라."

화두의 답을 여미가 알아듣도록 쓰면 이런 것이야. 도음은 부처님 눈을 빌어 여미에게 윙크를 보낸 자신을 깜박 부처님으로 착각했지. 그래서 부처님이 도음에게 이르셨어.

"말세 중생 모두 자신을 돌아보아 소금기둥 안 될 사람 아무도 없다. 모두가 소돔성의 마귀들이거든. 잘 돌아보지 않았다. 네가 부처의 눈으로 들어가 부처를 소돔성의 우상으로 만들었어."

나는 눈물을 보이지 않으려고 이북 산천이 바라다보이는 곳으로 눈을 주었다. 그런 나를 여미가 의식하고 젖은 음성을 맑히며 말했다.

"도음의 글들은 교수님 영향이 컸어요. 불교적인 사념이 특히 그래요."

더 하고픈 말을 줄이고 여미는 라이터를 그었다. 소지하듯 그녀는 편지를 하나하나 불살랐다. 한이 서린 불꽃으로 편지는 다 타고 남은 재는 바람에 흩어졌다. 여미가 다시 가방을 추슬러 가지고 온 소주 팩을 꺼내 공중에 들어 보이며 외쳤다.

"도음아, 아주 많이 떨었지! 자, 이 소주 마셔. 춥지 않을 거야."

여미가 소주 팩을 기울였다. 술이 쏟아졌다. 여미의 눈에 문득 도음의 환영이 나타났다. 바다가 두 동강 났다. 여미의 흐느낌을 쥐어짜는 신음에 나도 마음이 갈라져 두 사람이 되었다. 종북주의자로 북쪽에 선 빨간 나와 남쪽 보수 골통인 파란 내가 말싸움을 벌렸다. 피바다와 쪽빛 바다가 어쩌느니, 쪽빛 하늘 아래 하나의 조국이 어쩌느니, 김일성 김대중 김정일 노무현이 저승에서 웃고 운다느니…… 말싸움은 메치고 뒤집고 돌고 돌다가 파도가 되어 파도 소리로 스러질 뿐이었다. 결국 바다가 하나라는 뜻인데, 남북이 하나의 나라라는 말인데 그 말을 알아듣게 주고받기가 어려웠다. 나는 되뇌었다. 그래서 바다는 침묵이다. 46명의 우리 수병들 다 수장하고 하나님이 침묵하듯 바다도 침묵한다.

나는 그만 눈을 들어 하늘을 보았다. 바다와 하늘이 나와 여미를 수평선으로 둘러쌌다. 바다, 나, 여미, 하늘, 나 아닌 것들이 내 속에 들어와 하나가 되었다. 나는 황해에게 황해는 나에게 섞이고, 하늘도 내게 와서 섞일 때 여미도 와서 섞이었다. 하나의 온전한 의식의 눈이 열렸다. 바다와 하늘은 한반도를, 그 뿌리를 감싸고 있었다. 영원한 여성성의 바다, 바다는 어머니였다. 어머니, 당신은 우주 만물을 낳은 오로지 한 분의 여자입니다. 한반도를 싸안고 있는 바다, 황해 동해 남해 지칭을 부를수록 바다는 파도의 울음을 울었다. 어머니의 울음이었다.

"교수님, 저 여기 오기 전에 도음이 어머니 만났어요. 도음이에 대한 마음 다 놓아버려야 잊을 수 있다고 하셨어요."

"그래, 어머니는 침묵하는 바다를 아신다. 그 마음이 저 바다의 침묵을 듣게 한다."

천안함 피격 사건으로 수병 46명 무주고혼이 되어 그 울음 황해바다를 덮고 있었다. 파도가 흰 울음을 우는 백령도 그쪽 바다는 황해의 중심이 되었다. 천안함이 두 동강 나서 침몰한 그곳. 나는 관계의 아픔에 동참하고자 여미를 데리고 백령도에 왔지만 추모의 정을 나누기는 시간이 더 필요해서 가슴만 허허할 뿐이었다. 나는 애써 물안개 뒤쪽 바다를 바라보지만 도음에 대한 기억은 더 흐려지고 어두웠다. 생이란 피해가야할 곳을 지나치다가 가슴 한쪽이 왜 비어 있는가를 알게 된다. 한반도 통일에 대해서 아직은 회의적이면서도 그러니까 무엇인가를 더 말해야 한다는 의식이 이곳에 오는 사람들의 의식을 하나로 이끌는지도 모르겠다. 이것이 지금 내 의식의 전부다. 도음의 죽음에 위로가 되지 않는 의식의 무의미. 그 무의미를 안고 나와 여미는 백령도를 떠났다.

스승의 날 오늘, 나는 녀석이 더욱 그립다. 녀석의 부재에 대한 아무런 설명을 할 수 없는 미안함 가운데 나는 여미와 마주 앉았다. 여미가 내 앞에 선물을 내밀고 조금 상기된 얼굴로 말한다.

"교수님, 저 이제 절대 안 울어요."

천안함 사건이 있고 두 번째 맞는 스승의 날이다.

"그래, 살아 있는 삶에 대한 미안함을 잊자는 것이 아니라 놓아두고 가끔은 바라보자."

나는 그렇게 말하고 싶었지만 참았다. 참고 참은 말이 지혜가 되면 그것을 물의 말이라 했다. 흔적 없이 스며드는 말, 지혜의 말, 염화시중의 말, 태극의 말. 아무렴 물의 말은 참음에서 듣는 말이다. 나는 되뇌며 5월의 푸름이 여미의 얼굴에 스며드는 것을 보았다. 그때 도음이 내 먹먹한 가슴을 쳤다.

"교수님, 누구나 죽음을 훔치려 이 세상에 오는데 제가 조금 죽음을 일찍 훔친 것을 너무 아파하지 마세요."

죽음을 훔친 도둑, 나는 그 말을 곱씹고 곱씹었다.

황충상 (소설가)
〈한국일보〉 신춘문예 소설 〈무색계〉 당선 등단.
창작집 『사람본전』 『나는 없다』 『무명초』,
장편소설 『뼈없는 여자』 『옴마니 반메훔』 『부처는 마른 똥막대기다』,
명상스마트소설 『푸른 돌의 말』 간행.
서라벌문학상, 월간문학동리상, 아름다운작가상, 황순원문학상 작가상 수상.
경기대, 한국사이버대 문창과 겸임교수 역임. 현재 동리문학원장,
계간 〈문학나무〉 편집주간. e-mail:mhnmoo@hanmail.net

〈해외 초대 소설〉

살아있음에 감사를

곽 설 리

해외 초대 소설 · 곽 설 리

 이렇게 궂은비 추적추적 내리는 날에는 〈처제집〉이 제격이다. 축축한 마음을 따스하게 보듬어 안아주는 곳, 처용과 제우스가 어울려 춤추는 곳, 사람 냄새 사이로 노래가 흐르는 곳.... 〈처제집〉이 제격이다.

 밤이 깊어지고 있었지만 〈처제집〉이란 술집 안은 사람들로 북적였고, 빗줄기 속에서도 모든 사물이 반짝이고 있었다. 옆 테이블 사람들이 두런두런 나누는 이야기 소리가 간간이 들려왔다. 나는 축축한 빗소리를 들으며 편안한 마음으로 막걸리를 소화제 삼아 늦은 저녁을 먹었다. 잠시 후 무대가 밝아지고, 청바지 차림의 젊은 가수가 기타를 메고 무대에 섰고, 손님들이 저마다 무대를 향해 손뼉을 치거나 휘파람을 불었다. 곧이어 노래가 흘러나왔다. 내가 좋아하는 메르세데스 소사의 노래였다. 그라시아스 알 라 비다 Gracias a la vida.

 내게 많은 걸 주신 생에 감사해요,
 눈을 뜨면 흰 것과 검은 것
 높은 밤하늘을 수놓은 별들
 그리고

군중 속에서도 내 사랑하는 사람을
온전히 알아보는
별 같은 눈을 주어서 감사해요

내게 많은 걸 주신 생에 감사해요,
귀뚜라미 소리, 새소리,
망치 소리, 기계 소리, 개 짖는 소리, 소나기 소리
그리고
사랑하는 이의 부드러운 목소리

　노래를 듣는 동안 언젠가 어디선가 읽었던 "라틴아메리카가 말을 할 수 있다면 메르세데스 소사의 목소리를 통해 말할 것이다"라는 문장이 떠올랐다. '아르헨티나 민중의 어머니'로 불린 국민가수 메르세데스 소사는 군부 독재정권에 정면으로 맞서다 체포되어 긴 망명 생활을 했던 진정한 가수였다.

　생각해보면 놀라운 일이다. 제 나라에서 쫓겨나 타향을 떠돌며 힘겨운 망명 생활을 했을 메르세데스 소사가 이렇게 살아 있음에 감사한다는 고백의 노래를 진심으로 정성껏 부르다니… 나는 메르세데스 소사의 넉넉하고 푸근한 모습을 떠올리며 노래에 깊이 빠져들었다. 감사는커녕 원망으로 얼룩진 엉성한 삶을 살아온 나는 자신의 이념을 위해 치열하게 살아왔을 메르세데스 소사를 떠올리며 무대에서 눈길을 떼지 못했다. 정신없이 노래에 취했다. 노래가 끝나자 손님들은 무대를 향해 뜨거운 박수를 보냈다.

　"노래 참 좋지요?"

굵직한 목소리가 들려온 건 바로 그때였다. 이 집 주인장이었다. 막걸리 뚝배기를 들고 다가온 주인장은 쟁반을 테이블 위에 내려놓고 내 잔에 막걸리를 가득 따라 주며 말했다.

-어때요? 노래 정말 좋지요?

-네, 너무 좋네요. 지금까지 여기서 많은 공연을 보았지만, 오늘 들은 노래는 정말 감동적이네요.

-나도 그래요. 저 친구 오늘 밤 내가 꼭 하고 싶었던 이야기를 속 시원히 대신해 주는구먼....

노래를 끝내고 내려오던 가수는 사람들이 앙코르를 외쳐대자 다시 무대 위로 올라갔다. 주인아저씨가 감동한 얼굴로 조용히 노래를 따라 불렀다.

내게 많은 걸 준 생에 감사해...

나이 지긋한 주인장은 아예 내 앞으로 의자를 끌어다 앉으며 말했다.

-오늘도 혼자신가 보우?

-그러네요... 혼자면 안 되나요?

-천만에! 그런 뜻이 아니라, 여자 혼자 손님은 어쩐지 신경이 쓰여서…

-어딘가 처량해 보이는 모양이죠?

-처량하다니! 멋있지, 멋있어! 난 여자들에게 항상 감사하며 사는 중생이라우…

주인장은 저쪽에서 부지런히 일하고 있는 안주인을 그윽하게 바라며 말했다. 정이 듬뿍 배인 목소리였다. 그렇게 사람 냄새 짙게 나는 목소리

243

를 들어본 지 오래되었다는 생각이 들자 조금은 서글퍼졌다.

-세상을 이만큼 살아보면 말이지… 이 세상엔 감사하지 않은 거라곤 하나도 없다는 걸 알게 된다우. 난 정말로 이렇게 살아 있음에 감사해요.

나는 오랜 세월의 흔적이 푸근한 이끼처럼 끼어있는 주인장의 얼굴을 찬찬히 바라보았다.

-그럴까요? 살아 있음에 감사한다?

-암, 감사하다마다! 성한 데 없는 보잘것없는 육신이지만… 아직도 내가 이렇게 살아 있는 게 한없이 감사하고 때론 기적처럼 느껴지곤 하지… 눈물이 날 지경이야……

주인장은 잔에 막걸리를 가득 채워 단숨에 시원하게 들이켰다.

주인장은 늘 몸이 불편하다고 했다. 어딘지 불편하게 느릿느릿한 몸놀림도 그랬고 파편을 맞았는지 한쪽 눈은 늘 찡그린 채였다.

-참! 언젠가 손님이 그랬던 것 같은데? 아는 분이 월남에서 전사했다고…

주인장이 불쑥 나에게 물었다.

-네! 그래요. 아주 오래전 일이지요. 먼 친척 아저씨뻘 되는 분이었는데, 육사 출신의 장교였어요.

나는 나도 모르게 푹 한숨을 내쉬었다.

-실은… 나도 월남전 참전용사였다우. 맹호부대 소속이었지!

주인장은 어색하게 거수경례를 하며 "충성!"이라고 외쳤다. 힘차기는 하지만 어딘가 슬픔이 배어 있는 축축하고 쓸쓸한 목소리였다.

……

　나는 갑작스러운 그의 말에 뭐라고 할 말을 찾지 못한 채 멍하니 그의 얼굴만 바라보았다. 내 테이블 주변에 있던 이들도 아저씨의 얼굴을 바라보았다. 그러나 그들은 대부분 월남전을 모르는 세대였다. 전쟁을 모르는 세대…

　-전쟁이란 참혹한 거예요. 무자비하지! 그런 전쟁에서 죽지 않고 살아남아 이 나이 되도록 살아 있는 게 꿈같이 느껴지는 거라우.

　그 말을 듣고 보니, 어떤 손님에게서 주인장이 앓고 있다는 고엽제 후유증에 대해 들었던 기억이 떠올랐다.

　-사실, 너무 괴로워 죽으려고 했던 적이 한두 번이 아니었지…

　주인장은 막걸리를 한 잔 더 마시고, 이야기를 시작했다.

　-한국은 너무나 가난할 때였고 어차피 군대를 가야 했던 나는 친구들과 함께 월남전에 자원을 했던 거요. 철없었던 그 시절 우리는 전쟁이 원래 적을 죽이는 살벌한 벌판이었고, 내가 죽지 않으려면 적을 죽여야 하는 이치에 대해 너무 무지했어. 죽기 아니면 죽이기…

　주인장이 말했다.

　-우린 월남전에서 너무 많은 사람을 죽였어. 그런데 그거 아슈? 그 악몽이 아무리 시간이 오래 흘러도 점점 더 선명하게 떠오른다는 걸… 그 가엾은 이들이 잊혀지질 않아 전쟁이 끝나고도 늘 악몽에 시달려야 했지. 전쟁이란 정말 참혹한 거요. 돈 좀 벌어보겠다고 나와 함께 월남으로 갔던 친구들이 거의 목숨을 잃었고, 겨우 살아 돌아온 친구들도 모두 몸이… 아니, 마음까지 망가져 사람 구실을 제대로 못 하다가… 결국 스스로 목숨을 끊어버린 친구도 많았어…

　집으로 돌아오지 못하고 전사하고 만 친구들을 한순간도 잊은 적이 없어! 잊을 수가 없지. 아, 전사한 친구의 어머니를 만나야 했을 땐 정말 지

옥문 앞에라도 선 것 같았지.

월남전 참전용사인 주인아저씨가 말했다.

-고엽제라고 들어보셨나? 월남전에 관한 소설도 워낙 많고 영화도 많으니 잘 아시겠지.

미군들이 우거진 정글과 무성한 풀을 제거하기 위해 공중에서 뿌려댄 고엽제 때문에 군인들의 피부가 조금씩 썩어들기 시작한 거야.

고엽제, 고엽제 하지만 실은 몸만 썩어들어 아픈 게 아니었지. 전쟁 후유증이란 게… 그렇게 지독하더군. 참! 인간이 할 수 있는 일이 아니었어…

주인아저씨는 말했다. 월남전은 그저 무모란 소모전이었다고.

-전쟁이 끝나 집으로 돌아오고도 내 몸과 마음은 점점 더 만신창이가 되어갔어요. 전쟁만 생각하면 얼마나 마음이 찢어지던지… 수습이 되지 않더라고… 도대체 우리가 전쟁으로 얻은 게 뭐란 말이요? 그래 그 알량한 돈 몇 푼이 귀한 생명과 바꿀 가치나 있단 말인가? 정직하게 말해 가난한 나라의 젊은이들이 단지 달러를 벌기 위해 돈을 받고 싸움을 하러 갔으니… 전 세계의 수치였던 셈이지.

듣고 있던 손님 중의 한 젊은이가 항의하듯 말했다.

-그래도 애국을 한 거 아닙니까?

-애국? 애국이라니? 아니, 월남사람들 죽이는 게 우리나라 사랑이랑 무슨 관계가 있다는 말인가?

-그 덕에 우리나라가 경제적으로 비약적인 발전을 하는 발판이 마련되었다고 배웠는데요. 그러니 애국 아닌가요?

-그러니까, 용병이었던 셈이지, 용병! 월남전에서 얼마나 많은 사람이 희생되었는지 아시는가? 인터넷 검색해보면 금방 알겠지만…

주인장이 주머니에서 작은 수첩을 꺼내더니 읽기 시작했다.

-1964년부터 시작되어 4번에 걸친 파병으로, 대한민국군 32만 명이 파병되었고, 그중 사망자가 5,099명, 부상자가 11,232명. 생존 귀국한 31만 명 중 159,132명이 고엽제 피해자로 간주되며, 화공약품 후유증으로 귀국 후 병사자가 다수 발생하였다… 이것이 백과사전의 내용이네… 내가 이렇게 적어 가지고 다녀요.

말을 마친 주인장은 흥분을 가라앉히려는 듯 냉수를 벌컥벌컥 들이켰다. 그리고 차분하게 말을 이어갔다.

-난 오랫동안 방황했어. 겨우 전쟁이라는 폭력과 살상의 현장을 벗어났지만 이놈의 세상 역시 또 하나의 치열한 전쟁터인 건 마찬가지였지. 전쟁에서 내가 죽였던 적들, 그 불쌍한 영혼들이 늘 나를 원망하며 따라다니더군. 그 가엾은 영혼들을 생각할 때마다 얼마나 눈물이 쏟아지던지… 아무리 악몽에서 벗어나려고 해 보아야 소용이 없었어. 나는 한동안 몸을 가눌 수 없어 비틀거리곤 했지. 한참을 방황해야 했지. 죽을 만큼 술도 마셔보고 상담사를 찾아다녀도 보았지만 그들을 잊을 수 있는 방법은 없었어. 모든 노력이 헛수고로 끝나고 만 거야.

그러던 어느 날 주위를 둘러보곤 소스라치게 놀랐지. 내가 몸과 마음의 깊은 병으로 방황하는 동안… 부모님이 저세상으로 가신 거야! 나이 많이 드신 데다 지병까지 앓던 부모님은 버팀목이던 아들이 형편없이 망가져서 돌아오자 큰 충격을 받으신 거지. 그리고 끝내…피눈물이 솟구치더군… 그리곤 생각했지, 이런 망할 놈의 세상 더 살아서 뭐 하겠나!

주인장이 말했다.

　-그런 나를 구원해준 게 우리 집사람이야. 생명의 은인이지. 이제 그만 살아야겠다고 생각하고 있는 내 앞에 배낭 하나를 던져주더군. 아내는 나와 함께 싸우다 전사한 전우의 여동생이었어. 어릴 적부터 알고 지낸 소꿉동무이기도 하구…

　그때 그 사람의 표정이나 말투를 지금도 생생하게 기억해요. 아주 생생하게!

　"우리 오빠 몫까지 악착같이 살아주세요. 그게 죗값 하는 거예요."

　도저히 거역할 수가 없더군. 배낭을 메고 따라나섰지. 둘이서 지리산으로 해서 백두대간을 정처 없이 다녔어. 나무 냄새, 풀 소리에 죽었던 영혼들이 살아나는 것 같더군……내친김에 무리를 해서 스페인 산티아고 순례길도 함께 걸었지. 오래전에 읽었던 시 구절이 떠오르더군…

　"아, 바람이 분다. 살아야겠다"

　주인장이 밝은 표정으로 말했다.

　-아내와 베트남 참전위령탑을 찾아가 참배하기로 했네. 아무리 전쟁터였다지만, 내가 죽지 않으려면 적을 죽일 수밖에 없었다지만… 우리에게 죽음을 당한 영혼들에게 죽을 때까지 잘못을 속죄하고 또 속죄하며 살아야겠지. 그러기로 결심했어요.

　문득 월남 관광길에 들렀던 전쟁박물관의 위령탑이 떠올랐다. 위령탑은 희생된 어린아이를 안은 어머니의 슬픔 가득한 표정, 주먹을 불끈 쥔 손과 번쩍 들어 올린 오른쪽 팔이 인상적인 조각 작품이었다. 주인장의 이야기를 심각한 얼굴로 듣고 있던 옆 테이블의 손님이 머뭇거리며 물었다.

　-그런데 베트남의 학살 현장은 아직도 흉흉하다던데요. 베트남 주민들이 민간인 학살에 가담한 한국군과 미국군에게 아직까지도 깊은 원망을 품고 있다지요?

　-물론, 그거야… 당연히 적대적일 수밖에 없겠지. 우리도 일본을 그렇게 대하지 않나요? 물론 성격은 많이 다르지만….

　우리 한국전쟁에서도 그런 학살들이 일어나지 않았나요? 어떻게 그 골수에 박힌 한이, 원망과 슬픔이 잊혀질 수 있겠나? 그래요! 그 사람들의 입장을 백번 이해해. 나라도 그렇게 했을 거야! 이제부턴 적군이건 아군이건 힘자라는 데까지 찾아가서, 가엾은 영혼들을 위로해줄 작정이야. 그리고 그 죽은 영혼들이 다음 생에는 부디 전쟁 없는 세상에 태어나기를 빌고 또 빌어야지.

　주인장은 잔을 높이 쳐든 채 잠시 침묵하다 단숨에 들이켰다. 그리곤 읊조리듯 노래했다.

생에 감사해,
내게 많은 걸 주어서.
웃음과 눈물을 주어서.
그 웃음과 눈물로
내 노래가 만들어졌지.

　창밖에선 점점 더 빗발이 굵어지고 있었다. 온 세상이 축축하게 젖어들고 있었다.

〈뒷이야기〉

　단골손님 중의 누군가가 〈처제집〉 입구에 작은 모금함을 설치했다. 모금함에는 "전쟁 없는 세상을 위하여"라고 쓰여 있었다. 모인 돈은 베트남으로 보낼 것이라고 했다. 사람들이 오며 가며 거스름돈이나 푼돈을 모금함에 넣었다. 넣는 사람들의 표정은 밝았고, 돈 떨어지는 소리는 경쾌했다.

곽설리 (소설가·시인)
본명 박명혜, 서울 출생
〈시문학〉 시 당선, 〈문학나무〉 소설 당선
시집 『물들여 가기』, 『갈릴레오호를 타다』, 『꿈』, 시 모음집 『시화』 외 다수 출간,
소설집 『오도사』, 『움직이는 풍경』, 『여기 있어』, 『칼멘 & 레다 이야기』
글벗 동인지 『다섯 나무 숲』 『사람사는 세상』 『아마도 어쩌면 아마도』, 출간.
재미시인협회, 미주한국소설가협회 회장 역임.
미주한국문인협회 소설분과 위원장

텍사스 아리랑
-이중 국적

김 길 수

시놉시스

해외입양아 최다 수출국이란 불명예를 안고 있는 대한민국. 그리고 숫자를 다 파악할 수 없을 만큼 많은 나라로 매년 수출되는 입양아들의 명암을 잠시나마 들여다보고 이를 통해 해외입양아 정책에 대한 문제점을 한 번쯤 다시 재조명해 볼 수 있는 기회를 갖고자 쓴 작품.

현직 미합중국 고등법원 판사를 대상으로 인질극을 벌이는 한국계 입양아 출신의 싸이몬- 김철수- 스미스. 그는 태어나자마자 친부모에게 버려져 미국으로 입양을 오게 됩니다. 선천적 소아마비로 인해 제대로 걷지 못하는 싸이몬은 처음에는 미국 양부모로부터 관심과 사랑을 듬뿍 받으며 문제없이 자랍니다. 하지만 행복도 잠깐, 어린 시절 이층계단에서 내려오는 걸음 연습을 하다가 중심을 잃게 되고 그를 구하기 위해 뛰어든 양엄마 매리가 계단 아래로 굴러떨어지는 사고를 당하면서 하반신 마비가 되자 평안했던 가정에 먹구름이 드리우게 됩니다.

그러던 어느 날 밤, 싸이몬에게 장난을 걸던 매리의 친아들 스티브가 방에 켜둔 촛불을 넘어뜨리며 화재가 발생하고 엄마인 매리가 다리가 불편한 싸이몬을 먼저 구하느라 구조가 늦어진 스티브는 손가락을 쓸 수 없을 만큼 화상을 입게 됩니다. 이후 스티브는 싸이몬으로 인해 자신이 불구가 되었고, 엄마 아빠의 사랑마저 싸이몬에게 빼앗겼다고 판단하면서 싸이몬에게 사사건건 시비를 걸고 급기야 절도범으로 모함해 쫓아냅니다.

결국 거리로 내몰린 싸이몬을 상대로도 온갖 못된 짓을 일삼는 형 스티브의 횡포는 더욱 심해졌고 이런 그의 악행을 우연히 지켜본 지역 건달 두목의 여동생 미미가 나서 싸이몬을 도와주며 안정을 다소 찾는 듯하지만 그것도 잠시, 지나가던 행인을 상대로 강도 짓을 일삼던 형 스티브가 실수로 행인을 살해해 놓고 동생인 싸이몬에게 모든 죄를 뒤집어씌워 사이몬은 결국 살인 누명을 쓰고 교도소에 갇히게 됩니다.

스티브의 날조된 주장과 증거물, 입양아 출신이란 이유를 역으로 활용한 검찰 측의 억지대로 법정은 싸이몬에게 살인죄를 적용해 15년이란 중형을 선고하고 추방을 명령하면서 한국 출신의 입양아가 결국 인질극을 통해 자기 정체성에 대한 물음을 던진다는 내용

* 등장인물 :

싸이몬. 김철수, 스미스 : 30대 초반 한국계 입양아,

(소아마비로 다리를 전다.)

싸이몬 아역: (4세~6세)

싸이몬 아역: 십 대(17~18세)

수잔그렉(여) : 검사 출신의 판사(40대 중반~50대)

쟌과 매리: 싸이몬의 양부모(30~50대 정도)

스티브– 싸이몬의 형(쟌과 매리의 친아들)– (10대 후반과 30대 초반)

도날드–스티브의 꼬붕(쥐 이빨로 말을 더듬는다) : (10대 후반)

개리: 경찰서장(40대~50대)

티나 :철없는 여경(20대)

미미: 싸이몬의 친구(10대~20대)

하우스만: 기자(40대~50대)

빅버버: 덩치 큰 흑인 죄수(30대)

싸이몬의 국선 변호사(40대)

이 밖에…

행인, 경찰1, 경찰진압대원

(음성만)…기자들..

* 무대 :

왼쪽으로 안방이 있고 안방에서 밖으로 향하는 큰 창문이 있다.

오른쪽과 중앙에 부엌과 거실이 있는 미국 주택.

소파는 부엌 쪽을 등지고 있거나 사선으로 놓인 객석을 향해있으며

가구들을 요소요소에 알맞은 간격으로 배치해 중산층 가정임을 보여준다.

테이블에 무선전화기가 있다.

* 상황 :

미국 텍사스주 고등법원 판사인 수잔의 집에서 한국계 입양아인 싸이몬이 수잔을 인질로 경찰과 대치하고 있다.

제1막 1장

때: 밤에서 새벽으로 이어지는 시간……현대

장소: 미국 텍사스주 고등법원 판사의 집

조명 들어오면 수잔 거실에 앉아 신문을 읽고 있다.

초인종이 울리고…

수잔: (다소 짜증 나는 듯) 아니..지금이 몇 신데 남의 집 벨을 눌러?

(문 쪽으로 다가가)

Who is it?

(답변이 없자)

누구세요? 이 밤에….

싸(사)이몬(문 밖에서 소리만) : 속달 우편입니다.

수잔: 속달 우편? 이 시간에 뭔 속달 우편….

밤이 늦었으니 그냥 내일 오세요.

싸이몬: 오늘 밤까지 꼭 전달해야 하는 이번 재판에 매우 중요한 서류라

고 합니다.

수잔: (고개를 갸우뚱거리며…)

이상하네……. 뭔 서류길래 이렇게 급하게…. 잠시만요.

(문을 연다)

싸이몬 : 닥치고 얌전히 들어가!

(모자를 눌러쓴 채 총을 든 싸이몬, 수잔을 밀치며 집 안으로 들어온다.)

(암전)

암전 상황에서 전화벨 소리 울리면…

(목소리만) 911 Emergency ….May I help you?

네.? 인질 사건이라구요? 거기가 어딥니까?

달라스요? 알겠습니다. 곧 출동하겠습니다.

(경찰 싸이렌 소리와…. 헬리콥터 배경음)

2장

(경찰의 확성기 소리 들려온다.)

경찰서장 개리: 완전히 포위됐다.

무기를 버리고 투항하라!

싸이몬(철수): (야구모자를 쓰고 인질의 머리에 총을 대고 있다-천장을 향해 총을 쏘며……

안방 창을 통해 밖에 소리친다)

닥쳐! 모조리 다 죽여버리겠어!

서장: 진정하고 대화로 해결하자

싸이몬: 허튼소리 집어쳐! 잘난 혀가 두 동강 나기 전에!

서장: 최대한 협조하겠다. 경거망동은 자제하라!

싸이몬: 피비린내가 곧 이곳에 진동할 것이다.

서장: 당신이 잡고 있는 인질이 누군지나 알고 이런 짓을 저지른 건가?

싸이몬: 글쎄! 얼마나 대단한 분이실까?

서장: 그분은 바로 미합중국 고등법원 판사님이시다.

싸이몬: (비아냥조로) 오호…. 그래? 고등..법원..판사님?

서장: 무슨 이유인진 몰라도 어리석은 짓은 하지 마라.

싸이몬: 피비린내가 진동하는 걸 원치 않는다면 헛수작 부릴 생각 집어쳐!

서장: 원하는 게 뭔가?

싸이몬: 주요 언론사 기자들을 불러라. 외신까지 포함해서다.

만약 허튼수작을 부리거나 요구조건이 수용되지 않는다면, (판사의 머리에다 권총을 더욱 가까이 대며) 잘난 이 판사님의 머리통엔 바위만 한 구멍이 뚫릴 것이다.

서장: 자..자…. 흥분하지 말고 시간을 달라…

당신의 이름은 뭔가?

……

싸이몬: ……………싸이몬…김철수…스미스.

(암전)

제3장

*경찰 바리게이트 라인

경찰서장: 저놈 뭐야?

티나 경사(서장 부관): (창가를 가리키며) 보시다시피…

서장: 왜 현직 판사를 상대로 저 짓을 벌이느냐 말이야?

티나: 그건…본인만이 알겠죠.

서장: 이런 한심한……모자를 눌러썼지만 동양인 같은 느낌이야….

티나: 근데…확실한 건….

서장: 확실한 건?

티나: 분명…….

서장:분명?

티나: 중국, 일본, 한국 사람 중 하나라는 겁니다.

서장: 물어본 내가 바보지.

티나: 정답을 꼭 짚은 제가 너무 똑똑한 거죠.

서장: (혼잣말로) '현직 판사를 인질로 삼는다.' 흠…뭔가 내막이 있는 게 분명해.

티나: 포즈가 만만치 않은데요.. 살아 있는 눈빛에 뭔가 우수로 가득 찬 것 같은 그윽한 눈매….

서장: 농담할 거야?

티나: 아…아닙니다.

서장: 어서 각 언론사에 통보하고 관계기관에 협조나 요청해!

또한 저놈의 이름을 조회해보고 신상을 신속히 파악하도록…

……

티나: 옛썰..

(애교 섞인 목소리로) 근데요. 개리 서장님…………

서장: 왜 그래?

티나: 저기요…

서장: 무슨 소릴 할려구?

티나: 이제 곧 방송국에서도 나올 거잖아요.

서장: 나오면?

티나: 서.장.님께서….

서장: 얼른 말해 시간 없어!

티나: (빠르게) 보시다시피 우리 경찰국에서 저만한 미모를 따라올
사람이 없잖아요.

서장: 그래서?

티나: 그래서는요.

서장: 왜? 방송에라도 나갈 참인가?

티나: 너무 티 났나요? 호호호…. 그러니까 오늘 인터뷰는 제가 좀 맡아
서….

서장: 시끄러! 잔말 말고 어서 명령대로 움직이기나 해.
임관한 지 몇 년이나 됐다고 함부로 나대나? 나대길!

티나: (서장 곁을 지나며 우아한 척 교태를 부리는 눈빛과 콧소리로..)
잊지 마세요. 서장님. 텍사스 경찰 중 유일한 백합화…. 저..티나 경사
를………

경찰서장: 으이구…저걸…부관이라고.

(무전기를 통해) 전 대원은 들어라..나는 계속해서 저자를 설득해 보겠
다. 특수 진압 조는 놈이 눈치채지 못하도록 집을 포위하고 사격 조는 원
거리에서 놈의 심장을 향해 총구를 정조준하도록…. 만약 놈이 허튼수작

을 부릴 시, 그대로 목을 날려도 좋다.

(암전)

제4장
*판사 집 거실

수잔(판사): 다..당신 제정신이야?

싸이몬: (권총을 머리에 더욱 가까이 들이대며)

주둥이 닥치시지.. 검사님…아니지… 이젠 고매한 판사님이시군….

수잔: 여기가 어디라고!

싸이몬: 이곳? …잘나신 텍사스 고등법원 판사님의 저택이자 이제 곧 당신과 내가 함께

묻힐 공동묘지?

수잔: 미쳤군….

싸이몬: 하하하..잘 봤네….

수잔: 미국 경찰이 당신을 그냥 내버려 둘 것 같아?

싸이몬: (빈정거리며) 글쎄…그게 바로 내가 바라는 바라면?

수잔: 난 현직 미합중국 텍사스주 고등법원 판사야.. 판사라고!

싸이몬: 잘 알지…그 잘난 방망이 하나로 무고한 사람을 살인자로 둔갑시켜 인생을 망치게 한 대단한 마술가이시기도 하지.

수잔: 함부로 떠들지 마! 난 누구보다 법을 제대로 집행하며 살아온 법관이야!

싸이몬: (목덜미를 잡으며) 주둥이 닥치고 시키는 대로 해! 넌 이제부터 이곳에서 비참하게 생을 마감할 한낱 구린내 나는 비곗덩어리일 뿐이야.

수잔: 도대체 내게 무슨 원한이 있어서 이러는 거지?

싸이몬 : (창밖을 보며 혼잣말처럼)

텍사스의 밤은 역시 잔인하게 화끈해..누구 하나… 흔적 없이 사라져도 저 광활한 하늘에선 별똥별 하나 사라지는 것마냥 미동조차 없겠지?

수잔: 당신이 지금 뭔가 오해를 하나 본데 난 당신과 아무런 원한을 가질 이유가 없는 사람이야.

잘 봐.. 난 평생 정의를 위해 살아온 법관이라고!

싸이몬: 날이 밝기 전 이 집 안은 피비린내로 장식될 것이고 당신의 고급 옷은 심장을 뚫고 뿜어나온 값싼 핏방울로 멋진 수를 놓겠지.

수잔: 도대체 내게 왜 이러는 거야… 내게 무슨 원한이 있다구?

싸이몬: 아직도 날 기억하지 못하나 보군..고귀하신 판사님께서….

날 똑바로 보시지. (모자를 벗으며..) 나.. 싸이몬이야…싸이몬 김철수 스미스..

15년 전 미합중국의 검사였던 당신 손으로 직접 교도소에 처넣었던….

(암전)

제5장

(조명 들어오면 15년 전 법정)

판사: 검사는 계속하세요.

수잔 검사: 피고는 선량한 시민을 잔학하게 살해한 극악무도한 흉악범입니다.

변호사: 확실한 증거도 없이 어린 피고를 범인으로 단정하는 것은 국민에게 보장된 기본적 인권을 짓밟는 법이란 이름의 또 다른 폭력입니다.

검사: 피고가 고작 몇 달러를 위해 지나가는 행인을 칼로 무참히 살해했는데도 말입니까?

변호사: 피고는 일관되게 무죄를 주장하고 있고 증거 또한 피고를 살인범으로 단정하기에 충분치 않습니다.

검사: 피 묻은 칼에서 피고의 지문이 함께 발견됐는데도요?

변호사: 피고는 당시 깊은 잠에 빠져있었고 사건 상황을 전혀 기억조차 하지 못하고 있습니다.

검사: 고작 열일곱 살 소년이 술을 마시고 인사불성이 되었다는 것은 무엇을 의미하죠?

변호사: 누군가 만든 함정입니다. 피고는 …술을 마셔서 잠이 든 게 아니고….

검사: (말을 가로채며) 피고는 십오 년이나 길러준 양부모를 하루아침에 버리고 뛰쳐나온 패륜아입니다.

변호인: 피고는 버림받은 겁니다!.

검사: 15년이나 지극정성으로 길어준 부모가 버렸다고요?

변호사: 입양아라는 이유만으로 양부모가 학대를 한 것이 모든 문제의 원인이었습니다. 이번 사건은 아량과 배려란 미명 아래 전 세계로부터 입양아를 끌어모은 이 사회의 구조적인 문제점을 일깨워 준 사건 중 일부이기도 합니다.

검사: 재판장님, 변호인은 피고가 입양아란 사실을 악용해 미합중국의 기본적 인류애마저 부정하며 악의에 찬 모함을 하고 있습니다.

판사(수잔): 검사의 이의에 일리 있습니다. 변호인은 확인되지 않은 개인적인 주관을 부각시켜 본 사건의 본질을 왜곡하지 마세요.

변호인: 피고가 여러 차례 재수사를 요구했지만 경찰과 검찰은 편견과 차별로 무시했습니다.

검사: 재판장님! 변호인은 또다시 대미합중국 검찰과 경찰을 음해하는 말을 하고 있습니다.

판사: 변호인에게 경고합니다.

변호인: 피고는 선천성 소아마비로서 걷는 것조차 불편하고 더구나 사건 당시 약에 취한 듯 깨어날 수가 없었다고 호소했음에도 경찰과 검찰은 술을 마신 탓으로만 돌린 채 기본적인 약물검사조차 시행하지 않았습니다.

검사: 피고가 다리가 불편하다고 했지만 피고는 18세의 건장한 청년이고 피해자는 60이 넘은 노인입니다. 또한 피고는 약에 취했다고 주장하지만 범행 현장엔 피고가 마신 술병이 버젓이 놓여 있었고요.

변호인: 술을 마셔 취한 것으로 단정하고 기본적인 약물검사조차 하지 않은 이유는 무엇입니까?

검사: 함께 술을 마셨다는 친구들의 증언이 명확하게 있었으니까요.

변호인: 그들은 친구가 아니라 피고를 지금껏 줄곧 괴롭히고 모함해온 불량배였고 가해잡니다.

검사: 그 속에는 피고의 형도 있었고 피고는 한때 그들과 어울렸으며 그날도 그들과 함께 있었다는 증언과 증거가 확실하게 존재하고 있는데도요?

변호인: 형이라고 주장하는 증인은 자신의 부모가 입양아인 피고를 입양함으로써 자신의 사랑을 다 빼앗겼다며 늘 피고를 괴롭히고 모함해 온 장본인입니다.

검사: 친구들의 증언에 따르면 피고의 형은 잘못돼 가는 동생을 사랑으로 인도하고 도움을 준 사람입니다. 형량을 줄이기 위한 피고의 거짓 증언일 뿐입니다.

변호인: 날조된 증언과 증거가 한 무고한 어린 소년을 살인자로 만들었는데도요? 과연 피고가 입양아 출신이 아니었어도 이런 식으로 일방적인 수사를 했을까요?

검사: Objection!

변호인은 대미합중국의 검찰과 경찰을 이젠 인종 차별집단인 것처럼 호도하고 있습니다.

　판사: 변호인은 본 사건과 관련 없이 이 나라 수사기관인 검찰과 경찰을 비하하거나 모함하는 듯한 발언을 삼가세요.

　변호인: 피고의 눈을 보세요. 저 눈 속에 자신은 절대 살인자가 아니란 간절한 진실이 담겨 있습니다. 왜 그런 진실을 읽지 못하는지 답답할 뿐입니다.

　검사: 법은 추상적인 감정만으로 해석되지 않습니다. 결론은 저기 잔악한 피고에 의해 무참히 살해당한 억울한 한 미국 국민의 가족들이 가슴에 품은 한을 풀고 사법 정의가 살아 있음을 증명해야 한다는 점입니다.

　판사: 양측 최후 변론하세요

　검사: 존경하는 판사님..그리고 존경하는 배심원 여러분.. 피고는 버려진 핏덩이를 사랑으로 입양하고 십오 년이 넘게 길러준 양부모에게 온갖 시련을 안겨준 것만도 모자라 집을 뛰쳐나와 불량배들과 어울려 나쁜 짓들을 일삼았고 결국 돈에 눈이 멀어 선량한 서민마저 무참히 살해한 극악무도한 살해범입니다.

　더구나 피고는 자신이 저지른 죄라는 증거와 증인이 확실한데도 불구하고 잘못을 뉘우치지 않은 채 개선의 정마저 전혀 느낄 수 없는 뻔뻔함으로 지금까지 일관하고 있습니다. 친부모에게 버림받고 세상에 버려진 거러지 같은 자신을 입양해서 오랜 기간 사랑으로 양육한 양부모를 배신하고 그것도 모자라 인명을 가장 중시하는 미합중국의 기본 법질서마저 위협하는 피고 같은 패륜아는 극형에 처해 마땅합니다.

　변호사: 피고는 두 살 때 친부모로부터 버려져 미국에 왔고 입양 가족들로부터도 사랑을 받지 못한 채 편견과 차별 속에 외롭고 불행한 삶을 살았습니다.

　그런데 지금 피고는 입양아 출신이란 이유만으로 모함을 받고 사법당국으로부터도 보호를 받지 못한 채 살인자란 누명까지 쓰고 이 자리에 섰습니다. 만약 이번 재판까지 공정치 못해 피고에게 살인자란 누명을 씌워 어린 피고의 일생을 파탄시키는 올가미가 된다면 한 입양 소년을 두 번 죽이는 불행한 결과로 이어질 것입니다. 부디 재수사를 해서 피고의 억울한 누명을 벗겨주는 정의가 살아 있는 재판이 되길 간곡히 바라는 바입니다.

판사: 판결하겠습니다.

비록 피고가 무죄를 주장하곤 있지만 여러 가지 증거 및 정황상 재수사는 필요하지 않다고 판단된다. 어떤 상황에서 미국에 왔던지 자신에게 주어진 삶에 만족하며 올바른 길을 갔어야 도리임에도 피고는 스스로 자유 시민으로서의 권리와 의무를 저버렸다. 더구나 술에 취한 채 선량한 행인을 돈에 눈이 멀어 무참히 살해한 점은 결코 용서할 수 없는 중범죄다.

본 재판관과 배심원은 피고가 파렴치한 살인자라는 데 이견이 없다.

피고 싸이몬 김철수 스미스에게 15년 형을 선고한다! (법망 두들기는 소리)

싸이몬: (넋이 나간 듯) 아니야…난 아니야…아무도 죽이지 않았어… 죽이지 않았다구!(절규한다)~~(암전)

제6장

교도소 감방.

(싸이몬의 침대에 덩치 큰 흑인 죄수 버버가 걸터앉아 싸이몬을 찝쩍거린다.)

흑인 죄수 버버: (느물거리는 목소리로)Come on baby…

이곳에서 다들 나를 빅버버라고 부르지…생긴 건 조금 우락부락해 보여도…

알면 알수록… 솜사탕처럼 부드러운 남자야.

싸이몬: Leave me alone…. 날 그냥 내버려 둬…….

버버: What's the matter with you BABy?

…자꾸 앙탈 부리면 내가 피곤해져요…

싸이몬: 교도관을 부를 테야..

버버: Go ahead chinc …. 한번 불러보시지..

싸이몬: 부탁이야…나 혼자 있게 내버려 둬…

버버: 이곳에선 말이야.. 이 정도쯤은 알면서도 못 본 척 넘어가는 게

기본 예의고 아름다운 우리만의 룰이야……. 서로 외로운 사이에 이거

왜 이래?

싸이몬: 이건 인권유린이야…!

버버: Bull shit…그런 고상한 말은 변기통 오줌 구멍에나 대고 토해내셔.

이곳에서 백날 지껄여봐야 귓구멍에 귀지만 쌓인다. 시간 없으니까.. 쓸

데없는 소리 집어치우고 이 왕성한 내 성욕이나 좀 채워주라..응?

(다시 달려든다)

싸이몬: Stop it! 이러지마…제발…(죄수의 팔목을 물며 있는 힘을 다해

밀어낸다)

버버: (비명을 지르며…나가 떨어졌다 일어나며..)

damn it…! ………. 큰맘 먹고 수양 좀 하다 나가려 했는데..

안 되겠구만…(오바하며 위협적인 액션으로 싸이몬에게 다시 다가선

다)…

싸이몬: (두려워하며..)저..저리 가….

버버: ..이봐 애숭이…. 감방에 왜 창살이 쳐져 있는지 아냐?

싸이몬: ……………..

버버: 우린 저 창살을 사이로 우리만의 독립 국가를 건설한 거야..

일종의 우리들만의 유토피아라고나 할까?

……

싸이몬: 무..무슨 소리를 하는 거야?

버버: 저 창살을 사이로 우린 세상과 철저히 분리되고 우린 우리만의 제국을 만들어가는 거지.

싸이몬: 무서워! 저리 가!

버버: 가끔씩 저 창살을 사이에 두고 우린 서로의 상처 난 마음을 쥐어뜯기도.. 때론 애무해주기도 하면서 우리만의 은밀한 거래를 시작하는 거라구…. (느끼하게..) 색다른 희열을 느끼면서 말이야..

싸이몬: You are crazy! 넌 미쳤어…!

버버: 누군가 사고를 칠라치면 다른 방 죄수들은 소리를 지르고 난동을 부리며 엉뚱한 곳으로 시선을 돌려줘.

그때 쥐도 새도 모르게 광란의 파티는 열리는 것이고…하하하….

물론 난 지금 저 쇠창살에다 널 발가벗긴 채 통째로 매달아 놓고

바베큐 파티도 열 수 있어..

하지만…(한 걸음 더 다가서며) …

난 더 이상 사고 치고 싶지 않아 .. 조용히 형기를 마치고 나가야 하니까.. 그러니까..좋은 말로 말할 때 가만히 있어….!

오래 걸리지 않을 거야…(싸이몬을 덮친다)

싸이몬: .No! ….stop./…그만해 제발……하지 말라구!

(암전)

제7장

*판사 집 앞 경찰 바리게이트 라인..

카메라 플래시가 경찰서장에게 터지며 질문이 쏟아진다.

(탑조명 사용)

기자1(목소리만 또는 뒷모습만 보이는 단역 배우들): 범인은 누구입니까?

기자2: 인질극을 벌이는 이유가 대체 뭡니까?

기자3: 경찰의 대책은 무엇이죠?

티나 경관: 자..자..한 사람씩 천천히 질문 해 주세요.

한꺼번에 몰리면 서장님께서 답변을 제대로 할 수가 없습니다.

기자2: 원한이나 치정에 의한 인질극입니까?

티나: 아.....앞에 계신 키 큰 기자분은 가능하면 뒤쪽으로 좀 가 주시죠.

서장님 얼굴이 뒤통수에 가려 카메라에 잡힐 것 같지가 않네요.

그렇죠 서장님?

서장: 이봐! 자네야말로 저리로 좀 가 있어.

더 헷갈려.

티나 경관: 네? 아, 역시 또 티가 났나 보네요. 알겠습니다. 서장님.

(카메라에 잡히기 위해 의도적으로 묘한 표정을 지으며 서장 뒤를

왔다 갔다 한다.)

기자: 범인의 이름이 싸이몬 김철수 스미스라고 했는데

어떤 인물입니까?

서장: 저자는 네 살 때 미국으로 입양되어온 한국계 입양아입니다.

기자: 입양아 출신이 현직 판사를 상대로 인질극을 벌이는 이유는 무엇

입니까?

서장: 기자들이 와야 이유를 말하겠다고 버티고 있어

확인하지 못했습니다.

기자: 싸이몬에 대해 특별한 정보를 확보한 게 있나요?

서장: 지금으로서는 특별한 정보랄 게 없습니다.

15년 전 강도 살인사건에 연루, 구속되어서 실형을 살다가 얼마 전 석방

된 후 현재 그의 모국으로 추방 대기 중이라는 기록 정도밖엔 없군요.

기자: 네 살 때 입양되어 온 입양아를 추방시킨다니요? 돌아갈 곳은 있나요?

서장: 저자는 시민권을 취득하지 못했기 때문에 영주권자로서 범죄를 저질러 추방 요건에 해당되는 것으로 파악됐습니다. 돌아갈 곳이 있는지는 우리가 알 바 아니구요.

기자: 미국으로 정식 입양되어온 사람이 영주권자란 사실은 이해가 가지 않는데요.

서장: 해외입양아의 경우 양부모가 시민권을 신청하지 않는 한 영주권자로 남을 수밖에 없는 것이 현행 미국 이민법 규정입니다.

기자: 양부모가 방치하거나 이민법을 몰라서 시민권을 신청하지 못했을 경우에도 그렇단 말입니까?

서장: 아…아…그건 이민법에 관련된 문제기 때문에 제가 답변할 사항은 아닙니다만 다수의 선량한 미국 시민들을 보호한다는 차원에서 취한 조치가 아닐까요

기자: 친부모에게 버려져 미국에 뿌릴 내리기 위해 온 입양아에게 영주권자니 시민권자가 무슨 의미가 있습니까?

서장: 아..그..그건……. 전 이민 변호사가 아닙니다. 왜 다들 나한테 따집니까?

더 이상 이민법과 관련된 질문은 받지 않겠습니다.

기자들: 조금만 더 답변해 주십시오.

이 문제는 해외입양아 정책에 대해 자칫 국제적인 비난을 피하기 어려울 것 같은데요….

과연 싸이몬의 조국은 미국입니까..한국입니까?

싸이몬은 미국인입니까? 한국인입니까?

(암전)

제8장

*집 거실

싸이몬: (많이 흥분돼 있다.)

(화가 나 수잔의 팔목을 묶는데)

전화벨이 울린다

(싸이몬 전화를 낚아채듯 받는다).

싸이몬: 어느 놈의 머리통을 박살 내줄까?

서장: 싸이몬 씨..다시 한번 말하지만 뭔가 크게 오해가 있었소.

싸이몬: 닥쳐! 그런 알량한 변명에 넘어갈 내가 아니야.

서장: 제발 내 말을 믿고 섣부른 행동은 하지 말아주길 부탁합니다.

싸이몬: Shut the fuck up./….

눈을 가린다고 저 달을 가릴 수 있을 것 같나?

이젠 속이고 이용당하는 것에 이골이 났다. 또다시 날 자극한다면 너희 모두 결코 가만두지 않을 거다!

서장: (다급하게…) 자..자… 이렇게 합시다….

기자들 중 대표 한 사람만을 지금 안으로 들여보내겠소….

당신이 하고 싶은 이야기를 그 사람에게 하면 모든 언론사에 그대로 전달할 것이오.

(암전)

*경찰 라인

서장: 하우스만 기자, 당신이 대표로 집 안으로 들어가 취재를 할 수 있겠소?

하우스만 기자: 어차피 더 큰 불행은 막아야 하는 거 아닙니까?

서장: 고맙소!

하우스만 : 단, 내가 안에 있는 동안 절대 저자를 자극하는 행동은 하지 말아야 합니다..그땐 경찰이 우리 세 사람 모두 사자 밥을 만드는 것이

……

니까..

　서장: 걱정 말아요…. 하지만…저자의 눈과 목소리에서 피비린내가 진동합니다. 조심하시오.

　하우스만: 어차피 피는 피를..복수는 더 잔인한 복수를 부르는 법입니다………

　서장: 건투를 빌겠소…하우스만 기자!

　(하우스만이 집을 향해 퇴장하고 나면..)

　(무전기를 통해)

　전 대원은 들어라..

　진압 조는 현 위치로부터 놈이 눈치채지 못하도록 좀 더 가까이 접근을 하되 절대로 명령 없이 무기를 사용하지 말고, 사격 조는 현 위치에서 타겟을 향해 정조준할 것. 만약 인질범이 인질과 취재 기자의 생명에 위협적인 행위를 한다고 판단될 시에는 스스로 판단해 타깃을 향해 가차 없이 발사를 해도 좋다.

　이상..

　티나: 서장님 ..하우스만 기자가 위험하지 않을까요?

　제가 차라리 기자로 위장해서 들어갈 걸 잘못했나 봅니다.

　서장: 그래? 그거 좋은 생각이군.

　놈은 지금 극도로 흥분되어있는 상태니까 자네가 다루기에 스릴은 있을 거야.

　티나: 네에? 저보고 진짜 들어가라구요?

　서장: 우린 자네 같은 용감하고 책임감 있는 경찰이 절실히 필요하네.

　티나: 진짜로 … 저보고 들어가라구요? 에이..농담이시겠죠?

　서장: 명령이야……난 자네를 처음부터 뭔가 큰일을 할 경찰이라고 굳게 믿고 있었지.

　어서 준비나 해…!

티나: 서…서장님 …근데……전 지금 갑자기 배가…. 아…그리고 보니 오늘이 바로 그게 시작되는 날이라서..

(그러다 갑자기 다른 곳을 보며 딴청을 한다) 어이..이봐…챨리! 그건 그렇게 하는 게 아니야..! 아이참…그게 아니라니까….

서장: 어딜 가려고 해?

티나: (뒷걸음질 치며)…서장님…죄..죄송합니다…. 저는 급히 화장실에 좀……그럼….

이만…….

(엉거주춤 퇴장)

서장: 이봐! 티나 경사… 어딜 가는 거야?

어딜 가냐구? (암전)

제2막 제1장

*미국인 양부모네 집

(아기를 안고 있는 미국인 부부)

매리: 쟌..우리 싸이몬 눈 너무 에뻐요.

마치 에머랄드를 바라보고 있는 느낌이에요. 그렇죠?

쟌: 그러게 말야.

눈, 코, 입 어디 하나 모난 곳 없이 잘생겼는 걸..

어찌 보면 입은 날 닮은 것 같군….

매리: 호호호,,,,,,그래도 절 더 닮은 것 같은걸요.

쟌: 무슨 소리야? 날 더 닮았다구. 어디 보자 (배를 들추며) ..이것 봐..불뚝 솟은 배꼽은 내 버섯 문양 배꼽과 똑같은걸….

매리: 눈썹과 귀는 절 그대로 빼다 박았다구요….

쟌: 그래…? 하하하…그럼 우리 부부를 쏙 빼닮은 거네 뭐.

매리: 정말이지 입양 참 잘했죠…쟌?

쟌: 물론이지..매리.

매리: 전 지금 얼마나 행복한지 모르겠어요. 쟌….

쟌: 나도 친자식을 얻은 거 마냥 기쁘군.

그나저나 병원에서 걱정하듯 싸이몬 다리에 큰 이상이 없었으면 좋겠어.

매리: 그러게 말이에요… 설령 그렇다 해도 성치 못한 다리로 인해

아이가 상처받지 않도록 우리 함께 잘 키워요. 여보.

쟌: 암..그래야지..매리….

매리: 우리 스티브에게도 동생이 생겨서 서로 의지가 될 거예요.

쟌: 둘이 잘 어울릴 수 있도록 우리 함께 노력합시다. 여보!

매리: 스티브와 절대 차별하지 않고 편견 없이 기르도록 해요 ..쟌…

쟌: 오늘은 내 생애 가장 기쁜 날인걸. 매리..

매리: 그렇죠. 여보?

쟌: 당연하지… 그런 의미에서 우리 오늘 가족 파티를 여는 건 어떨까? 매리….

매리: 좋죠…고마워요. 여보…. (암전)

2장

싸이몬의 집.

이층 난간 …

매리: 싸이몬……자..천천히 엄마 손을 잡고 걸어봐.

(싸이몬 따라한다..)

해외초대희곡 · 김길수

……

매리: 자..한 발 ..한 발…옳지, 옳지…. Very good…. 아..주 잘해요…우리 아들….

싸이몬: 마미.. 싸이몬 잘 하죠..?

매리: 그럼……그럼..우리 싸이몬 이젠 아주 잘 걷네..

이제 조금만 더 하면…아주 씩씩하게 잘 걸을 수 있겠다….

자 계속해 걷자…한 발 한 발……이렇게 연습해서 잘 걸어야 세상 속으로 한 발 더 들어갈 수 있단다.

싸이몬.: 마미…싸이몬…이제…저 계단으로 내려가는 연습하고 싶어요. Can I do it?

매리: 오우 Of course……싸이몬…넌 뭐든지 할 수 있단다.

하지만…계단은 조금 위험하니까…좀 더 연습을 한 후 하는 게 낫지 않을까?

싸이몬: I want to do it right now …mom.. 싸이몬 할 수 있어요.

매리: 그래?…그럼….

조심해야겠지만 우리 싸이몬이 할 수 있다니까 한번 해 보자꾸나.

하지만 조심해야 해..싸이몬!

싸이몬: 네..마미………

매리: 자 그럼 엄마 손을 잡고 한 발 한 발 내려가자꾸나.

싸이몬: 마미… 싸이몬 혼자 내려가 보겠어요.

매리: 혼자서? 그건 아직 너무 이른데 싸이몬..

싸이몬: I Can do it....mom..

매리: 그래? 그럼 조심해서 한 발 한 발 천천히 내려가야 한다. 싸이몬!

싸이몬: 네…(천천히 한발씩 아래로 걸음을 내려 놓는다..) 싸이몬..잘하죠 엄마..?

매리: 그래..아주 잘하고 있네…. 우리 싸이몬…옳지! 옳지!

……

그렇게 한 발씩 내려가는 거야….

싸이몬: (잘난 척…뽐을 내며..) Don't worry mom.

Look 자 보세요 마미….

(한 다리를 들어 보이며…) 싸이몬 이렇게도 할 수 있어요.

(순간 중심을 잃고 갸우뚱거린다) 어어..마미……엄마…….

매리: 앗..싸이몬! 조심해!

(싸이몬을 구하려고 손을 내밀다가 중심을 잃는다)

(발을 헛디딘 듯한 급한 비명)

(암전)

어………아악~~~~~~~~~~~~~

(굴러떨어지는 소리)

(조명 다시 들어오면)

계단에서 굴러 엎어져 있는 매리..곁에서 울고 있는 싸이몬..

싸이몬: 엄마!

(다시 암전)

(조명 들어오면- 휠체어에 앉아있는 매리의 모습이 비치고, 다리를 절며 싸이몬이 그 휠체어를 밀며 좌에서 우로 정적이 흐르는 가운데 무대를 가로 지나는 모습 비추며 다시 암전)

제3장

(암전 상황에서 목소리만)

(무대에선 커튼 뒤 백 조명을 통해 실루엣으로 처리-촛불을 켜는 모습과 촛불이 켜있는 상황, 그 속에서 실루엣처럼 놀고 두 아이의 모습이 보인다)

싸이몬 목소리만: 10살 때였던 것으로 기억합니다. 정전이 되었던 어느 날 밤 촛불을 켜고 책을 읽고 있는데 형 스티브가 장난을 걸었고 함께 엉켜 놀다가 그만 스티브가 촛불을 넘어뜨려 집에 화재가 난 겁니다.

(화재경보 소리)

(불이 난 듯한 조명처리 상황에서)

쟌(목소리): 불..불이야…!!

여보…스티브…싸이몬……불이야! 불…

어서들 피해…!

매리(목소리): ……싸이몬……스티브야….

여보 쟌…어서 싸이몬을 …먼저 구해줘요…. 스티브 ..엄마가 간다..조금만 기다려….

스티브: 엄마…아빠! 살려줘요..

아…. 뜨거워!

아빠 살려줘요! 소… 손에 ..불이…!

매리: 스티브..조금만 참아…엄마가 간다…!

(구급차 소리)

제4장

싸이몬의 집

(스티브와 도날드 둘이 머리를 맞대고 흉계를 꾸민다.)

스티브: 그러니까 도날드 넌 그냥 내가 시킨 대로만 말하면 돼!

도날드: 어.. 그…그러니까 싸..싸이몬이 너네 엄마 반지와 목걸이를 훔쳐서 나한테 파..팔아달라고 했단 말이지?

스티브: 그렇지 (손에 보석을 건네주며) 자..이걸 니가 갖고 있다가 엄마 아빠한테 보이면 되는 거야.

도날드: (말을 더듬는다) 거 걱정마..스..스티브…내..내가 누구냐..나,,,도날드..너의 여..영원한 딸랑이자 ..펴..평생 동지 아니냐.

스티브: 아무튼 실수하면 그땐 콱!

도날드: 아..알았어…

스티브: 연기 잘해 ..알았지?

도널드: 아..알았다니까…거.걱정마셔

(이때 싸이몬이 나타난다)

싸이몬: 학교 다녀왔습니다.

스티브: 어…도둑놈 왔냐?

싸이몬: 도둑이라니?

스티브: 남의 물건 훔치면 도둑이지 ....안 그래, 도날드?

도날드: 그..그럼...그렇구말구..

사이몬: 난 남의 것 훔친 적 없어

스티브; 이게 어디다가 거짓말을 해..우리가 딱 현장을 잡았는데…
그치? 도날드!

도날드: 그..그럼..

스티브: (소리친다) 아빠..엄마..어서 와보세요. 도둑놈을 잡았어요.

(쟌 매리의 휠체어를 밀고 나타난다)

쟌: 무슨 일이야?

스티브: 싸이몬이 엄마 결혼 패물을 훔쳐서 팔려고 했어요.

쟌: 뭐? 결혼 예물을?

매리: 스티브, 그렇게 동생을 함부로 모함하면 못써.

스티브: 엄마. 증거가 있는데 왜 못 믿으세요?
야! 도날드, 그거…

도날드: 어….(주머니에서 결혼 예물인 반지와 귀걸이 목걸이를 꺼내 보인다) 여..여기…

쟌: (받아 확인하며) 이건 내가 당신에게 결혼식 날 선물했던 예물인데..

스티브: 것 보세요. 확실하다니까요?

싸이몬: 전..전..정말 모르는 일이예요.

스티브: (싸이몬의 멱살을 잡으며) 이게 증거가 이렇게 있는데도 아직도 정신을 못 차리고 거짓말을 해?

쟌: 이 예물이 어떻게 도날드 ..니 손에 있지?

도날드: 어..어젯밤에 싸이몬이 자..자기를 대신해서 팔아달라고. 그..그러면 반을 주겠다고 해서 바..받았어요.

쟌: 뭐야?

싸이몬 너….

싸이몬: 아..아니에요..아빠..전 정말 아무것도 몰라요.

스티브: 이렇게 증거가 확실히 있는데도 발뺌할 거냐?

쟌: 배은망덕한 놈. 여태까지 친자식처럼 키워줬두만 고작 한다는 게 물건에 손을 대는 거냐?

싸이몬: (울며) 아빠..엄마..전 정말 훔치지 않았어요. 손대지 않았다고요.

쟌: 닥쳐! 이렇게 증거가 확실히 나왔는데도 무릎 꿇고 용서를 빌진 못할망정 감히 고개를 쳐들고 거짓말을 시켜!

매리: 오! 하느님….

싸이몬: 아니에요…. 전 정말 아무것도 훔치지 않았다구요….(암전)

제5장

*쟌네 집

술에 취해 비틀거리며 들어온다.

쟌: (노랫소리 들린다) (Take me home country road)

Country road, take me home ,to the place ,I belong ,west Virginia, mountain mama,

take me home, country road.

매리(휠체어에 앉아있다): 쉬이…조용히 해요. 쟌…애들 깨겠어요….

쟌: Who cares.!

내 집에서 내가 노래한다는데…감히 누가 날 씹어?

매리: 또 술 드셨군요. 쟌!

쟌: 한잔했지.

매리: 당신 요즘 왜 이래요?

쟌: 술 없는 세상 무슨 재미로 살라구?

매리: 술을 마셔서 해결될 건 있나요?

(그때 싸이몬 얼떨결에 이 광경을 지켜본다)

쟌: 술마저 없으면 죽는 게 낫지.

매리: 그런 식으로 말하지 말아요. 쟌!

쟌: 다리 병신 싸이몬이 날 위해 버팀목이 돼줄 수 있어?

매리: 내가 이렇게 된 건 우연한 사고였지만 싸이몬은 다리가 성치 않을 거란 사실을 알면서 우리가 입양을 했던 아이라구요.

이제 와서 왜 매번 그 애에게 모든 걸 뒤집어씌우는 거죠?

쟌: 이게 다 싸이몬 때문이야.

매리: 쟌! 아이한테 상처 주는 말 이젠 그만 해요.

쟌: 닥쳐!

싸이몬만 아니었으면 우리 세 식구 지금까지 행복하게 잘 살 수 있었어..

매리: 앞날은 누구도 예측할 수 없는 거예요. 쟌.

쟌: 이게 뭐야…당신은 하반신 마비에…집엔 불이 나 내 아들 스티브는

손가락이 휘어져 펼 수조차 없는 화상을 입었고… 사업체는 부도를 맞고……

매리: Quite John ..Please…! 싸이몬이 듣겠어요.

쟌: 들으라고 해!

매리: 제발요 쟌.. 그건 하늘이 당신과 우리 가족에게 내린 운명일 뿐이라구요...

쟌: Shut up!…이런 운명 따윈 애초에 없었어……우리 가족의 불행은 싸이몬이 이곳에 오면서 몰고 온 재앙일 뿐이야.

매리: 가엾은 싸이몬에겐 아무 잘못도 없어요. 당신은 불편한 다리로 험한 세상을 살아가야 하는 싸이몬이 불쌍하지도 않아요?

쟌: 모든 불행은 싸이몬 때문이라구!

매리: 그렇지 않아요. 잘못이 있다면 끝까지 따뜻한 가정이 돼주지 못하는 우리에게 있다구요.

쟌: 성직자 같은 소리 하고 있군… 당신이 사회사업가인 양 착각하지 마.. 따지고 보면 이게 다 당신의 그 알량한 위선과 동정심 때문에 벌어진 일이라구!

매리: 쟌…이제 더 이상 당신과 할 말이 없어지는군요.

당신 하고 싶은 대로 마음껏 하세요... 이젠 당신의 그 주정에도 지쳤으니까..

쟌: (매리에게 달려들며..휠체어를 밀어 넘어뜨리며..)뭐야? 이 나쁜 년…. 이제까지 지 몸뚱이 하나 추스르지 못하는 병신을 정성으로 돌봐줬더니 .. 뭐가 어쩌구 저째? (이때 싸이몬 뛰어나온다)

싸이몬: 아빠! 제발 그만 좀 하세요.

엄마는 아무 잘못도 없어요.

쟌: 뭐야? 어린놈이 어디 말대꾸야?

싸이몬: 제가 잘못했어요. 불쌍한 엄마에게 행패 부리지 마세요

……

스티브: (나타난다) 이게 다 니놈 때문이야..임마!

매리: 스티브 „ 동생한테 그런 말 하면 못써!

스티브: 얘가 왜 내 동생인데요? 그냥 불쌍해서 데려다 기른 입양아일 뿐이라구요.

매리: 싸이몬, 그냥 무시하고 니 방에 들어가렴.

스티브: (싸이몬 앞을 막으며) 가긴 어딜 가? 이건 우리 집이야!

쟌: 맞아..우리가 이렇게 된 게 다 누구 때문인데!

싸이몬: (조용히 다시 돌아가려 하자..)

스티브: 너만 없으면 우린 다시 행복해질 수 있어.

매리: 그런 말 하면 안 돼, 스티브!

쟌: 못 할 말도 아니지. 저놈 들어오고 되는 일이 하나도 없잖아!

싸이몬: (아빠를 쳐다본다)

쟌: 이런 건방진 놈이(싸이몬을 떠민다) 어디다 눈을 부라리고 지랄이야?

스티브: (싸이몬에게 주먹질을 한다.-싸이몬 넘어진다)

매리: 여보. 스티브…. 도대체 아이한테 무슨 짓을 하는 거예요. 싸이몬, 괜찮니?

싸이몬: (일어서며) 제가 나갈게요.

쟌: 당장 나가 임마….

스티브: 거지 같은 니 나라로 돌아가든지 길거리에서 구걸을 하며 살든지 내 눈앞에서 당장 꺼지라구!

싸이몬: 알았어요…. 제가 나가서 가족들이 행복하다면 나갈게요. 행복하게 잘 사세요!

(울며 퇴장….)

매리: 얘…. 아들아…. 싸이몬……. 싸이몬! (암전)

스티브(목소리만…) : 눈앞에 또 알짱거리면 나머지 다리마저 분질러 버

릴 거다! 하하하!

(울음..)

제6장

마을 공터…

(스티브와 도날드 머리를 맞대고 킥킥거리며 담배를 피워 물고 있다.)

(그 앞을 절룩거리며 싸이몬이 지나면…)

도날드: Hey ..치..chink……;… What's up boy..?

(싸이몬 들은 채도 않고 천천히 걸어 나가면)

스티브: (한발 앞서며) 야…멍키…!

넌 형 말이 말 같지가 않냐?

싸이몬: 날 ..그냥 내버려둬....

스티브: 내 눈앞에 나타나지 말라고 했는데 왜 이 동네에서 알짱거리

냐?

싸이몬: 날 좀 그냥 내버려 달라구….

스티브: 이 자식이….

(싸이몬의 배를 가격한다)

또 내 눈앞에 알짱거리면 넌 내 밥이야..알겠어?

(싸이몬 비틀거리며 허리를 굽히면..

다시 등을 가격한다..싸이몬 고꾸라진다…)

스티브: (손을 털며…) 멍청한 원숭이 놈이 말대꾸나 찍찍하면서 감히..

개겨?

도날드: (싸이몬에게 다가가며..)

Hey ..Chink…조…좋은 말로 할 때 그냥 ..스..스티브가 시키는 대로 해....

……

스티브: 야..너 있는 거 다 내놔…봐..

싸이몬: (말이 없다)

스티브: 어서 내놔보라니까!

싸이몬: …없어….

스티브: 너 땜에 우리 집은 알거지가 됐어!

그런데 가진 것 좀 형하고 나누자는데 비싸게 굴 거냐?

싸이몬: 정말 없어

스티브: 으이..이걸… (때리는 시늉을 하고)다 집어치고 돈이나 내놔!

싸이몬: 어…없어.

도날드: 이..이제 너…큰일 났다…뒈져서 나오면 …나..난 책임 못 진다구…….

스티브: 너 .정말 없다고 했다?

만약 뒈져서 나오면…. 그땐!

도날드: 스..스티브..얘..얘는 니 동생이고 몸도 저러니까 그냥 봐줄까?

스티브: Shut up…you fool!…넌 잔말 말고 가서 망이나 봐! 임마!

도날드: 아..알았어….(망을 보러 움직인다.)

스티브: 이리 와 봐!

(주머니를 뒤지지 못하게 하려고 안간힘을 쓰는 싸이몬을 우악스럽게 다루며….)

스티브: 가만 있어 보라니까 이게 콱!

(기어코 주머니에서 뭔가를 꺼낸다.)

스티브 : Twenty..forty..sixty ..eighty …

Oh…Not too bad!

와우…이건 또 모야? 얼래? 사진 아냐?

싸이몬: (달려드며..) 사진 이리 줘…그건 우리 가족 사진이야….

스티브: Stupid ass hole….

니 눈엔 그 꼬라지하고..이 안에 있는 백인들하고..

가족같이 보이냐? 주인하고 하인이지… 쨔샤!

주제도 모르고…. 콱!

싸이몬: (다시 달려드며..)..어서 그 사진 이리 줘….

스티브: (데리고 장난 놀 듯)…. No way Jose! .그건 안 될 말이지….

정 갖고 싶음..한번 뺏어 봐… hey 도날드..심심한데 칭크 좀 갖고 놀자….
Come on…chink „, come..get it!!

싸이몬: 에이씨…(달려든다……스티브… 싸이몬을 밀친다…).

(다시 나자빠진다…)

그때…건들거리며 미미 나타난다…

도날드: 스티브………저…저기……!

스티브: 뭐야..임마…뭔데…? (그러다가 다가오는 미미와 마주친다)

미미: 어이… 거기 껄떡쇠 두 마리!

너희들 또 …뭐 하냐?

스티브: 아…또 선머슴아네…… 미미 넌 좀 빠져…It's non of your business… 이건 우리 사생활이라고!

미미: Bull shit…. 사생활 같은 소리 하고 있네..

넌 남의 등쳐 먹는 거로 사생활 하냐?

도날드: 아…우…우리가 뭘 하며 살든.. 미미 넌 좀 빠..빠져 주라!

미미: 얼씨구…. 야! 생쥐 이빨!

넌 저놈 따까리냐?

허구한 날…얻어터지면서 뭐가 좋다구 붙어 다니는데? 쨔샤!

스티브: 야..미미….

돈 많아서 주체 못 하는 인간들한테 동냥 몇 푼 받은 걸 가지고 너 좀 심한 거 아니냐?

미미: idiot … 넌 두들겨 패면서 적선 받냐?

도날드: 두..두들겨 패진 …아..않았어…그.그치, 스티브?

미미: 쓸데없는 말장난으로 혈압 올리지 말고 좋게 말할 때 뺏은 돈 얼른 돌려주고..사라져라....

도날드: 우.. 우린 아무것두 뺏지 않았다구..저..정말이야….

Right…스티브…?

미미: 니들 둘 다 아직도 정신을 못 차렸구나!

기어가게 해줘야….

(그때 마지못해..돈과 사진을 넘겨준다)

싸이몬: 사진도 줘!

스티브: 없어! 임마.

미미: 뭔데?

싸이몬: 우리 가족 사진.

미미: 얼른 줘라.

스티브: (사진을 들고) 이건 내 꺼야 ..우리 엄마 아빠라구..

싸이몬: 사진 줘..제발!

미미: 야..얼른 안 줘!

스티브: 에이 씨…미미..너 정말 매번 너무 하는 거 아니냐?

미미: 너무한 건 너희 재수텡이들이야… 쨔샤….

늬들 우리 오빠가 누군지 알지?

스티브: 알어.. 안다구… 달라스의 휘발유…마이크지…. 누구야…?

미미: 우리 오빤 쌈꾼이지만 ..늬들처럼 약한 사람들 등이나 쳐먹는 인간들 보면 용서를 못 하지…….

늬들 이참에 우리 오빠하구 맞짱 함 떠볼챠..?

타미: 아..아냐… 맞짱은 무..무슨…….

마이크가 이 동네 짱인데…스..스티브..…마이크 오기 전에 어서 도..도망 가자… 걸리면… 뼈..뼈도 못 추리잖아.

해외초대희곡 · 김길수

……

283

미미: 오늘은 몸도 맘도 이쁜 이..미미 공주의 생일이라 특별히 봐 주는 거니까.. 지금부터 발바닥이 보이지 않게끔 튕겨 나간다…. 셋을 세겠다….

스티브: 미미..그러지 말구…우리랑 같이… 동업하자…. 까짓거 4:6 제도 우린 괜찮아.....니가 여섯 우린 넷….

미미: One…….

스티브: 에이…그럼 좋다…3:7 제로 하자구….

미미: Two…….

스티브와 도날드(동시에 서로의 얼굴을 쳐다보다): 에이 니미 쒸…잘 먹구 잘살아라!………(뛴다…)…(도망가며…미미를 향해 가운뎃손가락을 치켜든다.)

미미: 하하하…애숭이 녀석들….

(싸이몬에게…) 야…몸도 약한 것 같은데. 넌 야심한 밤에 왜 돌아 댕겨…

머리에 총알 박힐 일 있냐?

(싸이몬 말이 없다)

미미: 난 미미다……미미 크라이슐러….

넌 이름이 뭐야?

(여전히 말이 없다.)

얼씨구…너 벙어리냐?

설마…내가 니꺼 다시 뺏을까 봐…쫄아서 그러는 거냐?

얌마…. 천하의 미미 크라이슐러가….그깟 돈 몇 푼에 눈이 멀 것 같냐?

사내 녀석이…소심하긴…….

알았어, 임마…. 너 다리도 성치 않은 거 같은데..이런 데서 알짱대다가..괜히 봉변 당하지 말고..어서 서둘러 돌아가…. 이곳의 밤은 너 같은 아이가 돌아다니기엔 너무 어두워.. 그럼 난 간다…아디요스……. 아미고….

싸이몬: (기어 나오는 소리로…)

……

고..고마워…….

(미미 다시 돌아와서…어깨를 두드리며….)

짜식…진작에 그럴 것이지…싸가지가 영 바가진 아니네…….

근데 넌 이름이 뭐냐?

싸이몬: 싸…싸이몬.

미미: 몇 살인데?

싸이몬: 18살.

미미: 와우…난 세븐틴.. 까짓거 한 살 차이야…맘먹는 거지..뭐…….우리 친구 하자.. 오늘이 이 미미 공주의 17번째 생일인데 친구도 없고..심심하던 차에 잘 됐다. 생일선물로 친구 하나 선물 받았다 생각하고 친하게 지내보자구….

(악수하자고 손을 내민다..싸이몬 수줍어서 못 내민다..)

미미: 사내 녀석이 악수도 못하면…어떡하냐?(손을 끌어 억지로 악수를 한다)

너 그렇게 수줍어할 거면 ..웬만하면..니 거시기 떼서..나한테 쳐라....차라리 내가 차고 다니게.. .히히히….

…못 보던 얼굴인데 너두 이 동네 살아?

싸이몬: ……아니….

미미: 아..그럼 이 동네에…볼일이 있어서 왔나 보구나..

싸이몬: …아니…….

미미: 그럼 뭐야?

싸이몬: 아랫동네에 살았는데……집을 나왔어….

미미: 뭐? 집을 나왔다구?

(암전)

제7장

……

어느 공원(밤)

행인, 길을 걸어가고 있다.

그 뒤를 크리스가 미행하듯 따르고 타미 어설피 망을 본다.

행인이 어두운 골목에 이를 때 크리스 행인에게 달려들며 칼을 목에 갖다 댄다.

스티브: 소리 지르지 마!

소리치면 죽인다. 있는 거 다 내놔!

행인: (손을 쳐들며 두려워하고 있다)

스티브: Come on …you son of bitch ..hurry up!

행인: (꾸물대며 주머니를 뒤지는데 자동차 불빛이 비친다−갑자기 다급한 목소리로) 사람 살려요 ..Please help ..help me…!

스티브: (당황하며 행인의 입을 막으며) 닥쳐..! 소리치면 찌른다..

행인: (이성을 잃은 듯 크리스를 밀치고 달아나며 더 큰 소리로)

사람 살려요...사람 살려!

스티브: (쫓아가 행인을 찌른다)

(암전)

(조명 들어오면)

(스티브와 도날드 심각한 모습으로 이야기를 나누고 있다..

행인 곁에 쓰러져 있다.)

도날드: (안절부절못하며..) Oh my gosh… 이..이 일을 어쩌지?

사… 사람을 찔렀잖아!

스티브: 쉬…Be quite ..You fool…!

누가 듣기라도 하는 날엔..너와 난 끝장이라구!

도날드: 그.. 그러길래…내가 그냥..겁만 주고 말자니까…

……

카…칼은 ..왜 사용했어?

스티브: .. 갑자기 소릴 지르는데 ..어떡하냐? 멍청아!

도날드: 그..그래도….

스티브:..지금 잘잘못을 따질 상황이 아니야.

도날드: 그..그럼 어떡해?

스티브:..이 일을 수습해야지..바보야….

도날드: 어…어떻게 수습을 하느냐구? 어떻게?

아..미..미치겠다….

내가 왜..이..이렇게 됐지?

스티브: Shut up…!….입 닥치고 해결책이나 생각해 짜샤!

도날드: 지금 ..이.입..닥치게 됐냐?

시티브: 자꾸 헛소리해대면 니 그 못난 주둥이두 아예 뭉겨버릴 테니까..

도날드: 괜히 나..나만 갖구 그래..씨…. 벼.. 병원에라도 데리고 가야 되는 거 아니야?

아직까지 숨이 완전히 끄…끊어진 건 아닌 거 같은데….

스티브: 병원에 가서…죽으면? 내가 강도질하다가 찔러 죽였다고 할까? stupid…….

도날드: 그..그렇다구 …저대로 두다간..그..금방이라도 숨이 끊어질 것 같은데… 어…어떡해? 스티브: 가만…………(잠시 생각에 잠긴 듯..)……

야..내가 왜 진작에 그 기막힌 묘안을 몰랐지?

도날드: 그…그게 뭔데?

스티브: 몰라도 돼. 넌….

도날드: 아…그..그러지 말고 말해줘…걱정돼..주..죽겠단 마…말야.

스티브: ……. 멍청이 싸이몬을 이용하는 거야.

……

도날드: 뭐……싸…싸이몬을? 어떻게?

스티브: 우리가 죽인 게 아니고 싸이몬이 죽인 거야. 알았지?

(암전)

제8장

(조명 다시 들어오면)

(미미와 싸이몬 공원 의자에 앉아있다)…

미미: 그랬구나…그러니까 스티브는 니 양부모님의 친아들이고 네 형인 셈이네?

싸이몬: (고개만 끄덕끄덕)

미미: 불만 나지 않았어도….

싸이몬: 다 내 잘못이야.

미미: 고의로 냈니? 니가 잘못한 게 뭐 있는데?

싸이몬: 스티브 형이 장난을 걸어올 때 그냥 받아들이지 말았어야 했는데..

미미: 그럼…형 말을 안 들었다고 또 혼났을 텐데.

싸이몬: 내 방에서 불이 났잖아.

미미: 스티브가 장난치다가 촛불을 넘어뜨려서 불난 거야.

싸이몬: 그 불로 인해 형은 손가락 하나를 영원히 못 쓰게 됐구.

미미: 그건 스티브의 운명이야.

싸이몬: 그 일로 아빠 술을 마시기 시작했고 불쌍한 엄마를 괴롭히게 된 이유잖아.

미미: 인간의 의지와 힘으로 되지 않는 것들도 세상엔 참 많아.

싸이몬: 나만 입양돼서 이곳에 오지 않았다면 우리 가족 모두 행복했을 텐데.

……

미미: 니가 태어난 것도..버려진 것도...또 이곳으로 입양되어 온 것도 모두 하늘의 뜻일 뿐이야.

싸이몬: 정말 힘들다….

미미: 힘들 땐 기대…이렇게….

싸이몬: 매일매일 나로 인해 고통받는 엄마나 아빠, 형을 생각하면 내가 이렇게 살아 있다는 것이 미안할 뿐이야.

미미: 그런 말 하지 마. 너야말로 보호받고 사랑받아야 할 존재야.

친부모한테서 버림받고 네 의지와 상관없이 입양되어 이곳까지 와서도 마음 편히 기댈 사람 하나 없다는 게 얼마나 슬프고 가슴 아픈 일인지 조금은 알 것 같다.

싸이몬: 내가 태어난 한국이란 나란 어떤 곳일까?

미미: 잘은 모르지만 좋은 나라일 거야. 널 보면 그걸 느낄 수 있어.

싸이몬: 한국에 가 보고 싶다. 날 낳아준 부모 얼굴도 보고 싶고….

미미: 우리 열심히 일해 돈 벌어서 함께 가 보자.

그리고 네 친부모님도 찾아보자.

싸이몬: 그런 날이 내게도 올까?

미미: 당연하지.

싸이몬: 오늘따라 엄마가 많이 보고 싶다.

(암전)

(어두운 골목)

스티브와 도날드 먼저 와 초조하게 기다리고 있다..

도날드: 이…이거 왜 여태 안 나타나는 거야?

이…이러다가 아…아예 오지 않으면 어떡하지?

스티브: 재수 없는 소리 작작 지껄여…임마!

아까 눈빛에 꼭 온다고…써 있었어….

도날드: 그래두 오지 않을까 봐..걱정이야….

스티브: Fool… 너처럼 입만 살아서 나불거리는 놈들보다 그런 놈이 우직한 게 의리는 더 있겠다….

도날드: 야..그..그렇다구 그렇게 말하면 ..드..듣는 놈 기분 좋겠냐?

넌 뭐 ..의…의리 있는 줄 알아? 사..사고는 지가 치구…싸이몬에게 모든 걸

뒤…뒤집어씌우려는 거면서.

스티브: 뭐야…? (입을 막으며) 도날드.. 너…이씨…죽을래?

(싸이몬 나타나자..)

도날드: (소리 죽이며) 야..야…싸…싸이몬 왔다…. Hey! Friend…. 여…여기야….

스티브: 아무한테도 말하지 않았겠지? 여기 온다는 거?

싸이몬: (무뚝뚝하게) 갑자기 웬일이야?

스티브: 웬일은…우리들만의 우정을 확인하기 위해서지.

싸이몬: 왜 안 하던 말을 하고 그래?

스티브: 헤이..브라덜… 섭섭하게 왜 그래? 내가 뭐 니가 싫어서 그랬는 줄 아냐?

사랑의 매를 든 것뿐이지.

도날드: 그..그럼…스티브가 너 널..얼마나 많이 생각하는데….

스티브: 오늘부터라도 진정한 형 동생이 되잔 의미지.

자..앉자…오늘 우리의 새로운 출발을 위해 준비해 온 게 있어.

(봉지에서 맥주와 과자를 꺼내 싸이몬에게 권한다)

……한잔 쭈욱 마셔 싸이몬!

도날드: 그래..우리 우..우정 .절대..벼…변하지 말자!

싸이몬: 이건 ..술이잖아….

난 못 마셔…한 번도 마셔본 적 없어.

……

스티브: 아..이거 왜 이래 촌스럽게…. 싸이몬.

싸이몬: 술은 싫어!

스티브: 사과의 잔이야..한잔 마시고 과거는 툴툴 털고 진정한 가족이 되잔 의미지.

마음의 잔이라 생각하고 쭈욱 마셔!

(싸이몬 마지못해…입만 댔다가 떼자…)

도날드: 이…이거 왜 이래? 오늘 같은 날 배..배신 때리면 안 되지.. 어서 사..사나이답게 다 마셔…싸이몬…자.. 치..치어스….

(싸이몬..망설이다가 억지로 다 든다…)

도날드: 와우..브…브라보……. 싸..싸이몬 잘 마시는데..

스티브: 역시…넌 우리 친구..아니 가족이다….

자 안주 여깄…다…. 이거 먹어….

도날드: 그..근데 싸이몬! 무…무슨 증상이 안 와?

싸이몬: 그게 무슨 소리야…도날드?

스티브: 도날드 …. 너 미쳤어? …You stupid… 아.아냐..싸이몬……취..취하지 않냐고 물어본 거야.

도날드: 우…웅..마…맞어..그 소리야…헤헤..

스티브: 그러게 말야…고 미미 년만 옆에서 훼방 놓지 않았어도 우린 더 빨리 친해질 수 있었는데..

싸이몬: 미미 좋은 아이야… 너무 미워하지 마, 형!

스티브: 으이구..미미 년 ..지 오빠 마이크만 없었으면…그냥…콱!! 요 손가락 두 개면 끝내주는 건데….

싸이몬: 미미한테 그러지 마…난 미미가 좋아…착하고 여린 맘을 가진 아이라구….

어……? 근데 내가 왜 이러지..? 하늘이 빙빙 돌고 정신이 없는 게 눈이 자꾸만 감겨..

해외초대희곡 · 김길수

스티브: 그..그래…? 처음 마시는 술이라 빨리 취하나 보다…. 자 그땐 한 잔 더 마시고 나면 오히려 술이 깨.

(술을 따라 강제로 싸이몬에게 먹인다)

싸이몬: 마시자마자 그대로 쓰러진다

스티브: 조금만 눈을 붙이라구..

싸이몬… 금방 깰 거야.

도날드: 그..그래..싸이몬 …어„, 어서 누워….

(싸이몬이 잠들었나 확인해본다.)

도날드: 수..수면제를 너무 많이 타…탄 건 아니지?

스티브: 조용해! 임마!

걱정 마 …죽지 않을 만큼 탔으니까.

도날드: 이…이제…어쩌지?

스티브: 어쩌긴……뭘…어째? 저놈을 그자와 함께 눕혀 놓는 거지….

놈의 손엔 피 묻은 칼을 들리고 ..옷은 대충 찢어서 술김에 서로 싸움을 한 것처럼 꾸미면…감쪽같이 저놈이 죽인 게 되는 거야….

도날드: …I'm so… 너…nervous …스티브….

스티브: Shut up…! 넌 입이나 닥치고 있어…. 멍청아……저놈이 잠에서 깰 시간인 새벽에 우린 우연히 그를 발견한 거야.

도날드: 아..그래도…무…무섭고…떨린다…스..스티브….

스티브: 조용히 하라니까!

어서 들기나 해…임마!

도날드: 아..알았어…알았다구….

(싸이몬을 둘이서 드는 것처럼 할 때..암전)

(경찰차 사이렌 소리)

제3막 1장

수잔의 집 앞…

(미미 ..허리를 굽힌 채 두리번거리며 조심스레 앞으로 걸어간다.

이때…서치 라이트 켜지며)

경찰 : 움직이지 마. 손들어!

미미: (움직이지 않은 채 그대로 서 있다.)

경찰: 손들라고 했다. 반항하는가?

미미: 움직이지 말라면서요?

경찰: 손들어!

미미: 어떻게요?

경찰: 말장난하면 쏜다. 엎드려!

미미: (양손을 앞으로 내민 채 ..구부정히 엎드린다)

경찰: 완전히 엎드려!

미미: 근데 손은 어떻게 하죠?

경찰: 손은 등 뒤로 돌려라!

미미: 그제서야 엎드린 채 두 손을 뒤로 돌린다)

경찰: 다가가 두 손에 수갑을 채우면

미미: 도대체 왜 이러는 거예요?

경찰: 당신은 누군가?

미미 : …미미……전 미미 크라이슐러예요.

경찰: 무엇 때문에 남의 집에 숨어들려 하는가?

미미: …아 그건요…남의 집에 숨어들려는 게 아니고요….

(미미 얼떨결에 일어서려고 한다)

경찰: 엎드려…. 움직이면 니 머리통을 날려버린다.

미미: (다시 급하게 엎드리며) 쏘… 쏘지 마세요…나 나쁜 사람 아니라구

해
외
초
대
희
곡
·
김
길
수

요.

경찰: 무엇 때문에 집으로 접근했냐고 물었다.

미미: 아..그건요…우리 친구 싸이몬을 만나러 가는 길이예요.

경찰: 싸이몬과는 어떤 관계인가?

미미: 싸이몬이 제 친구거든요.

경찰: 싸이몬은 현재 인질을 잡고 경찰과 대치 중이다.

미미: (벌떡 일어서며) 아니에요. 싸이몬은 그럴 친구가 아니라구요!

경찰: 싸이몬은 살인 전과를 가진 위험한 인물이다.

미미: 믿을 수 없어요. 믿을 수 없다구요.

(다시 벌떡 일어나려 하자–공포탄 발사 탕!)

미미: (재빨리 엎드린다.) 살려주세요!

다시 수잔의 집.

뜻밖의 총성에 싸이몬 긴장한다.

수잔을 끌어내어 총을 겨누며 창문으로 끌고 간다.

그곳에서 미미를 발견한다.

싸이몬: 미미!

미미: 어..싸이몬!

싸이몬: 어떻게 된 거야?

미미: 뉴스에서 널 보고 찾아왔지..

싸이몬: 니가 올 곳이 아니야.. 어서 가! 미미….

미미: 야… 이게 얼마 만이지? 못 보는 사이 이젠 멋진 어른이 됐는걸

싸이몬: 어서 돌아가…. 네가 있을 곳이 아니야.

미미: 안 돼 … 널 이렇게 위험한 곳에 혼자 두고 그냥 갈 순 없어.

싸이몬: 어서 가라니까… 너마저 위험해져..

미미: …난 항상 너의 그림자잖아. 아 .참…. 니가 좋아하는 바바나하구

다리에 좋은 약도 가져왔어..

　싸이몬: 내 걱정 마 미미… 이미 각오하고 시작한 일이니까….

　미미: …하지만 지금… 그냥 돌아갈 순 없다구….

　싸이몬: 계속 고집부리면 더도 다쳐..

　미미: 상관없어.

　싸이몬: 이건 정말 날 돕는 게 아냐. 부탁이다.

　미미: 미…미안해. 싸이몬….

하지만…널 혼자 두고 가면..어떻게 혼자 이 많은 사람들과 맞서

싸울 수 있어? 내가 함께 있어 줄게. 싸이몬.

(이때 경찰서장의 소리가 들린다.)

　경찰: 싸이몬…

이제 이쯤에서 그만하고 인질범을 석방해라..

자네를 사랑하는 가족이나 친구들이 걱정이 많다.

　싸이몬: 허튼소리 집어쳐! 쉽게 포기하려 했으면 시작조차 하지 않았다

고 했지?

　미미야! 난 이제 내 숨통을 조여왔던 고통의 밧줄을 끊어야 해. 그러니…

제발…어서 돌아가..다시 한번 부탁한다.

　미미: 알았어…알았어, 싸이몬…. 시키는 대로 할께…대신 한 번만 니 살

인 미소를 보여줘..

　그래야…안심하고 등을 돌릴 수 있을 것 같아.

　싸이몬: (미미를 위해 어색하게 이빨을 내놓고 웃는다)

　미미: 조심해…싸이몬…이곳은 정말 위험한 곳이라구.. 사방이 다 굶주린

하이에나만이 득실거려. 아주 지저분한 발톱을 세우고 있다구!

　싸이몬: 아무리 날카로운 이빨로 들이대도 내 심장까지 도려낼 순 없어.

　걱정 말고 어서 가… 고맙다…친구야….

　미미: …싸이몬…기억해…난 언제나 네 편이야… 넌 내 영원한 친구라구!

……

(암전)

제2장

거실

(싸이몬과 하우스만 수잔(묶인 채)이 함께 소파에 앉아 있다)

(싸이몬 부엌에서 술병과 술잔을 들고 거실로 걸어 나온다)

싸이몬: 대단하신 판사님 집이라 고맙게도 최고급 술까지 얻어 마시는군.

(하우스만 기자에게 술을 권하고 한잔 따라준다)

(싸이몬 한잔을 따라 단숨에 마시며…)

당신도 한잔하지.(수잔에게 권한다)

수잔: (술을 권하지만 수잔 판사 고개를 젓는다)

싸이몬: 오늘이 최후의 만찬이 될 텐데 축배 정도는 들어줘야지.

(다시 혼자 한잔을 따라 마신다)

싸이몬: 술꾼 같지? 사실 난 술을 마실 줄 몰라. 지금도 그렇고 살인범으로 몰아 당신이 날 감옥에 처넣었던 때도 물론 난 술을 마실 줄 몰랐어. 하지만 당신은 내 절규를 귀 언저리로도 듣지 않더군. 오로지 출세욕에만 눈이 먼 야수의 눈빛으로 …날.. 술에 찌든 패륜아로 몰아 살인마로 만들어 놨지. 그때 난 중요한 사실 하날 깨달았어.

똑같은 입술로 하는 말이지만 어떤 배경을 가진 누구의 입술을 통해 나오는 말인가에 따라 인간의 혀가…독을 가진 뱀의 혀로 둔갑할 수 있다는 사실 말이야.

수잔: 경찰 조사 내용에 따라 검사로서의 임무에 충실했던 것뿐이오.

싸이몬: 백 명의 죄인을 놓치는 것보다 단 한 명의 무고한 시민도 억울한 옥살이를 하지 않도록 하는 것이 법관의 기본자세란 사실을 조금이라

도…깨달은 검사였다면 이런 비극은 없었을걸……

수잔: 당시 사건의 증거나 증인들의 증언 모두 당신이 범인이라 확신하게 만들었던 거요.

싸이몬: 더 정확히 말하면 증거나 증인들이 모두 당신이 원하는 대로 맞아떨어지길 바라고 있었겠지.

수잔: 그건 오해고 모함이에요

싸이몬: 내가 만약 입양아 출신이 아니었다면…그땐 어땠을까?

수잔: 그…그건…….

싸이몬: (갑자기 혼자 흥얼거린다)

아리랑 ..아리랑..아라리요..아리랑 …고개로 …넘어간다…이 노래 모르지..

수잔: (고개를 끄덕인다)

하우스만: 그건 한국의 노래?

싸이몬: 나를 이곳까지 떠나보낸 나라의 …민요라는군.

하우스만: 그 노랠 어떻게?

싸이몬: 매리 엄마께서 한국인의 정체성을 잊지 말라며 직접 배워서 가르쳐준 노래지.

노래가 너무 청승맞아서 배우지 않으려고 그렇게 뺀질거렸는데….

제기랄…. (벌떡 일어서며..) 이상하게도 외롭거나 힘들 때면 입에선 주문처럼 이 망할 놈의 노래가 계속해서 흘러나오는 거야.

아리랑 아리랑 아라리요… 계속해서 입 안을 가득 채워가는 이놈의 노래 가사가 싫어서 가래침을 뱉어내듯 토해내고, 토해내고 또 각혈을 해내도 …그만큼 더 채워지고 또 채워지길 멈추지 않는 거야. 그건 어느새 내 삶의 넋두리가 되고 타령이 되고, 울분이 돼서 눈물, 콧물 범벅인 채 계속해서 부르고 또 부르고 또 불러서 목이 얼얼할 때까지 되풀이하곤 했어. 어떤 떤 가사의 의미도 모르면서 밤새도록 넋이 나간 모습으로 이 노래를 부르다 잠이 들기도 했다구.

수잔: (싸이몬을 위로하려는 듯 일어서 다가선다) 오! 싸이몬….

싸이몬: (애써 외면하며 ..총을 겨눈다) 돌아가! 그깟 값싼 동정 따윈 필요 없어!

수잔: (멈칫하며 선 상태로…) 진심이요. 내가 당신에게 뭔가 큰 잘못을 저지른 것 같은 죄책감이….

싸이몬: 닥쳐! 되돌리기엔 너무 늦었어! 잃어버린 내 15년을 보상받는 길은…사건의 진실을 만천하에 고발하고 우리의 질긴 악연을 이쯤에서 마감하는 것뿐이야.

하우스만: 싸이몬…조금만 더 냉철하게..해결안을 찾아봅시다.

싸이몬: 현직 판사를 인질로 삼았으니 최소한 앞으로 몇 년은 더 또 칙칙한 감방에서 보내게 될 것이고 난 끝내 살인자에 인질범이란 낙인을 뒤집어쓴 채 험한 세상을 돌부리에 차이는 낙엽마냥 나뒹굴게 되겠지.

하우스만: 당신의 억울한 사연을 내가 반드시 세상에 알릴 것입니다.

싸이몬: 그런다고 억울하게 옥살이를 한 세월을 당신이 돌려줄 수 있을까?

하우스만: 그건….

싸이몬: 감방에 갇혀 있는 동안도 힘들거나 억울함에 몸부림칠 때면 남몰래 속으로 아리랑을 부르곤 했소. 가사 말까지 바꿔서 불렀지.

"아리랑 아리랑…아라리요…텍사스.. 광야를.. 헤매돈다

나를 버리고 가신 우리 엄마…지금은 어디서 무얼 할까.

아리랑 ..아리…랑…"

(그때 울리는 전화벨 소리….)

싸이몬: 또 무슨 개수작 부리는 거야?

서장: 어머니의 음성을 듣고 싶지 않소?

싸이몬:……… 무슨… 소리야?

서장: 당신을 사랑하는 어머니께서 통화를 원하시오.

싸이몬: … 매리 엄마께 무슨 짓을 한 거야?

서장: 매리 어머니께서 많이 아프시네. 위독해. 그런데도 싸이몬 자네와의 통화를 간절히 원하시는구만.

싸니몬: 닥쳐 ..그 따위로 내 맘이 흔들릴 줄 알아? 명심해… 우리 엄마한테 조금이라도 상처를 준다면 내가 절대 가만히 두지 않는다. 허튼짓했다간 우리 세 사람..아니 너희들까지도 모두 오늘 이곳이 무덤이 될 거다.

(끊는다)

(잠시 상념에 잠긴 모습)

(다시 전화벨 소리)

싸이몬: 정말 죽고 싶어 환장했어?

매리: (병든 목소리로) 오우! …싸이몬…이게 정녕…사랑하는 내 아들 싸이몬이란 말이냐?

싸이몬: (놀란다..)……….

매리: 내 아들 싸이몬이 맞구나..

싸이몬: ……….

매리: 오우! 꿈속에서라도 그토록 만나보고 싶었던 내 아들이구나….

싸이몬: …….

매리: 이름만 불러도 가슴이 미어지는 내 아들 싸이몬아……이 애미를 용서하지 마라…

못난 애미가 널 이 지경으로 만들었구나….

싸이몬: (흐느낀다)….

매리: 우리 가여운 싸이몬이 …그동안 버텨 왔을..그 혹독한 세월을 생각하면 이 애민 가슴이 무너지는 것 같다.

몸이 성치 않아 면회조차 맘대로 갈 수 없어 이 애민 살아가는 이유를 잃어버린 지 오래됐다.

불쌍한 내 아들 싸이몬….

싸이몬: 엄마…. (흐느낀다)

매리: 아들아…절대 약해지지 마라. 넌 세상에서 가장 가여운…착한 내 아들이다.…명심해라…네게 닥친 겨울이 아무리 매섭고 춥다 해도 따듯한 봄은 반드시 올 것이야.

이 애민 저 하늘에서나마.. 널 꼭 지켜주마…아들아…사랑한다….

(전화 끊기는 소리)

암전…

싸이몬 목소리: 어머니…….엄마!!! (싸이몬의 흐느끼는 소리…….).

제3장

(침묵의 시간..그러다 결심한 듯)

수잔: 이리 오세요…싸이몬 씨….

싸이몬: 무..무슨 짓을 하려는 거야?

수잔: 어서요…. 마지막으로 날 한 번만 믿어줘요. (싸이몬의 손을 이끌고 창가로 다가간다)

(다시 쏟아지는 기자들의 플래시 세례..)

수잔: 여러분 전…미연방법원 텍사스 고등법원 판사 수잔 그레그입니다.

전 지금껏 판사로 일해 오면서 제 일을 천직으로 알았고 또한 제 직업에 대해 무한한 자부심을 자산으로 여기며 일해 왔습니다. 그러나 오늘 전 심장을 도려내는 심정으로 이 자리에 섰습니다. 10년 전 한 살인강도 사건의 담당 검사를 맡았던 저는 지금 제 곁에 있는 싸이몬 김철수 씨에게 평생을 갚아도 갚지 못할 죄를 짓고 말았습니다.

검사라는 공명심과 이기심, 입양아에 대한 편견에 사로잡혀 무죄를 주

장하던 어린 소년 싸이몬의 결백을 무시한 채 살인자란 죄명을 씌워 그
에게 15년이란 세월을 차디찬 교도소에서 썩게 만든 장본인입니다. 지난
10여 년간 싸이몬이 흘렸을 피눈물을 생각한다면 그 어떠한 것으로도 고
통을 보상해줄 수 없다는 걸 압니다. 그래서 전 오늘 이 자리에서 만천하
에 이 부끄러운 사실을 고백하고 어떤 벌이든 달게 받을까 합니다.

아울러 이 시간 이후부터 법관이 아닌 자연인으로 돌아가려 합니다. 이
것이 싸이몬 씨에게 해 줄 수 있는 법관으로서의 마지막 양심입니다. 다
시 한번..억울한 고통을 겪은 싸이몬 김철수 씨에게 진심으로 사죄드리며
국민 앞에 용서를 빕니다.

(플래시 세례…터진다…)

기자들: 싸이몬 씨와는 원만히 해결된 건가요?

수잔: 그 어떤 말로도 자격은 없지만 용서만을 바랄 뿐입니다.

기자: 판사직을 그만두겠다고 하셨는데 진심인가요?

수잔: 진심입니다.

기자: 싸이몬 씨! 한마디 해주시죠..

싸이몬: (주저하다가) …지금껏 나는 주인 없는 거리의 똥개였습니다.

서장: 똥개? 저건 또 무슨 소리야?

티나: 똥개도 모르세요? 워프..워프..워프~

서장: 그걸 누가 몰라? 무슨 의미냔 이야기지.

티나: 개차반으로 살아왔단 이야기겠죠, 뭐.

서장: 으이구..됐다.....물어본 내가 바보지.

싸이몬: 반겨주는 사람 없이 길거리를 헤매고 채이고 짓밟히면서도 살
아남기 위해 꼬리를 흔들어 대던 난 영락없는 거리의 똥개였습니다. 버
려지고 선택되어지고 또 버려지고……이제 그 질기고 오랜 경멸과 비웃
음으로부터 영원히 자유롭고 싶습니다.

잘난 당신들에게 묻겠습니다. 난 진정 한국인입니까…미국인입니까?

아니면 주인 없는 거리의 똥개입니까?

(잠시 침묵)

싸이몬: 미국 시민이 아니니 돌아가라구요? 어디로 말입니까? 해외입양아들이 머물 곳은 진정 어디란 말입니까? 고통받고 차별받는 입양아들의 불행은 이제 나 하나로 종식돼야만 합니다. 그들의 삶은 결코 그들의 의지에 의해 선택되어지지 않았기 때문입니다. 부디… 그들을 두 번씩 버리는 불행한 역사는 여기에서 지워주십시오. 부탁입니다.

난 이 순간 평생 가슴에 묻어 두었던 그림자 하나를 지워 버리는 것으로 내 삶에 드리워진 안개를 걷겠습니다.

(싸이몬..안주머니에 손을 넣는다)

(이때 갑자기 들려오는 외발 총소리…탕!)

서장: (소리친다) 뭐야? 안 돼! 명령 없이 발포하지 말라고 했잖아!

(싸이몬 가슴에서 꺼낸 편지 한 장을 손에 들고 비틀거리다 쓰러진다..)

수잔 : Don't shoot…! 쏘지 말아요.. 쏘지 말란 말야!

(싸이몬을 부둥켜안는다..)

(암전)

경찰 바리게이트 라인

(개리 서장 전화 통화 중-비가 내린다-빗소리)

서장: 네? 그게 정말 사실입니까. 확실한 거죠? 알았습니다.

서장: 이럴 수가…(멍하니 서 있다)

(티나 다가서며)

티나: 비가 오는데 왜 그러고 계세요?

서장: 믿을 수가 없구만..

티나: 무슨 일인데요, 서장님?

서장: …싸이몬은 강도 살인범이 정말 아니었어.

티나: 네?

(암전)

　화면 속 스티브(탑조명 처리) : 10년 전..사..살인 사건은… 저 스티브가 저지른 사건입니다.

　동생 싸이몬은 억울하게 누명을 쓴 거예요. 진심으로 잘못했습니다…싸이몬…정말. 미안하다….

　방송기자(조명으로 크로즈업): 10년 전 자신이 저지른 살인사건을 동생에게 뒤집어씌워 살인자로 만들었던 스티브 스미스!

　그는 10년간이나 자신의 죄를 숨긴 채 살아왔습니다. 하지만 그의 엽기적 행각도 마침내 마침표를 찍었습니다. 또 다른 강도 사건에 연루돼 조사를 받던 스티브는 자신의 억울함을 주장하며 인질극을 벌인 동생 싸이몬의 죽음을 지켜본 뒤 심경의 변화를 일으켜 조금 전 자신이 당시 사건을 저지른 진범이라고 자백했습니다.

(조명 들어오면
　암전 상황에서 탑 만으로 죽어 넘어져 있는 싸이몬 잡으며…)
　싸이몬의 가슴에 품었던 친모에게로 보내는 글이 미리 녹음된 싸이몬의 육성을 통해 배경 음악과 함께 울려 나온다.

　싸이몬 육성: 어머니…. 이 짧은 한마디를 부르기 위해 너무나 멀고 고통스러운 길을 걸어왔습니다. 한때는 그토록 원망의 대상이었는데…한때는 삶 속에서 영원히 지우고 싶었던 그림자였는데….정작 당신은 제게 하늘이고 바다였나 봅니다.

　세상에서 버림받아 차가운 거리를 떠돌 때면 얼굴도 알 수 없는 당신은 언제나 어머니란 이름으로 제 마음속에 계셨으니까요. 지금도 전 ..날 이 세상에 나오게 한 당신을 이해할 순 없습니다. 왜 핏덩이인 저를 버렸는지도 모릅니다.

하지만 그럴 수밖에 없었던 당신을 원망해선 안 된다는 사실.. 당신을 용서해야만 한다는 사실을 이제서야 깨달았습니다.

어머니..당신이 행여 이 글을 접하신다면 이제 그 오랜 멍에에서부터 자유로워 지세요. 그것이 당신이 10개월간 배 아파 낳은 자식이 드리는 어쩌면 이 세상에서의 마지막 선물입니다. 그리고 이것이 당신께 드리는 이 세상에서의 마지막 편지일지도 모릅니다..

하지만 …어머니..기억하세요.

당신은 언제나 제 맘속에 영원한 그리움으로 자리하고 있을 겁니다. 당신의 못난 아들을 이젠 지워주세요.

당신의 아들 김철수 올림….

(암전)

*티브이 리포트 (우비를 입은 하우스만)
(조명으로 클로즈업)

살인범이란 누명을 쓰고 10년간이나 억울한 옥살이를 해야 했던
한국계 입양아 싸이몬 김철수 스미스..

끝까지 무죄를 주장하며 당시 검사를 상대로 인질극을 벌이던…그는 생모에게 전하는 편지를 가슴에서 꺼내는 순간 흉기로 오인한 경찰이 쏜 총에 맞아 젊음의 꽃도 피워보지 못한 채 짧은 생을 마감했습니다..

해외 입양정책에 대한 구조적인 문제와 그들을 바라보는 비뚤어진 사회적 편견, 시시때때로 여론에 의해 춤을 추는 이민 정책에 대한 변화가 필요하단 소리가 높아지고 있습니다.

비극의 현장에서 BNN 뉴스 하우스만입니다.

(빗소리 커지며…암전)

음악 ……

해외초대희곡 · 김길수

김길수(희곡작가·언론인)
2010년 미주 문학 희곡부문 신인상 수상
달라스 문학회 회원
미주 문인협회 회원 / 한국 희곡작가협회 회원
YTN TV 텍사스 리포터 / KTN 신문 편집위원
ytntexas1@yahoo.com

……

미행

박 종 진

　해주뚝배기는 맛집으로 소문난 순댓국 전문 음식점이었다. 처음 온 손님들이 곰탕이나 설렁탕을 시키기는 했지만 그래도 순댓국 주문이 제일 많았다. 깍두기와 같이 나오는 배추김치는 손님이 직접 썰어 먹을 수 있도록 가위가 따라 나왔는데 다른 손님의 상에 올랐던 음식이 아니라는 표시였다. 또 국에 넣어 먹게 길이가 약 2cm 정도 되게 썬 부추 한 움큼이 접시에 담겨 나왔고, 마늘과 풋고추 몇 개가 쌈장과 함께 상에 올랐다. 식사하러 온 사람은 순댓국을 시켰고, 술을 마실 손님은 술국을 시켰다. 술국은 순댓국에서 공깃밥을 빼고 그 대신 고기를 넉넉하게 넣은 것인데 값은 조금 비쌌지만 많은 사람이 술국에 소주를 시켰다. 그래도 손님이 술을 다 드실 때쯤 공깃밥을 내드렸다. 식당에서 일하는 사람들은 어머니를 주방 책임자란 뜻에서 방장님이라고 불렀는데 어린 내 귀에는 반장님으로 들렸다.

　그 당시 나는 초등학교 4학년이었고 내 걸음으로 학교에서 10분 정도 떨어진 곳에서 어머니와 단둘이 살았다. 내가 학교에 들어가기 전까지 아버지는 회사 일로 미국에 출장 가셨다고 알고 있었지만, 철이 들면서 어머니와 이모, 그러니까 식당 사장님을 나는 큰이모라고 불렀는데 두

분의 대화 곳곳에서 수집한 정보에 의하면 나의 아버지는 딴살림을 차리셨다. 있다가 없어진 아버지라면 생각도 나고 그리운 마음이라도 들 텐데 애당초 본 적도 없던 사람이어서 나하고는 아무 관계도 없는 만화 속 인물 정도였다. 나중에 성년이 되어 왜 그런 거짓말을 하셨는지 어머니께 여쭸더니, 그 당시 한국 아버지들은 그저 존재한다는 상징적 의미 정도밖에 없어서 구태여 아버지 돌아가셨다고 거짓말을 해서 공연히 어린 아이 가슴에 상처 주는 것보다 나을 것 같아서 그러셨다고 하셨다. 어머니와 식당 이모는 아버지나 돈 얘기를 하실 때는 내가 알아듣지 못하게 일본 말로 하셨다.

내가 다니던 학교는 불광동, 응암동, 홍은동 방향으로 길이 갈라지는 삼거리에 있었다. 교통경찰이 길 한복판에 있는 단 위에 서서 삼거리로 진입하는 자동차에 일일이 갈 곳을 정해주었다. 자동차들은 방향 감각이 없는 순한 양처럼 경찰이 이쪽으로 가라고 하면 이쪽으로 갔고, 저쪽으로 가라면 또 저쪽으로 갔다. 나는 만약 자기가 원하지 않은 방향으로 가라고 하면 어떻게 할지 무척 궁금했다. 아마 다시 삼거리로 돌아와서 원래 가려던 방향으로 경찰이 정해줄 때까지 그런 시도를 되풀이할 것으로 생각했다. 깜빡이라고 불리는 방향지시등이 있다는 것을 안 것은 한참 후였다.

학교가 파하면 만화 가게에 들러서 기다리던 연재만화 다음 편이 나왔으면 만화를 보고 그렇지 않으면 삼거리를 달리는 자동차 구경하는 것이 내 일과였다. 그런 어느 날 내 눈에 어떤 남자의 모습이 들어왔다. 물론 전에도 그 사람을 본 적이 있었겠지만, 그는 마치 지나가는 과일 장수의 수레나, 철공소 삼륜차처럼 아무 상관 없이 내 눈앞을 지나치다가 그날 우연히 내 시선을 끄는 일이 생겼다. 남자가 한눈을 팔고 걸었는지 땅바닥에 넘어지는 모습이 너무 우스꽝스러워서 나는 소리 내어 웃고 말았다. 주변 사람들이 얼굴 전체가 피범벅이 된 그를 부축해서 일으키는 모습을 보자 나는 사건의 심각성을 알아차리고 급히 웃음을 참았다. 넘어지면서 흘렸는지 남자는 그 와중에도 땅바닥에 쏟아진 흰 알약을 주섬주섬 주워서 약통에 담고 있었다.

내가 살던 집은 동네에서 은행 집이라고 불리던 단층 양옥이었다. 집 뒤편으로 넓은 방에 부엌과 화장실이 딸린 별채가 있었고 뒷문도 따로 나 있었다. 우리는 그 집 별채에 세를 들어 살았는데 방은 하나였지만 미닫이문으로 통하는 큰 옷장이 있어서 어머니는 그 안에 내 책상을 넣어 주셨다. 그러자 옷장은 훌륭한 공부방으로 변했다. 책상과 의자를 놓고도 자리가 많이 남아서 나는 잠도 거기서 잤다. 러시아 인형 구조의 방 속의 방이었는데 창문이 없어서 항상 불을 켜고 있어야 했지만 어린 내게는 나만의 비밀스러운 완벽한 공간이었다. 어느 겨울날 연탄가스가 스며들어와서 하마터면 죽을 뻔했던 일도 있었는데 한국 사람이면 누구나 그런 일 한 번쯤은 겪던 시절이었다. 학교에 가지 않아서 좋았지만, 머리를 도리도리 흔들면 깨질 듯 아팠다.

주인집 아이들과는 이상하게도 말 한마디 없이 지냈다. 코앞에 내가 다니는 학교가 있었는데도 그 아이들은 짙은 자주색 교복을 입고 사립학교에 다녔으며, 반상의 구분을 엄격히 해서 그런지 세입자의 자녀인 나와 급과 격이 달리 행동했다. 그 집 딸은 피아노를 배웠는데 항상 똑같은 소리를 반복하고 있었다. 소리라기보다 차라리 소음이었다. 그 계집아이는 자기 몸 절반 크기나 되는 어린이 바이엘이란 피아노 책을 끌고 다녔는데 진도가 나가지 않아서 그랬는지 매일 같은 것을 연습하는 바람에 어느새 나는 그 가락을 다 외어버렸다. 밥을 먹을 때도, 숙제할 때도, 심지어는 꿈속에서조차 그 곡조가 내 머릿속을 떠나지 않자 나는 미칠 것 같았다. 그런데도 똑같은 것을 계속 쳐대자 나중에는 마치 연탄가스를 마신 것처럼 머리가 지끈거렸다.

어머니께 두통이 있다고 했더니 어머니는 경대 위에 있던 작은 약병에서 알약 한 알을 꺼내 주셨다. 원기소처럼 매일 먹거나 많이 먹으면 큰일 난다고 하시며 머리가 심하게 아플 때 꼭 한 알만 먹어야 한다고 하셨다. 약을 받아들면서 나는 깜짝 놀랐다. 약병에 바이엘 아스피린이라고 쓰여 있었다. 바이엘 피아노 소리 때문에 생긴 두통을 없애려고 바이엘 약을 먹는다는 것이 조금 우스웠지만, 눈을 감고 약을 삼켰다. 씹어서 먹던 원기소는 맛있어서 어머니 몰래 먹다가 여러 번 혼났는데, 아스피린은 딱 한 알을 먹고 눈을 감고 속으로 천천히 아흔아홉까지 세자 신기하게도 통증이 사라졌다. 계집아이는 그때까지 열심히 피아노를 부수고 있었다.

아버지가 없다는 핸디캡도 있었지만 나는 성격 자체가 워낙 내성적이어서 학교 친구들과 어울리지 못했다. 왕따를 당했다기보다 그저 나는 유령이었다. 급우들은 아예 내가 없는 것처럼 대했고 학교에서 내 존재를 아는 사람은 담임 선생님뿐이었다. 어느 날 내가 체해서 토한 적이 있었는데 담임이셨던 홍성호 선생님은 물수건으로 내 얼굴이며 옷을 닦아 주셨다. 선생님 등에 업혀 양호실로 가는 동안 그분에게서 아버지 냄새 같은 것이 나서 나는 그 와중에도 선생님 목을 꼭 끌어안았다.

어느 봄날 경복궁에서 사생대회가 있었다. 담장을 칠하려고 회색을 찾았지만, 어디에 흘렸는지 크레파스 상자의 회색 자리가 비어있었다. 할 수 없이 노란색으로 고궁 담을 칠했는데 생각지도 않게 내가 입상했다. 그 흔한 개근상 한번 못 타본 터여서 어머니는 무척 기뻐하셨다. 상장과 함께 알렉산더 대왕 전기가 들어있는 위인전 전집을 상품으로 받았다. 어머니는 상장을 액자에 넣어서 벽에 걸어 놓으셨다. 선생님께서 개나리가 만발한 고궁 담장을 샛노란 색으로 칠한 것은 나에게 미적 소질이 있다는 것이라고 하시자 나는 좀 겸연쩍은 생각이 들어 사실을 말씀드리려다 말았다. 나는 선생님의 권유로 방과 후에 미술 지도를 받았다.

　어머니는 바쁜 저녁 식사 시간이 지나면 나머지 일은 이모한테 맡기시고 밤 아홉 시 반경에 집에 돌아오셨다. 그때는 아동 유괴 사건이 많아서 하교 후부터 어머니가 귀가하시는 시간까지 나는 절대로 밖에 나가면 안 됐다. 내가 길에 넘어져 쌍코피 쏟은 사람 얘기를 하자 그런 사람이라도 조심해야 한다고 하시며 근처에 얼씬도 하지 말라는 엄명을 내리셨다. 웃자고 한 얘기였는데 어머니의 반응은 뜻밖에 냉담했다.

　나는 어머니를 따라 목욕탕에 다녔는데 아무리 체구가 작은 나였지만 초등학교에 들어간 후 언제부턴가 동네 아주머니들의 빗발친 항의로 여탕 출입이 금지됐다. 그 후 식당에서 일하는 삼촌들이 나를 데리고 목욕탕에 갔다. 어머니는 이태리타월로 내 한 껍질을 벗기셨지만, 삼촌들은 내 등만 밀어주셨고 아무것도 강제하지 않으셨다. 어머니 말고 다른 사람들과 어울린다는 것은 이상한 마력이 있었다. 그런 어느 날 목욕탕 온탕에 앉아서 눈을 감고 천자문을 외우는 것처럼 무엇인가 중얼거리던 그 남자를 보았다. 물 속이라 잘 보이지는 않았지만, 아랫배에 흉터가 있었다. 적과 싸우다 다쳤을지 모른다는 생각이 들자 어머니의 경고 말씀이 떠올라서 가까이 가지 않았다.

　경제개발 5개년 계획이 자리 잡으며 차츰 생활 형편이 나아지자 소위 치맛바람이 시작되면서 나는 과외공부라는 것을 하게 되었다. 거기에는 골목 끝에 사는 같은 반 우성옥이란 곱슬머리 여자아이도 있었다. 우리는 제사나 잔치 때 쓰는 커다란 포마이카 상을 펴놓고 빙 둘러앉아서 공부했는데 성옥이는 항상 내 바로 맞은편에 앉아서 자기 발을 뻗어 내 사타구니를 쿡쿡 쑤셨다. 그러면 나는 얼른 무릎을 오므려 성옥이 발이 못 빠져나가게 잡았다. 다른 아이들은 보리밥 쌀밥 놀이를 손으로 했지만 우리는 발로 했다.

가끔 우리 집에 놀러 온 성옥이와 나는 함께 공부하다가 싫증이 나면 새로운 놀이를 개발했다. 못된 송아지 엉덩이에 뿔이 난다더니 미술 대회에서 상을 받은 나는 장래에 화가가 되기로 작정한 것까지는 좋았는데 정물화도 풍경화도 아닌 누드 화가를 지망했던 것 같다. 내가 그린 그림을 어머니께 들키는 바람에 성옥이는 어른이 없을 때 우리 집에 올 수 없게 되었다. 어른들은 아이들에게 하라는 것보다 해서는 안 될 것을 훨씬 더 많이 요구했다. 하지만 그럴수록 우리는 어른들의 눈을 피해 하지 말라는 것의 명맥을 이어 나갔다.

학교 정문 왼쪽에 병원과 약국이 있었다. 수약국 약사님은 남편이었고, 복의원 원장님은 그분의 부인이었다. 그 댁 부부는 동네에서 제일 좋은 집에 살았다. 병약했던 나는 병원과 약국을 뻔질나게 드나들어서 원장님과 약사님은 내 이름까지 알고 계셨다. 문방구와 구멍가게는 그 반대쪽에 있었고 그 옆이 제과점이었다. 뉴서울제과의 곰보빵, 단팥빵은 가게에서 사 먹던 삼립 크림빵과는 상대가 안 되게 맛있었다. 식당 큰이모가 우리 집에 오실 때 꼭 그 집 빵을 사 오셨다. 그다음 건물 2층이 치과 병원이었는데 나는 일부러라도 치과 앞으로 다니지 않고 빙 돌아다녔다. 치통을 참고 있는 나를 낚아채서 드릴로 갈고 갈고리로 쑤실 거라는 그 당시 내 나이 기준으로 합리적인 의심이 들어서였다. 충치는 어머니께서 직접 명주실에 묶어서 빼 주셨고, 꼭 치과에 가야 할 일이 생기면 나는 어머니께 애원해서 갔던 길을 몇 번씩 돌고 또 돌았다. 병원에 끌려들어 가서도 어떤 고문에도 꿋꿋이 버티는 첩보원처럼 쉽게 입을 열지 않았다.

나는 소문난 겁쟁이였다. 급한 것도 없는데 공부방에 뛰어 들어가면서 벽에 붙은 전등 스위치 켜는 것을 실수하면, 어둠 속에서 스위치를 찾으려고 벽을 더듬거리는 짧은 몇 초 사이에 온갖 귀신들이 내게 들러붙어서 목을 조르고 머리카락을 잡아당겼다. 나이가 든 지금도 귀신들과의 사투는 여전하다. 길을 건너서 골목에 접어들면 국화빵 포장마차가 있고 그 옆에서 뽑기 아저씨가 달고나를 팔았다. 우리는 면도날이나 바늘을 사용했지만 얇은 달고나 판에서 별이나 자동차 모양의 도형을 떼기는 쉽지 않았다. 태권도장 아래층 보신탕집에서는 항상 이상한 냄새를 피우고 있었다. 평소 개를 무서워했던 나는 방과 후 집에 갈 때면 개 몇 마리가 어슬렁거리는 길을 포기하고 할 수 없이 코를 막고 숨을 참고 보신탕집 앞을 지나쳐야 했다. 지름길은 보신탕 속 죽은 개 냄새 때문에 다니기 힘들었고, 멀리 돌아가자니 살아있는 개에게 물릴까 봐 겁이 났으니 개는 살았거나 죽었거나 이래저래 나를 괴롭혔다. 호랑이는 어미 젖만 떨어지면 평생 혼자 산다고 한다. 항상 혼자였던 내 인생은 호랑이 같은 줄 알았는데 동네 개들 앞에서 벌벌 떠는 종이호랑이였다.

그 당시 초등학교 학생에게 커서 뭐가 되고 싶으냐고 물으면 모두 대통령이라고 대답했다. 하지만 나는 제임스 코번이 나오는 스파이 영화를 본 후 첩보원이 되려고 맘먹었다. 식당에서 일하는 삼촌들은 나를 데리고 목욕탕에 갔다가 중국집에 가서 짜장면을 사주셨다. 나는 짜장 한 방울 남기지 않고 말끔히 긁어먹어서 내 그릇은 따로 설거지할 필요도 없었다. 그리고 우리는 극장에 갔다. 반장님에게는 영화 봤다는 얘기를 절대로 하면 안 된다고 하셨다. 대체로 미성년자 입장 불가였기 때문이다. 나는 영화에서 본 것처럼 비밀스러운 장비를 내 옷 여기저기에 숨겼다. 만약 버스 안이 붐벼서 갑자기 단추가 떨어졌을 때 바짓단 접은 곳에 숨겨놓은 비상용 바늘과 실로 단추를 달면 주위의 승객들이 모두 놀라는 표정으로 어린 나를 바라볼 것이라는 공상을 했다. 하지만 나는 그때까지 단추를 다는 법을 몰랐다. 시험을 보다가 갑자기 연필이 부러지면 옷

옷 안주머니 안쪽에 내장된 몽당연필과 지우개를 꺼내서 계속 문제를 푸는 모습을 보는 시험 감독 선생님과 급우들이 놀란 눈으로 나를 바라보는 상상도 했다. 그런 것 말고도 못, 볼록 렌즈, 반창고 등 많은 것을 옷 안쪽 여러 곳에 숨겨 두었다. 나는 매일 모래주머니를 종아리에 차고 뛰었다. 중국 영화에서처럼 언젠가 나도 높은 담장을 훌쩍 뛰어넘을 날이 올 것을 굳게 믿었지만, 결코 그런 날은 오지 않았다.

어쨌든 그 남자가 평범한 사람이 아니라는 것만은 분명했다. 아랫배에 기역 자 모양으로 꿰맨 흔적이 있는 그 사람의 정체가 궁금해지자 뒤를 밟기로 했다. 만에 하나라도 그 사람이 동무들이 보낸 간첩일지도 모른다는 생각이 들자 몹시 흥분되었다. 나는 여분이 많은 바른생활 공책 뒷부분에 미행 계획과 결과를 상세히 기록했다. 남자는 이곳저곳 들르기도 하고 포장마차를 기웃거리기도 했지만, 의심이 갈 만한 일은 한 번도 일어나지 않자 그가 전문적인 훈련을 받은 고단수라는 생각이 들었다. 나는 어머니가 퇴근하시기 전 밤 9시까지는 꼭 집에 돌아가서 어머니를 기다려야 했다. 어쨌든 어머니가 도착하시기 전에 집에 들어가서 천연덕스러운 얼굴로 어머니를 맞았다. 어머니는 착한 아들이 아무 데도 가지 않고 집에서 숙제하면서 어머니를 기다린 것으로 아셨다. 어머니를 속이는 일은 참으로 쉬웠다. 왜냐면 어머니는 내가 항상 초등학교 1학년 수준인 줄 아시기 때문이다. 그런 내가 식당에서 일하는 덕심이 누나 가슴에 관심이 많았다는 사실을 아셨으면 기절하셨을 거다.

남자를 뒤쫓던 어느 날 그 사람은 갑자기 응암동 쪽으로 가는 버스에 탔다. 잠깐 망설이던 나도 용기를 내서 같은 버스에 올랐다. 항상 동네 한 바퀴에 머물던 미행이 드디어 우물 밖으로 나가는 역사적인 순간이었다. 비상용 버스표 몇 장은 내장된 비밀스러운 주머니 속에서 그런 날을 기다리고 있었다. 응암동까지는 왕복해도 삼십 분 정도밖에 걸리지 않을 것 같아서 집에 아홉 시까지 무사히 돌아올 수 있겠다는 생각에 큰 결단을 내렸다. 버스에서 내린 그는 영양센터라는 간판이 걸려 있는 전기구이 통닭집으로 들어갔다. 나는 벌거벗은 닭들이 빙빙 돌며 구워지는 것을 바라보며 닭을 세면서 그가 나오기를 기다렸다.

"닭 한 마리, 닭 두 마리, 닭 세 마리"
 마치 양을 센 것처럼 하품이 나며 졸렸다. 게다가 닭들이 서로 의좋게 꼭 붙어있어서 전깃줄에 나란히 앉은 참새를 세는 것처럼 헷갈렸다. 그 사람이 좀처럼 나올 기미가 없자 그쯤에서 포기하고 집으로 돌아와야 했다. 서둘러 돌아가야 숙제를 끝내고 어머니께 의심받지 않을 것이라는 생각을 하며 간신히 시간에 맞춰 집에 돌아왔다. 나는 다시 착한 아들 시늉을 하며 아무 일도 없었다는 듯 퇴근하신 어머니를 맞자 어머니는, "에구! 내 새끼." 하시며 나를 안아주셨고 그제야 긴장이 풀렸다. 첩보원 이중생활은 생각보다 쉽지 않았다.

 밤이 늦어도 내가 밖에 나갈 수 있는 곳은 지붕이었다. 주인집은 기와지붕이었지만, 우리가 사는 별채는 그냥 평평한 슬래브 지붕이었다. 철제 계단을 타고 슬래브 지붕 위로 올라가면 시커먼 인왕산이 웅크리고 있고 반대편에 소방서 망대가 보였다. 초등학교에 막 입학했을 때는 한 계단씩 올라가야 했는데 4학년이 되자 내 키가 커지기도 했지만, 모래주머니 덕택에 한 번에 두 계단씩 올라갔다. 지붕 한쪽에 크고 작은 항아리가 옹기종기 모여있는 장독대가 있었고 그 옆에 어른 두 사람이 누울 만한 평상이 놓여있었는데 나는 여름날 밤에 모기향을 피우고 평상 위에 누워서 밤하늘의 별을 관찰했다. 북두칠성이 보이고 카시오페이아 별자리, 그리고 은하수가 하늘을 가로질러가고, 운 좋은 날은 쟁반같이 둥근 달도 보였다. 내가 중학교 2학년이던 어느 여름날 인류는 드디어 이태백이 놀던 달에 첫발을 디뎠다.

평상에 누워서 신앙촌 캐러멜을 우물거리다 실수로 꼴딱 목구멍으로 넘겨 캑캑거릴 때면 얼마 전 내가 토한 오물을 닦아 주시던 홍성호 선생님 냄새가 나는 것 같았고 한 번도 본 적이 없는 아버지 얼굴을 그려보기도 했다. 어머니가 부르시는 소리가 들리면 잠자리에 들 시간이다.

어머니와 나는 뒷문으로 다녔지만, 대문을 열고 들어오면 펼쳐지는 주인집 마당의 꽃밭은 지베르니 정원보다 더 아름다웠다. 내 미술 상장 옆에 나란히 걸려 있는 사진이 바로 클로드 모네가 살던 동네 지베르니의 풍경이라고 어머니께서 설명해 주셨다. 비록 나이는 어렸지만 왜 화가의 그림 대신 그가 살던 고장의 사진을 걸어놓았는지 궁금했다. 어른들을 이해한다는 것은 결코 쉬운 일이 아니었다.

주인집 할머니는 집 안 전체를 감독하신다고 해서 주위 사람들은 그분을 감독 할머니라고 불렀는데 정원을 아주 잘 가꾸셨다. 마당에는 철 따라 맨드라미, 코스모스, 봉숭아, 깨꽃, 백일홍, 회양목, 라일락, 단풍나무, 수세미와 유자 넝쿨 등등 이루 셀 수도 없을 만큼 많은 꽃과 나무가 있었다. 그리고 개미, 거미, 사마귀, 벌, 잠자리, 땅강아지 등 무수한 곤충이 살았는데 학교 친구들에게 무시당하고 동네 개들에게 밀리던 나도 힘없는 곤충들에게는 하나님 노릇을 했다. 소돔과 고모라처럼 불로 심판하기도 했고 노아 때처럼 홍수를 내리기도 하며 나는 곤충들의 생살여탈권을 장악했다. 아직 주택 개발이 한창 진행 중이어서 담 뒤로 펼쳐진 논에는 개구리 천지였는데 내 악명을 이미 아는지 내가 나타나기만 하면 논두렁의 모든 개구리가 나를 피해 도망쳤다. 주인집 강아지 해피는 나도 집주인인 줄 알고 나를 볼 때마다 꼬리를 흔들었다. 개를 무서워하던 나도 해피

해외초대소설 · 박종진

가 나를 물지 않을 것이라는 확신이 들자 머리를 쓰다듬어 주는 척하다가 알밤을 먹이기도 하고, 심지어는 훈련을 시키는데 말을 듣지 않자 발길질하다 감독 할머니께 들켜서 혼났다. 원숭이띠였던 나는 역시 개하고는 악연이었다. 견원지간이란 사자성어가 공연히 생긴 말은 아니었다.

그 당시 동대문 실내 스케이트장이 있었지만, 겨울이 되면 우리 집 뒤 논은 노천 스케이트 장이 된다. 추수가 끝난 빈 논에 물을 채워 놓으면 추운 날 멋있는 스케이트장으로 변한다. 스케이트장을 빙 둘러 줄을 쳐 놔서 입장료를 내고 들어가야 했지만 나는 집 뒷문만 열면 바로 스케이트장이어서 항상 무료입장이었다. 그런데 주인집 아이들은 자기 집 뒷문 출입을 하지 않고 정식으로 돈을 내고 들어갔다. 역시 성골 진골은 떡잎부터 달랐다. 스케이트장 입구에 어묵국과 떡볶이를 파는 행상이 있었는데 덜덜 떨면서 먹던 어묵 국물 맛은 지금도 잊을 수 없다.

식당 큰이모는 일 년에 한두 번 홋카이도에 있는 친정에 다녀오셨다. 어느 날 우리 집에 오셨다가 스케이트장을 보시더니 그해 일본에 갔다 오시면서 내 스케이트를 사다 주셨다. 그런데 다른 아이들은 날이 긴 스피드 스케이트를 탔는데 이모가 사다 주신 내 스케이트는 여자아이들이 타는 것 같은 날이 짧은 스케이트였다. 천성적으로 수줍음을 많이 타던 내가 여자 스케이트를 신고 팔짝팔짝 뛰던 모습은 가관이었을 것이다.

나는 논둑에 쭈그리고 앉아 꼬치에 낀 어묵을 아주 조금씩 베어먹었다. 그래야 오래 먹을 수 있었다. 그런 내 앞으로 동네 형, 누나들이 쌩쌩 달렸다. 나중에 알고 보니 내 스케이트는 여자아이들이 타는 톱니가 달린 피겨 스케이트가 아니라 아이스하키 스케이트였다. 더 좋은 것을 가지고도 자신이 없던 나는 평생 그렇게 쭈뼛거리는 인생을 살았다.

그때는 막 경제 대국으로 도약하던 일본 사람들이 상대적으로 물가가 싼 한국으로 여행을 왔다. 우리나라가 일본 관광객 특수를 누리던 때였다. 어머니가 일하시던 식당에도 가끔 일본인 단체 손님이 있었다. 그런 단체 손님은 대체로 영업을 안 하는 일요일에 받았기 때문에 그런 날은 어머니도 출근하셨다. 식당은 집에서 버스로 몇 정거장 떨어진 불광동 시장 근처에 있어서 어머니가 일하시는 일요일에 심심했던 나는 해주뚝배기에 놀러 가곤 했다. 직원들 가족을 통털어서 어린아이라고는 내가 유일했던 까닭에 내가 나타나면 식당에서 일하는 삼촌 이모들이 돌아가며 나를 안아주셨다. 학교에서는 유령인 내가 식당에서는 주인공이 된다. 나를 어릴 때부터 봐서 그런지 초등학교 4학년이나 된 나를 삼덕이 이모, 덕심이 누나는 자기 가슴에 끌어안고 막 비벼댄다. 나는 창피하고 당황했지만, 덕심이 누나 가슴은 마치 따뜻한 물로 채운 고무풍선처럼 폭신하고 아늑했다. 내가 쿵쿵거리며 젖가슴 냄새를 맡자 누나가 불편한 듯 물었다.

"꼬맹이야, 나한테서 김치 냄새가 나니? 암만해도 냄새가 안 빠지네. 이래서 제대로 시집이나 갈 수 있을지 몰라."

나는 누나 가슴에 얼굴을 파묻은 채로 속삭였다.

"나는 누나 냄새가 좋아."

해주뚝배기를 끼고 난 골목을 지나면 제일 여객 버스회사 종점이고 바로 그 옆에 규모가 제법 큰 병원이 있다. 식당 이모가 황달을 앓으셨을 때 입원했던 병원이다. 골목 입구에 구멍가게가 있었는데 가게 한쪽 구석에 있는 간이 테이블에서 골뱅이 통조림이나 두부에 술 마시는 사람들을 종종 보기도 했다. 한번은 과자를 사러 갔는데 환자복을 입은 아저씨 두 사람이 링거를 맞으며 링거병이 매달려 있는 거치대를 질질 끌고 가게에 들어오는 것이 보였다. 나는 친절하게 의자를 내드렸고 그들은 앉자마자 술을 마시고 담배를 피웠다. 링거를 맞는 환자가 술 담배를 해도 괜찮은

해외초대소설 · 박종진

지 궁금했다. 어른들이 하는 행동은 자주 내게는 이해가 되지 않았다.

예비 첩보원인 나는 비밀 사항을 적은 수첩을 가지고 있다. 그 속에는 내가 어른이 되면 하고 싶은 일, 알고 싶은 것, 홍성호 선생님에 관한 생각, 덕심이 누나 가슴 얘기 등 남들이 보면 절대 안 되는, 심지어는 어머니가 봐도 안 되는 비밀을 기록했다.

어느 비 오는 날의 하교 시간이었다. 우산을 챙겨가지 않아서 천상 비를 맞고 집까지 뛰어야 했는데 비는 장대처럼 내리고 있어서 잠깐 빗속에 있어도 물에 빠진 생쥐 꼴이 될 지경이었다. 다른 아이들은 식구들이 와서 데려갔지만 나는 할 수 없이 비를 뚫고 집으로 달렸다. 몇 걸음 떼지도 않았는데 전신이 온통 젖었고 추위에 덜덜 떨리기 시작했다. 위턱 아래턱이 소리가 날 정도로 부딪히고 다리가 후들거려서 도저히 걸을 수 없을 때 정신을 잃었다.

그 당시 내가 정기 구독하던 소년동아일보에 김삼 화백의 '소년 007'이란 만화가 연재되고 있었다. 소년 첩보원이던 나도 그 남자를 미행했는데 그는 누구를 기다리고 있었다. 그때 달리던 택시가 갑자기 인도로 뛰어들어 건물을 들이받았고 그 충격으로 건물에 매달려 있던 간판이 떨어졌다. 한 면에 '복의원' 그리고 다른 한 면에 '수약국'이라고 쓰인 사람 크기만 한 삼각기둥 모양의 간판은 그 아래에 서 있던 남자를 덮쳤다. 순식간에 일어난 일이어서 주위의 모든 사람이 입을 벌린 채 어찌할 바를 모르고 있었다. 간판이 떨어지기 직전, 그러니까 택시가 건물 벽을 들이받자마자 그 남자는 고개를 들어 막 떨어지려는 간판을 쳐다보았다. 내가 보기에 피할 시간이 충분히 있었던 것 같은데 놀라서 몸이 얼어붙었는지 아니면 판단을 늦게 해서였는지 남자는 그 기회를 놓쳤다. 내가 놀란 채로 서 있는데 어머니께서 부르시는 소리가 멀리서 아득히 들렸다. 정신을 차려보니 나는 손등에 링거 바늘이 꽂힌 채로 병원 침대에 누워있었다. 어머니가 걱정스러운 듯 물으셨다.

"아들, 괜찮아? 정신이 들어?"

나는 빗속을 뛰다 저체온증으로 쓰러졌고 마침 수약국 바로 앞에서 일어난 일이어서 약사님이 뛰어나와 나를 안아 복의원으로 옮겨놓으셨다고 했다. 나는 아직 흐릿한 정신으로 물었다.

"엄마, 그 남자 죽었어?"

"죽기는 누가 죽었다고 그래? 도대체 그게 무슨 소리야?"

내가 목격한 사고 얘기를 하자 어머니는 내가 꿈을 꾼 것 같다고 하시며 밖에 아무 일도 없었다고 말씀하셨다. 그저 비를 너무 많이 맞고 잠깐 정신을 잃었는데 곧 괜찮아질 것이라고 복의원 원장님이 말씀하셨다고 하셨다. 유리창에 흘러내리는 빗방울을 바라보던 나는 아무 생각 없이 말했다.

"엄마, 나 아버지 봤어."

주전자를 들고 계시던 어머니는 무척 놀라시더니 결국 물을 엎지르셨다. 그리고 더듬거리며 물으셨다.

"정말 만났어? 얘기도 했고?"

그때까지 나는 아버지가 죽었다고 생각하기로 했는데 어머니와 이모 말씀처럼 다른 가족과 어딘가에 살고 계신다는 사실을 알자 오히려 더 혼란스러웠다.

"얼마 전부터 우리 동네에 자주 나타나셨어. 직접 만난 적은 없지만 아마 우리 사는 것을 몰래 지켜보시는 것 같아."

평상심을 찾으신 어머니께서 고개를 절레절레 흔들며 말씀하셨다.

"아닐 거야. 그럴 리 없어. 그런데 너는 어떻게 그 사람이 아버지라고 생각했어?"

나는 눈을 감고 애써 그 얼굴을 떠올리며 대답했다.

......

"어쩐지 얼굴이 낯이 익어. 나하고 많이 닮은 것 같아."

어머니는 깊은 한숨을 내쉬며 물으셨다.

"너 아버지 만나고 싶어?"

"……"

나는 침묵했다. 그날 나는 내 수첩에 한 가지를 추가했다.

'아버지'

어른이 된 내 생활은 어렸을 적과 별반 다르지 않았다. 살면서 겪었던 일 중 가장 큰 것을 꼽자면 아스피린 과다복용으로 생긴 장천공 봉합 수술이다. 언제부턴가 나는 툭하면 아스피린을 먹었다. 머리가 아파도, 소화가 안 돼도, 심지어는 숙취가 심해도 아스피린을 먹고 속으로 아흔아홉을 세면 거짓말처럼 말짱해졌다. 성인이 되면서 나는 옷 속에 숨기고 다니던 바늘이며 실 등을 빼버리고 그 대신 아스피린 약병을 항상 지니고 다녔는데 나에게 아스피린은 만병통치약이자 전가의 보도였다.

우울증이 심하던 어머니가 혈액암으로 돌아가시자 식당 이모는 연세도 있으셔서 장사를 정리하셨다. 친자매 같던 어머니도 먼저 떠나시고 삼덕이 이모, 덕심이 누나도 결혼하면서 식당을 그만두자 바다가 내려다보이는 언덕에 있는 아담한 집에 사시는 것이 소원이라고 하신 말처럼 이모는 통영에 예쁜 서양식 집을 짓고 넓은 마당에 온갖 채소를 가꾸시며 사셨다. 마침 시집을 갔다 돌아온 삼덕이 이모가 큰이모와 함께 살게 되었다. 내 어린 시절은 그렇게 마무리되었고 나는 여전히 호랑이 생활을 계속하고 있었다.

며칠 전에는 삼거리 은행 집 딸의 피아노 연주회에 다녀왔다. 그녀 남매와 나는 언제부턴가 서로 연락을 하고 살면서 이제는 꽤 가까운 사이가 되었다. 같이 살 때는 말 한마디 없이 도도하게 굴던 그들은 오히려 나를 탓했다. 내게서 시베리아 찬 바람이 쌩쌩 불어서 감히 말을 붙일 수 없었다고 했다. 아마 학교 친구들도 그런 심정이었는지 모른다는 생각이 들었다. 어머니와 가끔 가던 불광동 성당 미사 때마다 가슴을 치며 읊조렸던 말이 떠올랐다.

'내 탓이요, 내 탓이요, 내 큰 탓이로소이다.'

그렇다. 어린 내 생각으로 아버지 없는 내가 왕따를 당한 줄 알았는데 알고 보니 내 성격이 차고 모나서 아무도 접근하지 않았다.

성격이 급한 나는 세 걸음 이상이면 뛰었다. 어느 날 그렇게 뛰다 급히 돌아서면서 전봇대와 정면으로 충돌하며 넘어졌다. 이마가 깨지고 양쪽 코에서 피가 났는데 지나가던 사람들이 우르르 몰려들어 나를 도왔다. 마침 웃옷 주머니에 들어있던 아스피린 약병이 튀어나와 땅바닥에 쏟아지며 약이 사방으로 굴렀다. 그 틈에서 어떤 아이의 웃음소리가 들리자 아프다기보다 오히려 창피하다는 생각이 들었다. 방에 들어갈 때도 미처 문손잡이를 돌리기도 전에 몸이 먼저 들어가려다가 닫힌 문짝에 부딪힌 적이 한두 번이 아니었다. 그런 식으로 나는 항상 행동이 판단을 앞서서 일을 그르치기 일쑤였다.

또 친구들이 나를 따돌렸다고 생각했는데 나중에 알고 보니 내가 너무 쌀쌀맞게 행동해서 아무도 감히 내게 접근하려는 친구가 없었다. 또래의 여자아이들에게는 말 한마디 걸지 못하고 띠동갑 덕심이 누나를 넘봤던 생각을 하니 귀밑이 화끈거렸고 잠을 청하다가도 그 생각을 하면 덮고 있던 이불을 머리끝까지 뒤집어썼다. 해주뚝배기 출신 중 지금은 동대문에서 여자 옷 도매를 하는 덕심이 누나가 제일 잘산다.

어느 날 정말 오랜만에 우성옥으로부터 연락이 왔다. 반창회 모임 때 우연히 내 얘기가 나와서 자기가 나를 한번 데려오겠다고 했다며, 마침 지난달에 응암동에 치킨집을 개업한 친구가 있어서 이번에는 거기서 모인다고 했다. 만약 바람을 맞히면 우리가 어렸을 적에 내가 자기에게 저질렀던 온갖 부적절한 행동을 세상에 까발리겠다고 으름장을 놓았다. 뭐든지 자기 멋대로 해놓고도 지금에 와서는 선량한 피해자인 체하는 성옥이는 내 초등학교 학창 시절을 통틀어 단 한 명의 친구였다. 그래도 우리는 약속이라도 한 듯 다른 아이들 앞에서는 졸업할 때까지 서로 친하지 않은 척 내외했다. 그녀에게 억지로 끌려가서 만난 4학년 3반 친구들이 나를 아주 반갑게 맞자 나는 어쩐지 초등학교 시절부터 그들과 친하게 지냈던 기분이 들었다. 절반은 어렴풋이라도 기억이 났지만, 나머지 예닐곱 명은 얼굴조차 낯설었다. 담임이셨던 홍성호 선생님께서는 열대여섯 명이 모이는 반창회 고문격으로 가끔 참석하셨는데 이번에는 몸이 편찮으셔서 못 나오셨다고 했다. 제자들은 스승을 홍스탈로치라고 불렀다. 선생님의 성과 페스탈로치를 합성한 말이다. 그 호칭이야말로 홍성호 선생님이 어떤 분인지 잘 대변해 주었다. 결국, 나는 그렇게 유령 생활을 청산했다.

내 또래던 주인집 아들은 자기 아버지 뒤를 이어 은행원이 되었고, 그래서 그 집은 항상 은행 집이었다. 우리는 가끔 만나서 맥주 한 잔 정도 하는 친구 사이가 되었다. 어느 날 나는 그에게 옛날 내가 미행했던 그 수상한 남자에 관해서 물어보았지만, 그는 그런 비슷한 사람도 본 적이 없었다고 했다. 그래서 혹시 택시가 건물에 부딪히며 복의원 간판이 떨어져서 사람이 다친 사건이 있었느냐고 물었더니 금시초문이라고 했다. 어머니 말씀대로 내가 꿈을 꾼 것 같다.

해주뚝배기 주방에서 일하셨던 삼촌을 만나기로 한 날이었다. 지금은 아파트 경비 일을 하시는 삼촌과 가끔 만나서 사우나도 가고 짜장면도 먹고 술도 한 잔씩 했다. 약속 시각보다 너무 일찍 도착해서 서성거리고 있는데 택시 한 대가 나를 향해 전속력으로 돌진해 오는 것이 보였다. 너무 갑작스러운 상황이어서 내 몸은 콘크리트처럼 굳었고 택시가 건물 벽에 큰소리를 내며 충돌하는 순간 어머니께서 나를 부르시는 소리가 허공에서 아득히 들렸다. 어머니의 자궁에서부터 듣던 부드럽고 정겨운 음성이었다. 나는 고개를 들어 소리 나는 쪽을 올려다보았다. 그런 것을 데자뷔라고나 할까? 불현듯 빛바랜 기억이 선명히 되살아나면서 초등학교 시절 비를 흠뻑 맞고 길에 쓰러졌을 때 봤던 장면이 떠올랐다. 건물 외벽에 높이 붙어있던 간판이 떨어지며 그 남자를 덮치던 일이었다. 그때는 어처구니없이 사고를 방관했지만, 이번에는 꼭 무엇인가 해야 할 것 같은 생각이 들었다. 그래서 나는 찰나와 같은 짧은 순간에 몸을 비틀어 간신히 떨어지는 간판을 피했다. 사람 몸 크기만 한 간판은 나를 스치듯 떨어지며 여지없이 지면을 때렸다. 그 아래 깔렸으면 자동차라도 박살 날 정도였다. 나는 산산조각이 난 간판 잔해 옆에 그냥 쓰러진 채로 누워서 숨을 고르며 어렸을 적 내가 미행했던 그 남자의 얼굴과 지금의 내 모습을 애써 맞춰보고 있었다.

박종진(소설가)
재외동포문학상 수상
시카고 중앙일보 필진
재미 수필문학가협회 회원
미주 소설가협회 회원
시카고 문인회 회원

해외초대소설 · 박종진

횡단보도 앞에서

백 해 철

　신호등이 빨갛게 바뀌자 힘겨운 숨을 가누지 못한 자동차들이 흰색의 외줄 정지선에 멈추어 선다. 횡단보도의 사람들은 고개를 떨군 채로 차도를 가로질러 걷기 시작한다. 나는 그들을 멍하게 바라볼 뿐 걸음을 멈추고 그대로 서 있다. 멀리서부터 헐떡이며 달려오던 젊은이 하나가 횡단보도 앞에 다다라서야 긴 숨을 내쉬며 횡단보도 안으로 천천히 걸어 들어간다. 마치 어디론가 빨려들기라도 하는 것처럼 어깨 아래로 고개를 꺾은 채 걷는다. 가슴을 벌렁거리며 달려왔다고는 상상할 수 없을 만큼 느릿느릿하고 차분하다. 횡단보도 중간쯤에서 그 젊은이는 무엇인가 발견이라도 한 듯 멈칫거리며 고개를 천천히 돌려 나를 쳐다본다. 나는 그에게 옅은 미소를 보내며 아무 일 없다는 뜻으로 고개를 좌우로 흔들어 보인다. 그는 알았다는 듯 고개를 끄덕이고는 머리를 무겁게 돌려세우고 그 느릿느릿한 걸음으로 횡단을 계속한다. 그제야 나는 흔들리는 나의 머리가 몹시도 무겁다는 걸 깨달으며 고개를 곧추세운다. 젊은 날의 나는 솜털만큼이나 가벼운 머리였었지만, 이렇게 하루하루 무거워지고 있다. 저 젊은이, 저 나이에 벌써 저 무거운 머리를 하고, 어떻게 버티려나. 얼마나 머리가 무거운 건지, 천천히 고개를 돌리는 모습이 어설프고, 힘들어 보인다.

나는 자동차가 주행하는 방향으로, 그러니까 자동차를 왼쪽 옆구리에 끼고 문득 걷기 시작한다. 석양에 눈이 시리다. 고개를 땅으로 내려놓을 듯 떨구며 웅얼거린다.

"벌써 저녁이야?"

나는 내가 아침에 집을 나와, 해가 지도록 여기 서 있는 것으로 생각하고 있다. 가끔 있는 일이긴 하지만, 이렇게 소스라치게 놀랄 만한 날은 손에 꼽을 정도이다. 오늘이 그렇게 특별한 것 없는 날인데도 말이다. 나이가 들어가면서 켜켜이 쌓이는 기억의 무게를 기어코 견디지 못한 뇌가 그 한계를 드러내는 일이라 생각하기 시작한 지도 제법 되어간다. 아이폰 메모리를 꽉 채워버린 사진 지우듯 기억을 지우려 이런 일을 하기 시작했는지도 모른다. 멍하니 횡단보도 앞에 서 있는 일. 비가 오지 않는데도 비를 맞고 있다고 생각하면 지나가는 차들이 흙탕물을 튀기며 지나가는 것 같았고, 흐린 날에도 햇볕이 내리쬔다 생각하면 지나가는 차들이 햇빛을 반사해 눈을 시리게 했다. 그것이 참으로 희귀한 것이, 무게가 없을 것으로 보이는 기억이라는 것도 막상 나이가 꽉 차올라 그 무게가 안전한 용량을 초과하면 쉽사리 느낄 수 있는 증상, 혹은 전조가 있다. 허리가 활처럼 굽어가는 것은 기억의 무게를 지탱하기 쉽지 않아서 생기는 현상 중의 하나일 것이다. 무릎은 어떠한가. 발을 내디뎌 걸음을 할 때면 삐걱거리다 못해 좌측 허벅지를 타고 올라오는 찌릿한 전율 같은 자극, 혹은 쾌감? 그런 것에서조차 쾌감을 느끼고, 무게를 감당하지 못하는 노쇠한 육체. 뒤꿈치를 타고 올라오는 찌릿함은 또 어떠한가? 온몸에서 느껴지는 비정상 같은 정상. 나이가 들어 퇴행성이라고들 하지만, 그것만으로도 기억의 무게를 설명하기에는 부족함이 없다.

무게가 느껴지는 무수한 기억들. 나에게 가벼운 기억이란 도대체 있기나 한가? 검은 그림자처럼 달라붙어 있는 선명한 기억들. 어쩌면 죽음 저 너머까지도 고스란히 간직하고 갈 만큼의 무게일지도 모른다. 주검이 담긴 내 관의 무게를 측정해보면 알 수 있을 것이다. 내가 간직한 기억의 무게가 얼마나 심각한지를. 보통은 사후에 더 가벼워진다고들 하지만, 나의 주검은 아마 그렇지 못할 것이다. 다른 사람들도 나와 비슷한 무게의 기억을 간직하고 있겠지. 그게 인간이고, 인간이면 다 같아야지. 그렇지 않은 사람은 없겠지. 혹여 그렇지 않은 사람을 만날 수도 있을까 하는 어리석은 생각으로 횡단보도 앞에 섰던 것은 아니지만, 무의식이 나를 여기로 이끈 것은 분명해 보인다.

나는 뒷걸음 치듯 횡단보도 쪽으로 되돌아온다. 뭔가에 홀린 듯한 순간일 수도 있다. 젊은 삼사십 대의 여자가 붉고 짧은 주름치마를 입고 신호등 밑에 앉아 있다. 신호등 밑이 무겁게 느껴진다. 허리를 구부려 철주에 깊이 쑤셔 넣고, 무릎을 훤히 드러내 보인 채 양손으로 전화기를 연신 두드리고 있다. 지나는 사람들의 날카로운 눈길이 무릎 위로 내리꽂히는 것을 느끼지는 못하는 듯하다. 그저 두드리는 손가락 리듬에 맞춰 고개를 끄덕이며 엷은 미소를 만들고 있다. 그러나 그 미소는 히죽거리는 것으로밖에 보이지 않는다. 기억의 무게가 없는 듯 리듬에 맞춘 고개의 끄덕임이 가볍고 경쾌하다. 나도 저런 나이를 관통하던 때에는 저랬을까? 가볍고 경쾌한 머리의 무게. 나도 그랬겠지. 무뇌였으니까.

"어이 무뇌? 같이 가야지!? 우두커니 앉아 있지만 말고."

우두커니 앉아 있는 것처럼 보였겠지. 책을 읽을 때도 넋을 잃었으니까. 밝은 형광등 불빛이 밤중에도 낮처럼 느껴졌으니까. 지금도 그렇지만, 그때는 잘하는 것이 아무것도 없는, 모든 것이 중간 이하였던, 텅 빈 뇌. 그런데 지금은 왜 이렇게도 무거워졌는지? 가물거리며 멀어만 가는 세상을 잡아채려 읽었던 수많은 책과 또 무작정 들었던 음악. 수없이 걸어댔던 그 먼 길들. 퍼마셨던 그 많은 술. 또 담배는 어떻고. 쉰 목으로 울대를 훑어내리던 그 세월의 노래. 그 또한 가물거리는 세상을 잡아채려, 낚아채려 몸부림치던 보잘것없는 토악질이었나? 플라타너스 가지 사이로 으스스하며 다가온 바람이 횡단보도를 휘-이익 지나간다. 뒤따르는 바람들도 한결같이 먼저 가는 바람을 쫓아 달아난다. 나는 입을 크게 벌리며 휘날리는 머리칼을 양 손가락으로 메어 잡고 바람이 불어오는 쪽을 바라본다. 바람이 배 속으로 휘리릭 빨리듯 들어온다. 배가 풍선처럼 부풀어 오른다. 나는 곧바로 입과 양 볼을 복어 배처럼 둥그렇게 오므리고 숨을 크게 내뱉는다.

거리가 삶의 무대가 되는 사람들이 쏟아져 나온다. 횡단보도 맞은편 물류창고에서다. 고만고만한 크기의 흰 트럭들, SUV만도 못한 높이와 길이. 퍼레이드라도 하려는 듯, 생김새만큼이나 일정한 간격으로 움직인다. 저들도 밤거리를 후비며 그들만의 무대를 사로잡을 것이다. 잭나이프 트럭 모서리에 황소 눈알만큼 큼직한 전구를 울긋불긋 켜고 밤 고속도로를 내달리는 운전자처럼. '아, 저것이 그들의 삶이구나' 하고 생각할 때가 있었다. 온종일 길바닥을 후비며 다니는 것이 삶 자체이므로, 그가 끄는 트럭이 그의 삶의 무대, 전구는 그의 찬란한 삶의 욕망.

읽으면 읽을수록 몸이 가벼워진다는 것을 안 후부터 아마 책을 더 읽었을 것이다. 결국 뇌가 텅 비어 전체적으로 몸이 가벼워진다는 것을 깨닫는 데는 그리 많은 시간이 필요하지 않았다. 앉아 있는 시간이 많아져 다리가 짧아지고, 엉덩이는 커갔지만, 몸은 가벼웠고, 무뇌아의 소리를 듣는 것이 온당하다 느꼈었다. 지금 이렇게 횡단보도 앞에 서 있는 나는 왜 이리도 뇌가 무거운지. 온전히 가누지 못해 목이 휘고, 등이 굽고, 어깨는 올라가고, 몸뚱이마저 뒤뚱거리는 것인지. 읽을 책도, 들을 음악도 잊은 지 오래. 그저 옛날 생각으로만 뇌를 되채우려다 이렇게 된 것인가? 지나가는 사람들은 저렇게 깃털처럼 가벼이 지나가건만.

바라지도 않았고, 생각지도 않았고, 꿈꾸지도 않았던 많은 일이 성난 파도처럼 일어났고, 검푸른 강물처럼 지나갔다. 아버지가 돌아가시고, 어머니가 돌아가시고, 친구들이, 주변의 가까운 사람들이 돌아갔다. 어딘지 모르는 그 어느 곳으로 돌아갔다. 그러나 더 먼 과거의 기억 속에는 자식이 묻혀 가슴을 떠나지 않는, 돌아가지 못하는, 돌려보내지 못하는 무거움도 있다. 색바랜 누런 셔츠 안으로 시퍼렇고 딱딱해져 버린 아이를 집어넣고 훤히 드러낸 젖가슴을 물리던 아내의 모습이 무겁고, 무겁다.

"엄마와 같이 유치원 가야지."

아직도 귀속에 돌덩이처럼 남아, 무겁다.

나는 무거운 머리를 이고 이 횡단보도 앞에 서서 어딘지도 모르는 곳으로 돌아가려는 것인가? 어떤 무리는 그 어느 곳을 안다고 하며 그곳의 것들을 이야기 삼아 들려주기도 한다. 그렇지만 그 이야기는 잠깐 귀를 쫑긋거리게 하다가도 귀를 온전히 통과하지는 못한다. 아마도 뇌의 무게 때문에 귀가 꽉 막혀서겠지.

"아빠!"

소리를 매달고 연인이 달려오고 있다. 머리는 헝클어져 바람에 날리고, 엄지발가락에 꿰찬 샌들을 끌며 안도의 웃음을 머금었다.

"아빠!"

소리가 멈추고 여인도 앞에 멈추어 선다.

"아빠, 여기서 뭐 해?! 저녁 준비가 됐다고 했는데, 언제 나온 거야?"

나에게 묻고 있는 것이 분명하다. 나의 눈을 마주하는 여인의 촉촉한 눈은 나에게 스며들고 있다. 여인이 나의 손을 잡는다. 부드럽고 따뜻하다. 나는 물끄러미 여인을 쳐다본다.

"아빠, 나야. 킬릴리. 못 알아보겠어?"

'킬릴리'는 익숙한 이름이다. 내가 딸아이를 그렇게 불렀다. 여인에게도 그 이름이 붙어 있는 모양이다. 딸을 둘 낳아 하나는 '킬리', 또 하나는 '릴리'로 하기로 했던 이름. 하지만, 딸이 하나뿐이어서 두 이름을 합쳐 불렀던 '킬릴리'. 이 연인도 나와 비슷한 사연을 가졌는지. 나의 것들을 어느 정도 간직한 여인인지도 모른다는 생각이 들었지만, 이내 거둬들이고 잡힌 손을 털어내어 도리어 내가 여인의 손을 움켜쥔다. 전율이 느껴진다. 첫사랑 그녀의 손을 처음 잡았을 때의 그 느낌이다. 힘없고, 한없이 부드러운, 그냥 느낌이 좋은, 가느다란 그 손끝이 느껴진다.

"그냥 따라와."

여인이 다시 내 팔을 고쳐 잡으며 속삭이듯 말한다. 팔을 놓치지 않으려는 듯 부들거리기까지 한다. 나는 횡단보도 쪽으로 힘의 방향을 잡고 몸을 움직이려 애쓴다.

"누구신데 이러시는 거죠?"

나는 용쓰듯 내뱉고 있지만, 여인은 귀 기울이지 않는 듯하다. 횡단보도 앞에는 밀려갔다 다시 몰려온 파도처럼 많은 사람이 신호를 기다리며 서 있고, 시커먼 먹물 뒤집어쓴 듯한 승용차들이 바삐 횡단보도를 가로지른다. 가끔은 반쯤 열린 차창 사이로 팔을 내밀어 무엇인가 의미 없는 손가락질을 해 보이는 이들도 있다. 그럴 때면 횡단보도 앞에 모여있는 사람 중 누군가도 같은 모양의 손가락질을 해 보이며 낄낄거린다.

"무슨 말 하려는지 다 아니까, 잠자코 따라와. 내가 다 설명해 준다니까!"

여인은 나의 팔을 끌며 횡단보도로부터 나를 건져내기라도 하려는 듯 나의 무게 중심을 빼앗는다.

"혼자서는 저기 가까이 가지 말라고 했어, 안 했어?"

킬릴리라는 여자가 고개를 돌려 횡단보도 쪽을 가리킨다.

"……했겠지…… 아마도……!"

나는 말하지만, 여인은 알아듣지 못하는지, 혹은 들리지 않는지, 아니면 대답을 구하는 물음이 아니었는지 팔만 끌어댄다. 내가 팔을 뿌리치려 하면 할수록 더 세게 끈다. 점점 횡단보도에서 멀어진다. 얼마간 나를 끌어낸 여인은 그제야 안심이 되는지 팔을 내려놓고 뚫어질 듯 나를 바라본다.

미주초대소설 · 백해철

"저기 저 절벽에서 떨어지면 바로 바다야, 바다라고! 저 파도 소리가 안 들려! 이제 정신 좀 차리자!"

여인은 애원하듯 소리치지만, 횡단보도 너머에는 신호를 기다리는 사람들이 웅성거릴 뿐 바다나 절벽이나, 더욱이 파도 소리는 들리지 않는다. 여인이 뒷주머니를 더듬더니 작은 수첩과 펜을 꺼내어 내 앞으로 내민다. '여기에 적어봐, 하고 싶은 말'하는 듯하다. 나는 외면하며 횡단보도 쪽으로 고개를 튼다. 신호등이 바뀌어 사람들이 도로 한가운데로 몰려든다. 반대쪽에서 들어오는 사람과 이쪽에서 건너려는 사람들이 차도 한가운데서 엉킨다. 밀려오는 파도와 밀려 나가는 파도가 회오리를 만들어 휘몰아치는 듯하다. 어느 해변의 무거운 기억을 끄집어내기라도 하려는 듯 길고 끝이 날카로운 대나무 막대기가 머리를 찔러댄다.

'쏴~아' 거리며 파도가 허연 거품을 머금고 해변으로 드러눕는다. 어린아이가 아랫도리를 내보인 채 물거품을 잡으려 물가로 내려간다. 다가오는 큰 파도를 알지도 못하며 뒤뚱거리며 다가간다. 크게 일어선 파도가 순식간에 아이를 삼킨다. 아이는 파도에 묻혀 휘감기듯 멀어졌다가는 다시 밖으로 내동댕이치기를 반복한다. 엄마로 보이는 사람이 신발을 신은 채 파도로 뛰어든다. 그리고 독수리가 병아리를 낚아채듯 아이를 순식간에 건져 올린다. 엄마 손에 거꾸로 매달린 아이의 머리끝으로 폭포수처럼 바닷물이 떨어진다. 어느 여름날의 희미한 기억인지도 모른다.

"집으로 가요.. 가요, 인제 그만."

여인이 계속 따라온다. 나는 가느다란 팔에 매달린 손바닥을 편다. 그리고 각각의 손가락을 뻗을 수 있는 데로 뻗어 신호등 기둥에 기댄 젊은 여자를 가리킨다. 젊은 여자는 앙상한 무릎을 내보인 채 아직도 자기만의 리듬을 유지하며 얇고 희멀건 손가락으로 전화기를 두드리고 있다. 젊은 여자는 무심히 나를 보는 듯 마는 듯했지만, 이내 시선을 거두고 리듬에 열중한다. 나는 더욱 손가락 끝에 힘을 모으며 신호등 아래의 젊은 여자를 찌르듯 가리킨다.

"왜? 아는 여자야?"

팔을 끌고 있는 여인이 계속 추근거리듯 묻는다.

"알다마다."

나는 웅얼거린다.

"거기는 왜? 아는 여자냐니까?"

나는 팔을 끄는 여인을 밀치듯 끌어당기며 신호등 쪽으로 향한다, 횡단보도를 건너려는 사람처럼. 여인은 힘주어 말뚝처럼 버틴다. 신호등의 젊은 여자는 또다시 고개를 들어 나를 쳐다본다. 나를 끌고 있는 여인을 닮았다고 해도 틀리지 않을 정도의 모습이다. 오래전에 보았던 젊은 날의 얼굴 같기도 하고, 그렇지 않은 것 같기도 하고.

"나 아니야, 저 여자!"

여인은 무릎을 내보이고 신호등 아래에 앉아 있는 젊은 여자를 가리키며 말한다. 나는 고개를 돌려 팔을 끌고 있는 여인을 바라본다. 내가 놀란 눈을 해 보이자 여인은 애써 미소를 지어 보인다.

"아빠가 보는 것, 아빠에게 보이는 것, 이제 나도 보여. 신호등 밑에 앉아 있는 여자, 나 아니야. 그러니까, 그만 돌아가."

여인은 가끔 불어오는 바람에 긴 머리카락을 날리며 나를 깊숙이 바라본다. 나는 여인이 나의 마음을 읽고 있다는 것에 집중하지 못하고 무릎을 내보이며 신호등에 기대어 있는 젊은 여자를 계속 쳐다본다. 문득 젊은 여자가 전화기를 하늘 높이 내던지며 자리에서 일어나 나에게로 다가온다.

"저기, 저 젊은 여자 좀 봐!"

나는 소리 지르지만, 여인은 나의 팔을 끄느라 아무런 반응을 하지 않는다. 뒤이어 젊은 여자가 나를 스치듯 지나치더니 팔을 끄는 여자마저 지나치며 나의 시선에서 사라진다. 나는 마침내 안도의 숨을 내쉬며 여인이 끄는 쪽으로 이끌리듯 움직인다.

차들이 우르르 몰려와 건물 안으로 들어간다. 아침나절에 빠져나간 무리일 것이다. 나는 뒤를 돌아 횡단보도를 쳐다본다. 그러나 거대한 파도가 몰려올 뿐 내가 건너려 했을지도 모르는 횡단보도는 보이지 않는다. 팔이 갑자기 자유로운가 싶더니 발걸음마저 부는 바람에 흔들린다. 나는 횡단보도에서 빼낸 시선을 여인에게로 옮긴다. 여인도 횡단보도처럼 사라지고 보이지 않는다. 나는 양팔을 펄럭이며 횡단보도로 걸어간다. 신호등을 지나 횡단보도에 발을 들여놓는다. 자유를 얻은 몸은 가벼워진다. 눈앞에 병풍처럼 절벽이 펼쳐진다. 금시라도 흘러내릴 듯한 검붉은 황토 절벽이 휙~지나간다. 깃털처럼, 바람처럼 날아오르기라도 한 듯 자유롭다. 쏴~아 거리는 파도 소리를 품은 진한 바다 내음이 코를 타고 올라온다. 어디든 날아갈 수 있을 것 같다는 생각이 드는 순간 절벽이 하늘로 치솟고, 나는 솜털처럼 바닥에 내려앉는다. 나는 주저앉은 채 하늘을 올려다본다. 검은 하늘 사이로 무수히 많은 별이 껌뻑이듯 나를 내려다본다. 나는 무엇인가에 빨려들 듯 바닥에 드러누우며 눈을 감는다. 등이 차가워지고, 바닥은 돌처럼 딱딱하다. 나를 내려다보는 저 수많은 별은 과거 나의 기억 속에 있었던 것들인가? 기억의 무게가 다시 머리를 짓누른다. 머리를 받치고 있는 바닥이 머리에 짓눌려 움푹하게 파이는 듯하기도 하고, 머리가 바닥으로 빨려드는 것 같기도 하다. 나는 애써 몸을 뒤틀어 머리를 옆으로 뉜다. 바닥에 닿은 귀에서 거친 파도 소리가 들려온다. 나는 놀란 모습으로 눈을 열어 하늘을 올려다본다. 그러나 여전히 검은 하늘 사이로 별빛이 비스듬히 눈을 찔러댄다. 다시 눈을 감으면 파도 소리는 이제 고요하게 다가온다. 그 수많은 기억의 무게를 내려놓을 수가 없는가. 다른 사람들도 내 나이가 되면 이러한지. 물어보고 싶어진다. 그러나 나는 웅얼거리다 못해 누구와도 소통되지 않는다. 그럴 때면 그저 양팔을 X 모양으로 교차해 나의 어깨를 도닥일 뿐이다, 나는 괜찮다고.

　사람들은 내려놓으라 하지만, 기억의 무게는 좀처럼 내려놓을 수가 없다. 기억을 단번에 지우는 약이라도 있으면 좋겠다는 생각이 든다…. 예전 기억은 무게에 무게를 더해 무거워 지지만, 기억의 무게를 느낀 뒤부터 생긴 새로운 기억들은 깃털처럼 가벼워, 뚜껑 없는 병에 든 휘발유처럼 한두 시간이면 휙 날아가 없어진다. 과거에만 집착하는 이유이기도 하고, 새로운 것에 대한 적응이 서툰 이유이기도 하다. 불필요한 기억들로 꽉 찬 늙은이들이 갖는 공통된 아집일 수도 있다.

　나는 두 손을 바닥에 짚고 몸을 일으켜 세우려 한다. 바닥이 몸에 달라붙어 따라 일어난다. 그러니까 달리 말하자면 지구 전체가 따라 일어선다. 기울어진 지구에 담긴 바닷물이 쏟아져 내릴 듯 출렁인다. 수많은 과거의 거칠고 질긴 기억들이 마침내 지구를 끌어당길 정도의 질량으로 작용하고 있다. 나는 바닥을 여러 번 내리치며 달라붙은 지구를 털어내려 해보지만, 손바닥만 따가울 뿐, 쉬 떨어져 나가지 않는다. 그럴 리가 없겠지, 하는 생각이 희미하게 느껴진다. 머리만이라도 떼어낼 생각으로 양손을 머리 아래로 힘껏 쑤셔 넣어본다. 무거운 머리 때문에 손톱이 바닥에 짓눌린다. 억지로 밀어 놓은 손으로 머리를 들어 올린다. 머리마저 바닥에 단단히 달라붙어 있다. 머리가 지구를 떨구어 내는 듯했지만, 귀가 고무줄처럼 늘어나며 떨어지지 않는다. 얼어붙은 귀는 고깃덩이처럼 차갑고 딱딱하다. 더 세게 움직였다가는 부러질지도 모른다는 생각에 머리 들어 올리는 것을 포기한다. 대신 발을 바둥거려보지만 거대한 지구가 발에도 달라붙어 있어 무겁고, 무겁다. 누군가의 도움이 필요하다는 것을 직감한다. 누군가가 나에게서 지구를 떼어 주면 좋겠다. 아니면 이 빌어먹을 기억을 지워내고, 머리의 무게를 가볍게 해주든지.

　저 멀리서 여러 개의 발걸음 소리가 엇박자를 내며 다급히 귀를 울린다. 소리는 점점 더 크게 귀를 흔들며 다가온다. 얼어붙은 귀가 녹아내리는 듯하다. 손을 뻗어 소리가 오고 있는 쪽으로 손을 휘저어 본다. 손끝에 깃발이라도 매단 것처럼 좌우로 힘껏 흔든다. 그럴 때마다 거대한 지구가 따라 흔들린다. 지구의 흔들림에 반응이라도 하듯 머리가 어지러워진다. 소리가 귓전에서 멈추고, 지구의 흔들림도 멎는다. 순간 밧줄이 둘러쳐진 듯 허리가 조여온다. 무언가 무겁고 커다란 물체가 몸의 가운데를 집어 올리는 듯 허리는 접힌 채 바닥에서 멀어진다. 발끝에 매달린 지구가 버틸 듯 흔들거리다 툭 떨어져 나간다. 멀리 저 멀리 멀어져 간다. 세상이 훤히 내려다보인다. 횡단보도와 그 위를 지나치는 무심한 자동차 행렬과 그 양 끝에 모여 푸른 신호등을 기다리는 사람들의 모습이 웅성거리며 멀어진다. 신호등 아래에 무릎을 내보이고 쭈그려 앉아 있던 젊은 여자는 보이지 않는다. 곡예사라도 된 것처럼 공중에서 천천히 아래로 내려앉는다. 사람들이 웅성거리며 나의 주변에 모여든다.

"절벽에서 떨어진 거지?"

"멀쩡한데?"

"워낙 횡단보도처럼 생겨서…."

"가드레일을 하든지 해야지."

사람들이 눈을 끔뻑이며 하늘의 별처럼 나를 내려다본다. 팔을 끌던 킬릴리라던 여인은 보이지 않는다.

'얘! 어딨어?'

나는 힘주어 말해보지만, 누군가 나의 양팔을 좁고 딱딱한 침대에 묶는가 싶더니 어디론가 밀고 간다. 두어 번 몸통이 덜커덩거린다. 기우는가 싶더니 올려지며, 문 닫히는 소리가 난다.

언제부터 나는 나에게 불편한 존재가 되었는지…… 영혼을 맑게 하며 살아가려 비우려던 뇌. 그 어정쩡한 생각이 도리어 나를 불편하게 하는가? 주변에서 도와주지 않는다, 나의 영혼이 맑아지는 것을. 이제 죽음조차 마음대로 할 수 없는 곳까지 오게 되었쪽는가? 존재가 존재로서의 가치를 잊게 하는, 그것으로부터 멀어지게 하는, 그래서 그들은 불편함이 없는, 그러나 나는 그 기억을 비워내고야 마는, 아픔이 넘쳐나는 곳인가? 술을 마시지 않아도 술에 취할 수 있고, 기뻐도 슬플 수 있고, 살았어도 죽어 있을 수 있고, 죽었어도 살아 있을 수 있었던 그 과거. 뇌가 없었던 나, 자유로웠던 시간. 이제 묶인 몸통은 진동만 감지할 뿐 요동치지 못한다. 웅성거리는 소리가 자동차 엔진 소리와 사이렌 소리에 겹쳐 정겹게 들려온다. 가지런한 숨소리, 달라붙은 몸통, 가벼워진다.

"눈 좀 떠보세요! 성함이 어떻게 되세요? 제 말 들리세요?"

가늘게 눈을 뜬다. 엔진 소음과 사이렌 소리로부터 목소리가 분리되어 선명하게 들린다. 눈앞으로 손가락이 오간다.

"이거 보이세요?"

"별 부상은 없어 보이는데."

발치의 차창 너머로 거리의 불빛들이 빠르게 멀어진다. 목덜미에 달라붙은 머리가 좌우상하 크게 흔들린다. 무게가 없는 듯 자유 운동을 한다.

"어, 숨을 안 쉬는데…."

"맥박도 없어."

건장한 손바닥이 다급히 가슴을 짓누른다. 급하게 내뱉는 숨소리가 가느다랗게 귀를 간지럽힌다. 나는 숨을 깊이 들이켜 감추고 눈을 굳게 닫는다. 횡단보도가 있는 사거리를 지나려는지 사이렌 소리가 더 높고 빠르게 울린다. 흉부의 압박이 사라진다.

"휴~!"

안도감이 들어있는 긴 숨결이 나의 얼굴을 스쳐 지나간다.

"눈 좀 떠보세요!"

나의 양 볼을 가볍게 토닥이는 손길이 따듯하다. 나는 눈을 크게 뜬다. 신호등 밑의 여자가 내려다보고 있다. 나는 눈을 껌뻑이며 헐거운 미소를 지어 아는 체를 한다. 여자는 나의 손을 꼭 잡는다. 나는 나의 발끝을 물끄러미 바라본다. 발가락 끝에 잔뜩 달라붙은 모래알과 젖은 아랫도리가 선명하다. 횡단보도를 건너던 무거운 머리의 젊은이가 건너편에서 희미하게 손짓을 해온다. 나는 눈을 감고 숨을 감춘다.

"숨이 또 멎었어! 맥도 안 잡혀!"

건장한 손바닥이 다시 나의 가슴을 바쁘게 짓누른다.

백해철(소설가)
1957년 부산 기장에서 태어남
2002년 미국으로 이사
2010년 미주중앙일보 단편소설 『귀향의 조건』 신인상

혼자 가는 길

정종진

"여보쇼, 좀 춤을 우아하게 추지 그게 뭡니까? 이렇게 어떻게 이게 뭡니까? 꼭 국민보건체조 하시는 것 같시다."

발장단만 맞추기도 바쁜데, 무슨 정신에 우아함까지 돌보랴? 운동은 해야겠고 친구도 없고, 혼자 놀기도 고달프다. 라인댄스를 배우겠다고 등록을 했더니 선배 여성들의 야유가 쏟아진다. 열심히 따라서 하면 기남도 옆 사람들과 보조 맞춰 춤출 수 있으리라고 생각했다. 착각이었다. 간신히 한 가지 장단을 기억하면 그다음 주에는 또 전혀 다른 춤만 춘다. 쉬는 시간에 여성 선배들에게 열심히 배운 뒤, 집에 와서 연습 좀 하려 들면, 몽땅 잊어버려 한 가지도 기억을 못 하겠다. '하나둘 셋 넷'인지 '하나둘 포인트 포인트'인지 계속 헷갈리고, 팔을 돌리면서 나가는 건지 펼쳤다 오므리는 것인지 뒤죽박죽 혼동된다. '차차차 락'이었던 것도 같고 '락 끝에 턴 차차'였던 것도 같으니 골치가 아프다.

"배우는 사람에게 쫑코 주는 것은 선배님으로서 하실 일이 아닌 것 같아요."

"보소. 운율을 따라 이래 순풍에 파도치듯 사뿐 사아뿐."

"으메~ 멋있는 것! 진짜다. 선배님 춤추는 것은 서시가 다가오는 것 같고, 아프로디테가 걸음 걷는 것 같네!"

만족한 웃음이 그녀의 얼굴로 반짝 고개 내밀고 사라진다. 이것저것 양보하여, 후하게 채점해도 예쁜 여자는 아니다. 화장은 짙게 했지만 쪼글쪼글한 주름살 틈바구니마다 불만이 서리서리 엉긴 모습이다. 리쿼데이션 세일에 나앉은 이빨 빠진 요강 같이 생겨 가지고 칭찬은 꽤 밝히네.

*

기남이 멕시코를 통하여 미국으로 밀입국하던 때는 35세 되던 해였다. 한국 나이로 35세였지, 실제 미국 나이로는 33세밖에 안 된 에너지 꽉 찬 젊은이였었다. 시카고 시내 클락 길을 따라 혼자 터덜터덜 걸어가는 젊은 놈이 가여웠던지, 김 씨의 트럭이 기남 옆에 바짝 다가붙어 섰다. 그 트럭 옆면에는 "워터 타우어 건축"이란 사인과 전화번호가 쓰여 있었다.

"한국 사람이세요?"

아무도 알은체해 주는 사람 없고, 배는 고프고, 어떻게 누구에게 뭉겨야 할지 알 수 없던 때였다. 말을 붙이는 김 씨는 체구도 당당하고 환한 웃음을 띤 중년의 한인이었다. 김 씨가 기남을 한국식당으로 데려가서 점심으로 대구탕을 사주니, 그는 그날부로 기남의 은인이 돼 버렸다.

목수인 김 씨가 하라는 대로 하며 살다 보니, 기남은 어느덧 집수리하는 기술자가 되어 있었다. 나무로 조각하기를 좋아하던 기남에게 잘된 일이다. 돈도 축적이 되었으며 아파트까지 구하여 살게 되니, 안정된 미국 생활이 잡혀갔다. 기남은 트럭을 사 가지고 "솔로몬 착상 건축"이라는 상호를 내걸고 건축 사업을 시작했다. 솔로몬 성전 같은 건물을 짓고 싶었기 때문이다. 일하는 재미 돈 버는 재미에 시간 가는 줄 몰랐다.

*

"난 하고 싶은 일이 있는 사람이야. 내가 살고 싶은 곳은 따로 있어."

"전 30년 동안 남자를 만져본 적도 없고, 냄새 맡아본 적도 없는 숫처녀예요. 꼭 기남 씨에게 첫 순정을 바치고 싶어요."

"공연히 자진해서 불행을 끌어안을 것 없어 글쎄."

"괜찮아요. 저는 십 년이고 백 년이고 기다렸다가 꼭 기남 씨와 결혼하고, 꼭 기남 씨에게 처녀성을 드리고 말 거예요. 저도 고집이 있는 여자예요."

고향에서 기남을 기다리고 있는 소영과 결혼하여 그녀를 미국으로 데려오기 위해서는 영주권이 절실하게 필요했다. 소영이 결혼도 안 하고 기남만 기다리고 있을 것을 생각할 때마다, 기남은 깊은 책임감에 묶이게 된다. 기남이 원했던 것은 아니지만, 하나의 처녀가 자기 때문에 딱지도 못 떼고 늙고 있다고 생각하니 몸달았다.

"영주권 얻으려면 영주권 있는 여자와 결혼하는 게 제일 빠르고 정확한 길이야 글쎄. 고집 피우지 말고 만나봐. 괜찮으면 결혼하는 거고, 싫으면 안 하면 되는 건데, 왜 안 만나봐?"

기남은 여러 여자의 프러포즈를 거절했고, 결혼할 여자가 있다는 이유로 소개팅도 접수하지 않았다. 그가 고자인지 아닌지만 확인하겠다며, 적극적 육탄공세를 펴는 여자들도 억지로 떠밀어냈다. 기남도 동정을 지켜야 소영에게 속죄가 될 것 같았다.

돈을 축적하여 다른 방법으로 영주권을 얻어야만 했다. 기남은 변호사와 의논하여 영주권 얻는 방법을 찾아냈고, 그 기회를 잡았다. 변호사는 3만 불을 요구했고 기남과 계약을 맺었다. 혹시 일이 잘 안 풀리면 계약금 1만 불만 손해 보겠지만, 소영과 결혼을 하려면 그 길밖에 다른 도리가 없었다.

*

기남은 박 씨가 오픈하는 핫도그 가게의 실내장식을 하고 있었다. 건물 뒤 빈 공간에 트럭을 세워 두고 작업을 했다. 가게주인 박 씨는 기남에게 열쇠를 맡기고 먼저 집으로 들어갔다. 카운터 탑을 짜 맞추다가 일이 좀 늦게 끝나니, 주위가 이미 어두워졌다. 조수도 필요 없는 일이었기 때문에 혼자 일하고 있었다. 장비를 챙겨 트럭에 실은 후, 가게 문을 잠갔다.

어둑어둑한 곳에서 트럭 문을 열고 운전석으로 올라타는데, 별안간 뒤에서 누군가가 기남의 옷을 세차게 낚아챘다. 기남은 뒤로 넘어져 땅바닥으로 나뒹굴었다. 서너 명의 흑인 청년들이 덤벼들어 발로 차고 얼굴에 주먹질을 해댔다. 기남의 갈비뼈를 마구 밟았으며, 그들은 그가 죽는 것을 걱정하지 않고 무자비하게 공격했다. 그들은 덕 테이프로 기남의 입은 물론 눈까지 가렸다. 기남의 손을 뒤로 돌려, 테이프로 몸뚱이를 칭칭 감았다.

"움직여, 그러면 너는 죽은 시체야."

죽은 척해야 더 이상 구타를 당하지 않게 생겼다. 온종일 일에 매달렸기 때문에 몸뚱이가 지쳤는데, 심한 구타까지 당했으니, 일어날 기운도 없었다. 그날 기남은 모든 장비와 연장을 트럭과 함께 빼앗기고, 굼벵이처럼 혼자 꿈틀거리며 거리로 기어 나와 구조되었다. 영주권도 없고 보험도 없으니 병원에 가기 싫었다. 아프다고 엄살을 부려야 들어줄 사람도 없고, 도와줄 사람은 더 없다. 기남은 택시에 실려서 아파트로 왔다.

간신히 상처들을 혼자 힘으로 소독하고 침대에 쓰러졌다. 혼자는 일어날 수도 없었다. 햄버거를 사러 나가려 해도 갈빗대가 결리고 등허리가 뜨끔거려 움직일 수가 없었다. 다행히 뼈가 부러진 데는 없는 것 같다. 척추는 다치지 말았어야 할 텐데 걱정이다. 서 있을 수가 없으니, 된장찌개도 끓일 수가 없다. 목마르지만 일어나서 물 가지러 갈 수가 없으니 참아야 했다. 누워있다가 꼼짝없이 굶어 죽게 생겼다. 스스로가 너무 초라하게 보일까 봐 누구에게 도움을 요청할 수가 없었다. 소화 기관에 이상 없으니, 배는 되게 고팠다.

지팡이를 간신히 짚고, 잡아 온 지 한 달 정도 된 게처럼 엉기며, 옆집 구멍가게까지 걸어갔다. 구멍가게 주인이 기남의 얼굴에 난 상처를 보고 두려워 흠칫 물러난다. 쿠키, 도넛, 빵, 소다드링크, 물, 계란을 사다가 머리맡에 두고 일주일을 견디었다. 도와줄 사람도 없고 쳐다봐 줄 여자도 없으니 무섭고 서러웠다. 타인들에게 초라한 꼴도 보이기 싫고, 굶어 죽지도 않으려고 홀로 많은 눈물을 흘렸다.

*

고향 집으로 전화할 때도 소영의 안부를 물어볼 수가 없었다. 공연히 소영과 깊은 관계라도 있었던 사람처럼 보여, 그녀의 앞길에 피해를 주기 싫어서였다. 그렇지 않아도 기남만을 기다리고 있을 소영이다. 안부를 물어봐서 그녀가 꼭 기남만을 기다려야 한다는 부담 내지 강박감을 갖게 하기는 싫었다. 떠나고 싶을 때 하시라도 그녀가 떠날 수 있도록 소영을 배려하고 싶었다.

고향 집이라고 해야 기남을 구박하던 사촌 형네 집이다. 기남의 아버지가 기남을 버린 것은 아니지만, 기남이 두 살 때 아버지는 막노동 공사판 현장에서 죽었다. 엄마는 기남이 세 살 되던 해에 재혼하기 위해 친정으로 갔다. 운다고 사촌 형에게 매 맞으면서도 기남은 울면서 엄마를 하루하루 기다렸다. 혹시에 눈물 묻히며 엄마를 그리워해 보지만 오늘날까지 엄마 소식은 없다. 엄마도 치마를 입었으니 여자는 여자인지, 기남과는 통 인연이 없다.

영주권을 받고 한국방문이 허락됐을 때, 기남의 나이는 46세가 되었다. 전혀 세월 가는 줄 모르는 상태에서, 얼결에 4층 6호실 죽음 대기자가 돼버렸다. 다급해졌다. 시민권은 나중에 받더라도 우선 소영을 만나봐야겠다. 처녀로 늙었을 소영에게 미안하기도 하고 죄인 된 기분이다.

기남이 영주권을 얻어서 미국에서 자리를 잡은 뒤, 소영과 결혼하기 위해 귀국했다면, 소영은 너무 기뻐서 눈물을 흘릴 것이다. 더욱이 아직도 동정인 기남이 생전 처음으로 섹스를 해 주면, 소영은 별나라를 여행하듯 황홀해할 것이다. 어서 소영을 만나고 싶다.

*

"서 형, 중매해 주고 싶은데. 아주 괜찮은 여자가 있어."

......

기남은 이미 싫다는 대답을 내심 결정했으나, 호의를 베푸는 사람 생각해서 관심을 가진 척해 주었다.

"나 같은 남자한테 시집온대요? 어떤 여자가? 몇 살인데요?"

"나이 차이는 좀 많아. 여자가 너무 어리지만 괜찮을 것 같아. 서 형도 아직 젊잖아? 이 여자는 35세야."

"아, 그래요?"

"근데 아들 둘이 달렸어. 과부 된 지 5년 됐어."

"무슨 그런 모욕이 있어요? 난 총각이에요. 총각에게 처녀를 소개해 줘야 되는 것 아니에요?"

"처녀가 무슨 뜻이야? 호적상 처녀가 무슨 의미가 있어? 도대체 몇 살 먹은 여자를 찾는 거야?"

"난 처녀한테 장가들 조건과 능력을 갖췄습니다. 난 몰게지 없는 내 개인 주택도 소유하고 있고, 아내 태워 가지고 여행 갈 고급 차도 샀습니다. 팔다리 멀쩡하여 돈 벌 수 있고, 새벽마다 빤쓰가 찢어질 정도로 차일을 칩니다."

"생물학적 처녀를 찾으려면 15세 여아와 결혼해야지 어떻게 해? 도통 이 사람 속을 알 수가 없어. 지금 몇 살인데 몇 살 먹은 여자하고 결혼하려고 그래?"

"과소평가도 유분수죠? 난 그래도 총각인데. 어떻게 아들 둘 있는 과부하고 붙일 생각을 합니까, 불쾌하게?"

그 여자가 11살이나 더 어리긴 하다. 그러나 애들을 둘씩이나 낳으면서 남편과 쓴맛 단맛 다 보고, 세상 다 산 과부와 싱싱한 총각을 결혼 대상자로 붙여 준다니 어처구니가 없다. 소영이 처녀성을 기남에게 주고 싶듯이, 기남도 동정을 소영에게 주고 싶다. 숫처녀와 숫총각이 마주치며 세상을 여는 짜릿함을 맛보면서, 지금까지 힘들여 지킨 동정에 큰 가치를 부여하고 싶다. 성세포 방출은 많이 했지만, 기남은 아직 한 번도 여자를 상대해본 적이 없는 숫총각이다.

*

기남이 한국을 방문한 것은 1992년 봄이었다. 세상은 엄청나게 바뀌었고, 한국의 분위기는 호박의 겉과 속을 뒤집어 놓은 것처럼, 전혀 가늠할 수가 없었다. 88올림픽은 한국을 국제화의 물결 속에 던져 났을 뿐만 아니라, 한국인을 세계인으로 바꿔 놓았다.

수소문하여 소영을 만났다. 소영은 거칠어진 얼굴에 웃을 때는 잔주름이 쪼르륵 잡혔다. 소영은 깔깔 웃으며 기남을 고향의 소꿉친구로 취급했다. 그녀는 열한 살배기 아들과 아홉 살 박이 딸을 둔 중년 학부형이 되어있었다.

"어머이나~. 놀래라. 그럼 오빠 지금까지 싱글이에요?"

별별 별종을 다 본다는 듯, 소영은 어이없어했다. 기남에게 꼭 처녀성을 바치겠다고 맹세했던 일은 기남이 잘못 들었던 환청이었다는 듯, 철저하게 잊고 있었다. 기남은 창피하여 얼굴을 숙였다.

"결혼하기로 한 여자가 시카고에 있긴 해."

기남은 얼결에 거짓말을 하고 말았다.

"얼른 결혼 먼저 하셔야죠. 젊은 생기 쪽 빠진 뒤에 새신랑 노릇 어떻게 하려고 그래요?"

기남을 기다리겠다고 맹세한 후, 곧 다른 남자와 결혼해 버린 소영은 부끄러움을 타거나 옛말을 기억하는 기색은 전혀 없었다.

"여기 한국에 계시는 동안 함께 돌아다닐 여자는 있으세요?"

"소영이도 결혼해 버렸는데, 누가 함께 있어 주겠어?"

심장 한구석을 베어낸 야속한 여인에게 불평이랍시고, 낮은 목소리로 힘없이 투덜댔다.

"제 남편에게 친정에 가겠다고 핑계 대고, 제가 함께 지내 줄 수는 있어요. 그러나 품값을 좀 비싸게 쳐 주셔야 되는데요?"

......

"못 알아듣겠어. 품값이 뭐야? 몸값을 말하는 거야?"

"몸과 마음을 다 바쳐 밤낮으로 봉사하니 일당이지 오빠, 상스럽게 몸값이 뭐야?"

*

한국이 잘살게 되니 미국이 인기가 없어졌다. 숫처녀와 결혼하려면 연변 아가씨와 결혼해야 된다고 했다. 40세가 넘은 여자는 아기를 못 낳든가 낳아도 기형아를 낳을 확률이 높다는 의사의 견해다. 젊었을 때부터 계속 아기를 낳던 여자는 40살 후에 아기를 낳아도 괜찮지만, 첫아기를 늦게 낳으면 여러 가지로 위험하기 때문에 안 낳는 것이 좋다고 한다. 아무래도 30대의 처녀는 없을 성싶다. 처녀를 구하려면 연변 시골 마을로 가서 20살 안팎의 여자와 결혼해야만 한다. 또 가난하고 학교 교육을 못 받은 여자나 시집오지, 누가 늙은 남자에게 시집을 올 것인가? 천신만고 끝에 혹시 그런 여자를 찾아냈다 하더라도, 그 여자와 결혼한다고 하면 누가 보더라도, 돈으로 아내를 사 오는 모양새다. 어떻게 하는 것이 제일 좋을까?

우물쭈물하는 동안 기남은 52세의 미국 시민권자가 되었다. 전에는 중신해 준다는 사람들도 귀찮을 정도로 많더니, 중매쟁이들도 주위에서 슬금슬금 사라졌다.

*

"세상 살맛 안 나, 정말."

"이 형이야 뭐가 걱정이야? 아직 젊은 마누라 있지, 두 애들 잘 자랐지, 집은 아직 못 샀지만 잠잘 아파트 있고, 행복한 삶이지?"

기운이 쪽 빠져서 울적한 이 형과 맥주를 한잔했다.

"택도 없는 말씀! 마누라 사납지, 딸이라고 하나 있는 게 말 되게 안 듣지, 아들놈은 대학 나와서 먹고살지도 못하고 빌빌 싸지. 죽여주는 거야. 아, 정말 사람 사는 것 재미없어."

……
344

"나 같은 사람도 있다는 걸 생각해 봐. 이 형은 집에 가면 밥 차려져 있지, 섹스 해결되지, 돈 벌 수 있는 자녀들 다 자랐지, 무슨 불만이야?"

"어림없는 말씀이야. 서 형이 행복해. 밥도 내가 챙겨 먹고 내가 치워야 돼. 마누란 아예 옷을 벗지도 않고 잠자. 걷어 올릴 수 있는 잠옷을 입고 자는 것도 아니고, 애초에 바지를 입고 자. 참다못해 억지로 마누라 바지를 벗겼더니, 얼마나 소리소리 지르고 화를 내는지, 대가리 들고 용을 쓰던 이 고추가 기가 팍 죽어 버리는 거야. 진짜 기분 안 나. 그래도 몇 번 마누라한테 덤벼들어 강제로 시도해 봤지만, 매번 무시당하고 비웃음당하니까 문제만 생기고 말이야. 그 뒤부터는 주눅이 들어 고추가 다시는 일어나지도 못하는 거야. 얼마나 사납게 구는지 마누라 옆에만 가면, 서 있던 고추도 팍삭 죽어버려! 잠잘 땐 뻘떡거리다가도 섹스를 해보려고 생각만 하면 힘 못 쓰고 그냥 고꾸라져 버려. 내 물건은 모양만 고추지 완전히 썰다 만 고깃덩어리로 돼버렸어. 내시의 그것처럼 그냥 오줌 꼭지야. 애들? 말도 마! 날 애비 취급도 안 해. 아들은 '재방송 끄세요,' '생각해 본 댔잖아요?' 소리 꽥꽥 지르고, 돌아서면 즉시 잊어버려. 딸은 내 일 내가 알아서 하는데, 왜 아빠가 내 인생에 참견이냐고 막 대들어. 정말 집 나가서 혼자 살았으면 좋겠어."

*

머리가 희끗희끗 세어 가지만 기남은 걱정하지 않았다. 어떤 남자들은 30살만 되면 머리칼이 허옇게 세는 사람도 있다. 많은 중동 남자들은 50대에도 20대의 젊은 여인들과 결혼한다.

"할아버지, 할아버지가 여기에 꽃 심었어요?"

귀엽게 놀긴 하지만 이 꼬마 녀석이 기남을 보고 할아버지라고 부르니, 쥐어박을 수도 없고 야단칠 수도 없다. 아저씨에서 할아버지로 넘어가니 눈앞이 캄캄해진다. 이제는 정말 아무 여자하고라도 결혼해야 할 모양이다. 신품 여자든 중고품 여자든 따지지 말고 미추 청노 상관없이 결혼하겠다고 결심한 후, 나를 되돌아보니깐 55세가 되었다. 강성하여 밤마다 사나움을 떨던 성기가 갑자기 얌전해짐을 느낄 수 있었다. 눈물이 울컥 올라왔다. 머리털이 허옇게 바뀔 때도 무슨 대수냐고 콧방귀 뀌던 기남이었건만, 이제야 눈물이 자꾸자꾸 나온다.

어쩔 도리는 없다. 일단 자녀를 가지겠다는 욕심을 버리니, 별 억울할 것도 없었다. 결혼하고도 자녀가 없는 사람들이 있다. 그들은 기남보다 재미를 좀 더 봤을 뿐, 인생에서 이득으로 남는 것이 없기는 마찬가지다.

결혼을 하려 해도 결혼하겠다고 나서는 과부도 이혼녀도 없었다. 돈 있다는 사실을 알면 돈에 눈독 들이는 여자는 종종 있었으나, 인간 기남을 사랑하려 드는 여성은 한 사람도 없었다. 마음이 오히려 편해졌다. 아무런 결혼계획을 세울 수도 없고, 세울 필요도 없다.

인간은 원래 남의 계획에 의하여 이 세상으로 와진 존재이다. 갈 때도 남의 의도와 스케줄에 따라 예상하지 못했던 날 홀연히 떠나야 한다. 마음 편히 살다가 홀가분하게 떠날 것으로 생각하니 오히려 즐거웠다. 이승을 둘러보러 왔다가 짝 없이 혼자 걸었지만, 열심히 일했고 무슨 일에나 최선을 다했다.

*

"이 클럽에 있는 언니들 여덟 명 모두 우리 집에 와서 함께 파티하자. 파티복은 필요 없다. 아담과 이브 파티니까. 내가 술과 안주는 모두 제공할게. 한 사람당 화대를 얼마씩 받으면 되겠는가 의논해 봐. 조건이 있다. 내가 돈 주고 하룻저녁 사는 것이니만큼, 나는 최고 대우를 받고 싶다. 나만을 위해 내가 원하는 짓을 다 해 주고, 각자 자기가 보여줄 수 있는 최고의 기교와 서비스를 나에게 한꺼번에 제공해다오."

"역시 오빠는 멋있어."

"너도 최선을 다해 줄 거지?"

"물론이야 오빠. 어디서 부는 돌풍이야? 무슨 건수 있는 거야?"

"사실은 내가 동정이거든."

"그럴 리가 오빠?"

"진짜야. 동네 숫처녀 바라보고 동정 지키다가 멍든 놈이야."

"어머머, 그럼 내가 첫 번째로 하게 해줘. 웬 횡재야? 난 돈 안 받더라도 동정 파티 첫 꼭지 따겠어."

그날 밤 기남은 세상에 하나뿐인 수컷이 되어, 다섯 번을 사정했다. 세 번은 정상적인 곳에, 두 번은 비정상적 위치에 사정했다. 헛물만 켜다 말아버린 여자들도 있었지만, 그런 여자들 때문에 어떤 여자들은 오히려 더 큰 상대적 만족을 느꼈다.

돈을 악착같이 모을 필요도 없어졌다. 남아도는 남성을 평생 오물 취급하며 변기 속으로 훌러쉬해 버리고, 떨어지는 음모와 함께 샤워장 하수구로 흘려보냈다. 이젠 그럴 필요가 없다. 동정이 없어지니 기남이 꼭 지녀야 할 중요한 것은 하나도 안 남았다.

*

돈을 쓰면서 편하게 살려고 마음먹으니, 차츰 살도 찌기 시작했다. 오래 전부터 기남 앞에서 알짱거리며 칭얼칭얼 뭉기던 농익은 과부 경순 엄마에게 육체를 제공했다. 생각했던 것처럼 뜨겁고 진하게 몸부림쳤으며 튤립 꽃잎 떨어지듯 깨끗하게 똑 떨어졌다. 고맙다는 뜻인지, 기회 있을 때 또 보자는 뜻인지, 떠나면서 그녀는 윙크까지 했다.

김치나 깻잎을 조달해 주는 늙은 여자도 있었다. 청소와 빨래를 도와주는 어린 여자도 있었다. 아내를 삼았으면 좋겠다고 여겨지는 참한 여자도 있었는데, 알고 보면 말발도 세고 욕도 거칠게 하는 야생고양이었다. 여자들끼리는 서로 텔레파시가 통하는지, 짝이 빈 밤에는 다른 여자가 귀신같이 알고 기남을 찾아왔다. 여자들은 6개월 이상 기남과 붙어살기를 원하지 않았다. 내가 좋으면 네가 싫고, 네가 좋으면 내가 피곤했다. 여자들은 사랑이란 고리타분한 것을 원하지 않았다. 그들은 단순히 동물적

열정을 원했다.

좋다. 돈에만 바짝 신경 쓰며 모든 것을 돈에 연관시키는 여자만 아니라면 참아줄 만하다. 입 맞춰준 값 따로, 모가지 쓰다듬어 준 값 별도로 계산하는 유치한 여자는 기남까지도 유치해지게 만든다. 아기를 낳을 것도 아니고, 사랑의 눈맞춤을 원하는 남자 대 여자가 아니다. 서로 재미있고 즐거우려고 만나는 것이다. 첫눈에 서로 원하면 아무 때나 아무 여자하고나 정열과 호기심을 함께 상쇄시키고, 둘 중 한 사람의 피가 식으면 가볍게 헤어진다.

여행을 다니기로 결정했다. 기남이 좋아하는 스타일의 여자가 생기면, 여행지에서 우연히 만나는 것처럼 만들어 함께 크루스를 갔다. 주로 외국으로 나가는 그룹 여행에 합세했다. 여자의 사회적 위치를 고려해서, 될 수 있으면 타주에 있는 여행사로 연결한 후, 모르는 사람들과 만나서 부부처럼 여행했다. 운 나빠서 아는 사람들과 딱 맞부딪치면, 각방에서 따로 놀고 자는 척하면서 지내면 되었다.

60세가 넘으면서 속주머니에는 항상 비아그라를 휴대하고 다녔다. 떨어져 나가도 아깝지 않은 여자에게는 자연 그대로 작업했지만, 중요한 여자와 침대에 들 때는 꼭 속주머니를 뒤졌다. 침대에서는 영웅이 되어야만 했기 때문이었다. 나중에 또 만나고 싶은 여자와 잠자리에 들 때는, 물병 들고 꼭 삼킬 것 삼키고 침대로 올라갔다.

*

65세에 메디케어를 받으면서 이듬해에 정식 은퇴를 했다. 건강을 최우선 위치에 놓기로 했다. 아프면 의지할 사람이 전혀 없는 기남으로서는 건강이 무엇보다도 중요했다. 젊었을 때 열심히 일한 덕분인지, 선천적 축복인지, 기남은 비교적 건강했다. 은퇴한 후부터는 어떠한 여자를 만나도 비아그라는 안 먹기로 했다. 대신 매일 아침 조깅을 하기로 결정했다. 여자를 유혹하려 들지도 않았고, 도움을 받으려 들지도 않았다.

여자고 남자고 신경 안 쓰며 그냥 살기로 하니, 남자로서 살 때보다 훨씬 더 즐거웠다. 여자가 프로포즈를 하면 일단은 거절하기로 했다. 감금하고 통사정해도 신경 안 쓰고, 내 능력만큼만 행동해 주기로 했다. 노쇠는 무능이 아니며, 발기 안 되는 것이 축복일 수도 있다. 주위에서 맴돌며 가끔 오고 가던 여자들이 말없이 제 갈 길로 가버리고 있었다.

집에만 있으니 육체적 정신적으로 점점 더 쪼그라드는 기분이다. 시간 날 때마다 교회 꽃밭에서 잡초를 뽑아내고 잔디밭에 물을 주었다. 교회에서 일하기는 늘 즐겁다. 목사가 봐주고 말 걸어 주면 더 신이 나고, 사소한 칭찬이라도 해주면 잠을 설칠 만큼 기분이 좋다. 사회 자원봉사활동에 최대한 참여하기로 했다. 선거하는 날, 투표 도우미로 일했다. 세계 선교 대회장의 선교사들에게 차편 제공을 위하여 교회 밴을 운전했고, 그들의 심부름을 해주었다. 한인복지회관이나 한인건강센터의 각종 봉사활동에 참여했다. 노인들의 게임이 시작되기 전에, 의자 펼치는 일을 도와주었고, 노약자들이 야외로 경치사냥을 나갈 때 상품들과 드링크를 옮겨 주었다. 사람들도 만나고 정보도 얻고 시간도 즐겁게 보낼 수 있었다.

*

금붕어 유치원에 출석했다. 미시건 호수에서 잔디밭으로 불어오는 시원한 아침 바람이 겨드랑 밑과 반바지 사이를 건조시킨다. 유치원답게 꽤 젊은 여자들도 합세해서 팔다리 운동을 하고, 짝짜꿍 곤지곤지로 장단을 맞춘다. 웃기 연습할 때도 주름살 잡히는 것 상관하거나 잇몸 보이는 것 신경 쓰는 사람은 없다. 늙어감이 나쁜 것만은 아니다. 편한 마음으로 모두 흐드러지게 웃는다. 노인대학에 가서 시답잖은 시를 쓴다고 긁적거리거나, 볼품없는 글짓기 한다고 고루한 글자를 자판에서 똑딱똑딱 두들기는 것보다 훨씬 낫다.

"서 선생님, 이런 날 서 선생님하고 놀러 나갔으면 좋겠다."

"조옿지요. 날씨가 죽여주네요."

"오늘 저랑 데이트 한번 하실래요?"

페기 한은 기남을 빤히 쳐다보며 얼굴을 붉혔다. 어디서 본 듯한 인상이다. 채널 9 "모리 쇼"에 나와서 남자친구에게 "내가 낳은 애는 네 아들이야!"라고 소리 빽빽 지르던 여자? 친자확인 서류에서 그 남자가 "아빠가 아님" 판정을 받으니, 어깨 들썩하고 말아버리던 전형적인 화냥 여성? 그녀는 젊은 백인이었고 페기는 늙은 한국 여자다. 그러나 풍기는 향기가 비슷하다. 페기가 빨갛게 색칠한 입술을 힘없이 헤벌리니, 속살 내민 모시조개 같아 약간 구미가 당기려 든다.

"아니요. 데이트는 좀."

"값없이 부담 없이 하는 장난인데 아니긴 뭐가 아니에요? 오늘 저녁에서 선생님 집에 가면 커피 한 잔 주실래요?"

"어어? 어! 난 담뱃불인데. 꺼져가는 담뱃불."

"어어! 그래요? 난 담배 못 피우는데. 늙고 기운 없어서."

"그러니까 데이트는 안 되는 거죠? 난 담배만 피우고 말 여자가 필요해요."

"뒤 푸닥거리 없이 담배만 뻑뻑 피우면 볼때기만 아프지 무슨 이득이 있어요?"

"그러니까 헛수고하시지 말랬죠? 내가 데이트할 자격은 없다고."

*

우연히 데이케어센터를 방문하게 되었다. 아장아장 걷는 아이부터 취학 직전 아이들까지 바글바글했다. 그 아이들은 할 말이 너무 많았다. 그러나 들어줄 선생님은 턱없이 부족했다. 기남이 들어서니, 서너 명의 아이들이 한꺼번에 쫓아와서, 재깔재깔 고자질도 하고 불평도 했다.

"할부지 알아요? 새가 날아갔는데 이렇게. 또 가고 또 가."

녀석은 천연덕스럽게 새가 나는 시늉을 한다.

"그 보라색 꽃에 있다가 팔짝팔짝."

어떤 녀석들은 자기 좀 봐주고, 자기 말 좀 들어 달라고, 기남을 잡아당기고 꾹꾹 찌른다. 무슨 뜻인지는 모르지만, 알아듣고 놀라는 척해주니 좋아한다.

"맞아, 맞아. 이래~ 가지고 이렇게."

아이들의 목소리는 정말 아침 숲속에서 들리는 각종 새들의 노랫소리 같다. 미지의 세계를 향한 신선한 의욕과 돌발적 힘을 던져준다. 아이들과 함께 숨바꼭질하고 아이들의 놀이를 도와주고 온 날, 기남은 온종일 즐거웠다.

기남은 창고에서 조각칼과 자귀와 대패를 가져왔다. 앞발 들고 서 있는 곰을 만들었다. 재미있고 즐거웠다. 조각칼로 이빨도 만들고 발톱도 만들었다. 스테인을 먹이고 그 위에 바니쉬를 칠했다. 만든 곰을 가지고 그다음 주에 다시 데이케어센터에 방문했다. 선생님도 반가워하고 아이들이 환성을 질렀다. 곰은 졸지에 문지기가 되어서, 아이들에게 매일 인사를 받으며 데이케어 정문 앞에 서 있게 되었다. 다음 주에는 쿠키와 캔디를 사다가 아이들에게 나누어 주어야겠다.

기남은 한 달에 한 가지씩 나무 장난감을 만들어, 아이들에게 선물하기로 결심했다. 그리고 거기서 그 장난감을 가지고 아이들과 함께 놀다가 오기로 했다. 나무로 새를 만들어야겠다. 또 나비도 조각하겠다. 개와 사자도 만들 계획이다. 의욕과 새 힘이 마구 솟아난다. 비로소 기남은 하고 싶던 일과 머물고 싶은 장소를 찾아냈다.

*

"서 씨 아저씨, 이 장미꽃을 제 친구에게 보내고 싶은데 어떻게 보내는지 잊어버렸어요. 이걸 카피해서 데스크탑에 올리나요? 오른쪽 클릭을 해서 직접 보내나요?"

샐리 장은 라인댄스 반에서 라인댄스도 함께 익히고 컴퓨터반에서 컴퓨터도 같이 배우는 여성이다. 젊었을 때는 꽤 미인이었거나 귀여웠을 것 같다. 곱게 늙은 여성이었지만, 화도 잘 내고 행동은 이상했다. 라인댄스 반에서는 인사도 잘 안 하고 못 본 척한다. 컴퓨터반에만 오면 항상 기남 옆에 앉으려고 이상하게 군다. 인기 없는 자는 무시한다. 인기 있는 사람은 독식하다가 뱉어서, 못 쓰게 만드는 기질이 있으니, 폭군 같아서 은근히 두렵다. 기남의 손을 끌어다가 자기 모니터를 가리키기도 하는데, 알고 보면 꼭 알아야 될 사항도 아니고, 꼭 필요한 질문도 아니다. 어떤 때는 기남의 등허리에 손을 올려놓고 자기 남편에게 하듯 다정하게 묻는다.

"서 씨 아저씨~, 오늘 아침에 뭐 잡수셨어요?"

"그냥 커피하고 단팥빵요."

"좋으셨겠다. 맛있었어요?"

기남을 독차지하고 싶은 모양인지, 다른 여자들과 이야기 못하도록 훼방을 놓는 것인지 알 수가 없다. 그래도 기남에게 관심을 가져주는 것이 싫진 않다. 일찍 도착하여 질문 응답을 주고받고, 중요하지도 않은 이야기에 한동안 낄낄대며 농담도 했다. 사람들이 교실로 몰려 들어왔다.

"시작 시간 됐나 봐요. 내 책상으로 갈게요."

기남은 서둘러 제자리로 돌아가고 있었다.

"서 씨 아저씨."

"네?"

"뭐 달라진 것 없어요?"

"전 항상 똑같습니다."

"누가 아저씨 말이에욧? 나 달라진 것 없냐구요?"

"네? 아~ 죄송해요. 글쎄?"

샐리는 못마땅하게 기남을 쳐다봤다.

"오늘 기분이 좀 좋아지신 것 같아요. 웃기도 잘하시고."

다른 급우들이 모여 와서 샐리의 헤어스타일이 바뀌었다고 한참 수선을 떨었다. 기남은 그제야 눈치를 채고 부끄러워졌다. 기남은 뒤늦게 샐리에게 다가가서 아첨 섞어 인사를 했다.

"헤어스타일이 바뀌니깐 발랄하고 훨씬 젊어 보이네요."

"30분 동안이나 함께 이야기 나누고도 몰랐던 이가, 뭘 젊어 보인다는 둥 어려 보인다는 둥, 조반 먹은 뒤에 기상나팔 불어욧? 젊은 여자가 젊어 보이지, 그럼 언젠 늙어 보였어욧?"

기남은 얼굴이 빨개졌다. 일주일 전에 샐리가 안경을 새로 샀을 때도 비슷한 일이 있었다. 그녀와 오랫동안 환담했건만, 기남은 알아채지 못했었다.

"글쎄 뭐가 달라졌는지 잘 모르겠는데요?"

"도대체 눈 뒀다 뭘 해요? 나 안경 새것으로 사 쓰지 않았어욧?"

*

가요교실 중간의 쉬는 시간에 교실 밖으로 나온 기남이 바깥바람을 쐬려고 뒷문을 열었다. 백곡지 할머니가 뒷문 밖에 엎드려서 울고 있었다. 십 년 전에 죽었어도 젊어서 죽었다고 아쉬워할 사람은 없었을 나이다. 늙어서 무슨 감당하기 벅찬 서러움이 있기에 저토록 남몰래 울어야만 할까? 깨끗하게 늙으신 할머니인데, 훌쩍이고 있는 그녀의 자그마한 육체가 가여웠다. 가요교실에서 곡지 할머니는 "잃어버린 30년"인지 "하숙생"인지, 어떤 노래를 부르다가 울음이 터져 나와서, 노래를 중단했던 적도 있다. 노랑나비가 나는 것만 봐도 울고, 분홍색 종이만 보아도 우는 여인도 있긴 하지만, 곡지 할머니는 감상에 젖기에는 너무 늙은 듯하다. 곡지 할머니는 기남보다도 나이가 예닐곱 살 정도는 더 많은 분이다. 원래 젊었을 적부터 눈물이 많은 할머니일 수도 있다.

가요교실 노래방이 끝났을 때, 기남은 곡지 할머니를 노인 아파트까지 모셔다드리겠다고 했다. 숨어 울다가 들킨 곡지 할머니는 창피했던지, 속

......

353

마음을 숨기려는 인위적인 행동인지, 여러 말을 하고 깔깔 웃기도 했다. 울적한 곡지 할머니의 마음에 실제적 위로를 주기 위해, 기남은 집에 가는 길에 아이스크림 휴게실에 들러, 그녀와 마주 앉았다.

"젊은것들이 천육백 불이 없어서 사는 아파트에서 강제 퇴출당하게 생겼으니, 너무 가슴이 아파요."

"선배님, 제 얘길 들으세요. 늙으신 엄마가 같이 늙어가는 아들 걱정까지 할 필요가 뭐 있어요? 선배님만 편히 사시다가 돌아가시면 되지요? 그런 걱정 말고 매일 즐겁게 살아요."

"늘 마음 편한 날이 없어. 내 아들은 장가 잘못 들어서 쫄딱 망했고 앞날이 훤하다오."

줄잡아도 아들 나이가 50살은 됐을 것 같다. 아들 며느리도 늙었기 때문에 그들도 죽음을 준비해야 될 나이인데, 왜 어머니가 아들 며느리 걱정까지 해야 된단 말인가? 싸우며 살았거나 무능하게 지냈거나 또 속 썩여왔거나, 며느리도 아들과 한평생을 함께 살아왔다. 이제 아들도 죽을 때가 다가오는데, 무슨 앞길이 남았다고, 며느리 때문에 아들 고생길이 훤하다며 안달인가? 아들 인생을 어머니가 책임질 수는 없다.

베드로는 선천적 앉은뱅이에게, 내게 있는 것 네게 준다며 손잡아 일으켜 세웠다. 기남은 그날 곡지 할머니에게 현금 2,000불을 쥐어 주었다. 그 대신 앞으로는 전혀 아들 걱정 안 하고 마음 편히 살겠다는 다짐을 받아두었다. 짚신 장사 큰아들과 우산 장사 작은아들을 둔 어머니가 매일 울 수도 있지만 매일 웃을 수도 있음을 강조했다.

*

곡지 할머니가 저녁을 대접하겠다고 우겨서 그녀가 살고 있는 노인 아파트로 갔다. 기남은 목수 출신답게 나무 조각품을 만들어 선물로 들고 갔다. 부엌과 다이닝룸이 붙어 있고, 거실은 남쪽으로 따로 있었으며, 침실도 아늑하여 혼자 살기에는 적격인 아파트였다. 곡지 할머니는 육개장을 만들었고, 여러 가지 나물과 각종 김치를 골고루 차려 놓았다.

"놀랬네. 이거 몽땅 선배님이 만드셨어요?"

"몇 가지는 사 오고, 더러는 만들었지."

"집도 깨끗이 정리해 놓고 사시네. 선배님하고 나하고 둘이 먹을 건데 왜 이렇게 잔뜩 차려서 남길 필요가 있어요? 너무 아깝잖아요?"

"남는 것은 싸 가지고 가."

"정말 그래야겠네."

기남은 젊었을 때부터 초저녁잠이 많은 사람이었다. 저녁으로 밥을 잔뜩 먹고 나니, 너무 졸려서 긴 이야기도 못하고 일어나야 될 것 같았다. 후식으로 과일들을 내왔으나 너무 배가 불러서 먹을 수가 없었다.

"내가 며칠을 두고 얼마나 정성 들여 준비한 날인데, 이렇게 금방 갈 수가 있단 말이야?"

"전 저녁밥 먹고 나면 너무 졸려요. 저녁 클래스에 가면 항상 조는걸요. 너무 졸려서 저녁엔 어디 가질 못해요."

"그러면 잠깐 눈 붙였다가 일어나서, 이야기도 하고 놀다가 가."

곡지 할머니와 하고 싶은 이야기도 딱히 없고, 그녀가 고맙다는 표시를 하면 기남이 받아들이기만 하면 모두 끝난다. 그러나 생각해 보니, 기남이 금방 일어나 집으로 가면, 곡지 할머니가 너무 서운할 것 같다. 기남은 곡지 할머니의 의견대로 침대에서 30분 정도 쏟아지는 급한 잠만 해결하고 일어나서, TV도 보고 비디오도 보며 시간 보내다가 가면 좋을 성싶었다.

기남이 곡지 할머니 침대에서 눈을 떴을 때는 자정이 지나서였는데, 어느새 할머니도 그의 곁에서 잠들어 있었다. 기남은 팬츠만 입고 있었으며, 할머니도 잠옷을 입고 있었다. 기남은 당황스럽고 부끄러워 벌떡 일어났다.

"선배님, 미안해요. 내가 너무 오래 잤어요."

"서두를 필요 뭐 있어? 여기서 자고 가면 되지."

"아니, 선배님 무슨 그런 말씀 해요?"

"난 준비가 돼 있어. 오늘 저녁 그냥 여기서 나하고 자도 돼."

"에잇. 아냐 선배님. 그런 말씀 마세요. 나도 늙은인데 뭘? 세상없는 여자가 세상없이 요상한 짓을 해줘도 되는 것은 하나도 없는걸. 나를 위해선 아무것도 필요 없어요."

"그래도 난 왠지 같이 자 줘야 될 것 같아."

"무슨 그런? 말도 안 돼. 선배님, 내가 할머니 도와드릴 돈은 있어도, 남성 능력은 전혀 없어."

곡지 할머니는 무엇인가를 단단히 잘못 생각하고 있는 모양이다. 단돈 100불만 들여도 건전지 새로 갈아 끼운 인형처럼 팔팔 뛰는 여자를 얼마든지 구한다. 어떤 골빈 남자가 2,000불짜리 여자를 사겠는가? 2,000불을 도와준 대가로, 할머니는 그녀의 육체를 직접 제공하면, 채무채권이 상쇄되는 줄 아는 모양이다. 할머니 육체가 아직도 어떤 일말의 가치를 지니는 줄로 착각하나 보다. 너무 불쾌하여 툭툭 털고, 당장 집으로 가고 싶다. 그러나 기남이 화를 내고 떠나면, 소심하고 우울증 기질이 있는 곡지 할머니에게는 충격적인 모욕일 것 같다.

"선배님, 같이 자는 여자가 젊고 늙은 것은 따질 성질이 아니에요. 예쁜 여자, 안 예쁜 여자도, 나중에 따질 문제예요. 우선 제가 남성 능력이 없고, 상대가 누군지 따지기 이전에 저는 즐기고 싶은 의욕 자체가 없는 늙은이예요. 잘못 움직이다가 어디 다치거나 삐끗하면 큰일 난다, 선배님. 이상한 짓 하다가 넘어져서 병원으로 끌려가기라도 하면, 그 큰 망신을 어떻게 감당하실래요?"

충분히 설명은 한 것 같다. 그러나 서로 체면을 생각하다 보니까, 기남은 곡지 할머니네 노인 아파트에서 자고 나오게 되었다. 장난질 치고 싶은 생각도 없었다. 무엇을 시도했는지 어떤 행위를 시도하지 않았는지 기억도 안 나고 흥미도 없었다. 기남도 곡지 할머니도 덜 늙었다는 사실을 상대방에게 인식시키는 것이 문제가 아니었다. 아직 살아 있다는 사실만이라도 확인하고 싶었고, 베개보다는 따뜻한 열기를 지녔음을 보여주고 싶었다고 생각된다. 아침에 눈을 뜨면서 곡지 할머니는 기남에게 부탁이 있다고 은근한 말을 했다.

"물론이지 선배님. 내가 할 수 있는 일은 끝까지 도와드릴게요."

호감을 가져주는 여자에게 보호자 역할을 하려는 듯, 기남은 짐짓 강한 척 허풍을 쳤다.

"이게 뭔지 알아?"

곡지 할머니는 놀랍게도 그녀의 잠옷을 보여 주었다. 잠옷에는 기남이 곡지 할머니의 체면 유지를 위해, 힘들여 흘린 그의 정액이 묻어 있었다. 기남은 쓸쓸하게 웃었다.

"선배님, 수고하셨어요. 힘드셨겠네?"

"난 살기도 싫어. 내게 무슨 일이 생기면, 서 씨와 내 아들과의 관계에 변호사까지 껴들어야 될 만큼 복잡해지겠지?"

창 쪽을 바라보는 곡지 할머니는 심각하고 매정한 표정으로 말했다. 무슨 뜻인지 알아듣지는 못하겠지만 유쾌한 말은 아닌 것 같다. 할머니가 자살이나 자해를 하고 기남에게 뒤집어씌우겠다는 협박인지도 모른다. 괘씸한 생각이 든다. 어서 집으로 가야겠다. 앞으로 곡지 할머니와는 가깝게 지내지 말아야겠다.

"부탁은 무슨 부탁인데, 선배님?"

"나한테 돈 이만오천 불만 꿔 줄래요?"

정종진(소설가)
미주 중앙일보 공모 소설 당선(2007년)
한국산문 수필공모 당선(2010년)
경희 해외동포 소설 우수상(2010년)
서울 문예창작 소설 금상(2013년)
재외동포 소설 우수상(2014년)
Chicago Writers Series에 초청되어 소설 발표 Event 개최(2016년)
국제 PEN 한국 해외작가상(2016년)
제8회 해외 한국 소설문학상(2023)
국제 PEN 회원, 한국문협 회원, 한국 소설가협회 중앙위원
제4회 독서대전 독후감 공모 소설집으로 선정(2023)
시카고 문인회장 역임, 시카고 문화회관 문창교실 Instructor
현 미주문협 이사
저서: 단편소설집『발목 잡힌 새는 하늘을 본다』『소자들의 병신춤』
중편소설집『나비는 단풍잎 밑에서 봄을 부른다』『달 속에 박힌 아방궁』
필집『여름 겨울 없이 추운 사나이』『지구가 자전하는 소리』『눈물 타임스 눈물』

역곡(逆谷)을 지나며

한영국

나는 전철 안을 휘둘러보고는 유일하게 남아 있는 빈자리에 가서 앉았다. 서 있는 사람들도 서너 명 있지만, 그들은 앉을 생각이 없는지 선 채로 움직이지 않는다. 나른한 봄날 오후, 인천행 1호선 전철이 한강을 건너 변두리를 달리고 있다.

내가 자리에 앉자 맞은편 좌석에 앉았던 사람들의 눈길이 일제히 내게로 쏠린다. 귀에 하얀 이어폰을 나누어 꽂고 청각을 즐겁게 하던 젊은이들도 시각은 여전히 심심한지 내게로 눈길을 돌린다. 아마도 나는 잠시 그들 모두의 즐거운 공상 내지 고소한 비평의 요긴한 사냥감이 될 모양이다. 영 못생겼네. 주제에 가꾸지도 않고. 촌스럽긴. 뭘 하러 어딜 가는 걸까? 명품은 하나도 없나 봐. 코라도 좀 손보면 그런대로 괜찮으려나, 하는 말들이 들리는 듯하다.

하지만 나는 맞은편 유리창에 비친 내 옆 사람들과 앞에 앉은 사람들을 두고 똑같은 작업을 하기 시작한다. 내가 열없어하지도 않으면서 앞을 똑바로 보고 있자 사람들은 '보기보다 독하네' 싶은지 노골적인 시선을 거두고 슬금슬금 곁눈질을 한다. 그래서 나는 보다 편안하게 그들 하나하나의 면면을 관찰한다. 입장이 서서히 뒤바뀌고 있다.

시간이 시간인지라, 눈을 꼭 감고 바로 앞에 앉아 있는 아저씨 말고는 시야에 잡혀 오는 건 거의 다 여자들이다.

　귀에다 아이패드의 이어폰을 나누어 꽂고 있는 아이들은 재수생일 터. 유유상종이라고, 둘 다 공부에는 별로 흥미가 없고, 멋은 부리고 싶지만 집안 형편부터 생김새까지 받쳐주질 않고, 그래도 시작한 지 얼마 되지 않은 재수라서 아직은 기가 살아 있는 편이고. 그 옆에 졸고 있는 여자는 아줌마가 되는 게 마냥 억울한 30대 후반의 노처녀일 것이다. 아가씨 대열에 남아 있기 위해 안간힘을 쓰고 있다. 꽤 멋을 낸 양품점이나 빵집, 그런 걸 운영하면서 가끔은 분위기 있는 양식집에서 포도주를 마신다. 남편 덕에, 남편과 함께 우아하게, 포도주를 마시며 살고 싶지만 현재까지는 제 돈으로 사서 혼자 마셔야 한다. 그게 억울해서 손해 보지 않는 혼처를 열심히 찾아보지만 영 쉽지가 않다. 자기 같은 괜찮은 여자를 못 알아보는 이 나라의 남성들이 이해가 되지 않을 때가 많다. 그 옆자리 아줌마는? 딸도 아들도 그럭저럭 살고, 남편도 그럭저럭 회사 잘 다니고, 그래서 자신도 그럭저럭 순탄하게 살며 이따금 여행을 겸한 교회 봉사도 따라나선다. 내일 새벽 예배를 갈 것인지 아니면 친구들과 함께 산에 오를 것인지를 두고 지금 고민 중이다. 그리고 그 옆의 반짝이가 많이 달린 옷으로 한껏 촌스러운 멋을 부린 두 여인. 보나 마나 멋과 미용과 자식 농사와 용돈 규모와 집 치장에 이르기까지 은근히 서로 경쟁 중이다.

　그들의 얘긴 즉, 오른쪽 여자의 딸이 훌륭한 집에 시집을 가게 돼 예단을 보러 갔다 오는 길이다. 딸을 시집보내는 어머니는 카우보이가 그려진 청자켓을 입고 있다. 그녀가 말하는 신랑과 신랑네 집안의 출중함은 거반 뻥튀기지만, 그 얘기를 들으며 감탄을 연발하는 그녀 친구도 그쯤은 다 감안해 듣고 있으니 죄 될 것은 없다. 예단을 보러 가서 저 여인들이 어떻게 흥정을 했는지가 눈에 선하다. 60~70년대를 살아남아 바야흐로 21세기를 사는 그들의 무기는 종류도 다양하다.

　'우리거치 몬사는 사람들끼리 마, 서로 더불고 살아야제. 박하게 구지 말고 속 씨원하구로 까까 주이소'가 있는가 하면 '글씨, 원단이 좋으마 저

번처럼 웃돈이라도 온쳐주고 내 척 산다카이. (친구에게) 니도 봤자? 내 안 카더나, 지난 참에? 하지만 이기 그기 아이자나. 그러니까네 쪼매 알아서 까까 주이소'를 시기적절하게 썼을 것이다. 말은 그렇게 해도 그들은 오늘 물건을 사러 간 게 아니다. 보러 간 거다. 번쩍이는 청자켓을 입다가도 몸뻬바지에 오래된 양푼을 들고 다 떨어진 슬리퍼를 끌며 뻥튀기를 하러 가는 그들의 스펙트럼 다양한 능력이며 경쟁력이다.

사람들이 내게서 시선을 싹 거두어 간 건 두어 정류장이 지나서다. 나도 앞사람들의 인물 평전이 시들해져서 막 읽을 책을 꺼내 든 참이다. 내 자리에서 네 자리 건너 출입문 바로 옆에 앉아 있던 남자가 벌떡 자리에서 일어나며 핀잔을 주듯 방금 전철에 오른 취객에게 말한다.

"아저씨, 그러지 말고 여기 앉아요. 아휴, 대낮부터 무슨 술을 이리……."

고개를 빼고 보니 한 남자가 술에 곤드레 취해 그의 앞에 쓰러질 듯 서 있다. 전철 문이 닫히자 술 냄새가 내게까지 건너온다. 검은 넥타이는 풀어지고 양복은 구겨져 있다. 그는 무어라고 자꾸 구시렁거리며 자리에 앉는다. "……야, 니 말야아, ……니가 그럴 수 있어? 나한테 말야아, ……그럴 수 있나구우? 짜아식, ……그래 나 술 좀 마셨다아. 어쩔래……?" 자리를 양보하고도 좋은 소리를 듣지 못한 승객은 혀를 끌끌 차며 아예 전철의 다음 칸으로 옮겨가 버린다.

맞은편 좌석에 앉은 사람들의 시선이 일제히 그 취객에게로 쏠린다. 졸고 있던 아저씨마저도 눈을 번쩍 뜨고 그를 쳐다본다. 기 싸움할 필요도 없는 취객이라 사람들은 대놓고 그에게 노골적인 시선을 보낸다.

취객이 헛구역질을 한다. 그러자 그 옆에, 그러니까 내게서 세 자리 건너 앉아 있던 여자가 혼비백산하며 용수철처럼 튀어 오른다. 그러더니 그에게서 가장 먼 반대편 구석으로 옮겨가 자신의 바지 앞뒤를 살피며 그를 길게 흘겨본다. 맞은편 좌석의 사람들 표정도 일제히 벌레 씹은 표정이다. 졸고 있던 노처녀는 모델 폼으로 길게 꼬고 있던 다리를 내리더

해외초대소설 · 한영국

니 안으로 바싹 끌어당긴다. 다들 긴장하고 있다.

전철이 정류장에 설 때마다 새로운 에피소드가 전개된다. 처음 걸린 인물은 젊잖은 중년 신사. 점잖게 올라와 초월적인 폼으로 점잖게 취객 옆의 빈자리에 앉는다. 하지만 취객의 고개가 자꾸만 자기에게 기울어지자 성질이 나기 시작하는데, 그러면서도 다른 자리가 없어 좀 참고 있는데, 급기야 잠깐 잠을 깬 취객의 사설을 정면으로 맞는 지경에 이른다. "야아……, 말야아……이눔아아, ……니가 그럴 수 있어? 내게 그럴 수 있냐구우, 이, 이 …… 천하에 나쁜 눔아……."

"뭐야? 엇다 대고……."

보기보다 젊잖지 못하고 참을성이 없는 신사는 냅다 소리를 지른다. 그러거나 말거나 취객은 또다시 같은 사설을 반복한다. "니가 말야아, …… 그럴 수 있느냐고 했다, 왜? …… 짜아식, 내가, 내가 못할…… 말 했냐아? 못할 말 했냐구우? …… 이 못난 노옴……."

신사가 벌떡 일어선다. 사람들은 '드디어'라는 표정으로 웃음을 감추며 추이를 주시하고 있다. 조용하고 나른한 실내에 사람들의 시선이 일제히 신사를 향한다. 취객은 그새 이미 잠들어 버렸다. 잠든 사람에게 더 소리를 지를 수도 없고, 그렇다고 깨우면서까지 싸울 수도 없어 난감해진 신사는 사람들의 호기심에 찬 시선을 의식하자 더욱 화가 치민다. 자기만 바보가 된 것 같다. 그는 홧김에 마침 정차한 역이 어느 역인지도 모르면서 "재수가 없을라니까……."하면서 황급히 내린다.

신사와 몸을 부딪치다시피 잰걸음으로 들어와 냉큼 그 자리에 앉은 건 머리를 포니 테일로 묶고 미니 가죽 치마를 입은 여자다. 결혼은 했지 싶은데, 아닌 척하려고 애쓴 차림새다. 그녀는, 자리를 차지하다니 오늘 운수 대통이다, 하는 식으로 냉큼 앉았다가 곧 무언가 잘못되어가고 있다는 걸 눈치챈다. 우선 맞은편 좌석 사람들의 묘한 시선이 자기를 향해 있는 것이다. 자신의 외모에 관심이 있어서라면 기꺼이 그 시선을 받아줄

의사도 있건만…… 왜 그런 거 있지 않은가. 여자고 남자고 간에 멋진 사람을 보면 한 번 더 뒤돌아보게 되는 사람 심리. 여자는 그걸 아주 중요한 덕목으로 치며 살아왔다.

하지만 덜컹, 하고 전철이 서는 바람에 제자리로 돌아갔던 취객의 무거운 머리가 점점 여자의 어깨로 기대어 온다. "아휴-, 술 냄새! 못 말려 정마알……!" 하며 그녀가 발딱 일어선다. 그러면서 나는 이런 류의 인간과는 종류가 다르다는 표시로 과장되게 코를 감싸 쥐고는 실내의 반대편으로 종종걸음을 치며 물러간다. "치한이야, 뭐야? 대낮부터……"중얼거리면서.

다음은 남자 고등학생. 앞자리에 재수생 누나들도 앉아 있겠다 제임스 딘의 허무한 포즈를 취하며 털썩 자리에 주저앉는다는 것이 그만 취객의 잠을 깨우고 말았다. 취객은 순발력 있게 학생의 소매까지 잡으며, "너 말야아, 너 나한테에…… 나한테 이럴 수 있어, 응? 나한테에…… 이럴 수 있느냐구우…… 이 용해 빠진 노옴…… 이눔아야……." 한다. 당황한 학생은 제임스 딘 포즈고 뭐고 순간적으로 몸을 웅크리고는 "제가 뭐요, 아저씨이! 괜히……"한다. 그러고는 머리를 쥐어박히지 않으려는 태세로 생쥐처럼 달아난다.

서너 정류장이 지나가도록 '그 자리'는 빈 채로 있다. 취객은 꼬꾸라질 듯하다가, 제 옆의 세로대 손잡이에 머리를 부딪히기도 하고, 이눔아아, 네가 내게 이럴 수 있어어,를 중얼거리다가 또 곯아떨어지기를 반복한다. 심심해진 사람들의 시선이 다시 이리저리 중심을 못 잡고 흩어진다.

하지만 역곡(逆谷)에서 허름한 점퍼를 걸친 남자 하나가 전철에 올라서자 우리들의 시선은 일제히 그의 발자국을 따라 일사불란하게 이동하기 시작한다. 그는 우리 모두의 기대 대로 유일하게 남은 '그 자리'에 가서 앉는다.

앞 유리창에 비친 취객의 머리가 서서히 그의 어깨에 기대어 가더니 그

……

위에 안착한다. 우리는 이 순간을 기다렸을까? 취객의 술내가 확 남자의 얼굴에 끼쳤을 것이다. 호기심에 찬 사람들의 시선이 일제히 다음 순간을 기다리며 아연 긴장한다. 하지만 남자는 아무 일도 없다는 듯 그저 가만히 앉아 있다. 어깨를 내어준 채 심상하게.

우리는 그보다 좀 더 긴장된 상황을 기대한 걸까? 한참을 그의 어깨에 기대어 자던 취객이 덜컹, 하고 멈추는 진동에 순간 정신을 차리더니 남자에게 예의 그 사설을 늘어놓기 시작한다.

"야, 니가 말야아, 그럴…… 수 있어어? 엉? 니 놈이……의리 없게…… 내게 말야아……어떻게 그럴 수 있냐고오……? 말 좀, 말 좀 해봐아, 이눔아야……."

그러자 남자가 그를 바라보며 말한다. "취했구만. 그냥 기대 자게."

그들의 연배는 누가 위인지 아랜지 분간이 잘 가지 않는다. 그만그만할 것 같다. 그런데도 남자의 말을 들은 취객은 여태와는 달리 거짓말처럼 공손하게 말한다. "네에, 좀 마셨습니다아……."

"그래, 그럴 때도 있지. 나 신경 쓰지 말고 자고 싶으면 그냥 자게."

우리는 일제히 남자를 살피기 시작한다. 뭐 하는 사람일까? 저 착한 척이 어디까지지? 저 사람이 저 자리에서 일어날 때까지 시간이 좀 더 걸리는 거야?

우리는 좀 더 야생적인 무대를 기대하고 있었던가? 취객은 머리를 남자에게 기대고는 잠시 눈을 감는다. 하지만 그도 뜻밖의 상황이 취중에도 낯설었던 모양이다. 다시 무거운 머리를 든다.

"……좀 마셨어요. 마셨다구요오……."

"잘했어. 그러지 않고는 못 배길 때도 있는 법이지."

"맞습니다요오…… 오늘 그놈 아 장례식이 있었어요. 일 일곱이예요, 열일고옵…… 그래서 좀…… 마셨습니다요. 그 눔이…… 제 아들입니다아. 죽었어요오…… 못난 노옴…… 나쁜 노옴…… 지놈이 그럴 수가 있느냐고요,

글쎄에…… 그래 좀 마셨습니다아, 네에……."

취객은 다시 제 머리를 남자에게 기댄다. 남자는 그 머리를 토닥여 주며 말한다. "그래, 그래, 못난 노옴. 천하에 나쁜 놈일세. 다들 못났지. 지지리 못났어. 나쁜 놈들…… 그래서 마셨구만. 잘했어. 잘했다구."

앞좌석의 재수생 둘의 머리가 먼저 떨어진다. 또래의 젊은이가 죽은 것이다. 그들은 한 꺼풀만 들추면 신산하기 짝이 없는 자신들의 삶이 새삼스러워 몰래 한숨을 쉰다. 아이구! 안됐어, 내일 그눔아 때매 새벽기도 가야겠네, 하는 건 그럭저럭 사는 아줌마고, 불쌍해서 어쩌지 싶어 눈물이 비어져 나오는 걸 애써 참는 건 노처녀다. 건강이 안 좋아 시도 때도 없이 꼬박꼬박 졸던 남자는 어휴, 진짜 못난 놈이네, 팔팔한 청춘에 죽긴 왜 죽어, 하는 심정이고, 예단을 보러 갔던 두 여자는 불쌍하다고 해야 할지 아니면 못났다고 해야 할지 아직 결론을 못 내리고 있다. 그러거나 말거나, 취객은 잠시 태아처럼 곤히 잠을 잔다.

정류장 몇이 조용히 지나간다. 사람들은 각자 제 상념에 잠겨 침묵을 지킨다. 그 침묵을 깨며 남자의 차분한 목소리가 건너온다.

"이봐, 나 다음 정류장에 내려. 너무 속 썩이지 말어. 더 마시지 말고 집에 들어가 자. 다들 못나서 그래. 살았거나 죽었거나 간에 다…… 살아 있는 동안 차 조심하고 여객선 조심하고 골목 조심하고 몸조심하고 마음 조심하고…… 잘 가게나, 다들……."

한영국韓英菊 (소설가)
서울에서 태어나 미국으로 건너갔다.
〈뉴욕문학〉 신인상(소설)
미주 〈한국일보〉 신춘문예 신인상(시),
제1회 재외동포문학상 대상(소설)을 수상했다.
미주 가톨릭다이제스트 주간을 지냈으며
미동부한국문인협회 회원.

한솔문학

신 근 수 〈소설가, 희곡작가〉

파리의 보헤미안

〈이야기. 2〉 거리의 첼리스트 그리고 개업식

신근수

회의가 끝났다. 1988년이다.

거리로 나서자, 후드득- 빗방울이 떨어졌다. 잔뜩 흐린 하늘로 먹장 구름이 몰려왔다. 비를 피하기 위하여 지하철 정거장을 향해 걸음을 재촉했다. 피곤했다. 마지막 면담이어서 더했다.

'과연 대출을 받아서 호텔업자가 될 수 있을 것인가?'
또는, '신청한 대출이 반려되어 원점으로 돌아가게 될 것인가?'

이 거리는 밑으로 프랑스 국립도서관을 지나 '몰리에르(Molière)' 극장, '국정 자문회의(Conseil d'etat)'를 거쳐 루브르 박물관으로 이어지는 뒤편의 길이다. 일본, 한국식당과 식품점이 줄줄이 이어져 있는 '쌩딴 (rue Saint Anne)' 거리와 한 발짝 건너 어깨를 나란히 한다. 위로 가면 오페라좌와 이어지는 '블르바르 이탈리안(Boulevard Italian)'. 내가 타야 할 지하철 정거장 이름이 그 거리의 '리쉘리에(Richeliet)'이다.

오늘 회의 결과에 따라 판정이 내려진다. 신청자인 나는 운명의 교차로에 서 있었다. 우리 가족의 미래가 프랑스은행 CEPME(중소기업 지원은행, Crédit d'équipement des Petites et Moyennes Entreprises) 손안에 쥐어져 있었다. 이 은행의 주소가 '리쉘리에(rue Richelieu)' 거리였다.

지하철 승강장으로 향하는 계단을 내려갔다. 어디선가로부터 클래식 음악 선율이 흘러왔다. 흔히 만나는 거리의 음악사로 짐작했다. 몇 푼의 동전 수입을 목적으로 하는 연주자들이다.

이런 음악사들은 파리 지하철에 많다. 객차 안을 돌아다니며 모자를 돌려 수입을 올리는 경우도 있고, 때로는 지하철 정거장 안에 붙박이판을 벌려 놓고 연주하는 사람도 있다. 대개는 기타, 색소폰, 아코디언이 악기이고, 레퍼토리는 대중음악이 많다. 정통 클래식을 연주하는 경우는 적다. 탑승장으로 이어지는 계단을 내려가면서 음악 소리는 더 선명해졌다. 나의 호기심도 커졌다.

1. 지하철 정거장의 첼리스트

연주는 첼로 독주였다. 언젠가, 어디선가, 여러 번 들은 기억이 나는 선율이었다. 호기심은 놀라움으로 진화했다. 우선, 구경하는 사람들 수가 엄청 많았다. 이들에 가려 연주자의 얼굴을 볼 수 없었다. 이 또한 흔한 일이 아니다. 나의 경우는 과거에 귀로 흘려들으며 흘깃- 눈길 한 번 주고 지나가는 경우가 대개의 경우였다. 은은한 첼로 선율에 이끌려 사람들 속으로 빨려 들어갔다. 아름다운 곡이었다.

'무슨 곡이더라?'

귀에 익은 곡이기는 했다. 그러나 제목이 생각나지 않았다. 연주자는 눈을 감고 연주에 몰입한 표정이었다. 헐렁한 바바리를 걸친 모양인데, 키가 커서 2미터가 넘어 보였다. 30대 초반의 나이? 머리숱은 헝클어지고, 입술 아래로 수염을 듬성 가진 얼굴이었다. 연주가 다 끝나갈 때, 첼로 곡의 제목이 생각났다.

'아, 그렇지!'

바흐의 무반주 첼로 곡 1번. 근사한 연주였다. 첼로의 활을 거두며 연주자가 허리 굽혀 인사했다. 몇몇 사람이 박수를 보냈다. 나는 손등을 마주쳐서 큰 소리 나지 않게 박수를 대신 했다. 어떤 이는 연주자 앞 모자 위에 동전들을 놓았다. 구경꾼들이 다 떠났을 때, 내가 인사했다.

"멋진 연주였습니다."

모자 안에 모인 동전을 모으며, 그가 말했다.

"감사합니다."

"나중에 연락할 수 있을 전화번호를 주실 수 있을까요?"

"물론이죠."

서로 종이와 볼펜을 찾았다. 두 사람 다 종이가 없었다. 대신 내가 호주머니에서 지하철표를 찾아냈다.

"여기다 전화번호를 적읍시다."

"그런 방법도 있겠네요."

전화번호를 적으면서 연주자가 자기소개를 했다.

"'로베르'라고 합니다."

"저는 신씨 성을 가진 한국인이니까, '무슈 신'으로 불러 주세요."

잠시 뜸을 들인 후, 말했다.

"제가 제안을 하나 드려도 될까요?"

"말씀하시죠."

"내년 이맘때, 혹시 제가 호텔 주인이 되어 있을 수도 있습니다. 만일 제가 은행 대출에 성공하여 제가 로베르 씨를 개업식에 초청한다면, 연주해 줄 수 있겠습니까?”

“물론이죠.”
우리는 악수하고, 헤어졌다.

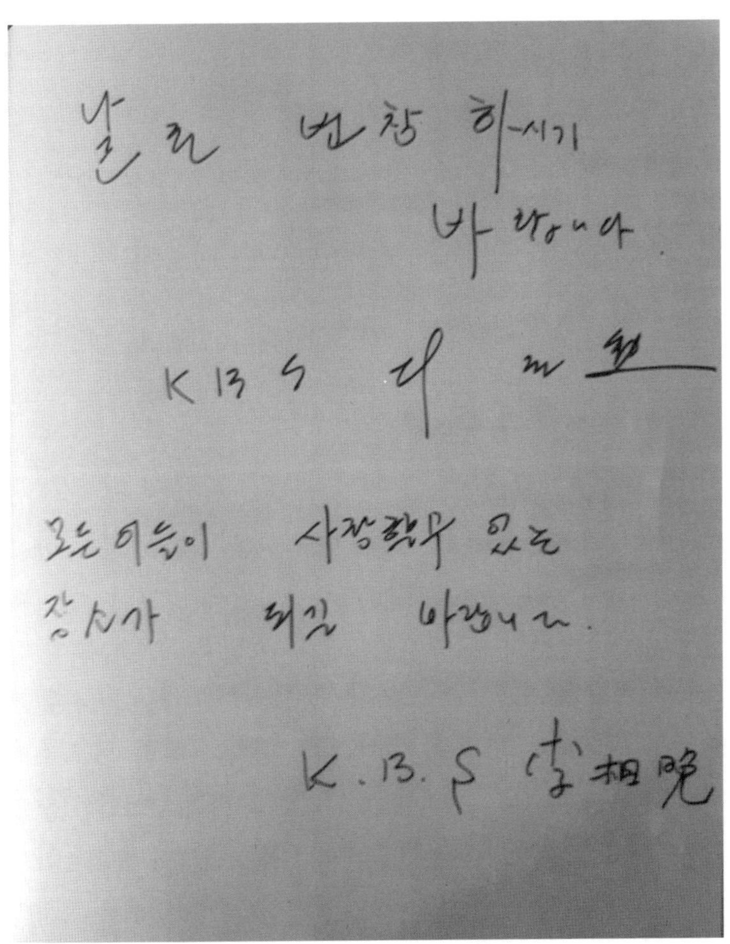

개업식 때, 파리 특파원단의 축하 방문이 있었다. 당시 KBS-TV 두 분이 '날로 번창하며, 모든 이들이 사랑하는 장소'가 되기를 기원했다.

연재기획 · 신근수

2. 다시 만나다

1년 후, 신청했던 대출을 받아 재건축을 거의 마쳐 개업식 준비를 하게 되었다. 처박아 두었던 지하철표 위 전화번호를 간신히 찾아냈다. 로베르에게 전화했다.

"기억하실지 모르겠는데…."

"오, 무슈 신?"

비상한 그의 기억력에 내가 놀랐다.

"1년 전 약속대로 우리 개업식을 위한 연주를 해 줄 수 있을까요?"

기다렸다는 듯이 그가 말했다.

"물론이죠."

개업식과 관련한 나의 계획을 듣더니, 로베르가 제안했다.

"3중주는 어떨까요? 제가 함께 연주하는 분들이 있습니다."

"오우- 케이."

물랭호텔 개업식에서 로베르는 3중주로 연주했다. 첼로, 하프, 바이올린의 악기 구성이었다. 연주자들은 큰 음악회에서처럼 멋진 연미복 차림으로 나타났다. 지하철에서 만났을 때, 바바리 차림에 덥수룩한 수염의 로베르와는 아주 딴사람이었다.

연주가 훌륭했다. 초저녁 때 바흐, 모차르트, 비발디로 시작한 클래식이 밤이 되면서 비틀즈의 〈예스터데이〉까지를 망라했다. 레퍼토리의 마지막은 요한 슈트라우스의 왈츠였다. 음악과 샴페인에 취한 초대객들이 자연스럽게 나서서 춤으로 개업식의 마무리가 장식되었다.

3. 클래식 3중주 개업식

개업식은 대성공이었다. 150명 정도 참석자에 한국인과 프랑스인이 절반씩, 파리 주재 한국 일간지의 특파원단까지 참석했다. 우리 때문에 일부러 온 것은 아니고, 그날 모임을 가졌는데 궁금해서 방문했다고 말했다. 대출해 준 은행은 물론 가깝게 지내는 프랑스 친구들의 눈이 휘둥그레졌다.

"멋진 개업식입니다."

"파리에 처음 문을 여는 한국인 호텔이니 꼭 성공하십시오."

덕담이 쏟아졌다. 3중주단의 훌륭한 음악이 단단히 한몫을 해 준 셈이다. 지하철 정거장 속에서 로베르를 1년 전에 만났을 때, 이 정도로 음악 수준이 높은 줄 몰랐기 때문에 나의 놀라움은 더했다. 고마웠다.

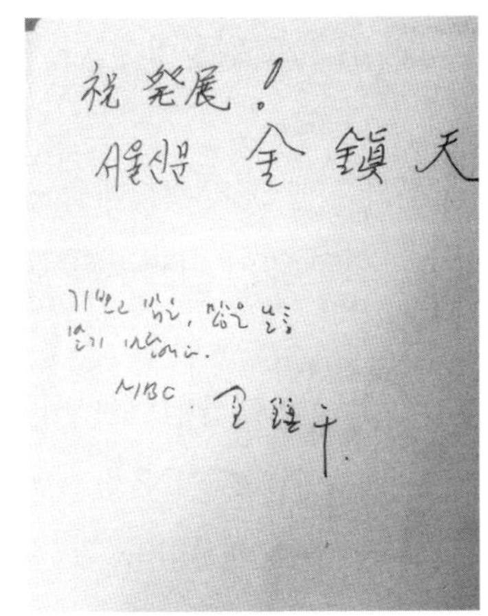

서울신문, MBC-TV 특파원 두 분이 덕담을 남겼다
"축 발전", "기쁘고 밝은, 많은 날을 받기 바랍니다."

"여러분 덕분에 개업식이 더 빛날 수 있었습니다."

두둑한 수고료를 전달했다. 그러나 로베르의 설명을 듣자 하니 3중주단의 높은 음악 수준에 놀랄 일도 아니었다. 그가 말했다.

"사실은 저희 세 사람이 다 잘 알려진 오케스트라에서 연주하는 단원들입니다. 제 나이가 가장 어리죠. 두 분은 이스라엘 혈통을 가진 분들인데 때때로 부유한 유대인들의 결혼식이나 생일잔치에 초대받아 연주합니다. 초청한 분들의 자가용 비행기를 타고 지중해나 미국에 가서 연주한 적도 있으니까요.”

이날 개업식을 시작으로 호텔 문을 열었다.

〈이야기. 3〉
백만 달러의 은행원, 한국인 신용조사

추억은 개업식 날로부터 1년 전으로 뒤돌아 간다. 기다리던 전화를 받았다.

프랑스 ‘중소자영업 전문 투자은행(CEPME)’ 대출 전담 이사 직책을 가진 ‘솔리냑(Solignac)’이 앞뒤 설명 없이 다짜고짜 말했다. 조금 들뜬 목소리로 들렸다.

“저희 은행 창립 이후 최초의 한국인 대출입니다. 하하하-”

막상 현실로 느껴지지가 않았다. 머릿속이 혼란스러웠다. 가슴이 쿵쾅-, 아, 얼마나 기다리던 이 한 통의 전화였던가.

‘드디어 우리가 호텔 운영을 할 수 있게 된다?’

솔리냑 입장에서는 융자를 받는 사람의 한 명이었겠지만, 우리 입장에서는 죽고 사는 일이었다. 인생의 전환점이 될 중요한 사안이었다. 대출 심사가 시작된 지 석 달 만에 솔리냑이 긍정적인 결과를 나에게 전해 준 것이다. 내가 물었다.

"(대출 심사) 결과가?"

반복해서 그가 강조했다.

"무슈 신이 기록을 세운 셈이네요. 저희 은행 입장에서 보자면, 한국인으로서 최초의 신청자였고, 최초의 대출 수혜자가 되었으니 말입니다."

1. 한국인 신용조사

그로부터 한참이 지난 후이다. 솔리냑과의 대화 끝에 우리가 프랑스 국책은행의 대출을 받게 된 배경을 듣는 기회가 생겼다. 그가 설명했다.

"저희에게 한국은 미스터리 같은 나라였습니다. 아는 게 별로 없었으니까요. 특히 한국인에 대해서 전혀 아는 바가 없어 별도로 한국인 교민사회에 대한 신용조사 과정을 거쳤습니다. 동양인이라면 베트남이나 일본의 경우는 데이터가 있었습니다만, 한국인에 대해서는 자료가 없었거든요."

내가 물었다.

"신용조사 결과가?"

솔리냑이 말했다.

"세 가지 특성으로 나왔더라고요.

첫째, 프랑스 금융기관을 거의 이용하지 않는다. 아마도 그것은 '언어의 장벽, 전통과 사고방식의 차이 때문일 것이다'라고 이해했습니다.

둘째, 일반적으로 한국인들끼리만 만나는 성향이 있다. 자영업자들끼리의 '계모임' 같은 것이 있다더라 하는 내용도 들어 있었습니다. '계모임'이라는 게 무엇이죠?

셋째, 열심히 일하고, 자존심이 강하여 체면을 중요시한다. 그래서 신용을 잘 지킬 것이니, 대출해 주어도 돈을 떼일 가능성은 희박하다."

2. (거의) 빈손 대출 신청

솔리냑은 40대 후반 나이로 매우 신중하지만, 정중했다. 전형적인 은행원 스타일로 나는 이해했다. 우리가 신청한 금액이 600만 프랑이었다. 1979년 기준으로 당시 달러 환율 기준 120만 달러에 상당한다. 나에게 그는 100만 달러를 손에 쥔 '100만 달러 은행원'이었다.

최종적으로는 7명으로 이루어진 대출심사 위원회가 결정하지만, 이를 위한 종합적인 보고서 작성이 솔리냑의 두 손안에 들어 있었다. 신청 후, 첫 만남에서의 일이다. 그가 물었다.

"신청자의 투자 가능 금액이 얼마인지요?"

필요한 전체 금액에서 내가 부담할 수 있는 금액이 얼마나 될 수 있느냐는 질문이었다.

"에…."

헛기침부터 했다. 솔리냑이 덧붙였다.

"자기자본금이라고도 하지요."

혹시 내가 자기의 질문을 잘 이해하지 못했을까, 걱정해서였을 것이다. 말문을 트기도 전부터 벌써 발바닥이 저려 왔다. 한참 머뭇거리다, 대답했다.

"12.78%…?"

　당시 관행은 전체 금액의 3분의 1이 있어야 했다. 필요 자금의 33% 수준이다. 이론적으로나 관행으로 보자면 자격 미달이 한창이었다. 2019년 기준은 최소 50%로 상향되었다. 은행 돈, 대출 얻기가 그만큼 팍팍해졌다는 이야기가 된다. 또 그때는 은행 이자가 보통 12% 안팎이었다. 우리의 경우는 국책은행이라 9%였다. 이래저래 혜택을 본 셈이다. 지금은 1%에서 시작하여 5%까지로 걸쳐진다.

"개인적으로 은행 예금은?"

솔리냑이 나를 바라다보며 다시 물었다.

"예를 들자면, 정기적금이나 생명보험 같은?"

"없…는데요."

공중 분해된 한국회사의 전직 주재원 주제에 예금이란 게 있을 리 만무하였다.

"저당 잡힐 수 있는 주택이라던가…?"

"(역시) 없…습니다만."

　곤혹스러웠다. 송곳 질문에 두루뭉술 대답을 반복하자니 뒤통수가 간지러워 왔다. 요약하자면, 쥐꼬리 예산을 가지고 호랑이 대출을 받자는 허무맹랑한 헛된 배짱이라는 자격지심과 자괴감에 빠졌다. 고개를 들고 있는 것이 부끄러웠다. 내가 가진 것은 아직은 건강한 몸과 미래에 대한 무모할 수준의 긍정적인 신념, 또는 고집밖에 없지 않은가라는 자책감에 사로잡히지 않을 수 없었다. 그렇다고, 다른 묘안이 있을 리도 만무하였다. 근무하던 회사는 사라졌고, 우리 가족은 덩그러니 파리에 남게 되었다. 지난 몇 년 동안 생존을 위하여 식당 일을 열심히 했다. 그나마 식당도 아무나 하는 직업이 아니라는 걸 깨달았다. 죽어라 하고 노력했지만, 성공할 수 있을 확률이 거의 없다고 판단했다.

하나뿐인 아들이 대학 들어갈 나이인데, 어떻게 하면 부모가 더 가치 있는 일을 무슨 일을 할 수 있을까? 한편으로는 식당보다 호텔을 하면 글을 좀 쓸 수 있는 시간이 많아질까 기대했다. 그러나 이 희망이 얼마나 허황되었던가는 얼마 지나지 않아 깨닫게 된다. 틀려도 한참 틀린 기대였다. 그나마 가진 꿈에 비해 현실은 황당했다. 돌이켜 보자면, 막연한 희망이 다였다. 면담을 마친 솔리냑이 말했다

"세 달 후에 심사 결과를 통보하여 드립니다."
'헉! 세 달!'

회의를 마치고 난 이후의 시간은 기다림과 기다림 그리고 초조함이었다.

프랑스에서는 은행 대출을 신청하면 대개 3개월 후에 결과가 나온다. 어떤 경우에는 이보다 훨씬 더 걸리는 수도 있다. 실무자의 검토, 분석, 보고서에 이어 중간 윗선에서 다시 검토, 분석, 보고서. 이런 과정을 거쳐 본점에서 심사 위원회가 열린다고 한다.

결과를 전달할 때, 어떠한 경우에도 누가 어떻게 결정을 했는가에 대해서 알 수 없다. 철저한 비밀이 불문율이다. 도대체 내가 신청한 서류가 언제, 어디서, 누가, 무엇을 하는지 알 수 없다. 신청자는 죽을 맛이다. 불안과 긴장은 극도에 달하기 마련이다. 입맛은 다 떨어지고, 잠도 편히 잘 수 없다. '피를 말리는 대기 상태'의 계속이다.

우리가 처음부터 다짜고짜 프랑스 국책은행에만 대출 신청한 것은 아니다. 기존 호텔업자들에게서 귀동냥한 도움말 덕택이었다. 이 은행을 만나기 전까지, 중국계, 레바논계, 스위스계 은행은 물론, 당연히 한

국계 은행에도 대출 신청서를 냈다.

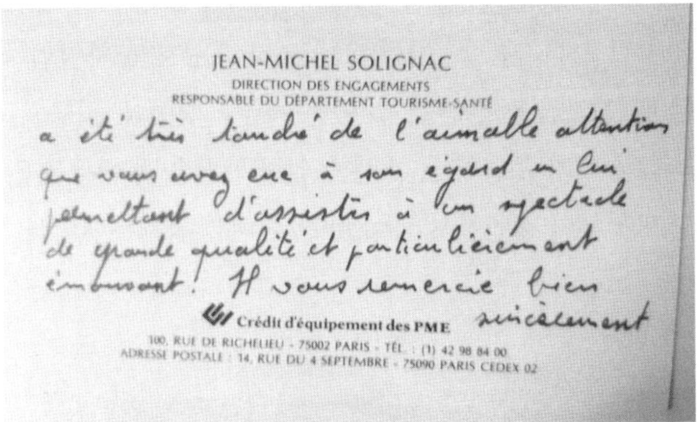

'중소자영업 전문 투자은행(CEPME)' 대출 심사관 솔리냑 씨의
성공 개업식 축하 편지.

"특별하고 감동적인 개업식에 축하와 함께 감사드립니다. 우아한 클래식 음악이 빛났습니다. 섬세한 준비에 큰 감명을 받았습니다."

그러나 호텔업 경험이 전무하고, 자기자본금이 쥐꼬리라는 두 가지 약점 때문에 번번이 실패했다. 이후, '중소자영업 전문 투자은행'은 우리에게 수호천사가 되어준 셈이다.

3. 프랑스 국책은행 대출

전화통화 속에서 솔리냑은 말했다.

"축하합니다."

"…?"

"공식 통지서가 등기우편으로 나갈 것입니다만, 내일 오전 10시에 저희 은행에 오셔서 대출 계약서 서명을 부탁 바랍니다. 오실 때, 가져오실 서류는…."

‘오, 감사.’

전화를 끊은 뒤, 아내와 포옹했다.

‘중소자영업 전문 투자은행.’ 이름 그대로 작은 규모의 자영업자들이
사업 확장을 위한 자금을 신청할 수 있는 특수은행이다. 식당의 수리,
보수 공사와 각종 기기 구입 또는 호텔을 위한 똑같은 목적에 돈을 빌려
주었다. 프랑스 정부가 출연한 자금이 100%이니까 국책은행이다.

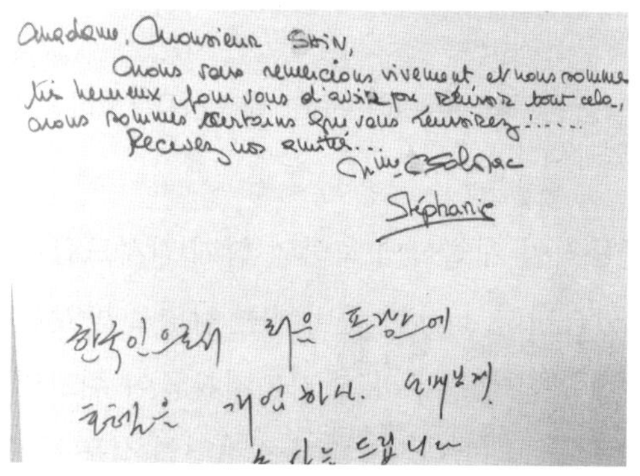

솔리냑 씨 부인과 따님 스테파니의 축하 편지.
“무슈 신 내외분께, 감사하고 행복합니다. 두 분의 큰 성공을 확신합니다.
따뜻한 우정의 마음을 전하여 드리며.”

우리가 신청한 대출은, 그때 당시 운영하고 있는 식당을 팔아서 투자
하겠다는 신청서였다. 조건은 간단했다. 별이 없는 호텔을 산 뒤, 별 2개
의 관광호텔로 고치겠다는 내용이다. 그동안 회의와 면담 그리고 이를
위한 자료 제출을 위하여 줄잡아 수십 차례를 이 은행에 들락날락했다.

이후, 솔리냑과는 10여 년간 만나면서 인간적으로 더 가까워질 수 있
었다. 가족과도 친해져서 부인, 딸과 식사 자리를 같이 하기도 하였다.
딸의 나이가 우리 아들과 동갑이어서 더 친해졌다. 외동딸에 외아들을
가졌다는 서로의 공통점도 있었다.

부인도 미인이지만 특히 딸의 미모가 뛰어나고 총명해 보였다. 농담 삼아 아들, 딸을 혼사시켜 사돈지간이 되어 보자는 이야기를 나누기도 했다. 어쨌거나 아들은 한국 며느님이 아닌, 프랑스 며느님과 결혼했다. 그러나 솔리냑 씨의 따님은 아니다.

4. 막차 대출 버스를 타다

나중에 알게 된 그때 상황은 독특했다. 당시 프랑스 정부는 낙후된 파리의 관광호텔 시설을 개선시켜야 할 방안에 골머리를 앓았다. 머리를 짠 결과가 '중소자영업 전문 투자은행'의 개설이다. 우리가 혜택을 받게 된 과정을 보자.

첫째, 관광성은 이 프로젝트를 경제 기획성 재무부에 신청했고, 두 부처는 이를 정부 예산으로 국회에서 통과시켜 필요한 기금을 마련했다.

둘째, 이 기금을 바탕으로 호텔 재건축 대출 전문 은행을 세웠다. 그 이름이 '중소자영업 전문 투자은행'이다.

셋째, 이 은행을 통하여 100개의 기존 호텔에 시설 재건축을 위한 필요 자금을 대출하는 작업에 착수했다.

우리는 100개 대상 중에 아마도 99번째 또는 100번째로 마지막 버스를 탄 경우이다. 해당 은행에 따르면, 100개 호텔의 60%가량이 프랑스인이 아닌 외국인이었다. 알제리아, 튀니지, 이란, 이라크, 레바논 등. 그리고 한국 사람 한 명을 추가하여야 할 것이다.

그로부터 10년이 지난 후이다. 대출받은 100명의 호텔 주인 중, 많은 사람이 파산했다. 수백만 프랑부터 천만 프랑에 이르는 큰 금액의 대출을 받은 이들은 이 자금을 다른 데 전용한 경우가 있었다. 또 호텔 경영 경험이 모자라 적자 운영하다가 제 스스로 무너진 사례가 뒤따른다. 그 중에는 탈세로 세무조사를 받아 탈탈 털리고 나서 차압당한 호텔도 있었다.

은행 돈은 빌릴 때는 좋다. 그러나 갚을 때는 죽을 맛이다. 돈을 빌린 뒤, 이 자금으로 운영을 잘하여 원금, 이자를 꼬박꼬박 갚는 것은 전혀 다른 문제이다. 은행 대출이 얼마나 무서운 것인지, 깨달아야 했다.

(다음호에 계속)

신근수
1976년 동아일보 신춘문예 희곡 가작.
1977년 조선일보 희곡 당선.
1988년 동아일보 희곡 당선.
경복고 문예반, 고려대 불문과, 《고대신문》 편집국장, 서울신문사 기자 후,
건설회사, 파리 주재원을 하다 파리에서 물랭호텔 운영했음.
현 서울, 파리 거쳐 런던 거주.

《봉주르 프랑스》, 《하루에 보는 파리》, 《PARIS 마지막 오페라-정명훈》 발간.
moulinhotelparis@gmail.com / shinparsel@gmail.com

국내 초대작가

/ 수필 /

이승하 자식과의 약속은 꼭 지켜야 한다 외

오정순 수필 백화점 외

조송원 이(虱)와 전설

차윤옥 우각꽃을 보내며

(가나다 순으로 수록하였습니다)

자식과의 약속은
꼭 지켜야 한다

이승하

내 아버지는 이 세상 사람이 아니다. 2011년 4월 16일 0시 10분에 돌아가셨다. 세상의 모든 자식이 다 그렇겠지만, 당신 생시에는 나는 아버지한테 그저 무심히 대했다. 전화도 생신 때나 드렸고, 명절에 내려가면 서울에 별일이 없음에도 상경을 서둘렀다. 그런데 돌아가시니까 아버지와의 일들이며 했던 말씀들이 종종 생각난다. 아버지와 관련된 지난 일들을 회상하고 추억을 더듬는 시간을 살아 계실 때보다 훨씬 자주 갖게 된다.

이상하게도, 좋은 추억보다도 나쁜 추억이 많이 떠올라 한밤중에 요의 때문에 일어나면 잠을 계속 자지 못하게 된다. 아버지 생각이 나면 전동열차를 타고 가다가, 버스 속에서도 표정이 어두워진다. 내 자식은 아빠의 사후에 나를 어떤 아버지로 기억할까? 글 쓴다고 방에 틀어박혀 좀처럼 놀아주지 않았던 아빠. 운전을 못 한다는 이유로 놀이공원이며 해수욕장이며 자발적으로 데려가 주지 않은 무심한 아빠. 반찬이 아무리 맛있어도 밥을 한 공기 이상 먹은 적이 단 한 번도 없는, 지나치게 절제하며 살아간 아빠. 시 쓰기를 가장 중요한 일로 생각하여 다른 일에는 완전히 맹추였던 아빠. 만성 불면증 환자로 밤을 홀딱 새우며 괴로워하곤 했던 아빠. 대충 이런 식으로 나를 회상하지 않을까.

내 아버지는 20년 동안 경찰관이었다. 내가 초등학교 5학년 때쯤 사표를 내고 나서는 제대로 된 직장에 다니지 않고 40년을 사셨다. 한마디로 무능한 가장이었다. 경찰관으로 살아갈 때인 1950~60년대에는 국가재정이 형편없어 월급봉투 대신 받은 쌀 한 포대를 집에 갖고 온 적도 여러 번 있었다고 한다.

직업의식이 철저했다고 할까, 잡아 온 범인을 문초하듯이 식솔들을 대했다. 뭘 물어보거나 지시를 했을 때 즉각적으로 반응을 안 보이면 불같이 화를 냈다. 밥을 먹다가 흘려도 화를 냈고, "승하야!" 외쳐 불렀는데 하던 일을 멈추고 총알같이 달려오지 않으면 손 가까이 있는 물건을 그대로 얼굴을 향해 집어 던졌다.

출근하면서 살아가던 시절에도 성격이 급했는데 만년 실업자가 된 이후에는 성격이 강팔라져 어머니와 나와 누이동생은 매일 전전긍긍했다. 아버지는 내가 "학교 다녀오겠습니다!" 인사를 하고 학교에 다녀와, "학교 다녀왔습니다!" 인사를 해도 여전히 집에 계셨다. 그래서인지 세상에 대해 원망을 많이 했다.

"내가 수학 시험 칠 때 옆에서 간닝구(커닝)한 놈은 국회의원이 되었고 내가 영어 시험 칠 때 옆에서 간닝구한 놈은 대구에서 지금 제일 부자다. 다 애비 잘 만나서 출세하고 호의호식하는데 난 이게 뭐냐. 내 애빈 술독에 빠져 살던 술고래요, 역전 지게꾼이었다. 집에 사내자식은 나 하난데 날 학교에 못 보내 작은아부지가 날 학교에 안 보내줬나."

아버지는 고등학교가 없고 중학교가 5년제 시절이었던 일제강점기 때 대구중학교에서 학생회장인지 학도호국단장인지를 했다. 키가 크고 잘 생겼다. 공부도 곧잘 했다. 대학에 합격했지만 작은아버지는 등록금을 대주지 않았다.

경찰관 정복을 입은 아버지　　　　　대구중학교 5학년 때

"농사짓고 사는 내 형편에 둘을 다 대학에 보낼 수는 없다. 재권아, 너라면 아들하고 조카가 대학에 가게 되었는데 등록금을 한 사람 몫밖에 마련하지 못했다면 누구한테 주겠느냐? 너무 서운하게 생각하지 말아라."

한국전쟁이 일어났다. 훈련소 교관이 된 아버지는 전시에 경찰에 투신, 경찰전문학교에 들어가 나름대로 엘리트 코스를 밟았다. 하지만 고지식한 타입이라 당신 말마따나 "나는 돈도 없고 빽도 없어 늘 밀리기만 했다." 근무 성적이 안 좋은 동료는 대도시로 발령을 받고 승진도 하는데 아버지는 시골 지서의 주임으로만 돌았다. 지금으로 치면 벽지 파출소 소장으로 3, 4년에 한 번씩 전근을 해 나는 산간벽지인 경북 의성군 안계면에서 태어났다. 당시 아버지의 근무지였다. 동생은 경북 영천에서 태어났다. 그나마 면에서 읍으로 나온 것이다.

40대인 70년대 내내, 50대인 80년대 내내 실업자로서 아내한테 용돈을 타 쓰는 신세가 된 자신이 저주스러웠을 것이다. 어머니는 초등학교 앞에다 문방구점을 내 가장 노릇을 했고, 아버지는 그 가게의 점원이 되었다. 점원은 고집불통이었고 신경질이 심했다. "세상 돌아가는 꼬라지 하고는." 아버지의 입에서 자주 터져 나오던 세상에 대한 불만 성토였다.

그런데 얼굴에 화색이 돌기 시작했다. 경우회(警友會) 친구들한테 큰소리를 치게 되었다. 술도 자주 사셨다. 장남이 공부를 잘해 경북의 수재들만 가는 경북고등학교에 들어가더니 성적이 전교 몇 등을 다투는 것이 아닌가. 서울대 법과대학 법학과에 들어가 사법고시 1차 시험을 대학 2학년 때와 3학년 때 합격하여 이른바 '사법시고 합격'이 눈앞에 성큼 다가왔을 때 형한테 병마가 찾아와 공부를 중단하고 말았다. 병 중에도 고약한 병인 문학병이었다. 학교 공부는 계속하되 사법고시 2차 시험 준비를 하지 않겠다고 선포했다.

아버지는 거의 광기에 사로잡혀 서울에 가 있는 형을 제외한 식솔에게 화풀이를 했다. 집안은 안 그래도 살얼음판이었는데 그날 이후에는 공포의 도가니가 되었다. 이 얘기는 여기서 중단하고, 아버지와의 추억 하나를 더듬어보려고 한다.

초등학교 3, 4학년 때였다. 당시 신문에는 영화 광고가 많이 실렸다. 그 영화의 제목을 아직도 기억하고 있다. 스파르타 총공격. 로마 시대의 스파르타쿠스 반란을 다룬 영화였을 것이다. 내가 이 영화를 보고 싶다고 말하자 아버지는 "그래? 칼싸움하고 피 흘리고 그럴 건데도 보고 싶냐?"고 물어보셨다. 나는 꼭 보고 싶다고 간청하였고, 아버지는 김천에 이 영화 들어오면 보여주겠다고 약속을 했다. 몇 달 뒤 이 영화의 포스터가 김천 시내 여기저기에 붙었다. 나는 영화가 개봉 중인 일주일 내내 영화관에 데려가 달라고 졸랐다. 아버지는 바빴을 수도 있겠지만 관심이 그다지 없는 영화였던 것 같고 좀 귀찮았을 것이다. 나는 일주일 내내 아침마다 하루도 안 거르고 저녁에 같이 영화 보러 가자고 졸랐지만 아버지는 나와의 약속을 끝내 지키지 않았다. 거리의 포스터가 다른 영화로 바뀐 날 나는 저녁 내내 울었고 밥도 안 먹고 잠들었지만 아버지는 내게 미안

국내 초대 수필 · 이승하

하다는 말을 하지 않았다.

이외에도 아버지로 말미암아 내가 겪은 고통의 질과 양은 필설로 다할 수 없다. 무심한 아버지에 대한 원망을 거둬들이는 데 나는 10대 후반 5년과 20대 10년과 30대 10년을 바쳤다. 김천고등학교 2개월 재학으로 끝난 나의 고교 시절은 사실상 아버지가 빼앗아 간 것이었다. 그 아버지는 일제강점기에 태어나 제국주의 식민교육을 받았고 한국전쟁 때 살아남았으며 50~60년대의 궁핍 속에서 직장생활을 했다. 아버지를 내가 이해해 드리지 않으면 누가 이해하랴. 그래서 2001년에 시집 『뼈아픈 별을 찾아서』의 자서에다가 이렇게 썼다. "이 시집을 아버님께 바칩니다."라고. 병상에 누워 계실 때 아무 거리낌 없이 똥오줌을 받아내고 똥 묻은 내의를 빨았다.

나는 내 자식과 한 약속은 반드시 지키는 아버지가 되려고 노력하고 있다. 아버지를 여의고 시를 썼다.

한밤인가 새벽인가
아버지가 조용히 나를 불렀다
승하야 이를 어쩌지
간이침대에서 일어나 정신을 차리고 보니
아버지 비스듬히 누워 엉덩이를 가리킨다

일주일 넘게 변을 못 보더니
낮에 관장할 땐 겨우 한 토막
이 밤에 팬티에다가 내복에다가
후련하게, 완전히 한 무더기를
실수하셨다 아아 실례하셨다

수건을 짜 와 엉덩이를 닦는다
항문께를 닦는다 덜렁덜렁 성기와 고환
그런 게 지금 문제가 아니다
6인 병실 가득 퍼지는 악취

물휴지 수십 장을 써도
숙변의 똥냄새 이 악취는
가실 줄 모른다 이마에 골이 패인다
무거워진 팬티는 통째로 버리고
내복을 빨지만 색깔은 안 지워진다

내 아기였을 때 아버지는
내 똥을 닦으며 이맛살을 찌푸렸을까
나도 언젠가 이런 실수를 할까
똥오줌 못 가리게 될 때
아기로 돌아갔을 때

밥 먹고 싶을 때 먹을 수 없다면
똥 누고 싶을 때 눌 수 없다면
회귀—돌아온다 돌아가신다
나 지금 살아 있으므로 아기로
돌아올 것이다 반드시 돌아갈 것이다

—「회귀—돌아오다」 전문

불효자는 웁니다

진방남이라는 예전 가수가 부른 노래 중에 〈불효자는 웁니다〉란 것이 있다. "불러봐도 울어봐도 못 오실 어머님을 원통해 불러보고 땅을 치며 통곡한들 다시 못 올 어머니여……" 바로 내 얘기이다. 어머니는 처녀 가장으로서 20대 초반부터 생활전선에 나서 10년 남짓 교사생활을 했고, 30년 동안 문방구점을 했다. 10년 정도 농사일을 하시다가 2007년 2월에 췌장암으로 돌아가셨다. 어머니가 30년 문방구점을 하는 동안 나로 인해 우신 날이 300일일까 600일일까.

김천고등학교 1학년 때였다. 아버지의 광기가 나날이 심해져 하루걸러 한 번씩 집에서 통곡이 터져 나왔다. 서울법대 법학과에 다니던 형이 사법고시 공부를 하지 않겠다고 선언을 했기 때문이었다. 문학을 하고 싶은 자신의 생이 법전과 판례집과의 싸움으로, 혹은 범죄자와 사기꾼들과의 신경전으로 점철될 거라는 생각이 들어 2학년과 3학년 때 1차 시험에 합격했음에도 불구하고 2차 시험을 포기하자 아버지는 식구들을 공포에 떨게 하는 광기의 나날을 보내게 되었다. 아버지는 경찰관을 이십여 년 하다 옷을 벗어서 그런지 법조인에 대한 동경심이 보통 이상으로 컸다. 경찰전문학교 출신임에도 불구하고 승진이 느렸고 시골 지서의 주임으로 떠돌았다.

"돈도 없고 빽도 없어 내 인생 요 모양 요 꼴이 됐다."

아버지가 수도 없이 하신 말씀이다. 자신이 못다 이룬 꿈을 장남이 이루어주리라 생각하고 있었는데 꿈을 접고 알량한(?) 문학을 하겠다고 하니 아버지는 절망감과 분노에 사로잡혀 하루하루를 보내게 되었다. 정작 혼을 낼 큰아들은 서울에서 학교에 다니고 있었고 용돈을 잘 주지 않는 잔소리 심한 아내와 교과서 대신 시집과 소설집을 끼고 다니는 작은아들, 말대꾸를 꼬박꼬박하는 막내딸이 눈앞에 있었다.

실업자인 남편을 대신해 초등학교 앞에서 문방구점을 연 어머니는 생활력이 참 강했다. 대구에 가서 물건을 떼다가 가게를 꾸려갔는데 조금씩 잡화도 들여왔다. 어머니는 일제강점기 말에 경성여자사범학교를 다닌 재원이었다. 한국전쟁이 일어나고서 사흘 만에 서울이 점령되자 국회의원이었던 아버지(나의 외할아버지)가 강제 납북되는 바람에 처녀 가장으로 나서 여섯 동생의 학비를 벌어야 했기에 초등학교 교사를 10년 이상 하였다. 결혼 후 임신을 하자 서울에서의 교사생활을 접고 남편의 근무지로 내려간 것을 평생 후회하였다.

내가 진학한 김천고등학교는 대구와 대전이 평준화 지역이 되는 바람에 시험을 쳐서 신입생을 뽑는 비평준화 지역의 대표적인 학교가 되었다. 선생님들이 모의를 했는지 첫 번째 월말고사가 끝나자 틀린 개수대로 종아리나 엉덩이에 매타작을 하는 것이었다. 교련 과목 선생님은 한 시간 내내 선착순을 시키는데 평발인 내가 최종적으로 꼴찌를 하자 정신이 썩었다면서 운동장 열 바퀴를 다시 뛰고 와서 보고를 하라고 했다. 폭력이 지겨웠다. 가게의 돈을 훔쳐내 서울로 줄행랑을 쳤다. 난생처음 이렇게 서울 구경을 하게 되었으니 나는 이른바 '무작정 상경을 한 가출 소년'이었다.

아아, 나는 그때 어머니의 가슴에 비수를 꽂았다. 자식이 집을 뛰쳐나간 것만으로도 가슴이 찢어지고도 남았을 텐데 남겨놓고 간 편지봉투에 '유서'라고 써놓았으니. 나는 가출의 이유가 아버지의 폭력과 선생님들의 부당한 매질에 있으며 성공하기 전에는 돌아오지 않을 테니 찾으려 하지

국내 초대 수필 · 이 승 하

말라고 편지에다 썼다.

가출은 채 한 달이 가지 못했다. 돈이 떨어져 형한테 연락했더니 자기 하숙집에 와 있으라고 했다. 형의 하숙집에서 잠이 든 그날 아침, 새벽 기차로 올라오신 아버지에게 멱살을 잡혀 내려갔는데 그것이 나의 첫 번째 가출이었다. 그 뒤로도 부산으로 대구로 달아났었고, 자살 기도도 세 번을 했다. 쥐약을 먹기도 했었고 집에 있는 각종 약 수십 알을 한꺼번에 털어먹기도 했었다. 간이 손상되었지만 토하는 바람에 저승에는 가지 않았다. 불면증, 신경성 위궤양, 관절염 등으로 약을 달고 산 10대 후반과 20대 초반이었다.

자식이 2개월 재학으로 고등학교를 끝내고 이런 나날을 보내는 동안 어머니는 눈물로 세월을 보냈다. 검정고시에는 운 좋게 일찍 합격했지만 학원에도 안 가고 독학으로 공부를 하니 대학 진학이 여의치 않았다. 3수생이 되어 대학입학 원서를 어디로 낼까 고민 중일 때 어머니가 이런 말씀을 하셨다.

"네가 처음 가출할 때 써놓고 간 그 편지, 정말 잘 썼더라. 형은 국문학과로 학사편입을 했으니 학문을 할 게다. 너는 시나 소설을 쓰도록 해라. 입시 잡지에 보니까 중앙대 문예창작학과라는 데가 있던데 여기에 원서를 넣는 게 어떻겠니? 네 중학교 때 국어 선생님도 네 글재주를 그렇게 칭찬해주셨고."

어머니의 예상은 맞았다. 본고사에 국어와 영어와 창작 실기가 있고 수학이 없어 나는 합격을 했고, 신춘문예 시와 소설이 당선되었다는 소식을 김천의 문방구점 '희망사'의 여주인 '울 엄마' 박두연 씨에게 알려드릴 수 있었다. 당선 소식에, 이 세상에 내 어머니만큼 기뻐한 이는 없었다.

어머니의 생신은 음력 6월 1일, 한창 더울 때이다. 그 더운 여름날의 생신 때도 어김없이 가게 문을 연 어머니를 기억하고 있다. 이 세상에 나만

큼 어머니에게 불효를 한 자식이 또 있을까. 내가 쓴 글마다 칭찬을 해주
신 어머니, 저승에서 이 글을 읽을 수 있다면 '장하다, 내 아들' 하고 웃으
면서 말씀하시리라. 어머니 살아 계실 때 이런 시를 썼다.

잠든 어머니의 손을 잡는다
손은 깊은 계곡이다
물 흐르지 않는

내 손은 약손 승하 배는 똥배
배 쓸어주시던 손길 참 부드러웠는데
어머니의 손은 지금 황폐하다
첫사랑을 잃고 서럽게 울었을 때
손수건 꺼내 내 눈물 닦아주셨는데
어머니의 손은 지금 자갈밭이다
30년 동안 공책과 연필을 파신

그 손으로 무친 나물의 맛
그 손으로 때린 회초리의 아픔
이제 곧 동이 터 오면
세 번째 수술을 받으시는 날
잠든 어머니의 손을 잡는다

—「어떤 손」(『뼈아픈 별을 찾아서』) 전문

이승하 (소설가·시인)

1984년 중앙일보 신춘문예 시 당선

1989년 경향신문 신춘문예 소설 당선

시집 『생명에서 물건으로』 『뼈아픈 별을 찾아서』 『아픔이 너를 꽃피웠다』

『생애를 낭송하 다』 『예수 · 폭력』 등

평전 『최초의 신부 김대건』 『마지막 선비 최익현』 『진정한 자유인 공초 오상순』

『윤동주-청춘의 별을 헤다』 등

소설집 『길 위에서의 죽음』

지훈상, 편운상, 시와시학상, 유심작품상 등 수상

현재 중앙대학교 문예창작학과 교수

수필 백화점

오 정 순

　수필, 그는 문자로 만든 옷입니다. 오랜 세월 동안 특별한 품격을 갖추고 글 집에 자리를 잡고 있어 나는 그 옷들을 사 입고 어른이 되었습니다. 요즈음에는 책날개마다 그의 이름이 굴비 두름처럼 엮이어 날아다녀도 특별히 거들떠보지 않습니다. 글 옷 짓는 사람만 많습니다. 늘 신제품이라고 하나, 먼젓번 제품과 별반 다르지 않아 신용 있는 몇몇 메이커 제품 외에는 전혀 신선하지 않습니다.

　사람에 따라 옷을 고르는 기호가 달라도 값을 많이 치른 옷은 비교적 실패하지 않는 줄 알았습니다. 그런데 그게 아니었습니다. 광고라는 거품 빼고 나면 쭉정이인 수도 있습니다.

　어떤 사람은 옷을 고를 때 소재에 우선합니다. 나의 경우에는 소재는 좋은데 아무렇게나 만든 옷보다 소재가 다소 빈약하여도 디자인이나 색상, 바느질이 마음에 들면 그것을 선택합니다. 수필 옷도 그렇습니다. 좋은 소재를 구성이나 문장의 결함으로 망친 것을 보면 옷감이 아깝다는 말을 하지 않을 수 없습니다. 사이즈의 문제는 더없이 중요합니다. 글 옷의 크기 말입니다. 지리멸렬하게 길어지는 경향이나, 지나친 함축으로 문맥이 잘 이어지지 않는다면 남의 옷 입은 듯 부자연스러울 것입니다.

　거친 바느질은 값을 떨어뜨립니다. 예로부터 석새 옷감에 열새 바느질이라는 말이 있듯 말입니다. 단어의 선택이나 뒷마무리의 손끝이 매끄러워야 쏙 빠진 옷을 만들어낼 수 있습니다.

아무리 형식의 구애를 받지 않는다 해도 목과 팔을 파지 않은 옷이 있을 수 없듯, 수필 옷을 만드는 데도 나름의 기본 틀은 있습니다. 옷감을 몸에 감아서 옷의 구실을 하게 하는 나라도 있습니다만 전통이라는 이름으로 보전되기를 바라는 마음일 것입니다. 그럴 경우 옷감이 화려하거나 질감이 뛰어나게 발달하기도 합니다.

인체에 대한 연구가 활발해고 옷을 몸에 맞게 만들어 입게 되면서 양장은 빠르게 확산되었습니다. 강대국의 영향력도 있겠지요. 오랜 전통이란 이름으로 입히고 입으며 지내던 옷도 보관이 어렵거나 손질이 까다로우면 자연스럽게 생활에서 밀려납니다.

기후의 변화가 다양한 나라일수록 의생활 문화가 발달하듯 전쟁을 치르거나 심리적 갈등이 많은 나라일수록 글은 풍성할 것입니다. 이쯤에서 오늘의 수필 문학이 성하는 이유를 우리 스스로 찾은 셈이 되기도 합니다. 고속 성장은 반드시 성장통을 겪게 됩니다. 너도나도 통증을 승화하여 문자 옷을 지어내고 싶어 합니다. 옷 시장에 가보면 그곳에 수필의 철학이 듬뿍 담겨 있습니다. 광고와 소문에 홀려 값비싼 옷을 구입한 어느 수필가는 그 옷을 사두고 한 번도 입지 않았습니다. 오히려 자신을 지키지 못하고 홀렸다는 죄책감에 빠져 마음이 상해서 교훈으로 장 안에 걸어두고 봅니다.

나는 수필 옷을 만들 때, 자연섬유도 좋아하지만 때로는 화학 섬유도 거부하지 않습니다. 조건과 필요에 따라 어떤 옷을 만들 것인가가 중요하다고 생각합니다. 옷감의 효용성을 보면 개성 창출이 가능해집니다. 간혹 만들기 어려운 옷에도 도전합니다. 시간이 오래 걸려도 지어놓으면 흐뭇합니다. 다른 사람의 칭찬이 따라오면 더욱 행복합니다. 글 옷은 한 번 지어 여러 사람에게 입힐 수 있는 맛이 있습니다. 소매 없는 옷과 배꼽티처럼 과감하게 자신을 노출시키며 해방되기도 하고, 키가 크게 보이려고 굽이 높은 구두를 신고 바지 길이를 늘이듯 과장법을 쓰기도 하며, 수영복처럼 노출 경고 부위만 가리게도 만듭니다.

한 쪽짜리 수필 옷을 오히려 좋아하는 사람도 있습니다. 그렇지요. 세상이란 물속에서 빠르게 헤엄치듯 살아야 하는 경우에는 수영복을 구입하듯, 짧은 글 옷은 바쁘고 지친 사람들에게 인기가 있습니다. 그 옷은 타이트해야 합니다. 함축미를 말하는 것이지요.

단추 말입니까. 정통 양장에는 칼라가 있고 앞 단추가 있어야 하나, 그 단추의 몫은 입고 여미는 역할을 하기에 얼마든지 변용이 가능합니다. 사람들은 반복하는 것을 싫어하므로 단추라도 이리저리 옮겨 달아보며 새로운 맛을 느끼는 것입니다.

우선 여미는 방법을 생각해봅시다.

앞 단추가 하나, 둘, 셋, 넷, 여러 개로 구성되기도 합니다만 지퍼로 여미기도 합니다. 주제를 한 문장으로 강력하게 표현하는가 하면 두세 문단으로 나누어 각 문단마다 주제와 연관하여 달기도 하지요. 작은 단추를 달듯 문장 사이로 주제를 엮어가기도 하지요. 문장에 주제와 맥을 같이 해준다면, 글 옷은 멋도 있고 유행에도 따라갈 수 있으며 바람막이도 됩니다. 유행을 따라간다니까 조금 갸우뚱해지십니까. 말인즉 그렇지만 요즈음 세상에 구식 옷을 입고 다니다가는 대열에서 도태당하기 십상입니다. 앞서갈 필요도 없지만 무시해서도 곤란한 일입니다.

뒷 단추를 어떻게 생각하십니까. 주제가 겉으로 드러나지 않게 글을 끌고 나가는 작법 말입니다. 어느 것은 아예 주제가 없는 것처럼 어깨 위에 똑딱단추를 달기도 합니다. 어떤 방법이든 목과 팔다리를 낄 수 있는 장치는 있게 되고 그 몸통이 주제입니다. 칼라나 포켓이 없어도 옷 구실은 하고 디자인이 멋있지 않아도 몸에 맞으면 입을 수 있습니다. 몸통을 끼었으면 목 부분이 뚫려야 하고, 앞으로 입었으면 여며야 합니다. 때로는 여미지 않고 입는 옷도 있습니다만 그럴 때는 안에다 받치는 옷을 입

국내초대수필 · 오정순

습니다. 보조 주제 말입니다. 주제가 둘인 듯 무게 중심찾기가 어려운 글에 해당되겠지요. 이때 서로 색이 맞지 않으면 곤란합니다. 검정에 감청색을 받쳐 입은 것처럼 비슷해 보여도 엉뚱하게 밸런스가 맞지 않는 경우도 있습니다. 보조 주제는 무겁거나 두껍거나 무늬가 지나치게 크거나 칼라가 부담스러워서는 실패합니다. 가능하면 칼라가 없는 것이 주제를 위한 배려입니다.

몸통을 낄 수 없게 만든 옷이 있다면 웃지 않을 수 없겠지요. 서두의 문장은 어디선가 받아야 하는데 던져놓고 그만인 경우도 있습니다. 문장의 바느질은 꼼꼼하여 건너뛰더라도 계산된 바느질이어야 실패하지 않습니다.

아무나 옷을 만들어 입듯 아무나 수필을 쓸 수는 있습니다. 멋있고 품위 있는 옷과 마구잡이 옷과 구별된다는 말입니다. 겹으로 단을 하여 단추를 숨겨 다는 법도 있지요. ‘낯설게 하기’이겠지요. 살아가는 일이 마냥 그렇고 그런데 어떻게 신선감을 줄 수 있을 것인가 하는 방법을 모색하지 않으면 우리는 새롭게 보이기에 실패할 것입니다.

단추만 해도 그렇습니다. 처음에는 자연에서 얻은 소재로 나무나 조개껍데기를 동그랗게 잘라 구멍을 내어 사용하다가, 천으로 감싸다가, 온갖 장식을 하여 단추로 포인트를 주기도 합니다. 주제에 맞는 문장이나 단어를 골라 쓰는 묘법이지요. 개수가 적으면 단추의 크기가 커지고 개수가 많을 때는 단추의 개성을 줄여 흐름을 타게 배치합니다. 화려한 문장이 여러 군데 나오면 무엇을 읽는지 쉽게 들어오지 않습니다. 실용성을 잃은 장식은 잘못 쓰면 천박해집니다. 플라스틱에 금색으로 장식된 단추가 즐비하게 달려서 번쩍거리는 것도 썩 좋은 단추 달기는 아닌 듯합니다. 밋밋하지 않게 개성의 포인트를 주는 정도면 좋겠지요.

옷감의 무늬나 짜임을 볼까요. 어떤 사람은 큰 무늬의 옷감을 선호하고 어떤 사람은 잔잔한 꽃무늬 옷감을 선호합니다. 그런가 하면 무지의 천을 즐기는 사람도 있습니다. 정서적으로 안정된 사람은 박음질이 겉으로 드러나게 박히면 싫어합니다.

그러나 자신에게 긴장이 필요한 사람의 경우에는 장식 미싱으로 겉에 박음질을 하여 확실히 박힌 흔적이 나 있는 것을 선호합니다. 문장도 꼭꼭 박고 넘어가는 사람이 있는가 하면 편안하게 물 흐르듯 넘어가는 사람이 있습니다. 문체의 문제이지요.

어느 누가 그 글 옷을 입는가에 따라 임자가 있게 마련이나, 나일론 옷을 값나가게 치지 않고 실크를 값지게 치는 데는 그럴만한 이유가 있지요. 그 글이 생명에 무엇을 기여하고 있는가의 문제입니다. 질겨야 할 때는 실크보다 나일론이어야 하나, 흡습성과 통풍이 적어 옷감으로서는 적합하지 않습니다. 그러나 비옷을 만들 때 실크를 쓰지는 않습니다. 재료가 무엇에 쓰일 것인가 선별이 중요합니다. 글 옷에 동화되거나 보완되는 마음이 일면 채택될 수 있습니다.

나는 패션 거리의 쇼윈도를 잘 봅니다. 재미있습니다. 아름답기도 하고 독창성에 감탄을 하기도 합니다. 가죽과 털실, 나일론과 레자. 특별하고 다양한 소재로 옷을 멋들어지게 만들어 마네킹에 입혀 놓는 솜씨에 놀랍니다. 수필에서도 상상의 세계가 상상이라는 이름으로 등장하여야 합니다. 허구와 조금 다른 차원이 되겠지요. 현실성은 떨어져도 꿈꿀 수 있는 정서의 자리를 마련해 주어야 합니다.

마음은 은유의 바다입니다. 옷을 입는 것도 마음의 반영이고 글을 선택하는 것도 마음의 반영입니다. 소매 없는 옷을 만들든, 정장을 만들든, 캐주얼, 스포츠, 예복 등 다양한 옷을 만들어서 팔아야 하는데 가장 수필가에게 맞는 수필 옷은 멋스럽고 품위 있는 외출복이거나, 질 좋은 내복류일 것입니다. 추운 사람에게는 따뜻한 글 옷을 권하고, 더운 사람에게는 객관적이고 합리적인 행동에 이르도록 시원한 사고의 글 옷을 권하며, 내면의 문제를 깊이 다루어 속멋을 챙기는 사람에게는 내복 같은 글 옷을 입도록 제시되어야 합니다. 작가가 변하지 않고 글이 변할 수는 없습니다.

옷의 본질적 가치는 보호와 멋과 기능성이며 글의 궁극적 목적은 표현된 문자의 배열로 인간 구원에 이르게 하는 것입니다. 쓰레기 밭에서 잃어버린 보물을 찾듯, 다이아 원석을 컷팅하여 보석을 만들듯, 긍정과 부정의 조건을 넘나들면서 구원의 길로 안내해야 합니다. 푸념과 탄식도 어떻게 수필 옷을 만드는가에 따라 감동으로 이어질 수 있습니다. 가죽 조각을 이어 만든 옷처럼 말입니다.

지나치게 예술성을 강조한 옷은 쇼윈도용이고, 정장과 준정장류가 많은 수필가들이 만드는 수필 옷일 것입니다. 요즈음에는 특화되어 한복과 양장, 골프웨어와 등산복 코너가 따로 있듯 수필도 전문성을 특화하여 자기 코너를 가지는 것이 좋습니다. 자기가 천착하는 하나의 과제가 있거나, 학문의 세계가 있을 때, 탐구하면서 변화하고 발전하는 과정을 보여줌으로써 수필에서 땀을 느끼기도 하고 잠깐씩 한유의 즐거움을 맛보기도 하게 되지요.

이제, 우리 터놓고 말해 봅시다. 수필 옷 만드는 공장 주인들은 옷에 대한 센스가 있습니까. 자회사 품질에 대해 걱정은 하지만 10년이 넘게 같은 말만 반복하면 유행에 뒤지는 옷을 만들 수밖에 없습니다. 옷감 고르는 법부터 다시 시작해야 합니다. 소재를 보는 심미안의 문제입니다. 글감이 굴러다녀도 소재를 보는 안목이 트이지 않으면 글 옷에 대한 영감이 떠오를 수가 없습니다. 사람을 생각하지 않고 옷 만드는 법부터 익히면 그 옷은 의미를 잃습니다. 옷 팔 생각부터 하면 옷을 만들 수 없습니다. 옷 메이커만 광고하다가는 입소문에 의해 창고만 가득해질 것입니다.

사람들은 35세를 기점으로 인생을 전반부와 후반부로 나누는데 전반부에는 그들에게 주어진 삶과 과제들을 처리하느라고 자신의 내면에서 흘러나오는 내적인 목소리에 별로 관심을 기울이지 못하지만 인생의 후반기에는 육체적 정신적 한계를 느껴 자신의 내면에서 흘러나오는 신호들에 귀를 기울여 인격을 통합시켜야 한다고 칼 융이 말했습니다.

수필가들은 자연스럽게 융의 견해를 실현하고 있는 셈입니다. 어느 말이라도 자기 안의 말만으로도 글 옷을 만들 수는 있습니다만 본격적으로 수필 옷을 생산하는 생산업체의 상호를 달면 명품을 만들 의지를 가져야 한다는 말입니다.

번번이 수필 옷 만들어서 창고 세일만 한다면 만드는 재미도 줄지요. 엄밀히 옷을 만드는 본질적 가치는 입고 입히는 데 있지 쌓아두는 데 있지 않습니다. 나누어 입는다고 하여도 주는 사람과 받는 사람 사이에 신뢰가 형성되지 않으면 글로의 교감은 무디어집니다. 지구상의 이변이 없는 한 유행은 돌고 돌 것이며, 아무리 누가 무어라고 하여도 수필 옷은 거듭 만들어질 것입니다. 정통으로 디자인 공부한 사람이 재래시장에 점포를 내듯, 수필 옷도 문예지라는 무대 위에서 쇼만 할 것이 아니라 점포를 기웃거려서 팔려고 노력해보면 발전할 것입니다. 돈을 벌기 위해서 하는 일에 최선의 방법이 투여됩니다. 돈 내는 사람은 함부로 선택하지 않으니까요. 무료 배포하는 사보나 단체회지가 배달되어 오면 쉽게 손이 가지 않는 이유는 선택받기 위해 피가 마르는 경쟁의 세계를 느낄 때와 다른 안이함이 들어있기 때문입니다. 이럴 때 다른 사람에게 전하고 싶은 메시지가 강하면 강할수록 작가는 독자에게 거부감 없이 흡인될 수 있게 쓰기 위해 노력하게 될 것입니다.

내 책이 서점의 가판대에 놓여 있는데 다른 사람이 책을 뒤적거리다가 그냥 놓고 가는 장면을 보고 섰을 때 정신이 퍼뜩 들었습니다. 글 옷을 짓는 모든 사람들은 선택한 고달픔에 희열이 따라오도록 작업을 하여야 만든 수고에 보람이 따라올 것입니다. 상품, 작품, 보너스품 할 것 없이 개성을 살려 만들어 글 옷을 입는 사람들에게 편안하고 멋스럽고, 우아하고, 품위 있는 분위기를 전염시켜야 합니다.

불편하나 꼭 입어야 하는 옷, 실용적인 옷…… 수필 백화점의 문턱이 닳도록 누군가 기웃거리게 수필 옷을 지으며 땀 흘리다 보면 세월이 보답할 것이라는 믿음을 가지고 오늘도 수필 재료를 챙기느라 분주합니다.

스펀지 애덕송

그의 이름은 스펀지이다. 그는 위엄을 떨지 않으며 준엄하게 위압하지도 않는다. 풍채가 좋거나 귀티가 나지도 않으며, 박식함으로 주눅이 들게 하지도 않는다. 언제나 자신을 비우고 부드럽고 편안하게 남을 기다린다. 누르스름한 몸체에 손바닥만 한 크기, 체중은 10그램 안팎이다. 그는 물을 좋아하며 아무리 우악스러운 손을 쥐었다 놓아도 한결같은 모습이다. 몇 사람쯤 그에게 눈물을 쏟아도 흔적 없이 품는다.

공의 사상으로 다져진 그의 성미는 밀어낼 줄 모른다. 그를 아는 나는 어지간히 귀찮게 한다. 얼마나 너그러운지 물을 엎지르며 인내를 시험하는데도, 아는지 모르는지 말없이 적셔간다. 더 품을 수 없을 때까지 견디다가 한 귀퉁이로 조금씩 흘려보내는 모습이 숙연해진다.

가슴에 고이는 눈물을 견디지 못해 흘려보내는 나에게 그는 인내를 가르친다. 곱지 못한 감정까지도 다 퍼내고 싶어 버둥거릴 때, 그는 빈자리에 한숨과 눈물을 품고 묵묵히 세월 속에 있는 자기를 보라는 듯 의연하다.

물은 갈 곳이 없으면 하늘에 올랐다가 비가 되고, 비는 머물 수 없어 바다로 간다는 이치를 알기에 조급해하지도 않는다. 본래의 탄력을 찾을 때까지 조용히 기다린다. 무거운 짐이 얹히면 짐의 모습대로 되어주고, 짐이 내려지면 다시 제 모습으로 일어난다.

......

젊어서는 자국도 남기지 않더니 늙으니까 눌렸던 자리가 다 일어나지 못해 키가 작아진다. 구부릴 줄은 알아도 부서질 줄은 모르는 그를 세월이 조금씩 삭게 한다. 그는 불과 칼 앞에서는 꼼짝하지 못한다. 정의의 칼이나 성령의 불인 줄 알고 두려움 없이 순명하는 단순성이 세상의 눈으로는 바보스럽게 보일지도 모를 일이다.

그는 부드럽고 여유가 있다. 쥐면 작아지고, 풀면 제 모습이 되는, 되어 주는 사람을 가르치는 외유내강의 스승이다. 공기를 품고서도 강풍이 불어닥치면 바람을 따라간다. 전부를 신에게 맡기는 신심 좋은 사람처럼 큰 힘에 몸을 맡겨 버린다. 부딪쳐도 소리 없이 자리를 비켜 주거나 나동그라질 뿐이다. 드러내려 하지 않는다. 의자 속과 침구 속, 옷 속에 들어가 편안하고 따뜻하게 해 주며, 옛날에는 필통 속에 깔려 연필의 침대가 되기도 했다. 앨범의 커버 속에 숨어들어 추억을 더듬는 손의 촉감을 도와주며, 한때는 향기 없는 꽃이 되어 졸업생들과 사진을 찍기도 했다. 촉촉한 성품을 흡입하는 실력과 압력을 참아내는 데는 감히 따를 자가 없다.

그는 세상을 위해 가슴을 비우고, 나는 나를 위해 가슴을 비운다. 선해서 남을 미워하는 게 아니라, 미움이 나를 불편하게 해서 내보낼 뿐이다. 좋은 것은 머물렀다 떠나게 하지만, 집착하려는 마음이 쉽게 나가지 않아 애를 먹는다.

그의 인내는 무한대다. 회복할 수 없을 때까지도 참는 기다림의 명수이다. 나는 머리에서만 참는 것이 좋다고 생각할 뿐이고, 불편하면 온몸에 나타난다. 머리에서 가슴까지, 가슴에서

손끝과 발끝까지가 천리만리나 되는 듯 생각에서 느낌과 행동으로 옮겨오는데 더디기만 하다. 머리에서만 생각이 제자리걸음을 해서인지 흰머리가 무성하다.

3월에 내린 눈 탓일까. 얼굴이 화끈거리도록 큰 실수를 한 날이다. 머

리로 하루를 정리하여

　내보낼 것을 내보내려고 부산을 떨며 설거지를 한다. 그는 플라스틱 통 위에 앉아 지켜보다가 부산스러움에 놀라 선반에서 떨어졌다. 반사적으로 나의 발이 피한다. 그는 조용히 자리만 옮겨 앉았을 뿐이다. 손의 물기를 닦고 그를 감싸 들었다. 처음과 달리 너덜너덜해졌어도 정이 들어 자주 생활 가운데로 초빙된다. 비누 거품 속에서 북새를 떨었더니 그가 어지러워 보인다.

　맑은 물에 담가 본다. 새 삶의 초대이며 세례식이다. 주저 없이 물을 흡수하더니 물과 높이를 같이 하여 잠긴 채 떠 있다. 잠기는 것은 함께함의 최상이다. 자기를 내어주어 상대와 같은 키로 하나가 되는 것이다. 허허로운 마음으로 3월에 내리는 눈을 바라보고 서 있으려니 내 가슴은 한 토막 스펀지가 된다.

오정순(수필가)
1993년 현대수필 『줄의 운명』으로 등단
수필집 『줄의 운명』 외 14권/디카시집 『무죄』
수상 : 수필문학상 대상 외 다수 경남고성국제한글다키시공모전 대상
한국문인협회이사(역임) 여성문학인회이사 가톨릭문인협회이사
수필시대 편집위원 2017년 세종우수도서 선정위원
*고등학교 작문 교과서에 「칭찬의 힘」 수록

이(虱)와 전설

조 송 원

푸른 시절 마산 하숙집에서 함께 생활하던 한 선배는 '전설'로 불렸다. 같은 하숙집이라도 방은 달랐다. 아침 식사 후 그는 강의 들으러 대학으로 갔고, 나는 고졸 공무원으로서 교육청으로 출근을 했다. 그는 서울 출신이고 나는 경남의 시골뜨기다. 서울사람이 대학을 마산으로 온 까닭은 짐작만 할 뿐이었다. 신분이 다르니 서로 데면데면했다. 나보다 나이가 서넛 위이니 그냥 선배라고 불렀다.

선배는 유달리 표차로운 데는 없었다. 대학도 그만그만하고, 미남이라고 하기에는 좀 아슬아슬했다. 다만, 근육질 사나이는 아니었지만 몸매는 썩 균형이 잘 잡혀 있었다. 성격은 화통했다. 소위 대학생이라고 고졸 공무원에게 뻐기지는 않았다. 그래서 어쩌다 한 번씩 '개똥철학'을 안주 삼아 밤새 같이 막걸릿잔을 기울이곤 했다.

그런데 마시는 날에는, 자리가 하숙방이 아니라 근처 가게라면 어김없이 아주 매력적인 여대생이 자리를 같이했다. 그 여대생은 우리의 대화에 끼어들지 않았다. 편안한 눈매에 옅은 미소만 띠고, 대답 외에는 다소곳이 듣기만 했다. 선배는 넘치는(?) 연인에 대해 별반 신경을 쓰지 않는 듯했다. 되레 내가 좀 미안할 정도였다. 물론 가끔씩 연인끼리의 따뜻한 눈길 교환을 눈치채지 못한 것은 아니었지만……

......

의아했다. 같은 남자로서 그 여대생이 혹할 정도로 선배가 매력남은 아닌 것 같다는 생각에서였다. 요모조모 살펴도 저울은 여대생 쪽으로 기울었다. 선배에게 무슨 남다른 매력이 있는 것일까? 선배가 서울로 귀향한 날, 그와 같은 방을 쓰는 대학생에게 선배와 그 연인에 대해서 넌지시 물어보았다. 그러자 그는 "'전설'이니까", 하고 간단히 대답했다. 나는 자세를 고쳐 앉으며, 눈길로 그 이유를 채근했다.

한 남고생이 한 여고생을 죽자고 따라다녔다. 남고와 여고는 이웃해 있었다. 통학길이 같다. 같은 시내버스를 타고 내린다. 그 여고생은 인근 남고생들에게 예쁘다고 소문이 날 정도로 선망의 대상이었다. 그 여고생도 어떤 머슴아가 일부러 자신의 등하굣길 시내버스를 같이 타고내리며 따라다닌다는 것을 잘 알고 있었다. 그러나 반눈에도 안 차서 본 체도 안 했다.

겨울 어느 날 하굣길 시내버스에서 작은 소란이 일었다. 시내버스 손잡이를 잡고 서 있는 그 남고생 주위의 승객들이 슬금슬금 물러났다. '세상에, 이가 기어 다니다니' 하고 자리에 앉아있던 아줌마가 혀를 끌끌 찼다. 때는 1970년대다. 여느 집에도 이(虱)가 있던 때였다. 그러나 하필이면 그 남고생의 까만 교복 어깨 위로 이 한 마리가 꼬무락거리고 있었던 것이다. 집중된 시선 중에 그 여고생의 눈길도 있음을 그 남고생은 알고도 남았다.

"이놈아, 추운데 왜 밖에 나와 있니? 자, 이제 네 자리로 돌아가라." 그 남고생은 어깨 위의 이를 두 손가락으로 집어다가 가슴팍께로 쑤셔 넣었다. 그리고 태연히 창밖을 바라봤다.

전통적으로 경제는 우리 삶의 한 부분일 뿐이었다. 그러나 요즘은 삶이 경제의 한 부분이 된 듯하다. 시장은 '반응 체계'(feedback mechanism)가 핵심이다. 상품이나 서비스, 그리고 아이디어를 시장에 내놓는다. 시장에서 값이 매겨지고 팔린다. 시장에서 반응하지 않는, 곧 팔리지 않는 상품이나 서비스는 물론 아이디어까지 존재 의미를 잃는다. 조회수나 구독 경쟁이 치열한 이유이다.

우리 삶도 시장처럼 반응 체계에 의해 방향을 잡아야 할까? 곧, 남이 알아주는 삶만이 풋대일까? 개개인의 소중한 깨달음은 대중성이 없다. 시장성이 없다. 곧, 돈이 안 된다. 어쩜 거꾸로 대중성이나 시장성이 있는 깨달음은 진정한 깨달음이 아닐지도 모른다.

이(虱) 사건 이후에 그 여고생은 그 남고생의 눈길을 피하지 않았다. 떡볶이도 같이 먹게 되었다. 2년 후 둘은 서울서 마산 소재 대학으로 유학을 하게 됐다. 서울 소재 1차 모집 대학들에서 낙방한 게 이유인 듯했다. 입학 때부터 붙어 다니니 친구들의 입길에 오르내렸다. 급기야 그 여대생은 '이(虱) 사건'을 폭로했다. 그래서 선배는 '전설'이란 이름으로 불리게 되었다.

40여 년이 지나서 돌아보니, 선배의 연인이 진짜 전설이란 이름에 값하는 것같이 느껴진다. '알아줌'은 앎보다 한 차원 윗길이다. 알기보다는 알아주기가 더 힘든 법이다. 앎보다는 알아줌이 더 사람과 세상을 변혁한다.

우리는 일방향적(一方向的) 인과관계에만 익숙하여 상호인과적(순환적) 사고에는 미숙하다. A가 B의 원인이라는 기계적 인과성만 있는 게 아

니다. 우리의 삶은 다시 B가 A의 원인이 되는 상호인과성의 논리로 이해
해야 하는 경우도 많다.

전설은 알아줌이 있어 비로소 전설이 된다. 선배는 지금 어디선가 빛
나지는 않더라도 계속 전설을 써나가고 있겠지. 마는, 그 선배보다 그의
연인이 더 궁금하다.

조송원(작가·인저리타임 대표)
부산에서 고교 국어교사를 하다 돌연 교편을 던지고 도연명(陶淵明)의 귀거래사(歸去來辭)
를 부르며 귀향해 30여 년간 읽고 쓰기를 일로 삼고 있다. 저서로는 칼럼집 『그러나 진리는
멀고 자유는 비싸다』가 있다.

우각꽃을 보내며

차 윤 옥

　지인이 우각선인장을 선물로 가져와 새로운 식물 친구가 생겼다. 자그마한 화분에는 내 손가락 정도 굵기의 초록색 줄기 세 개가 심어져 있다. 3년 정도 키우면 아름다운 꽃을 볼 수 있을 테니 잘 키워 보란다. 물기가 마르고 쪼글쪼글해지면 줄기에 힘이 없어진다고 일주일에 한 번 정도 물을 흠뻑 주라는 당부까지 곁들였다.

　우각선인장을 창가에 놓고 키우는데, 사무실이 남향이라 햇볕이 좋다. 선인장에 필요한 일조량이 얼마인지는 모르지만, 선인장은 햇볕을 좋아하는 식물이니까 가능하면 오래도록 쬐어주는 편이다. 햇볕이 강할 때는 화상을 입은 것처럼 초록색 줄기가 회색빛으로 변해, 놀라서 햇볕이 들지 않는 곳으로 옮겨주기도 한다. 사무실 창가에 있는 선인장 종류로는 게발선인장과 스투키, 미니선인장 등이 있다. 식물 가꾸기를 좋아하는데, 마땅히 키울만한 장소가 없어 창가에서 장미허브, 꽃기린, 실란 등 서너 종류의 작은 식물들을 키우고 있다. 남들이 보기에 초라해 보일지 모르겠지만 나에게는 존재감 자체만으로도 정서에 안정을 주고 유익한 친구가 되어준다. 식물과 가까이 친구하면 마음이 편해지고 여유로워진다.

　요즘은 반려동물이니, 반려식물이니 하는 말이 유행이다. '반려'는 생각이나 행동을 함께하는 짝이나 동무, 항상 가까이하거나 가지고 다니는 물건을 비유적으로 이르는 말이다. 주로 배우자를 일컫는 말이었는데, 요즘은 동물이나 식물을 가까이하는 데까지 확장해서 사용한다. 동물이든

……

식물이든 각자 취향에 맞게 선택해 가까운 친구로 삼으면 삶이 더 윤택해진다. 꼭 반려식물이라고 거창하게 명명하지 않아도 미니 선인장 한두 개 정도는 가까이에 두고 키우는 사람이 많다.

일을 하다가 눈이 뻑뻑하면 멀리 하늘 한 번 쳐다보고, 식물들에게 말을 걸어보면, 초록빛이 주는 평화로움이 느껴져 눈의 피로도 가시는 듯해, 조용히 미소 짓는다. 건조하고 바쁜 일상 속에, 작은 식물들이 주는 위안은 하루하루를 활기차게 해준다. 일기를 쓰듯 관찰해 보면 조금씩 성장한 모습이 보인다. 나무를 심어 놓고 자라나는 모습을 지켜보듯이, 반려식물도 찬찬히 들여다보면 색깔도 다르게 보이고 키도 자란 듯한, 미묘한 차이를 발견하는 즐거움이 있다. 매일 살펴보아도 질리지 않고, 똑같아 보이다가도 다른 모습으로 보이는 매력은 온갖 형용사를 다 동원해도 제대로 표현하지 못하는 느낌이다.

우각선인장은 남아프리카가 원산지이다. 박주가리과에 속하는데, 대화서각 또는 스타펠리아라고 명명되기도 한다. 소뿔을 닮아서 우각선인장이라고 하는데, 얼핏 보면 소뿔보다는 사슴뿔을 더 많이 닮아 보인다. 선인장은 가시가 많은 편인데 우각선인장은 가시가 없고 수직으로 곧게 자란다. 자라면서 마디에서 마디로, 옆으로 작은 새순이 돋아난다. 성장이 얼마나 빠른지 처음 선물 받았을 때 세 줄기였던 선인장이 1년이 안 되어 화분이 비좁게 가득 퍼졌다. 줄기 하나를 잘라내서 다른 화분에 심어 주어도 잘 자란다. 생명의 대단한 신비랄까, 그럴 때 보면 식물이 동물보다 위대한 것이 아닐까 하는 생각이 든다. 화분은 깊은 것보다 넓은 화분에 키워야 좋을 것 같다.

선인장은 냄새를 제거해 주고, 전자파를 막아주는 기능을 한다고 컴퓨터나 텔레비전 옆에 두고 키우기도 한다. 거기에 공기를 정화시켜주고, 가습기 역할까지 해준다. 물을 자주 주지 않아 건조해도, 스스로 다량의 수분을 함유하고 있어 척박한 환경에도 잘 적응하며 자란다. 물은 완전히 마르지만 않도록 주면 된다. 물을 많이 주면 오히려 뿌리가 짓물러서 죽을 수도 있다.

식물도 동물 못지않게 보살펴 주어야 한다. 관심과 사랑을 듬뿍 주면 빨리 크거나 꽃을 피워 보답한다. 햇볕을 많이 쪼여주어서 그런가. 선인장은 꽃을 피우기 어렵다고 하는데, 3년이 안된 우각선인장이 내 정성에 보답이라도 하듯 꽃이 피었다. 정성을 들인 보람을 맛보게 되었다. 새로 난 순에서 자그마한 꽃대가 올라오더니 꽃봉오리가 점점 커져 주먹만 해졌다. 봉오리가 하나 둘 벌어지더니, 다섯 개의 꽃잎이 별모양처럼 활짝 피어났다. 꽃의 빛깔만큼 다양하고 안정된 색채는 없다더니, 보랏빛 같기도 하고, 분홍빛 같기도 한 몽환적인 빛깔이다. 꽃을 가까이서 자세히 들여다보니 꽃 주변에 하얀 솜털 같은 것이 복슬복슬하게 많이 나 있다. 꽃잎에 빨간 줄무늬도 있다. 다른 종류의 선인장에 비해 꽃의 크기가 너무 크다. 생김새가 너무 신기하고 독특하다. 꽃이 아닌 것 같기도 하고, 별모양으로 활짝 피더니 꽃잎이 살짝 뒤로 말리면서 모자 모양으로 변한다. 색깔도 모양도 좋은데 된장 냄새 같은 향기가 난다. 기대했던 향기가 아니다.

우각꽃은 요즘 코로나19 때문에 지치고 변화된 일상에 위안을 안겨주었다. 사무실에 방문하는 지인들마다 처음 보는 꽃이라면서, 사진을 찍고 신기하게 생겼다며 카톡에 올리기도 하고, 기뻐해 주었다. 우각꽃의 희소성이 빛을 발했다. 꽃이 피어 있는 며칠 동안은 사무실에 들어서기가 바쁘게 우각꽃에게 먼저 인사하고 행복한 하루 일과를 시작했다.

그동안 기쁨을 주던 우각꽃이 열흘도 안 되어 시들었다. 꽃이 피면 웃고 싶은 마음, 꽃이 지면 울고 싶은 마음이라는 노래 가사가 지금 내 마음과 똑같다. 우각꽃을 보내며, 회오리바람이 내 마음을 휩쓸고 간 느낌이다.

　우각꽃은 '권불십년이요, 화무십일홍'이라는 중국 속담을 일깨워 주며 조용히 눈을 감았다. 화려하지도 않았고, 어쩌면 검소한 자태로 활짝 피었던 꽃이었는데…

　회자정리라고, 정들자 이별이라는 말이 먹먹하게 다가온다. 교만하지 말라고, 더욱 겸손하라는 교훈을 남겨놓고, 우각꽃은 홀연히 내 곁을 떠나갔다.

국내초대수필 · 차윤옥

차윤옥(시인·수필가)
《문학21》 등단
저서 『순간포착』 『맞닿는 평행선』 『두꺼비집』 등 다수
수상 사임당문학상, 서초문학상, 정과정문학상 대상 등
한국문인협회 사무처장, 《월간문학》《계절문학》 편집국장 역임
현재, 계간문예 편집주간, 한국문학발전포럼 사무총장

한솔문학

해외 초대작가

/ 수필 /

(가나다 순으로 수록하였습니다)

사랑하면 왜 눈이 멀게 될까?

김 재 동

　예부터 '사랑에 빠지면 눈이 먼다'는 속담이 있다. 누구에게나 사춘기나 학창시절, 적어도 한두 번 정도 이성에 대해 눈에 콩깍지(?)가 낀 적이 있었음을 체험했으리라 생각된다. 그게 진짜 사랑이든, 짝사랑이든 상관없다. 일단 필(?)이 꽂히면 더 이상 있는 그대로의 모습으로 보여지지 않는다. 자신도 모르게 몸 안에서 분비되는 호르몬의 영향으로 연인에 대해 미화작용이 발동하기 때문이다. 그 결과 그만이 이 세상에서 가장 멋있고 매력적으로 보여, 사랑에 빠져있는 동안에는 그 대상 이외에는 아무도 눈에 들어오지 않는다. 객관적으로 자기 연인보다 더 멋있고 아름다운 이성이 주위에 나타난다 해도 그것을 알아볼 능력이 상실되어버린다.

　혹시라도 주위에서 자기의 연인에 대한 단점을 귀띔해준다 해도 그런 것이 전혀 귀에 들어올 리 만무하다. 이게 바로 사랑의 속성이다. 혼자 있어도 외롭지 않고, 생각만 해도 가슴이 뛰고, 온 우주를 혼자 독차지한 듯 황홀감에 빠져 흥얼대는, 말 그대로 '천상천하 유아독존'의 상태다. 그러니 그런 사람을 옆에서 제삼자가 바라다보면 미쳤거나 귀신에 홀린(?) 모습처럼 보일 수밖에 없다. 오죽하면 사랑에 빠진 영국 왕 윈저공이 왕관까지 포기하고 이혼녀인 심슨 여인에게 온 인생을 바쳤을까! 실제로 영국 왕이 될 그 앞에 그녀보다 더 젊고 아름다운 여성들이 수도 없이 많았을 것인데도, 이런 것이 전혀 그의 눈에 들어오지 않은 것이다. 이런 사랑의 속성 때문에 예부터 "사랑하면 눈이 먼다!"고 했던 것 아닐까?

사랑의 또 다른 속성은 자기가 가진 모든 것을 '주고' 싶어 한다. 그리하여 사랑하는 사람이 행복해지기를 원한다. 상대의 기쁨이 자신의 기쁨이기 때문이다. 심지어 극한 상황이 되면 상대방을 사랑하기 때문에 자기의 목숨조차 아랑곳하지 않는 경우도 생긴다. 자식을 사랑하는 엄마의 '모성'이 그렇고, 인간을 구원하기 위한 '하느님'의 사랑이 그렇다. 이런 사랑의 속성을 이용하여 한 아이를 사이에 두고 서로 자기가 친엄마라고 주장하는 두 여인 가운데서 명판결을 내린 <솔로몬의 지혜>가 탄생한 것 아닌가! 두 여인에게 아이를 둘로 나누어 서로 반반으로 나누어 주기로 판결했을 때 가짜 엄마는 아이는 죽든 말든 상관하지 않고 동의하지만, 친엄마는 자식을 살리기 위한 일념으로 통곡하며 자기가 가짜라고 거짓 자백한다. 자식을 살리기 위해 자기 자신까지 내어놓는 피 말리는 '모성'의 사랑 앞에서 친엄마를 찾아내는 솔로몬대왕의 지혜가 발동한다. 오직 진짜 '어미'만이 자식을 살리기 위해서라면 자신이 죽는 길을 택할 수 있는 사랑의 속성을 알아본 결과다. 이것을 보면, 우리도 왜 하느님이 인간을 죄의 '죽음'에서 살려내기 위해 흠 없으신 분이 대신 '십자가의 죽음'을 택하셨는지 알 수 있을 것 같다.

희한하게도, 사람들의 머리통이 커지면서 온갖 소송들이 난무하는 이 세상에서 유독 자기 엄마가 과연 진짜 엄마인가? 증거를 밝혀 확인해 달라는 소송이 벌어지지 않는 것을 보면 참 신기하다는 생각이 든다. 엄마의 배에서 나오면서 자기 엄마라고 알아차리는 인간은 아무도 없다. 태어나면서 눈으로 그 순간을 확인할 수 있는 인지력도 없고, 그 순간을 기억해낼 수도 없는 인간이 엄마를 자기 엄마로 단 한 번도 의심 없이 받아들이는 것, 그 자체가 알고 보면 바로 '기적'이다!

기적은 인간의 인지력을 뛰어넘는 하느님 사랑의 신비로운 능력이며 은총이다. 그래서 보지 않고도 엄마를 의심 없이 받아들이는 이 신비야 말로 바로 하느님이 인간에게 주신 '사랑'의 은총이 아닐 수 없다. 사랑은 '죽음'을 뛰어넘는 힘이며, 그래서 보지 않고도 받아들일 수 있는 '증거'다. 엄마의 사랑이 그렇고, 순교자들의 사랑과 하느님 사랑이 그렇다.

특별히 매년 맞이하는 <사순절>이 되면, 영원한 죄의 죽음에서 인간을 구출해내기 위해 대신 십자가의 죽음을 택하신 하느님 사랑을 묵상하게 된다. 나를 내신 엄마만이 나를 위해 죽어 줄 수 있다는 것은, 달리 말해 우리를 위해 십자가의 죽음을 택하신 분이 우리를 내신 유일한 <하느님>이심을 말해주는 명백한 '사랑의 증거'다. 그 결과 엄마를 의심 없이 받아들이는 인간이라면, 하느님도 의심 없이 받아들이게 되어 있는 것 아닐까!

나를 사랑하시는 그 하느님은 '소화 데레사' 성녀의 고백처럼, 오늘도 사랑에 눈이 멀어(?) 우리의 잘못도 못 보신 채 무작정 당신에게 달려들기만을 기다리신다. 계산도 못 하신 채로 따지지도 않고 우리의 존재 자체만으로도 사랑으로 가슴 설레시면서 밑지는 '눈먼' 사랑을 베푸시기에 나는 오늘도 그분의 품속을 찾아 나선다. 마치 병아리가 엄마의 품속을 파고들듯, 나는 그분의 눈먼(?) 사랑이 그저 좋다. 그래서였을까? 성서는 금단의 열매를 따 먹으면 눈이 밝아져 선악을 알게 된다는 뱀의 유혹에 빠지는 것을 '원죄'라 부르는 걸까? 아! 사랑으로 눈멀었던(?) 사춘기 철부지 시절의 짝사랑이 그립다.

김재동 (수필가·천주교 부제)
은퇴 의사, 카톨릭 종신부제,
미주 가톨릭문인협회 초대 회장 역임
재외동포문학상, 광야 문학상 수상
저서 :『인생의 암반을 뚫어라』외 4권 출판
LA 거주 / drjohnkim33@gmail.com

해외초대수필 · 김재동

우리와 영원히 함께 하는
산사자(山獅子) P-22

모니카 류 (Monica C. Ryoo)

'이젠 P-22 이야기는 그만하시지!'라고 남편이 말했다. 그러고 보니, 지난 해 2022년 12월부터, 나는 P-22에 관한 기사를 접할 때마다 그 내용을 남 편에게 알린 것 같다. 산사자(山獅子) P-22한테 자꾸 신경이 쓰였기 때문 이다.

P-22는 엘에이 도심지에서 살았던 마운틴 라이언(mountain lion)의 이름 이다. 작년 12월에 안락사를 받을 때까지, 약 12년을 싼타모니까 산(山) 동 쪽 끄트머리에 있는 그리피스 팍크(Griffith Park)를 거처로 삼고 살았다.

싼타모니카 산은 서쪽 태평양에서 시작하여, 약 40마일가량 동쪽으로 펼 쳐져 있는 산맥이다. 서쪽 부분의 산은 넓고, 산림이 풍성하다. 서쪽에서 태어난 것으로 믿어지는 P-22가 남북으로 연통되는 405 프리웨이의 차선(車線) 10개를 건너고, 북서-남동쪽 방향으로 통하는 101번 고속도로를 가로질러서 그리피스 파크에 어떻게 다치지 않고 도달했는지, 왜 그곳을 떠나지 않고 살았는지 알려진 것이 없다. NBC 뉴스에 의하면, 하루에 30만여 대의 자동차가 101번 고속도로 구간 중, P-22가 가로질렀을 아고라 힐스 부분을 통과한다고 한다.

스라소니, 사자, 호랑이, 표범, 산사자는 고양이 과(科)에 속하는 동물들이다. P-22라는 이름은 2002년 국립 공원 서비스(National Park Service)가 산사자 생태 연구를 시작하면서 퓨마(puma)에서 첫 글자 'P'를 가져온 것이다. 'P'에 연달아 붙여진 숫자는 포획된 순서대로 붙인 것으로, 001에서 시작했고, 2021년 11월에 100번째의 'P'에 도달했다. 그러니까 녀석은 22번째로 잡힌 산사자였다. 첫 번째인 P-001은 P-22의 아버지이다.

녀석이 그리피스 파크에서 차에 치이었다는 제보가 들어온 것은 사건이 일어난 지 이틀 후이었다고 한다. 차에 치인 후, 근처에 있는 로스 필리스 지역의 어느 가정집 뒷마당에 누워서 이틀을 앓았는데, 집주인은 그 사실이 보도될 때까지 몰랐다고 알려졌다. 제보를 받은 후에, 녀석의 GPS 목걸이를 통해서, 거처를 찾았고, 녀석은 샌디에이고 동물원으로 이동되어 정밀 검사를 받았다. 찻길 자동차에 치인 사고로 안구가 손상되었고, 두개골 분열과 횡격막 파열이 있었다고 한다. 사고를 낸 자동차가 과속으로 달렸다는 것을 간접적으로 알 수 있다. 그러나 운전자에 대한 조치는 취하지 않을 것이라고 발표되었다. 녀석의 신체검사에서 신장기능 저하 등, 지병도 많았다는 것도 알게 되었다. 평균수명이 10년에서 12년인 산사자이므로 안락사도 나쁜 조치는 아니라 판단하였을 것이다.

P-22의 찻길 사고와 녀석의 안락사 소식은 로스앤젤레스 주민뿐 아니

라, 글로벌 시민들을 애도하게 했다. 10년 전, 할리우드 싸인을 배경으로 P-22의 사진이 네셔널지오그라피 잡지에 실리면서, 녀석의 정체가 알려졌다. 사진은 스티브 윈터스 사진 기자가 6개의 카메라를 장치해 놓고, 15개월 동안 기다렸다가 포착한 사진이다. 이 사진들에서 P-22의 스마트한 눈, 유연하지만 강해 보이는 몸체와 꼬리가 멋져 보인다.

P-22의 존재는 야생동물이 우리 인간들과 함께 도심지에서도 살 수 있다는 것을 알렸다. 그로 인해서 도심지에 사는 야생동물을 보호하자는 사회운동이 작년부터 전개되었다. 미국 역사상 최초로, 미국 상원은 '야생동물 건널목(Wildlife Crossing)' 실험 프로그램에 3억 5천만 달러를 할애하고, 50개 주(州)에 할당할 것이라고 발표했다. 엘에이 카운티 아고라 힐스 지역에 건널목 시공은 작년 2022년 '지구의 날'에 있었다. 2025년에 완성될 것이라고 한다. 9천만 불이 드는 공사인데, 월리스 아넨버그 기관에서 2천 5백만 불을 기부하였기 때문에, '월리스 아넨버그 야생동물 건널목'이라는 이름이 붙여진다. 10차 선의 프리웨이 위를 가로지르는 넓은 길은, 수목으로 치장하여서 최대한 자연스럽고, 우리 인간들이 잘라서 이어지지 못하는 양측의 대자연을 이 건널목이 연결해 줄 수 있다고 하니, 희망을 품어 본다. 미국에서, 하루에 백만 마리의 야생동물이 자동차 충돌사를 당한다는 끔찍한 통계를 그냥 지나칠 수는 없는 일일 것이다.

2016년에 로스앤젤레스 시(市)는 10월 22일을 'P-22 Day'로 결정했다. 엘에이 교육구에서는 이날 학생들에게 야생동물 관련 클래스를 매년 실시한다고 한다. P-22가 안락사를 당한 후, 아담 쉬프 캘리포니아 대표 국회의원은 P-22가 영원한 캘리포니안(Californian)이었음을 뜻하는 의미에서 우표제작을 추진한다고 발표했다. 곳곳에서 P-22와 P-22로 인해 축복받은 우리들의 삶을 재조명하는 행사가 있었다.

P-22의 때로는 위태롭고 험난했었을 도시에서의 삶을 상상해 본다. 그의 영역은 다른 산사자들의 것보다 좁았다. 여러 프리웨이 길이 경계가 되어 갇히다시피 고립되어서 살았다. 다른 산사자 친구도, 애인도 없었다. 인위적인 죽음은 생명의 윤리를 재고(再考)하게 한다.

몇 달 전 타임(TIME)지(紙)의 'The View' 섹션에는 '윤리: 인간이 동물에게 진 빚'이라는 제목으로 P-22뿐만 아니라, 인간이 빼앗은 다른 동물들의 권리에 대해서 포괄적인 리뷰가 실렸다. 또 LA Times를 위시한 미디어는 P-22의 이야기를 선두로, 인간이 침범한 동물 세계, 그로 인한 막대한 생태학의 변화, 멸종위기, 앞으로 우리가 보강하고 개선해야 할 지침을 제기(提起)한다. 고맙다.

그래도 종결되지 않고 있는 P-22의 삶이다. 녀석의 죽은 몸을 어떻게 처리할 것인가에 대한 의견이 엇갈린다. 실험용으로 쓰자는 과학자들, 박물관에 박제해서 전시하자는 의견, 온전히 그대로 땅에 묻어 자연으로 돌아가게 해야 한다는 아메리칸 인디언의 의견 대립이다. P-22가 살아있는 동안, GPS가 달린 목걸이를 7번이나 교체하면서, 충분한 과학적 자료는 얻었을 것 같다. 나는 아메리칸 인디언 편이다. P-22가 자연으로 다시 돌아가도록 해 주자.

해
외
초
대
수
필
·
모
니
카
류

모니카 류(Monica C. Ryoo)
본명: 전월화(田月花) 이화여자대학교 의과대학 졸업
재외동포재단 문학상 재미 수필가협회 신인상 미주 가톨릭 문학, 동화상,
미국 뉴욕주립대학 업스테이트 사이언스 센터에서 종양방사선학 수료
미국 종양방사선학 전문의 로스앤젤레스 카이저 종합병원 종양방사선과 전문의
한국어진흥재단 이사장 현재 미주 중앙일보 '오픈 업' 칼럼니스트
수필집 :『'희망' 한 단에 얼마예요?』(2016) / 이메일: ryoomc@gmail.com

눈먼 증오

민유자

　지난 7월 19일 한국 산업사에 길이 남을 어마어마한 경사가 있었다. KF-21(별칭 보라매)의 최초 시험 비행이 성공함으로 한국이 세계 8번째 초음속 전투 비행기 제조국에 한 걸음 다가서게 되었다. 이는 2002년 합동 참모회의에서 국산 전투기 개발을 확정한 지 20년 만이고 2015년 본계약에 착수해 사업이 본 궤도에 오른 지 6년여 만의 쾌거다.

　우리나라 항공사업의 태동은 일제강점기인 1944년이 시작이다. 전쟁의 막바지에서 일본은 전투 비행기의 수요가 급증하자 제조가 시급한 상황이었다. 당시 화신 백화점의 주인이며 조선의 최고 부자였던 박흥식 회장은 일본으로부터 전투기 제조를 하라는 어처구니 없는 압박을 받는다. 조선에 징병령이 실시되어 조선인들도 천황의 적자로서 황은을 입게 되었으니 그 기념사업으로 비행기 생산을 하라고 명령했다. 날벼락의 명령이지만 때가 어느 때인가? 이에 박흥식 회장은 회사 설립 등기를 하기도 전에 '조선 비행기 공업' 명의로 사원 2,800명을 기술직 근로자로 긴급 채용한다. 군수산업 공장에서 일을 하게 되면 징병에 면제를 받을 수 있었다. 애국선열의 후손, 독립 운동자의 가족, 유력자의 자제들을 채용함으로 당시 조선 최고의 엘리트들의 생명을 건졌다.

아무 기반이 없는 완전 무에서 시작하는 비행기 사업은 준비만 해도 우여곡절이 많았다. 우선 기술자 양성의 목적으로 300명을 선발하여 나고야와 만주 봉천의 비행기 제작사에서 연수를 받게 했다. 당시의 시가 6억 원이라는 천문학적인 거금을 들여서 비행기를 만들 수 있도록 1,400대의 신예 정밀 가공 기계를 들여와서 안양에 비행기 제조 공장을 설비한다. 전쟁 말기여서 극심한 물자 부족에다 현해탄을 장악한 미군의 폭격으로 일본 본토와의 해상 교통은 마비 상황이라 계획은 원활하지 못했다. 이에 일본 군에서도 도움을 주어 상해 주둔 일본군 사령관의 도움을 받는다. 결국 비행기를 만들 수 있는 인력과 설비, 자재를 모두 준비했으나 실제로 비행기를 한 대도 만들지는 못한 상태로 종전이 되었다.

종전이 되자 박흥식 회장은 일본에 부역했다는 죄목으로 악덕 친일 모리배로 몰려 친일파 1호로 반민특위에 의해 검거된다. 박 회장이 하고 싶어서 한 것도 아니다. 많은 인력을 구명하고 그들에게 일류 기술 교육을 시키고 생계를 책임졌지만 맹목적 증오에 눈이 먼 사람들에 의해 박 회장은 시달리고 체포 구금되었다. 연일 사람들이 화신백화점 앞에서 시위를 하고 안양 공장의 세계적인 초정밀 기계들마저 증오의 분풀이로 모두 때려 부수었다. 감옥에서 이 소식을 들은 박 회장은 "아! 이 우매한 사람들아!" 절규하며 피눈물을 흘렸다고 한다.

나중에 박 회장은 대법원에서 무죄로 풀려났다. 실제로 비행기를 한 대도 납품하지 못했고 자의로 부역한 사실이 없으니 당연하다. 박 회장은 전국에 사람을 풀어 고물상을 다 뒤져서 그 기계들을 건져보려 하였으나 이미 다 부서지고 훼손되어 하나도 건지지 못했다는 일화가 그의 자서전에 있다. 만일 그 설비가 그렇게 허무맹랑하게 소멸되지 않았다면 박 회장은 물론 국가적으로도 어마어마한 손실을 막을 수 있고 우리나라 항공사업은 훨씬 빠르게 발전할 수 있었을 터였다.

　항공 분야의 선각자 신용욱이란 사람이 있다. 일본 오쿠리 비행학교를 졸업하고 미국으로 건너가 국제 조종사 면허를 취득하고 돌아온 그는 1930년 국내 최초로 비행사 양성을 위한 조선 비행학교를 설립한다. 1936년 10월 조선 항공사업사로 바꾸고 3인승 복엽기(가스덴KR2)를 도입하여 조선 최초로 서울~광주 간 정기 항공노선을 개설한다. 당시 항공산업을 육성하던 일본 정부는 신용욱에게 일본 해군 DC-3(29인승 쌍발기)와 일본 육군 복엽기 10대를 불하하고 이 비행기로 국내 정기선은 물론 해외 항공노선까지 개항하여 중국의 해남도까지 부정기적으로 취항한다. 1942년부터는 태평양 전쟁이 발발하자 일본군은 항공 수송 임무를 조선 항공사업사에 맡긴다. 전쟁이 더욱 치열해지자 이 항공기들은 모두 징발당하여 사업은 중단되었다.

　당시에 성능이 좋기로 유명했던 제로센 전투기의 엔진을 만든 나까지마라는 사람이 있다. 일본 본토가 빈번히 폭격을 당하자 나까지마는 상대적으로 안전했던 한반도로 나까지마 제작소의 항공기 제작시설을 이전시켰고 일본 안의 다른 부품 공장들도 소개하여 신용욱을 중심으로 비행기 제작소를 부산에 개설했다. 여기서 해군용 항공기 1호, 2호, 3호를 제작했고 종전이 되었다. 이 시설들은 미군 군정에 의해 압류 폐기처분되었고 신용욱은 일제의 전쟁 수행을 도운 혐의로 반민특위에 체포된다. 그는 복역의 임기를 마치고 대한민국 정부 수립 후에 미국 여객기 3대를 도입하여 지금 대한항공의 전신인 대한국민 항공사(KNA)를 설립하여 국제노선에도 취항한다. 그는 친일파의 허물을 벗지 못하고 계속 시달렸고 경영난에 허덕이다 결국 한강에 투신자살로 생을 마감한다.

우리나라 항공산업은 지난한 가운데서도 어렵사리 여린 싹을 틔워 이렇게 기술과 자재와 인력이 형성되었으면서도 걸음마 단계에서 폭삭 주저앉았다. 아무도 감히 생각조차 할 수 없었던 항공산업은 1952년 국제적인 안목이 있었던 이승만 대통령의 특명으로 장족의 재도약을 시작하게 된다. 1953년 10월에 우리 손으로 만든 최초의 항공기(부활호)가 시험 비행을 성공리에 마치게 되며 그로부터 오늘에 이르러 뿌듯하고 자랑스러운 보라매의 위용을 보는 기쁨을 우리가 누리게 되었다.

'반민특위'는 반민족 행위 특별 조사 위원회의 약칭이다. 일제에 협력한 친일파 청산을 위해서 제헌 국회에서 만든 단체다. 좌익 사상에 경도된 단체로 과격하고 성급한 행동대원들에 의해서 무분별한 검거와 체포, 시위, 폭력이 난무했다. 그들은 애국과 정의, 민족과 민중의 깃발을 앞세우고 뜨거운 열정으로 달려 나갔지만 허상을 좇는 우매함을 깨닫지 못했다.

증오는 눈을 멀게 하는 탁월한 효험이 있다. 탱천하는 분노의 소용돌이로 속절없이 빠져들면 생각의 가시거리를 현실의 코앞으로 좁힌다. 멀리 보고 넓게 생각할 여유가 없다. 분노를 품고 돌진하는 분별 없는 무리는 열병같이 전염성이 강하다. 현실에 불만을 품은 우매한 민중을 자극하여 합류하게 만든다. 가히 인간성을 말살시키는 그 폭력의 위력은 걷잡을 수 없이 커지게 된다.

지금도 지구마을 곳곳에서 편견으로 비롯되는 민족적 증오, 인종적 증오, 종교적 증오, 이념적 증오는 끊이지 않고 있다. 이 눈 먼 증오가 얼마나 부질없으며 나와 남을 함께 망가뜨리는지, 좀 더 나은 세상을 꿈꾸는 사람들의 행진을 방해하고 주저앉히는지 우리는 역사를 공부하면서 확연히 알게 된다.

민유자 (시인·수필가)
2003년 미주 한국일보 신춘문예 입상
2006년 문학세계 수필 신인상
2016년 해외문학 시 신인상
2018년 미주 한국 소설 신인상
2018년 시집 『왕도 안 부럽소』 출간
2021년 수필집 『도란 도란』 출간

그리고 맑음

박 인 애

모처럼 시원하게 비가 왔다.

뼈마디가 쑤시고 다리는 저렸지만, 오랜만에 듣는 빗소리가 좋았다. 빗줄기는 굵기와 세기 그리고 어디로 떨어지는가에 따라 소리가 다르고 누구와 듣느냐에 따라 느낌이 다르다. 나는 양철로 된 빗물받이에 떨어지는 빗소리가 좋다. 경쾌한 그 소릴 듣고 있으면 김연수 소설 『사월의 미 칠월의 솔』의 한 대목이 생각난다.

"그때는 외국으로 나갈 수가 없었던 시절이니까 나름 갈 수 있는 한 가장 먼 곳까지 간 셈이지. 그렇게 서귀포시 정방동 136-2번지에서 바다를 보면서 3개월 남짓 살았어. 함석지붕 집이었는데, 빗소리가 얼마나 좋았는지 몰라. 우리가 살림을 차린 사월에는 미 정도였는데, 점점 높아지더니 7월이 되니까 솔 정도까지 올라가더라. 그 사람 부인이 애 데리고 찾아오지만 않았어도 한 시 정도까지 올라가지 않았을까."

소설 속 이모는 빗소리에서 음악 소릴 듣는다. 사랑하는 사람이 곁에 있으니 두려울 게 없고, 도피처여도 행복했던 모양이다. 사랑에 빠지면 눈이 멀고 귀가 닫히기도 하니까. 하지만 그 사랑은 현실의 벽에 부딪혀 더 높은 음계로 올라가지 못하고 중단되었다. 그 대목에 끌렸던 건 아마도 함석지붕과 빗소리 때문이었을 것이다. 함석지붕 위로 떨어지던 빗소리를 기억한다. 장마철엔 그 소리가 얼마나 요란한지 잠을 이루기 어려웠다. 몸이 지치면 그 소리를 베고 잠이 들기도 했지만, 엄청난 소음이었다. 내게도 사랑하는 사람이 있었다면 견딜만했을까.

학교에 우산을 들고 와 줄 엄마가 없던 시절이 있었다. 그래서 하교 때 비가 오면 온몸이 젖곤 했다. 처음 맞았던 비의 느낌은 몹시 아프고 차가웠다. 언제였는지 기억이 가물가물한데, 어느 순간부터 아무리 큰비가 와도 학교 현관 앞에서 빗줄기가 잦아들길 기다리거나 가방을 머리에 쓰지 않고 당당하게 폭우 속을 걸었다. 비가 좋았다. 눈물을 들키지 않아 좋았고 속상함이 씻기는 것 같아 시원했다. 행복했던 건 아니다. 부모님 사이가 위태로웠던 내 유년의 빗소리는 콘트라베이스의 낮고 깊은 소리처럼 슬펐다.

빗소리는 기억 창고에 저장된 또 다른 추억을 불러온다. 좋은 추억도 딱히 없는데 여전히 그 궁상맞은 빗소리가 좋다. 사연은 다르지만, 누구나 인력으로 떼지 못할 추억을 품고 사는 것 같다. 그게 행복한 기억이든 불행한 기억이든 말이다.

블라인드를 열고 흐린 하늘과 젖은 거리, 창문을 타고 흘러내리는 빗물을 바라보았다. 할 일이 산더민데 책상 앞에 진득하게 앉아 있질 못하고 자꾸 창밖을 기웃거렸다. 결국, 밖으로 나갔다. 빗줄기가 제법 굵었다. 내 안에 덜 자란 계집애가 하늘 향해 얼굴을 들고 맨발로 비를 밟았다. 감각 없는 오른쪽 발이 얼어붙는 것 같았다. 냉장고 티셔츠는 이름값을 하느라 빗물이 닿으니 소름이 돋을 만큼 서늘했다. 더는 비를 맞지 않아도 되는 지금도 여전히 비가 좋은데 몸이 마다한다. 그래서 배려심 많은 하늘이 내가 집을 비울 때만 우리 동네로 큰비를 보내는 모양이다.

비를 맞는 것보다 무서웠던 건 어쩌면 빗소리였는지도 모른다. 천둥 번개가 번쩍이는 방에 함석지붕을 두들겨대던 빗소리를 듣는 건 누구처럼 낭만적이지 않았다. 비가 부르는 추억은 어둡고 축축하고 춥고 걱정되고 무섭도록 외로웠다. 사람이 기억할 수 있는 최초의 시점은 어디쯤이고 잊히는 시점은 어디쯤일까. 어떤 기억은 꿈인 듯하고 어떤 기억은 현실처럼 선명하다. 나이가 든 지금도 그때 꿈을 꾼다. 나는 여전히 힘없는 어린아이여서 할 수 있는 게 없다. 언제쯤 말끔하게 개일 날이 올까. 내 안에 상처로 남아 떠도는 비도 활짝 개었으면 좋겠다.

2020년 10월, 김정숙 시인이 우리 집 앞에 화분 두 개를 갖다 놓고 가셨다. 분홍색과 흰색 무궁화였는데 가지가 얼마나 가늘고 말랐던지 이게 살아날 수 있을까 싶었다. 10월이 심는 시기로는 적기라 하여 땅으로 옮겨 심었다. 분홍색은 안타깝게도 백 년 만에 찾아온 한파를 견디지 못해 죽었고 흰색은 살아나 작년에 꽃을 피웠다. 그 무궁화는 30여 년 전 라디오코리아 원창호 씨가 한국에서 가져온 것이다. 어느 날 그분이 방송에서 꺾꽂이한 무궁화를 나눠준다는 소리를 듣고 갔는데, 이미 많은 사람이 줄을 서 있어서 간신히 받아왔단다. 성냥개비보다 조금 긴 가지 두 개를 얻어와 기른 게 잘 자라서 이미 여러 집에 분양해 주었고 마침내 우리 집까지 온 역사와 전통이 있는 나무다.

이듬해 화원에 갔다가 분홍색 무궁화가 들어왔길래 사서 그 자리에 다시 심었다. 봄이 되니 새순이 돋기 시작했다. 틈이 보이지 않을 정도로 잎이 무성해지더니 이틀 전에 꽃이 여섯 송이 피었다. 뭉클했다. 이국땅에서 보는 무궁화는 꽃이 아니라 돌아온 내 피붙이 같았다. 어쩌면 그리도 곱던지 눈을 뗄 수 없었다. 흰색 무궁화에도 꽃봉오리가 맺히기 시작했다. 키도 훌쩍 자랐다. 작년에 몇 송이 피긴 했어도 가지가 너무 여려서 잘 클지 걱정이 되었는데, 이제 자리를 잡은 것 같다. 낯선 땅에 뿌리를 내리느라 얼마나 힘들었을까. 잘 살아서 얼마나 고마운지 모르겠다.

비를 흠뻑 맞은 무궁화 잎들이 초록초록해졌다. 무궁화꽃은 이른 새벽에 활짝 피었다가 저녁이 되면 꽃잎을 돌돌 만 채 툭 떨어진다. 하와이 주화인 히비스커스와 비슷하다. 떨어진 꽃을 말려 차도 끓이고 먹기도 한다는데 해보진 않았다. 무궁화는 '영원히 피고 또 피어서 지지 않는 꽃'이라는 뜻을 지녔다. 한 그루에서 이삼천 개의 꽃이 피고 진다고 하니 그럴 만도 하다. 무궁화는 강인하다. 어느 땅에서나 뿌리를 내리고 성실하게 사는 우리 민족 같다. 꺾꽂이해도 번성하니 국화가 된 데는 다 그만한 이유가 있을 것이다. 단비를 맞고 더 강해진 무궁화처럼 자라지 못한 내 안에 계집애도 얼른 자라서 단단해졌으면 좋겠다.

비는 지나가는 거니까.

비상선언

칸 국제영화제 비경쟁부문 초청작이었던 '비상선언'을 벼르고 벼르다 오늘에서야 보았다. 언제부터 집에서 영화 한 편 보는 게 유일한 문화생활이 되었는지는 모르겠지만, 혼자 나다닐 형편이 못 되다 보니 소파에 누워서 볼 수 있는 '나 홀로 영화관'이 있다는 것만으로도 감사하다.

코로나 시대를 지나면서 크게 발전한 것 중 하나가 OTT(Over The Top) 사업일 것이다. 인터넷을 통해 볼 수 있는 TV 서비스로 이용자가 많다 보니 넷플릭스, 애플, 디즈니 등 큰 회사들이 뛰어들었고 점점 늘어나는 추세이다. 대부분 한 달 치 돈을 내고 못 보는 날이 더 많은데, 넷플릭스는 일일 이용권이 생겨 수요가 더 늘었다는 기사를 읽었다. 필요할 때 하루에 몰아서 보면 되니 이용자들은 돈을 절약할 수 있게 된 거다. 영화는 극장에서 팝콘을 먹으며 큰 스크린으로 봐야 제맛이라고 여겼던 사람들도 요즘은 생각이 많이 바뀌었다. 인터넷만 연결되면 TV뿐 아니라 PC, 태블릿, 핸드폰으로도 보는 게 가능한 세상이 되었기 때문이다. 이러다 어느 날 극장도 사라지는 거 아닌가 하는 생각이 들었다.

칸 국제영화제에 직접 다녀온 지인이 카톡으로 보내준 문화전문지에서 우리나라 영화의 현주소와 위상을 읽었다. 현지에 가서 출품된 영화를 보고, 영화인들을 만나고 취재하여 기사를 쓰는 그녀가 부럽기도 했고, 영화를 좋아하는 사람으로서 전문가들에게 좋은 평을 받는 한국 영화와 영화인들이 자랑스럽기도 했다.

비상선언(Emergency Declaration)은 항공 운항에 있어서 비상계엄 선포와 같다는 것을 처음 알았다. 항공기가 비행 중 연료 부족이나 기술적인 문제로 정상적인 운항이 불가능할 경우 조종사가 관제 당국에 상황의 위급함을 알리는 행위로 그 경우 어떤 항공기보다 빨리 착륙할 수 있도록 우선권을 부여해 준다고 초기화면에 적혀있었다. 이 나이가 되어도 왜 이렇게 모르는 게 많은지 참으로 놀랍다. 항공사에 일하는 지인이 있어서 비행기에 관한 상식은 많이 안다고 생각했는데, 빙산의 일각이었던 모양이다. 사람은 죽을 때까지 배워도 다 못 배우고 간다는 말이 맞는 것 같다. 어쨌거나 새로운 지식을 하나둘 알게 될 때마다 뿌듯하다,

비상선언은 울림이 큰 항공테러 재난 영화였다. 코로나바이러스가 지난 삼 년간 세상을 어떻게 지배했는지 보았기 때문에 종류는 달랐지만, 여러 부분에서 공감이 되었다. 호놀룰루행 비행기에 치명적인 바이러스를 퍼뜨려 사람들이 유리관 속 실험 쥐처럼 고통받으며 죽어가는 것을 즐기고 싶었던 테러범으로 인해 전원이 감염되고 기장은 비상선언을 선포했다. 그러나 비상착륙을 요청했던 나라들은 항바이러스가 있다고 해도 자국민 보호를 위해 허락하지 않았다. 결국, 회항하여 우리나라로 돌아왔지만, 자국에서조차 그들의 착륙을 놓고 찬반이 갈리고 시위까지 벌어졌다. 생존자들은 자신들로 인해 가족과 또 다른 사람이 감염되는 게 두려워 비행기와 함께 최후를 맞겠다는 결심을 하게 된다. 그들이 무엇을 염려하는지, 왜 그런 선택을 할 수밖에 없었는지 양쪽의 입장을 모르는 것은 아닌데. 내 마음은 비행기에 탄 사람들에게로 흘러갔다. 비상선언이 비상선언으로 받아들여지지 않는 냉정한 현실이 얼마나 무섭고 서

운했을까. 결국, 한 사람의 살신성인으로 백신이 작용하는 것을 확인한 후에야 당국은 비상착륙을 허락하고, 생존자들이 일상으로 돌아간 모습을 보여주며 영화는 끝난다.

코로나 19가 창궐했던 시기에 실제로 있었던 상황과 다르지 않았다. 혹여 바이러스에 감염될까 봐 두려워서 이웃은 물론 부모 형제까지도 의심하며 접근을 경계했던 경험을 해보았을 것이다. 병원 방문차 한국에 갔을 때 미국에서 온 사람들은 어딜 가나 병균 덩어리 취급을 했다. 기침이라도 한번 했다간 사람들의 무서운 눈초리에 눌려 압사당할 지경이었다. 시설에 갇혀 자가격리를 2주간 하고 코로나 검사를 하여 정상임을 확인하였음에도 불구하고 푸대접을 했다. 나와 같은 시기에 한국에 방문했던 지인은 친정 식구에게 문전박대를 당하는 서러움을 겪었다. 미국에서 동생이 왔다는 소문이 퍼지면 미장원 문 닫아야 한다며 들어오지 못하게 했다. 그 말을 전해 듣기만 했는데도 내 일인 양 마음이 서운했다. 피붙이도 그러는데 남들은 오죽할까. 아마도 자기만 살겠다고 이기적인 행동을 했던 영화 속 사람들보다 더하면 더했지, 덜하진 않았을 것이다. 영화가 아니니까.

위드 코로나를 외치던 시기에 병원 방문차 다시 한국에 갔다가 일정이 빨리 끝나서 비행기 표를 앞당겼다. 내 발로 병원에 가서 당당하게 코로나 검사를 하고 호텔로 돌아왔는데, 아주 미세하지만 사멸된 균이 발견되었다며 출국을 막았다. 재검사를 요구했지만 그럴 수 없다며 무조건 일주일 자가격리를 해야 비행기를 탈 수 있다고 했다. 호텔은 공공장소여서 숙소를 옮기고 비행기 표를 연기해야 했다. 그 순간부터 사람들의 진심이 보였다. 나를 위해 목숨이라도 내어주겠다던 사람들을 믿었던 내가 바보였다. 무슨 놈의 착각을 그리도 야무지게 했을까.

해외초대수필 · 박인애

지인이 내어준 옥탑방에서 일주일을 지내며 나라면 어땠을까를 수도 없이 생각했다. 상대방의 입장이 되어 이해하려고 애를 썼다. 보건소와 관할 구역 의사는 약을 먹을 필요가 없고 감염시킬 위험도 없다는데, 지인들은 이런저런 핑계를 대며 피했고, 잠시라도 만났던 사람은 일어나지도 않은 일을 당겨서 걱정하며 원망했다. 내가 만났던 사람들이 혹여 나로 인해 아팠다면 마음이 무거웠을 터인데 다행히 아무 일도 일어나지 않았다. 영화를 보며 비행기 속 사람들의 절박한 심정에 동병상련을 느꼈던 건 아마도 그때의 일이 떠올라서였을 것이다. 이해 못 하는 건 아닌데 결정적인 순간에 손을 놓아버린 것에 대한 서운한 마음이 쉽게 지워지지 않았다.

영화가 끝난 후 피할 수 없는 재난에 대해 생각했다. 자연재해만 재난이 아니었다. 악하거나 이기적이거나 사욕이 있거나 분노조절 장애 등의 이유로 자신을 통제하지 못하는 부류의 사람들이 저지르는 악행. 전쟁, 방화, 인종 차별, 증오범죄, 묻지 마 살인. 집단 총격 난사 등도 재난이나 다름없다. 하루 앞도 예견할 수 없는 삶. 피해갈 방법은 없다. 언제 어디서 누구와 맞닥뜨리게 될지 무슨 일을 당하게 될지 예측도 할 수 없고 안전지대도 없다. 그래서 답이 명료해졌다. 부끄럽지 않게 주어진 날들을 살다가 하늘이 부를 때 가면 되는 거다.

시월이 되니 아침저녁으로 바람이 다르다. 뜨거웠던 이 도시에도 가을이 오려나 보다. 누군가 내게 비상선언을 해올 때 별을 노래하는 마음으로 모든 죽어가는 것을 사랑할 수 있을까? 그러고 싶다. 그 시인처럼.

박인애 (시인·수필가)
경희사이버대학교 미디어문예창작과 졸업.
『문예사조』 시 부문 신인상, 『에세이문예』 수필 부문 신인상,
『서울문학인』 소설 부문 신인상. 세계시문학상, 해외한국문학상,
국제문학대상, 정지용해외문학상 수상.
한국문인협회 해외문학발전위원회 위원장, 미주한국문인협회 부회장 역임 및 이사, 달라스
한인문학회 회장.
LA 한국일보, KTN 칼럼니스트. KCLS 수필 강사. 『달라스문학』『K-WRITER』 편집국장
에세이집 『수다와 입바르다』『인애, 마법의 꽃을 만나다』.
시집 『바람을 물들이다』『말은 말을 삼키고 말은 말을 그리고』
전자시집 『생을 깁다』. 편역, 6·25 전쟁수기집 『집으로』. nadainae@naver.com

바이킹 유람선에서 만난
ZIMMERMAN 교수

이 유 식

돌아보니 벌써 5년 전의 얘기였다. 세월의 무상함을 어찌하려나. 대장군 잘 있거라, 다시 오마. 고향 산천...조국을 떠난 지가 48년이 되었다. 옛적 선비들은 엽전 열닷 냥을 들고 과거 보러 갔었지만 나는 미화 200불 들고 산 설고 물설고 사람도 설고 문화와 생활관을 알지 못하는 이역만리를 찾아왔다. 그 눈물겨웠던 인생살이의 이야기를 어찌 말과 글로 표현할 수 있을까. 그러한 악전고투의 역경을 겪으면서도 알량한 생존의 보람을 찾으려 노력한 나의 의지는, 일 년 내내 저축했던 돼지 저금통도 헐고 부족하면 카드도 끊고 그래도 또 부족하면 은행에 이잣돈을 쓰면서 4번의 바이킹 강 유람선을 타본 즐거움의 순간들을 잊지 못해 오늘 이 기록으로 남겨본다.

그리고 조국애 민족애를 위하여서는 나의 모든 것을 바쳐 희생하리라는 사명감으로 온갖 역경과 난관 속에서도 16년째 750만을 대상으로 해외동포문학상을 제정 운영해 오고 있음은 나의 자랑이고 생존의 보람을 찾아왔다는 생각에서 오늘도 이 글을 쓰고 있다. 말하자면 지금까지의 내 삶이 살아 있는 생존의 역사이기에! 내 항시 생각하지만 우리들의 삶이 문학이라는 결론에서 20여 년 시詩를 쓰면서 나대로의 생각은 나는 〈무명의 유명시인으로 남아 있는 낭인 시인〉이라는 생각에서이다.

　　강 유람선을 즐기는 것은 우선 바다의 뱃멀미를 멀리할 수 있어서 좋고 망망한 대해만 보는 대양의 유람선은 3, 4천 명의 사람들이 도박에, 담배에, 온갖 마음에 들지 않는 오락, 거기에 술과 각종 그룹이 계 모임으로 유람선을 타기에 어떤 그룹들은 큰 목소리로 떠들거나 떼지어 몰려다니는 것을 받아들이기에 너무나 힘이 들어 찾아낸 것, 긴 강물 따라 유람선을 타는 즐거움을 가질 수 있음이 너무나 좋았다.

　　강물 유람선은 우선 승선 인원이 많아야 6, 7백 명이며 밖의 경치를 즐길 수 있고 승객의 연령이 거의가 60대 이상임과 동시에 승객들 모두가 살아온 삶의 뒤안길이 흥미롭다는 것이 내가 이 강 유람선을 타게 한 원인이 되었으리라는 생각이다. 다뉴브강 유람선에서는 뱃가에 혼자 서서 사死의 찬미의 노래를 흥얼흥얼했고, 러시아의 볼가강 열흘의 유람선에서는 푸시킨이 죽은 현장에서 기념사진도 찍고 바이킹이 러시아를 점령한 생생한 역사를 보았다. 스칸디나비아 9개국의 강 유람선에서는 샛강을 드나들다가 바다로 나갔다 다시 강을 찾는 18일간의 즐거운 여행이었다.

　　또한 중국의 장강 즉 양자강 유람선에서는 강가의 피폐한 중국 농촌과 산야를 보았다. 특히 양자강의 상류 싼샤댐에서는 이 댐의 피눈물 나는 중국민들의 피해와 노력의 결실을 보았다. 그러나 이 댐이 얼마나 지속할 수 있을까 하는 무뢰한인 나의 안타까움이 있었다. 즉 강의 상류가 홍수로 인한 산사태는 해마다 증가함과 동시에 토사가 갈 곳은 강물의 밑바닥을 자꾸 메워져 가는데 강물이 토사로 메워진다면 이 댐이 지속해서 유지될 수 있을까 하는 의구심을 갖게 했다.

　　본론으로 들어가 보자. 당시 내가 만난 MR, ZIMMEMAN 교수는 조국의 애국가를 작곡한 안익태 선생의 보좌역을 역임했다는 분이었다. 90세인 이 노교수는 필라델피아 주립대학의 음대학장으로 재직 중이며 그의 부인 〈캐서린〉은 그의 제자였다는 이야기도 들었고, 스페인에서 공부를 할 때 안익태 선생을 모시며 조국의 애국가를 작곡함에 일조를 했다는 말에 감사의 인사말을 올렸다. 노교수의 말은 현재 자기의 부인은 50대 중반으로서 학부와 마스터 코스에서 자기의 애제자였다는 말도 전해 주었다. 안익태 선생은 스페인에 정착하기 전 미국 필라델피아 교향악단에서 첼로 연주자였고 그 후 항가리에서도 활동을 했었다.

〈지머만〉 교수와의 만남은 스페인 바르셀로나에서 안익태 선생이 스페인 교향악단에서 일을 할 때였었다. 〈지머만〉 교수는 한국을 무척 동경한다 하였다. 내가 이 노교수를 초청해 조국의 발전상을 보여주고 싶은 마음도 가졌던 생각을 했음이 떠오른다. 이 글은 지머만 교수의 이야기를 나름대로 기억을 하여 지머만 교수에게 들은 이야기를 글로 써 본 것으로 일제강점기에 조국을 위하여 일조했음에 감사를 드렸다.

하지만 나의 궁금증은 애국가를 작사하신 분이 누구였을까 하는 의문이다. 아직까지 작사자 미상임에 안타까움이 있다. 일설에는 윤치호라는 설이 있는가 하면 도산 안창호 선생이라는 설도 있다. 한국정부에서는 빠른 시일 내에 작사자를 선정하여 후세에 남김이 옳으리라는 생각을 해 본다. 특히 이 강 유람선에서 지머만 교수 부부와 우리 부부가 18일간 같은 식탁에서 여담을 즐겼던 추억을 어이 잊으랴.

결론으로 내가 여행을 한 나라로 다시 가보고 싶은 나라는 이테리와 터어키 모스코바였음을 밝히며 이 글을 읽는 독자분들에게도 권하고 싶다. 특히 이테리 한 달간의 여행은 나의 세 자녀가 거금을 거출 전 가족이 우리 부부의 40주년 결혼를 기념하기 위함이었기에 영원히 잊을 수 없는 금쪽같이 귀하고 아름다운 나날로 회상이 된다.

해외초대수필 · 이유식

이유식(민초) (시인 · 수필가)

1941년생 / 현 캐나다 토론토 거주
한국문협회장특별상, 동주문학상해외특별상 수상
캐나다중앙일보 논설위원,
캐나다한국문협 1~3대 회장 역임
캐나다한인총연합회 5대 회장 역임,
해외한민족 대표자 회의 창립 부회장
경상북도 교육공로상 수상,
대한민국 철탑산업, 국민포장 훈장 수상
현 유리투자주식회사 경영
민초해외동포 문학상 제정 현 16회째 운영 중

DMZ 발전병

장 석 재

　　제대한 지 수십 년이 지났음에도 불구하고 DMZ라는 글자만 보이면 눈이 번쩍 뜨인다. 세계에서 마지막 남아 있는 비무장지대이기도 하지만 1970년대 초반에 내가 근무한 DMZ 철책선의 전경이 생생하게 펼쳐지기 때문이다.

　　신병 훈련을 마치고 제1사단에 도착했었다. 이틀째 되던 날, 30여 명의 신병들이 도열했다. 건장한 상사 한 명이 나타나, 왔다 갔다 하면서 쭉 둘러보고는 갑자기 내 이름을 불렀다.

　　"예, 이병 장석재!"

　　"너, 인사 기록부에 기계전공이라고 적혀있던데 맞지?"

　　"예!"

　　생전 처음, 야전 지프차에 탔다. 운전병 옆엔 상사가 자리 잡고 나는 운전병 뒷좌석에 앉았다. 1사단 정문을 통과하여 30여 분 달리니 육중한 철제 게이트가 나타났다. 헌병이 차량을 세우고 상사에게 경례한 후, 탑승자인 나를 유심히 바라보고는 곧바로 통과시켰다. 거대한 철교 다리가 보였다. 바로 임진강이었다. 임진강을 내려다보며 내가 지금 어디로 가는 것인가 물어보고 싶었지만 입을 열기 어려웠다.

　　"너는 제1사단 00연대 0중대 발전병이다. 알겠지?"

"예? 발전병이요? 저는 육군 보병입니다."

"알아, 그렇지만 이곳 전방 방책선 중대에는 발전기를 돌리는 발전병이 꼭 있어야 하는데, 마침 잘되었다. 지금의 우리 발전병이 제대특명을 받았기 때문에 새로운 발전병이 필요하다."

내가 발전병의 후임이 된 것은 기계공학도라는 내 인사기록 때문인 듯했다. 중대본부 소속의 발전병 조수가 된 나는 다음 날부터 사수인 박 병장을 따라 다니며 인수 작업을 하게 되었다. 철책선에서 뒤로 300여 미터 떨어진 곳에 발전기 2대가 나란히 설치되어있는 간이 발전소가 있었다. 매일 발전기 점등시간과 소등시간을 확인하여 정확한 시각에 발전기를 가동시켜 등을 밝히는 일이 발전병의 주 임무이었다. 발전기는 두 대가 있으니 혹이나 한 대가 고장 나면 다른 한 대를 가동시켜야 하기 때문에 매주 2회의 점검 가동을 해야만 했다. 한 달은 금방 지나가고 박 병장은 제대하였다.

드디어 혼자, 발전기 앞에 섰다. 두근거리는 마음을 간신히 잠재우고 발전기 1호기의 시동 벨트를 힘차게 잡아당겼다. 한 번에 안 되어 두 번째 더 힘껏 당겼다. 부릉, 부릉 큰 소리와 함께 발전기 엔진이 힘차게 돌아가기 시작했다. 잠시 후, 점등 스위치를 올렸다. 방책선의 첫 번째 등이 희미하게 밝아지기 시작한다. 이어 두 번째 등이, 그리고 세 번째 등이 켜지기 시작한다. 세 번째 등이 켜지기 시작하면 첫 번째 등은 완전히 밝아진다. 내 앞에서 오르막 내리막 하는 철책선에 걸려있는 전등에 불이 밝아지는 것은 내가 미처 경험해 보지 못한 미지의 어둠을 밝히는 신비한 광경이었다. 가보지 못한 독일 어디선가에서는 늙은이가 장대로 가로등에 걸려있는 가스등에 하나하나 불을 붙여가며 골목길을 비춘다고 하던데, 그런 낭만보다 더 짜릿한 감동이 솟아올랐다.

내 구역 모든 전등의 불이 밝혀지면 나는 손전등을 들고 초소 초소를 걸어가며 방책선에 걸려 북쪽을 향해 비추고 있는 등을 자세히 살펴본다. 비바람으로 등의 방향이 틀어진 곳이 있으면 기록하고 다음 날 낮에 제대로 고쳐 놓아야만 한다. 또한 등이 깨져 있으면 신속히 발전소로 돌아가 새 등으로 교체해야 한다. 초소에 갈 때마다 고참들은 나를 반갑게 대해주곤 했다. 나와 군번이 비슷한 졸병들은 슬그머니 내 손을 잡고 웃는다. 언제나 그렇듯이 대남방송도 어김없이 들려온다. 이렇게 우리 중대 구간을 모두 돌아보고 발전소에 도착하면 어느덧 자정이다. 중대본부로 돌아와 입은 복장 그대로 개구리 잠을 취한 후, 방책선 소등시간에 맞추어 다시 일어나 발전소로 향한다. 한여름도 으스스했다. 눈 내리는 겨울철은 온몸이 얼어 걷기도 어렵다. 하루의 시간 중, 가장 깜깜한 시각은 바로 동트기 직전이다. 조금 기다려 동이 트기 시작하면 발전기 가동을 멈춘다. 고요함과 함께 발전병의 하루 임무는 완성된다.

현재 내가 살고 있는 시드니에서 기차를 타고 북쪽으로 7시간 달려 자카란다 축제가 열린다는 그라프톤Grafton에 왔다. 그라프톤이 자랑하는 자카란다 거리를 걸었다. 거대한 자카란다 나무 2,000여 그루가 활짝 펴, 땅도 하늘도 온통 보라 세상이다.

자카란다 축제는 이만 삼천의 인구가 살고 있는 이 조그마한 도시의 최대 행사이다. 이 도시엔 신호등도 없고 경찰차도 안 보인다. 말을 타고 천천히 지나가는 남녀 경찰이 보인다. 거리를 오가는 여자들은 대부분 보라색 모자를 쓰고 다닌다. 오후엔 각종 행사가 시계탑을 중심으로 이곳, 저곳에서 벌어진다. 그 옛날 우리 시골 초등학교 운동회를 보는 듯했다.

구경 인파를 벗어나 조용한 강가로 발길을 옮겨 강이 내려다보이는 아담한 공원에 왔다. 아름답고 조그마한 공원에 바람이 솔솔 불어 자카란다 보라 꽃잎이 내 머리 위에 살포시 내려앉는 공원 중앙에서 내 키보다 조금 더 큰 탑을 만났다. 아니, 우리나라 전쟁에서……. 한국전 참전 용사 추모탑이다.

탑에 각인된 이름을 하나, 하나 읽었다. 17명이다. 이 아름다운 그라프톤에서 살았던 20살 안팎의 젊은이들이 멀고 먼 이국땅 코리아에서 전사했다니……. 이들이 전사하지 않고 돌아왔다면 지금쯤 90세 초반의 할아버지들이 되셨을 것이다. 6·25 한국전쟁에 호주는 17,164명의 군인들이 참전하여 339명이 전사했다고 한다. 그중 이곳 그라프톤에서 살았던 17명의 청년들이 코리아의 어느 전선에서 눈을 감았다. 그들은 입대 전까지 살았던 천국 같은 그라프톤의 퍼플 세상을 잊지 못했을 것이다. 자카란다의 꽃말은 '화사한 행복'이라고 하는데, 마지막 순간에 얼마나 그리워했을까? 화사한 보라색 꽃잎을…….

내가 지금까지 살아온 것도, 우리 고국이 자유를 누리며 살고 있는 것도 결코 거저 얻어진 것이 아님을 깨닫게 된다. 이들이 전사하던 때에 태어난 나는, 여기에서 다시금 그들의 이름을 가슴으로 읽는다. 고국의 DMZ 철책선 등이 하나, 둘 밝아 오는 듯하다.

장석재 (수필가/시드니 거주)
충남 예산 출생 1997년 호주 시드니 이민
1996년 계간지 〈창작수필〉 신인상 수상
2012년 재외동포문학상 수필 부문 대상 수상 수필집 : 『둥근달 속의 캥거루』
그림 동화책 : 『고목나무가 살아났어요』 문학 동인 〈캥거루〉에서 활동 중
현재 〈시드니 한국문학 작가회〉 대표

A-4와 레터 사이즈

정 동 순

고향에 가는 꿈을 꾸었다. 기차가 힘차게 달리고 있다고 생각했다. 그런데 기차 바퀴는 한 바퀴도 돌지 않고 있었다. 달린다고 생각했던 기차는 제자리에 멈추어 있었던 게다.

강산이 두 번 변한다는 세월을 미국에서 살았다. 2~3년에 한 번 가는 고국 방문은 피붙이와 친구들이 있어 즐겁다. 하지만, KTX 속도만큼이나 빠르게 변하는 환경이 매번 놀랍기만 하다. 한때 삶의 터전이었던 서울이나 부산에도 낯선 것투성이다. 살았던 곳이라 푸근함을 느끼는 것이 아니라 처음 방문하는 도시를 여행할 때의 긴장감마저 느낀다. 지하철을 타려면 표를 사는 것부터 꽤 오랫동안 사용법을 읽어야 한다. 택시비가 얼마나 나올지 가늠하지 못하고 택시를 탔다가 후회한 적도 있다. 서울 중심가엔 한글보다 영문 간판이 더 많다. 기대한 것보다 늘 몇 배의 변화가 있다. 그와 더불어 사람들의 정서도 달라져 있다.

어리숙한 행동들이 생각나 계면쩍다. 서울에서 가져온 서류들을 정리한다. 어라, 문서가 이곳에서 산 레터 사이즈의 바인더 위로 튀어나온다. A4의 도드라진 길이에 당황하며 잠시 손을 멈춘다. 한국을 비롯하여 많은 나라의 표준화된 문서 용지는 A4다. 전지, 즉 A0 종이를 낭비 없이 네 번 반복하여 접을 때 A4가 된다. 가로 세로가 1대 비율로 몇 번을 접어도 정확하게 그 비율이 유지되는 경쾌한 국제 표준 규격이다. 반면, 미국에서 가장 많이 사용하는 종이는 레터 사이즈다. A4는 레터 사이즈보다 길이가 더 길고 너비는 약간 좁다. 그 때문에 한국에서 보내온 전자문서를 생각 없이 인쇄하면 문서의 아래가 잘리고 만다. 온라인으로 졸업증명서와 성적표를 신청한 적이 있는데 문서가 A4로 세팅된 것을 모르고 레터 종이에 인쇄하다 낭패를 보았다. 아랫부분의 내용이 잘린 채 출력된 문서를 보는 순간, 잘려나간 것은 미국에서 인정되지 않는 한국에서의 나의 이력인 듯하여 울컥했다.

A4는 미국에서는 특수한 종이다. 가끔 한국의 공모전에 원고를 보낼 일이 있었는데 A4용지에 인쇄해서 동봉하라는 것이다. A4용지를 사러 문구점을 서너 군데 다녔지만, 그 무렵엔 A4 종이를 구하지 못했다. 결국, 큰 종이를 사다 A4 크기로 잘라 사용했다. 지금은 A4용지를 몇 묶음 구해놓고 필요할 때마다 쓰고 있다.

나에게 A4는 정장 셔츠를 입은 초임 시절이다. 그때는 기안용지라는 문서 형식이 있고, 책상에는 전결. 미결, 완결이란 서류철이 있었다. '결재판에 담아서 문 앞에서 노크 세 번, 문을 열고 들어가 상사 앞에서 90도로 절하고 결재판을 펴서 서류의 머리를 돌려 두 손으로 공손하게 올리고, 몇 걸음 물러나 기다린다. 질문이 있으면 대답하고, 나올 때는 뒷걸음으로 세 걸음 물러선 다음 다시 90도로 절하고 절도있게 뒤돌아 나온다.' 선임이 가르쳐 준 내용이다.

A4의 세계에 살 무렵에는 종이를 아껴 써야 한다는 말을 많이 들었다. 신장개업이나 무엇을 광고하는 전단이 신문에 끼어오면 그것을 모았다가 공부할 때 이면지로 사용했다. 레터의 세계는 종이가 너무 흔하다. 레

터의 아이들은 멀쩡한 종이를 한 묶음씩 휴지통에 버리기도 한다. 나는 그 종이가 아까워 가끔 재활용 쓰레기통에서 깨끗해 보이는 종이를 모아 사용하기도 한다.

미국은 계량 단위 면에서 독불장군이다. 인치, 마일, 갤런, 파운드처럼 국제 표준에서 벗어난 단위를 사용한다. 학교에서 미터법을 배우기 때문에 사람들이 미터법에 문외한은 아니다. 과학, 수학 등 학술 분야에서는 국제 표준에 따른 미터법을 쓴다. 그런데도 이 제도를 바꾸지 못하는 것은 사람들이 익숙하기도 하지만 이것을 바꾸려면 천문학적 비용이 들기 때문이라고 한다.

레터 사이즈는 절도 있는 A4와 다르다. 품이 넓은 셔츠를 입고 단추를 두어 개 푼 자유분방한 청년 같다. 문서를 주고받을 때 크게 정해진 양식이 없다. 날짜, 보내는 사람과 받는 사람 주소를 쓰고 내용을 쓴 다음, 그 내용과 관련된 자료가 몇 부 추가되었는지를 쓴다. 공적인 효력이 중요한 경우에만 형식을 좀 고려한다. 직장에서의 문서는 대부분 이메일로 오간다. 미국 사람들에게는 종이 사이즈를 특별히 언급하는 것은 왠지 법적으로 중요한 일인 경우가 연상된다고 한다.

규격이나 격식은 행위를 변화시킨다. 미국 생활을 시작한 이래 레터 치수에 맞추어 살려고 노력한 흔적이 방 안 곳곳에 있다. 많은 수료증과 교사 자격증, 월급명세서, 책장에 가득 꽂힌 연수 책자들, 한국어 수업 자료가 모두 레터 사이즈다. A4와 레터는 종이 규격이지만 이것은 문화의 차이이다. A4였던 나는 튀어나온 부분을 잘라내는 것은 어렵지 않았다. 하지만 가로를 늘리는 일은 늘 힘겨웠다. 이곳 사람들과 가치관이 다를 때, 내가 선택한 방법은 '아, 저 사람은 저런가 보다,' 인정하고 왜 그럴까를 따지지 않는 것이다. 원래 다른데도 왜 다르냐고 따지면 결론이 없다. 이제 좌우의 여백을 조금 늘이고, 높이를 약간 줄여야 할 레터 규격에 조금 익숙해졌다.

레터 사이즈에 적응해 가는 지금 나의 모습은 고국에서 어떤 모습으로 출력되고 있을까. 좌우의 여백이 없고 밑 칸이 비어있는 모습은 아닐까? 다시 불안하다. 또다시 고향 가는 꿈을 꾼다면 그때는 온전하게 기차가 달릴 수 있을까. 설레는 속도로 기차가 고향 역을 향해 다다르고, 나는 기쁜 마음으로 역사에서 나와 환한 햇살 아래 활짝 핀 해바라기를 보고 싶다.

정동순(수필가/시애틀 거주)
〈수필과비평〉 등단
미주 중앙신인문학상 수필 대상(2012)
수필집 『어머, 한국말 하시네요』, 공저 『바다 건너 당신』,
한국문인협회 및 시애틀문학회 회원 dolsilai1@gmail.com

용기 있는 마음의 분리수거

정 문 자(세실리아)

한 해를 보내며 겨울 방학을 이용해서 막내딸이 손녀와 함께 우리 집을 방문했다. 중학교에 들어간 손녀딸은 해마다 쑥쑥 자라서 처녀티가 나고 그간 자주는 볼 수 없었어도 나를 눈치껏 곧잘 도와줬다. 예전에 왔을 때는 큰 쇼핑몰(Shopping mall)에나 구경하러 가자고 하더니 만, 이번에는 엄마가 사전 공약을 했는지 할머니 집에 옷장들을 정리해준다고 서둘렀다.

애틀랜타 조지아의 기후는 변덕이 심하다. 특히 올해 겨울에는 비도 많이 내리고 때로는 하루에 두세 계절이 있는 듯 아침저녁으로 심한 온도 차이를 실감한다. 그런 핑계로 내 옷장에는 짧은 여름 티셔츠부터 두툼한 스웨터 등이 함께 섞여 꽉 차 있다. 깔끔한 성격의 막내딸이 도착한 다음 날부터 손녀딸과 함께 방마다 다니며 옷장 정리를 시작했다. 빽빽이 끼어 있는 가지각색의 구질구질한 옷들과 물건으로 선반이 무너질 듯한 것을 새삼스레 느끼면서 미리미리 옷장 소재를 하지 못한 나를 탓하며 미안하기도 하다. 가차 없이 내던져지는 옷들이 구식으로 보일지 몰라도 어떤 것은 도무지 쉽게 포기할 수 없는 것들이다. 이런 내 마음을 알아챈 손녀딸은 엄마의 눈치를 살피고는 곧장 쓰레기통으로 갈 뻔했던 20년 전에 큰 국제 의학 모임에서 서투른 영어로 강의할 때 내가 입었던 푸른 원피스를 옆으로 빼돌리고는 내게 안심하라는 듯이 미소를 보낸다.

남편까지 "이 기회에 용기 있게 버리라"는 핀잔을 줬다. 옷장의 물건들도 무조건 버리지 말고 쓰레기처럼 분리수거하자는 내 제의에 딸의 동의를 얻은 후 옷이나 물건들을 구분해서 나누어놓았다. 스스럼없는 친구에게 조심스럽게 전해주거나, 야드 염가매출을 한다는 곳이나 물건을 손질해서 판다는 굿윌(Goodwill)에 줄 것을 따로 챙겼다. 잔디 깎는 이민자들에게 줄 것들도 제법 쌓이고, 당장 쓰레기통으로 버릴 것들이 많이 나왔다. 점점 깔끔해지는 옷장을 보고 시원한 생각이 들었다. 하지만 어떤 옷은 특별한 행사에 한두 번만 입어본 값비싼 것이고, 또 다른 것은 값이 쓰여있는 상표까지 그냥 붙어있는 내 눈엔 멋지게 보이는 새 옷이었다. 어떤 것에는 언짢아하는 나를 보고 딸이 버려도 괜찮겠냐고 물어보면 재빨리 용기 있게 결단을 내리지 못하고 우물쭈물하다가 돌아서서 네 마음대로 하라고 대답했다.

갑자기 딸애가 한국에서 맞춰 가져온 내 오렌지색 투피스를 번쩍 꺼내 들고 "어머, 이것은 잘 두어야 한다."라고 소리친다. 우리 부부는 병원에서 수련 받으며 한창 바쁠 때 결혼해서 신혼여행을 멀리는 못 가고 직장에서 서너 시간쯤만 운전해서 갈 수 있는 나이아가라 폭포로 갔다. 그때 그 오렌지 옷을 입고 바람에 흩날리는 머리를 잡고 찍은 엄마 사진을 기억한 모양이었다.

무엇이든 그때그때 시원하게 버리지 못하고 구질구질하게 싸 놓는 나의 성격 때문에 분명 문제가 있었다. 그 때문에 옷장이 창고처럼 보였던지 딸이 나를 도와주려고 맘먹고 나선 모양이었다. 그렇지만 나는 한 이틀을 오밤중까지 잠 못 이루고 다시 한번 쌓인 물건을 만져보며 흘러간 세월에 엉켜진 옛 생각에 잠겼다.

무슨 이유로 즐겁고 행복했던 기억보다는 어렵고 힘들었던 지나간 세월의 쓸쓸한 생각이 먼저 떠오르는지 모르겠다. 가정에서 때맞추어 안 쓰는 물건을 재활용하도록 손질해서 처리하고, 쓰레기도 소각이 쉽도록 종류별로 나누어 버려야 집 안이 깨끗하고 산뜻해질 뿐 아니라 자연환경에 도움이 되지 않는가? 그렇다, 용기를 내서 내 마음속에 쌓여 있을 필요 없는 감정도 분리수거하고 서로를 위하여 새로운 마음으로 내일을 시작해 보자.

올바르지 못한 내 의견을 고집하고 남을 이해하지 못했을 때도 많았을 것이다. 뜻하지 않게 잘못을 저지르지나 않았는지도 되돌아보고 진심 어린 반성으로 '화해'라는 통속에 집어넣자. 반대로 나를 오해하고 섭섭해하던 이들의 입장을 생각해보고, 나를 힘들게 했던 생각은 꽁꽁 묶어 빨리 버려야 하는 쓰레기통으로 던져버리자. 재활용할 수 있는 좋은 추억은 깨끗이 닦아 예쁜 통에 보관해서 다른 이에게 도움이 되리라고 판단되면 미소나 부드러운 말씨로 나누어 주자.

인간은 감정의 동물이고 연약하므로 누구나 좋건 나쁘건 여러 가지 감정을 가슴속에 쌓아 놓고 그냥 산다. 그러나 좋지 않은 느낌이 앙금으로 남아 있으면 정서가 불안해지고 감정 기복으로 이성적이지 못한 행동이 튀쳐나올 수 있으며 건강에도 좋지 못하다. "자기감정의 노예가 되는 것이 폭군의 종이 되는 것보다 훨씬 불행한 일이다."라고 하지 않았던가.

감사의 삶을 사는 이 시점에서 가슴속에 쌓여 있는 희로애락의 감정을 종류별로 나누어 처리해 보자. 그러면 지나간 세월의 감정정리가 되고, 마음이란 공간도 넓고 시원해질 것이다. 이제 감정을 다스리는 지혜를 기르고 용기 있는 마음의 분리수거를 해서 내가 즐겁고 다른 이에게도 도움이 되는 행복한 삶을 살도록 노력해야겠다.

함께 있음에

햇볕이 따갑게 느껴지니 벌써 여름이 다가온 듯하다. 가족들의 생일과 행사가 많은 5월이라 혹시나 잊을까 하는 염려로 달력에 날짜를 꼼꼼하게 챙겨보니 어린이날, 어머니날, 어버이날, 가정의 날 등 가족과 관련된 기념일이 많다. 그런데 21일에 적혀 있는 "부부의 날"이라는 것이 생소해서 내 시선이 멈췄다. 알고 보니 부부가 행복한 가정을 이루고 함께 있음으로 노인이나 어린이의 문제가 감소한다는 취지로 가정의 달인 5월에 둘(2)이 하나(1)가 된다는 뜻에서 21일을 부부의 날로 결정했다는 우리나라 고유의 기념일이다. 배우자가 있는 사람은 하루하루가 부부의 날이면 좋겠다고 생각하며 집을 나섰다.

우리 동네 입구 길은 유난히 길어서 주말에는 산책하는 부부들이 자주 눈에 띈다. 스포츠 옷차림에 힘차게 뛰어가는 신혼부부 같은 예쁜 젊은이들, 아기를 실은 유모차를 엄마 아빠가 양쪽에서 함께 잡고 화기애애한 모습으로 뛰는 듯이 빠르게 걸어가는 젊은 부부의 모습에는 생기가 돈다. 저 앞에는 남자 서너 분이 앞장서 가고 깔깔대며 뒤쫓아가는 중년의 한국 아줌마들도 마냥 즐거워 보인다. 은퇴한 분 같은 멋쟁이 미국인 노부부가 손을 잡고 다정히 대화하며 걷는 행복한 모습은 더욱 아름답다. 허리는 좀 꾸부정하고 뒷짐 지며 걸으시는 분을 대여섯 발자국 뒤떨어져 쫓아가는 할머니를 유심히 보니 얼마 전에 한국에서 우리 집 근처

해외초대수필 · 정문자

로 이민 오신 어르신네다. 우리나라의 오래된 전통을 지키는 양반집 분들인가 보다. 임의 그림자 밟을까 조심하는 할머니의 마음을, 앞장선 분은 뒤따르는 임의 사랑을 헤아릴 것이라고, 노래 가사를 내 마음대로 바꾸어서 흥얼거린다.

이제는 남녀평등이란 단어가 귀에 거슬리지 않고, 집안 일도 남녀가 공평하게 나누어서 해야한다고 외치기도 한다. 그래도 나는 아내를 아끼는 자상한 남편과 남편을 존중하는 현명한 아내라는 우리네 말에 여전히 익숙하다. 옛말에 아내가 예쁘면 처가의 말뚝을 보고도 절을 한다고 했고, 오래전에 영국에서는 아내를 "평화를 짜나가는 사람"이라고 했단다. 수필가인 베이컨의 글에서는 아내는 젊은이에게는 연인이고, 중년 남자에게는 반려자이며, 노인에게는 간호사라고 했다는데 요즘 새삼스레 그 말에 동의하고 싶다.

요새 친지들과의 대화 중에 건강 문제가 단연 으뜸이다. 얼마 전에 신체 건장하고 사회적으로도 성공했고 존경받는 한 친구분이 뜻하지 않은 실수로 교통사고를 당했다. 2~3시간을 길거리에 서서 고생한 후 심신이 지쳐서 집에 왔단다. 식사도 못 하고 허탈하게 앉아있는 남편이 몹시 안쓰러워 아내가 괜찮다고 힘내라고 포옹을 해주었다. 남편은 "내 실수를 이해해 주고 안심시켜 주니 고맙소, 내가 늙었나 보오."라며 응답해서 서로 "당신만 함께 있으면 괜찮다"라고 다짐하며 두 분이 손잡고 조용히 흐느꼈다.

부부는 닮아간다는 통계학적 증거도 있지만 두 사람이 같을 수는 없다. 아니, 둘이 똑같거나 한쪽이 너무 자제하면 발전의 기회를 놓치고 말 것 같다. 어쩔 수 없는 사연으로 떨어져 있어야 할 때도 있지만, 부부는 되도록 함께 있으며 서로의 특성에 배려하고 장단점을 잘 융화시켜 나가면 삶의 폭이 넓어질 것 같다. 요즈음 각종 SNS상에 부부는 동시에 큰 소리를 지르며 화내지 말며 절대로 단념하지 말라는 등의 "부부 십계명"이 돌아다닌다. 상대방에게 의지할 때도 있지만, 부부는 공동 효과(co-efficient)를 발휘할 많은 기회를 얻는 둘이 하나가 되는 한 쌍이다. 부부의 날을 보내며 모든 부부가 함께 있음을 감사히 생각하고 상대방을 아껴주고 노력하면 좋겠다. 그러면 같이 걸어가야 하는 굴곡 많은 긴 인생의 여정이 좀 더 수월해지고 아름다운 가정과 나아가서는 평화로운 세상을 만들 것 같다.

정문자 (Moonja Cecilia Chung-Park, MD)
서울 출생, 이화여자대학교 의과대학 졸업
Professor at Medical School and Emeriti Academy Member of Case Western Reserve University (CWRU), Cleveland, Ohio
President/Board director of Local and National Medical Societies, Alumni Associations, Scholarship Foundations, and Literary Society and Duluth Cultural Center of Atlanta, GA
수필가, 〈수필시대〉 등단, Seoul, Korea
수필집 ;『마음이 통하는 대화』『먹구름을 헤쳐가는 밝은 마음』(BALG EUN MA EUM Breaking Through The Darkness) / 깊은 밤, 나무의 편지 (감성시 동인지) 워싱턴 문학, 애틀랜타문학 공저 Vienna, Virginia, USA 거주 mjcpmdp@gmail.com

가짜뉴스와 정크 푸드
-Fake News and Junk Food

정 형 민 H. Michael Chung

Facebook이나 Twitter에 따르면, 금리 상승과 인플레이션으로 인해 자동차나 부동산에 대한 저금리 대출이 더 많은 관심을 받는 경우가 많다. 올해만 해도 톰브래디와 일론머스크에 대한 가십 기사의 총수는 10억 건이 넘었다. 지난 몇 년간 뉴스로 보이는 가짜뉴스와 조작된 기사의 양이 기하급수적으로 늘었지만 새삼스러운 일은 아니다.

가짜뉴스의 개념은 고대시대에 유래되었다. 로마공화정에서 카이사르가 죽은 후 옥타비아누스는 안토니우스와의 전쟁에서 대중을 자기편으로 만드는 것이 필요했고 가짜뉴스를 이용하여 지지자들을 얻었다. 그는 클레오파트라와 바람을 피우고 있는 앤서니가 전통적인 로마의 가치를 존중하지 않았으며 종종 술에 취해있다고 주장했다. 옥타비아누스는 고대의 트위터에 상응하는 것으로 시와 짧고 짧은 슬로건을 통해 이러한 거짓 메시지를 전파하고, 안소니(Anthony)를 나쁜 사람인 양(in the bad light) 묘사해서 결국 전쟁에서 승리하고 40년 넘게 제국을 통치했다.

디지털 시대에 사람들은 이전과는 다른 수준에서 가짜뉴스의 생성과 확산에 참여할 수 있다. 가짜뉴스에 중독되기 쉽고 통제하기도 어렵다. 그것은 우리의 마음 상태와 합리적인 의사결정에 심각한 영향을 미친다. 이런 위험에도 불구하고 사람들은 자연스럽게 어떤 형태로든 가짜 뉴스에 참여한다. 충동적인 성격과 스트레스를 주는 상황들은 종종 우리가 가짜뉴스에 기여한다. 사람들은 다른 사람들이 견해와 이야기를 전달하는 소셜미디어에 노출되는 것으로부터 동일한 관심사와 가치에 자신을 맞추는 습관을 형성하는 것을 좋아하는 것 같다. 그러한 공통된 믿음은 감정과 때로는 격렬한 패거리 성향과 뒤섞여 있다. 그들은 종종 암묵적인 편견에 근거하여 행동하고 따라서 의식적인 의도 없이 차별적인 행동에 참여한다.

우리는 가짜뉴스에 빠진다. 왜냐하면 개인들은 종종 그들이 노출되는 뉴스의 정확성을 숙고하는데 시간과 에너지를 들이지 않기 때문이다. 또한, 개인들은 거짓 진술에 더 많이 노출될수록 진실이라고 생각할 가능성이 있다. 거짓 뉴스는 종종 진실한 뉴스보다 더 참신하기 때문에 두려움, 혐오감, 놀라움과 같은 강한 감정을 불러일으킨다. 영양가가 낮은 정크푸드 같은 것이다. 정크푸드를 먹는 것은 즉각적인 즐거움을 가져다줄 수 있고 몸의 반응 체계를 자극하여 더 많은 것을 갈망하게 하고 건강상의 위험을 증가시킬 수 있다.

소셜미디어는 양날의 검이다. 소셜미디어의 가십과 조작된 뉴스에 너무 많은 관심을 기울이는 것은 개인의 합리적 사고 과정에 영향을 미치고 사회에 해를 끼친다. 그러나 가십과 가짜뉴스를 공유함으로써 사람들은 다른 사람들과 같은 상황에 놓였다고(in the same page) 느낌으로써 외로움을 피하고 유대감과 친밀감을 조장하며, 심지어는 즐겁게 공유하는 것을 발견한다. 오늘날의 사회에서 극소수만이 혼자 있기를 좋아하고 고립되기를 원하는 사람은 거의 없기 때문이다.

*이 글은 필자의 영문 논술 칼럼을 필자 허락하에 다소 의역하였음을 밝혀둡니다.<편집자 주>

=============================

Fake News and Junk Food

H. Michael Chung

On Facebook or Twitter, a lower-rate loan for auto or real estate often receives more attention due to climbing interest rates and inflation. This year alone, the total number of gossip articles on Tom Brady and Elon Musk reached over one billion. In the last several years, the amount of fake news and fabricated stories that appear to be news has increased exponentially, yet it is nothing new.

The concept of fake news originated in the ancient era. In the Roman republic, after Caesar's death, Octavian needed the public on his side during the war against Mark Anthony and utilized fake news to win supporters. He claimed that Anthony, who was having an affair with Cleopatra, did not respect traditional Roman values and was often intoxicated. Octavian spread these false messages through poetry and short, snappy slogans that could be seen as an ancient equivalent of Twitter and depicted Anthony in a bad light, eventually winning the war and ruling the Empire for over forty years.

In the digital era, people can participate in the creation and spread of fake news on a level unlike any before. It is easy to become addicted to fake news, and it is not easy to control. It seriously affects our state of mind and rational decision-making. Despite such risks, people partake in some form of fake news naturally. Impulsive characters and stressful situations often contribute to us engaging with fake news. People seem to like forming a habit of aligning themselves with the same interests and values from being exposed to social media, where other people carry the views and stories. Such a common belief is mixed with emotions and sometimes intense partisanship. They often act based on implicit bias and thus engage in discriminatory behaviors without conscious intent.

We fall for fake news because individuals often do not take the time and energy to deliberate the accuracy of the news they are exposed to. Also, individuals are likely to deem a false statement true the more times they are exposed to it. As false news is often more novel than true news, it inspires strong emotions like fear, disgust, and surprise. It's like junk food with low nutritional value. Eating junk food can bring instantaneous pleasure and stimulate your body's reward system, making you crave more and increasing health risks.

Social media is a double-edged sword. Too much attention paid to social media gossip and fabricated news affects an individual's rational thinking process and harms society. However, through sharing gossips and fake news, people feel on the same page with others, staving off loneliness, facilitating bonding and closeness, and even finding sharing them entertaining regardless. Very fewlike to be alone and want to be isolated in today's society.

정형민 (대학교수 / LA거주)
캘리포니아주립대교수
인공지능연구소장

'조조'를 보내고

함영옥

심장 마비를 일으킨 후 3주 동안 조조는 고통의 시간을 보냈다. 처음 수의사의 말을 듣지 않고 이 아이를 마지막까지 내 손으로 지켜 주리라 했던 생각이 얼마나 이기적인지 처음엔 알지 못했다. 반려견의 마지막을 본 적이 없었던 연고로 동물도 병중에 고통으로 신음하는지를 알지 못했기 때문이다.

일년전 사슴처럼 잔디밭을 뛰어 다니며 다람쥐들과 술래 잡기를 하던 녀석이 하루아침에 갑자기 앞을 보지 못하고 이리 쿵 저리 쿵 좌충우돌하는 게 이상해서 급기야 수의사에게 연락 했더니 안과는 동물안과로 가야 한단다.

여기저기 수소문 끝에 어렵게 예약을 한후 진료를 한 결과 혈압이 285나 되어 안구 실핏줄 파괴로 인한 일시적 현상이라면서 혈압약과 안약을 사용하면 시력이 회복될 것이란 희망적 진단을 받았었다. 그러나 안과 병원엘 다녀온 후로 조조는 의기소침해지더니 기력이 눈에 보이게 떨어지기 시작했다.

수의사가 처방해준 혈압약과 안약도 효과가 없어 시력은 점점 약해지고 활동양도 줄어덜더니 쇠약해지기 시작한 것이다. 게다가 치아와 신장

관계로 신장에 좋은 유동식 음식만 먹은 지도 벌써 3년째이다. 치아가 없어도 신장이 나빠도 수의사 처방대로 먹는 유동식을 잘 먹었었는데 시력을 잃은 후로는 꼭 옆에서 먹여 주어야 했다. 청력 시력을 잃은 조조는 마침내 치매끼까지 있어 제자리에서 빙빙 돌기만하고 어디 구석에 잘못 들어가면 그곳에서 빠져 나올 줄도 모른 채 낑낑거리며 울기만 한다

3주 전쯤 방안을 어슬렁어슬렁 걷던 조조가 갑자기 푹 쓰러졌다. 달려가 조조를 안아 일으키자 고무줄처럼 몸이 축 늘어지며 숨을 쉬지 않는 것이 아닌가놀란 식구들은 마침 가까이에 있던 아들이 cpr을 하고 남편은 입으로 숨을 불어넣고 나는 울면서 온몸을 주무르자 한 10분 후 스르르 눈을 뜨고 기운을 차렸었다. 그후로 며칠간은 사료도 좀 먹고 비틀거리며 걷기도 하여 우리는 회복되는 것인가 생각하였었다. 그러나 심장마비 후 매일이 다르게 먹는 사료양이 줄어 들더니 급기야는 식음을 전폐하고 사람처럼 끙끙 앓는 소리를 하는 것을 지켜보고 있자 하니 이 작은 생명을 어찌 해야하나 너무나 애처러웠다.

모든 것이 내 잘못 같아 어찌할바를 모르겠다. 기껏 할수 있는 것이 진통제와 영양제를 먹이고 몸을 맛사지해주며 가능하면 몸을 청결하게 유지하도록 배려해 주는 정도 밖엔 할 수가 없다. 그리고 품에 안고 계속 들지도 못하는 아이에게 우리가 얼마나 사랑하는지 계속 속삭여 주는 것 정도이다. 주사기로 유동식 사료를 억지로 먹이는 것조차 죄를 짓는 것 같은 느낌이다. 마치 나의 이기심으로 그의 고통을 연장시켜주는 일인 것만 같아서이다. 그렇다고 아직 생명이 있는 녀석을 굶길 수도 없고 아프다고 끙끙 앓는 녀석을 보고 있으려면 너무 안쓰러워 마음이 복잡해진다. 몇번이나 식구들에게 안락사 이야기를 해 보았지만 선뜻 아무도 그렇게 하자고 대답하지 못한다. 이런 와중에도 신통한 것은 기저기가

젖거나 소변이 보고 싶으면 소리를 질러 우리를 부른다. 다리가 꼬이고 몸을 가누지 못해 소변을 보게 할 수가 없어 기저귀를 채워놓아도 기저귀가 젖으면 꼭 우리를 부른다 그리고 젖은 몸을 씻겨주고 새 기저귀를 갈아주면 언제 그랬냐는 듯이 조용해지면서 내 품에서 포근히 잠이 든다

몸무게가 줄고 점점 의식이 희미해져도 조조는 사랑스럽기 그지없다. 식구들 모두가 서로 안고 있겠다고 차례를 기다릴 정도이다. 쎄근쎄근 잠이 든 모습도 눈처럼 하얀 털을 곱게 빗은 모습도 17살의 늙고 병든 노견이라고 생각이 들지 않을 정도로 깔끔하고 예쁘다. 마지막 이틀 동안은 물도 삼키지 못하여 멀지 않았구나 생각되는데도 아들들은 조조가 먹을 수 있는 것 필요한 것들을 계속 사가지고 와서는 한 입이라도 더 먹이려고 애를쓴다. 한참씩 품에 안고 작별을 예견하듯 뽀뽀를 해주며 쓰다듬어 주지만 조조의 마지막은 한걸음씩 다가오고 있다.

마지막 날. 거실 소파에 앉아 조조를 안고 있다가 몸이 따뜻하면 좋을 것 같아 침실 전기담요 위에 눕히고 몸을 맛사지해주고 있을 때 조조가 경련을 일키는 것 같아 식구들을 불렀다. 큰 아들이 cpr을 계속하고 아들의 지시대로 남편은 입으로 숨을 불어 넣고 나는 몸을 주무르고… 그것이 이 세상에서의 조조의 마지막 몸부림일 줄은 알지도 못한 채… 한참 후 큰 아들이 청진기를 조조의 가슴에 대어 보더니 숨이 돌아오지 않는다고 손을 놓는다.

모두가 눈물을 흘리며 조조에게 편히 갈 것을 부탁하며 사랑하고 미안하고 고마웠다고 일러 주었다. 그리고 그곳에서 행복해지기를 빌었다. 그런데 왜 이리 잘못한 것만 생각이 날까? 목욕을 잘못시켜 귀에 염증이 생겼던일, 치아 관리에 서툴러 고생 시켰던 일, 고환 암이 생겨 큰 수술을

해외초대수필 · 함영옥

받게 했던 일, 혈압이 285나 올라가도록 인지하지 못하여 시력을 잃게 만들었던 일 등등… 견주로서는 참 어리석은 주인 이었다. 그래서 매년 정기 진찰이 꼭 필요한가 보다.

조조는 모견으로부터 6주 만에 입양을 해서인지 유난히 잔병 치레가 많았다. 입양하던 날 아들의 야구모자에 쏙 들어갈 정도로 몸집이 작았지만, 콩알만 한 까만 눈동자는 우리들의 마음을 훔치기에 부족함이 없이 영리하기 그지없었다. 아아, 벌써 조조가 보고 싶어진다.

조조야, 지난 17년간 너 때문에 정말 행복하고 고마웠다. 벌써 보고 싶어 눈물이 난다. 너는 내 가슴속에 아니 우리 식구들의 기억 속에 영원히 살아있는 해피 바이러스야. 지금도 외출 후 집에 들어오면 어디선가 반갑다고 꼬리 치며 달려 올 것 같은 착각에 문을 열 때마다 공허함을 느낀다.

조조야, 사랑해 보고 싶어. 안녕….

래리와 조이(Larry and Joy)

해외초대수필 · 함영옥

래리는 내가 출석하는 교회의 장로님이시며 변호사이시고 내 성경 공부 반의 선생님이기도 하다. 또한 조이는 미국 병원의 수석 간호사이며 래리의 부인이다. 이 두 분은 항상 교회의 중심에서 열심으로 봉사하며 본인들의 삶에서도 본받을 만큼 열심히 그리고 깨끗하게 사신다

이들 부부의 자녀 중 한 명인 수전이 휴스톤에서 살고 있다. 사위는 원자력 엔지니어이며 자녀를 5세 아들과 3세 딸 하나를 두고 있는 다복한 크리스천 가정이다. 그런데 얼마 전 래리의 딸 부부가 한국에서 아들 하나를 입양을 하였다. 래리의 큰딸 수전이 결혼 전 남편과 약속 하기를 자녀를 두 명 낳은 후 한국에서 아이 한 명을 입양을 하자고 하였단다.

몇 번이나 수전 부부는 입양 절차상 한국을 다녀 왔다. 입양을 위해 수전은 한국 교회에서 봉사하며 한국 음식과 한국말 그리고 한국 풍습을 배우며 준비를 하더니 더디어 2살짜리 남자아이 하나를 입양하게 되었다. 아들을 입양 후 지금도 한국 교회에 출석하며 입양한 아들을 정서적으로 외롭지 않게 많은 노력을 하고 있다. 2살이라고는 하나 내가 보기에는 4살은 족히 되어 보였다. 첫째로 2살이라고는 하는데 체구가 수전의 5살짜리 아들과 비슷하고 2살치고는 말도 상당히 잘하는 편이었다.

미국에 살면서 자녀들을 입양한 사람들을 종종 만나게 되는데, 내 직장 상사였던 데이빗도 2명이나 입양을 하였고 성가대의 마리아도 첫째 아들이 입양한 아들이란다. 젊은 수전 부부가 대견하고 존경스러우면서도 무언가 부끄러운 마음도 숨길 수는 없었다. 그런데 입양한 아들 마이클이 날마다 울음을 그치질 않고 낯선 환경에 적응하지 못해 수전 부부를 힘들게 하는 것 같았다. 한번은 이들 부부가 콜로라도에 있는 친척 결혼식에 참석하기 위해 자동차로 이동을 하는데 출발할 때부터 마이클이 울기 시작한 것이 콜로라도에 도착할 때까지 울음을 끊이질 않더라는 것이다. 장장 750여 마일의 장거리이며 10시간을 넘게 차로 운전을 해야 하는 긴 거리를 말하는 것이다.

내 친 아이라도 그렇게 오랜 시간 울어대면 신경이 곤두설 것 같은데 수전 부부는 어떻게 참았을까? 이들 부부뿐만 아니라 그 집 두 아이들도 시샘을 하고 투정을 부릴 만도 한데, 워낙 아이들에게 입양아에 대한 설명을 오래전부터 해온 터라 3살짜리 어린 딸조차 불평 없이 마이클을 도와준다는 것이다. 이때가 벌써 입양한 지 6개월이 지났을 때 인대도 아직도 적응을 못해 애를 먹었다고 한다. 래리 부부도 종종 마이클을 보기 위해 휴스턴을 다녀오곤 했었다. 그러던 중 문자 메시지로 수전 아들을 위해 기도를 부탁한다는 메시지가 전달 되었다. 수전의 큰아들이 머리를 크게 다쳐 입원하였다는 것이다.

알고 보니 입양아인 마이클과 수전의 큰아들이 집 안에서 놀다가 수전의 아들이 2층 창문에서 떨어져 머리를 크게 다쳤다는데 지금 중테라는 것이다. 래리 부부도 급히 휴스톤으로 내려가고 교회는 모두 그들을 위해 기도하기 시작하였다. 공연히 나는 미안한 마음이 들었다. 누구 한 사람 내게 눈총을 주거나 불평을 하지 않는데도 내가 한국인이고 일면식도 없는 수전의 입양아가 한국인이라는 이유로 쓸데없는 공통분모를 찾은 것인지 자꾸 미안한 마음이 들었다.

수전의 큰아들은 사고 후유증으로 언어가 불편하고 기억력이 저하될 뿐만 아니라 걸음이 불편해지는 등 어려운 일이 많다는 소식을 들을 적마다 공연히 가슴 조이며 교회에서 래리 내외를 만날 적마다 미안한 마음이었다. 그러나 그들은 언짢은 기색 한번 없이 평온한 얼굴로 입양 손주의 소식도 전하고 여전히 교회 일에 열심이었다. 그들이 왜 하필 한국 아이를 입양하기로 하였는지는 모르지만 그 젊은 부부의 신앙과 마음은 가상하고 존경스러워도 곁에서 보는 한국인인 나는 참 착잡한 마음이었다.

그들이 마이클을 입양한 지 어느덧 2년이 지난 지금 큰아들도 많이 회복되기는 하였지만, 아직도 인지 능력과 언어가 어눌하다고 한다. 마이클은 어느 정도 새 가정에 적응하여 입양 초기 때와 같은 어려움은 없이 어느 정도 안정을 찾아가는 것 같다. 하지만 이제 곧 수전의 큰아들이 초등학교 입학을 하여야 할 텐데 어떻게 수업을 따라갈 수 있을지 내심 걱정이 된다.

함영옥 (수필가)
UT Pan American University
Accounting 수료
미주 문학 수필 등단

해외초대수필 · 함영옥

한솔문학

한솔Lepo

《한솔문학》 메인 소식

△ 경북 칠곡 할매들 80 넘어 한글 깨친 삐뚤삐뚤 詩集 인기 폭발

-25개 시골마을 할매들 모여 맞춤법 틀린 시집 92편 수록

-80 넘어 깨친 한글..영화 이어 시집까지..나이는 숫자에 불과하다 스스로 입증

-〈한솔문학〉 향후 제10호 제작시 이곳 칠곡 할머니들과의 작품 교류 예정

백선기 칠곡군수와 시가뭐꼬 할매들

다큐멘터리 영화 칠곡가시나로 유명세를 탄 25개 마을 80 넘은 시골 할매들이 『시가 뭐꼬』로 시인 등단 시집을 냈다. 거침없는 경상도 사투리가 깃든 시집은 할머니들이 마을학당(성인문해교실)에서 쓰고 그린 글과 시화를 엮어낸 것으로, 총 92편이 수록됐다.

80 넘어 늦게 깨친 문해교육으로 군데군데 틀린 맞춤법과 삐뚤삐뚤한 글씨체, 문법도 엉망이지만 유명 시인 못지않은 인기를 끌고 있다. 시구의 절제는 물론 투박함이 푹 밴 시구에는 인간의 원시적 감성까지 묻

어나온다. 이런 영향으로 지난 2015년부터 2018년까지 벌써 3권이나 발간
돼 인기 절정이다.

1집 『시가 뭐꼬』에는 칠곡 할매 89명이 참여했고, 2집엔 119명, 3집엔
92명의 할매들이 참여했다. 칠곡군엔 한글을 배웠거나, 배워야 할 할머니
가 400명 정도 거주한다.

△ 소화자 할머니는 '공부 시간이라고/일도 놓고/허둥지둥 왔는데/시
를 쓰라 하네/시가 뭐고/나는 시금치 씨/배추씨만 아는데..'△ 이분수 할
머니는 '나는 백수라요/묵고 노는 백수/콩이나 쪼매 심고/놀지머/그래도
좋다.' 와 △ 권영화 할머니는 '내 친구 이름은 배말남 성주댁/얼굴이 예
뻐요/성주댁 일을 잘해요/친구가 있어 좋아요.' 란 시를 썼다.

이처럼 시골 지역 칠곡 할매들을 세상에 알린 건 2008년부터 마을별
로 운영 중인 칠곡군 '성인문예반'이다. 일주일에 한두 차례 모여 한글을
배우고, 시를 쓰는 일종의 어르신 평생교육 프로그램으로 칠곡군은 2015
년 당시 할머니들이 지은 시 98편을 성인문예반에 보관해 뒀다.

칠곡군 한글 문해학교... 80살 노인들의
사랑의 배움터다

칠곡할매서체-권안자체
칠곡할매서체-김영분체
칠곡할매서체-이원순체
칠곡할매서체-이종희체
칠곡할매서체-추유을체

공식 '글꼴'에 등록된
칠곡할매체

이걸 우연히 지역 문인들이 봤다. 감성이 예쁘다 했다. 그래서 이를
묶어 첫 시집을 내게 됐다. 이 시집이 이른바 '대박'이 났다. 교보문고와

한솔Lepo·조석진

인터넷 서점에 권당 정가 9,000원에 내놨는데 2주일 만에 다 팔렸다. 독자들은 "순수한 시골 할머니들이 솔직한 눈으로 바라본 그들만의 세상에 독자들이 매력을 느낀다"는 평가가 줄을 이었다. 이러한 칠곡 할매들은 영화에 이어 시집까지 발간해 나이는 숫자에 불과하다는 걸 스스로 입증시켰다.

앞으로 칠곡 할매들은 서체(사진) 개발 후 4집 준비에 들어갈 계획이다. 4집은 시집이 아니라 편지글을 묶은 책으로 발간할 계획. 할매들은 앞서 펴낸 시집 수익금과 향후 발간할 4집 판매 수익금은 전액 지역 인재 육성 '호이장학금'으로 기부할 방침이어서 대부분 노인들이 경로당 안방에서 고스톱 등으로 소일하는 할매들과 달리 보람된 인생의 황혼길을 보내고 있다.

*한솔문학 지역 주간지 THE KONNECT와 MOU 체결

MOU 체결식에 참석한 커넥트 미디어와 한솔문학 임직원 및 관계자 (왼쪽부터 김선화 씨, 김미호 씨, 커넥트 미디어 목지현 대표, 한솔문학 손용상 대표, 손 대표 부인)

커넥트 미디어와 한솔문학이 '한인 예술 활동 활성화'와 '한국 문학 활성화'라는 공동 목표를 도모하기 위해 MOU를 체결했다.

이번 MOU 체결로 한솔문학의 문예지의 E-BOOK을 커넥트 미디어 웹사이트에서 누구나 무료로 즐길 수 있게 됐다.

커넥트 미디어와 한솔문학 임직원은 지난 14일 업무 협약을 위한 양해 각서에 사인을 하면서 당사자간 우호협력관계를 확인했다.

커넥트 미디어의 목지현 대표는 "이번 MOU를 시작으로 한솔문학의 비전이 더욱 빛을 바라기를 기대한다"면서 "그 과정에서 커넥트 미디어가 도움이 될 수 있는 방법을 모색할 것"이라고 말했다.

한솔 문학의 손용상 대표는 "수년 전 한솔 문학을 처음 시작할 때만 해도 생각지 못한 것"이라고 전하며 "이번 MOU 체결을 시작으로 한솔문학과 커넥트 미디어 모두 한 걸음 더 성장하고 발전할 것"이라는 포부를 밝혔다.

아울러 양 사는 이번 MOU 체결을 시작으로 앞으로 더욱 활발한 사업을 기대하며 열린 제휴협력 기회를 약속했다.

커넥트 미디어의 추연경 편집국장은 "전 세계 한인들의 비전을 지원하는 커넥트 미디어와 디아스포라 한인 작가들의 등용 기회를 제공하는 한솔문학이 이번 MOU 체결로 그 비전을 더 깊이 있게 실현되길 바란다"며 "체결 이후 추가 사업 협력 건에 대해서 역시 열린 자세로 응할 것"이라고 말했다.

한편, 커넥트 미디어는 2020년 12월 4일 창간해 주간지와 온라인 및 각종 출판물을 바탕으로 전 세계 한인들의 이야기를 조명하고 있다.

전 세계 한인 커뮤니티와 소통하며 한인과 함께 성장하는 것을 비전으로 삼고 있는 한인 미디어로서 커넥트 미디어는 주간지와 함께 웹사이트, 모바일, 소셜미디어 등 온라인 플랫폼 확장을 통해 한인 커뮤니티 연결의 장을 마련하고 전 세계 한인 역사의 가치를 잇는 데에 주목하고 있다.

2019년 6월 1일 창간한 한솔문학은 지금까지 8호를 발간했으며 현재 중동부 중심 도시 텍사스 달라스를 발행처로 삼고 있다.

'한솔'은 해외 한국 문인의 '소나무'같은 변함없는 푸른 정기를 뜻한다.

이에, 국내 작가님들과 함께 캐나다를 포함한 북미주 전역의 한인 작가들과 교류하면서, 멕시코 등 남미, 유럽의 파리, 일본, 홍콩, 연변 및 동남아, 호주, 인도네시아 등 여타 지역을 망라한 유능한 한인 작가들 과도 폭넓은 참여와 교류를 지향하고 있다.

△ 한국문인협회 소식

2023년 2월 10일 한국문인협회는 신임 이사상에 김호운 한국문인협회 및 한국소설가협회 이사장을 선임하고 전임 이광복 이사장과 신·구 이사장 이·취임식을 가졌다.

△ 미주한국문인협회 소식

* 2023 미주문협 신임회장단 상견례, 신인문학상 시상식 보도기사

'디카시'로 문학인 저변 확대

〈 디지털 사진과 시 〉

**미주문협 신임 회장단 출범
8월 여름 문학 캠프 개최**

미주한국문인협회(회장 오연희·이하 미주문협) 신임 회장단이 출범했다.

연임된 이용우 이사장과 오연희 신임 회장은 향후 2년 동안 미주지역에서 가장 역사가 깊은 문학단체인 미주문협을 이끌어 나간다.

오연희 신임 회장은 "40년의 전통, 400명의 회원이 활동하는 문학 단체로서위 명성을 이어간다"며 "문협 사무실을 재정비해 대면 문학 강의, 문학 토방, 미니 출판기념회, 북 사인회를 더욱 활성화할 것"이라고 밝혔다.

미주 문협은 1982년에 창립해 지난해 40주년을 맞이했다. 미주 작가들의 작품을 엮어 일 년 4번 발행하는 계간지 '미주 문학' 가을호가 100호를 맞이하기도 했다.

또 미주 문단 소식, 문학 작품, 공지사랑 등을 소개하는 문협월보를 매달 전 회원에게 발송하고 있다. 문협 회원들의 연간 출판은 20~30권에 이른다.

오 회장은 "시, 시조, 동시, 동화, 수필, 소설, 희곡, 평론, 한영문학 등 전 문학 장르를 아우른다"며 "올해는 문학인 저변 확대 사업으로 디카시라는 장르를 확장 및 발전시킬 것"이라고 밝혔다.

디카시(Dica- Poem)는 디지털카메라와 시의 합성어다. 한국에서 발원한 새로운 문학 장르로 세계적인 한류 문학으로 성장할 수 있는 새로운 트렌드다.

오 회장은 "등단 작가가 아니어도 좋은 작품은 문협 웹사이트(mijumunhak.net) 디카시 섹션에 실리며 디카시 전시회와 함께 서각전도 추진 중"이라고 설명했다.

협회는 '가슴 설레이는 생활문

미주한국문인협회 이용우 이사장과 오연희 회장(오른쪽)이 새로운 문학장르인 디카시에 대해 설명하고 있다.

학 디카시'라는 주제로 17일 오후 4시 미주문협 사무실에서 강의를 개최한다.

또 한국에서 문학 장르별 강사를 초빙해 미주 문인들의 작품 세계가 깊어질 수 있는 시간을 마련한다. 오는 5월 20일에는 나희덕 시인이 '시적인 것과 예술적인 것'이라는 주제로 줌 강의를 진행한다. 문협의 가장 큰 연중행사는 여름 문학 캠프다. 한국에서 유명 강사를 초빙해 문학의 갈증을 풀어주고 문학의 흐름을 이어가는 시간이다. 올해는 8월 19~20일 팜 스프링 미라클 호텔에서 개최된다. 해마다 열리는 여름 문학 캠프 행사를 위해 이 사진은 10월 기금 모금 행사를 개최할 예정이다.

오 회장은 "올해 디카시, 유튜브 채널 개설 등 새로운 문학 콘텐츠를 시도한다"며 "공부하는 협회로 문학인들의 작품 세계가 더 깊어지고 확장되기를 기대한다"고 밝혔다.

글·사진=이은영 기자

신임 오연희 회장

연임한 이용우 이사장

미주문협 2023 신년하례회 및 신인문학상 시상식

*김종회 교수 초청 '문학에서의 첫사랑 문학강연회 (23.5.19)

*나희덕 교수 초청 줌 문학강연회(약 160여 명 참석)

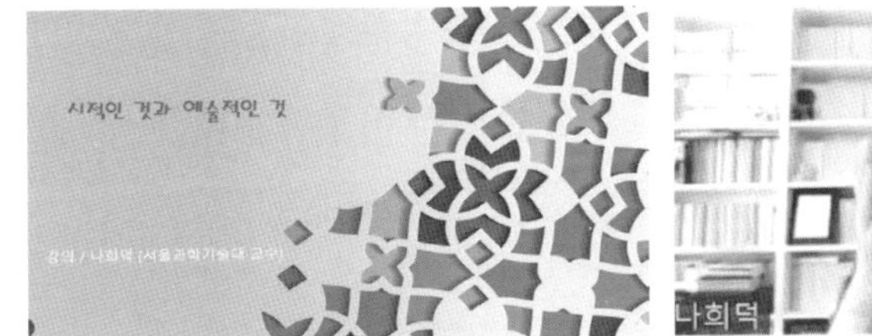

나희덕 교수 강의 자료

나희덕 교수

△달라스한인문학회

책을 읽지 않는 민족에겐 미래가 없다는 글을 읽은 적 있습니다. 다음 세대를 생각하고 준비한다는 말은 많이 하지만, 실제로 어떻게 그들에게 접근해야 할지 모르는 경우도 많지요. 어릴 적부터 책을 읽히고, 젊은이 들에게 영상보다는 독서와 글쓰기에 취미를 붙이게 한다면 우린 어쩌면

다음 세대를 걱정 안 해도 될지 모르겠습니다. - 달라스한인회장 유성주
· 축사 中에서

손용상 작가 시문학상 대상

'시선' 창간 20주년 문학상
수상작품집 '연연연' 출간

미주 원로 문인 손용상 작가가 계간 문예지 '시선'의 창간 20주년 기념 문학상에서 해외 부분 시문학상 대상을 받았다.

손 작가는 시선 문학상 국내 부문으로 시, 동시, 시조, 동화, 소설, 수필 등 6명 수상자와 함께 해외 부분 수상자로 연길의 김현순 시인과 공동 수상했다.

손용상 작가는 "마침 올해가 등단 50주년 겸 희수가 되는 해이라 이번 시문학상 수상이 큰 선물이 되었다"고 밝혔다.

손 작가는 문학상 대상 수상으로 계간지 '시선' 창간 20주년 호에 작품을 게재하고 2023년 시선 해외 시문학상 대상 수상자 작품집 '연연연...바람이 숨죽이자 꽃이 되어 돌아왔다(사진·도서출판 시 신사)'를 출간했다.

시선의 대표 정공량 시인은 "수상자와 합의해 문학상 상금 대신 '수상 작품집'을 출판하기로 했다"며 "지난달 20일 손용상 작가의 수상 작품집 '연연연'을 출간 및 배포했다"고 밝혔다.

손용상 작가는 1973년 조선일보 신춘문예 소설 당선으로 소설가로 등단했다. 활발하게 창작 활동을 하면서 잡지사 기자, 기업가로 활동했다.

현재 댈러스에 거주하면서 글로벌 해외종합문예지 '한솔문학' 발행인으로 활약하고 있다.

이은영 기자

달라스한인문학회는 이제 26살 청년이 되었다. 크고 작은 성장통을 겪기도 했지만, 잘 이겨내며 성장해왔다. 『달라스문학』 역시 해를 거듭할수록 탄탄하고 늠름해진다. 계간지였다면 67호에 해당했을 전통 있는 책이다. 홀로 있는 것보다 무리 지어 있을 때 아름다운 텍사스 주화 블루보넷처럼 회원의 글도 함께 엮어 놓으면 아름다운 하모니가 된다. 『달라스문학』은 텍사스 한인 문학의 자존심이고 꽃이며, 이민 문학의 맥을 이어온 획이고 이어 갈 역사다. 좀 더 마디가 굵어져서 텍사스를 넘어 미 중남부를 아우르는 계간지로 성장했으면 하는 바람이다. - 달라스한인문학회장 박인애 · 간행사 中에서

 *손용상 작가 제8소설집 『파도야, 어쩌란 말이냐』 출간 및 〈시선〉 시문학대상 수상

〈손용상 소설집〉이 새로 나왔다. 올해의 喜壽를 기념해서 가족들이 기념으로 만들어준 책이다. 종이 책으로 나온 13번째, 소설집으로는 8번째다. 등단으로는 50년인데, 그 이후 한 10년 정도 깨작거리며 글 몇 편 썼지만, 그나마 글쓰기보다는 기업을 택해 해외를 삐대고 살면서 30년을 펜을 놓고 살았다. 결국 심신이 녹슬어 스트록으로 자빠졌다가 심기일전으로 펜을 다시 잡았다(작가의 말 중).

그의 소설은 읽으면 재미 있다. 맛을 봐야 맛을 알 듯이… 서문을 써주신 황순원 소나기 마을 촌장 김종회 문학평론가의 "손용상을 읽는다" 한 구절을 말미에 붙인다. "그는 소설은 서사적 이야기로 구성되어야 하고 그 이야기는 뜻이 깊거나 재미있어야 하며 그로써 문학의 본분을 지킨다는 생각을 확고하게 반영한다. 동시에 그의 소설에는, 아니 그를 면대해 보면 자연히 느껴지는 바이지만, 인간으로서 또는 문인으로서의 향기가 있다. 미세한 부분에 까다롭지 않으며 직관적이고 종합적으로 사람을 응대하는 기질이 있다. 필자는 이를 그가 가진 '천생(天生)의 작가'로서의 품성이라 이해했다. 한편 손용상 작가는 국내 유수 계간지 〈시선〉 2023년 창간 20주년 해외시문학대상도 함께 수상했다.

손용상 작가 제8소설집

〈시선〉 창간20주년 해외시문학대상작

* 한솔문학, 계묘년 새해 맞아 첫 문학강연회 개최...
황순원 문학촌 김종회 박사 초청

한솔문학이 계묘년 새해 첫 문학강연회를 열었다.

문학강연회 후 축하의 케익 커팅식이 진행됐다.

△ 미 동부한국문인협회 뉴욕 문인 동정

* "화창한 봄…아름다운 시 감상하세요"

_소속 문인들 카네기 홀 시낭송 콘서트 참석

오는 20일 맨하탄 카네기 홀에서 시낭송회를 여는 김기진(왼쪽)
카네기 홀 시낭송 콘서트 조직위원회 단장과 이상조 목사가 행사를 홍보하고 있다.

한국 시인들의 시낭송회가 오는 20일 오후 4시 맨하탄 카네기 홀 잰켈 홀에서 열렸다.

'카네기 홀 시낭송 콘서트 조직위원회' 단장 김기진 시인은 8일 본보를 방문해 "주류사회에 한국 문학의 우수성과 한국 현대시의 품격을 높이기 위해 이번 행사를 마련했다"며 많은 한인들의 참석을 감사했다.. 김 시인은 "이번 행사는 공연예술 차원에서 '시낭송'이라는 고유의 문학 장르를 개척해 이를 전세계적으로 전파하는 데 의의가 있다"며 한국에서 활발하게 활동 중인 20여 명의 시인이 무대에 올라 자작시를 낭송하게 된다"며 "많이 참석하셔서 화창한 봄에 시의 아름다움을 느끼는 시간을 즐기시길 바란다"고 말했다.

'카네기 홀 시낭송 콘서트 조직위원회' 단장 김기진 시인은 8일 본보를 방문해 "주류사회에 한국 문학의 우수성과 한국 현대시의 품격을 높이기 위해 이번 행사를 마련했다"며 많은 한인들의 관심을 당부했다. 김시인은 "이번 행사는 공연예술 차원에서 '시낭송'이라는 고유의 문학 장르를 개척해 이를 전세계적으로 전파하는 데 의의가 있다"며 한국에서 활발하게 활동 중인 20여 명의 시인이 무대에 올라 자작시를 낭송하게 된다"며 "많이 참석하셔서 화창한 봄에 시의 아름다움을 느끼는 시간을 즐기시길 바란다."고 말했다.

    카네기 홀 시낭송회에는 김기진 시인을 비롯해 고봉훈, 김봉임, 김윤곤, 김정환, 김창현, 김창회, 박문희, 박미숙, 박용규, 심미옥, 심소윤, 양희진, 여운만, 이강철, 이경희, 이서윤, 이순재, 이영실, 임하순, 조영미 시인이 참여할 예정이다. 행사는 다음 날인 21일 오후 8시 뉴저지팰팍한인루터교회(담임목사 이상조)에서도 열리고, 5월24일 오후 5시 LA 용궁 중식당에서도 함께 열렸다. <출처: 한국일보 이지훈 기자>

△ 워싱턴문인회·워싱턴 윤동주문학회 소식
– 문인회 총회…회칙 개정안 처리

총회에 참석한 워싱턴 문인회 회원들. 앞줄 가운데가 김영기 회장.

총회에 참석한 워싱턴 문인회 회원들. 앞줄 가운데가 김영기 회장.

워싱턴 문인회(회장 김영기)가 지난 12일 총회를 소집해 회칙 개정 등의 안건을 처리했다. '장르별 문학회'를 '분과 위원회'라고 변경하는 회칙 개정안 논의에서 회원들은 '장르별 문학회'로 결정했다. 이에 따라 기존의 시문학회, 소설문학회, 수필문학회 등을 그대로 쓰고 그 대표도 시문학회장, 소설문학회장, 수필문학회장 등으로 쓰기로 했다. 회원들은 회칙 개정위원회가 작성해 상정한 내용을 조목조목 토론한 후 거수로 투표해 결정했다. 김영기 회장은 열린 낭송의 밤과 워싱턴 문학 25호 발간 등 문인회 활동 보고에 이어 "내달 11일(일) 오전 11시-오후 2시 설악가든에서 '워싱턴문학' 신인상 시상식과 '워싱턴문학'의 출판기념회를 연말 파티와 함께 한다."고 발표했다. 설악가든에서 열린 이날 총회에는 권귀순, 김행자, 오요한, 이정자, 김레지나, 문영애, 김미영, 이경희 씨 등 20여 명이 참석했다.

* 워싱턴문인회, 출판기념식·신인문학상 시상식
 – 34명의 문인이 글로 옮긴 삶·사랑

워싱턴문인회(회장 김영기)는 11일 버지니아 애난데일 소재 설악가든에서 70여 명이 참석한 가운데 제25회 워싱턴문학 출판 기념회 및 워싱턴문학 신인상 시상식을 갖고 한 해를 보내는 아쉬움을 달랬다.

〈사진은 수상자들(앞줄)과 심사위원들. 김영기 회장은 앞줄 맨 가운데.〉

올해 문집에는 김은국, 김인기, 김정임, 노세웅, 문숙희, 배숙, 백순, 서윤석, 양민교, 오요한, 이은애, 이정자, 이진영, 정혜선, 최은숙, 황안(이상 시 부문), 김미영(동시), 류명수(시조), 김레지나, 김용미, 김인숙, 문영애, 송윤정, 유설자, 유양희, 이명희, 이재훈, 이현원, 이혜란, 정세실리아(이상 수필), 이재훈(단편소설), 황보 한, 김인기, 김영기, 박숙자, 노세웅, 류명수, 서윤석, 송윤정(이상 영문 문학) 씨 등 34명이 쓴 총 86편이 284쪽에 실렸다. 또 지난해 제27회 워싱턴문학 신인상 수상작(김은국 '연약한 그릇')도 포함했다. 또 '사진으로 보는 워싱턴문인회'가 컬러 화보로 꾸며져 있다. 이번 호 표지는 서양화가인 배숙 시인이 그린 오일 페인팅 '빛이 오다'로 장식됐다. 김영기 회장은 "이번 호 수록작의 저자들은 모두 한국에서 태어나 미국에서 긴 세월을 보낸 이들이다. 문집에서는 이들 각자의 색다른 경험과 추억, 생각과 감성을 바탕으로 한 진실과 선(善), 아름다움을 추구하는 목소리를 들을 수 있다. 인생의 참 의미를 찾으며, 코로나 팬데믹을 해학으로 포용하고 자연의 힘에 숙연해지는 마음 등을 느낄 수 있다"고 말했다. 워싱턴문인회의 연례문집인 '워싱턴문학'은 한인사회의 교양과 정서 함양 그리고 다음 세대를 위한 복합문화로서 1세대 한국문학과 미국문학을 잇는 가교 역할을 지향하고 있다. 출판기념회는 11일(일) 오전 11시 설악가든에서 열릴 워싱턴문학 신인상 시상식과 함께 열렸다.

(출처: 한국일보 정영희 기자)

* 윤동주문학회, 김은영 신임회장 선출

지난 29일 모임에 참석한 윤동주문학회 회원들.
오른쪽 네 번째가 김은영 신임회장.

워싱턴 윤동주문학회 신임회장에 김은영(DC 거주) 씨가 선출됐다. 문학회는 지난 29일 설악가든에서 모임을 갖고 개인 사정으로 회장직을 사임하는 신옥식 회장의 후임으로 문학회 총무와 부회장을 역임한 김 씨를 새 회장에 추대했다. 기후전문가로 잘 알려진 김 신임회장은 숙명여대 화학과, 캘리포니아 주립대 새크라멘토 교육언어학 석사, 오클라호마 주립대에서 교육심리학 박사 과정을 밟았다. 이후 국방외국어대, 새크라멘토 캘리포니아 주립대 한국어 교수를 역임했으며 60대에 늦깎이 시인으로 등단했다. 임기는 오는 6월부터 2025년 12월까지다. 지난 3년 반 동안 문학회를 이끌어 온 신옥식 회장은 "회원 여러분들의 아낌없는 성원과 격려가 있었기에 문학회를 이끌수 있었다. 앞으로도 문학회 발전을 위해 아낌없는 에너지를 쏟아주기를 간절히 바란다."고 말했다.이날 모임에서는 또 올 가을로 예정된 제3회 윤동주문학제의 운영위원장에 서윤석 시인을 위촉하고 주제 발제자로 마크 피터슨 교수(브리검영 대학교) 등을 초청하기로 했다. 또 제4회 윤동주문예공모전과 '워싱턴윤동주문학' 제3호 발간 등에 대한 논의도 있었다. 〈정영희 기자〉

*워싱턴 윤동주문학회 제2회 〈최연홍문학상〉 수상 모임

– 박양자 시인 '최연홍문학상' 수상

올해의 '최연홍문학상' 수상자에 박양자 시인(메릴랜드 거주·사진)이 선정됐다.

박 시인은 '숨비소리'로 수상의 영예를 안았다. '숨비소리'는 해녀들이 물질할 때 숨가쁘게 내는 휘파람 같은 숨소리를 말하는 것으로, 제주도가 고향인 박 시인이 해녀의 삶을 형상화한 작품이다. 문학상은 올해로 2회째이며 심사는 최연홍문학상 운영위원회(위원장 백순)의 백순, 김행자, 권귀순, 노세웅, 서윤석 시인이 맡았다.

심사위원들은 "최연홍 시인은 자연과 인간 세상 그리고 영의 세계에서 인간 삶의 애틋한 모습을 시로 형상화했다. 박양자 시인의 시에서 최연홍 시인의 시 사상을 엿보는 듯하다. 매일 맞이하는 '머물다 떠나는' 하루를 '고요히 견디는' 자세가 인간 삶의 성실한 모습임을 노래하고, 더 나아가 인간이 죽음 후에 반드시 겪어야 하는 영의 세계에서 수직으로 올라가는 직선이 아니라 '지휘봉이 그리는 곡선'(레퀴엠)으로 인간 삶의 운명적인 모습을 음유하고 있다. 삶에 도사리고 있는 결핍과 고단함까지 살펴내는 발굴자로서의 착한 심성이 시의 곳곳에서 묻어난다."고 합평했다.

상금은 2천달러이며 시상식은 5월22일(토) 낮 11시 30분 설악가든에서 열렸다. 워싱턴 문인회에서 '작곡하는 시인'으로 잘 알려진 박 시인은 경희대학교 음대 작곡과를 졸업했으며, 1987년 이민 온 후 '워싱턴문학' 신인상 당선(1994), '문학과 의식' 신인문학상(2004)을 수상했다. 작품집으로 시집 '그가 꽃을 피워놓고 갔다'(2012)가 있다. 최연홍 시인의 시에 곡을 붙인 '숲속의 기도'를 비롯해 30여 명 시인의 시를 음악으로 작곡했으며 볼티모어 한국순교자성당 성가대 지휘자로 활동 중이다. 문의 kwiskwon@yahoo.com 〈정영희 기자〉

△아틀란타문학회 신년 축하회 및 월례회

봄...봄...봄...애틀랜타문학회 월례회 모습

애틀랜타문학회(회장 권요한)가 12일 정기월례회를 열고 봄에 대한 새 작품을 발표하는 시간을 가졌다. 이날 권명오 회원은 '봄의 찬가', 안신영 회원은 '생명의 봄이여!'를, 권요한 회장은 '봄의 길목', 조성일 회원은 '나는 불행한 아틀라스다' 등 회원들은 본인이 창작한 시와 수필을 낭독했다. 애틀랜타문학회는 지난 1989년 '한돌문학회'로 시작해 34년 역사를 가진 단체로, 꾸준히 시 문학지를 발행하고 애틀랜타 문학상을 제정해 한인 동포들의 등단을 돕고 있다.

△시애틀문학회
　- 신인문학상 시상식 및 한국문협 워싱턴 지부 설립 16주년 기념식

지난 11일 코엠 공개홀에서 시애틀문학 신인문학상 시상식 및 한국문인협회 워싱턴 지부 창립 16주년 기념식이 있었다.이날의 모임에는 창립 기념식과 회장 이·취임식 및 시애틀문학신인문학상 시상식을 함께 가

졌다. 이 에스더 수필작가의 사회로 진행된 이날 행사에는 김미선 회장을 비롯해 심갑섭·지소영·김준규 씨 등 서북미문인협회 전현직 임원과 수상자 가족 등이 참석해 새로운 임원진들에게 큰 축하를 보냈다.

정동순 신임회장

문창국 전임 회장

문창국 전 회장은 이임사를 통해 "지난 4년간 외형적으로 질적으로 협회 성장을 이뤘다고 자평한다"면서 "하지만 지난해 서북미문인협회와 통합을 논의하는 과정에서 몇 개월 많은 상처를 받았다"고 밝히고 "서북미문인협회가 통합의 문제를 회장인 저에게 일임했는데 이뤄내지 못한 것에 대하 이 자리를 빌어 사죄를 드린다"면서 "무엇보다 협회 임원들이 회장을 잘 도와달라"고 당부했다.

제9대 신임 회장으로 2년 동안 워싱턴 문협을 이끌게 되는 막중한 임무를 받게된 정동순 수필가는 취임 소감에서 "내부적으로는 소통이 잘 되어 회원들이 서로 격려하며 좋은 글을 쓰고, 외부적으로는 새로운 시대의 흐름에 맞는 문학적 교류로 활발한 협회가 되도록 노력하겠다"는 포부를 밝혔다. 정동순 회장은 "오늘은 7명의 신인 문학상 수상자가 나와서 협회의 새 식구를 맞아들이는 경사스러운 날이다."라며 기쁨을 드러내며 "전통적인 출판을 통한 발표뿐만 아니라 유튜브와 다른 온라인 매체를 통해서 작품을 전자출판 한다든지 하는 다변화를 생각하고 있다.” 고 했다.

시애틀영사관의 문화 담당 박경호 영사는 축사에서 대학시절 ‘문학청년’이었다고 말하고 “수상자나 문인협회 회원들의 작품이 피와 땀의 결실인지 잘 알고 있다”고 격려했다. 한편 이날 행사에서는 2007년 협회 설립부터 올해까지 16년째 한 해도 빠지지 않고 진행된 한국문인협회 워싱턴주 지부 신인문학상 공모 시상식에서는 7명의 신인 작가가 탄생했다.

올해의 대상에는 시 부문에 응모한 안예솔 작가의 ‘그런 밤’이라는 작품으로 수상과 함께 천달러 상금도 받았다. 현재 미국 공립학교 교사이면서 벨뷰 통합한국 학교 교사로도 활동 중인 안예솔 씨는 수상 소감에서 “이번 수상을 계기로 더 정리되고 본격적인 작품을 써보겠다”는 포부를 밝혔다. 시 부문 우수상에는 조현주 씨가, 가작엔 조현숙 씨가 차지했으며 수필 부문 우수상에는 한문희 씨, 가작엔 박금숙, 신고은 씨가 차지했다. 소설 부문 가작엔 서연이 씨가 차지했다. 2007년에 설립돼 올해 16번째 생일을 맞는 한국문인협회 워싱턴 지부는 그동안 전체 55명의 회원 중 32명의 회원이 본국 문단에 정식으로 등단하고 자신의 이름으로 저서를 가진 24명의 작가를 배출한 시애틀 지역 대표 문인 단체로 성장해왔다. <출처 : KBS-WA / 이윤석 기자>

* 시애틀 서북미문인협회 문학세미나

이송희 시인

“시인은 삶을 한번 더 뒤돌아본다”

서북미지역에서 가장 오랜 역사를 자랑하는 서북미문인협회(회장 김
미선)는 지난 3월 25일 오후 2시 페더럴웨이 한인회관에서 문학세미나를
개최했다. 이날 세미나의 강사는 시인이자 아동문학가로 서북미문인협
회 회원이자 미주 한국문인협회 이사, 한국디카시인협회 시애틀지부장
을 맡고 있는 이송희 작가이다. 시애틀지역에서 활동하고 있는 이 시인
은 시집『나비, 낙타를 만나다』와 동시집『빵 굽는 날』을 펴내기도 했다.
이 시인은 이날 자신의 시세계와 창작법에다 최근 한국문단에서도 새롭
게 떠오르는 '디카시'에 대해 설명했다. 〈시애틀코리안데일리〉

△ 오레곤문인협회 소식
 - 오레곤문인협회 큰 박수 속 창립 20주년 기념식

안현상 부총영사 등 100여 명 참석해 축하 보내
대상 송경애 씨 등 올해 응모 신인상 5명 수상 영광

오레곤지역 한인 문학의 산실로 우뚝 솟은 오레곤 문인협회(회장 김
혜자)가 23일 오전 11시 오레곤 한인회관에서 큰 축하를 받으며 창립 20

......

주년 기념행사를 가졌다. 시애틀총영사관 안현상 부총영사는 물론 시애틀에서 고경호 서북미문인협회 이사장이 직접 찾았고, 김헌수 오레곤한인회장. 이해진 밴쿠버한인회장, 임용근 전 오리건주 상원의원, 그렉 콜드웰 한국 명예영사, 김성주 비버튼시의원 등 100여 명의 축하객이 자리를 함께 했다.

김인자 총무(시인)의 사회로 진행된 기념식은 강재원 목사(온누리성결교회 담임)의 개회기도, 김혜자 회장의 개회사로 시작됐다. 이어 안현상 부총영사, 김헌수 오레곤 한인회장, 그렉 콜드웰 명예영사, 한국 <문학과 비평> 김현탁 대표, 김주혜 소설가, 고경호 서북미문인협회 이사장 등이 차례로 축사를 전했다. 오레곤문인협회를 창립을 주도했던 오정방 명예회장이 발기인 대표로 20년의 발자취를 되돌아보는 시간을 가졌으며 이경미 시인의 대독으로 축시가 낭송됐다. 바리톤 김석두 장로가 축가를, 지승희 한국전통예술단장이 축하 무용을 선보여 참석자들로부터 큰 박수를 받았다.

이날 기념식의 하이라이트는 협회가 창립 20주년을 맞아 특별기획으로 실시했던 '오레곤문학 신인상' 시상이었다. 임영희 심사위원장이 응모 및 수상 작품들에 대한 심사평을 한 가운데 이번 응모전의 대상 수상

자로는 시 부문의 송경애 씨가 차지했다. 송 씨에게는 당선 상패 및 500달러의 상금이 전달됐다. 송 씨는 이날 대상 당선작인 '아버지, 우리 아버지!'를 직접 낭송하기도 했다. 수필 부문에서는 홍정기 씨와 박선희 씨, 시 부문에서는 심재향, 서니 정 씨가 각각 가작을 수상해 상패와 300달러씩의 상금을 수상했다. 이어 참석자들이 '고향의 봄'을 합창하는 것으로 이날 기념식은 화기애애하게 마무리됐다. 협회는 특히 한인회관 바깥 잔디밭에 회원들의 작품, 그동안의 사진 기록, 출판된 <오레곤문학>지, 개인 편저 도서들을 전시했으며 참석자 전원에게 창립 20주년 기념 볼펜을 선물로 전달했다. 〈시애틀N=오정방 기자〉

△ 미주지역 문학단체 주요 행사 및 문학상 수상 소식

* 2023 부커상 최종후보작 『고래(Whale)』 Book Talk

▶ 일시 및 장소

6.8(목) 7PM/ Second Home Hollywood

6.11(일) 5PM/ Dallas Contemporary

▶ 주최: LA한국문화원, PEN AMERICA, Archipelago Books, Dallas Contemporary, Deep Vellum Bookstore & Publishing

LA한국문화원(원장 정상원)은 세계3대 문학상 중 하나인 영국 부커상 최종후보작에 선정된 한국 소설 『고래(Whale)』의 천명관 작가와 김치영 번역가를 초청해 6월 8일과 11일 각각 LA와 댈러스에서 북 토크 행사를 개최한다. 이 행사는 미국작가협회인PEN AMERICA와 『고래(Whale)』의 영문판 도서 출판사인Archipelago Books와 협력하에 진행되며, 댈러스에서는 댈러스 컨템퍼러리(Dallas Contemporary)미술관과 Deep Vellum Bookstore & Publishing이 함께 한다.

『고래(Whale)』는 산골 소녀에서 소도시의 기업가로 성장하는 금복과 그녀의 딸 춘희의 삶을 중심으로 다양한 인간 군상이 담긴 작품이다. 2004년 문학동네 소설상을 수상하고 10만 부가 팔리며 베스트셀러 반열에 오르기도 하였으며, 특히 방탄소년단(BTS) 리더 RM이 소셜미디어를 통해 언급하면서 많은 주목을 받기도 했다. 이번 부커상 심사위원단은 소설 『고래(Whale)』를 "한국이 겪은 역사적 변화를 조명한 풍자적 소설이라며, 놀라움과 기이한 해학으로 가득 찬 이야기"라고 평가했다.

이번 행사는 『고래(Whale)』의 장면 낭독, 작가와의 대화, Q&A, 도서 사인회로 구성된다. 먼저 6월 8일 오후 7시 LA세컨드홈 할리우드에서는 소설가이자 시나리오 작가, 영화감독으로 다양한 창작 활동을 하고 있는 한국의 천명관 작가와 LA에서 한국 도서 영문 번역가로 활동 중인 김치영 씨가 독자들과 만난다. 특히 LA 행사가 열리는 세컨드홈 할리우드(Second Home Hollywood)는 미국작가협회 PEN America가 소재한 곳으로, 작가, 도서 그래픽 디자이너들의 레지던스가 이루어지는 공간이기도 하다. 또한 천명관 작가는 6월 11일 오후 5시 텍사스주 댈러스 컨템퍼러리(Dallas Contemporary) 미술관에서 댈러스의 시민들과도 소통할 예정이다.텍사스주는 한인 인구로 전미 3위에 이르는 곳이며, 행사가 열리는 댈러스 컨템퍼러리 미술관은 다양한 문화예술 기관이 밀집한 문화지구로 한국 문화와 문학에 대한 신규 수요 발굴이 기대된다.

올해 5월 미국에 출간된 도서 『고래(Whale)』는 현재 아마존에서 판매 중이고, 행사 현장에서도 구매할 수 있다. 천명관 작가는 부커상 인터내셔널 최종후보작 선정 및 미국판 도서 출간을 기념하여 미 서부 지역 투어를 진행할 예정이며, LA 방문에 앞서 6월 7일 시애틀 공립 도서관(Seattle Public Library)에서도 독자들을 만날 계획이다.

LA한국문화원 정상원 원장은 "올해 천명관 작가의 『고래(Whale)』가 부커상 최종 후보작에 오르며 한국 문학의 위상이 세계 무대에 오르고 있다"며 "한국 문학의 새로운 매력을 알려 미국 독자층을 확대하고 하반기에 우수한 한국 작가와 번역가를 선보이는 다양한 프로그램을 추진할 계획이다."라고 전했다.

6월11일(일) 달라스 컨템포러리 센터에서 토크쇼를 마치고 참석자들과 함께 기념촬영

US·KNEWS· 〈특별기획〉 김홍신 작가 외 『길 위에 길을 내다』 영문판 발제대회

5월 22일(한국시간) 국회의원회관 귀빈식당에서 열린 이 행사는
미주한인이민역사 120주년 기념 행사중 일환이었다.

*미주문협 디카시 전시회

김호길 서각

*미주문협 '디카시와 서각 전시회' 알림

'디카시와 서각 전시회' 기사

손용상 작가의 디카시 '이 꽃'

* 김외숙 작가 한국의 '시와정신' 주최 제4회 해외문학상 수상!

– 당선작은 『경계를 넘다』 / 시상식은 10월 중 한국에서 있을 예정.

김외숙 작가

현재 캐나다에 거주하면서 미주 한미 문학아카데미 회원이기도 한 김외숙 소설가는 명지 전문대 문창과를 졸업했다. 1991년, 단편 <유산>으로 계간 <문학과 의식>을 통해 등단. 한하운문학상 / 한국 크리스천문학상 / 재외동포문학상 / 천강문학상 / 직지문학상 / 해외한국소설 문학상 등을 수상했다.

-저서로는 장편소설:『그대 안의 길』『아이스 와인』『유쾌한 결혼식』『그 바람의 행적』,『그 집, 너싱홈』

-소설집:『두 개의 산』『바람의 잠』『매직』

-산문집 :『바람, 그리고 행복』『춤추는 포크와 나이프』등 출간.

김 작가는 현재 캐나다 온타리오주의 작은 마을, Niagara On The Lake 에서 목회자인 남편 James Hills와 살며 집필활동을 하고 있다.

*미주카톨릭 미술가 회 10인 그룹전 "희망의 속삭임"

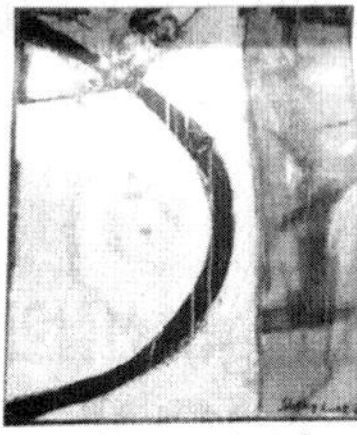

△ 미주지역 문인 단행본 출판 소식

*『시간의 선물』

김일홍·김사빈·정해정·양민교·홍영순·김정숙
해드림출판사

모든 사람이 쉽고 재미있게 읽을 수 있게 썼습니다! 이번 미주아동문학 6인 작품집 『시간의 선물』은, 태어나서 초등학교 졸업할 때까지의 어릴 적 이야기를 꾸밈없이 썼습니다. 기쁘고 행복한 이야기, 무섭고 슬픈

이야기를 진솔하게 썼습니다. 칠팔십 년 전으로 돌아가 글을 쓰다 보니 그동안 한 번도 쓰지 않았던 말들이 생각났습니다. 어떤 말들은 사전을 찾아도 없는 말들과 기억이 희미한 이야기들은 고향에 있는 형제들에게 물어가며 쓰기도 했습니다. 어린이로부터 노인들까지 모든 사람이 쉽고 재미있게 읽을 수 있게 썼습니다. 코로나바이러스는 우리에게 '노약자이니까 집에 있으라.'라고 겁을 줬지만, 우리는 [추억 전용기]를 타고 칠팔십 년 전 고향으로 여행을 다녀왔습니다. 오랫동안 타국에 살던 우리는 이번 글을 쓰면서 마음의 치유가 되었습니다. 움츠러들었던 마음에 용기가 생기고 활기를 되찾았습니다. 계속 글을 창작할 힘도 생겼습니다.

* 『뇌 신경과학으로 본 마음과 문학의 세계』

– 재미 의학박사 겸 소설가. 연규호 박사의 인간의 뇌와 문학 창작의 연관성을 연구한 인문 과학 서적 / Neuroscience-Mind & Literature

한솔 Lepo · 조석진

〈작가 소개와 작품〉

연세의대 졸업, 미국으로 건너가 미국 내과 전문의(ABIM) 신경과 은퇴 / 장편소설 『투탕카멘의 녹슨 단검』…등 장·단편 소설 다수 / 한국소설가협회 제6회 해외한국소설문학상, 제22회 미주문학상, 제5회 미주펜문학상, 제2회 재외동포문학상, 청하문학상, 연세의대 총동창회 공로상 / 미주소설가협회 회장 역임,미주한국문학아카데미 회원

* 정종진 단편소설집 『달 속에 박힌 아방궁』

정종진 소설가

〈정종진 소설가〉

미주 중앙일보 공모 소설 당선(2007년) /한국산문 수필 공모 당선(2010년) 경희 해외동포 소설 우수상(2010년) / 서울 문예창작 소설 금상(2013년) 재외동포 소설 우수상(2014년) Chicago Writers Series에 초청되어 소설 발표 Event 개최(2016년) 국제 PEN 한국 해외작가상(2016년) / 제8회해외한국소설문학상(2023) 국제 PEN 회원, 한국문협 회원, 한국소설가협회 중앙위원 시카고 문인회장 역임, 시카고 문화회관 문창교실 Instructor / 현 미주문협 이사

단편소설집 『발목 잡힌 새는 하늘을 본다』『소자들의 병신춤』 중편소설집 『나비는 단풍잎 밑에서 봄을 부른다』수필집 『여름 겨울 없이 추운 사나이』『지구가 자전하는 소리』『눈물 타임스 눈물』

* 정종환 시집 『The Islands Are Not Lonely』

"꿈이 하나 있습니다.
그 꿈은 욕심이 아닌 사랑입니다.

그래서 50년 넘게 시를 쓰고 있습니다.

나 자신과 나의 사람들,

내가 속한 사회를 소중히 여기고 있습니다.

그리고 이러한 것들이 이 시집의 바탕입니다.

많은 사람은 외롭게 살아가고 있습니다.

그러나 흔들리는 바다 아래 섬들은 연결되어 있습니다.

고통을 겪는 우리 또한 서로 연결되어 있습니다.

만일 우리가 서로를 좀 더 깊이 들여다본다면.

이 시집은 당신이 연결되어 있음을 느끼도록 하려는 노력의 결과물입니다.”

Many people are living lonely. But as the islands under the rocking sea are connected, we who suffer are also connected to each other if we look into each other more deeply. This poetry is the fruit of an effort to make you feel connected.

정종환 시인

* 곽설리 소설가의 연작소설 『칼멘 & 린다 이야기』 출간

곽설리 소설가

* 석정희 시인 시집 『내 사랑은』 출간

석정희 시인

　　석정희 시인의 시집 『사랑은』은 문학이 외면받는 시대라는 말은 시인 석정희와는 무관함을 알게 하는 시집이다. 시간이 흐르고 세월이 흘러도 현실을 보는 마음은 그대로임을 알았다. 세속적 물욕에 대한 저항, 평생의 시간을 이웃 사랑과 가족에 대한 헌신으로 살아온 시인, 신앙의 힘으로 써내려간 행간 행간에서 시인의 기억들이 회상으로 남았다. 시문학의

……

큰 별로 자리할 그녀의 문운을 기원한다. -새한일보 논설위원, 현대시인 협회 시인 이현수

*주숙녀 시집 『그는 어디에』 출간

주숙녀 시인

이 시들은 내 마음자리다. 가장 조촐한 말로 나의 속내를 소박하게 드러내려고 애썼다. 그와 나의 훈훈한 이야기일 수도 있고 나의 웃음이나 울음일 수도 있다. 나를 견디는 수단으로 쓰인 것이다. 진솔한 자기를 쉽게 쓰는 것이 시일 것이라는 생각에서 말이다. 그가 6피트 땅 밑으로 안치되던 날은 함박눈이 소나기처럼 쏟아졌다. 눈이 내리면 술 취한 듯 들뜨는 나를 잘 알고 있는 그는 나에 대한 마지막 배려로 폭설이 내리는 날을 자기의 장례 날로 마련하였으리라는 생각이 든다. 지금도 그의 옷장을 열면 눈송이가 우르르 몰려나온다. 그래서 "내 가슴엔 사철 눈이 내린다" 눈에 매료하는 나를 이해라도 한다는 듯 언제 철이 들 거냐고 빙그레 웃어주는 그가 늘 내 곁에 있다. 이 시집은 그를 보내고 십오 년간 모은 내 마음의 조각들이다. 때문에 대부분의 시는 그에게 보내는 이야기이다.(작가의 말 중에서) / 2023년 정월 정숙녀 (미국명 주숙녀)

* 오문강 시인 시집 출간 『선생님 꽃 속에 드시다』

오문강 시인

_오문강 시인의 작품들은 일견 일상의 소소한 경험들을그려놓은 것 같지만 마치 물 한 방울에 세계를 담듯이 삶이라는 문제를 숙고하게 한다.

평이한 듯한 진술 속에 시인의 비범한 성찰적 시선과 태도가 돋보인다.   - 방민호(서울대 국문과 교수. 평론가)

* 신혜원 시인, 수필가 『이 아침을 어찌 넘기랴』 출간

1981년 도미 후 개척교회 목사 사모로서 일하면서 글쓰기를 시작해 2013년 재미시인협회, 재미수필문학가협회 신인상으로 각각 등단한 시인, 수필가 신혜원의 문집이다. 글쓰기의 시작을 알린 사모칼럼 13편과 시 13편, 동시 3편, 스리고 사모로서 이민자로서 시련과 그 극복의 과정을 담은 수필 32편을 한 권으로 였었다. 특정 장르 하나만을 내세우지 않고 문집 형식이 갖는 다채로움으로써 70년 생애, 40여 년의 이민생활을 생생하게 보여주면서 문학적 감동까지 전한다

신혜원 작가

〈작가 소개〉

본명 김혜원, 1954년 서울 출생. 금란여고와 서울간호전문대학 졸업. 성바오로병원에서 3년 근무. 영화초등학교 양호교사를 하다 신종락 전도사와 결혼.1981년 미국으로 이민. 두 아들을 낳음. LA에서 '새싹 어린이교실'을 8년간 운영. 샌버나디노와 LA에서 남편의 목회를 돕는 사모로 지냄. 2010년부터 9년 동안 LA 올림피아요양병원에서 소셜서비스 일을 함. LA 유아교육과 단국대 미주문학아카데미를 수년간 수료. 2013년에 재미시인협회, 재미수필문학가협회 신인상으로 각각 등단.

* 캐나다 문인 홍성자(헬렌 홍) 수필가 3번째 수필집 출간

– 『우리가 오르는 산』

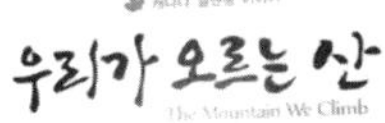

홍성자 수필가

〈작가 소개〉

1950년 충남 보령 출생. 1991년 캐나다 이민. 현재 토론토 거주.

열린 문학상(수필) / 캐나다 한인문인협회 신춘문예상(수필)

경희해외동포문학상(수필)

국제 펜 한국본부 회원.한국문인협회 회원

저서: 수필집『따뜻했던 화면』

『내가 찾던 인연』/『우리가 오르는 산』

*『바늘을 잃어버렸다』 이월란 시집 출간

이월란 시인

[시인의 말]

많은 말이 필요했던 때가 있었다. 이제 설명하지 않아도 될 것 같다.

[추천글]

이월란의 신작시집인『바늘을 잃어버렸다』에서는 기존의 작업을 확장하면서 새로운 주제들을 들여오고 있다. 이는 1988년 이월란이 도미하여 유타에서 시적 작업을 이어온 이래 시인을 둘러싸고 있는 세계의 변화와도 깊은 연관이 있다고 판단된다. 우선 그녀가 사는 미국에서 그 어느 때보다 이주의 문제에 대해 민감하게 생각하고 그에 대한 갈등이 첨예화되어 왔기 때문이다. (중략) 전대미문의 팬데믹이 세계를 휩쓸었던 이후 아시아인 혐오범죄로 인해 아시아인들이 폭행을 당하거나 심하면 목숨을 잃는 사건들이 발생 했다. 그와 더불어 2016년 전 세계적 미투 운동 이후 페미니즘의 확장을 통해 이주민 여성이 겪어왔던 차별과 고통에 대한 조망이 나타났다. 아시안 여성 디아스포라를 다룬 파친코나 미나리가 미국에서 주목을 받았던 것은 이를 반증한다. 이러한 변화들은 이월란의 시적 여정에서 우리의 이미지 속에 각인된 다양한 경계들을 주목하게 만든 것으로 보인다. - 김학중(시인)

* 박경숙 장편소설 『한 여자를 사랑하였다』

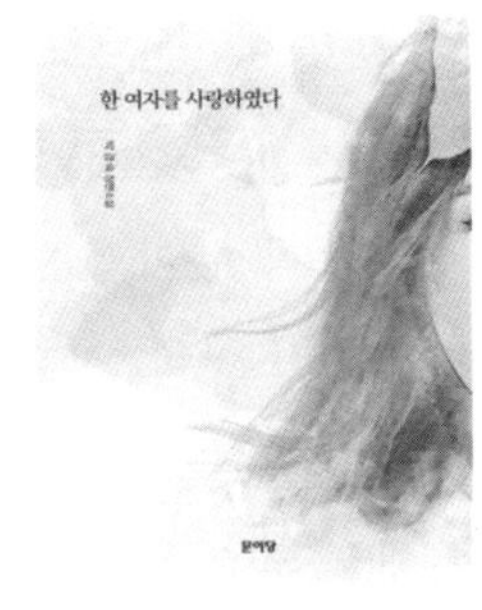

박경숙 작가

예수는 말하었다. 네 이웃을 네 몸과 같이 사랑하라고. '사랑의 실천'을 전도 여행 내내 부르짖었던 예수의 말씀을 따라야 하는 것이 천주교 사제다. 사제가 종신 서약을 할 때 신과 약속하는 것이 있다. 이성을 탐하면 안 된다는 것은 약속 이전의 불문율과도 같다. 그러나 사제는 남성이기에 아름다운 여성 앞에서 마음이 흔들리는 것은 인지상정이다. 그 여성과 영혼의 교감이 이뤄진다면 사랑을 몸으로 확인하고 싶은 것, 또한 당연한 일이다. 재미작가 박경숙이 출간한 장편소설 『한 여자를 사랑하였다』는 2015년 이민 문학의 새로운 지평을 열었다는 호평을 받은 장편소설 『바람의 노래』 이후 8년 만에 출간한 작품이다. '오래전이었다. 이 소

한솔 Lepo · 조석진

설을 처음 썼던 때가……. IMF로 세상이 온통 어수선하던 시절, 나는 회색 터널에 갇힌 듯 하루하루 이 소설을 써 내려갔다. 내가 나를 견디는 숙련 기간이었고, 어쩌면 그 어려운 시간 속에 내가 살아가는 방식이었다. 돌아보니 그때만이 쓸 수 있는 소설이다.' 작가의 말에서 밝혔듯이 이 소설이 완성되기까지는 이십수 년이 걸렸던 작품이다.

이 소설은 사랑이다. 사랑할 수 없는 사람을 사랑한다는 것은 반드시 고통이 따른다. 그 사랑을 회상하고 그리워하며 그의 부재로 슬퍼하지만, 이미 모든 것은 흘러가 버렸고 다시 그때로 돌아갈 수 없음을 안타까워하는 것이다. 교포 화가 윤희림을 사랑하게 된 미국 파견 사제 탁민영 신부의 이야기는 금기를 깼다거나 불륜이니 타락이니 하는 말을 할 수 없게 한다. 탁 신부는 흡사 햄릿처럼 방황을 계속하였고 희림은 오필리아를 방불케 한다. 살인자 미혼모의 아들이라는 천형을 지니고 태어난 탁 신부와 자식을 일찍 잃고 남편과 헤어져 세상을 등진 채 살아가는 희림은 마음으로 만나 몸으로 맺어지지만, 민영이 사제의 길을 계속 가는 한 그 사랑은 '이루어질 수 없는 사랑'이다. 독자는 이 소설을 읽으면서 예수가 막달라 마리아에 대해 어떤 감정을 가졌을까 계속 묻게 될 것이다. - 이승하(시인 · 중앙대 교수)

△ 미주지역 문인 별세 소식
  - 변재무 시인 2023년 4월 30일 소천

5월 11일 목요일 오전 11시 오렌지 가나안 장로교회*천국 환송 예배가 있었다. 지역 문인 약 20여 명 참석, 고인의 명복을 빌었다.

*캐나다 토론토 거주 박성민 소설가 겸 시인 별세

토론토 박성민 시인 68세로 별세

본보 필진으로 주옥같은 시 작품 연재

토론토의 실력파 문인 (시인·소설가) 박성민 씨가 암투병 중 지난 8일(토) 별세했다. 향년 68세.

고인은 토론토대학교 영문과 졸업 후 외길작가의 길을 걸으며 장르를 넘나드는 활발한 작품활동으로 토론토 한인문단에 격조높은 작품들을 선사했다. 본 〈부동산캐나다〉에도 장기간 시작품을 연재했다.

고인에 대해 많은 한인문인들은 '문학적 재능과 작가정신을 유감없이 보여주었고, 특히 캐나다내 한국문학을 영문으로 소개하리라는 큰 기대도 갖고 있었다'며 '세속적인 출세나 돈과는 거리가 먼 문학 외길을 걸어온 그는 진정한 문인이셨다'고 기렸다.

문학적 이론과 창작력을 겸비한 고인은 그동안 '어머님의 방', '이제 남은 건', '블루어 연가 등의 시집과 '겨울바람이 말했지' 등 2편의 동인시집, 소설집 '캐비지 타운' 등을 펴냈다.

고인은 지난 12일 노스욕 York Cemetery에 안장됐다.

지난 5월 8일 캐나다 토론토 거주 박성민 소설가 겸 시인이 암 투병 중 별세했다. 향년 68세. 박 작가는 경동고를 거쳐 토론토 대학 영문과를 졸업하고 소설과 시를 망라, 실력파 문인으로 토론토 한국일보 필진으로서 지역 문단에서 활약했다. 선배이고 동료인 소설가 강기영 작가, 홍성자 수필가, 오윤미 수필가 등이 고인의 명복을 빌며 떠나는 박 작가를 함께 환송했다.

......

| 세계선교기행 1. 〈남미편〉 |

과테말라 / 못 박힌 예수님의 발을 보다

조 형 숙 (수필가/ LA 거주)

과테말라 위치

과테말라 국조인 *케찰

익숙했던 하늘이 새 땅에 발을 딛고 섰을 때 새로운 하늘이 되었다.

밤 11시 20분에 출발하여 캄캄한 밤하늘을 5시간 날아 과테말라에 도착했다. 멀리서 동이 트이는 붉은 햇살의 황홀함을 버릴 수 없어 새벽 창문 살짝 열고 사진 한 장 남겨 두었다. 창가에 앉을 수 있는 행운으로 구름 위를 나는 신비함을 더 가까이에서 느낄 수 있었다.

아침 해를 타고 서서히 보이는 과테말라의 지붕들은 한국의 60~70년대의 느낌을 주었다. 죽 늘어선 주택을 보며 우리나라도 저렇게 지낼 때가 있었는데 생각하고 있는 순간, 거대한 비행기의 날개는 세 개의 문짝을 위로 올려 바람에 저항하고 있었다. 그리고 비행기는 서서히 순조로

......

운 숨을 쉬며 과테말라의 땅으로 들어섰다.

멀리서 본 안티구아 전경

12명의 과테말라 컴패션 선교팀이 드디어 기다리던 여행을 떠났다. 컴패션의 본부는 콜로라도에 있고 본부에서 파송한 조영훈 목사는 시애틀에서, 컴패션 봉사자인 미셸은 미네아폴리스에서 떠나 우리 팀에 합류했다. 아침 6시 30분 과테말라 시티 공항에 도착 후 과테말라 컴패션 센터에서 나온 Juan, Gloria, Alejandra에게 안내를 받았다. 새벽 거리는 복잡하고 버스 정류장에는 많은 사람들이 줄을 서 있었다. 이유는 학교가 일찍 시작하여 일찍 끝나고, 직장도 멀리 가는 장거리가 많아 일찍 서두르지 않으면 트래픽으로 힘들다는 것이다.

과테말라 시내에는 도둑이 많다 했다. 쇼핑몰의 문 앞에는 두 명씩의 경비원이 완전무장을 한 채 서 있었다. 아주 작은 마켓조차도 같은 상황으로 치안이 좋지 않다는 것인데 우리는 별다른 일은 보지 못했다.

빵을 직접 구워내는 큰 식당에서 아침 식사를 하고 컴패션 사무실에 들러 서로를 소개하고 함께 찬송하고 예배를 드렸다. 예배 후 세부적으로 하는 일들을 각 부서에서 자세하게 들을 수 있었다. 사무실에서 일하는 직원들은 모두 열성적이고 진솔된 모습으로 여러 가지 일을 설명해 주었다.

또르띠아를 굽는 엄마와 큰 누나

돕는 아동은 보통 어린 나이에 시작해서 18세까지 돕는데 우리가 돕는 비용의 80%를 아동들이 받을 수 있다니 후원기관 중 최고의 도움을 준다는 의미가 된다. low income 가정과 빈곤한 가정의 아이들이 컴패션에 신청해 놓았다가 후원을 받는다고 했다. 치카치스라는 피자식당에서 후원받는 아동과 후원자들이 만났다. 처음보는 사람들이지만 주는 마음과 받는 마음이 사랑으로 연결되어 있어 반갑고 눈물겨운 만남이었다. 주어진 3시간을 함께 보내고 아쉬운 헤어짐을 했다.

우리 일행은 다음 목적지 코반이라는 도시로 떠났다. 거리는 주차장을 방불케 하고 차들은 아주 낡아 있었다. 중고차를 사다가 수리해서 쓴다고 했다. 새 차들이 자꾸 쏟아져 나오니 이런 곳이 없다면 어떻게 소비할 수 있을까, 라는 생각도 든다. 깊은 계곡의 비탈을 따라 내려가며 양철지붕과 시멘트 블록으로 담을 쌓은 집들이 위태롭게 서 있다. 일 년 중 6개월은 열대성 비가 내린다고 한다. 나무와 풀은 푸릇푸릇 잘 자라고 초록의 천지였다. 소나무와 도토리나무가 바위를 타고 올라가는 길은 마치

굽이굽이 돌아가는 한국의 설악산 길을 닮아 있었다. 5시간을 꼬불꼬불 돌아 도착한 곳은 아주 작고 예쁜 마을의 숙소였다. 어느 부자가 이곳에 호텔을 짓고 휴양지로 쓴다고 했다.

　다음 날 방문한 컴패션 센터는 넓고 깨끗했으며 분위기는 활발하고 밝았다. 아이들과 교사들이 문 양쪽에 나누어 서서 버스에서 내리는 우리를 하나하나 환영해 주었고 악수와 허그로 교실에 안내되었을 때 과테말라의 전통 악기인 마림바를 9명의 아이들이 힘차고 경쾌하게 연주했다.

컴패션 센터의 아이들

　학교 이름이 'Rabi'였고 19명의 자원봉사자가 일하고 있었다. 학생들은 3세에서 17세까지 Level대로 나누어 교육하고 있었다. 강당은 하나님 사랑의 날개 아래 있었고, 후원하는 우리와 동역하는 봉사자들이 함께 만날 수 있어 기뻤다. 또 교육의 현장을 직접 볼 수 있어 정말 감사하고 행복했다. "말로 할 수 없는 큰 것을 주신 예수는 우리 하나하나를 귀하다고 말씀하십니다. 예수는 당신들이 정말 귀하고 놀라운 사람들이라고 말씀하십니다. 우리는 계속 당신들과 함께 사랑 나누기를 원합니다. 사랑합니다."라고 말하는 봉사자들과 서로 어깨동무로 기도했다. 그리고는 껴

안고 진정한 사랑을 느끼며 울었다. 선교는 사람이 하는 것이 아니라 하나님의 사랑이 우리 영혼을 뜨겁게 하는 것이로구나! 이곳에서 봉사하는 분들이 참 선교사로구나! 라고 생각했다.

두 번째 학교는 'Iglesia Del Nazareno'로 교회에서 운영하는 'Torre Fuerte' 실업학교였다. 조금 큰 아이들이 각 분야의 직업을 위한 기술교육을 받고 있었다. 학생도 교사도 조금 의젓하고 성숙해 보였다. 컴퓨터교실, 전기기술반, 꽃꽂이반, 요리교실에서 배우며 실제로 배운 기술로 일하고 있는 아이들도 있었다. Elmel이라는 이름의 디렉터는 프로그램 코디네이터로 일하다가 디렉터가 되었는데 후원자들에게 "너무 감사하다. 컴패션의 후원자들이 학생들의 삶을 터치해주고 아이들의 전인적인 부분까지 도움을 주고 있으며 많은 아이들이 술과 마약을 하고 있는데 컴패션을 통해 구원을 받고 사회에 쓰임 받는 일꾼이 되고 있다."고 강조한다. 너무 고마운 일이 많아 말문이 막힌다고 말하는 디렉터의 눈에서 눈물방울이 떨어진다.

컴패션에서 후원받는 7살 크리스의 집을 방문했다. 부모와 9남매가 살고 있는 집은 도로에서 한참을 올라가야 하는 언덕 꼭대기에 있었다. 가파른 길을 가족은 매일 오르내린다. 낮에도 미끄러질까 두려운 길을 엄마는 밤일을 마치고 어둠 속을 더듬어 집으로 오른다. 나무판으로 만든 두 개의 침대에서 아이들이 나누어 자고 아버지와 큰아들은 바닥에서 잔다. 매일 90개의 또르디아를 만들어 팔면 5불의 수입이 생긴다고 했다. 돈이 필요한 엄마는 시내에 나가 대문을 두드려 청소일을 찾는데 그것도 5불을 넘지 못한다. 남편은 집 주위에 옥수수와 아보카도 토마토를 심어 식구들을 먹인다. 우리는 가족과 빙 둘러서서 9명의 아이들이 훌륭한 사람이 되기를 한마음으로 기도했다.

마지막 날에 내가 후원하는 Keyla Marleny를 만났다. 6살에 후원은 시작했는데 12월에 10살이 된다. 케일라의 부모는 농사를 짓고 있으며 딸이 5명인데 모두 공립학교를 다니고 있다. 케일라의 꿈은 의사가 되는 것이고 열심히 공부하여 꼭 의사가 되겠다고 한다. 큰언니와 센터의 디렉터가 함께 나왔는데 아이들은 예수를 굳게 믿고 진심으로 사랑하고 있었다. 눈은 사랑스럽고 신중한 마음을 가지고 있는 아이였다. 안고 있어도 또 안아주고 싶었다. 떠나는 버스를 향해 계속 손을 흔들고 버스가 방향을 바꾸면 또 다른 쪽 유리창 앞으로 달려와 손을 흔들었다. 몸은 헤어졌지만 그 아이와 나는 컴패션으로 연결되어 있어 오래도록 교제하고 사랑을 나눌 수 있어 참 좋다.

과테말라 초등학교의 어린이들

과테말라 선교여행은 특별한 의미와 보람을 주는 여행이었다. 나는 찬양 선교로 많은 나라를 찬양하며 여행했다. 언제나 감동을 받고 하나가 되는 경험을 하지만, 돌아오면 그들과는 추억 속의 한 페이지가 되어 있을 뿐이었다. 그러나 컴패션은 많이 다르다. 내가 밟은 새 땅에서 내가 후원하는 아동을 직접 만나고 어떻게 자라고 있는지 모습을 보았고, 꿈을 나누었다. 자라는 모습을 볼 수 있고 계속해서 교감하며, 기회가 있을 때 도울 수 있다. 내 가정과 마를레니의 가정이 하나가 된 것이다. 바로 이 점이 다른 선교와의 차이점이다. 봄에 멕시코 선교를 다녀온 후에 느낀 선교의 의미와 보람을 잃고 싶지 않았다. 이대로 나이가 들어간다면 내 삶의 의미가 무엇인가 생각했다. 세상 살 동안 선교의 일을 하고 싶은 마음이 간절했고, 마침 컴패션에서 6살의 Keyla의 사진을 보내왔을 때 보고 싶은 마음이 뜨겁게 일어났다. 곧바로 과테말라 선교를 신청했다. 이제 컴패션의 운영과 시스템을 자세하고 확실하게 알았고 또 확신을 가지고 알려줄 수 있어 나의 일생에 아주 큰 보람이 될 것이다. 다녀오면 피곤할 것이라는 생각은 하나의 편견이었다. 더 건강하고 자신감 넘치는 모습으로 일상을 시작한다. 행복하다고 세상에 외치고 싶다.

산토도밍고 수도원 안 마야 공법의 벽

다음 날 아침 일찍 과테말라에서 한 시간 거리에 있는 옛 수도 안티구아로 갔다. 안티구아 (AntiguaGuatemala)는 스페인에 의해 1543년 3월 10일에 건설된 세 번째 수도이다. 200년을 번성하던 안티구아는 16번의 지진과 홍수로 1773년 7월 29일에 없어지게 되었다. 안티구와는 아메리카에서 가장 아름다운 도시 중 하나로 꼽혔다. 웅장한 화산 아구아(Agua)와 푸에고(Fuego), 아카테낭고(Acatenango) 사이에 자리 잡고 있어 아늑하고 아름다움을 자랑한다. 과테말라는 Old Tree라는 뜻이고, 네 번째 수도였다. 스페인의 식민지로 250년을 지냈다.

또 하나, 스페인 식민통치 시대의 건축물을 대표하는 산토도밍고 수도원은 지금은 오성호텔로 쓰이고 있다. 화려한 역사적 건물과 화산으로 힘겨웠던 세월을 고스란히 담고 있다. 벽돌을 사용하면서도 일반 돌을 사이사이에 집어넣고 회반죽을 써서 습도와 온도를 조절하는 공법을 썼는데 이것은 마야 시대의 피라미드공법을 그대로 살린 것이라고 한다. 무너진 담이나 그들이 쓰던 부엌, 죽은 자의 해골이 그대로 간직되어 있었다. 특히 시간이 되면 은은하게 퍼지는 차임벨의 늘어진 모양이 화려했다.

산토도밍고 뒤편에 있는 전망대 입구에는 나무로 조각해 만든 큰 못이 박힌 예수의 발이 있다. 보는 순간 모두의 가슴이 뭉클하고 숙연해지면서 사진으로 남기고 싶어 줄을 섰다. 전망대의 식당은 유리벽으로 되어 있어 물이 솟구쳐 올라와 홍수를 이루었다는 물화산을 아주 가까이에서 보는 것이 가능했다. 물화산으로 힘이 들었을 그때를 잊은 듯 아주 깨끗한 모습으로 변해 있었다. 하늘은 세상에서 제일 푸르고 아름다운 코발트 색깔이었다. 해가 뜨자마자 보아야 잘 보인다는 물화산의 봉우리를 서둘러 올라온 덕분에 볼 수 있었다. 자갈로 만들어진 도로(cobblestone)와 풍경이 잘 어우러지는 언덕길을 내려오면서 볼 수 있는 주택들은 스페인 특유의 지붕 색과 건축물이었다. 스페인의 부자들이 은퇴 후에 와서 살고 있는 동네라고 하는데 아주 평화롭고 귀티가 났다. 오래전에 합창연주로 갔었던 스페인의 똘레도 작은 골목들의 돌길이 생각났다.

못 박힌 예수님의 발

내려오는 길에 큰 십자가 언덕(Carro de la Cruz)으로 갔다. 안티구아 전경을 한눈에 내려다볼 수 있었다. 세계 최초의 계획도시인 이곳의 도로는 방사선형이 아니라 바둑판 모양으로 잘 정리가 되어 있고, 유럽풍의 깨끗한 집들이 나란하게 서 있었다. 화산과 홍수 (온 사방이 물에 잠기었다가 물이 빠지는 데 4일이 걸렸다고 한다) 를 이겨내고 복원하여 아름다움을 다시 찾았다고 한다. 저 멀리 병풍처럼 둘러쳐진 물화산을 볼 수 있었다.

카프치나 수녀원은 수도원과는 비교할 수 없이 작고 허술하다. 둥그렇게 둘레를 쌓아 축대를 만들고 매끈한 돌을 드문드문 얹어 놓아 빨래를 할 수 있게 만든 빨래방은 긴장 속에 사는 수녀들의 유일한 웃음과 대화의 장소일 것 같았다. 원기둥 모양의 큰 돌기둥이 빨래방 옆에 있었다. 벽을 빙 돌아가며 사람이 서 있을 만큼의 크기로 공간을 만들어 놓았다. 잘못을 저지른 여인을 공간 안에 세워놓고 두 손을 사슬로 묶어 숨이 질 때까지 그대로 두었던 곳이다. 끔찍했쭈.

Central Park는 현지주민과 여행자들이 북적거리는 공원이다. 손에 가득 어깨에 가득 물건을 들고 공원을 누비며 장사를 하는 사람들로 번잡하고 분주하다. 과테말라의 국조인 *케찰로 만든 키고리가 가장 많이 눈에 띄고 아주 작은 비즈로 만든 목걸이가 많았다. 거절을 해도 끝까지 따라붙어 열정적으로 사달라고 강요한다.

안티구아 전경이 한눈에 보이는 큰 십자가 언덕

스페인 식민지 시절 5개국(멕시코, 과테말라, 온두라스, 엘살바도르, 니카라과)를 통치하던 총독 관저를 지금은 시청으로 사용하고 있다. 공원은 시청 앞 광장에 있다. 건물의 문들은 쇠로 만들어 위험에서 안전을 도모하고 있다.

인구 3만의 안티구아는 작은 도시지만 옛 왕국의 수도답게 곳곳에 유적이 있다. 복원 중인 대성당은 동쪽을 향하여 세워져 있고 서쪽에는 상가를 만들고 남쪽과 북쪽에는 중앙청사를 세웠다. 공원 중앙에 분수대에서는 종일 물을 뿜어 올리고 있었다. 근처에 있는 필라델피아 커피 농장을 들렀다. 커피나무는 아주 낮게 자라는데, 꼭 암수가 있는 나무 밑에서 자란다고 한다. 나지막하게 모여있는 커피나무를 처음 보았다. 온화하고 따사로운 정원에서 잠시 휴식을 하고 그들의 전통시장을 돌아보는 것으로 우리의 여정을 마쳤다.

*케찰은 국기의 중앙에 그려있는 새다. 화폐의 단위로도 쓰이며 신성한 새로 여겨 성조라고 하고 국조라고도 한다. 만일 어떤 사람이라도 잡거나 죽이면 그 벌이 크다고 한다. 30년형을 받는다고 한다. 케찰에는 슬픈 전설이 있다. 끼체족의 왕인 떼꾼우만(Tecun Uman)이 스페인 군대에 대항했으나 활과 창으로는 총을 이길 수가 없었다. 스페인의 총에 맞아 붉은 피가 흘러내리는 왕의 심장을 작은 새가 머리와 온몸으로 막았다고 한다. 그 새가 케찰이고 새의 가슴 색깔은 왕의 피로 아주 진하고 붉다.

조형숙 (수필가 / LA거주)
서울 출생
미주 문학 신인상 수필 등단
그린 에세이 수필 신인상
미주 한국문인협회 이사
미주 한미문학아카데미 회원
LA 거주 이메일:chorebecca92@gmail.com

| 문명기행 |

상전벽해(桑田碧海)의 Dubai와 Abu Dahbi

이 관 용 (시인, 한솔문학 고문)

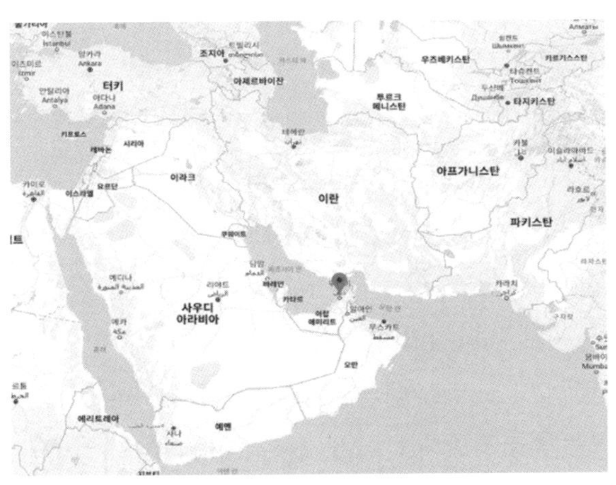

상전벽해(桑田碧海)란 지난날 울창한 뽕나무밭이 지금은 푸르고 넓은 바다가 되어 버렸다는 자연적이나 인공적인 작용에 의해 세상사가 눈에 보이는 것, 마음에 담겨있던 산천의 무상한 변화를 놀라움과 탄식이 함께 포함되어 표현되는 용어라고 본다. Dubai와 Abu Dahbi가 이렇게 세계 무역과 금융 그리고 아랍권의 부호들의 휴양지로 변할 줄은 정말 꿈에도 몰랐다.

중동 건설 붐이 시작되던 비교적 초창기인1978년 6월의 어느 날 Bahrain "무하라크" 공항에 Swiss Air Line에 탑승하고 도착한 후Saudi Arabia 동부지역 Dahran Air Port로 이동하기 위하여 소형 푸로펠러 경

비행기로 환승했다. 눈에 보이는 풍경은 Persian Gulf 연안의 맑고 아름다운 바다와 벌거벗은 무더운 사막 지대뿐이었다.

당시의 공항 활주로는 Asphalt 포장으로 깔려 있었고 뜨거운 태양열로 달구어진 열기가 숨을 몰아쉬게 했다. 공항버스도 Aircon이 없어 불밭 위의 용광로 같았다. 당시의 중동은 Persian Gulf을 사이에 두고 이란과 사우디아라비아만 규모 있는 국가로 기억하고 있었고 Bahrain,Qatar 등은 토후국이라 해도 사우디의 변방 섬 정도로 인정되었고, 당시로는 석유 매장 사실도 모르던 아주 가난한 유목민들이 천막을 치고 양 떼를 키우며 살던 곳이었다. 지금은 Concrete로 포장된 고속 도로망이 거미줄처럼 연결되어 있지만 처음 도착했던 그 지역은 그야말로 토후국이라기보다 부족들끼리 모여 사는 촌락에 불과했다.

더구나 U.A.E(아랍 토후국)은 지금은 막대한 석유자금으로 Dubai가 첨단 허브 도시로 비약적인 발전을 거듭했고 Abu Dhabi도 자동적으로 함께 세계적 첨단 도시로 발전하며 토후연합체가 국가적 정치·경제적 연합 토후국으로 발전되어 나가며 사우디아라비아의 영향권에서 독립적 지위를 유지하며 세계 국가들과 외교관계를 독자적으로 수립해 나갔다.

DUBAI가 먼저 개발계획을 추진했으나 사실상 석유는 Abu Dhabi 지역에만 매장되어 있고 7개 토후국으로 U.A.E가 구성되어 있으나 아부다비가 면적도 제일 크고 석유 자금을 6개 토후국에 지원하고 있다. 7개 토후국은 Abu Dhabi-Dubai-Al ain-Ras al Khaimah-Khor Fakkan-Fujarah-Sohar 지역이다. 사실상 5개 토후국은 아직도 사막 지역이라고 보면 된다.

두바이 전경

중동 건설 붐이 시작 되던 비교적 초창기 인1978년 6월의 어느 날 Bahrain "무하라크" 공항에 Swiss Air Line에 탑승하고 도착한 후Saudi Arabia 동부지역Dahran Air Port로 이동하기 위하여 소형 프로펠러 경비행기로 환승했다.눈에 보이는 풍경은 Persian Gulf 연안 의 맑고 아름다운 바다 와 벌거벗은 무더운 사막 지대 뿐이었다.

당시의 공항 활주로는 Asphalt 포장으로 깔려 있었고 뜨거운 태양열로 달구어진 열기가 숨을 몰아쉬게 했다. 공항 버스도 Aircon이 없어 불밭위의 용광로 같았다. 당시의 중동은 Persian Gulf을 사이에 두고 이란과 사우디 아라비아만 규모있는 국가로 기억하고 있었고, Bahrain,Qatar 등은 토후국이라 해도 사우디 의 변방 섬 정도로 인정되었다. 당시로는 석유매장 사실도 모르던 아주 가난한 유목민들이 천막을 치고 양떼 을 키우며 살던 곳이었다. 지금은 Concrete 로 포장된 고속 도로망이 거미줄 처럼 연결 되어 있지만 처음 도착했던 그 지역은 그야말로 토후국 이라기 보다 부족들끼리 모여 사는 촌락에 불과했다.

두바이 국제공항

더구나 U.A.E(아랍 토후국)은 지금은 막대한 석유자금으로 Dubai가 첨단 허브도시 비약적인 발전을 거듭했고, Abu Dhabi도 자동적으로 함께 세계적 첨단 도시로 발전하며 토후 연합체가 국가적 정치, 경제적 연합 토후국으로 발전 되어 나가며 사우디 아라비아의 영향권에서 독립적 지위 을 유지하며 세계 국가들 과 외교관계 을 독자적으로 수립해 나갔다.

DUBAI가 먼저 개발계획을 추진했으나 사실상 석유 는 Abu Dhabi 지역에만 매장되어 있고 7개 토후국 으로 U.A.E 가 구성되어 있으나 아부다비가 면적도 제일 크고 석유자금 을 6개 토후국에 지원하고 있다. 7개 토후국 은 Abu Dhabi-Dubai-Al ain-Ras al Khaimah-Khor Fakkan-Fujarah=Sohar 지역이다. 사실당 5개 토후국은 아직도 사막지역 이라고 보면 된다.

각자 토후들을 왕이라 지칭하지만 호칭을 왕이라 부를 뿐 모두 아부다비의 왕자들이거나 친족들이라 볼 수 있다. U.A.E 왕이 입헌 군주국의 대통령을 겸직하고 실직적 통치권자이다. 무력을 보유한 경찰과 군인은

……

522

Abu Dhabi에서 통제한다. Dubai 왕 "수퍼라치"는 Abu Dahbi 왕 "세이크 칼라치"의 왕세제이다.

Dubai 왕 "수퍼라치"

세계적으로 유명세를 떨치며 세계축구연맹의 실력자이고 최고 부호 반열에 오를 정도로 사업 능력이 뛰어나며 거기다 용모도 잘생기고 부인 들도 환상적인 미인들인 "세이크 만수르 빈 자헤드"가 Abu Dahbi 왕자이 고 석유투자 회사 회장까지 겸직하며 국제적 유명인사로 떠오르고 있다. 한국 재계에서도 무시할 수 없는 국제적인 투자가이다. 두 번째 미녀 부 인은 Dubai의 공주이다. 즉 친족 여동생인데 전세계 영화 배우들보다 미 모가 출중하다. 사진만 보아도 너무 미인이다.

두바이 공주

......

지금은 한국 재벌이나 권력자들도 큰 상업용 빌딩을 소유하며 Swiss Bank들처럼 대형자금 은닉처가 되어가고 있다고 보면 된다. Trump Golf Resort를 비롯하여 상당수의 고급 Resort 지역 내 주거용 콘도미니움 공사가 한창이다. 한국 지·상사들도 다수 진출하여 성업 중이고 한국 식당도 10여 개소가 개업을 하고 있다.

아부다비 호텔이나 주 소규모 건설현장에 한국인들이 상당수 진출한 상태로 미루어 보면 아직도 양국 관계의 신뢰가 깊고 한국인에게 호감을 표시하는 편이다.

그 국가에서 필요한 전문직은 영주권 취득이 용이하고 세금도 없고 주거용 APT와 차량도 무료지원하는 제도가 있다. 내가 근무하던 건설 회사도 U.A.E 인근 Al-Khobar 시의 상·하수도 공사를 5년 정도 시공했었다.

당시로는 현대의 Al-Jubail 항만공사 다음으로 공사 금액이 커서 여러 차례 육로 업무 출장이 빈번하여 당시는 해안도로(지금의 5번 고속도로)를 왕래하다 보면 지금의 아랍토후국 지역을 빈번하게 경유했었다. 그 당시는 도심이라 할지라도 석유가 매장된 사실도, 채굴도 하지 않아서 그냥 해안의 시골 부락 정도의 토담집 사이로 3~4층 규모의 콩크리트 건물 정도가 눈에 들어왔을 뿐인데, 지금은 고층 빌딩의 숲으로 변했다. 현재의 Dubai Tower는 착공 당시 세계에서 가장 높은 건물로 관광의 명소가 되었다.

큰 배를 세워둔 듯한 Dubai Monument-Al-Arab Hotel을 배경으로 야자수 잎새 모양으로 바다 위에 인공섬을 구축하여 사방에 호화 요트를 정박해두고 세계적 부호들만 불러들여 미녀들과 luxury Party를 즐기는 지상천국(地上天國)을 묘사해 두었다. 천국이 하늘에 있을 것이라고 막연한 환상에 사로잡혀 있는 아둔한 중생(衆生)들에게 본보기로 삼을 속셈이리라.

큰 배를 세워둔 듯한 Dubai Monument-Al-Arab Hotel을 배경으로 한 필자

한솔Lepo · 이관용

1978년부터 1983년 사이에 3~4차례 경유했나 본데 2019년 9월 그 지역을 방문해 보니 흔적을 한 곳도 기억할 수 없을 만큼 그야말로 상전벽해(桑田碧海)로 변해 버렸다. 계산해 보니 벌써 40여 년이 지나간 후다. 그때는 젊었고 초창기 해외 현장 개척 멤버로 진출하여 황무지 상태와 같은 조건 속에서 고생한 대가로 회사로부터 인정도 받고 나도 7년이라는 청춘 시절을 열정적으로 일했던 것 같다.

때로는 대형공사 수주활동 때마다 합류하여 사우디의 동서남북 대형 도시는 대부분 출장 차 방문했고 현장이 개설될 때마다 직원들과 기능공들이 공사를 시작할 수 있게 준비해주고 지점으로 복귀하며 수시로 업무 연락 관계로 서부·동부·남부 지역까지 육로로 출장을 수행하면서 사막을 관통하는 요령과 모험도 축적되었었다. 그야말로 사막 개척시대였다.

어느 날 Al-Khobar 현장을 육로로 사막용 트럭 (Land Crusher)을 운전하고 떠났는데 가다가 도중에 추위와 강풍을 사막 가운데서 만났다. 떠나기 전 항상 Full Tank를 준비하고 Spare Can 5 Galon 2통, 식수2~3통,

비상식량, 침구류, 겨울 잠바, 버너 등을 챙기고 믿을만한 운전사 1명을 선발하여 태우고 군사 작전하듯 출발한 적도 있었다. 당시는 사우디 나라는 도로망과 지방도시가 없고 고속도로상에 주유소는 한 곳도 없었고, 물론 유목민 외에는 부락이 없었다.

유목민도 군데군데 Wadi(비가 오면 잠시 강물이 되어 흐르다 말라버리는 곳) 부근에서 임시천막을 치고 이동하며 양을 키우고 산다. 습지 부근에 부추 같은 채소를 경작하는 게 고작이고 우리가 책에서 배운 대로 호수 주변에 야자수가 울창하고 낙타가 물을 마시는 그런 목가적인 풍경은 보기 힘들고 지하수가 풍부한 지역에 우물을 많이 파두고 물장사도 하고 야자수를 심어 작은 숲을 이루고 베두인들이 몇 명 정착하여 살고 있는 곳이 오아시스인 셈이다. 지금의 Abu Dhabi, Duba마천루 풍광을 보노라면 여러 가지 면에서 그야말로 상전벽해(桑田碧海)가 따로 없다고 느껴진다.

두바이의 마천루

왜냐하면 당시의 Abu Dhabi, Dubai도 그런 수준의 부족제도의 촌락이었다. 그리고 여담이지만, 혼인 풍속도 사촌 이상은 허용할 수 있게 하다 보니 근친 결혼 풍습을 아직도 고수하고 있다. 내가 지사에서 4년 이상을 같이 근무했던 사우디 직원도 첫 wife는 사촌 여동생, 둘째 wife는 외사촌 동생이었다. 고향이 Meca 지역이고 지역 지도자급인 Al-Shaik 족이라 남·여 모두 미모가 뛰어나게 순종의 혈통이 유지되고 있는 가문 같았다.

Riyadh에 근무하는 첫 부인은 드물게 볼 수 있었다. 그 당시는 사무실에만 전화가 설치되고 가정집은 전화선이 설치되지 않아서 급한 업무로 집에 방문하여 자주 눈인사를 나누다 보니 비교적 얼굴을 가리는 차도르를 벗고 생 얼굴을 마주 볼 경우도 있었다. 그래도 내가 직장 상사인데 잘 아는 처지에 너의 wife하고 악수 한 번만 하자고 사정을 해도 남편 Mr.Ahour는 허락을 안 했다.

사우디는 20살 이전에 결혼을 했다. 신부는 17살부터다. 와이프도 당시 17살 미녀였다.그러다 기회가 다른 곳에서 발생했다. 하계 수도로 왕이 3개월간 집정하는 Taif라는 기후가 좀 시원한 서부 지역 고산지대의 도시가 있다. 홍해가 근처에 있고 이스람 성지(聖地) Meca가 인근에 있었다. 마침 Taif Sports Complex라는 종합 운동장 공사를 수주하여 선발대 30여 명이 도착하여 현장 측량과 조립식 숙소 건축을 하는데 3개월 정도 지사에서 출장을 나와 합류 중이었다.

Mr.Ashour는 Riyadh 지사 사무실 직원이다. 고향이 Meca라서 주말에 집에 오는데 나한테 긴급한 부탁이 있다고 도와 달라는 전화가 왔다. 금요일 날 오전 현장에 방문하겠다고 약속을 하고 용건을 설명했다. 이스람 국가들의 주일은 금요일이다. 둘째 부인이 될 "화티마"와 약혼 중인데 결혼해서 거주할 집을 신축하기 위해 건축 자재, 장비 등을 싣고 이동하는 Trailer라는 대형 트럭을 2일만 빌려달라는 부탁이었다.

아직 현장 소장과 각 부서장 등 본진은 한국 본사에서 대기 중이라 3개월 정도는 내가 결정권자 역할을 할 수 있었다. 우리 현지 직원이기도 하지만 나하고는 업무상 오랜 시간 정이 깊은 사이다. 혹시 사고 우려도 있어 지점장한테 허락을 득하고 지원을 약속했다. 그러나 나도 조건을 걸었다. 나한테 방문 시 약혼녀 방년 17세 "화티마"와 동반하라는 조건이다. 사실 나와 화티마는 전화상으로 수차례 통화를 나눈 사이고 서툰 영어로 농담도 자주 한 신여성 세대인 셈이다. 아슈르가 내 얘기도 해준다고 들었다.

직원들도 금요일은 숙소를 벗어나도 갈 곳이 없었다. 무료하기 그지없었다. 운전 면허도 없고 운전하고 시내로 진입할 볼 일도 없다. 직원들도 여자가 같이 온다는 소식에 설레고 있었다. 나도 한 번도 만나 본 적은 없으나 Riyadh에 살고 있는 첫 부인을 미루어 보건대, 기대해도 좋다고 허풍을 떨어둔 상태다. 직원들의 열화와 같은 소망이 하늘에 닿아 약속 시간쯤 그가 화티마를 태우고 숙소 Parking으로 진입하고 약혼자를 데리고 내렸다.

사우디의 여성들

이미 나와는 전화상으로 목소리는 식별할 수 있었다. 아슈르가 센스가 있어 화티마 얼굴 가리개를 벗고 내려서 몸은 노출이 안 되었으나 얼굴은 완전 개방 상태다. 눈부시었다. 2층, 3층에서 창문을 열고 내려다보던 직원들이 휘파람을 불어대고 탄성을 지르며 난리를 쳐댔다. 나도 화티마와 악수한 손을 좀더 오래 잡고 시간을 끌었다. 악수할 때 들어난 팔뚝 부위의 피부가 그야말로 백옥(白玉) 수준으로 희고 탄력적으로 보였다. 17세 아름다운 아리안족 순종 혈통의 아름다운 모습이었다. 갑자기 아슈르가 내 발을 걸어찼다. 너무 악수를 오래 한다는 꾸짖음이리라. 그녀는 너무 기대 이상으로 이뻤다. 화티마도 장난끼 어린 표정으로 나를 직접 만나보니 반갑단다.

트럭은 약속대로 2일을 빌려 주었다. 직원들 모두가 아리안족 처녀가 얼마나 이쁘다는 것을 인정했고 아직 향수 냄새가 남아 있을까 하여 한두 직원들은 내 손을 비벼대는 장난질도 하곤 했다. 그때는 직원들이 대부분 선발요원들은 20~30대 청년들이었다. 본국에서 사우디에서는 여자 얼굴을 정면으로 바라봐도 죄가 된다고 교육을 잘 받고 와서 자숙도 잘 했지만, 사실 여자와 악수만 나누는 것도 천운에 속한다고 믿었다.

출장 중에 생긴 에피소드들

Riyadh-Al -Khobar현장이 대략 1,000km, Riyadh-Taif Sorts Complex 현장이 1,200km, 한국 대사관이 소재한 Jedah가 Taif 현장을 경유하면 1,800km, 서부지역 공단(홍해 북부)이 위치한 Yanbu가 Jedah에서 400km 정도. 그 도시 구간에 주유소와 마을이 거의 없던 초창기 호랑이 담배 피던 시절에 개척자 기분과 누구도 이런 모험 출장을 지원할 직원은 전무한 상황에서 육로 업무 출장은 내 몫이었고, 또 다른 이유는 현장 숙소 시설을 1,000여 명 이상 준비하려면 현지 사우디 관청과 관계업자들을 접촉해야 하는데, 당시는 대부분의 직원들은 1~2년 근무하다 교체하여 본사로 복귀하고 모든 생활 조건이 열악하기 그지없었다.

현지인들과 대화가 가능한 사람이 별로 없었기도 하다. 어쩌다 본국에서 회장이나 사장이 현장 방문을 하면 대사관 현장, 수주 준비 도시 등 왕복하려면 비행기로 갈 수 없는 곳이 많다. 주재 중역과 나는 운전사, 안내인, 현지 설명자 등의 모든 역할을 수행한다. 출장 기간 동안에는 며칠 간 수고를 잊지 못할 듯 본국 휴가시 반드시 만나자고 약속을 남기지만, 정작 쉽지가 않다. 서부지역 출장은 왕복 4,000 km 이상 되고 1주일 정도 회사 최고 책임자를 수행하다 보면 사실 좀 능력을 인정받게 된다. 그러다 어느 날 Al-Khobar 현장에 들러 본사에서 보낸 중요한 서류를 인수하고 귀중한 물품을 인수해야 하는 시급한 출장업무가 발생했다.

당시 겨울철이고 악천후가 계속되었다. 무엇보다도 그해 하지 순례자가 운집한 Meca 성지에서 이란 순례객들이 무기를 숨기고 들어와 며칠 간 수천 명을 인질로 잡고 버티던 대형 사고가 발생하여 2,000여 명의 사우디 특수군이 투입되어 무력으로 진압하느라 수백 명의 희상자가 발생했던 시점이었다. 당시 언론에서 보도되어 세계가 시끄러웠던 이란의 시아파 무슬림과 사우디 수니파 간 대형 충돌 사건이었다.

수니파와 시아파의 1400년 전쟁

고속도로를 달리다 보면 광풍이 심할 때는 모래산이 길을 막아 수시로 사막을 돌아 우회할 때가 많다. 경험이 없는 운전사들은 당황하고 나무 한그루 없는 평평한 곳에 참고할 지형지물이 없어 동서남북 방향을 못 찾는다. 모르는 사막 속을 한참 헤매다 보면 길을 잃고 조난될 수도 있다. 그래서 대부분의 운전은 내가 하고 운전사는 말동무로 데리고 다닌다.

나는 사막 운전에 거의 전문가 격이고 참전용사이기도 하고 위험 상황을 뚫고 다니면서 때로는 쾌감을 느끼는 면도 있다. 며칠 나와 함께 사막 출장을 다녀온 운전사들은 Camp로 복귀하면 그래서 그런지 군대 시절처럼 상당히 태도들이 공손해진다. 인간적으로 위기 돌파 능력과 인내력을 인정하는 셈이다.

그러다 원숭이도 나무에서 떨어진다고 사고가 발생했다. 야간 운행시는 별자리와 멀리 보이는 유전지대의 불빛을 보고 길이 잘못되면 다른 길을 찾는데, 그날은 하늘에 먹구름이 뒤덮이고 소낙비와 광풍이 심하여 전방이 보이지 않고 지도를 펴서 살펴도 어디쯤인지 짐작이 안 되었다. 밤에는 고속도로가 가까우면 화물트럭들은 멀리서도 알아볼 수 있게 빨강, 노랑의 전구들을 차량 표면에 뒤집어씌우고 다닌다. 혼자 사막 길을 다니면 무척 외롭다.

당시로는 화물차도 한 시간에 한 대 정도 만난다. 그들도 휴게소는 없지만 여러 명의 트럭들이 바람을 막으려고 사방을 둘러싸고 홍차도 끓여 마시고 혹시나 합류하면 친구처럼 도와주고 반긴다. 그래서 길을 잃으면 고속도로 불빛을 먼저 찾아야 하는데 거의 10여 시간 이상을 사막 속을 헤매다 북쪽으로 유전지역 Gas를 태우는 듯한 불빛 같은 것이 빗속으로 보이다 사라지곤 했다. 먹구름이 하늘을 뒤덮어 버려서 별빛도 없는 그야말로 사방이 칠흑이었다.

당시 운전사의 이름이 장가도 안 간 총각 최옥주였다. 그에게 용기를 주었다. "옥주야, 겁내지 마라. 불에 탈 수 있는 땔감과 못 쓰는 옷도 휘발유를 부어 함께 태워라. 그리고 차에 올라 클랙슨을 울려 봐라. 어차피 우

한솔Lepo·이관용

리는 길을 잘못 들었다. 새벽까지 기다리자. 그리고 나를 믿어라.” 하고 말했다. 그렇게 한참을 지나자 하늘과 땅을 구분할 수 없었으나 저 멀리서 Head Light 불빛과 함께 모래 먼지를 일으키며 사막용 트럭 한 대가 우리가 피운 불빛을 보고 다가왔다. 어디쯤에서 작전을 수행하고 지나가는 Palestine 무장 요원들이었다.

우리가 Al-Khobar로 가다 길을 잃은 사정을 설명하고 현 위치를 확인했다. 이라크, 쿠웨이트 접경 지대란다. 해안 도로 쪽으로 나가면 Khafji 도시가 나오고 남쪽으로 무조건 10시간 정도 달리면 목적지가 보인다고 했다. 고맙다고 인사를 나누고 그들의 연락처를 물어 적었다. 언젠가 다시 만나면 은혜를 갚아야 한다. 다행히 연료도 충분했다. 창문 밖으로 Persian Gulf의 성난 파도가 산처럼 밀려왔다.

사우디 동해안은 원래 Persian Gulf가 원명이지만 Saudi에서는 Saudian Gulf라고 부르기도 하고Jubail,Ras Tanura,Dammam,Dahran,Al-Khobar 같은 대형 도시가 모여 있다. 내륙으로 진입하면 대형 자연 온천이 유명한 Hofof라는 도시가 있다. 온천수가 지하에서 분출되는 곳은 너무 뜨거워 수로를 따라 한참 흘러간 지역마다 발을 담구어 적정 온도에 따라 온천욕 시도하는 그냥 뜨거운 강물이다. 상당한 시간을 달려 Ras Tanula에 당도하니 도시 입구에서 무장 군인들이 막아서서 검문을 시작했다.

장갑차도 수십 대 도로변에 대기 중이고 군인들이 복장과 소지한 무기로 보아 큰 사건이 발생한 것으로 보였다. 그들은 해변 도로를 봉쇄하고 우회로를 돌아 현재 아람토후국 지대를 우회하여 Dammam 을 경유Al-Khobar city로 진입하라고 일러주었다.

밤이 깊어서 현장 사무실에 당도했다. 2일이면 도착했어야 하는 출장 직원들이 4~5일간 행적이 묘연하고 악천우 상황에서 더구나 그날 무장 병력이 동원된 이유는 Ras Tanura 인근 지역에 무장 시아파의 반란이 발생하여 특수군이 동원되어 178명을 사살하고 폭동을 진압한 대형 사건이라고 했다. 살아가다 보면 어려움은 동시에 발생할 수도 있고 어려웠던 날들이 지나고 보면 내 인생에 수양의 효과도 있다.

그날 우회하여 돌아간 지역이 Abu Dhabi, Dubai 마지막 지나간 행로다. 출장 임무를 마치고 Riyadh 로 돌아와 사막에서 고생을 같이 극복한 옥주를 임시 직원으로 보직을 변경시켜 주었다. 사막에서 길을 알려주고 조난 상태에서 구원자 역할을 해준 Palestine 친구들을 찾아가 은혜의 일부도 갚았다. 그들이 대 이스라엘 투쟁의 자금 모금 요원들이었다. 도움이 될까 하여 상당량의 공사용 카펫 구입을 그들 회사에 구입하며 친교를 나누기도 했다.

세월이 흘러가서 이제는 인생의 황혼이다. 모든 것은 이렇게 지나가 버린다. 10년이면 강산도 변하고 그보다 수십 년이 더 지나면 인생도 변한다.

이관용 (시인)
경북 안동 출생.
〈자유문학〉〈한국작가〉 등단.
한국문인협회 회원.
정신문학, 한국작가, 성남문학 등 활동.
시집 『내 마음의 정거장』
현재 한솔문학 고문

| 편집후기 |

　* 이번 호부터는 지역 발행의 유수 주간잡지인 The Konnect과 여러 가지 측면에서 업무협약(MOU)를 맺었다. 따라서 우선 <한솔문학>이 발행되어 북미주 지역에 배포되어 독자들 손에 쥐어지기 전에 우선 e-Book으로 발간된다. 앞으로는 필자들과 독자들이 실물이 배포되기 전에 먼저 읽어볼 수 있게 되어 그동안 <한솔문학>의 제작 출간 배포 등의 인터발이 짧아져 한 가지 숙원이 줄어들었다. 이제 지금 작업 중인 <한솔문학> 카페도 머지 않아 오픈될 예정임을 미리 밝혀둔다.(조석진)

　* 창간호 편집을 마치고 기뻐했던 것이 엊그제 같은데 벌써 9호 편집을 마쳤다. 처음 약속했던 글로벌 종합문예지의 역할을 잘 수행할 수 있었던 것은 한국을 비롯해 전 세계 많은 분의 옥고와 협조가 있었기에 가능했다. 감사하다. 세계 어딘가에서 <한솔문학>을 기다리고 있을 분들을 위해 세계 곳곳에 사시는 한인작가들과 교류하며 더욱더 자랑스러운 『한솔문학』이 될 수 있도록 더 노력해야겠다. (김미희)

　* 원고 마감을 하고 편집을 마치며 또 한 걸음을 보탰다. 아직 가야 할 길이 멀다는 것은 알지만, 걸어온 발자국을 돌아보니 환하고 아름답다. 미 중남부의 한 기둥으로 글로벌 종합문예지의 역할을 다한 것 같아 기쁘다. 9호부터는 문단의 시류에 맞춰 디카시도 올렸다. <한솔문학> 원고를 주신 여러분께 감사드리며 더 아름답고 겸허한 모습으로 함께하기를 기대해 본다. (김선하)

　*스탭들이 수고하셔서『한솔문학 제9호』가 잘 마무리 되었다. 그러나 지난 7호~8호의 쪽수 볼륨이 너무 두꺼워 가능한 한 줄이려 했는데, 필자들의 게재 요청을 어쩔 수가 없었다. 다음 10호부터는 마감 시간을 확실히 하여 독자들이 읽기에 부담가지 않도록 책의 볼륨을 적정량으로 조정할 생각이다.(이관용)

　* 이번엔 작품 콜렉션 등 큰 애로없이 좀 더 일찍 끝나려나 했는데...역시 '쟁이(?)'들이라 그런지 차일피일하다가 역시나 마감 임박해서 서둘러 마감에 쫓긴다. 돌아보니 <한솔>이 나온 지 4년 반이나 지났다. 그래도 창간 10호가 나오는 5년차 끝날 때까지는 늘 긴장을 늦추지 않고 허술함을 더욱 다잡을 생각이다. 이제 10호 이후에는 영업도 밀도 있게 하면서, 너무 요란하지 않게 외연의 보폭도 넓혀감으로써 <한솔문학>이 실제로 슬로건처럼 명실공히 "타향과 本鄕"을 잇는 징검다리 역할에 최선을 다할 생각이다. 해외 한인 디아스포라 작가들과 독자들에게 더욱 어필되도록 하려면 그렇게 열심히 하는 것 외에는 바이블이 없다. 왜냐하면 그동안 스탭 바이 스탭으로 욕심 안 부리고 보수적으로 책을 만들어왔기에 이만큼이라도 내용과 볼륨이 튼실해졌다고 생각하기 때문이다.(손)

반년간 **한솔문학**

제9호(2023년 6월 봄.여름호)

6918 Parkridge Blvd. #370-1

Irving Tx 75063 USA

e-mail : hansolmunhak@gmail.com

(전화 : 1-214-564-7784)

ⓒ손용상, 2023

대표_ 손용상
고문_ 이관용
주간_ 김선하
편집국장_ 이도훈
총무국장_ 조석진
편집 홍보위원_ 김미희 목지현 백수길 손다연 추연경
자문위원_ 김호운 문정영 이강식 윤석산 정수남 조성권(한국)
 김난경(호주) 김운영(홍콩) 김호길(맥시코) 신근수(파리) 정인범((인니)
 안용백(베트남) 김재동 오연희 연규호 이윤홍 이용우(CA) 강기영 오윤미(카나다)
 김경숙(워싱턴) 김수자(하와이) 정종진(시카고) 황미광(뉴욕)

1판1쇄 인쇄_ 2023년 6월 25일
1판1쇄 발행_ 2023년 6월 30일

발행인_ 이도훈 | 교정_ 김미애
펴낸곳_ 도서출판 도훈(376-2017-000061)
서울시 서초구 법원로3길 19 2층, W109호(서초동, 양지원빌딩)
전 화_ 02) 595-4621, 010-6722-4621
팩 스_ 0504-227-4621
이메일_ flyhun9@naver.com
홈페이지_ www.dohun.kr

ISSN_ 2734-181X
ISBN_ 979-11-92346-51-9
정가_ 12,000원